Neu auf der Zauberschule

Neu auf der Zauberschule

Christopher G. Nuttall

Neu auf der Zauberschule
Schooled in Magic

Band 1

Übersetzt von Claudia Ziehm

Podium

Neu auf der Zauberschule (Schooled in Magic, Band 1)

Übersezt von Claudia Ziehm

Titel der Originalausgabe: *Schooled in Magic*

Originalsprache: Englisch

Copyright © 2014, 2023 Christopher G. Nuttall und SAGA Egmont

Alle Rechte vorbehalten

ISBN: 978-1-0394-6115-4

1st edition

www.podiumentertainment.com

Podium

Gewidmet Emily Martha Sorensen, die mich zur Grundidee
dieser Serie inspirierte und der Heldin ihren Namen gab.

Neu auf der Zauberschule

KAPITEL 1

„Wir schließen gleich, meine Liebe."

Emily Sanderson nickte widerwillig, als der Bibliothekar an ihrem Stuhl vorbei zu den anderen Plätzen ging, die noch besetzt waren. So spät am Abend waren nur noch wenige Leute in der Bibliothek, entweder weil sie lesen wollten oder weil sie nicht wussten, wo sie sonst hinsollten. Die Bibliothek war klein und selbst zu Stoßzeiten selten mehr als halb gefüllt. Emily liebte diesen Ort, weil er ihre Zuflucht war. Auch sie wusste nicht, wo sie sonst hinsollte.

Sie stand auf, sammelte ihre Bücher zusammen und legte sie auf den Wagen, mit dem der Bibliothekar sie wieder auf die Regale verteilen würde. Er war ein freundlicher alter Mann – er hatte überhaupt keine Fragen gestellt, als Emily das erste Mal kam und Bücher las, die ihrer Klassenstufe weit voraus waren –, aber wenn Leser versuchten, die Bücher selbst in die Regale zurückzustellen, bekam er schlechte Laune. Sie konnte ihm deswegen keinen Vorwurf machen. Allzu oft stellten Leser die Bücher an den falschen Platz, der Fehler setzte sich fort und irgendwann versank das ganze Regal im Chaos. Es machte Emily unglücklich, wenn der arme Rupert schlechte Laune hatte. Er war einer der wenigen Menschen, auf die sie sich verlassen konnte.

Die meisten jungen Mädchen ihres Alters würden nie freiwillig ein Buch über Geschichte in die Hand nehmen, es sei denn, sie mussten irgendeine Prüfung bestehen. Emily hatte sich schon als Kind für Geschichte begeistert und darin Zuflucht vor den Sorgen und Nöten ihres echten Lebens gesucht. Wenn sie las, wie berühmte Leute gelebt hatten – wie sie dafür kämpften, die Welt zu verändern –, spürte sie, dass das Universum eine Vergangenheit hatte, selbst wenn es keine Zukunft gab. Vielleicht wäre aus ihr einmal eine gute

Historikerin geworden, wenn sie gewusst hätte, wie sie es anstellen sollte, einen Abschluss in Geschichte zu machen. Aber sie wusste schon jetzt, dass aus ihrem Leben nichts werden würde. Sie wusste, was mit den meisten Schulabgängern heutzutage passierte. Sie bekamen ihr Zeugnis, sie feierten, und dann fanden sie keine Arbeit.

Ihr Stiefvater hatte ihr jedenfalls nach unzähligen Streitereien über ihre Lebenspläne klargemacht, dass sie mit ihrem Leben nie etwas Sinnvolles anstellen würde.

„Aus dir wird nie etwas", hatte er Emily eines Abends im Suff gesagt. „Du wirst es nicht mal schaffen, bei McDonald's Burger zu braten!"

Ihre Mutter hätte nie wieder heiraten dürfen, aber sie war einsam gewesen, seit Emilys Vater aus ihrem Leben verschwunden war, vor so langer Zeit, dass Emily sich kaum noch an ihn erinnern konnte. Emilys Stiefvater – sie weigerte sich, ihn *Vater* zu nennen – hatte sie nie angerührt, doch er hatte keine Gelegenheit ausgelassen, ihr Selbstbewusstsein zu erschüttern oder sie mit Worten in der Luft zu zerreißen. Er konnte Emily nicht ausstehen und Emily hatte keine Ahnung, warum. Sie wusste noch nicht einmal, warum er bei einer Frau blieb, die er offensichtlich nicht liebte.

Emily zuckte innerlich zusammen, als sie an einem Fenster vorbeiging und ihr Spiegelbild sah. Das Mädchen, das sie da anstarrte, war ihr fremd. Langes braunes Haar umrahmte ein Gesicht, das zu schmal war, um im klassischen Sinne hübsch zu sein. Ihre dunklen Augen sahen vor der blassen Haut traurig aus. Ihre Kleidung war unförmig und verbarg ihre Figur; sich machte sich selten die Mühe, Make-up oder irgendeine andere Art von Kosmetik zu benutzen, wenn es ohnehin keinen Sinn machte. Es würde ihr Leben nicht verbessern.

Nichts würde ihr Leben verbessern.

Und es konnte ungewünschte Aufmerksamkeit auf sie lenken.

Der Bibliothekar winkte ihr zu, als sie einen letzten Blick auf das Bücherregal warf und dann zum Tresen ging. „Heute keine Bücher?"

„Nein, tut mir leid", sagte Emily. Sie hatte einen Leserausweis – es verriet viel über ihr Leben, dass er ihr größter Schatz war –, aber diese Woche hatte sie ihre Quote schon aufgebraucht. Sie konnte erst wieder Bücher ausleihen, wenn sie ein paar andere zurückgebracht hatte. „Bis morgen."

Das vertraute Gefühl von Niedergeschlagenheit und Hoffnungslosigkeit überkam sie wieder, als sie die Bibliothek verließ und die Straße entlangging. Sie hatte keine Zukunft, selbst wenn sie den College-Abschluss machte; ihr Leben würde in einem langweiligen Job oder einer unbefriedigenden Beziehung enden. Nein, allein schon der Gedanke war lächerlich. Sie war weder hübsch noch extrovertiert; genau genommen verbrachte sie einen Großteil ihres Lebens von ihren Altersgenossen isoliert. Selbst bei Gruppen, die sie vielleicht angezogen hätten – manchmal machte sie bei Rollenspielen mit –, wollte ein Teil von ihr nie lange dabeibleiben. Sie sehnte sich nach Freundschaft und Geselligkeit, und doch würde sie nichts damit anzufangen wissen.

Gerade heute war sie bei einem Spieletreff gewesen, bevor sie zur Bibliothek kam. Und sie war vorzeitig gegangen.

Aber jetzt wollte sie nicht nach Hause. Vielleicht war ihr Stiefvater da oder er war mit seinen Kumpels saufen. Ersteres wäre vorzuziehen; wenn er vom Saufen nach Hause kam, verlangte er von Emilys Mutter, dass sie ihn bediente. Und dann schrie er Emily an oder bedrohte sie.

Oder er *sah sie an*. Das war das Allerschlimmste.

Sie wollte irgendwohin – egal wo –, bloß nicht nach Hause. Aber sie konnte nirgendwo anders hin.

Ihr Magen knurrte unangenehm. Sie würde ein Fertiggericht essen müssen oder vielleicht Toast mit Baked Beans. Ihre Mutter würde auf jeden Fall nicht kochen. Seit Emily eine Mikrowelle bedienen konnte, hatte sie sich nur selten die Mühe gemacht, für ihre Tochter zu kochen. Ohne das Schulessen wäre Emily wahrscheinlich schon längst verhungert.

Auf dem Weg nach Hause wurde ihr etwas so glasklar, dass es sie schockierte: Sie wollte *weg*. Sie wollte weg von ihrem Leben, so dringend, dass sie gegangen wäre, ohne sich einmal umzusehen, wenn ihr nur jemand ein Angebot gemacht hätte.

Und dann zwang sie sich zur Vernunft. Niemand hatte ihr ein Angebot gemacht und niemand würde es tun. Ihr Leben war vorbei. Egal, wie es von außen aussah, sie wusste, dass ihr Leben vorbei war. Sie war sechzehn und ihr Leben war vorbei. Und doch fühlte es sich so an, als würde es niemals enden.

Eine tödliche Krankheit wäre besser gewesen, dachte sie trübsinnig.

Das Schwindelgefühl traf sie völlig unvorbereitet. Die Welt drehte sich um sie; Emily kniff die Augen zusammen und fragte sich, ob sie beim Rollenspiel mit den Geeks und Nerds etwas getrunken hatte, was sie nicht sollte. Sie hatte gedacht, sie seien zu schüchtern, um ihr *jemals* etwas ins Getränk zu kippen, aber vielleicht hatte einer von ihnen Alkohol mitgebracht und sie hatte ihn aus Versehen getrunken. Ein Kichern – schwach, aber unverkennbar – hallte durch die Luft, ihre Wahrnehmung verschwamm. Und dann fiel sie … oder es *fühlte* sich jedenfalls wie ein Fallen an, aber woher und wohin?

Und dann verschwand das seltsame Gefühl einfach.

Als sie die Augen öffnete, war sie an einem völlig anderen Ort.

Emily wich schockiert zurück. Sie stand mitten in einer gemauerten Zelle. Vor ihr befand sich eine Tür, die aussah, als wäre sie aus massivem Eisen. Halb im Glauben, dass sie halluzinierte – vielleicht hatte sie etwas noch Schlimmeres als Alkohol getrunken –, stolperte sie vorwärts, bis ihre Finger gegen die Tür drückten. Sie fühlte sich kalt und erschreckend echt an. Es gab keine Türklinke, keinen Spalt, wo man die Tür hätte aufdrücken und dann entkommen können. Der Raum fühlte sich so erdrückend wie eine Gefängniszelle an.

Emily schluckte und ließ die Finger über das Mauerwerk gleiten. Ihre Fingerspitzen kribbelten, als sie den Mörtel zwischen den Steinen berührten. Es fühlte sich wie die Burgen an, von denen sie gelesen hatte, wie die Gebäude, die man errichtete, bevor Beton oder andere moderne Baustoffe es den Künstlern erlaubt hatten, ihre Fantasie richtig einzusetzen. Ein schwaches Gefühl von Alter lief durch den Stein, als wäre er Hunderte Jahre alt. Er *fühlte* sich auf jeden Fall Hunderte Jahre alt an.

Wo war sie?

Verzweifelt sah Emily von einer Wand zur anderen. Doch da war kein Ausweg, noch nicht einmal ein Fenster; die einzige Lichtquelle war eine winzige Laterne, die von der Decke hing. Da war kein Bett, kein Ort, wo sie sich hinlegen konnte; noch nicht mal einer dieser Strohsäcke, die sie mit ihrer Theatergruppe bei historischen Darstellungen gesehen hatte. Und wie war sie hier gelandet? War sie festgenommen worden? Voller Ungeduld ließ sie diesen Gedanken fallen. Die Polizei hätte sie nicht in eine steinerne Zelle gesteckt und sie hätten ihr nichts ins Getränk kippen müssen, um sie festzunehmen.

Hundert Szenarien, vor denen ihre Mutter sie gewarnt hatte, schossen ihr durch den Kopf; ein Vergewaltiger, ein Serienmörder oder ein Entführer konnte sie gefangengenommen haben, vielleicht, um Geld von ihren Eltern zu erpressen. Vor einem Tag hätte Emily über diesen Gedanken gelacht – ihr Stiefvater würde keinen Cent zahlen, um sie von einem Entführer loszukaufen –, aber jetzt schien ihr der Gedanke nicht mehr so lustig. Was würde ein Entführer tun, wenn er herausfand, dass er ein wertloses Mädchen entführt hatte?

Etwas schepperte außerhalb der Eisentür und Emily blickte auf. Sie hätte schwören können, dass die Tür aus massivem Eisen war, aber plötzlich erschien in dem Metall eine kleine Luke und zwei feuerrote Augen starrten sie an. Emily fuhr zurück – die Augen hatten etwas so Unmenschliches an sich, sie war sich sicher, dass sie zu einem Monster gehörten. Oder zu einem Teufel. Wieder schepperte es, dann löste sich die Tür auf und wurde zu einer Reihe eiserner Gitterstäbe; dahinter sah sie eine Gestalt mit einem Umhang außerhalb der Zelle stehen. Seine Augen, die unter einer Kapuze halb verborgen waren, waren nicht einfach rot; sie *glühten*. Der Rest des Gesichts verschwand in der Dunkelheit.

Hinter ihm befanden sich weitere steinerne Mauern. Zwei Skelette lehnten an der Wand, als hätte man sie dort zum Verwesen abgestellt. Irgendetwas an ihnen erregte Emilys Aufmerksamkeit; dann bewegte sich das erste Skelett; es machte Schritte, als wäre es noch aus Fleisch und Blut. Das zweite Skelett drehte den Kopf, bis es Emily direkt ansah; die blinden Augenhöhlen schienen tief in ihre Seele zu blicken. Emily stockte das Blut in den Adern. Plötzlich war ihr vollkommen klar, dass dies keine gewöhnliche Entführung war. Sie musste weit, weit weg von zu Hause sein.

„Willkommen", sagte die Gestalt im Umhang. Seine Stimme hatte etwas Gebrochenes, fast als hätte er lange nicht mehr gesprochen und vergessen, wie das ging. „Du kannst mich Shadye nennen."

Er nannte seinen Namen, als müsste Emily ihn kennen, aber er sagte ihr nichts. Sie versuchte zu sprechen, doch ihr Mund war so trocken, dass sie kein Wort herausbrachte.

Shadye trat an die Gitterstäbe und betrachtete sie eingehend. Seine roten Augen streiften über ihren Körper, bevor er ihr einen langen schauderhaften Moment in die Augen sah.

Emily zwang sich, zu sprechen. Alle Romane über entführte Heldinnen, die sie gelesen hatte, legten nahe, dass sie den Entführer dazu bringen musste, sie als Menschen wahrzunehmen – obwohl sie längst nicht davon überzeugt war, dass Shadye selbst ein Mensch war. Die Fantasy-Bücher, die sie verschlungen hatte, um zu verdrängen, dass ihr Vater weggegangen war und ihre Mutter verzweifelt nach einem neuen Mann suchte, schienen sich jetzt über sie lustig zu machen. Das alles konnte ein Trick sein, vielleicht eine Reality-Show im Fernsehen, doch irgendetwas in ihrem Kopf sagte ihr klipp und klar, dass das, was sie sah und spürte, echt war. Aber was? Sie konnte es nicht beim Namen nennen.

Außerdem konnte sie nirgends eine Kamera entdecken.

„Wie …?" Sie fing an zu husten und musste noch einmal schlucken. „Wie hast du mich hierhergebracht?"

Merkwürdigerweise schien Shadye die Frage zu gefallen. „Man sagte, ein Schicksalskind würde die Mächte des Lichts gegen die Grauenvollen anführen", sagte er. Emily wurde plötzlich klar, dass er mit seiner eigenen Schlauheit angeben wollte. „Doch ich weiß, dass jede Prophezeiung eine Schwachstelle hat. Ich wusste, wenn ich dieses Schicksalskind in die Hände bekäme, bevor seine Zeit gekommen ist, würde ich es gegen das verfluchte Bündnis einsetzen und es endgültig besiegen können."

Emily wurde noch mulmiger zumute. „Aber ich bin nicht die, die du suchst …"

„Kein Schicksalskind weiß, wer es ist, bis seine Zeit gekommen ist", verkündete Shadye. „Doch das Feenvolk weiß es, oh ja, *sie* wissen es. Und ich habe sie angerufen, damit sie mir das Schicksalskind bringen, und sie haben mir dich gebracht." Er rieb sich freudig die Hände. „Und jetzt habe ich dich in meiner Gewalt. Den Grauenvollen wird das gefallen."

„Ah ja", sagte Emily. Sie, ein Schicksalskind? Allenfalls im wörtlichen Sinne: Der Name ihrer Mutter, Destiny, bedeutete Schicksal, aber sie bezweifelte, dass Shadye sich mit solchen Feinheiten abgeben würde. Damit konnte das alles nichts zu tun haben. Sie überlegte verzweifelt, womit sie ihn ablenken konnte. „Und ich bin wohl nicht mehr in Kansas?"

„Du bist in den Zerstörten Totenlanden, auf der Südseite der Schroffen Berge", sagte Shadye. Ihre Worte schienen ihm nichts zu sagen, was noch verwirrender war als alles andere. „Wo auch immer dieses *Kansas* ist, ich versichere dir, es ist weit weg."

Emily setzte zu einer Antwort an, hielt sich dann aber zurück. „Wenn du nicht weißt, wo Kansas liegt", sagte sie und versuchte, ihre wachsende Angst zurückzudrängen, „dann bin ich wirklich nicht mehr in Kansas."

Shadye zuckte mit den Achseln. Emily runzelte die Stirn, als sie bemerkte, wie der Umhang über seinen Körper glitt; es verstörte sie auf eine Weise, die sie kaum beschreiben konnte. Sie konnte nicht erkennen, was sich unter dem Umhang befand, aber etwas in seinen Bewegungen ließ darauf schließen, dass er nicht mehr völlig menschlich war. Ein sehr schwacher Lichtschein umgab ihn, halb unsichtbare Formen tauchten auf und verschwanden …

Irgendwie beunruhigte sie das noch viel mehr.

Das hier ist echt, sagte Emily sich. Sie glaubte nicht mehr daran, dass sie inmitten eines Fernsehstudios stand, wo versteckte Kameras alles aufnahmen, was sie sagte und tat. Die Szene hatte etwas so Echtes an sich, dass es sie erschreckte. Shadye glaubte, dass sie die Person sei, die er gesucht hatte, und sie konnte nichts sagen oder tun, um ihn vom Gegenteil zu überzeugen. Sie dachte an all die Helden aus ihren geliebten Büchern und fragte sich, was sie tun würden. Doch die hatten den Autor auf ihrer Seite. *Sie* hatte nichts außer ihrem eigenen Verstand.

Shadye schnippte mit den Fingern. Die Eisenstäbe zerfielen zu Staub.

Das war doch nicht möglich. Eine Schockwelle fuhr durch Emilys Körper, doch bevor sie etwas tun konnte, traten die Skelette vor und marschierten in die Zelle, die blinden Augenhöhlen fest auf Emilys Gesicht geheftet. Sie zuckte zurück, als die unheimlichen Knochenhände ohne Fleisch und Blut sie an den Schultern packten. Die Skelette schubsten sie vorwärts, egal, wie sehr sie dagegen ankämpfte. Die Diener des Hexenmeisters schienen es noch nicht einmal zu bemerken oder es war ihnen egal. Ihre Knochen hielten zusammen, ohne einander zu berühren, als ob ihr Fleisch unsichtbar wäre, geradezu magisch.

„Ihr müsst das hier nicht machen", sagte sie, während sie aus der Zelle geführt wurde. War sie überhaupt noch auf der *Erde?* „Ich ..."

Shadye stieß ein gellendes Lachen aus, der hohe Ton fuhr ihr eiskalt durch den Körper. „Dein Tod wird mir all die Macht bringen, die ich mir nur wünschen kann", sagte er. Emily verdoppelte ihre Anstrengungen, doch die Skelette ließen nicht locker. „Warum sollte ich dich am Leben lassen, wenn ich dann *so* bleibe?"

Mit einer einzigen krampfartigen Bewegung zog er sich die Kapuze vom Gesicht. Emily starrte ihn entsetzt an. Shadyes Haut lag so eng an seinen Schädel an, dass sie die Knochen darunter sehen konnte. Seine Nase war abgeschnitten, stattdessen war da verbranntes, geschmolzenes Fleisch. Seine Augen waren glühende Kohlen, zwei rote Lichter im dunklen Raum, vollkommen unmenschlich. Seine Hand strich über sein haarloses Kinn und sie zuckte zurück, als sie die Schnitte sah, die sich kreuz und quer durch sein Fleisch zogen.

Emily hatte alle Arten von Filmen gesehen, in denen die Regisseure alles daransetzten, um sich gegenseitig mit neuen Schockszenarien zu überbieten, aber das hier war anders. Das hier war *echt*. Sie holte tief Luft und nahm den Geruch toten Fleisches um ihn herum wahr. Auf einmal fiel es ihr leicht zu glauben, dass sein Körper im Sterben lag, nur noch von seinem Willen beseelt – und von Magie.

„Macht hat immer ihren Preis", sagte Shadye. Seine Stimme wurde noch bedrohlicher. „Aber es gibt immer Wege, diesem Preis zu entkommen. Und wenn ich dich den Grauenvollen opfere … oh, sie werden meine verbrannte Gestalt erneuern und mir ewige Macht verleihen."

Er drehte sich um, verbarg den Kopf wieder unter der Kapuze und schritt den Gang hinab. Emily sah ihm nach, dann schubsten die Skelette sie weiter und sie folgten Shadye. Widerstand schien zwecklos, doch sie versuchte es trotzdem; die Panik verlieh ihr neue Kräfte. Für einen kurzen Augenblick konnte sie sich losreißen und umdrehen, um davonzulaufen, doch dann blitzte ein blaues Licht auf, ihre Muskeln verkrampften sich und sie fiel zu Boden. Egal, wie sehr sie dagegen ankämpfte: Sie war vom Hals abwärts gelähmt. Hilflos sah sie zu, wie die Skelette sie aufhoben und Shadye hinterhertrugen.

Der Hexenmeister begann zu lachen. „Ich habe dir gesagt, wo du bist", spottete er. „Selbst wenn du aus meinen Verliesen entkommst, wo willst du hin?"

Emily erkannte, dass er recht hatte. Sie hatte nie zuvor von den Schroffen Bergen gehört, geschweige denn von den Zerstörten Totenlanden. Und er hatte noch nie von Kansas gehört. Ob es ihr passte oder nicht, sie musste der Tatsache ins Auge sehen, dass sie irgendwie aus ihrer eigenen Welt in eine Welt versetzt worden war, in der Magie funktionierte, wo man Skelette als Diener haben konnte und ein böser Hexenmeister sie opfern konnte, um Macht zu gewinnen. Sie war vollkommen allein und wusste rein gar nichts über die örtlichen Gegebenheiten.

Shadye hatte recht; selbst wenn sie entkam, wo sollte sie hin?

Sie gelangten an eine Treppe, die nach oben ins Dunkel führte. Shadye schien der Mangel an Licht nichts auszumachen, den Skeletten ebenso wenig; doch Emily fiel es schwer, ihre Panik zu unterdrücken, als sie immer weiter nach oben stiegen, ohne dass sie etwas sah. Manchmal stießen ihre Beine gegen die Wände, während der Zauber ihren Körper weiter festhielt; dann gelangten sie endlich ins Freie. Der Boden unter ihren Füßen war Schlamm … nein, plötzlich begriff sie, dass es Asche war. Sie schnupperte und erschauderte wegen des Gestanks von verbranntem Fleisch in der Luft. In der Entfernung sah sie etwas, was einmal ein Wald gewesen war. Jetzt sah es aus, als ob etwas die Bäume getötet und ihre sterblichen Überreste mitten im Dunkeln stehen lassen hätte.

„Die Nekromanten-Könige sind der versammelten Macht des Reiches nicht weit von hier entgegengetreten." Shadyes Stimme klang schwer und gleichzeitig befriedigt, ihr Klang schien ihm selbst zu gefallen. „Man sagt, der Himmel sei vor Drachen und schrecklichen Echsen schwarz gewesen, während sie vierzig Tage und vierzig Nächte kämpften. Am Ende wurde so viel Magie freigesetzt, dass das Land dauerhaft im Chaos versank. Wer sich ohne Schutz in dieses Land verirrt, wird auf schreckliche Weise verbogen und verwandelt. Wenige wagen es, meine Festung zu besuchen, selbst wenn sie glauben, dass ihre Macht sich mit meiner messen kann."

Emily fand ihre Stimme wieder. „Warum haben sie gekämpft?"

„Die Nekromanten-Könige strebten nach grenzenloser Macht, sie wollten eine Welt erschaffen, in der ihre Launen und Wünsche alleiniges Gesetz wären", sagte Shadye. „Doch das Reich und seine Zauberer hielten die Nekromanten für abscheulich. Die Zauberer glaubten, sie hätten gewonnen, aber die Grauenvollen kann man nicht aufhalten. Sie konnten es nur herauszögern, für eine gewisse Zeit."

Er hielt inne und murmelte eine Reihe von Worten. Ein gleißendes Licht blitzte auf, so stark, dass Emily die Augen zusammenkneifen musste. Als sie sie wieder öffnete, sah sie ein großes Gebäude aus dunklem Stein; es stand direkt vor ihnen, als wäre es schon immer dagewesen. Vielleicht war es unsichtbar gewesen, sagte sie zu sich selbst; der Gedanke beruhigte sie ein wenig. Wenn Shadye seinen dunklen Tempel, oder was immer das war, verbergen musste, dann hielt wohl jemand Ausschau nach ihm. Vielleicht hatte er gelogen, als er behauptete, niemand käme in die Zerstörten Totenlande.

Die Skelette trugen sie zu einer Öffnung, die aus dem Nichts erschien, einen Augenblick, bevor ihr Kopf gegen den Stein geprallt wäre. Im Inneren herrschte ein Gefühl von überwältigender Weite, als würde die Größe des Gebäudes ihre Vorstellungskraft übersteigen. Der Geruch von Blut drang ihr in die Nase; einen Augenblick später sah sie, wie große Wellen roten Blutes die Wände herabströmten und sich am Boden sammelten. Shadye schien sich an dem Blut, durch das er schritt, nicht zu stören, er verneigte sich vor Statuen, die aus dem Nichts auftauchten und wieder verschwanden, nachdem er vorbeigegangen war. Sie waren beängstigend. Merkwürdigerweise waren die von ihnen, die am menschlichsten aussahen, am verstörendsten. Eine von ihnen, die steinerne Skulptur eines gutaussehenden Mannes mit spitzen Ohren, konnte sie nicht einmal direkt ansehen. Eine andere, ein gespenstisches Schauerwesen wie aus einem Albtraum, wirkte im Vergleich dazu fast schon freundlich.

Und doch verstand sie nicht, warum die eine ihr mehr Angst machte als die andere.

„Da", sagte Shadye. Er griff in seinen Umhang und holte ein schwarzes Messer hervor. Es war scharf und aus Stein gefertigt. Zum ersten Mal wandte er sich an die Skelette. „Legt sie auf den Altar."

Der Altar war ein schlichter Steinblock und bot reichlich Platz für sie – oder ein beliebiges anderes rituelles Opfer. Emily öffnete den Mund, um zu protestieren, doch es nützte nichts; die Skelette hoben sie hoch und trugen sie mit unerbittlicher Stärke weiter. Irgendwie war das Fehlen von Verzierungen auf dem Altar noch beängstigender als die Schrecken, die sie in der Ferne sehen konnte. Plötzlich ging ihr auf, dass es keinen Zweifel gab, wem der Altar gewidmet war. Dieser Ort gehörte Satan. Es war ein Ort jenseits jeder göttlichen Gnade.

Sie versuchte, sich an die Gebete zu erinnern, die sie als Kind gelernt hatte, doch ihr fiel keins ein. Stattdessen versuchte sie, weiterzukämpfen, doch die Macht, die sie festhielt, gab nicht nach. Die Skelette legten sie auf den Stein und traten zurück, fast so, als würden sie ihr Werk bewundern.

„Wir fangen an", sagte Shadye. Er stimmte einen Singsang an und schwang das Messer durch die Luft. Emily verstand kein Wort, doch sie spürte die Macht, die sich im Raum sammelte, als ob jemand – oder *etwas* – sich langsam ins Dasein hineindrückte. Helle Lichtflecken tanzten über ihrem Kopf und verglühten langsam in einer Dunkelheit, die so vollkommen war, dass sie jegliches Licht aufsaugte. Im letzten Dämmerlicht sah sie neue Statuen – Engel mit den Gesichtern von Wilden – am Rand der Kammer auftauchen.

Shadye hörte auf zu singen. Es wurde vollkommen still, als ob unsichtbare Beobachter auf einen letzten Befehl warteten. Das Wesen, das er heraufbeschworen hatte, schwebte in der Luft, allein schon sein Dasein verbog die Wirklichkeit um es herum.

Emily sah *etwas* in der Dunkelheit, eine verborgene Bewegung, die nur in ihrem Augenwinkel zu existieren schien. Eine merkwürdige Gelassenheit überkam sie, als ob es keinen Sinn mehr hätte, dagegen anzukämpfen, und es an der Zeit wäre, ihr Schicksal zu akzeptieren. Shadye trat vor, hob das Messer hoch und führte es über Emilys Herz …

… und dann erschien plötzlich ein gleißender Lichtblitz. Das heraufbeschworene Wesen verschwand im Nichts.

Shadye stieß ein Wort aus, wahrscheinlich einen Fluch, und duckte sich, als ein Blitz die Luft über seinem Kopf durchschnitt und in der gegenüberliegenden Wand einschlug. Noch ein Blitz erhellte den Raum und sie drehte den Kopf. In seinem Licht erkannte sie eine weitere Gestalt in einem dunklen Gewand am anderen Ende des Raums. Einen Moment war es finster, dann zeigte ein dritter Blitz, wie nah die Gestalt gekommen war, der die monströsen Engel-Statuen folgten; sie hatten sich bewegt, während Emily nicht hinsah. Ihr Retter? Es war klar, dass er sie nicht Shadye überlassen wollte.

„Nein", stieß Shadye aus. Er hob die Hand, pflückte irgendwie einen Feuerball aus der Luft und schleuderte ihn auf den Neuankömmling. Der hob einen Stab und stieß den Feuerball ins Dunkel des Raumes zurück. Es gab eine ohrenbetäubende Explosion, als der Feuerball eine der Engel-Statuen traf, ohne sie sichtbar zu beschädigen. „Du wirst mir mein Opfer nicht streitig machen!"

Einen Augenblick später schleuderte der Neuankömmling ihm seinen eigenen Zauber entgegen. Shadye verschwand in einem Lichtblitz.

Im gleichen Augenblick brach der Zauber, der Emily an den Altar gebunden hatte, und sie konnte sich wieder bewegen. Sie setzte sich auf und sah, wie der Neuankömmling ihr entgegenlaufen kam. Ein weiterer Lichtblitz zeigte, dass sein Gesicht hinter einer Holzmaske verborgen war. Er griff nach ihr und sie wich zurück; Zweifel überkamen sie, was dieser neue Mann vorhatte. Shadye hatte sie opfern wollen. Was würde dieser Mann wollen?

„Nimm meine Hand, wenn du leben willst", sagte der Neuankömmling, als Emily zurückschreckte. Die Dunkelheit strömte von allen Seiten heran, sie bedrängte sie, als wäre auch sie lebendig. „Komm mit mir oder stirb!"

Emily zögerte nicht mehr. Sie nahm seine Hand.

Der dunkle Raum verschwand in einem letzten blendenden Blitz aus weißem Licht.

KAPITEL 2

Als das gleißende Licht verblasste, stand sie mitten in einem völlig anderen Raum. „Willkommen in meinem Turm", sagte ihr Retter. Sein Gesicht war immer noch hinter einer Holzmaske verborgen, aber seine Stimme wirkte freundlich. „Mach dir keine Sorgen. Hier kommt Shadye nicht an dich heran."

Emily nickte und versuchte, nicht zu zittern. Die Knie drohten unter ihr nachzugeben, aber sie gab sich alle Mühe, diesen merkwürdigen neuen Ort in Augenschein zu nehmen. Der Raum, in dem sie stand, war groß, aber vollgestopft mit merkwürdigen Gerätschaften und Töpfen voller siedender Flüssigkeiten, die aussahen, als ob sie gleich überkochen und auf den Boden fließen würden. Dunkle Linien waren auf den Boden gezeichnet, sie bildeten Muster, die sich jedes Mal, wenn sie hinsah, veränderten. Von einem riesigen Fenster strömte Licht herein, so hell, dass sie annahm, es müsse Mittag sein. Doch gerade eben war es noch dunkel gewesen ...

„Hier", sagte ihr Retter, als sie wieder zu zittern begann. Er reichte ihr ein Glas mit einer durchsichtigen Flüssigkeit. „Vielleicht brauchst du das, um dich zu beruhigen."

Emily zögerte. Ihr ganzes Leben lang hatte sie zu hören bekommen, dass sie von Fremden nichts annehmen solle – doch sie brauchte tatsächlich etwas zu trinken. Außerdem: Wenn er sie vergiften wollte, hätte er das wahrscheinlich tun können, ohne ihr ein Getränk aufzuzwingen. Also trank sie. Es war kalt, nahezu geschmacklos, aber erfrischend. Danach wurde sie seltsam gelassen.

Der Mann nickte in Richtung zweier hölzerner Stühle unter dem Fenster und Emily ging hin. Durch das Fenster sah sie eine gefällige grüne Landschaft. Überall waren Wälder und Seen – aber keine Spur menschlichen Lebens. Der Boden schien magisch zu schimmern.

Sie riss sich zusammen und wandte sich wieder dem Neuankömmling zu. „Wer bist du?"

„Eine Regel muss dir gleich von Anfang an klar sein", sagte der Mann langsam, während er seine Maske abnahm und die Kapuze zurückschob. „Frage einen Hexenmeister *niemals* nach seinem Namen. Frage ihn stattdessen, wie er genannt werden möchte."

Emily hielt den Atem an, als er zu ihr aufsah. Er wirkte überraschend jung, mit einem gutaussehenden Gesicht und einem braunen Haarschopf, aber etwas in seinen Bewegungen ließ ihr keine Ruhe. Sie brauchte mehrere Sekunden, um zu erkennen, dass sein Körper jung war, aber sein Gang der eines älteren Mannes. Sein schlaksiger Körper schien ihm fast genauso fremd zu sein wie ihr.

Er lächelte ihr zu und plötzlich war sie beruhigt. „Du kannst mich Void nennen, wenn du möchtest", sagte er. „Bitte, setz dich. Du musst viele Fragen haben."

„Ja", sagte Emily. Hunderte davon wirbelten ihr durch den Kopf. Eine Frage schien sehr wichtig. „Warum … warum hast du mich gerettet?"

Void schien von der Frage erstaunlich überrascht. „Warum nicht?"

Emily betrachtete ihn genauer und versuchte, zu verstehen. Er hatte sein Leben aufs Spiel gesetzt, um ein Mädchen zu retten, das er nicht kannte? Warum überraschte ihn die Frage? Oder vielleicht hatte er eingegriffen, um Shadye davon abzuhalten, sie zu opfern, und glaubte, dass Emily sich das selber denken konnte …

Sie räusperte sich. „Was … was hast du mit ihm gemacht?"

„Shadye?" Void schien zu lächeln. „Ich habe ihn betäubt, ziemlich stark." Sein Lächeln wich einem grimmigen Ausdruck, der ihm leichter zu fallen schien. „Leider fürchte ich, dass er sich erholen wird."

Emily starrte ihn an. „Warum hast du ihn nicht umgebracht, als du es konntest?"

„Seine Schutzschirme hätten nicht so weit nachgegeben", sagte Void. „Ich hätte den Angriff gar nicht durchführen können, wäre er nicht im Umgekehrten Schatten gewesen. Er musste einen Teil seiner Verteidigung aufgeben, um überhaupt ins Gebäude zu kommen."

Emily war verwirrt. Was war am Umgekehrten Schatten so besonders?

„Aber ich habe dich herausgeholt", fügte Void mit einem kindisch triumphierenden Lächeln hinzu. „Mein alter Meister würde sich im Grab herumdrehen. Wenn er in seinem Grab läge."

Emily musste das Lächeln erwidern, dann fasste sie sich wieder. „Ah ja", sagte sie. „Wo bin ich?"

Diese Frage schien Void nicht zu überraschen. „Du bist in meinem Turm, am Rande des Grünwaldes, in der südlichen Marsch von Barcia." Einen langen Augenblick betrachtete er nachdenklich ihr Gesicht. „Aber das sagt dir nichts, wenn ich mich nicht täusche."

„Nein", sagte Emily. Trotz ihrer inneren Ruhe begannen ihre Gedanken sich zu überschlagen. Wo *war* sie? „Shadye sagte, er habe mich hierhergebracht."

„Das hat er auch", bestätigte Void. Er hielt einen Augenblick inne. „Genau genommen hat er Geschöpfen aus dem Reich zwischen den Welten befohlen, ihm eine Person zu liefern, die bestimmte Kriterien erfüllt. Sie haben ihm dich gebracht."

Emily schüttelte ungläubig den Kopf. „Und warum mich? Was macht mich so besonders?"

Eine dritte Frage tauchte eine Sekunde später in ihrem Kopf auf. „Und wie komme ich nach Hause?"

Void zögerte. „Ich habe nur gespürt, dass du in diese Welt kamst; ich muss also zugeben, dass ich nicht weiß, warum Shadye dich für wichtig hält", räumte er ein. Zum ersten Mal wirkte er recht unsicher. „Was deine Rückkehr nach Hause angeht ... das ist vielleicht nicht möglich. Das ist vielleicht nie möglich."

Etwas an der Art, wie er es sagte, verhinderte fast eine Minute lang, dass sie verstand, was er wirklich sagen wollte. „Ich kann *nie* wieder nach Hause?"

Der Gedanke verschlug ihr den Atem. Ihr Leben war nicht gut gewesen; sie hatte zugesehen, wie ihre Mutter sich fast zu Tode trank, während ihr Stiefvater unangenehm und ausfällig gewesen war, wann immer ihm einfiel, dass er eine Stieftochter hatte. Aber es war ihr Leben gewesen. Sie hatte ihre Bücher gehabt, die Gesellschaft der Nerds und Geeks, wenn sie Spiele spielen wollte, und eine glänzende Zukunft vor sich …

… oder doch nicht?

Ihre Jugend hätte damit geendet, dass sie aufs College gegangen wäre und danach vermutlich Arbeit gesucht hätte. Sie hätte nie wirklich ihr eigenes Leben führen können oder eine Stelle finden, die zu ihr passte. Sie wusste von älteren Bekannten, dass es nicht einfach war, einen Job zu ergattern, geschweige denn, in der Welt der Erwachsenen sein Auskommen zu finden. Eines Tages wären all die Fähigkeiten, die sie in der Schule erworben hatte, völlig unwichtig geworden. Der einzige Trost war, dass alle, die mit ihrer Beliebtheit, ihrer Schönheit oder ihrem sportlichen Erfolg die Schule dominiert hatten, sogar noch unwichtiger sein würden.

Und es war schwer, nicht daran zu denken, dass niemand sie vermissen würde, jetzt, wo sie weg war.

„Das Schwierige ist, die Welt zu finden, die dich hervorgebracht hat." Voids Bemerkung unterbrach ihre Überlegungen. „Wenn wir ein Tor in die jenseitigen Welten öffnen würden, um deine Heimatwelt zu finden, bekämen die Nekromanten Gelegenheit, die Magie zu beeinflussen und vielleicht dich oder die Beschwörer zu töten. Selbst wenn sie das nicht täten – die Suche nach deiner Welt könnte die Aufmerksamkeit von Wesen auf sich ziehen, die außerhalb der normalen Grenzwälle unserer Wirklichkeit leben."

Emily dachte an das dunkle Wesen in dem, was Void den Umgekehrten Schatten genannt hatte, und schauderte. „Ich kann also nie mehr nach Hause", sagte sie leise. Keine Wahl zu haben, machte es auf gewisse Weise einfacher. „Warum dachte Shadye, ich sei ein Schicksalskind?"

Voids Augen wurden groß wie Untertassen. „Er dachte, du seist ein Schicksalskind?"

„Das sagte er", gab Emily zu. „Aber meine Mutter heißt Destiny. Das bedeutet Schicksal."

Void starrte sie einen langen Moment an, dann lachte er los. „Shadye hätte einen ordentlichen Schock bekommen, wenn er deine Opferung abgeschlossen hätte. Die Dunklen Götter hätten ihm nicht für deine Seele gedankt.“

Emily verstand erst nicht, was daran komisch war – und als es ihr aufging, schien es nicht sonderlich lustig. „Aber er hätte mich getötet!“

Void nickte. „Ich schätze, eines jener Kriterien, die ich erwähnt habe, war, dass du ein Schicksalskind seist. Aber die Geschöpfe, die die jenseitigen Welten bewohnen, spielen gern Streiche; sie legen Befehle neu aus, wenn sie nicht konkret formuliert sind. Ein Schicksalskind … wenn er sich nicht die Mühe gemacht hat, zu klären, was das bedeutet, haben sie vielleicht stattdessen dich genommen. Aber die anderen Kriterien würdest du trotzdem erfüllen.“

Er betrachtete sie einen langen Augenblick. „Zauberer versuchen schon seit Tausenden von Jahren, mit Hilfe von Magie die Zukunft vorherzusagen“, fügte er hinzu. „Es funktioniert selten gut, weil die Zukunft sich ständig verändert. Wenn man eine mögliche Zukunft kennt, zerstört man sie manchmal allein dadurch. Wenn man weiß, was passieren wird, wird es dadurch manchmal aber auch unvermeidbar. Selbst die besten Zauberer lassen die Hände von der Zukunft.

Aber eines ist gewiss: Manche Menschen sind dazu geboren, im Zentrum der Geschichte zu stehen. Diese Menschen werden Entscheidungen treffen, die das Schicksal umgestalten, die die Zukunft vollkommen verändern. Wenn Shadye dich seinen dunklen Herrschern geopfert hätte, hätten sie ihn mit unvorstellbarer Macht belohnt.“ Sein Lächeln erschien wieder. „Aber Shadye hat sehr viel Fantasie.“

Emily rieb sich die Augen und versuchte zu verstehen, was er ihr sagte. „Aber ich habe keinen Einfluss darauf, was passiert“, sagte sie schließlich. „Zu Hause war ich ein Nichts.“

„Niemand ist jemals ein Nichts“, sagte Void rätselhaft. „Die Kinder des Schicksals werden selten im Voraus gesehen und erkannt. Manchmal begreifen wir erst im Nachhinein, dass sie da waren. Wer hätte gedacht, dass der einfache Ziegenhirte Avon der Dreh- und Angelpunkt eines Bündnisses werden würde, das die Nekromanten in die Dunklen Lande zurückzwingen würde? Im Nachhinein wissen wir, dass er zum Schlüsselzeitpunkt lebte – und hätten sie ihn vor seiner Zeit getötet, würde die Welt jetzt den Nekromanten gehören."

„Oder wenn sie ihn überredet hätten, auf ihre Seite zu wechseln", riet Emily.

Void nickte.

Emily erinnerte sich an ihre Geschichtsstudien. Der Gedanke ließ sie nicht los. „Oder wenn er vom Schlachtfeld geflohen wäre ..."

„Genau", sagte Void. Er stand auf und sah aus dem Fenster. „Weißt du, dass es in dieser Welt mehr Nekromanten als mächtige Hexenmeister gibt?"

Emily rollte mit den Augen. Sie war gerade mal seit ein, zwei Stunden in dieser Welt. Wie hätte sie irgendetwas über ihre Geschichte, Kultur oder Geografie erfahren sollen? Shadye hatte auf jeden Fall keine Lust gehabt, sie zu informieren. Wie konnte Void nur erwarten, dass sie irgendetwas wusste?

„Der einzige Grund, warum sie uns noch nicht völlig zerstört haben, ist, dass wir zusammenarbeiten können, während die Nekromanten darin ziemlich schlecht sind", erklärte Void, ohne sie anzusehen. „Jeder Einzelne von ihnen glaubt, dass seine Rivalen ihm ein Messer in den Rücken stoßen, wenn er sich nur umdreht. Sie haben gute Gründe für ihr Misstrauen ..."

Er drehte sich um und sah auf sie herab. „Ihre Macht nimmt immer noch zu", sagte er. „Vor drei Jahren wurde das Königreich Gondar von ihren Streitkräften überrannt und die Bevölkerung zu Sklaven gemacht."

Emily starrte ihn an. „Und ihr konntet nichts tun? Mit all eurer Macht konntet ihr das nicht verhindern?"

Void sah auf seine Hände hinab. Zum ersten Mal fiel Emily auf, dass sie vernarbt waren, als hätte er sich immer wieder selbst geschnitten. „Alle unsere Bemühungen reichten gerade einmal aus, um die Hölle so lange aufzuhalten, dass wir einen winzigen Teil der Bevölkerung herausholen konnten, bevor es zu spät war. Mit Gondar in ihrer Gewalt haben sie einen Landweg nach Chirico, das jetzt seine Truppen von den Grenzposten abziehen und sich um seine eigene Verteidigung kümmern muss."

„So zwingen sie euch, eure Streitkräfte aufzuteilen", sagte Emily. Sie hatte genug Spiele mit den Nerds gespielt, um zu wissen, wie das ablief, selbst wenn die Logik von *Command and Conquer* in der echten Welt nie funktionierte. „Aber ich *komme* noch nicht mal aus dieser Welt. Warum ich?"

Void lächelte. „Shadye hat vielleicht nach einem Schicksalskind verlangt, ohne dazu zu sagen, dass es – sie oder er – aus dieser Welt stammen muss", sagte er trocken. „Oder die Wesen haben die Anweisungen mit Absicht falsch verstanden. Oder … er hatte einen Grund dafür, jemanden aus einer anderen Welt herbeizurufen."

Sein Gesicht verdunkelte sich. „Aber jetzt gerade ist es viel wahrscheinlicher, dass ein Schicksalskind *unsere* Chancen verbessert. Shadye wollte vielleicht einfach nur sicherstellen, dass ein Schicksalskind nie auftauchen würde. Oder es von der Welt entfernen, bevor seine Zeit kommt."

Emily spürte, wie die Gedanken in ihrem Kopf herumwirbelten. Das war zu viel. Void sprach ganz ruhig von Dingen, die ihr nichts bedeutet hatten, bevor sie in diese Welt gelangt war – bevor ihr Leben auf den Kopf gestellt worden war. Und Shadye hatte sie nicht nur gegen ihren Willen hierhergebracht; er hatte ihren Tod bestimmt, lange bevor sie ihm irgendetwas hätte antun können. Ihre Lippen verzogen sich zu einem bitteren Lächeln. Shadye hätte wissen müssen, dass sie nie zu einer Bedrohung für ihn geworden wäre, wenn er sie in ihrer Welt gelassen hätte.

Und doch – wie könnte sie jemals zu einer Bedrohung für ihn werden? Sie hatte gesehen, wie der Hexenmeister ganz nebenbei, ohne jede Anstrengung zauberte. Sie hatte keine Zauberkräfte, noch nicht einmal Kenntnisse moderner Technologie, die man hätte nutzen können, um das Machtgefälle ins Gleichgewicht zu bringen. Ihre Lehrer hatten ihr nichts Nützliches beigebracht; sie hatte keine Ahnung, wie man Schießpulver herstellte oder Dampfmaschinen, noch nicht einmal die Grundlagen moderner Medizin kannte sie. Shadye hatte sie wahrscheinlich ausgewählt, weil sie hilflos sein würde, selbst wenn sie ihm entkam.

„Mein Schutz ist dir sicher, solange du gezwungen bist, in dieser Welt zu bleiben", sagte Void, als sie ihn fragte. „Diese Welt ist nicht immer sicher für die Unvorsichtigen oder die Schwachen, und Shadyes Interesse an dir kann auch die Aufmerksamkeit Anderer auf dich ziehen."

Emily sah auf den Boden hinab und beobachtete, wie die merkwürdigen Muster sich hin und her verschoben. Sie hatte zahllose Fantasy-Romane gelesen, in denen die Heldin eine Auserwählte war, unter allen anderen auserkoren, um die Welt zu retten. Normalerweise trug sie einen Kettenhemd-Bikini, während sie sich mit Messern und Äxten voran kämpfte, um den dunklen Herrscher zu töten oder den Dämon zurück in die Hölle zu verbannen. So ohne Weiteres fiel ihr *kein einziger* Roman ein, in dem der oder die Auserwählte einfach nur mit jemandem verwechselt worden war. Und in den Büchern, in denen kein Funke von Schicksal vorkam, war die Heldin fast immer überaus begabt. Was sollte *sie* jetzt tun? Womit sollte sie Shadye beeindrucken? Mit ihrem Expertenwissen zu Rollenspielen und kreativem Schreiben oder damit, ihre Zeit mit Internet und Webcomics zu verschwenden? Nicht einmal ein Mörderkaninchen mit Klappmesser hatte sie an ihrer Seite.

„Ich ..." Sie hielt inne und schluckte. „Ich glaube, Shadye hat mich vielleicht bewusst ausgewählt."

Void zog höflich eine Augenbraue hoch. „Du meinst, er hat etwas an dir gefunden, das allen anderen entgangen ist?"

Emily wurde rot. Sie hasste abfällige Bemerkungen. „Ich meine, er hat mich ausgewählt, weil dich das zwingt, deine Zeit mit mir zu verschwenden", sagte sie. „Vielleicht macht er etwas anderes, während du mir hilfst, in dieser Welt zurechtzukommen ..."

„Dann müsste Shadye ganz genau ausrechnen können, wie lange es dauert, bis ich in den Umgekehrten Schatten gelange – dieser Gedanke gefällt mir ganz und gar nicht", murmelte Void. „Und er müsste glauben, dass ich mein Leben für dich riskieren würde. Ein Nekromant würde aber erwarten, dass ich dich töte, bevor du geopfert wirst, nicht, dass ich dich rette. Außerdem konnte er nicht sicher sein, dass ich schnell genug erkenne, was vorgeht, um rechtzeitig eingreifen zu können."

Sein Gesicht verzog sich zu einem verrückten Grinsen. „Aber diese Theorie können wir ganz einfach überprüfen. Folge mir."

Er ging durch den Raum und zur Tür hinaus, bevor Emily überhaupt aufgestanden war. Mit einem Achselzucken folgte sie ihm in ein Labyrinth aus Gängen, die in weißem Licht schimmerten. Void trat durch eine andere Tür in einen Raum, der mit alten Büchern vollgestopft war; einige lagen auf Stühlen verstreut, als ob ihre Leser nur kurz zum Essen gegangen wären. Er hielt vor einer weiteren Tür an. Als Emily nachkam, öffnete er sie und bedeutete ihr, vor ihm hindurchzugehen. Im dahinterliegenden Raum war ein kleiner Holztisch, auf dem eine Handvoll Gegenstände verstreut lagen. Weiter war kaum etwas zu sehen. Die Wände bestanden aus nacktem Stein.

Sobald sie den Raum betrat, spürte sie, dass etwas ihre Sinne dämpfte. Sie hielt abrupt an. „Du bist zu einem gewissen Grad empfindsam", bemerkte Void. Er schien nichts gespürt zu haben. „Dieser Raum ist so eingerichtet, dass er unerwartete magische Entladungen dämpft. Ich habe ihn nicht mehr betreten, seit mein letzter Lehrling mich verließ."

Seine Stimme klang merkwürdig und sie bekam das Gefühl, es wäre nicht klug, zu tief in seine Angelegenheiten einzudringen. „Sieh auf den Tisch", wies er sie an, „und nimm ein Objekt."

Emily runzelte die Stirn. „Welches Objekt?"

„Lass dich von deinem Instinkt leiten", sagte Void ernsthaft. „Nimm, was sich für dich *richtig* anfühlt."

„Oh", sagte Emily. Es war also eine Prüfung. Sie schnitt bei Prüfungen nie gut ab. „Wie viel Zeit habe ich?"

„So viel du deiner Meinung nach brauchst", sagte Void. Er lehnte sich an die Wand und nahm eine abwartende Haltung ein. „Nimm, was sich für dich *richtig* anfühlt."

Emily nickte und starrte die Gegenstände auf dem Tisch an. Ein großer Hammer mit Runen, die anscheinend in das Metall geätzt waren. Ein langer schwarzer Rohrstock, der aussah, als bestünde er aus Schatten. Ein Zauberstab, genau wie bei *Harry Potter*; ein Feen-Zauberstab mit glühendem Stern an der Spitze. Ein Armband mit Runen aus Metall, ein grüner Ring, der anscheinend mit einem inneren Licht glühte, ein Schwert, das sich unglaublich alt anfühlte, eine kleine dunkle Falken-Statue und ein Schlüssel mit einem griechischen Buchstaben darauf. Omega, wenn sie sich recht erinnerte. Ein Buch, das fast genauso alt aussah wie das Schwert, mit vergilbten Seiten und einem brüchigen Einband, mit dunklen Buchstaben, die sie nicht kannte …

Zuletzt war da noch ein Stück Draht, das sich auf eine Weise verbog, die die normale Wirklichkeit übertraf. Sie versuchte, ihm mit den Augen zu folgen, und die Welt drehte sich um sie, bis sie den Blick wieder davon losriss.

Sie schüttelte den Kopf und versuchte, das Gefühl der *Sinnesdämpfung* loszuwerden, während sie die Gegenstände nacheinander betrachtete. Eine elektrische Kraft ließ den Hammer erglühen; der Rohrstock sah fast durchscheinend aus, als wäre er eigentlich gar nicht da. Etwas an dem Schlüssel warnte sie davor, ihn auch nur im Entferntesten anzurühren.

Nimm, was sich für dich richtig anfühlt, hatte Void gesagt. Emily versuchte, logisch darüber nachzudenken, bis ihr aufging, dass Magie – denn damit hatte sie es hier zu tun – sich vielleicht nicht an die Gesetze von Logik und Vernunft hielt. Sie konnte genauso gut annehmen, dass sie sich in einem Rollenspiel befand, und entsprechend handeln. Ihre Hand bewegte sich von einem Objekt zum nächsten, ohne eines je zu berühren, bis sie über dem Buch anhielt. Sie hatte Bücher schon geliebt, seit ihre Mutter ihr einen Kindercomic zugesteckt hatte und weggegangen war, um sich in einen Vollrausch zu trinken. Bücher hatten sie ihr ganzes Leben lang begleitet.

Vorsichtig nahm sie das Buch und hielt es Void hin. „Ich wähle das hier", sagte sie. „Ist es die richtige Wahl?"

Void schnaubte. „*Ist* es die richtige Wahl?"

„Ja", sagte Emily. Plötzlich war sie das Spiel leid. „Es ist die richtige Wahl."

„Du hast eine Begabung", sagte Void. „Jeder potenzielle Lehrling bekommt die Möglichkeit, etwas von so einem Tisch auszusuchen. Das Buch zu wählen ..."

Er lächelte dünn. „Wir können Großes von dir erwarten, glaube ich." Er nahm ihr das Buch aus den Händen und betrachtete es nachdenklich, bevor er es ihr zurückgab. „Allzu viele nehmen die

Zauberstäbe, den Hammer oder das Schwert. Aus ihnen würden armselige Magier.“

„Ich kann Magierin werden?“, fragte Emily verblüfft. „Aber …“

„Du hast eine Begabung“, bestätigte Void. Er wandte sich um und führte sie aus dem Raum. „Das Buch gehört jetzt dir, auch wenn es noch lange dauern kann, bis du weißt, wie du es benutzt. Mein Meister gab es mir und versprach, mir all das Wissen weiterzugeben, das er unter großen Gefahren erworben hatte, wenn ich in weniger als einem Jahr lernte, es zu lesen. Ich habe zehn Jahre dafür gebraucht.“

Emily starrte das Buch an. *Zehn Jahre*, um es lesen zu lernen? Die Buchstaben schienen sich vor ihren Augen zu verbiegen, als ob sich ihre Bedeutung ständig änderte. Emily hatte nie versucht, eine Fremdsprache zu lernen, außer vielleicht die Codewörter, die sie für ihre Spiele erfunden hatten. Wie sollte sie es nur anstellen, in diesem Buch zu lesen?

„Ich muss einige Vorkehrungen für deine Zukunft treffen“, fügte Void hinzu. „Wir essen und dann kannst du dich ausruhen, während ich mit dem Rest des Rates spreche. Sie müssen erfahren, dass du aufgetaucht bist. Und dann können wir entscheiden, was wir mit dir anfangen.“

KAPITEL 3

Emily lag im Bett. Sie wollte die Augen nicht öffnen. Es war alles ein Traum gewesen. Es musste ein Traum gewesen sein. Denn in ein Land voller Zauber und Wunder versetzt zu sein, so anders als die öde, profane Welt, die sie hervorgebracht hatte, das war ein Traum, der in Erfüllung ging. Nein; es war zu gut, um wahr zu sein. Wenn sie ihre Augen öffnete, wäre sie wieder zu Hause, das wusste sie …

Doch das Bett fühlte sich unbequem an, fremdartig – und die Luft war zu heiß – und jemand war im Zimmer. Jemand *anderes?*

Sie riss die Augen auf. Sie lag auf dem Rücken und starrte zu einer reich mit Blattgold und -silber verzierten Decke empor. Eine junge Frau stand am Fußende des Bettes und hielt Emily ein Gewand hin. Ihre eigenen Kleider waren zur Wäsche gegeben worden – dachte sie jedenfalls. Nicht, dass sie sie zurückhaben wollte.

Es war kein Traum gewesen, erkannte Emily. Sie lächelte strahlend, während sie sich aus dem großen Bett schälte.

Die Dienerin reichte ihr das Gewand – ihre Augen waren seltsam leer, was einen Urinstinkt in Emily irritierte – und trat zurück in Richtung Tür. Sie war jung, mit langen blonden Haaren und blauen Augen, und sie trug eine Uniform, die Eleganz und praktische Anwendbarkeit miteinander verband. Sie schien nicht neugierig auf Emily und wunderte sich offenbar nicht, dass sie im Bett ihres Herren lag, aber sie arbeitete ja für einen Magier. Sie war zweifellos an allerlei Wunder und Magie gewöhnt.

Das Gewand war lang und unförmig, es kaschierte ihre Figur noch mehr als ihre eigenen Kleider. Emily stieß einen Seufzer der Erleichterung aus, als sie es anzog – es war überraschend weich und warm auf ihrer Haut – und ging ins Bad, um sich Wasser ins Gesicht zu spritzen. Keine der Rollenspiel-Kampagnen, an denen sie teilgenommen hatte, hatte erwähnt, dass mittelalterliche Sanitäreinrichtungen viel zu wünschen übrigließen. Es gab kein fließend warmes Wasser, geschweige denn eine Toilettenspülung. Magie lieferte offenbar keinen Ersatz für solche grundlegenden Technologien … Vielleicht würde sie Void überzeugen können, dass er fließend Wasser in seinem Turm installieren ließ. Es würde die hygienischen Bedingungen verbessern können.

Sie kicherte, wusch sich und trat vor einen Spiegel, um ihr Gesicht zu betrachten. Einen Augenblick später drehte das Bild sich herum und zeigte, wie sie von hinten aussah. Emily zuckte überrascht zurück, dann ging ihr auf, dass das Spiegelbild magisch entstanden war, genauso etwas, das *sie* erschaffen hätte, wenn sie die nötige Macht und Begabung gehabt hätte. Sie erwischte sich dabei, wie sie einen Blick auf das Buch warf, das Void ihr gegeben hatte. Sie fragte sich, ob sie daraus lernen konnte, wie man einen Zauberspiegel oder andere nützliche Dinge erschuf.

Sie konnte nicht widerstehen. „Spieglein, Spieglein an der Wand", sagte sie, „wer ist die Schönste im ganzen Land?"

„Dumme Frage", sagte eine Stimme. Emily erschrak fast zu Tode. „*Die Schönste,* das ist eine subjektive Beurteilung. Eine Frau, die für den einen Mann die *schönste* ist, kann für einen anderen eine hässliche Kuh sein."

Emily lachte los. „Hast du keine Meinung zum Thema?"

Die Stimme des Spiegels wurde tiefer. „Ich bin bloß ein Spiegel", bemerkte er ziemlich abfällig. „Eigentlich bin ich nicht mehr als ein Spiegelbild von dir."

„Ich verstehe", sagte Emily, obwohl sie nicht sicher war, dass sie wirklich verstand. Ihr Selbstbild von ihrem eigenen Körper war nie sonderlich gut gewesen. Der Spiegel würde sich bestimmt so umfassend über sie lustig machen wie ihr Stiefvater. „Danke."

Sie ging vom Spiegel weg zu der schweren hölzernen Tür. Die Dienerin hatte sie offen gelassen und wartete draußen auf sie. Ihr Gesichtsausdruck ließ vermuten, dass sie bereit war, ewig zu warten.

Emily trat durch die Tür und war nicht völlig überrascht, als diese mit einem unheilverkündenden Knall hinter ihr zufiel.

Void hatte versprochen, dass sie in seinem Turm sicher wäre; er hatte damit angegeben, dass er mit zahllosen Schutzzaubern versehen sei.

Emily spürte etwas in der Luft; die Dienerin verbeugte sich vor ihr und führte sie durch einen steinernen Korridor, vorbei an einem riesigen Fenster, das auf einen Wald hinausging. Etwas Großes hing in der Luft, etwas mit riesigen Flügeln wie eine Fledermaus … Emily blieb stehen und starrte es an. Das konnte doch kein lebendiger Drache sein, oder? Wie konnte etwas so Großes nur *fliegen?*

Magie, sagte sie sich. Sie musste sich merken, dass Magie hier wirklich funktionierte.

Der Drache bewegte langsam die Flügel auf und ab; einen Augenblick später war er weg. Emily hatte das Gefühl, etwas verloren zu haben, als hätte sich alle Magie der Welt in nichts aufgelöst. Tränen brannten in ihren Augen, doch sie wischte sie ungeduldig weg. Weitere Wunder würden folgen.

Die Dienerin führte sie bis zum Speisesaal. Hier hatte Void Platz für ein ganzes Heer, doch in der Halle stand nur ein einziger Tisch. Er stand vor einem lodernden Feuer, in dem unwirklich grüne und blaue Funken flackerten. Der Hexenmeister selbst saß an dem einen Tischende und verschlang einen Teller voll mit Würsten und Brot. Zwei Dienstmädchen standen hinter ihm und warteten stumm auf seine Befehle. Ein einziger weiterer Stuhl stand am Tisch.

„Komm herein", rief Void.

Emily zögerte. Etwas an der Größe des Saales kam ihr ein bisschen lächerlich vor. Sie hatte jedenfalls nicht den Eindruck gehabt, dass Void gern Fremde in seinem Saal bewirtete … Sie hielt inne und musste über sich selbst lachen. Sie kannte Void noch nicht einmal einen Tag, wie konnte sie glauben, schon eine Expertin für ihn zu sein?

Sie ging zum Tisch und setzte sich ihm gegenüber. „Das Küchenpersonal hat sich sehr gefreut, dass du bei uns logierst", sagte Void. „Sie wollen immer mal wieder etwas anderes kochen, aber ich bin in meinen Gewohnheiten ziemlich festgefahren. Ich will nichts anderes als Fleisch und Brot zum Frühstück."

Er lächelte, als müsse sie einen Witz verstehen, den er gerade gemacht hatte. Doch Emily verstand ihn nicht. Ihr Frühstück bestand normalerweise nur aus Cornflakes und Kaffee. Ihre Eltern hätten vielleicht gern Eier und Speck zum Frühstück gegessen, aber *sie* hatte noch nie ein großes Frühstück vertragen – ihr war davon immer ein bisschen schlecht geworden.

Eines der Dienstmädchen stellte einen Krug mit Wasser neben Emily, ein anderes gab ihr einen Becher mit einer heißen schwarzen Flüssigkeit, die leicht nach gemahlener Erde und Sand roch. Emily zögerte, dann nahm sie einen Schluck davon. Es schmeckte merklich anders als Kaffee. Aber es schien genug Koffein zu enthalten, um sie wach zu machen.

„Mein Personal hat das Wasser abgekocht, es ist sicher", sagte Void, als sie den Krug zweifelnd beäugte. „Wenn du woanders bist, frage immer, ob das Wasser abgekocht ist. Manche im gemeinen Volk glauben nicht an die unsichtbaren Teufel in der Flüssigkeit."

Natürlich, dachte Emily; die Menschen hatten schließlich nicht immer gewusst, dass man Wasser abkochen musste, damit es ungefährlich war. Sie hatte gelesen, dass verunreinigtes Wasser im Lauf der Geschichte viele Epidemien verursacht hatte. *Unsichtbare Teufel* war eigentlich keine schlechte Beschreibung für Keime, auch wenn sie nicht sehr wissenschaftlich klang. Aber in einer Welt, die auf Magie statt auf Wissenschaft aufgebaut war, war das völlig logisch. Vielleicht waren die Keime sogar *wirklich* Teufel.

„Danke", sagte sie, goss sich ein Glas ein und nippte daran. Das Wasser schmeckte süß. „Was machen wir heute?"

Void hob eine Hand. „Warte, bis du gegessen hast", sagte er mit fester Stimme. Die Dienerin kam zurück und setzte Emily einen großen Teller mit Fleisch, Eiern und Brot vor. „Eine gute Mahlzeit wird unser Gespräch sehr erleichtern."

Emily hatte keine Ahnung, wie er sich vorstellte, dass sie so viel essen konnte, doch als sie sich über das Essen hermachte, merkte sie, dass sie viel hungriger war, als sie gedacht hatte. Das Fleisch schmeckte ein bisschen wie Rindfleisch, doch etwas im Geschmack war ihr fremd. Und natürlich hatte sie keine Ahnung, was für ein Geschöpf die Eier gelegt hatte. Nur das Brot schmeckte irgendwie bekannt, es erinnerte sie an das Brot, das sie im Hauswirtschaftsunterricht gebacken hatten. Aber es schmeckte viel besser als ein Brot, das dreißig Schulkinder fabriziert hatten, während eine nervöse Lehrerin ihnen zusah und sich fragte, was aus ihrer Karriere werden würde, falls die Schüler sich vergifteten. Vielleicht bildete sie es sich ein, aber das Essen schien gesünder als alles, was sie zu Hause gegessen hatte.

„Ich habe Wesenheiten herbeigerufen und Nachforschungen angestellt", berichtete Void, nachdem das Dienstmädchen nach Emilys Mahlzeit den Teller abgeräumt hatte. „Es scheint, du bist das Opfer … unklarer Vorgaben."

Emily wusste, dass er gestern so ziemlich das Gleiche gesagt hatte. „Shadyes Forderungen waren sehr spezifisch", fuhr Void fort. „Er befahl gewissen Wesen, ihm ein Schicksalskind zu bringen, das große magische Kräfte besitzen sollte, ohne sich dessen wirklich bewusst zu sein. Zu seinem Pech vergaß er zu beschreiben, was ein Schicksalskind eigentlich ist und wo er oder sie überhaupt herkommen sollte. Hätte er angegeben, dass die Wesen ihre Suche auf *diese* Welt fokussieren sollten, säßest du jetzt nicht in diesem Schlamassel."

Emily nickte nachdenklich. Sie hatte nicht gewusst, dass sie magische Kräfte besaß, aber in ihrer Welt gab es ja auch keine Magie. Außer man gab Arthur C. Clarke recht, der gesagt hatte, eine hinreichend fortschrittliche Technologie sei das Gleiche wie Magie. Oder vielleicht waren geistige Kräfte – angenommen, *die* existierten – auch das Gleiche wie Magie.

Oder vielleicht solltest du die Dinge einfach genauso sehen wie Void, sagte eine Stimme in ihrem Hinterkopf. *Die magischen Gesetze hier könnten ganz anders sein als alles, wovon du jemals gelesen hast.*

Void zwinkerte ihr zu. „Nekromanten machen sich selten die Mühe, andere um Rat zu fragen, falls sie überhaupt jemals anerkennen, dass Außenstehende ihr Problem aus einer neuen Perspektive sehen könnten. Zweifelsohne glaubte er, dass die Wesen seinen Befehlen gehorchen würden …, was sie ja auch taten, das muss man ihnen lassen. Er hat sich nur nicht genau genug ausgedrückt, damit sie das taten, was er wollte."

„Und so haben sie stattdessen mich genommen", überlegte Emily.

„Zumindest kannst du es als Lektion betrachten", fügte Void hinzu, „dass absolute Genauigkeit erforderlich ist, wenn man mit Magie und magischen Wesen zu tun hat."

Er schüttelte den Kopf. „Aber nun müssen wir immer noch entscheiden, was wir mit dir anstellen sollen. Shadye hat vielleicht nicht gemerkt, dass seine Herbeirufung fehlgeschlagen ist. Ich habe dich ihm entrissen, bevor er dich opfern konnte, also glaubt er vielleicht, dass er erfolgreich war – bis auf die Tatsache, dass er dich an mich verloren hat. Er wird auf jeden Fall nach dir suchen; er könnte sogar versuchen, dich von meinem Turm zu holen und zurück in sein Gebiet zu bringen."

Emily fröstelte. Es war leicht, sich im Turm sicher zu fühlen, aber plötzlich kam ihr diese Sicherheit wie eine Täuschung vor. Sowohl Shadye als auch Void hatten vor ihren Augen Dinge getan, die sie vor einem Tag noch für völlig unmöglich gehalten hatte. Was konnte sie tun, wenn Shadye sie ein zweites Mal fing? Er würde sicher nicht den gleichen Fehler zweimal begehen.

„Dazu kommt, dass du ausgebildet werden musst, und zwar richtig", sagte Void. Seine Stimme war sanft, aber in ihr lag eine Kraft, die Emily dazu brachte, sich gerade hinzusetzen und ihn genau anzusehen. „In diesem Augenblick bist du eine mögliche Quelle der Magie für jeden x-beliebigen, wenig vertrauenswürdigen Magier da draußen; Shadye wird nicht der Einzige sein, der dich gefangen nehmen will, wenn das erst mal bekannt wird. Shadye wollte deine Macht und deinen Status – deinen vermeintlichen Status – als Schicksalskind benutzen; andere werden noch viel finsterere Absichten haben. Du brauchst eine Ausbildung, und ich kann sie dir nicht bieten."

Emily spürte einen Stich im Herzen. Ihr wurde klar, dass sie von Void erwartet hatte, dass er sie ausbildete. Er war seltsam, aber sie hatte begonnen, ihn zu mögen. Beim Gedanken, seinen Turm zu verlassen und die Welt da draußen zu betreten, lief es ihr eiskalt den Rücken hinunter, besonders wenn feindliche Zauberer vorhatten, sie zu fangen und ihre Macht an sich zu reißen – die Macht, von der sie noch nicht einmal gewusst hatte, dass sie sie besaß. Sie wollte ganz bestimmt nicht daran denken, was sie vielleicht tun würden, um sie ihrer Macht zu berauben.

„Ich bin ein schlechter Lehrer", gab Void zu, als sie ihn bedrängte. „Ich habe zu meiner Zeit sieben Lehrlinge gehabt. Drei mussten wegen Ungehorsams entlassen werden, zwei sind bei magischen Unfällen gestorben, einer wechselte die Seite und wurde Nekromant ..."

Eine lange Pause folgte. Schließlich fragte Emily: „Und der letzte Lehrling?"

„Ich musste ihn töten", sagte Void ohne Umschweife. Emily wollte Fragen stellen, aber sie hatte das Gefühl, es wäre unklug, ihn weiter zu bedrängen. „Belassen wir es dabei, zu sagen, dass meine Laufbahn als Lehrmeister nicht gut war."

Er zögerte, als wolle er ungern Weiteres preisgeben. „Hinzu kommt, dass du eine viel breitere Fächerauswahl brauchst, als ich sie dir in meinem Turm bieten kann. Du bist nur mir und Shadye begegnet – aber es gibt noch viele andere Arten von Magiern. Es würde dich nur einschränken, wenn du bei mir lernen müsstest. Du hast Besseres verdient."

Eine weitere Pause folgte. „Ich schicke dich nach Whitehall", sagte er. „Dort wirst du in Sicherheit sein."

Emily blinzelte und versuchte, sich nicht im Stich gelassen zu fühlen. „Whitehall?"

„Es gibt nur wenige Ausbildungsstätten für angehende Zauberer", erklärte Void. „Von all diesen ist Whitehall die älteste, sie wurde in den Tagen des Alten Reichs errichtet. Politisch steht es neutral in den Machtkämpfen zwischen den Verbündeten Landen – und es ist eine Bastion gegen die Nekromanten. Woanders könnte deine Gegenwart" – er hielt inne, als ob er seine nächsten Worte sorgfältig auswählen müsste – „die Leute in Aufruhr versetzen."

„Ich verstehe nicht", sagte Emily. „Warum bin ich so besonders?"

Void schnaubte. „Glück." Er schüttelte wehmütig den Kopf. „Wenn sich in den Verbündeten Landen die Nachricht herumspricht, dass du ein Schicksalskind bist – selbst wenn du es höchstens dem Namen nach bist –, wird das Erschütterungen verursachen. Und wenn ihnen erst mal klar wird, wie viel Macht in dir aufsteigt, werden sie versuchen, dich auf ihre Seite zu holen – oder dich zu töten."

Er zuckte mit den Achseln. „Es wird dich nicht überraschen, zu hören, dass die Verbündeten Lande mit internen Kämpfen genauso viel Zeit verbringen wie mit dem Kampf gegen die Nekromanten. Wir machen uns über die Uneinigkeit der anderen lustig, aber bei uns ist es genauso schlimm."

Emily runzelte die Stirn. „Auf welcher Seite stehst du dann?"

Void blickte sie scharf an, dann nickte er verständnisvoll. „Ich bin selber Whitehall-Absolvent. Darum bin ich den Verbündeten Landen insgesamt Gefolgschaft schuldig, nicht einem bestimmten Land. Diejenigen unter uns, die an der Speerspitze des Kampfes gegen die Nekromanten stehen, haben keine Zeit für Machtkämpfe zwischen den Verbündeten Landen. Vielleicht *wollte* Prinzessin Samira Prinz Davit nicht wirklich heiraten … was auch immer passiert ist, ist kein Grund dafür, einen Krieg anzuzetteln, der es den Nekromanten ermöglicht, in die Verbündeten Lande einzudringen."

„Du hast gesagt, dass die Nekromanten die Schrauben fester anziehen", sagte sie. „Erkennen die Verbündeten Lande nicht, dass sie ein Problem haben?"

„Doch, da bin ich mir sicher", sagte Void. „Aber sie machen sich nicht die Mühe, wirklich darüber *nachzudenken*, was sie tun."

Er sah sie direkt an. „Whitehall liegt in den Bergen, an einem Kreuzungspunkt der Macht, wo zwei Ley-Linien sich überschneiden, einem Nexus. Das verleiht den Schutzschirmen der Schule unglaubliche Macht. Kein Nekromant kann die Schule oder ihr Gelände betreten, und niemand aus den Verbündeten Landen würde es wagen, ihre Grenzen ohne Erlaubnis zu durchbrechen. Der Wille des Großmeisters der Schule ist unumstößlich."

Emily merkte, dass sie lächelte. „Er heißt nicht zufällig Dumbledore?"

„Das kann ich nicht wissen", erinnerte Void sie mit einem spitzbübischen Grinsen. „Wir, die wir große Macht anstreben, halten unsere Namen geheim, weißt du noch?"

Sein Tonfall ließ Emily erröten.

„Ich habe Vorkehrungen getroffen, dass du noch heute zur Schule reist und dich dort einschreibst, bevor irgendjemand außer Shadye und mir selbst erfährt, wer du in Wirklichkeit bist", fuhr Void fort. „Mach dir keine Gedanken über die Kosten; der Großmeister schuldet mir ein paar Gefallen, also hat er zugestimmt, dir das Schulgeld zu erlassen. Außerdem glaube ich, dass du mit der richtigen Ausbildung wahrlich herausragend sein wirst. Ich bezweifle, dass Whitehall in irgendeiner Weise dem Unterricht ähnelt, den du zu Hause hattest, aber es wird dir die Grundlagen vermitteln, die du so dringend brauchst."

„Danke", sagte Emily. Es war nicht leicht, das Gefühl des Verlassenseins abzuschütteln, aber Void wollte ganz offensichtlich nur das Beste für sie. Wieder zur Schule gehen … nun ja, diesmal würde sie tatsächlich etwas Spannenderes lernen als sterile Fakten und nutzlosen Blödsinn. Außerdem, falls Void recht hatte und andere Magier nach ihr suchen würden, sollte sie besser so schnell wie möglich lernen, sich zu verteidigen. Shadye hatte sie mit geradezu verächtlicher Leichtigkeit überwunden.

Void lächelte. „Gern geschehen", sagte er. „Wenn du eine Verteidigerin der Verbündeten Lande wirst und uns beistehst, wird mir das mehr als genug Lohn sein."

Er stand auf. „Ich habe auch Vorkehrungen für deinen Transport getroffen. Das Küchenpersonal wird dich mit Proviant versorgen."

Emily blinzelte und stand ebenfalls auf. „Du kommst nicht mit?"

„Leider nein", sagte Void. „Mach dir keine Sorgen. Dein Transportmittel …" – er grinste, als ob er über einen internen Witz lächelte – „vertrau mir, kein Nekromant wird es riskieren wollen, die Aufmerksamkeit deines Transportmittels auf sich zu ziehen."

„Ah ja", sagte Emily. Plötzlich fühlte sie sich, als hätte Void ihr ein rotes Hemd angezogen, vielleicht noch mit einer Zielscheibe darauf. Andererseits hatte er ja *wirklich* sein ganzes Leben in dieser Welt gelebt. Er wusste zweifellos, was er tat. „Ich wollte dich etwas fragen."

Void hob geduldig eine Augenbraue.

„Deine Dienerinnen", sagte Emily leise. „Warum sehen sie alle so …"

Ihr fiel kein passendes Wort ein, aber Void verstand sie. „Sie haben mir für die Dauer ihres Dienstes die Treue geschworen. Um hier leben zu können, haben sie machtvolle Treuesprüche auf sich genommen, die sie daran hindern, irgendetwas zu tun, das gegen meine Interessen wäre." Er lächelte ihr beruhigend zu. „Du beginnst wirklich, Magie zu spüren, meine Liebe."

Emily zuckte zusammen. Sie konnte sich nicht sicher sein, aber sie hätte viel Geld darauf verwettet, dass die Zaubersprüche noch viel mehr bewirkten als nur die Treue dieser Dienerinnen. Der leere Blick des Dienstmädchens ließ sie schaudern. Vielleicht hatte es keinen freien Willen mehr, oder vielleicht bildete Emily sich das nur ein. Sie *hoffte,* dass sie es sich einbildete.

Sie schüttelte den Kopf. Diese Welt schien zwar aufregender als ihre alte, aber sie hatte auch ihre Gefahren. Und Shadye war nicht der Einzige, der Magie missbrauchte.

KAPITEL 4

„Wie groß ist dieser Turm?", fragte Emily.

Void lächelte, während sie die Treppe hinaufgingen, weiter und weiter nach oben. „So groß, wie er sein muss."

„Das ist keine Antwort", sagte sie gereizt. Der Ranzen mit Essen und Getränken, den Voids Dienerinnen ihr gegeben hatten, schnitt in ihre Schulter. In dieser Welt hatte man offensichtlich noch keine Rucksäcke erfunden, die angenehm zu tragen waren – jedenfalls bis jetzt noch nicht. Ihre Gedanken schweiften ab; sie fragte sich, was aus ihrer Welt sie vielleicht in dieser einführen könnte, um den Alltag der Leute zu erleichtern. „Wie groß ist der Turm?"

Voids Lächeln wurde breiter. „Der Turm ist innen viel größer als außen. Jeder Besitzer hat mehr zur Einrichtung hinzugefügt, so dass sich jetzt eine Unzahl Gänge und Abteilungen meilenweit unter der Erde erstrecken. Selbst ich könnte dir nicht genau sagen, wie groß der Turm von innen ist."

Ein kalter Windstoß blies ihr entgegen, als sie endlich oben ankamen und an die Festungsmauern traten. Emily wurde schwindelig, als ihr aufging, wie weit man fallen würde, bis man unten aufschlug, und wie niedrig die Zinnen waren. Ein Kind hätte hinaufklettern und dann von einem unerwarteten Windstoß hinabgeweht werden können. Die Zinnen erschienen ihr nicht sonderlich sicher, aber soweit sie das beurteilen konnte, lag die wahre Verteidigung des Turms in Voids Magie. Ein kleines Heer würde über die Zinnen klettern können, wenn es an den Schutzschirmen vorbeikäme.

„Er kommt", sagte Void und zeigte auf die Sonne. „Sieh nur!"

Einen Augenblick lang sah Emily nichts. Dann tauchte inmitten der gleißenden Sonne ein dunkler geflügelter Umriss auf und flog dem Turm entgegen. Er war so groß, dass sie Mühe hatte,

Einzelheiten zu erfassen; seine grünen Schuppen blitzten im Sonnenlicht; er hatte strahlend goldene Augen und seine Flügel waren so riesig, dass sie sich über Meilen zu erstrecken schienen. Riesige Klauen, jede größer als Emilys Körper, schimmerten; dann landete der Drache. Die Festung bebte dumpf; es schien unmöglich, dass sie seinem Gewicht standhalten konnte.

Der Drache öffnete das Maul und Emily verkroch sich hinter Voids Rücken. Ein Rauchfaden stieg aus seinen Nüstern. Im Maul hatte er messerscharfe Zähne und eine lange Zunge, mit der er seine Lefzen leckte, als hätte er beschlossen, dass die zwei Menschen ein netter Leckerbissen wären. Ein so großes Wesen würde von zwei Menschen niemals satt werden, sagte der vernünftige Teil von Emilys Gedanken.

Dann sah sie direkt in die goldenen Augen und erstarrte.

Irgendwoher *wusste* sie: Der Drache war *alt*. Das magische Feld, das ihn umgab, bombardierte sie mit Eindrücken und Empfindungen und überflutete ihre Sinne damit. Er war so alt, dass ganze Zeitalter an ihm vorbeigezogen waren, während er durch die Himmel flog, ohne die Menschen, die unter ihm herumwuselten, zu beachten. Sie fühlte sich nicht mehr von ihm bedroht, sie spürte nur noch uraltes Wissen und Belustigung.

Void schien von dem Drachen genauso überwältigt zu sein, obwohl solche Wesen zum Alltag seiner Welt gehören mussten. Aber wie viele Magier, fragte Emily sich, kannten Drachen persönlich?

„Lange nicht gesehen", grollte der Drache. Emily erschauerte, als sie daran dachte, was für den Drachen eine *lange* Zeit sein mochte. Alle Fantasy-Bücher, die sie gelesen hatte, behaupteten, dass Drachen *sehr* lange lebten. „Möchtest du endlich den Gefallen einfordern, den ich dir schulde?"

„Ja", sagte Void. Seine Stimme klang dünn im Vergleich zum tiefen Grollen des Drachen. „Dieses Mädchen muss nach Whitehall."

Emily fühlte sich auf einmal sehr klein, als die großen goldenen Augen des Drachen auf sie hinabblickten. „Eine Reisende aus einer anderen Welt", stellte der Drache fest. Es war keine Frage. „Wie seltsam. Eine wie dich haben wir seit vielen Jahren nicht mehr gesehen."

Er neigte sein Haupt zum Boden. „Du darfst auf meinem Rücken reiten. Niemand wird es wagen, dir etwas anzutun, solange du bei mir bist."

Void nickte Emily zu. „Du kannst dich darauf verlassen, dass er dich nach Whitehall bringt", sagte er. „Wir sehen uns schon bald wieder."

Emily umarmte ihn abrupt und wandte sich dann dem Drachen zu. Sie hatte immer den Eindruck gehabt, Drachen wären etwas Romantisches, aber an *diesem* Drachen war nichts romantisch. Aus der Nähe roch er beunruhigend – nach Schwefel, vermutete sie – und die Schuppen waren unangenehm heiß. Vor Jahren hatte sie im Streichelzoo eine Schlange berührt, aber das hier war ganz anders. Den Drachen anzufassen war, als würde sie einen Panzer berühren, der in der Sonne gestanden hatte.

„Halt dich an den Schuppen fest, um auf meinen Rücken zu steigen", sagte der Drache. Ihre Bemühungen schienen ihn ungemein zu belustigen. „Du kannst mir nicht wehtun."

Emily zögerte, dann kletterte sie hinauf. Halb erwartete sie, dass die Schuppen unter ihrem Gewicht nachgeben würden. Aber nichts geschah. Sie erreichte den Rücken des Drachen, schwang ihre Beine hinüber und hielt sich an einem schuppigen Höcker fest, der vor ihr lag. Einen Augenblick später gab es einen plötzlichen Windstoß und der Drache sprang in die Luft. Der Boden unter ihnen verschwand erschreckend schnell. Emily schrie auf und packte den Höcker fester. Sie versuchte, nicht zu Boden zu blicken oder in Richtung der Flügel, die sich in der Luft auffächerten. Sie war schon mit Flugzeugen geflogen, aber das hier war natürlich ganz anders. Sie wusste, dass nichts zwischen ihr und dem Erdboden lag. Wenn sie hinabfiel, würde sie in den Tod stürzen.

Der Luftstrom war erstaunlich sanft, als der Drache sich mitten im Flug drehte, fast wie eine Achterbahn, und mit seinen scharfen Zähnen nach einem Vogel schnappte. Eine kurze Federn-Explosion, ein Drachen-Schlucken und dann nichts mehr. Emily erschauerte erneut, als der Drache sich ausstreckte und vom Turm wegflog; irgendwie schaffte sie es, sich lange genug umzudrehen, um Voids

Turm in der Ferne entschwinden zu sehen. Er sah aus wie eine riesige Schachfigur, die allein inmitten des Waldes stand.

Es gab eine Hitzewelle, als der Drache Feuer spuckte und sein ganzer Körper sich unter ihr krümmte. Emily befahl sich selbst, keine Angst zu haben, und versuchte, ihre Augen wieder Richtung Boden zu zwingen. Wenn sie noch den geringsten Zweifel gehegt hätte, dass sie sich in einer anderen Welt befand, wäre dieser beim Anblick der Dörfer unter ihr verschwunden. Sie waren äußerst primitiv, unberührt von der modernen Welt. Die einzige echte Straße, die sie sah, erinnerte sie an die Pflasterstraßen, die die Römer bei ihrem Eroberungszug durch Europa gebaut hatten; ansonsten gab es schlammige Pfade voller Pferde und Fuhrwerke. Die meisten Felder waren winzig im Vergleich zu denen, die sie aus ihrer Welt kannte; sie wurden von Hand bestellt statt mit Mähdreschern. Wenn sie sich recht erinnerte, war die Landwirtschaft des Mittelalters nie sehr effizient gewesen. Erst nach der Entwicklung moderner Technologien war Landwirtschaft in großem Stil ertragreich geworden.

Weit unten sah sie Leute bei der Feldarbeit. Sie konnte nicht sicher sein, aber sie wirkten schwer geplagt – als wüssten sie, dass sie nicht für sich selbst arbeiteten. Vielleicht taten sie das wirklich nicht, überlegte sie, als sie andere Leute beobachtete, die offensichtlich Wache standen. Bewaffnete Wachen, schätzte sie, als der Drache ein kleines burgartiges Gebäude überflog, das inmitten einiger Dörfer lag. Hier wohnte wahrscheinlich der örtliche Baron, der die Bauern ausbeutete und all ihre Ernten für sich beanspruchte. Vielleicht ließ er ihnen nicht einmal genug zum Leben.

Der Drache blies mehr Feuer in die Luft, während er über einen riesigen See flog, auf dem Hunderte winziger Fischerboote fuhren. Emily spähte zum anderen Ufer und sah, dass der See genau genommen ein riesiges Haff war, das mit dem Meer verbunden war; die Seeleute konnten ihre Boote am Ufer festmachen, wo sie vor Sturm und starken Wellen geschützt waren. Auch die Boote sahen nicht sonderlich fortschrittlich aus. Das größte, das sie sehen konnte, war kaum größer als ein Fischerboot in ihrer eigenen Heimat. Vielleicht fuhren sie nicht mit den größeren Fischerbooten auf den

See, oder vielleicht gab es ganz einfach keine. Void hatte nicht viel zur Geografie der Gegend gesagt, aber er hatte angedeutet, dass die Nekromanten immer größeren Druck auf die Verbündeten Lande ausübten. Vielleicht hatten die Verbündeten Lande keine Zeit, den Rest der Welt zu erforschen. Apropos – wussten sie überhaupt, dass ihre Welt eine Kugel war?

Falls diese Welt eine Kugel ist, dachte sie einen Augenblick später. Wenn es Magie gab, warum sollte es nicht auch eine flache Welt geben?

In der Ferne erhob sich eine Bergkette vor ihnen. Robuste grüne Pflanzen wuchsen darauf, die anscheinend einer winzigen menschlichen Bevölkerung Nahrung und Schutz boten. Der Drache brüllte und stürzte vorwärts, tauchte zwischen die Gipfel, tanzte durch das Gebirge und bog im allerletzten Moment vor den Bergwänden ab. Ein langes Tal öffnete sich vor ihnen und der Drache flog hinein, ohne das kleine Dorf zu beachten, das dort verborgen lag. Emily zuckte entsetzt zusammen, als sie bemerkte, wie die Leute den Drachen anstarrten und dann erschrocken davonrannten. Sie mussten glauben, dass der Drache sie oder ihr Vieh fressen wollte. Eine Frau blieb am Rande des Dorfes stehen und schrie den Drachen an; er ignorierte sie. Sie waren zu weit oben, als dass Emily auch nur ein Wort hätte verstehen können.

Aber wieso sollte sie überhaupt *irgendjemanden* in dieser Welt verstehen können?

Der Drache gluckste, als er sich erst über einen Berggipfel hinweg schwang und dann in ein weiteres Tal abtauchte. Dieses schien völlig verlassen, es gab nichts außer Bäumen und Blumen im Schatten der Berggipfel. Der Drache flog in Schlangenlinien, dann stieg er wieder auf und überquerte eine gewaltige Statue, die in die Flanke des Berges gehauen war. Allein ihr *Anblick* ließ Emily schaudern. Sie hatte Bilder von riesigen Statuen gesehen, die in Afghanistan zerstört worden waren, aber diese hier war größer – und auf jeden Fall nicht menschlich. Große spitze Ohren überschatteten ein Gesicht, das so grausam und berechnend aussah, dass es vollkommen außerirdisch wirkte, mit Augen wie schwarzen Edelsteinen, die im Schatten der Statue glühten. Hinter ihr lag eine

Reihe Sitzplätze über einer Vertiefung im Felsen. Sie brauchte einen Augenblick, um zu erkennen, dass sie ein Stadion sah. Die ganze Gegend schien vollkommen verlassen … und doch bekam sie eine Gänsehaut, als der Drache sich in die Luft erhob. Es war, als würden feindlich gesonnene Augen sie beobachten.

Hilflos sah sie sich um. Das Gefühl wurde jede Sekunde stärker. Da war nichts, das bedrohlich *aussah*, außer der Statue selbst, aber die war ja nur eine Statue. Oder?

Doch in dieser Welt funktionierte Magie, fiel ihr wieder ein. Eine Statue würde in einer solchen Welt zum Leben erwachen und mit dem Drachen kämpfen können, soweit sie wusste.

Das Gefühl schwand, als der Drache noch weiter aufstieg und die schaurige Statue samt Stadion hinter sich ließ. Emily stieß einen Seufzer der Erleichterung aus, als die Berge in eine Hügellandschaft übergingen, auf deren anderer Seite nun eine Ruinenstadt auftauchte. Sie sah aus, als wäre sie vollkommen zerbombt und von der Bevölkerung verlassen worden. Da waren Hunderte zerstörter Gebäude und Dutzende umgestürzter Statuen. Ein Gebäude im Zentrum der Stadt ragte noch unversehrt in den Himmel; alles andere war von der unbekannten Macht, die die Stadt zerstört hatte, in Schutt und Asche gelegt worden. Emily fragte sich, ob so Hiroshima ausgesehen hatte; dann überlegte sie, was Magier anstelle einer profanen Atombombe nutzen würden. Vielleicht machten sie Drachen zu Sklaven und führten mit ihnen Krieg gegen ganze Städte … auch das konnte sie nicht wissen.

Sie fröstelte, als der Drache von der Stadt weg und über den öden, unfruchtbaren Landstrich flog. Es gab Hunderte Städte und Dörfer, alle verlassen und dem Verfall preisgegeben. An manchen Stellen wiesen nur noch wenige Spuren darauf hin, dass hier jemals ein Dorf oder eine Stadt gestanden hatte. Es gab keine lebenden Menschen. Die Bewohner waren geflohen oder sie waren von der Macht, die ihre Häuser zerstört hatte, getötet worden.

Verwirrt starrte Emily auf die Ruinen. Sie versuchte zu berechnen, wie lange die Zerstörung der Stadt und ihres Umlandes her waren. Eine mittelalterliche Stadt würde sicher nicht lange erhalten bleiben, wenn sie komplett verlassen war … andererseits hatten einige Städte in Europa noch Bauwerke, die über zweitausend Jahre alt waren. Sie schüttelte den Kopf; das Rätsel war nicht lösbar. Sie musste die Antwort in Whitehall finden.

Sie hielt sich mit einer Hand an der Haut des Drachen fest, öffnete vorsichtig ihren Ranzen und fand darin ein Brötchen mit Fleisch, ein sehr improvisiertes Sandwich. Voids Küchenpersonal hatte ihr genug Essen für mehrere Tage mitgegeben, dazu vier Flaschen Wasser – Void hatte ihr erzählt, dass die Flaschen verzaubert seien, so dass sie das Wasser kühl hielten – und eine mit einer grünen Flüssigkeit, die schwach nach Limette roch. Sie aß nachdenklich das Sandwich und trank dazu von dem reinen abgekochten Wasser. Sie konnte nicht wissen, wie lange die Reise nach Whitehall dauern würde oder was noch passieren würde, bevor sie in die Schule aufgenommen wurde. Vielleicht würde sie die übrigen Sandwiches später noch brauchen.

Emily schüttelte den Kopf. Sie wunderte sich über sich selbst. Gestern hatte ihr Leben sie gelangweilt und sie hatte dringend von ihrer Familie weggewollt. Heute flog sie auf einem Drachen … und irgendwie hatte sie das anstandslos akzeptiert. Sie hatte riesige Probleme – Shadye wollte ihren Tod, andere wollten sie vielleicht am Leben erhalten, um ihre Macht für sich zu nutzen – und doch spürte sie nur Aufregung und Freude darüber, dass sie hier war.

So lange hatte sie im Schatten gelebt; vielleicht konnte ihr Leben jetzt wirklich beginnen. Oder vielleicht würde sie jetzt, wo sie hier war, endlich die Chance haben, jemand Bedeutendes zu werden.

Der Untergrund änderte sich so schnell, dass sie den Augenblick verpasste, in dem überwucherte Städte und Dörfer nur noch verkohlte Asche auf dem Boden waren. Es sah so aus, als hätte ein Feuer alles verbrannt, bis buchstäblich nichts mehr da war. Sie atmete ein und schmeckte feuchte Asche, die in der Luft schwebte. Die Ödnis erstreckte sich, so weit das Auge reichte; nur wenig deutete darauf hin, dass das Feuer über Städte hinweggefegt war, die zu massiv gebaut waren, um völlig zu Asche zu zerfallen.

Emily atmete noch einmal ein und spürte einen Anflug von Magie, die sich gegen das magische Feld warf, das den Drachen in der Luft hielt. Sie blickte auf die riesigen Flügel und sah blaugrüne Funken über die schuppige Oberfläche tanzen. Sie bewegten sich mit einer unheimlichen Ruhe, die sie bis ins Mark erschauern ließ.

Und dann waren sie plötzlich wieder in den Bergen. Die Funken lösten sich in nichts auf. Emily stieß einen Seufzer der Erleichterung aus und versuchte, sich zu entspannen. Es klappte nicht. Was sie unter dem Drachen bemerkte, ließ sie frösteln.

Diese Berge waren anders als die vorige Gebirgskette. Das Feuer, das die Landschaft zu Asche verbrannt hatte, hatte auch hier gewütet. Weder Pflanzen noch Bäume wuchsen auf dem zerklüfteten Gestein; alles war ausgelöscht worden, nur blanker Fels war zurückgeblieben.

Emily erschauerte wieder.

Dann wurde die Luft plötzlich kälter, der Drache drehte ab und flog auf ein hohes Gebäude zu, das auf der Spitze eines Berges thronte. Als sie näherkamen, erkannte sie, dass der Berg genau genommen ein *Teil* des Gebäudes war und dass es ganz allein dastand, umgeben von einem weiteren verborgenen grünen Tal. Anders als in der unheimlichen, fremdartigen Stadt waren in diesem Tal Menschen, einige von ihnen starrten zum Drachen empor. Andere gaben sich alle Mühe, ihn zu ignorieren.

Aus der Nähe betrachtet schien die riesige Burg aus reinem Marmor erbaut zu sein. Sie leuchtete weiß in der Sonne, ein Hoffnungsschimmer im Angesicht der Dunkelheit, die von der anderen Seite der Berge auf sie eindrang.

Emily erinnerte sich an Voids Worte über das Fehlen übergreifender Bündnisse und erkannte voll Entsetzen, dass Whitehall genau an der Grenze zwischen den Verbündeten Landen und den Nekromanten lag. Die Nekromanten würden sich durch Whitehall kämpfen müssen, um über die Verbündeten Lande herzufallen, die dahinter lagen.

Die Burg verschwamm mit dem Berg. Es sah so aus, als wäre er vollkommen ausgehöhlt, als bestünde sein ganzes Inneres aus Wohnräumen für Schüler und Lehrer. Nach allem, was Void über die schlechte Zusammenarbeit zwischen den Verbündeten Landen gesagt hatte, konnte es sein, dass viele der Streitkräfte, die zum

Kampf gegen die Nekromanten zusammengezogen wurden, *ebenfalls* in Whitehall stationiert waren. Vielleicht irrte sie sich.

Der Drache hielt inne und sie machte sich auf alles gefasst. Er schwebte in der Luft wie ein riesiger Kolibri, dann ließ er sich zu Boden fallen, die Klauen ausgestreckt, um sicher zu landen. Das riesige Geschöpf traf so sanft auf dem Boden auf, dass Emily im ersten Augenblick gar nicht bemerkte, dass sie schon gelandet waren.

„Du darfst absteigen", grollte der Drache. Emily beeilte sich, seiner Aufforderung zu folgen. „Ich betrachte meine Schuld deinem Herrn gegenüber als bezahlt."

Emily wollte ihn darauf hinweisen, dass Void wohl kaum ihr Herr war, dass er sich genau genommen geweigert hatte, sie als Lehrling anzunehmen, aber sie bezweifelte, dass den Drachen das interessierte.

„Danke", sagte sie. Ihre Beine zitterten nach dem Flug, sie musste sich gegen die heißen Schuppen des Drachen lehnen, bis sie sich in der Lage fühlte, wieder allein gehen zu können. „Ich …"

Der Drache unterbrach sie. „Dir sollte klar sein, dass dein Herr ein sehr gefährliches Spiel spielt."

Emily blickte überrascht auf. Sie hatte gedacht, dass Drachen sich kaum für die Menschheit interessierten.

Wegen all der Schuppen war es unmöglich, seinen Gesichtsausdruck zu deuten. „Sein Plan kann deine Welt teuer zu stehen kommen."

Emily zögerte, dann fragte sie: „Was meinst du?"

Der Drache sagte nichts. Stattdessen schlug er mit den Flügeln und schwang sich in den Himmel empor.

Emily sah zu, wie er schnell zu einem winzigen Punkt schrumpfte, der im Sonnenlicht verschwand. Dann spürte sie, dass jemand hinter ihr stand. Als sie sich umdrehte, sah sie einen kleinen Mann, der ihr kaum bis zur Brust reichte. Er trug einen roten Umhang und hielt einen Stab in der Hand, der länger war als er selbst. Sein Kopf war vollkommen kahl; er erinnerte sie an einen japanischen Kriegermönch aus einem der schlechten Filme, die sie als Teenager angeschaut hatte.

Er trug ein Tuch über den Augen, aber sie hatte das Gefühl, dass er sie irgendwie sehen konnte. „Ich bin der Großmeister", sagte er. Seine Stimme klang gestelzt, als wäre es unter seiner Würde, normal zu sprechen. „Du bist in Whitehall willkommen."

„Danke", sagte Emily. Höflichkeit schien hier das Sicherste zu sein. Die atemberaubende Burg flößte ihr Ehrfurcht ein. „Ich bin froh, dass ich hier bin."

Der Großmeister schnaubte. „Das sagen alle", stieß er aus. „Würdest du mir bitte folgen?"

Er drehte sich um und ging auf die Burg zu. Sein Stab klopfte dabei auf den Boden.

Einen Augenblick später folgte Emily ihm. Sie spürte die Blicke anderer Schüler, als sie Whitehall betrat. Wie viele andere waren noch auf einem *Drachen* angereist? Irgendwie bezweifelte sie, dass es viele waren, die so einen spektakulären Auftritt hingelegt hatten.

KAPITEL 5

Kaum war sie durch die großen steinernen Türflügel getreten, die in die Burg hineinführten, spürte sie ein hektisches Kribbeln in der Luft; dann schien ein leichtes Schimmern über ihren Körper zu tanzen, bevor es sich wieder in nichts auflöste. Sie ging an einer langen Reihe panzerbewehrter Statuen vorbei. Ihr Geist wirkte seltsam betäubt, als wären ihre Ohren von einer äußeren Macht blockiert worden. Es erinnerte sie an das Gefühl, das sie in Voids Turm gehabt hatte, nur war es jetzt viel deutlicher. Sie wusste: So fühlt sich Magie an.

Der Großmeister sah zu ihr auf und lächelte. „Whitehall hat mächtige Schutzschirme", erklärte er. „Einige sollen Eindringlinge abweisen, andere sollen dich und deine Mitschüler davon abhalten, euch selbst zu schaden."

Emily nickte.

Auf die Reihe unbeweglicher Rüstungen folgte eine Reihe Gemälde von Zauberern, fast alle männlich. Nur wenige Bilder zeigten Frauen, darunter war ein blondes Mädchen, das den Maler anzustarren schien, als wolle sie ihn dazu verleiten, etwas Dummes anzustellen. Sie konnte die Namen unter den Bildern nicht lesen. Keines der Bilder bewegte sich offenkundig, doch jedes Mal, wenn sie wegsah und dann wieder hinblickte, hatten alle Porträtierten eine andere Haltung eingenommen.

Sie kamen an einer kleinen Gruppe Schüler vorbei, die im Flur warteten. Sie traten zur Seite, um den Großmeister durchzulassen. Dann kamen sie zu einer Treppe und gingen in ein höheres Stockwerk. Das Gefühl von Magie in der Luft wurde immer stärker. Genau wie Voids Turm, stellte Emily fest, war Whitehall innen sehr viel größer als außen. Sie fragte sich, was noch in dem Gebäude verborgen sein mochte: geheime Gänge, versteckte Basen, vielleicht sogar ein Ort, wo die Lehrer sich zurückziehen und von den Schülern erholen konnten. Das ergab Sinn; die menschliche Natur änderte sich wohl kaum, auch wenn Magie im Spiel war.

Sie folgte dem Großmeister in einen langen Flur und blinzelte überrascht, als sie eine Reihe Schüler bemerkte, die mit dem Rücken zur Wand dastanden und die Hände auf ihre Köpfe gelegt hatten. Keiner sah ihr in die Augen, als sie vorbeiging; das musste bedeuten, dass sie in Schwierigkeiten steckten. Das überraschte sie nicht. Die Schüler, die sie von zu Hause kannte, waren auch ohne Magie in Schwierigkeiten geraten; wer wusste schon, was für Streiche man mit Magie anstellen konnte?

Am Ende des Ganges redete ein gestresst aussehender Mann in einem schwarzen Umhang mit einer Schülerin, einem jungen Mädchen, das ein bisschen krank aussah.

„Aber er hat mich *verhext*, Meister", sagte sie, als Emily und der Großmeister vorbeigingen. „Ich *wollte* seine Haut doch gar nicht blau färben!"

„Und wie oft", fragte der Lehrer sarkastisch, „hat man dich gewarnt, dass du *niemals* jemandem einen ungeprüften Zaubertrank verabreichen darfst?"

Bevor Emily darüber nachdenken konnte, hatte der Großmeister sie schon weitergeführt, an zwei Statuen von Zauberern vorbei, die einen Zauberstab in der Hand hielten, und einem merkwürdigen Geschöpf mit dem Kopf eines Menschen und dem Körper einer Ziege. Nach diesem seltsamen Anblick gingen sie durch eine Holztür in einen großen Raum, der von einem riesigen hölzernen Schreibtisch und einem thronähnlichen Stuhl beherrscht wurde. Er war spartanisch eingerichtet, nur mit zwei Bildern und ein paar Pergamenten, die Emily für Zertifikate hielt. Sie sahen jedenfalls wie die Zertifikate an den Wänden des Schuldirektors auf der Erde aus. Der Schreibtisch wirkte handgeschnitzt, kleine Siegel waren ins Holz geschnitten, aber seine Oberfläche war leer, ohne Computer oder Telefon, wie sie sie zu Hause vorgefunden hätte.

„Bleib hier stehen", befahl der Großmeister. Er ging um den Tisch herum und setzte sich ihr gegenüber hin. Trotz der merkwürdigen

Erlebnisse dieses Tages gelang es Emily irgendwie, still zu stehen. „Void wünscht, dass du Magie lernst."

„Ja, Sir", sagte Emily nervös. Sie hatte das Gefühl, dass sie dem Großmeister gegenüber sehr höflich sein musste. Trotz seiner geringen Körpergröße konnte er sie wahrscheinlich mit einem Fingerschnippen in eine Kröte verwandeln. Zu Hause war es verboten, Schüler zu misshandeln, selbst wenn es sich um die Art von Jugendlichen handelte, die eher einen Tritt in den Hintern verdient hätten als Liebe und Verständnis. Aber solche Verbote gab es hier vielleicht nicht.

„Du hast das Zeug zu einer richtigen Hexenmeisterin", sagte er. Der Großmeister blickte auf den Tisch, als würde ihr Anblick ihn kein bisschen interessieren. „Wir werden das natürlich überprüfen, und dabei müssen wir sicherstellen, dass du eine solide Grundlage in allen Formen von Magie erhältst. Wir führen zunächst mehrere Tage lang Tests durch, bevor wir dich in deine ersten Kurse schicken. Außerdem wirst du Übungen machen und andere Strategien kennenlernen, um deine Kräfte in die richtige Richtung zu lenken."

Emily nickte. Gedanken wirbelten in ihrem Kopf umher. Es gab mehr als nur zwei Arten von Magie?

Der Großmeister schaute sie scharf an. „Hast du schon einmal Magie ausgeübt?"

Emily zögerte. „Ich … ich glaube nicht", sagte sie schließlich. „Ich habe Magie gespürt, aber ..."

Er schüttelte den Kopf. „Wir werden dir zeigen müssen, wie du deine Kräfte entfaltest. Ich lasse Meisterin Irene mit dir arbeiten, zumindest am Anfang."

Er betrachtete sie einen langen Augenblick. „Void hat nicht ganz klar gesagt, wo du herkommst", sagte er. „Würdest du mich freundlicherweise darüber aufklären?"

Das war keine Bitte, ging es Emily auf. Schnell gab sie ihre Geschichte wieder, von ihrer Entführung durch Shadye bis zu dem Moment, in dem Void sie auf den Rücken des Drachen gesetzt und nach Whitehall geschickt hatte. Er war der einzige Erwachsene, den sie bisher getroffen hatte, der zuhören konnte, ohne sie zu unterbrechen. Der Großmeister blieb aufmerksam, bis sie fertig war, und stellte ihr dann ein paar klärende Fragen. Emily beantwortete die erste ohne Probleme, doch die zweite war unmöglich zu beantworten. In ihrer Welt gab es keine Magie – soweit sie wusste.

„Interessant", sagte der Großmeister. Er blickte wieder auf den Tisch hinab. „Das Wichtigste zuerst: Void oder Shadye haben dir einen Übersetzungszauber verpasst, wahrscheinlich Shadye. Etwas an diesem Zauber lässt mich vermuten, dass er für jemanden gedacht war, der ihn vielleicht nicht gewollt hätte. Du verstehst uns, aber ich vermute, du wirst unsere Schrift nicht lesen können."

Emily schüttelte den Kopf; das Bild fiel ihr wieder ein. Sie hatte sich gefragt, wieso sie mit den Einheimischen sprechen konnte; vermutlich beherrschten weder Shadye noch Void Englisch. Natürlich hatten sie Magie angewandt, um ihre Worte für sie verständlich zu machen! Unter den gegebenen Umständen störte sie das; einer von ihnen hatte sie verzaubert und sie hatte es nicht einmal bemerkt, bevor der Großmeister sie darauf hingewiesen hatte. Was hatten sie vielleicht noch mit ihr gemacht?

Aber der Großmeister fuhr fort, bevor sie lange genug darüber nachdenken konnte.

„Ich werde dafür sorgen, dass Meisterin Irene dir einen einfachen Übersetzungszauber für geschriebene Worte beibringt", sagte er. „Darüber hinaus ist es sicher ratsam, dass du unsere Sprache so schnell wie möglich lernst. Ein richtiges Verständnis wird es dir erleichtern, auf höchstem Niveau zu studieren."

Das war keine Bitte, wie Emily klar wurde. Ein Teil von ihr wollte über die Forderung lachen – niemand hatte sie je gezwungen, eine andere Sprache zu lernen –, aber der praktische Teil ihres Verstandes wusste, dass sie keine Wahl hatte. Außerdem hatte sie noch nie in einem anderen Land studiert. Für Austauschschüler galten wahrscheinlich andere Regeln. Sie *mussten* ja mit ihren Gastgebern kommunizieren können.

Er lächelte dünn. „Du bist nicht von dieser Welt, aber ich halte dir trotzdem den Standard-Vortrag. Die Verbündeten Lande haben zahllose Streitigkeiten, alte und neue, aber sie werden an dieser Schule nicht geduldet. Schüler, die mit anderen Schülern wegen solcher Zwistigkeiten Streit anfangen, werden bestraft; wer lange genug hierbleibt, um in die Fortgeschrittenenkurse aufgenommen zu werden, von dem erwarten wir, dass er einen Eid auf den Weißen Rat ablegt und seine nationalistischen Einstellungen hinter sich lässt. Es gibt zu viele Nekromanten da draußen, als dass wir uns von internen Kämpfen ablenken lassen können."

„Ja, Sir", sagte Emily. Fragen drängten sich auf: Was war der Weiße Rat? Und was waren die Fortgeschrittenenkurse? Sie vertagte ihre Fragen auf später. Zunächst einmal musste sie sich hier orientieren.

Der Großmeister zuckte mit den Schultern. „Du dürftest über solche Konflikte erhaben sein; egal, welche Streitigkeiten es in deiner Welt gab, hier werden sie kaum eine Bedeutung haben. Solltest du nicht darüber erhaben sein, wirst du bestraft werden. Erstaunlich viele Schüler weigern sich, diesem klaren Hinweis Folge zu leisten, bis es letztlich zu spät ist."

Seine Augen, die hinter dem Tuch verborgen lagen, schienen ihr Gesicht zu fixieren. „Die Versuchung ist groß, an dieser Schule Magie zu missbrauchen. Wir lassen den Jüngeren einen gewissen Spielraum, weil sie dadurch lernen, ihre Kräfte zu kontrollieren, aber es gibt Grenzen. Du wirst später noch konkretere Unterweisung erhalten, aber jegliche Handlung, die das Leben eines Mitschülers gefährdet, ist ein Grund für einen sofortigen Schulverweis. Wer es fertigbringt, einen Mitschüler zu töten, wird es mit dessen Familie zu tun bekommen."

Emily schluckte. In was war sie nur hineingeraten? „Passiert … passiert das häufiger?"

„Zu oft", sagte der Großmeister. Seine Stimme war grimmig, wahrscheinlich erinnerte er sich an dunkle Tage, wo ihm anvertraute Schüler verletzt worden waren – oder Schlimmeres. „Sollte es irgendwelche Zweifel daran geben, was passiert ist, wird jeder Beteiligte unter einem Wahrheitszauber befragt, bis die Wahrheit ans Licht kommt; danach werden die Strafen verhängt."

Er stand unvermittelt auf. „Wir hoffen, dass deine Jahre bei uns dir Freude bereiten werden und dass du die Erwartungen erfüllen wirst, die Void in dich setzt, aber es gibt Grenzen für das, was wir dulden können", schloss er. „Aber du bist nicht von hier. Du solltest imstande sein, das politische Tauziehen und die Gruppenkämpfe zu ignorieren."

„Ich werde mein Bestes geben, Sir", versprach Emily.

Ein Lächeln umspielte seine Lippen. „Die korrekte Anrede ist *Großmeister,* junge Dame", sagte er mit einer komischen Grimasse. „Ich schlage vor, dass du hinhörst, wie die Lehrer sich vorstellen, und es dir merkst. Sie nehmen es *sehr* persönlich, wenn jemand sie falsch anredet."

Er lächelte sanft. „Würdest du mir folgen …?"

Die Reihe von Schülern, die an der Wand standen, war in den wenigen Minuten, die sie im Büro des Großmeisters verbracht hatten, länger geworden. Einige von ihnen warfen Emily einen Blick zu, als sie vorbeiging; die übrigen ignorierten sie, als wollten sie nicht die Aufmerksamkeit des Großmeisters auf sich ziehen. Sie fragte sich, was für Strafen in einer magischen Schule ausgesprochen wurden. Mussten sie Sätze hundertmal schreiben oder nachsitzen? Oder wurden sie einfach für ein paar Stunden in Frösche verwandelt? Sie schüttelte den Kopf und ließ den Gedanken fallen. Sie würde das zweifellos früh genug herausfinden.

Sie hielten vor einer glatten Wand an. Der Großmeister klopfte mit seinem Stab dagegen und sie öffnete sich. Ein neuer Gang tat sich auf. Seine steinernen Wände wurden alle paar Meter von Holztüren unterbrochen. Eine kleine dicke Frau watschelte aus einer seitlichen Tür und sah zum Großmeister empor; dann betrachtete sie Emily nachdenklich.

„Dies ist Madame Razz", sagte der Großmeister. „Sie ist während deiner ersten zwei Schuljahre deine Hausmutter. Ich schlage vor, dass du ihr sehr genau zuhörst."

„Danke, Großmeister", sagte Madame Razz. Ihre Stimme war schneidend, sie duldete ganz sicher keinen Unsinn. „Wann ist ihre erste Unterrichtsstunde?"

„Meisterin Irene wird das organisieren", teilte der Großmeister ihr mit. „Bis dahin hat sie Zeit, um sich mit all dem ausstatten zu lassen, was sie im ersten Semester brauchen wird."

Er nickte Emily zu, dann wandte er sich um und schritt durch die verborgene Tür davon.

Emily drehte sich um und sah gerade noch, dass Madame Razz sie leicht missbilligend betrachtete. Doch bevor Emily sich darüber Gedanken machen konnte, bedeutete sie ihr schon, ihr zu folgen. Sie gingen den Gang entlang zu einem großen Lagerraum, der mit Kleidern, Bettzeug, Hygieneartikeln und vielem mehr vollgestopft war. Madame Razz betrachtete sie noch einmal ausgiebig, dann zog sie ein weißes Gewand aus einem Stapel Kleider und warf es ihr zu. Emily hielt es an ihren Körper und stellte fest, dass es ihr passen würde. Es würde zudem auch ihre Figur vor neugierigen Blicken verbergen.

„Die weißen Roben sind für Neuankömmlinge in Whitehall", teilte Madame Razz ihr kühl mit. Sie nahm etwas von einem Geländer, das aussah wie ein Paar übergroße Unterhosen, dazu ein Unterhemd und ein Paar Strümpfe, und gab alles Emily. „Außerhalb deines Zimmers darfst du nichts anderes tragen, insbesondere nichts, das Zwietracht zwischen den Schülern säen könnte. Von jedem Kleidungsstück werden dir fünf Paar zugewiesen, für die du die Verantwortung trägst. Du wirst sicherstellen, dass sie in die Wäscherei kommen und von dort wieder abgeholt werden. Wenn du etwas verlierst, bezahlst du dafür."

Ich hab dich auch lieb, dachte Emily. Der Großmeister hatte wie ein anständiger Typ gewirkt, auch wenn er deutliche Warnungen ausgesprochen hatte. Madame Razz dagegen schien von jedem Mädchen gleich das Schlimmste anzunehmen. Sie kam offenbar direkt aus einem Höllen-Internat.

„Einmal pro Woche wirst du dein Bettzeug wechseln", fuhr Madame Razz fort, während sie ihr weitere Stoffbündel zuwarf. „Nach dem Wechsel legst du das Bettzeug zusammen mit deiner Kleidung zum Waschen hin. Zum Glück haben die Betten Standardgrößen, so dass wir das Bettzeug bei Bedarf untereinander tauschen können. Aber du bist auch dafür verantwortlich, alle Schutzzauber zu entfernen, mit denen du das Bettzeug eventuell belegt hast. Wenn du aus Versehen einen Schutzzauber am Bettzeug belässt, so dass er das Personal in der Wäscherei angreift, wird das dazu führen, dass du mindestens eine Woche lang in der Wäscherei mitarbeiten musst."

Sie holte ein kleines Amulett aus einem Beutel und reichte es Emily. „Dies ist ein Führer durch das Innere des Gebäudes, das sich regelmäßig verändert", erklärte sie. „Falls du irgendwohin musst, halte das Amulett in deiner linken Hand und sage den Namen des Ortes laut. Eine Lichtkugel wird in der Luft erscheinen und dich zu deinem Ziel führen. Wenn es sich weigert, hast du noch keine Genehmigung, diesen Teil des Gebäudes zu betreten. Einige Bereiche werden tabu bleiben, bis du ein bestimmtes Niveau erreicht hast. Trage das Amulett, bis du lernst, wie du mit Hilfe deiner eigenen Magie die Schule nach dem Weg fragen kannst."

Emily blickte auf das Amulett und legte es sich dann um den Hals.

„Zahnbürste, Zahnpasta, Waschpulver, Uhr, Heiltränke", fuhr Madame Razz fort, während sie Flaschen voller Flüssigkeiten auf den Kleiderstapel legte, den Emily im Arm trug. „Zu gewissen Zeiten jeden Monat trinke täglich einen großen Schluck von dieser Flüssigkeit, und die Auswirkungen werden deutlich verringert sein. Achte darauf, dass du keine Proben deines Blutes herumliegen lässt; es hat immer noch eine Verbindung zu dir und wer böse Absichten hat, kann dich damit verhexen oder dir noch Schlimmeres antun. Es gibt Zaubersprüche, die diese Verbindung aufheben; bis du sie erlernt hast, übergib mir alles, was mit deinem Blut befleckt ist, damit ich es entsorgen kann."

Die Uhr war seltsam, sie schien nicht hierher zu passen. Emily betrachtete sie und entdeckte schließlich, dass sie dazu gedacht war, dass man sie um den Hals hängte oder in seiner Jacke mit sich führte, statt sie am Handgelenk zu tragen. Sie kam zu dem Schluss, dass es eine mechanische Uhr war, keine elektronische. Sie würde sie regelmäßig aufziehen müssen, damit sie weiterlief.

Schließlich holte Madame Razz ein Buch vom Ende des Raumes, dann führte sie Emily zurück in den Gang. Emily folgte ihr, wobei sie leicht unter dem Gewicht ihrer neuen Ausstattung schwankte. Dann kamen sie zu einer Tür, die genauso aussah wie all die anderen. Madame Razz klopfte laut, dann öffnete sie die Tür, indem sie mit dem Finger auf eine Rune tippte, die in den Stein gemeißelt war. Im Zimmer waren drei Betten; zwei davon waren schon gemacht und von Bücherstapeln und anderen Dingen umgeben, die Emily nicht kannte. Das dritte Bett war nichts als eine unbequem aussehende Matratze.

„Leg das Bettzeug aufs Bett", befahl Madame Razz. „Ich nehme an, du weißt, wie man sein Bett macht?"

Sie klang, als erwarte sie von Emily nicht einmal, dass sie ihre Schnürsenkel zubinden konnte, aber Emily nickte. Sie wollte auf keinen Fall, dass ihre Mutter oder ihr Stiefvater zu Hause ihr Zimmer betraten, darum hatte sie von klein auf für alles selbst gesorgt. Es war nicht wirklich schwer, ein Bett zu beziehen; es hatte sie immer belustigt, dass Jungs – und einige Mädchen – sich darüber beschwerten, dass ihre Eltern sie dazu zwangen, ihre Betten selbst zu machen. Sich darüber zu beklagen dauerte länger, als das Bett zu beziehen.

„Ja", sagte Emily.

„Ja, *Madame,* heißt das", fauchte Madame Razz. Sie nickte in Richtung der Tür am hinteren Ende des Zimmers. „Toilette, Waschbecken und Badewanne sind da drin. Du wirst dich mit deinen Zimmergenossinnen einigen müssen, in welcher Reihenfolge ihr das Bad benutzt; ich möchte ungern eine Reihenfolge durchsetzen müssen. Das Becken in der Ecke da drüben enthält Trinkwasser; falls du Essen oder etwas anderes zu trinken möchtest, warte bis zum Morgen. Als Anfängerin darfst du nicht im Gebäude herumlaufen, wenn die Lichter erloschen sind."

Sie drehte sich um und nickte in Richtung der anderen Betten. „Ich habe dich bei Aloha und Imaiqah einquartiert; Imaiqah besucht wie du die erste Jahrgangsstufe, Aloha ist in der zweiten. Deshalb erwarten wir, dass sie die Verantwortung für das Zimmer übernimmt. Wenn ihr das Zimmer sauber und ordentlich haltet, mit so wenig Lärm, Kämpfen und Problemen wie möglich, werdet ihr mit Zimmer-Punkten belohnt, die ihr gegen Zierrat, Bücher oder sogar Süßigkeiten eintauschen könnt. Ich möchte äußerst ungern bei Streitigkeiten zwischen euch eingreifen müssen. Falls dies unvermeidbar ist, werdet ihr alle bestraft. Verstehst du mich?"

„Ja, Madame", sagte Emily. Sie versuchte, nicht mit den Augen zu rollen. „Ich verstehe."

„Gut", sagte Madame Razz. „Wie ich gehört habe, wird Meisterin Irene auf dich zukommen; falls sie dies nicht bis zum Abendessen tut, wird eine deiner Zimmergenossinnen dich zum Speisesaal hinunterführen. Oder nimm das Amulett, um den Saal zu finden."

Sie ging zur Tür und warf Emily noch einen Blick zu. „Diese Schule gleicht keinem anderen Ort in den Verbündeten Landen", fügte sie hinzu und ihre Stimme klang fast mitfühlend. „Es kann schwer sein, sich anzupassen, besonders wenn du aus einer adeligen Familie stammst. Wenn du Hilfe oder Rat brauchst, kannst du jederzeit mit mir sprechen."

„Danke", sagte Emily.

Madame Razz ging und schloss die Tür schnell hinter sich.

Emily sah sich im Zimmer um. Ihr Blick fiel auf einen Stapel Bücher neben einem der Betten. Ihr erster Impuls war, sie in die Hand zu nehmen, doch dann spürte sie den Dunst von Magie um sie herum und merkte, dass es eine ganz schlechte Idee wäre, sie in die Hand zu nehmen – jedenfalls ohne Erlaubnis. Stattdessen ging sie den Stapel Kleidung und Bettwäsche durch, dann legte sie die Kleidung in den leeren Schrank, der ihrem Bett am nächsten stand. Die Medizinflaschen kamen in den kleineren Schrank neben dem Bett, ebenso das Amulett; zuletzt begann sie, das Bett zu beziehen. Es war noch einfacher, als sie erwartet hatte, obwohl die Matratze sich rau und unbequem anfühlte, als sie sie ausprobierte.

Sie legte sich aufs Bett, starrte an die Decke und schüttelte den Kopf. Ihr Leben war auf den Kopf gestellt, doch einige Aspekte erschienen ihr leichter zu handhaben, als sie erwartet hatte. Am merkwürdigsten waren ihre Gefühle, wenn sie an ihre alte Welt dachte. Sie erschien ihr jetzt fast wie ein Traum. Und sie wusste, dass sie nie wieder zurückwollte.

Einen Augenblick fokussierte sie sich auf ihre Zimmergenossinnen. Sie hatte noch nie mit jemandem ein Zimmer geteilt, noch nicht einmal mit Freundinnen zusammen übernachtet. Wie auch immer ihre Zimmergenossinnen sein würden, sie betete, dass sie sich gut mit ihnen verstehen würde. Freunde – oder zumindest Verbündete – würden ihr Leben hier vollkommen machen.

Und hieß eine von ihnen wirklich *Aloha?* Oder war das nur ein Übersetzungsfehler?

Sie schüttete den Kopf, nahm Voids Buch zur Hand und begann es durchzublättern. Sie wünschte, sie könnte es lesen. Void hatte versprochen, dass sie es mit der Zeit verstehen würde, doch noch sah das Ganze für sie wie Chinesisch aus. Die krakelige Handschrift schien unergründlich.

Ich bin erst einen Tag hier, sagte sie zu sich selbst. *Warte erst mal ab, was du nach einer Woche kannst.*

KAPITEL 6

Emily blätterte immer noch in Voids Buch, als die Tür aufging und ihre erste Zimmergenossin hereinkam. Sie war ein kleines, unscheinbares Mädchen, mit langem dunklem Haar, Sommersprossen und einem müden Gesichtsausdruck, mehr niedlich als schön. Es war Emily unmöglich, ihr Alter zu schätzen; zu Hause hätte sie für vierzehn durchgehen können, aber sie hatte das Gefühl, dass die Menschen in dieser Welt schneller alterten, angesichts der Tatsache, dass es keine Technologie gab. Das Mädchen wirkte überrascht, als es Emily sah; sie hob eine Hand wie zur Verteidigung, bevor ihr aufging, dass Emily eine weitere Zimmergenossin sein musste.

„Du kannst mich Imaiqah nennen", sagte sie. Ihre Stimme war leise, fast, als wolle sie keine Aufmerksamkeit auf sich ziehen. „Wie möchtest du genannt werden?"

Emily blinzelte überrascht, als ihr aufging, was sie verpasst hatte: Namen! Der Großmeister – das war kein Name, sondern eine Anrede. Und er hatte nie nach ihrem Namen gefragt, das war sehr merkwürdig, wenn sie darüber nachdachte. Niemand hatte danach gefragt, nicht einmal Shadye. Oder Void.

Sie dachte fieberhaft nach. Void hatte ihr gesagt, dass es keine gute Idee sei, einen Hexenmeister nach seinem Namen zu fragen; nun fragte sie sich, ob sie ihren Namen besser auch niemandem verraten sollte, für den Fall, dass er gegen sie verwendet würde. Sie verstand nicht, wie eine ganze Schule funktionieren sollte, wenn keiner den wahren Namen des anderen kannte, aber dieses ganze Universum war anders. Die Dinge funktionierten hier anders.

„Nenn mich ..." Sie hielt inne und schüttelte den Kopf. Wie *konnten* sie sie nennen? Vielleicht Emily, ohne ihren Nachnamen? Oder sollte sie sich einen Spitznamen aussuchen ... Madame Razz war sicher auch ein Spitzname. Und Imaiqah klang irgendwie arabisch. „Ehrlich gesagt weiß ich das nicht so genau."

Imaiqah lächelte strahlend. „Dein Lehrer wird dir helfen, dich für einen Namen zu entscheiden. Dein erster Tag?"

„Mein erster Tag", gab Emily zu. Madame Razz hatte gesagt, dass Imaiqah auch in der ersten Jahrgangsstufe sei. „Wie lange bist du schon hier?"

„Sieben Monate", sagte Imaiqah. Sie ging zum Bett und streckte Emily ihre Hand entgegen. „Ich bin Kräuterkundlerin und Spiegelmagierin, sagt man mir jedenfalls. Kräuter verstehe ich, Spiegelmagie funktioniert nicht so gut. Worauf willst du dich spezialisieren?"

Spezialisieren? Emily wusste nicht, worauf sie sich spezialisieren *konnte*, wenn überhaupt. Void hatte ihr das Sprüchebuch gegeben, aber er hatte rein gar nichts über Spezialisierungen gesagt. Wenn sie an einige der Rollenspiele dachte, an denen sie teilgenommen hatte, bevor sie in eine fremde Welt versetzt wurde, leuchtete ihr ein, dass Void es wahrscheinlich als selbstverständlich angesehen hatte, dass sie sich auf etwas spezialisieren würde – und dass sie mehr über magische Begabungen wissen würde, als sie tatsächlich tat. Vielleicht verstand er nicht, dass es in ihrer Welt überhaupt keine Magie gab und darum auch keine spezialisierten Magier, wie man sie in dieser Welt kannte.

Imaiqah sah das Buch auf dem Bett, bevor Emily antworten konnte. Ihre Augen weiteten sich. „Du bist eine Hexenmeisterin", sagte sie verblüfft. „Wie viele Sprüche kannst du?"

Emily zögerte, dann sagte sie die Wahrheit. „Keinen." Sie wusste nicht, wie man Zaubersprüche sprach, und erst recht nicht, wie sie ihre Magie anzapfen sollte, von der sie nicht glaubte, dass sie sie hatte. „Ich habe gerade erst entdeckt, dass ich eine Hexenmeisterin bin."

Imaiqah starrte sie an, als habe sie Emily im Verdacht zu lügen. „Wie kann das sein?" Die Überraschung in ihrer Stimme war überdeutlich. „Ich dachte, alle Schüler würden auf Magie getestet."

Und dann wurden ihre Augen schmal. „Woher kommst du überhaupt? Ich kann deinen Akzent keiner Gegend zuordnen."

„Von weit weg", sagte Emily. Sie war unsicher, wie viel sie Imaiqah verraten sollte. Die Wahrheit, dass sie aus einem anderen Universum stammte, oder eine vage Aussage, die nicht ganz gelogen war? „Es ist mein erster Tag in Whitehall."

Imaiqah nickte mitfühlend. „Ich erinnere mich an meinen ersten Tag", sagte sie, drehte sich um und ging zu ihrem Bett. „Meisterin Irene wird dafür sorgen, dass du gut auf deine Studien eingestellt wirst, und dir deine Kurse zuweisen. Vielleicht haben wir ein oder zwei Fächer zusammen."

Die Tür ging wieder auf, bevor Emily etwas sagen konnte, und sie sah ein großes dunkelhäutiges Mädchen mit einem finsteren Gesichtsausdruck. „Ich schwöre es, ich verwandle diesen Idioten in eine Kröte", sagte sie; ihre eine Hand umklammerte einen Zauberstab, als wollte sie gleich in jede Richtung Sprüche schleudern. „Wie kann er es *wagen,* mich zu fragen, ob ich mit ihm draußen spazieren gehen will?"

Imaiqah überhörte die Frage; die Tür schlug zu. „Aloha, das ist unsere neue Mitbewohnerin", sagte sie. „Sie hat noch keinen Namen."

Emily bemerkte ihren Tonfall und begriff sofort, dass Aloha sich als die Anführerin des Zimmers sah. Sie war ja auch in der zweiten Jahrgangsstufe, was immer das bedeutete. Die gefühlsduseligen Bücher über Mädcheninternate, die ihre Mutter besaß, hatten angedeutet, dass ältere Mädchen die jüngeren nach Belieben bestrafen konnten. Sie hatten auch angedeutet, dass es lesbische Affären zwischen den Mädchen gab.

„Ah ja", sagte Aloha. Aus der Nähe *stank* sie nach Magie … und nach etwas, das Emily nicht bestimmen konnte. „Ich möchte ungern von jüngeren Schülerinnen belästigt werden. Bleib auf deiner Seite des Zimmers und ich bleibe auf meiner – und komm ja nicht auf die *Idee,* meine Bücher zu berühren."

Sie ließ eine Tasche auf ihr Bett fallen und stolzierte an ihnen vorbei ins Badezimmer. Emily sah, wie sich die Tür schloss, und blickte dann zu Imaiqah hinüber, die ein wenig verängstigt aussah. Zweifellos mobbte ihre Mitbewohnerin sie, entschied Emily, oder zumindest hielt sie es für nicht wünschenswert, sich mit einer Schülerin der ersten Jahrgangsstufe abzugeben. Aloha hatte zwar magische Kräfte, aber sie war immer noch sehr menschlich.

„Es ist ihr Ernst", sagte Imaiqah. Sie klang, als wollte sie locker darüber hinweggehen, aber es gelang ihr nicht ganz. „All ihr Besitz ist mit Schutzzaubern belegt. Ich habe einmal eins ihrer Bücher in die Hand genommen und dann war ich am Boden festgefroren, bis sie zurückkam und mich freiließ."

Emily starrte sie an, dann sah sie auf den Steinfußboden hinab. Wenn sie auch nur eines der Bücher berührt hätte …

Ein dumpfer Gong hallte durch das Gebäude und sie sah wieder auf. „Abendessen", sagte Imaiqah mit einer gewissen Erleichterung. „Willst du mit mir zum Essen gehen?"

Emily wollte nein sagen. Sie wollte bleiben und sich im Zimmer verstecken, bis das Gefühl verschwand, dass alles merkwürdig war – dass sie nicht hierhergehörte, aber sie hatte Hunger. Außerdem würde die Welt sich nicht verändern, wenn sie sich unter ihrer Decke versteckte. Sie nickte einmal, schob das Sprüchebuch, das Void ihr gegeben hatte, unters Bett, nahm ihre neuen Umhänge und zog sie über die Umhänge, die sie schon trug, obwohl Madame Razz im Prinzip gesagt hatte, dass Kleider von außerhalb der Schule verboten seien. Aber sie hatte keine Zeit, sich umzuziehen.

Sie hätte sich umziehen sollen, während sie auf ihre Zimmergenossinnen wartete, aber das merkwürdige Gefühl war immer nur stärker geworden.

Imaiqah nahm ein Buch von ihrem Nachttisch und führte sie aus dem Zimmer hinaus in den Gang. Draußen waren Dutzende Schüler, alle in Umhänge verschiedener Farben gekleidet, einige alt genug, um erwachsen zu sein. Tatsächlich ging es Emily auf, als sie die Gesichter betrachtete, dass einige kaum mehr als zehn waren, während andere schon über zwanzig zu sein schienen. Ein paar trugen Zauberstäbe oder andere lange Stäbe; ein paar trugen Besenstiele und einer eine Art Keule aus knorrigem Holz. Sie hörten nicht auf, zu reden, als sie Emily sahen; es schien sie nicht zu überraschen, ein fremdes Gesicht zu sehen.

Oder vielleicht hatte die Schule so viele Schüler, dass niemand alle kennen konnte. Emily hatte zwei Jahre an ihrer alten Schule verbracht und kaum jemanden außerhalb ihres Jahrgangs gekannt.

„Das ist Marcus", sagte Imaiqah und zeigte auf einen größeren Schüler mit einem grünen Umhang und einem roten Abzeichen, das unheimlich glühte. „Er ist einer der Präfekten, die den Auftrag haben, für Ordnung zu sorgen; er ist kein schlechter Mensch, aber er nimmt seine Verantwortung ernst. Renn nicht vor seinen Augen durch die Gänge."

Sie gingen aus dem Schlafbereich und eine lange Treppe hinunter. Emily sagte nichts und blickte sich intensiv um. Jedes Mal, wenn sie glaubte, die Burg zu verstehen, passierte etwas, das sie erneut verwirrte. Die Gänge schienen sich nach Belieben neu anzuordnen; und was noch schlimmer war: Einige der Schüler sahen nicht einmal menschlich aus. Einer hatte spitze Ohren wie ein Elf, er erinnerte sie an eine der Figuren in *Star Wars,* was sie als Kind gesehen hatte. Ein anderer schien eine lebende Pflanze zu sein, mit grüner Haut und Zweigen statt Haar. Ein dritter … Emily erkannte erschrocken, dass der Kopf des fremden Mädchens von lebenden Schlangen umgeben war, die sich von selbst bewegten. Sie sah aus wie die Bilder der Medusa aus den Rollenspielen, die auf alten griechischen Sagen aufbauten.

„Sie ist eine Gorgone", erklärte Imaiqah, als Emily sie fragte. „Gorgonen gehen sehr selten in Whitehall zur Schule, hat man uns jedenfalls gesagt. Ihre Gesellschaft zieht es vor, nichts mit den Verbündeten Landen zu tun zu haben."

Emily wurde schwindelig, als sie versuchte, diesen Gedanken zu begreifen. Unterricht mit einer Gorgone? Konnte sie Leute versteinern? Würden ihre Mitschüler keine Angst vor ihr haben?

Sie ließen die Gorgone hinter sich und kamen schließlich zu einer riesigen Tür, die in einen gigantischen Speisesaal führte. Überall waren Tische, alle dicht besetzt mit Schülern, die alle möglichen Arten von Essen in sich hineinstopften, das auf riesigen Serviertellern angerichtet war. Weit oben hingen strahlende Feuerkugeln und warfen ein warmes Licht über den Speisesaal. Emily blickte zu dem erhöhten Tisch, der an der Vorderseite des

Raumes stand, und sah ein Dutzend Lehrer – es mussten Lehrer sein – mit mehr Würde essen; sie sahen zwischen jedem Bissen auf, um sicherzustellen, dass ihre Schüler kein Unheil anrichteten. Sie schienen ein bunt gemischter Haufen zu sein; ein paar sahen aus wie traditionelle Zauberer, mit Umhang und spitzem Hut, andere sahen noch merkwürdiger aus. Eine ähnelte einer bösen Hexe, mit stechenden Augen, die blitzten, als sie ihre Katze streichelte und ihre Schüler hämisch beäugte. Eine sah Red Sonja erschreckend ähnlich.

Zumindest sieht keiner aus wie Professor Snape, sagte Emily sich.

Imaiqah zeigte ihr eine Schlange von Schülern, die auf Essen warteten; sie schubsten sich gegenseitig, während die Schlange sich langsam auf eine Öffnung in der Wand zubewegte. Zwei Köchinnen servierten Teller mit Essen, das aussah wie heißer Eintopf mit gekochten Kartoffeln und einem ihr unbekannten Gemüse. Eine Köchin lächelte Emily zu; Emily musste an einen der Lieblingssätze ihres Stiefvaters denken: Traue niemals einem dünnen Koch; diese Köchin war dick genug, um als zwei Leute durchzugehen. Sie aß eindeutig von ihrem eigenen Essen.

„Hier lang", sagte Imaiqah, nachdem sie ihr Essen bekommen hatten. Das Essen roch merkwürdig, fand Emily, aber es kam ja auch aus einem anderen Universum. „Die erste Jahrgangsstufe sitzt am hinteren Ende des Raumes ..."

„Die Maus hat also eine Freundin gefunden", unterbrach eine neue Stimme sie.

Emily sah sich um und entdeckte ein großes Mädchen, das sie höhnisch angrinste. Sie hatte langes weißblondes Haar und ein Porzellanpuppengesicht, das man nur als herrschaftlich beschreiben konnte.

Bevor ihr eine Antwort einfiel, fuhr das fremde Mädchen fort. „Ich bin mir sicher, dass du bald erkennst, wie dumm deine Wahl war."

Emily hatte Schulpsychologen und viel zu viele Cheerleader erduldet, die lächerlich stark von sich selbst eingenommen waren, aber noch nie hatte jemand so herablassend zu ihr gesprochen. Aber weil sie hier neu war, verkniff sie sich die Antwort, die ihr einfiel, und versuchte, die Neue zu ignorieren. Es war nicht leicht.

Schließlich wagte sie es, eine Frage zu stellen. „Ähm … wer bist du?"

„Wir sind Alassa, Thronerbin von Zangaria", erwiderte das Mädchen. Sie beherrschte das königliche Auftreten wie aus dem Effeff, das musste Emily zugeben, auch wenn sie etwas überrascht wirkte. Hatte sie gedacht, dass Emily sie kennen würde? „Du wirst uns die Ehre erweisen, die uns zusteht."

Emily starrte sie an – dann lachte sie los. Sie konnte es nicht lassen. Eine echte Monarchin hätte vielleicht nach Jahren auf dem Thron so königlich auftreten können, aber Alassa klang mehr wie eine Angeberin als eine wahre Würdenträgerin.

Alassas Gesichtsausdruck verfinsterte sich schnell und eine Hand griff nach dem Zauberstab an ihrem Gürtel. Doch bevor sie etwas tun konnte, ergriff Imaiqah Emilys Hand und zerrte sie zu den Tischen fort. Emily wäre gern geblieben, um sich mit Alassa ein Wortgefecht zu liefern – ihrer Erfahrung nach mussten Tyrannen bekämpft werden –, aber ihre neue Mitbewohnerin ließ ihr keine Wahl. Außerdem beherrschte die selbst ernannte Thronerbin von Zangaria wahrscheinlich sehr viel mehr Magie als Emily.

„Sie nervt wahnsinnig", murmelte Imaiqah, sobald sie außer Hörweite waren. „Bist du nicht eine ihrer Busenfreundinnen, dann hat sie es auf dich abgesehen."

„Ich kenne ihren Typ", stimmte Emily ihr zu. „Ist sie wirklich aus einer königlichen Familie?"

„Woher kommst du bloß?", fragte Imaiqah. „Zangaria ist eines der Verbündeten Lande – einer der mächtigsten Staaten im Westen. Alassa ist die königliche Prinzessin und wird eines Tages Königin, mögen die Götter ihrem Land gnädig sein."

Emily musste lächeln. „Warum ist sie dann hier?"

„Ihre königliche Familie hat seit Langem mit Magie zu tun." Imaiqah schnaubte. „Also schicken sie ihre Erben nach Whitehall, um Magie zu lernen – und um rein zufällig Kontakte zu den anderen Adeligen in den Verbündeten Landen zu knüpfen. Aber sie ist die Gesellschaftskönigin der Schule und neigt nicht gerade dazu, Freundschaften zu schließen ...“

„Aber sie hat ein Gefolge von Spießgesellinnen“, riet Emily. Merkwürdigerweise beruhigte es sie, auch wenn sie *wirklich* in einer gänzlich anderen Welt war, dass die Leute sich auch hier so benahmen, wie sie es schon kannte. Sie waren *ganz klar* menschlich, egal, wie viel Magie sie beherrschten oder wie seltsam sie aussahen. „Leute, die ihr immer wieder erzählen, wie wunderbar sie sei, in der Hoffnung, dass der königliche Glanz auf sie abstrahlt.“

Imaiqah nickte.

Emily nickte und stellte die Frage, die sich als Nächstes aufdrängte. „Warum kann sie dich nicht leiden?“

Imaiqah zögerte, dann versuchte sie, zu antworten. „Ich habe keine starke Magie. Und ich bin die Tochter eines Händlers.“

Das kann doch nicht alles sein, dachte Emily. *Oder vielleicht ist die königliche Göre wirklich so oberflächlich.*

Bevor sie fragen konnte, redete Imaiqah weiter. „Ich habe den Fehler begangen, dass ich mich vor einigen Monaten weigerte, ihr die Hausaufgaben zu machen, und jetzt ...“

Sie schüttelte den Kopf. „Naja“, fügte Imaiqah hinzu, „du weißt schon.“

Emily wusste nicht, was sie sagen sollte. Mitleid würde nichts nützen, das wusste sie, zu Hause auf der Erde hatte es auch nie etwas gebracht. Also saß sie schweigend da. Hilflos.

„Ich habe wirklich keine starke Magie“, fügte Imaiqah einen Augenblick später hinzu. „Du wirst dich nicht mit mir abgeben wollen ...“

Etwas in ihrem Tonfall versetzte Emily einen Stich im Herzen. Sie war auch von der Gemeinschaft ausgeschlossen worden, obwohl sie in einer Welt gelebt hatte, in der man es hätte besser wissen müssen. Dieses Leben war nicht zu ertragen; Kinder konnten grausam sein ... und die, die ansonsten anständig sein mochten, entschieden sich, nichts mit der Außenseiterin zu tun zu haben, aus Angst, dass die beliebten Kinder – und die, die andere mobbten – sich als Nächstes gegen sie wenden würden. Emily kannte die unausgesprochene Wahrheit hinter jedem Jugendlichen, der ein Gewehr mit in die Schule nahm und wahllos um sich schoss. Man hatte sie so weit hinabgestoßen, dass sie glaubten, das ganze System sei mit ihnen auf Kriegsfuß.

„Ich kann mich abgeben, mit wem ich will", grollte sie. Der Großmeister hatte sie vor politischen Gruppierungen gewarnt, aber es war ja nicht so, als würde Emily gesellschaftlich wichtig werden. Es war recht unwahrscheinlich, dass ein Prinz ihr einen Heiratsantrag machen würde, und sie hatte hier keine Familie. „Es ist mir egal, was andere von mir denken."

Imaiqah starrte sie an, dann versuchte sie zu protestieren. „Aber du bist eine Hexenmeisterin …"

„Ich lerne noch", unterbrach Emily sie. Technisch gesehen stimmte das, obwohl sie rein praktisch noch nicht einmal mit dem Lernen angefangen hatte. „Und ich kann mich anfreunden, mit wem ich will."

Sie begann ihren Eintopf zu essen, während sie die anderen Schüler betrachtete. Sie waren wirklich sehr unterschiedlich, viel mehr als jede Gruppe, die sie zu Hause gesehen hatte. Neben weißer, schwarzer, brauner und gelber Haut gab es grünhäutige Schüler, und blauhäutige; einer hatte so strahlend blaue Haut, dass es von irgendeinem magischen Unfall herrühren *musste*. Und eine Reihe Schüler schien Eltern unterschiedlicher Rassen zu haben, so wie sie es von zu Hause kannte, während andere nur teilweise menschliche Hybriden zu sein schienen. Ein älterer Schüler sah aus wie ein Halb-Ork, etwa wie die Charaktere in den Rollenspielen. Ein anderer war ein dunkelhäutiger elfenähnlicher Humanoide, der viel zu dünn aussah, um menschlich zu sein.

Der Eintopf schmeckte überraschend gut, auf jeden Fall besser als jedes Schulessen zu Hause. Er enthielt Kräuter, die ihre Zunge seltsam kitzelten; das Fleisch selbst schmeckte ein bisschen wie eine Mischung aus Rind und Schwein. Diener bewegten sich zwischen den Tischen und schenkten den Schülern Fruchtsaft und Wasser ein. Es war nicht zu übersehen, dass sie vor einigen der Tische zurückzuckten. Sie fragte sich, ob die Magie-Schüler ihnen regelmäßig Streiche spielten.

Während sie aßen, deutete Imaiqah auf einige der Lehrer. „Professor Thande ist der Leiter der Alchemie", sagte sie und nickte in Richtung eines klein gewachsenen Professors, der mit einer der anderen Lehrkräfte stritt. „Er zieht die Forschung der Lehre vor, also mach dich nicht bei ihm unbeliebt, sonst wirst du zum Versuchskaninchen für seine Gebräue. Professor Torquemada neben ihm leitet das Heilwesen; sie streiten sich seit Jahren über etwas, das in ihrer Studienzeit passiert ist. Habe ich jedenfalls gehört."

Sie grinste Emily an, als könne sie nicht glauben, dass sie tatsächlich jemandem etwas erzählen und mit ihrem Wissen angeben konnte. „Professor Lombardi ist der Verantwortliche für Zaubersprüche; wahrscheinlich bekommst du einen privaten Termin bei ihm, bevor du offiziell in seinen Unterricht aufgenommen wirst. Er zieht es vor, das Potenzial aller neuen Schüler zu messen, bevor sie zu den anderen Schülern stoßen. Der Mann neben ihm ist General Kip; er unterrichtet Kampfmagie und Schlachtstrategie. Vergiss nie, ihn mit *General* anzureden. Er teilt die übelsten Nachsitz-Strafen der ganzen Schule aus."

Emily schreckte auf, als jemand die Hand auf ihre Schulter legte. „Willkommen in Whitehall", sagte eine Stimme. Sie drehte sich um und sah eine ernste Frau, die von großer Höhe auf sie herabblickte. Ihr Gesicht hätte aus Stein gemeißelt sein können, denn es schien dauerhaft in einem missbilligenden Ausdruck zu verharren. „Ich bin Meisterin Irene. Du wirst morgen beim neunten Glockenschlag in meinem Büro vorstellig werden."

„Ja, Meisterin", stammelte Emily. Etwas an Irene mahnte sie zur Vorsicht. Irgendwie erinnerte sie sie an Madame Razz, allerdings mit viel mehr Macht. „Ich komme."

Irenes Blick wechselte zu Imaiqah. „Du wirst sicherstellen, dass sie mein Büro morgen früh findet", fügte sie scharf hinzu. „Stelle sicher, dass sie früh zu Bett geht und richtig schläft. Morgen beginnt sie ernsthaft zu lernen."

Sie stolzierte zum Ende des Tisches, um einen anderen Schüler zu ermahnen. Emily starrte ihr nach. „Nimm es nicht persönlich", riet Imaiqah ihr. „Sie ist zu jedem so. Sie soll alle Schüler der ersten Jahrgangsstufe überwachen und davon abhalten, sich gegenseitig umzubringen. Oder sich selbst."

„Oh", sagte Emily.

Imaiqah lächelte. „Und sie kann Alassa nicht leiden. Das spricht für sie."

„Juhu", stimmte Emily zu. „Aber was wird sie über mich denken?"

Imaiqah zuckte mit den Schultern und wechselte das Thema. Aber der Gedanke ließ Emily keine Ruhe, als sie zu ihrem Zimmer zurückkehrten und sich anschickten, ins Bett zu gehen. Wenn Irene so streng war, wie sollte Emily sich je in ihrer Gegenwart entspannen?

Andererseits, dachte sie langsam, *will sie wahrscheinlich nicht, dass ich mich entspanne.*

Es ergab Sinn. Sie wusste, dass Magie gefährlich war; ganz abgesehen von Shadyes und Voids kaum gezügelter Kraft trugen mehrere der Schüler Narben von magischen Unfällen, danach sah es Emily jedenfalls aus. Und der Großmeister hatte Emily gewarnt, dass Schüler in Whitehall sterben konnten. Es war offensichtlich, dass Irene keinen einfachen Auftrag hatte.

Mit diesem Gedanken ging sie ins Bett und schlief ein.

KAPITEL 7

Am nächsten Morgen stand Emily vor Meisterin Irenes Büro und fragte sich, ob sie es wagen sollte, anzuklopfen. Imaiqah hatte sie nach dem Frühstück zum Büro begleitet und war dann gegangen, angeblich, weil sie so früh schon zu einer Unterrichtsstunde musste. Emily hob die Hand und zögerte. Allein schon Meisterin Irenes Tür sah einschüchternd aus und die Frau selbst war, wenn man Imaiqahs Schilderungen glaubte, furchterregend. Meisterin Irene konnte anscheinend einen Nekromanten mit nichts als ihrer scharfen Zunge besiegen, gepaart mit ihrer totalen Weigerung, sich dem dunklen Zauberer zu ergeben. Nach ihrer Begegnung mit Shadye konnte Emily sich vorstellen, wie viel Mut man dazu brauchte.

Sie nahm ihren Mut zusammen und klopfte an. Eine lange Pause folgte, gerade so lang, dass sie sich fragte, ob Meisterin Irene nicht da war, dann ging die Tür lautlos auf. Emily trat ein und sah ein einfaches Büro. Die Wände waren mit vollgestopften Bücherregalen gesäumt. Es war kleiner als das Büro des Großmeisters und viel alltagstauglicher.

Meisterin Irene saß an ihrem Schreibtisch und studierte ein Pergament. Sie zeigte mit einem langen Finger auf einen Stuhl und bedeutete Emily, sich zu setzen. Emily gehorchte und versuchte, nicht die verlockenden Gerätschaften auf dem Schreibtisch der Lehrerin zu betrachten. Einige leuchteten vor Magie.

„Du bist eine seltsame Schülerin", sagte Meisterin Irene ohne Einleitung. „Du bist unwissend und doch mächtig. Das macht dich gefährlich."

Emily schluckte.

Meisterin Irenes Stimme war kalt, sie ratterte ihre Liste Punkt für Punkt herunter. „Magie kann Unwissende töten. Du musst so schnell wie möglich lernen, deine Magie zu beherrschen. Wenn du die Kontrolle verlierst, könnte das eine Katastrophe auslösen. Verstehst du mich?"

„Ja, Meisterin", sagte Emily.

„Gut", sagte Meisterin Irene. Eine Pause folgte. „Man kann den wahren Namen eines Hexenmeisters gegen ihn verwenden, aber man braucht seinen vollständigen Namen, um mit ihm zu arbeiten. Du kannst unter deinem Vornamen operieren, wenn du das wünschst, oder dir einen anderen Namen aussuchen. Entscheide dich."

Emily zögerte. Letzte Nacht hatte sie überlegt, ihren Namen völlig zu ändern, doch sie wollte an ihrem Geburtsnamen festhalten. Emily allein erschien ihr sicher. Ihr Nachname war in dieser neuen Welt nie ausgesprochen worden.

„Emily", sagte sie schließlich. Wenn sie nach den anderen Namen ging, die sie beim Abendessen und beim Frühstück gehört hatte, würde das für die Einheimischen nicht *allzu* merkwürdig klingen. Dachte sie jedenfalls, auch wenn ihr immer noch nicht ganz klar war, was der Übersetzungszauber eigentlich bewirkte. Außerdem war es schließlich ihr Name. „Sie können mich Emily nennen."

„Gut", sagte Meisterin Irene. Sie blickte auf, ihre dunklen Augen sahen Emily mit festem Blick an. „*Mana* existiert in der ganzen Welt. Magie bekommt ihre Kraft von *Mana*. Dein Körper produziert *Mana*. Verstehst du mich?"

Emily starrte sie an. „Ich glaube schon", sagte sie schließlich. Innerlich war sie nicht so sicher. Produzierte ihr Körper von allein *Mana*, oder zog sie ihre Kraft aus einem Energiefeld, das die neue Welt umgab? Oder beides? Vielleicht produzierten die Menschen die Kraft, die die Drachen fliegen ließ … sie konnte es nicht wissen. Vielleicht würde sie später die Möglichkeit haben, mit den Methoden der Vernunft die Gesetze abzuleiten, die hinter der Magie standen. „Bin ich deshalb eine Hexenmeisterin?"

„Eine *potenzielle* Hexenmeisterin", sagte Meisterin Irene bissig. „Wenn du einen Zauberspruch sprichst, kommt die Kraft dahinter von dem *Mana*, das du in Reserve hast. Die absolut wichtigste Lektion, die du an dieser Schule lernen wirst, ist, wie du Zaubersprüchen Kraft verleihst. Verleihst du ihnen zu viel Kraft, löst das eine Katastrophe aus."

Eine lange Pause folgte. „Es gibt andere Formen von Magie, aber du musst zuerst deine eigene meistern lernen, sonst wird aus dir nie mehr als eine Gesellin", sagte sie mit sanfterer Stimme. Sie nahm ein Blatt Papier und gab es Emily, die es verwirrt betrachtete. „Die Beziehung zwischen Magie und Zaubersprüchen ist sowohl einfach als auch komplex. Einfach, weil der Spruch dazu beiträgt, die Magie in die richtige Richtung zu lenken; komplex, weil du die beiden im Kopf miteinander verknüpfen musst."

Emily nickte vorsichtig. „Sie meinen … man gießt die Magie in eine Form, wie eine Abgussform für Ton", versuchte sie. „Oder funktionieren kleinere Sprüche wie Bausteine für größere Sprüche?"

„Kein schlechter Vergleich", sagte Meisterin Irene. „Kannst du das Wort auf dem Papier lesen?"

„Nein", sagte Emily nach einem Augenblick. Sie hatte irgendwie mit einem Alphabet gerechnet, das sie entziffern konnte, aber nun wusste sie, dass das töricht war. Diese Buchstaben sahen aus wie eine Mischung aus Arabisch und Chinesisch. „Ich kann das nicht lesen."

„Gut", sagte Meisterin Irene. Emily blinzelte überrascht, als ihre Lehrerin fortfuhr. „Wärst du mit der Sprache vertraut gewesen, hätten wir eine andere finden müssen, die du verwenden kannst. Es ist lebenswichtig, dass du beim Sprüchezaubern nie entspannst, selbst wenn du einmal so geübt bist, dass du sie ohne Worte sprechen kannst. Ein einziger Fehler kann eine Katastrophe auslösen. Wenn du eine andere Sprache verwendest, musst du dabei *denken*."

Emily musste lächeln. Meisterin Irene schien sie gern vor möglichen Gefahren zu warnen.

„Dieser Zauberstab ist geladen", sagte Meisterin Irene und reichte Emily einen Zauberstab von ihrem Schreibtisch. „Zauberstäbe verwendet man normalerweise, um Magie zu fokussieren; dieser hat schon vorbereitete Sprüche in sich. Spürst du sie?"

Der Stab schien in ihrer Hand zu prickeln, als wäre er lebendig. Emily *spürte*, dass er sich wie eine Schlange wand, obwohl sie kein Zeichen von eigenständiger Bewegung sah. Es war schwierig, den Stab festzuhalten, doch je mehr sie ihn festhielt, desto mehr wurde ihr bewusst, dass darin … *Sprüche* auf sie warteten. Und als sie die

Sprüche spürte, spürte sie auch das *Mana* in sich, das freigesetzt werden wollte. Es war, als würde ihre Magie vor Leben sprühen.

„Versuche, einen der Zauber zu sprechen", sagte Meisterin Irene. „Fokussiere deinen Geist darauf und löse den Spruch aus."

Emily öffnete ihren Geist und suchte. Sie wusste nicht genau, was sie tat. Der Spruch glitzerte in ihrem Kopf, aber er schien auf frustrierende Weise ungreifbar, als ob er nur als Möglichkeit existierte. Eine Maschine, überlegte sie, die aber Brennstoff brauchte, um zu laufen. Es kam darauf an, das *Mana* aus ihrem Körper zu schöpfen und darüber den Spruch mit Energie zu versorgen. Aber ihr war nicht klar, wie sie die Verbindung zwischen ihrem Geist und dem Zauberstab herstellen sollte, geschweige denn die Verbindung zu den Sprüchen, die auf ihre Energie warteten. Ihre Energie schien an ihrer Haut anzuhalten …

„*Abrakadabra*", murmelte sie frustriert.

Etwas machte in ihrem Kopf *klick*. Macht gleißte aus ihr heraus und in den Stab hinein; einen Augenblick später flammte der Spruch in ihrem Kopf hell auf und verschwand. Emily öffnete die Augen – sie wusste nicht, wann sie sie eigentlich geschlossen hatte – und sah ein schimmerndes Bild ihrer selbst in der Luft schweben. Sie japste erschrocken auf, dann löste sich das Bild in nichts auf.

„Habe …" Emily schluckte und begann von vorn. „Habe ich das getan?"

„Du hast dem Spruch Energie verliehen", sagte Meisterin Irene sardonisch lachend. „Jeder schöpft das *Mana* auf seine eigene Weise."

Emily setzte die Puzzleteile langsam zusammen. In ihrem Kopf gab es einen Muskel für Magie und sie musste lernen, ihn zu benutzen, aber sie gab – wie bei jedem Muskel – ihrem Körper und ihrem Geist keine genauen Anweisungen. Es ging darum, zu lernen, wie man grundlegende Befehle aussprach. Als sie das Zauberwort laut gesagt hatte, hatte ihr Unbewusstes die Arbeit geleistet – und jetzt, wo sie wusste, was sie tat, würde sie es wieder tun können.

„Versuch es mit dem zweiten Spruch", sagte Meisterin Irene. „Versuch herauszufinden, wie du ihn auslöst."

„Okay", sagte Emily. Sie schloss die Augen und öffnete suchend ihren Geist, direkt in den Zauberstab hinein. Der Spruch wartete auf sie … diesmal musste sie nicht kämpfen, um Energie in den Spruch zu kanalisieren. Er flammte in ihrem Kopf auf und als sie die Augen öffnete, sah sie ein neues Bild von sich selbst. Dieses Bild wirkte erschreckend wirklich. Ihr wurde schwindelig, als es aufleuchtete. Etwas zog das *Mana* aus ihrem Körper. „Ich …"

Meisterin Irene murmelte ein Wort. Das Bild verschwand. Einen Augenblick später verflog das Gefühl, ihr werde die Energie aus dem Körper gezogen.

Emily lehnte sich auf ihrem Stuhl zurück. Der Spruch … der Spruch hatte nicht *aufgehört*, stellte sie erschrocken fest. Er hatte immer weiter Energie von ihr abgezogen, bis Meisterin Irene ihn abgestellt hatte. Was wäre passiert, wenn der Spruch sie *immer weiter* ausgesaugt hätte? Hätte er sie direkt getötet, oder wäre sie nur ein paar Stunden ohnmächtig gewesen?

„Noch etwas, das du immer im Kopf behalten musst", sagte Meisterin Irene. „Lass *niemals* einen Spruch unbegrenzte Energie einfordern. Magier, sogar Hexenmeister, haben sich schon selbst bei dem Versuch umgebracht, einen Spruch zu nutzen, bevor sie ihn sorgfältig geprüft hatten. Versuche *nie*, einen Spruch zu benutzen, bevor du gesehen hast, wie er aufgebaut ist."

Sie stand auf und nahm ein Buch aus dem Regal. „Ich versehe dich mit einem einfachen Übersetzungszauber. Er wird nur ein paar Monate halten, aber bis dahin solltest du imstande sein, ihn selbst zu erneuern. Sitz still und leiste *keinen* Widerstand."

Emily rutschte nervös auf ihrem Stuhl herum, während Meisterin Irene einige Worte in die Luft murmelte und mit der Hand eine komplizierte Geste machte. Sie fühlte … etwas, das dünn wie eine Pusteblume um sie herum aufleuchtete, so wenig greifbar wie das Nest einer Spinne, bevor es über ihrem Körper herabfiel und sich in ihrem Geist einnistete. Sie schaffte es gerade so eben stillzuhalten, bis der Spruch vollständig war. Er war so unangenehm, dass das *nie* eine dauerhafte Lösung sein konnte.

Der Großmeister hatte recht gehabt. Sie musste *wirklich* die hiesige Sprache lesen lernen, so schnell sie nur konnte.

„So", sagte Meisterin Irene, als der Übersetzungszauber vollbracht war. „Jetzt fangen wir an, uns anzusehen, wie Sprüche aufgebaut sind."

Die nächste Stunde verging sehr langsam, während Emily sich über die Bausteine der Magie den Kopf zerbrach. Zaubersprüche, erklärte Meisterin Irene sorgfältig, bestanden aus kleineren Sprüchen; man konnte einen fortgeschrittenen Spruch auswendig lernen, aber ohne Einblick in die darunterliegenden Sprüche würde man nie Fortschritte machen. Der Anblick der Zauberworte erinnerte Emily an eine einfache Computersprache, die aber in ihrem Kopf ablief. Einer der Nerds, mit denen sie befreundet war, hatte einen uralten Computer gekauft und mit einer der frühesten Programmiersprachen experimentiert, bevor er zu den komplexeren Systemen übergegangen war. Sie war überzeugt, dass *er* ziemlich leicht gelernt hätte, wie man Sprüche zaubert, weil er so vertraut mit obskuren Programmiersprachen war.

„Behalte sie im Kopf", sagte Meisterin Irene immer wieder. „Konzentriere dich darauf, Sprüche in ihre kleinsten Bestandteile zu zerlegen."

Emily runzelte die Stirn. Ihr Kopf begann zu hämmern. Eine Programmiersprache bewirkte erst einmal gar nichts, wenn sie nicht in einem Computer ablief; eine Zeile Code auf weißem Papier änderte nicht von selbst die Codierung im Inneren des Computers. Logischerweise musste sie sich selbst als magischen Computer betrachten und den Code – die Sprüche – in ihrem eigenen Kopf ablaufen lassen, aber manchmal schien das nicht so einfach hinzuhauen. Einen Zauberspruch aufzuschreiben war manchmal das Gleiche wie ihn zu sprechen, manchmal nicht. Noch schlimmer, sie brauchte mehrere Anläufe, um zu lernen, wie sie die Sprüche *nicht* mit Energie versah.

Und dann waren da die Sprüche – natürliche und unnatürliche –, die man Menschen, Dingen oder sogar der bloßen Luft einflößte. Laut Meisterin Irene war *Mana* überall, und dadurch konnten sich Lebewesen zu Formen weiterentwickeln, die es nutzen konnten. Sie wollte noch nicht einmal versuchen zu raten, was für eine Evolutionsgeschichte Drachen, Gorgonen oder Elfen hervorgebracht haben mochte, aber irgendwie ergab es Sinn. *Vielleicht* waren Orks und Kobolde Menschen, die durch ihren Kontakt zum magischen Feld zu etwas Unmenschlichem verzerrt worden waren.

„Es ist eine sehr gute Idee, alles darauf zu prüfen, ob ihm Magie eingeflößt wurde, bevor du es berührst", sagte Meisterin Irene. „Deine Mitschüler spielen ausgesprochen gern Streiche. Einem ist es gelungen, das Schulbuch eines Mitschülers auf eine Weise zu manipulieren, dass es ihn in einen Frosch verwandelt, sobald er es aufschlägt. Die meisten sind wahrscheinlich nicht so gut, dass sie eine solche magische Falle direkt vor einfachen Aufspürungszaubern *verstecken* können, aber es gibt viele Kniffe, die sie anwenden können, so dass die Falle schwerer zu entdecken ist."

Emily blickte auf den Spruch und nickte, dann sprach sie ihn sorgfältig aus. Der Raum schien für einen Moment dämmrig zu werden, dann begann eine Reihe von Gegenständen unheimlich rot zu glühen. Sie sah sich um und bemerkte die Zauber auf dem Schreibtisch, den Bücherregalen, dem Globus und der Kristallkugel in der Ecke … und Dutzende um die Tür herum. Einige wirkten harmlos, selbst bei dem roten Licht, doch andere sahen wirklich unheilvoll aus. Sie hatte das vage Gefühl, dass es sehr gefährlich wäre, ohne Erlaubnis ein Buch vom Regal zu nehmen.

„Gut", sagte Meisterin Irene. „Und nun noch ein Spruch ..."

Er schien nichts zu bewirken, jedenfalls am Anfang, bis Meisterin Irene ihr einen kleinen Kelch reichte und sie aufforderte, den Spruch zu wiederholen. Das rote Glühen um den Kelch herum löste sich auf, so dass sie nun einen harmlosen Gegenstand ansah.

„Der einfache Spruch, mit dem man Fallenzauber auflöst, hat eine viel geringere Reichweite", erklärte Meisterin Irene. „Falls du einen Zauber, den jemand auf deinem Eigentum hinterlassen hat, nicht entfernen kannst, bring den Gegenstand mir oder einem deiner anderen Lehrer. Natürlich ist es sehr viel schwieriger, einen der komplexeren Fallenzauber zu entfernen."

Emily nickte. Es würde nichts bringen, ihren Besitz mit einem Zauberspruch vor Fremden zu schützen, wenn man ihn einfach aufheben konnte. Die Zauber, die über Meisterin Irenes Tür krochen, sahen deutlich komplexer aus, so dass es wohl schwierig sein würde, sie zu brechen, vielleicht sogar unmöglich. Gedankenverloren fragte sie sich, was die Sprüche wohl mit Eindringlingen *anstellten*. Sie erstarren lassen, sie verwandeln ... oder sie gleich töten?

Nein, dachte sie, *das kann nicht sein.* Wenn Schüler sich selbst und andere verletzten, sah Whitehall das vielleicht nicht so eng wie all die anderen Schulen, die sie von zu Hause kannte, aber es musste Grenzen geben.

Die zweite Stunde verging sehr viel schneller als die erste. Meisterin Irene zwang sie, ein Dutzend Sprüche auswendig zu lernen und zu üben. Einer war ein sehr einfacher Verteidigungsspruch, der ausreichte, um viele Flüche und Verwünschungen von ihrem Körper und ihrer Seele fernzuhalten. Emily schauderte, als ihr klar wurde, was es bedeutete, dass die Schüler *diesen* Spruch so schnell wie möglich können mussten, und sie zwang sich, ihn genau im Kopf zu behalten. Mit einem anderen Spruch konnte man prüfen, ob ein Zaubertrank ungefährlich war; Meisterin Irene warnte sie allerdings, dass er nur bei tödlichen Tränken anschlug; wenn sie den falschen Trank zu sich nahm, konnte sie davon immer noch sehr krank werden.

Ein komplexerer Spruch, den Emily nicht bei ihrer ersten Sitzung meisterte, war darauf ausgerichtet, andere Zauber zu analysieren und damit zu erkennen, wie der ursprüngliche Magier sie aufgebaut hatte. Bei Meisterin Irene funktionierte er ohne Schwierigkeiten, aber Emily konnte all die unterschiedlichen Komponenten nicht im Kopf behalten. Schließlich wies Meisterin Irene sie an, den Spruch vorerst ruhen zu lassen, sie würden in zwei Tagen wieder darauf zurückkommen.

„Ich erlaube dir jetzt, die Bibliothek zu betreten und Bücher auszuleihen, die für die erste Jahrgangsstufe geeignet sind", sagte Meisterin Irene. „Ich weiß, dass Schüler mit oder ohne Erlaubnis Sprüche üben, daher möchte ich dich nur daran erinnern, dass du, wenn du einen anderen Schüler verletzt, zumindest mehrere Tage lang sehr unbequem sitzen wirst. Wenn es dir gelingt, dich selbst zu verletzen, werden wir uns außerdem über dich lustig machen."

Ihre Augen wurden schmaler. „Jeder Schüler hat ein anderes Niveau an Macht", fügte sie einen Moment später hinzu. „Geh an deine Grenzen, aber geh nicht zu weit, nicht zu schnell. Wenn du dich unwohl fühlst oder Kopfschmerzen hast, hör auf, Zauber zu sprechen, und mache eine Pause; iss etwas Süßes, um deine Energie zu erneuern. Das Küchenpersonal wird dir bei Bedarf etwas zu essen geben."

„Danke, Meisterin", sagte Emily schließlich. Ihr Kopf dröhnte jetzt schon; als sie aufstand, gaben ihre Beine plötzlich nach und sie musste sich am Stuhl festhalten, um nicht umzukippen. „Ich ..."

„Du gehst in den Speisesaal und verlangst eine große Portion Essen", sagte Meisterin Irene. „Heute Nachmittag" – sie holte ein großes Blatt Papier hervor, das Emily automatisch entgegennahm – „wirst du am Unterricht in Magie-Geschichte teilnehmen. Danach hast du frei und wir erwarten, dass du lernst. Morgen beginnst du mit dem richtigen Unterricht.

Zum Glück beginnen wir das ganze Jahr über neue Grundkurse, da wir nie wissen, wann Neue in die Schule kommen. Aber um weiterzukommen, musst du zuerst die grundlegenden Prüfungen bestehen."

Emily blickte auf das Papier. Es war ein Stundenplan in einer sauberen, präzisen Handschrift. Der Schultag war in acht Stunden eingeteilt, sieben zum Lernen und eine für die Mittagspause. Zwischen allen Stunden waren dreißig Minuten Pause, entweder, um die Schüler vor Erschöpfung zu bewahren, indem man ihnen die Gelegenheit gab, etwas zu essen, oder um sicherzustellen, dass die Folgestunde nicht verspätet begann, wenn die vorige sich hinauszögerte. Wer zu spät kam, würde in Whitehall sicher nachsitzen müssen – oder Schlimmeres.

„Ich werde deine Zimmergenossinnen anweisen, dir zu helfen, da du mit unserer Welt nicht vertraut bist", fügte Meisterin Irene hinzu. Emily schluckte; sie mochte Imaiqah, aber hatte das Gefühl, dass Aloha sehr viel weniger bereit sein würde, einer Neuen bei der Erkundung der Schule zu helfen. „Imaiqah muss zwei Kurse wiederholen, also wird sie dich zu Verwandlungskunst und zu Mentalistenmagie begleiten. Je nachdem, wie du vorankommst, kannst du innerhalb der nächsten zwei Monate in einen Fortgeschrittenenkurs aufsteigen."

Emily nickte. Der Stundenplan führte ein Dutzend verschiedener Fächer für die erste Jahrgangsstufe auf, darunter Alchemie, Talismane, Kryptozoologie, Wahrsagen und Ethik. Mehrere Stunden waren nicht belegt, doch sie war sich nicht sicher, ob sie in diesen Stunden allein lernen sollte oder ob Meisterin Irene ihr für diese Zeiträume nur noch keine Kurse zugewiesen hatte. Zwei Stunden am Dienstag und Donnerstag waren einfach als Sport gekennzeichnet. Emily verzog das Gesicht mürrisch. Da war sie nun in einer völlig neuen Welt und musste *immer noch* zum Sport gehen.

Meisterin Irene lächelte. „Du machst dich nicht so schlecht", sagte sie. „Void hatte recht. Du hast wirklich Potenzial."

Emily wurde rot. „Aber ich habe den Analysespruch nicht geschafft. Ich ..."

Die Lehrerin lachte. „Es wäre mir peinlich, wenn du ihn ohne wochenlanges Üben gemeistert hättest. Weißt du, wie lange ich gebraucht habe, um ihn zu beherrschen?"

Meisterin Irene schüttelte den Kopf. „Geh in den Speisesaal und iss", befahl sie. „Und dann lass dich von deinem Amulett zu Magie-Geschichte führen."

Emily nickte und verließ das Büro. Dabei dachte sie, dass Meisterin Irene doch nicht so schlimm war. Vielleicht hatte sie sogar ein Herz aus Gold.

KAPITEL 8

„Geschichte ist nichts anderes als eine Reihe von Meinungen über die Vergangenheit", teilte Professor Locke seiner Klasse mit. Er war ein kleiner älterer Mann mit langem weißem Haar und einer Brille, durch die er seine Schüler argwöhnisch beäugte. „Wer, könnte ich zum Beispiel fragen, siegte in der Schlacht von Janus?"

Ein Schüler hob die Hand. „Wir, Sir."

Ein anderer Schüler sprang auf, noch bevor der erste ausgeredet hatte. „Nein, *wir* haben gewonnen!"

Professor Locke lächelte. „Und damit hätten wir perfekt demonstriert, dass meine Aussage dem Wesen nach wahr ist. Die Schlacht von Janus wurde zwischen Umbria und Holm ausgetragen, um die Herrschaft über die Stadt Janus und die Handelswege durch das Janus-Gebirge zu erringen. Umbria wurde zwar zurückgedrängt, so dass Holm den Sieg für sich beanspruchen konnte, doch die Schlacht forderte einen so hohen Preis, dass Verstärkung aus Umbria Holm innerhalb eines Monats aus der Stadt vertreiben konnte."

Sein Lächeln wurde breiter. „Sagt mir also: Wer hat die Schlacht *wirklich* gewonnen?"

Emily dachte über die Frage nach, während die nationalistischeren unter ihren Mitschülern sich stritten. Ein Reich zu zerstören, um eine Schlacht zu gewinnen, war kein Sieg, das hatte sie beim Computerspielen gelernt; ein Sieg um den Preis eines Heeres konnte tödlich sein, wenn man keine Zeit hatte, ein zweites Herr aufzustellen. Ein griechischer König hatte einmal die Römische Republik bekämpft, erinnerte sie sich; er hatte seinen überaus teuren Sieg in einer Schlacht beklagt – und den Krieg verloren.

„Die Verbündeten Lande mögen sich vereinigt haben, um die Nekromanten zu bekämpfen", sagte der Professor, „aber sie sind sich immer noch in vielen Dingen uneinig. Eines davon ist die

Geschichte. Kein Königreich, kein Stadtstaat hat die gleiche Sicht auf die Geschichte, was sehr irritierend sein kann, wenn man zufällig Historiker ist. Und dennoch erklärt unsere Geschichte – unsere gemeinsame Geschichte, auch wenn sie es nicht zugeben wollen –, warum wir heute den Nekromanten gegenüberstehen."

Eine lange Pause folgte. „Vor Tausenden von Jahren gab es Krieg zwischen Menschen und Elfen. Die Elfen waren magisch, die Elfen waren furchterregend … aber es gab *Millionen* von Menschen. Es war *unsere* Zeit, glaubten wir, und wir wollten nicht länger vom Feenvolk dominiert werden. Also bekriegten wir sie, bis wir sie in ihre verborgenen Siedlungen zurückgedrängt hatten, und errichteten das Erste Reich auf den Trümmern *ihres* Reiches.

Doch wir machten einen schrecklichen Fehler. Wir hätten mit den Orks und Kobolden Verbindung aufnehmen können, Nachkömmlingen von Menschen, die die Elfen geschaffen hatten. Stattdessen zogen wir auch gegen sie in den Krieg und zwangen sie, sich mit den übrig gebliebenen Elfen zu verbünden. Viele Jahre später kehrten sie zurück und führten Krieg gegen das Erste Reich selbst. Sie zerstörten das Erste Reich."

Emily schauderte; sie erinnerte sich an das, was sie vom Rücken des Drachen auf dem Weg von Voids Turm nach Whitehall gesehen hatte. Zerstörte Städte, darunter Bauwerke, von denen sie überzeugt war, dass sie nicht von Menschen errichtet waren; ihre Bevölkerung hingemetzelt oder in den Hungertod getrieben. War das das Ergebnis des Krieges gegen die Elfen, oder gab es eine noch viel düstere Ursache?

„Das waren schreckliche Tage", sagte Professor Locke. „Die Elfen züchteten unzählige Ungeheuer, um unsere Länder zu verwüsten. Millionen starben, als Feuerdrachen ihren giftigen Atem über menschliche Siedlungen bliesen; Riesenkrabben tauchten aus den Meeren auf, um Häfen zu zerstören; Meermänner versenkten Schiffe im Ozean. Die einzige Lösung schien noch größere Magie zu sein, also strebten wir nach ihr. Wir entdeckten, dass wir unsere Sprüche durch Mord verstärken und damit die Elfen zurückschlagen konnten. Schließlich sammelten wir uns und trieben die Elfen an den Rand der Ausrottung.

Doch wie so oft wendete sich die Waffe, mit der wir den Krieg gewinnen wollten, gegen uns. Die Nekromanten waren nicht imstande, die gewaltige Macht, die sie besaßen, zu kanalisieren, ohne wahnsinnig zu werden. Sie wurden Monster in Menschengestalt. Sie wollten nicht aufhören, das *Mana* von Tausenden hingemetzelter Menschen zu trinken oder in der grenzenlosen Freude ihrer Macht zu schwelgen. Schließlich versuchten sie, das Zweite Reich zu übernehmen. Die Schlacht, die sie aufhalten sollte, zerstörte auch jegliche Hoffnung auf eine neue Einheit zwischen den Menschen."

Emily dachte darüber nach. Gedankenverloren fragte sie sich, warum *Mord* notwendig war. Warum nicht ein freiwilliges Opfer? Hätte es etwas ausgemacht, wenn die Opfer sich den Nekromanten *freiwillig* angeboten hätten?

Aber Shadye war ganz klar verrückt gewesen. Egal, wie vornehm er getan hatte, er hatte vorgehabt, Emily den Grauenvollen zu opfern, was immer *sie* waren. Und sein Plan wäre völlig danebengegangen, wenn Void nicht eingegriffen hätte.

Professor Locke deutete mit dem Kopf auf eine Karte an der Wand. Emily betrachtete sie interessiert; die Kontinente hatten wenig Ähnlichkeit mit dem, was sie aus ihrer Welt kannte. Ein riesiger Kontinent war etwa so groß wie Europa, Asien und Amerika zusammen, während ein kleiner Kontinent südlich davon nur wenig größer war als Australien. Ein Netz aus Inseln – Japan und Großbritannien zusammen, beschloss sie – beherrschte den Rest der Weltkugel. Sie *wussten* also, dass ihre Welt eine Kugel war.

Aber sie schien keinen *Namen* zu haben.

Zweiunddreißig Staaten gehörten zu den Verbündeten Landen, wenn sie die Karte korrekt deutete. Die meisten lagen im Norden des größten Kontinents beieinander, ein paar auf dem kleineren Kontinent und den Inseln. Unterhalb von ihnen lag eine Ödnis; das musste die Gegend sein, wo Shadye versucht hatte, sie zu opfern, nachdem er sie aus ihrer Welt entführt hatte. Sie erinnerte sich an die unfruchtbaren Landstriche, über die sie geflogen war, und schauderte. Die Schlacht, die die Nekromanten aufhalten sollte, hätte man genauso gut mit Atombomben austragen können. Vielleicht wäre das langfristig sogar die bessere Lösung gewesen.

„Die Nekromanten flohen in die Totenlande im Süden", sagte der Professor. „Dort bauten sie ihre Festungen, züchteten ihre Sklaven und bereiteten schließlich einen neuen Überfall auf die Verbündeten Lande vor. Die Bedrohung durch sie ist überwältigend; wenn sie genug Zeit bekommen, werden sie weitere Heere von Monstern hervorbringen, um sie auf uns loszulassen und die Verbündeten Lande zu zerschlagen. Das Einzige, was uns bisher gerettet hat, ist ihre Uneinigkeit. Wir können nicht erwarten, dass sie auf ewig uneinig bleiben."

Ihre Uneinigkeit?, wunderte sich Emily. Sie hatte den Eindruck gehabt, dass Shadye unabhängig von den anderen Nekromanten gehandelt hatte. Er hatte auf jeden Fall keine anderen herbeigerufen, um sie gemeinsam zu opfern und mehr Macht zu erlangen …

Ein Schüler hob die Hand und unterbrach Emilys Gedanken. „Können wir nicht dafür sorgen, dass sie uneinig *bleiben*, Professor? Wir könnten ihnen einen Handel anbieten, wenn sie einander bekämpfen …"

„Das wurde schon versucht", sagte Professor Locke. Er tippte auf einen dunklen Fleck auf der Karte. „Der König von Halers glaubte, einen der Nekromanten bestechen zu können, einen unangenehmen Typen namens Gower. Man schickte Gower Hunderte Untertanen des Königs als Opfer – in der Hoffnung, dass der König sich damit seine Unabhängigkeit erkaufen könnte. Doch Gower drang in das Machtgefüge des Königreichs ein und hetzte die Adeligen gegen den König auf, die Bauern gegen die Adeligen und das Heer gegen alle. Schließlich war Halers vom Bürgerkrieg so weit erschüttert, dass der Nekromant einfach hineinspazieren und es übernehmen konnte.

Gower zerstörte das Königreich. Seine Ungeheuer vernichteten die übrig gebliebenen Adeligen, dann töteten sie genug Bauern, um den Rest, der nicht rechtzeitig geflohen war, in Schach zu halten. Jetzt ist es eine Quelle von Monstern und magischen Opfern für die Nekromanten, und alles nur, weil ein König dumm genug war, zu glauben, dass man einen Nekromanten durch Bestechung zähmen könnte. Wir können mit den Nekromanten nicht verhandeln. Wir können nur unsere eigene Macht bestmöglich aufstellen und uns auf den kommenden Kampf vorbereiten."

Ein Blick auf die Karte machte Emily klar, dass das schwierig werden würde. Void hatte ihr gesagt, dass die Nekromanten die Verbündeten Lande langsam umzingelten, doch er hatte ihr nicht klarmachen können, wie verzweifelt die Lage wirklich war. Wenn die Nekromanten es schafften, lange genug zusammenzuarbeiten, um einen groß angelegten Angriff durchzuführen, dann konnten sie durch das Gebirge hindurchziehen und die Verbündeten Lande in der Mitte teilen. Dann hätten sie Zugang zu riesigen Ressourcen – und Menschen als Opfern – und damit würden sie den Rest der Verbündeten Lande zerstören können. Und sich dann anderen Kontinenten zuwenden.

„Einige Vorteile haben wir", sagte Professor Locke. „Der wichtigste: Die Macht selbst, die die Nekromanten in ihrem Geist kanalisieren, treibt sie in den Wahnsinn. Es kommt vor, dass sie ohne Vorwarnung aufeinander losgehen oder einander absichtlich hintergehen, aus Gründen, die nur in ihren eigenen verwirrten Köpfen Sinn ergeben. Die Menge an Macht, die sie haben, tötet sie langsam, denn ihre Gehirne können dem Druck, dem sie sie aussetzen, nicht lange standhalten. Je älter sie werden, desto mehr Macht müssen sie kanalisieren, um sich am Leben zu erhalten, so dass sie langsam zu untoten Leichenwesen werden. Das wahre Grauen der Nekromantie liegt darin, dass ihnen irgendwann die menschlichen Opfer ausgehen werden; sie sterben aus und hinterlassen eine Ödnis."

Emily redete, bevor sie es sich anders überlegen konnte. „Brachten die Elfen den ersten Nekromanten die Nekromantie bei?"

Professor Locke betrachtete sie einen langen Augenblick nachdenklich. „Und was, junge Dame, meinst du damit?"

Sein Blick war beunruhigend. Zu Hause wäre sie höchst selten aufgefordert worden, sich vor jemandem in ihrer Schule zu rechtfertigen. Hier ...

„Wenn Nekromanten eine immer größere Menge an Energie brauchen, nur um am Leben zu bleiben", sagte Emily und überlegte schnell, wie sie es weiter formulieren sollte, „dann wird ihnen die Energie irgendwann ausgehen."

„Wie ich schon sagte", erinnerte der Professor sie ungeduldig.

„Ja ... aber, das müssen sie doch wissen", entgegnete Emily. „Warum haben sie also überhaupt damit angefangen, damals, als ihre Gehirne vermutlich noch *nicht* von der Nekromantie verwirrt waren? Sie müssen erkannt haben, dass Nekromantie am Ende die gesamte Menschheit auslöschen würde. Aber die Elfen könnten ihnen die Idee in den Kopf gesetzt haben, in dem *Wissen*, dass die Menschheit entweder von der Nekromantie lassen müsste oder sich selbst zerstören würde. So oder so hätten sie gewonnen."

„Eine interessante Theorie", sagte Professor Locke schließlich. „Und sie kann durchaus zutreffen."

Er lehnte sich nachdenklich zurück. „Aber sage mir ... wie hätten wir die Elfen *ohne* Nekromantie besiegen können?"

Emily wusste, dass es besser war, die Diskussion nicht weiterzuführen. Sie wusste ganz einfach nicht genug, um gute Argumente vorzubringen. Und wenn Nekromantie den Ausschlag zwischen Sieg oder Niederlage gegeben hatte, hätte selbst das Feenvolk aus den Fantasy-Romanen mit seiner fremdartigen Denkweise gezögert, der Menschheit eine solche Waffe an die Hand zu geben. Es sei denn, sie dachten, die Menschheit würde ohnehin von selbst darauf kommen ... Sie schüttelte den Kopf. Solche Überlegungen führten zu Wahnsinn und lebenslangen Abhandlungen über Verschwörungstheorien im Internet.

„Wie anfangs schon gesagt, ist Geschichte nichts weiter als Meinungen", sagte Locke nun wieder zur gesamten Klasse. „Kann mir jemand sagen, wann der Vertrag von Umbria unterzeichnet wurde?"

Ein stämmiger Schüler hob die Hand. „Vor neunzig Jahren, Professor. Er hat die Verbündeten Lande zu einer Macht vereint, die uns vor den Nekromanten schützt."

„Soweit richtig", stimmte Locke ihm zu. „Warum haben die Herrscher der Verbündeten Lande sich nicht zu einem Dritten Reich zusammengetan?"

Emily konnte die Antwort erraten, aber sie ließ eine andere Schülerin ihr Glück versuchen. „Weil die größeren Königreiche die kleineren beherrschen wollten", sagte sie. „Die kleineren Königreiche waren aber zu schlau, um sich den größeren unterzuordnen, die in einem vereinigten Reich mehr Macht gehabt hätten."

„Du meinst, dein mickriges Königreich wollte sich nicht auf die gemeinsame Verteidigung verpflichten", murmelte einer der Jungen. „Dein Volk war schon immer feige ..."

„Bleib nach Unterrichtsschluss hier", sagte Locke. Seine Ohren waren besser, als Emily gedacht hatte; sein Tonfall machte klar, dass etwas Unangenehmes auf den Nationalisten wartete. „Wer glaubt, dass andere Königreiche von Natur aus besser oder schlechter als sein eigenes sind, bringt sich unweigerlich in Schwierigkeiten."

Der Professor blickte wieder die Schülerin an, die zuerst gesprochen hatte. „Interessante Antwort, aber unvollständig." Er deutete mit dem Kopf auf die Landkarte. „Möchte noch jemand versuchen, Gwens Antwort weiter zu begründen?"

Mehrere Schüler tauschten Blicke aus, bevor noch ein Mädchen die Hand hob. „Die Nekromanten waren schon dabei, sich Zugang zu den Burgen und Palästen der Könige zu verschaffen und ihren Kampfgeist zu schwächen?"

„Möglich, aber das war damals noch kein Thema, erst nach dem Fall von Halers", sagte Locke. Er zeigte auf die Karte. „Die Antwort sollte offensichtlich sein."

Emily erinnerte sich an Alexander den Großen und was nach seinem Tod in Babylon passiert war. Seine Gefährten, einst seine treuen Gefolgsleute, hatten sein riesiges Reich unter sich aufgeteilt und versucht, ihre eigenen Dynastien zu gründen. Ein Reich, das einen großen Teil der damals bekannten Welt umfasst hatte, war auf eine Handvoll zerstrittener Königreiche reduziert worden, die schließlich im Römischen Reich aufgegangen waren. Von globalen Herrschern hatten sie sich zu Menschen entwickelt, die nicht über den eigenen Tellerrand blicken konnten.

„Sie waren alle mehr an ihrer Lokalpolitik interessiert als an der gesamten Welt", sagte sie langsam. Jetzt, wo sie es laut ausgesprochen hatte, war sie zuversichtlich, dass es die richtige Antwort war. „Sie sorgten sich mehr um das benachbarte Königreich als um das wachsende Reich der Nekromanten, zumindest bis es zu spät war, um die Nekromanten im Keim zu ersticken."

„Eine gute Antwort", sagte Locke, „und sie ist gerade eben gut genug, um dir die Konsequenzen dafür zu ersparen, dass du vor dem Reden nicht die Hand gehoben hast."

Er ließ den Blick durch die Klasse schweifen, während Emily verlegen errötete. „Sie hat völlig recht", sagte er zu allen. „Die Nekromanten konnten zu einem solchen Problem werden, weil niemand, noch nicht einmal die in Whitehall Ausgebildeten, versuchten, etwas zu unternehmen, bevor es zu spät war. Hier und jetzt haben wir ein großes Problem: Wir müssen die Grenze an vielen verschiedenen Punkten verteidigen, und wenn wir einen davon verlieren, können wir alles verlieren."

Emily nickte. Es war möglich – sogar wahrscheinlich –, dass manche Parteien so viele Menschen wie möglich vom großen Kontinent evakuierten, doch sie wusste, dass sie nicht alle evakuieren konnten, bevor es zu spät war. Konnten sie den großen Kontinent den Nekromanten überlassen und darauf warten, dass diese stürben, wenn ihnen die Opfer ausgingen? Sie bezweifelte es; Void hatte demonstriert, dass Teleportation möglich war, was darauf hindeutete, dass die Nekromanten ganze Heere um die Welt teleportieren konnten …

Nach einer langen Pause wurde ihr klar, dass das nicht in großem Umfang möglich sein würde. Die Verbündeten Lande wären sicherlich schon längst gefallen, wenn die Nekromanten ungestraft Lebewesen teleportieren könnten.

Sie sah noch einmal auf die Landkarte. Anscheinend überlebten sie wegen einer Kombination aus Geografie und Glück. Nichts davon würde funktionieren, wenn die Nekromanten Teleportation nutzen konnten.

Emily schüttelte den Kopf und zwang sich, wieder dem Professor zuzuhören. Sie wusste einfach nicht genug, um eine sinnvolle Einschätzung zu treffen.

„Theoretisch steht dieser Kurs nicht zur Wahl", sagte Locke, während er zu seinem Schreibtisch zurückging und die Schüler durch seine Brille betrachtete. „Ein gründliches Verständnis der Geschichte ist für jeden wichtig, der als Absolvent von Whitehall Magie ausüben will und nicht nur als Kräuterhexe oder Hofmagier.

Ihr müsst Geschichte lernen, um unsere lokalen Konflikte aus einer größeren Perspektive zu sehen – und um zu verstehen, warum es überlebenswichtig ist, dass wir uns gegen die Nekromanten vereinen.

Doch ich weiß, dass viele von euch das Gefühl haben, Geschichte sei viel weniger wichtig als das Erlernen von Magie und ihrer Kontrolle, und ich bin zu alt, um Schüler zu unterrichten, die nicht lernen wollen. Wenn ihr in diesen Stunden lieber etwas anderes lernen wollt, dürft ihr euch aus meinem Unterricht zurückziehen und still in der Bibliothek arbeiten. Wenn ihr später eure Meinung ändert, könnt ihr dem Unterricht für jüngere Schüler folgen."

Er lächelte wehmütig. „In den nächsten Monaten werden wir ein breites Spektrum von Themen abdecken. Die Entwicklung der Magie in alten Zeiten bis zur Entdeckung der grundlegenden Regeln durch die großen Forscher unter den Hexenmeistern. Wie und warum Magie sich im Lauf der Geschichte verändert hat. Den Ursprung der großen Kriege gegen die Elfen, Kobolde, Orks und andere halbmenschliche Wesen. Wie das Erste Reich errichtet wurde – und warum es im zweiten großen Krieg überraschend eingenommen und zerstört wurde. Die Geschichte der magischen Artefakte, einschließlich Legenden von unsichtbaren Zauberstäben, Schwertern, die nur von wahren Königen getragen werden, und noch seltsameren Objekten aus den Zeiten vor unserer Geschichtsschreibung.

Ich werde eure Vorurteile wahrscheinlich stark herausfordern", fügte er hinzu. „Ihr kennt natürlich die Geschichtsversion eurer eigenen Königreiche, aber ihr werdet überrascht sein, wenn ihr merkt, wo sie mit der Version der Geschichtsmönche übereinstimmt und wo nicht. Viele von euch werden lieber wütend aus meinem Unterricht stürmen, als zu akzeptieren, dass es auch andere Versionen der Geschichte gibt. Offen gesagt ist das euer Problem, nicht meins."

Er warf einen Blick auf seine Uhr. „Wir haben noch zwanzig Minuten, aber ich habe alles gesagt, was für heute nötig war", schloss er. „Solltet ihr euch entscheiden, den Geschichtsunterricht vorläufig zu verlassen, kommt einfach nicht zur nächsten Stunde.

Euer Fehlen wird notiert werden, aber es gibt keine Strafe. Eure Unwissenheit wird Strafe genug sein."

Emily verstand, obwohl sie den Verdacht hatte, dass wenige andere in der Klasse ihr Verständnis teilten. *Sie* wusste fast nichts über diese Welt, außer dem, was sie von ihren Lehrern erfuhr, von ihren Zimmergenossinnen und – jetzt, wo sie hineindurfte – aus der Bibliothek. Es war einleuchtend, dass sie so schnell wie möglich dazulernen musste, schon allein um in Zukunft zu wissen, worüber sie redete. Sie wusste noch nicht einmal die grundlegendsten Dinge, die alle, die in dieser neuen Welt aufwuchsen, wissen würden.

Aber die anderen würden ihre eigene Unwissenheit nicht begreifen. Wie konnten sie das auch? Sie hatten die Wahrheit gesagt bekommen – jedenfalls die Wahrheit, die in ihren Königreichen offiziell gutgeheißen wurde –, und das lange, bevor sie in Whitehall aufgenommen worden waren. Sie verstand gut, dass Professor Locke lieber keine Schüler unterrichten wollte, die nicht in seinem Unterricht sein wollten. Er hatte eigentlich völlig recht; die Unwissenheit dieser Schüler würde sie später teuer zu stehen kommen.

„Die Stunde ist aus", sagte Locke. „Ich hoffe, dass ich einige von euch am Freitag wiedersehe."

Emily stand auf und ging zur Tür, den anderen Schülern nach. Sie hatten sicherlich einen Plan, wie sie die zusätzliche Pause zwischen den Stunden am besten nutzten. Vielleicht würden sie Wasser oder Saft trinken, vielleicht würden sie sogar das Küchenpersonal belagern, um etwas zu essen zu bekommen. Aber Emily wusste nicht so genau, was sie tun sollte. Sie hatte den Rest des Tages keinen Unterricht mehr und das Einzige, was ihr sonst einfiel, war, in die Bibliothek zu gehen … sie wusste noch nicht einmal, wo Imaiqah war oder ob *sie* gerade frei hatte.

Sie schüttelte den Kopf und trat aus dem Klassenzimmer. Draußen stieß sie auf eine Gruppe von Mädchen, die auf sie warteten. Eine packte ihren Arm und hielt ihn fest. Die anderen umringten sie, so dass sie nicht wegkonnte. Es war eine Falle.

„Also, lass hören", schnurrte die Anführerin. „Woher kommst du?"

KAPITEL 9

Emily atmete tief durch, um sich zu beruhigen. Es funktionierte nicht sonderlich gut.

Es war schon schlimm genug, in ihrer eigenen Welt von anderen tyrannisiert zu werden, aber hier waren die anderen nicht nur in der Überzahl, sondern auch noch Zauberer. Sie konnte versuchen, zu kämpfen, doch sie beherrschte so gut wie keine Magie; kaum genug, um sie Leuten gegenüber einzusetzen, die das seit Jahren studierten. Was würde passieren, wenn sie beim Versuch scheiterte? Hier konnte sie verletzt werden. Oder Schlimmeres.

Sie war steif vor Angst, als zwei der Mädchen sie an den Armen packten und sie den Gang hinunter in ein leeres Klassenzimmer schleiften. Falls andere mitbekamen, wie sie weggezogen wurde, unternahmen sie nichts dagegen.

Aber das war keine Überraschung, stellte sie fest. Mobber waren überall gleich; Leute, die sich hätten zusammentun können, um sie zu bekämpfen, hielten sich lieber von ihnen fern und hofften, dass die Mobber sich nicht ihnen zuwenden würden. Zur Hölle damit, viele machten sich lieber bei den Mobbern beliebt, indem sie bei den Quälereien mitmachten, statt sich für ihre Opfer einzusetzen.

Ihr Blick verfinsterte sich, als sie Alassa, Thronerbin von Zangaria, im Klassenraum warten sah. Warum war sie nicht überrascht?

„Ja", sagte Alassa. Ihre Stimme war krankhaft liebreizend. „Woher *kommst* du?"

Emily ging blitzschnell ihre Möglichkeiten durch. Ihr hätte klar sein müssen, dass jemand diese Frage stellen würde, und sie hätte sich eine Geschichte ausdenken müssen, die sie erzählen konnte. Aber sie wollte niemandem gegenüber zugeben, ganz besonders nicht gegenüber den Schultyrannen, dass sie von einem

Nekromanten entführt und für eine Opferung auserwählt worden war. Das Wissen würde ihnen nichts bringen, soweit sie wusste, und dennoch …

„Das tut nichts zur Sache", sagte sie und verfluchte gleichzeitig ihre eigene Unwissenheit. Sie konnte behaupten, von irgendwo auf dieser Welt zu kommen, aber sie wusste nicht genug, um eine überzeugende Lüge zu fabrizieren. „Ich …"

Die Hände um ihren Arm packten fester zu. Ihr Gedankenstrom riss ab.

„Du bist auf einem Drachen hierhergekommen", sagte Alassa. Ihre Augen bohrten sich in Emilys; sie waren strahlend blau und doch so kühl. „Weißt du eigentlich, wie selten es ist, einen Drachen auch nur zu *sehen*?"

Ihre Stimme hatte etwas Unheilvolles, doch Emily brauchte einen Moment, um zu erkennen, was es war. Alassa war *eifersüchtig*. Sie war vielleicht die Kronprinzessin eines Landes, von dem Emily bis gestern nichts gehört hatte, doch *sie* war noch nie auf einem Drachen geflogen – und jeder würde über Emily reden, nicht über Alassa. Sich von ihrem Land nach Whitehall zu teleportieren war so … *banal*, verglichen mit dem Flug auf einem Drachen.

„Er war ein Freund meines Mentors", sagte Emily schließlich. Sollte sie Voids Namen erwähnen? Oder würde das die ganze Situation nur verschlimmern? Sie musste sich zwingen, hart zu schlucken und die Angst und Wut niederzukämpfen, die sie zu überwältigen drohten. Wie konnte Alassa es *wagen*, ihr das hier anzutun? „Der Drache hat mich hierher mitgenommen …"

Alassa betrachtete sie eingehend, als wäre sie eine besonders ekelhafte Nacktschnecke. „Drachen zeigen sich nicht irgendwem", sagte sie scharf. „Was *bist* du, dass du auf einem Drachen fliegen kannst?"

Überraschend schnell wechselte die Prinzessin das Thema. „Und was ist dein gesellschaftlicher Stand?"

Emily überdachte die Frage ernsthaft. Es musste Alassa und ihren Spießgesellinnen merkwürdig erscheinen, dass sie überhaupt darüber *nachdenken* musste. *Sie* würden ihren Platz in der sozialen Hierarchie aus dem Effeff kennen. Wenn sie sich recht erinnerte, stand die Kronprinzessin eines jeden Landes über fast allen anderen. Und Alassa war nicht der Typ, der über seine Geburt hinwegsah, selbst nicht beim Schulbesuch in Whitehall. Die Mahnung des Großmeisters, dass Nationalismus nicht den Schulbetrieb stören dürfe, war bei ihr wohl auf taube Ohren gestoßen.

Vielleicht, sagte Emily sich, konnte sie behaupten, dass sie eine hohe soziale Stellung innehabe, aber wieder machte ihre eigene Unwissenheit es unmöglich, überzeugend zu lügen. Wie alle, die Geburt wichtiger fanden als Leistung, würde Alassa jede wichtige königliche und adelige Familie in den Verbündeten Landen kennen. Und sie konnte nicht behaupten, dass sie eine Adelige aus einer anderen Welt war, ohne zuzugeben, dass sie aus einer anderen Welt *kam*.

Imaiqah hatte gesagt, ihr Vater sei Händler, erinnerte Emily sich. „Mein Vater ist ein Gelehrter und ein Gentleman", sagte sie und betete innerlich, dass Alassa nicht zu viele Fragen stellen würde. Emily hatte gehört, dass Gelehrte in manchen Gesellschaften als Teil des niedrigen Adels angesehen wurden, allerdings konnte sie nicht wissen, ob das auf diese Welt zutraf. Das sollte es, versicherte sie sich selbst. Die Gelehrten in dieser Welt würden Zugang zu Magie haben. „Beantwortet das deine Frage?"

„Ich glaube dir nicht", sagte Alassa geradeheraus. Ihre strahlenden Augen verengten sich, als sie näher trat, bis ihre Nase fast Emilys Gesicht berührte. „Was für eine Gelehrtentochter würde auf einem Drachen reiten?"

Aus der Nähe betrachtet stimmte an dem Gesicht der Schultyrannin irgendetwas ganz und gar nicht. Emily betrachtete sie eingehend und bemühte sich gleichzeitig, ihre Furcht unter Kontrolle zu halten, während sie versuchte zu begreifen, warum sie sich abgestoßen fühlte. Es lief ihr eiskalt den Rücken hinunter, als sie endlich erkannte, dass Alassa *zu* vollkommen war. Ihr Gesicht war völlig makellos, ohne jeden Fehler … und ganz und gar symmetrisch. Aber warum war das überraschend? Jemand so Eitles wie Alassa würde ihr Aussehen mit Magie verbessern, auch wenn das bedeutete, dass ihre Schönheit unrealistisch wurde. Und obwohl man unter den formlosen Umhängen, die sie alle trugen, nichts erkennen konnte, hätte Emily viel Geld darauf verwettet, dass ihr Körper genauso vollkommen – und merkwürdig *falsch* – war wie ihr Gesicht.

Magie, dachte sie bitter. An ihrer alten Schule war ein Mädchen gewesen, das ihren Eltern so lange in den Ohren gelegen hatte, bis sie ihr eine Schönheitsoperation bezahlt hatten. Alassa verfügte wahrscheinlich über Schönheitshexer, die ihr Gesicht mit Zaubersprüchen zu einer Vision weiblicher Schönheit formen konnten; zur Hölle, *mussten* Prinzessinnen nicht geradezu schön sein? Ihre Eltern wollten sie wahrscheinlich verheiraten, um ihre eigene gesellschaftliche Stellung zu verbessern oder ihr Königreich zu stärken. Alassa hätte ihr leidgetan, wenn sie nicht eine solche Tyrannin gewesen wäre.

„Sag mir also", wiederholte Alassa und hielt einen Finger vor Emilys Gesicht. „Woher *kommst* du?"

Emily schüttelte den Kopf und stellte sich auf Prügel ein – oder Schlimmeres.

Doch Alassa lächelte nur.

„Ich sehe an deinem Gesicht, dass du von niedriger Geburt bist", sagte sie in gekünstelt amüsiertem Tonfall. „Komm! Man muss sich nicht dafür schämen, in Dreck und Elend geboren zu sein. Es ist deine natürliche Aufgabe, denen zu dienen, die über dir stehen. Komm, sei meine Freundin."

Ihr Spott drohte Emily aus der Fassung zu bringen. Sie war in einer demokratischen Gesellschaft aufgewachsen, wo selbst die hochmütigsten Politiker es nicht riskiert hätten, zu viele Wähler gegen sich aufzubringen. Sie hatte nie wirklich begriffen, wie es sein musste, in eine Gesellschaft hineingeboren zu werden, wo die Geburt die gesellschaftliche Stellung bestimmte. Alassa schien sich so selbstverständlich wohlzufühlen bei dem Gedanken, dass Niedriggestellte Höhergestellten dienten, weil sie das nie hatte hinterfragen müssen. Die Bauern, Handwerker und Kaufleute ihres Königreiches existierten, um den Befehlen ihrer Familie zu gehorchen.

Komm, sei meine Freundin? Emily sah Alassa an und wusste, was das bedeutete. Sie wäre nichts weiter als eine Handlangerin, die ein Loblied auf Prinzessin Alassa sang und sie ermunterte, andere Schüler zu tyrannisieren – und die immer befürchten musste, dass Alassa sich gegen sie wenden würde. Oder man würde erwarten, dass sie für die Prinzessin die Hausaufgaben machte oder was immer sich Alassa an erniedrigenden Arbeiten für sie ausdachte. Mit jemandem wie Alassa befreundet zu sein, war, wie neben einem Löwen in der Falle zu sitzen: Man warf andere Opfer ins Maul des Raubtiers, in der Hoffnung, dass es einen *zuletzt* fressen würde. Ein Löwe wäre wahrscheinlich aufrichtiger als ein Mädchen mit mehr blauem Blut als Verstand.

„Danke, aber ich lehne ab", sagte Emily. Alassa wollte sie vor sich kriechen sehen – daran gab es keinen Zweifel –, doch Emily hatte genug Stolz, um sich nicht verbiegen zu lassen. Außerdem war Emily schon am Tag ihrer Ankunft in dieser Welt fast von einem Nekromanten umgebracht worden. Alassa war nichts weiter als eine Tyrannin – und eine Tyrannin war nichts im Vergleich zu einem Nekromanten. „Wenn du mich dann bitte entschuldigen würdest ...“

Die Mädchen, die sie festhielten, ließen nicht locker. Alassas Gesicht wurde beängstigend rot. „Du wagst es, dich mir zu widersetzen? Du wagst es ...!“

Emily spürte einen weiteren Wutanfall, als sie versuchte, sich aus dem Griff der Mädchen zu befreien. Alassas Hand lag auf ihrem Zauberstab; Magie leuchtete um sie auf, als sei sie im Begriff, einen Spruch zu sprechen. Doch ihre Kumpaninnen hielten Emily zu fest, als dass sie entkommen konnte ...

Aber irgendetwas passte nicht zusammen. Jemand wie Alassa würde nicht zögern, ein Mädchen von niedriger Geburt plattzumachen, wie sie auch Imaiqah früher drangsaliert hatte. Warum *versuchte* sie also überhaupt, Emily als Verbündete zu gewinnen?

Die Antwort traf sie mit voller Wucht. Emily war auf einem Drachen angekommen, was bedeutete, dass sie *wichtig* war – und jemand, der Geburt und gesellschaftliche Stellung zu ernst nahm, würde sich fragen, ob Emily in Wirklichkeit wichtiger war als sie selbst. Oder ob Emily jemand war, den sie überzeugen sollte, sich ihr anzuschließen. Professor Locke hatte betont, dass die

Verbündeten Lande uneins seien. Emily hatte den Verdacht, dass Alassa – und andere wie sie – einen wichtigen Anteil daran hatten, dass die Verbündeten Lande nicht in der Lage waren, sich gegen einen gemeinsamen Feind zu vereinen.

Alassa hatte *Angst* vor ihr, ging es Emily auf. Emily kannte nur einen Menschen, der einen Drachen herbeirufen und ihn dann auch noch überzeugen konnte, eine angehende Schülerin nach Whitehall zu fliegen – und dieser Mensch war ein überaus mächtiger Hexenmeister, Void. Alassa musste sich fragen, ob Emily mächtiger war als sie, vielleicht sogar mächtig genug, ihre königliche Geburt zu übertrumpfen. Kein Wunder, dass sie so viele Anhängerinnen mitgebracht hatte, um Emily zu konfrontieren. Wenn Emily genug Macht und Geschick hatte, um sie zu schlagen, würde Alassa den Rückhalt ihrer Freundinnen brauchen.

„Ja", sagte Emily, bevor sie es sich anders überlegen konnte. „Ich wage es."

Alassa hob drohend ihren Zauberstab und das Gefühl von Magie wurde stärker. „Kriech", befahl sie. Die Mädchen, die Emily festhielten, lockerten ihren Griff und Alassas Stimme wurde zu einem Singsang. „Kriech vor mir; leck meine Stiefel; bitte mich um Vergebung ..."

„Nein", sagte Emily geradeheraus. Sie zog ihre Hände zu sich und machte sich bereit. Wie ging dieser Schutzzauber noch mal? Panik machte es schwer, klar zu denken. „Lass mich gehen!"

Alassa bewegte ihren Zauberstab und ein Zauber leuchtete auf. Er funkelte bedrohlich vor Emily, eine Sekunde, bevor sie es schaffte, den Gegenzauber zu sprechen. Alassa wirkte nicht überrascht, als der Zauber erlosch; stattdessen hob sie wieder ihren Stab und begann mit einem weiteren Zauber. Emily machte einen Satz, griff nach dem Stab und entriss ihn der Tyrannin. Magie erschien und wirbelte um sie beide herum, funkelnd vor tödlichem Potenzial.

Ein strahlendes Licht gleißte auf. Emily wurde quer durch den Raum geschleudert und prallte gegen die Wand. Sie japste vor Schmerz auf, als ihre Schulter auf den Stein traf, dann brach sie am Boden zusammen. Die Spießgesellinnen lachten zögernd. Sie mussten sich fragen, ob Alassa das *wirklich* gewollt hatte.

„Du hast meinen *Zauberstab* berührt!", geiferte Alassa. Ihr Gesicht war rot vor Wut. „Du ..."

Sie sprach einen weiteren Spruch, ehe Emily sich rühren konnte. Diesmal konnte Emily ihn nicht abwehren, bevor er ihren Körper traf. Sie *spürte*, wie er über sie hin kroch, wie er tat, was Alassa wollte, obwohl sie nicht erkannte, was er bewirkte. Alassa konnte sie doch sicher nicht in einen Frosch verwandeln, oder in eine Nacktschnecke, oder etwas, das sich nicht bewegen oder sprechen konnte. Sicherlich ...

„Los", fauchte Alassa. Emily brauchte einen Moment, um zu begreifen, dass sie mit ihren Kumpaninnen sprach. „Viel Spaß, *Bäuerin*!"

Auf dem Boden liegend, sah sie die anderen abziehen. Sie wartete, bis sie die Tür geschlossen hatten, bevor sie versuchte aufzustehen. Fast sofort zuckten ihre Beine wie von selbst und sie fiel wieder zu Boden. Ihr Unterkörper krampfte unaufhörlich, als der Zauber sich in das magische Feld hineinfraß, das sie umgab. Sie konnte sich nur noch kriechend bewegen. Sie versuchte, wieder aufzustehen, sie hielt sich an einem Tisch fest, in der Hoffnung, dass der Spruch schnell nachlassen würde, doch das Gefühl breitete sich in ihre Arme aus und sie fiel wieder zu Boden.

Emily erkannte mit Schrecken, dass Alassas Spruch sie am Boden festhalten würde, bis die Mobberinnen zurückkamen oder bis jemand vorhatte, den Klassenraum für eine Unterrichtsstunde zu nutzen. Es war unmöglich, aufzustehen, geschweige denn herumzulaufen, solange ihre Beine von selbst zuckten.

Du bist verflucht worden, du Idiotin, dachte Emily scharf. Sie spürte, wie der Spruch weiteren Druck um sie herum aufbaute, wie er immer weiter Magie auf sie abfeuerte, wenn sie sich zu bewegen versuchte. *Und du weißt, wie man Flüche aufhebt.*

Sie konzentrierte sich und versuchte, den Spruch zu sprechen, den Meisterin Irene ihr beigebracht hatte. Beim ersten Mal scheiterte sie; sie spürte, wie die Kraft aus ihr herausfloss, während sie am Boden lag. Heiße Tränen der Erniedrigung und Wut brannten auf ihren Wangen. Wütend versuchte sie, auf die Füße zu kommen – nur, um wieder zu Boden zu fallen. Alassas Spruch schien stärker zu werden, sie konnte kaum ein paar Meter weit kriechen; irgendwie wäre es weniger peinlich gewesen, in einen leblosen Gegenstand verwandelt zu werden. Sie konnte ihrem Körper nicht mehr vertrauen.

Wütende Gedanken fraßen sich durch ihren Kopf. *Und du willst am Boden liegen bleiben und das hier mitmachen?* Es war eine bittere Lektion, aber in Wahrheit hatte sie nie ernsthaft erwogen, Void – oder jemand anderen – zu überzeugen, sie nach Hause zu schicken. Das Leben in einer magischen Welt hatte verlockender gewirkt als alles, was sie in der kalten, sterilen Welt ihrer Geburt erwartete, doch jetzt war sie sich nicht mehr so sicher. Sie wusste nur, dass sie aufstehen und die Mobberinnen bekämpfen musste, sonst würden sie gewinnen …

Frustriert versuchte sie, den Gegenzauber zu sprechen, und dann noch einmal, doch beide Male scheiterte sie. Doch als sie den Spruch das zweite Mal sprach, konnte sie spüren, wie Alassas Spruch in das magische Feld hineingewabert war. Natürlich hatte die Tyrannin einen Spruch gemeistert, der eher erniedrigend als schädlich sein sollte – und ihn so lange verbessert, bis er nicht mehr so leicht aufzuheben war. Emily schloss die Augen und öffnete suchend ihren Geist; sie versuchte, sich an das Gefühl aus ihren ersten Lektionen vor sechs Stunden zu erinnern, wie es war, Zaubersprüche zu berühren. Der Zauber glitzerte vor ihrem inneren Auge, eine wirbelnde Konstruktion aus magischen Worten, die so zusammengesetzt waren, dass sie etwas erschufen, das größer war als die Summe ihrer Teile. Und doch konnte sie jetzt den Aufbau des Spruchs deutlich sehen.

Sorgfältig sprach sie den Gegenzauber ein letztes Mal, wobei sie sich auf die Schwachstellen in Alassas Fluch konzentrierte. Einen kurzen Augenblick dachte sie, es habe wieder nicht funktioniert, doch dann löste sich der Fluch einfach in Luft auf.

Emily lag einen langen Moment auf dem Boden. Sie spürte, wie ihr das Herz in der Brust hämmerte. Dann schaffte sie es irgendwie, aufzustehen. Ihre Beine fühlten sich immer noch wie Wackelpudding an, aber wenigstens war das unnatürliche Zucken weg. Sie wankte zu einem Stuhl und ließ sich darauf fallen. Schweiß floss ihr den Rücken hinunter und ihr Kopf schlug auf dem Tisch auf. Glück und Erleichterung mischten sich in ihrem Kopf mit Angst. Alassa und ihre Spießgesellinnen hätten Emily halb zu Tode prügeln können, solange sie unter dem Einfluss des Zaubers stand, und sie hätte sie nicht abwehren können.

Sie war erschöpft, doch ihr Geist fand keine Ruhe. Sie hatte gedacht, dass sie die Gefahren verstand, doch das hatte sie nicht, nicht wirklich. Der Großmeister hätte nicht vor dem Nationalismus gewarnt, wenn er kein wesentliches Problem wäre – und jemand wie Alassa musste jede Menge Feinde aus anderen Königreichen haben, Leute, die sich ihr ebenbürtig oder sogar überlegen fühlten. Zu Hause hatten die beliebtesten Mädchen und Jungen immer ihr Gefolge gehabt, Cliquen, die hofften, dass ein bisschen Glanz und Beliebtheit auf sie abfallen würden. Hier, wo das Geburtsrecht so wichtig war ... hier musste es mehr als eine Gruppe von Schultyrannen geben, schon deshalb, weil andere ihre eigenen Banden würden gründen müssen, einfach nur, um zu überleben. Und *sie* war allein, schutzlos. Niemand würde ihr zu Hilfe kommen. Die Mobberinnen konnten ihr antun, was sie wollten.

Und dann war da natürlich noch Shadye. *Er* wollte sie umbringen.

Du musst schneller lernen, dachte sie bitter. Alassa hatte sie mit ihrer magischen Überlegenheit besiegt; Emily würde lernen müssen, sie zu besiegen, koste es, was es wolle. Meisterin Irene hatte Emilys Magie freigesetzt. Jetzt würde Emily allein lernen müssen. Es gab eine Bibliothek, hatte sie gehört. Sicher würde es da Bücher geben, aus denen sie lernen konnte, wie man sich verteidigte. Sicherlich ...

Die Tür ging auf und Emily blickte erschrocken hoch. Wenn die Mobberinnen zurückgekommen waren – nein, es war eine Lehrerin mittleren Alters, die Emily leicht überrascht ansah. Sie wirkte wie eine ältere Ausgabe von Emilys Mutter, mit schwarzem Haar, das zu einem Dutt aufgesteckt war, und einem dauerhaft grimmigen Gesichtsausdruck. Ihr Umhang war gelb und schwarz und erinnerte Emily an Bienen und Wespen. Emily musste sich zusammenreißen, um nicht zu grinsen.

„Gibt es einen Grund dafür", fragte die Lehrerin, „dass du in meinem Klassenraum bist?"

Emily zögerte. Sie konnte die Wahrheit sagen, aber das wäre Petzen. Es würde langfristig keine Probleme lösen, nicht wirklich. Außerdem war Alassa schon seit Monaten an der Schule, vielleicht seit Jahren, und die Lehrer hatten sie noch nicht zurechtgewiesen. Vielleicht war es ihnen diplomatisch unmöglich, eine königliche Prinzessin zu bestrafen. Vielleicht war Alassa in einem Königreich aufgewachsen, in dem Königskinder ganz selbstverständlich Prügelknaben hatten, Kinder aus armen Familien, die ausgepeitscht wurden, wenn ihre königlichen Auftraggeber sich danebenbenahmen.

„Ich musste mich einen Augenblick hinsetzen", sagte sie schließlich. „Ich ..."

„Du hast ein Schlafzimmer, in dem du dich ausruhen kannst", unterbrach die Lehrerin sie fauchend. Sie ging zu ihrem Schreibtisch und holte eine Schachtel voller Spiegel hervor. „Wo du nun einmal hier bist, kannst du einen dieser Spiegel auf jeden Tisch legen. Oder du kannst dich in der Schandhalle zum Nachsitzen melden."

Emily stand auf und nahm die Schachtel. Die Spiegel waren klein, kaum größer als ihre Hand, doch sobald ihre Finger sie berührten, spürte sie Magie aufflackern. Sie sah ihr Spiegelbild und zuckte heftig zusammen, als es ihr zuzwinkerte. Einen Augenblick später veränderte sich das Bild; nun zeigte es eine dunkelhäutige Frau mit tiefschwarzen Augen.

„Leg sie auf die Tische", sagte die Lehrerin ungeduldig. „Der Unterricht beginnt in sieben Minuten."

Emily wurde rot. Alassa hatte vorgehabt, sie vor einer ganzen Schulklasse zu erniedrigen. Wenn Whitehall den anderen Schulen, die sie kannte, nur ein bisschen ähnelte, hätte sich der Tratsch in einer Stunde über die gesamte Schule ausgebreitet. Jeder musste inzwischen von der Neuen gehört haben, die auf einem Drachen angereist war; jetzt würden sie hören, wie sie verflucht worden war und hilflos warten musste, bis jemand kam. Doch sie hatte sich selbst befreit ...

Sie schüttelte den Kopf und teilte die Spiegel aus, ohne noch einmal hineinzusehen. Stattdessen gab sie der Lehrerin die Schachtel zurück und floh in die Gänge, zurück zu ihrem Schlafzimmer. Die Gedanken wirbelten in ihrem Kopf herum und sie musste sich auf jeden Fall hinlegen, bevor sie zur Bibliothek ging.

KAPITEL 10

„Tut mir leid, was du mit ihr erlebt hast", sagte Imaiqah zwanzig Minuten später. Sie war im Zimmer, als Emily hereingekommen war und sich aufs Bett fallen lassen hatte. „Sie ist …"

Imaiqah zuckte hilflos mit den Schultern, ihr fiel kein passendes Wort ein.

Emily lächelte, trotz der lähmenden Erschöpfung. „Ein königliches Schreckschräubchen?"

Imaiqah wurde rot. „Ja", stimmte sie schließlich zu. „Sie hat noch nicht mal die Hälfte der Grundlagenkurse bestanden und ist *trotzdem* schrecklich."

Imaiqah hatte Emily gefragt, was passiert sei, und Emily hatte es ihr erzählt, obwohl sie nicht ganz sicher war, warum sie ihrer Freundin alles erzählt hatte. Ein Teil von ihr wollte es für sich behalten.

„Oh", machte Emily. Einen Augenblick später ging ihr auf, was Imaiqah gesagt hatte. „Die Grundlagenkurse bestehen?"

„Jeder hat ein unterschiedliches Maß an Macht und Geschicklichkeit", sagte Imaiqah, als wäre das die normalste Sache der Welt. Die Lehrer, die Emily von zu Hause her kannte, hätten das nicht laut zugegeben, selbst wenn sie sich komplexe Erklärungen dafür ausdenken müssten, warum eine so offensichtliche Tatsache doch falsch sein sollte. „Du hast doch wohl bemerkt, dass einige der Schüler in deinem ersten Kurs viel älter waren als du."

Emily nickte langsam. Bei gründlicherem Nachdenken hätte sie wohl einfach angenommen, dass Professor Lockes Warnung vor den Gefahren des Verpassens von Geschichte, einige ältere Schüler schließlich davon überzeugt hatte, in seinen Unterricht zurückzukehren. Doch es ergab tatsächlich Sinn; warum sollte ein genialer Schüler aus der ersten Jahrgangsstufe in einem

Grundlagenkurs bleiben, wenn er auf einem viel höheren Niveau arbeiten konnte?

Ihr wurde wieder schwindelig und sie begann zu würgen und zu husten. Die Welt um sie herum verblasste …

„Iss das", befahl Imaiqah. Sie war ihr plötzlich viel näher – war Emily längere Zeit bewusstlos gewesen? „Du hast deine eigenen Grenzen überschritten."

Emily nahm das Essen – es sah aus wie weiches Karamell – und probierte es. Sie biss hinein und schluckte so schnell wie möglich. Ein plötzlicher Energieschub wallte durch ihren Körper, so stark, dass sie merkte, wie weit sie eigentlich gegangen war – und wie ausgelaugt sie danach gewesen war. Sie hätte sofort in die Küche zum Essen gehen sollen, nachdem sie sich von dem Fluch befreit hatte.

„Iss weiter", sagte Imaiqah. Sie reichte Emily zwei weitere Päckchen mit Essen; Emily verschlang sie gierig. „Und entspann dich!"

Sie räusperte sich und wandte sich wieder ihrem ursprünglichen Thema zu. „In den Grundlagenkursen lernt man die Grundlagen. Man muss sie beherrschen, bevor man in die Fortgeschrittenenkurse geht und sich dann – wenn man will – spezialisiert. Wer die Grundlagen nicht beherrscht, muss bleiben und den Kurs so oft wiederholen, bis er ihn schafft."

„Verstehe", sagte Emily. Ihr kam ein Gedanke. „Ich könnte also zu einem Fortgeschrittenenkurs wechseln, ohne den Grundlagenkurs zu besuchen?"

„Wenn du die Prüfungen bestehen könntest", sagte Imaiqah. Sie sah auf, ihre Augen weiteten sich. „*Könntest* du die Prüfungen bestehen?"

„Wahrscheinlich nicht", gab Emily zu. Sie schüttelte den Kopf und fragte sich, wie Imaiqah es geschafft hatte, nicht verrückt zu werden in dieser Schule, wo sie zur Außenseiterin gemacht wurde. „Ich muss einfach so schnell wie möglich lernen."

Imaiqah nickte. „Es geht ein Gerücht um, dass du ein Schicksalskind seist", sagte sie. „Sogar *ich* habe das Gerücht mitbekommen. Ist das wahr?"

Emily erstarrte. Sie dachte angestrengt nach. Ein Drache … und jetzt ein Gerücht, dass sie ein Schicksalskind sei. Kein Wunder, dass Alassa sich so für sie interessiert hatte, auch wenn sie dieses spezielle Thema mit keinem Wort erwähnt hatte, als sie versuchte, Emily mit ihren Drohungen zu sich in die Clique zu holen. Alassas Eltern würden für ein echtes Schicksalskind, das bereit war, für sie zu arbeiten, wahrscheinlich ihr halbes Königreich hergeben. Vielleicht hatten sie Alassa sogar unter Druck gesetzt, damit sie versuchte, sich mit Emily anzufreunden.

„Nicht wirklich", sagte Emily schließlich. Sie bezweifelte, dass die wortwörtliche Wahrheit irgendwem schmecken würde, am wenigsten Alassa. Abwesend fragte sie sich, wie viele Schwierigkeiten sie noch bekommen hätte, wenn ihr Vater Fate geheißen hätte – „Geschick" oder „Verhängnis". „Ich bin einfach eine normale Schülerin …"

„… die auf einem Drachen hier ankam", beendete Imaiqah grinsend ihren Satz. „Ist dir aufgefallen, wie viele Primadonnen du in Verlegenheit gebracht hast, nur weil du auf einem Drachen geflogen kamst?"

Emily wurde rot. *Sie* hatte ja nicht den Drachen herbeigerufen, *sie* hatte sich nicht in Whitehall angemeldet; eigentlich tat sie fast gar nichts. Sie hatte sich weder ihre Eltern ausgesucht noch die Entführung durch Shadye – und Void hatte sie dazu gebracht, hier zur Schule zu gehen, statt sie selbst zu unterrichten. Ihre Stellung als Quasi-Schicksalskind kam von ihrer Geburt, nicht von etwas, das sie sich selbst erarbeitet hatte. Alassa sonnte sich im zufälligen Glanz ihrer Geburt, die sie zur königlichen Prinzessin gemacht hatte; Emily fand das ziemlich nervig. Aber wenn Alassa seit dem Tag ihrer Geburt von Speichelleckern umgeben gewesen war, erklärte das vielleicht, warum sie das Gefühl hatte, die Welt gehöre ihr. Oder sie war einfach ein dummes Mädchen mit mehr Magie als Verstand.

„Ich wollte das ja überhaupt nicht", murmelte sie. Wer verbreitete überhaupt diese Gerüchte? Void? Oder der Großmeister? Aber warum sollten sie den Schülern erzählen, dass eine von ihnen ein Schicksalskind sei? Die Nekromanten würden nicht die einzigen Erwachsenen sein, die ein Schicksalskind lieber tot sähen, bevor es seine volle Macht erlangt hatte. „Ich werde versuchen, nächstes Jahr zu Fuß zu kommen."

Imaiqah kicherte. „Ich bin in einer Kutsche angekommen. Das war mein erstes Mal weg von zu Hause."

Emily lehnte sich zurück und begann Fragen zu stellen. Sie wollte so viel wie möglich über ihre neue Freundin lernen. Imaiqah gab offen zu, dass sie in Zangaria geboren war; das war – schätzte Emily – zumindest *ein* Grund dafür, dass Alassa dachte, sie könne Imaiqah zwingen, ihre Hausaufgaben und andere Arbeiten für sie zu erledigen. Ihr Vater war ein leidlich erfolgreicher Kaufmann mit fünf Kindern, er hatte Imaiqah gern nach Whitehall gehen lassen, nachdem ein durchreisender Magier ihr Talent erkannte und ihr ein Stipendium anbot. Das Leben als Kaufmannstochter klang nicht attraktiv, obwohl Emily vermutete, dass Imaiqahs Familie sehr viel wohlhabender war als die Bauern des Königreichs. Soweit sie erkennen konnte, war Zangaria eine fast absolute Monarchie. Das verhieß nichts Gutes für die Zukunft des Königreichs oder für Imaiqah selbst.

Die Tür flog auf und Aloha marschierte herein, gefolgt von zweien ihrer Freunde. Emily war überrascht zu sehen, dass der eine ein Junge war, ein Teenager mit einem seltsam missgestalteten Körper, als hätte er versucht, sein Wachstum zu beschleunigen und den Zauber vermasselt. Seine Arme und Beine waren so lang wie bei einem erwachsenen Mann, doch sein Brustkorb war noch schmal, die Proportionen stimmten nicht. Nach ihm kam ein Mädchen mit Haaren, die so schwarz waren, dass sie das Licht zu absorbieren schienen; sie trug eine kleine Katze auf dem Arm. Emily war bezaubert, bis sie die Augen der Katze sah. Sie glühten in einem schauderhaften Grün.

„Ihr zwei – raus hier, sofort", befahl Aloha. „Geht im Gemeinschaftsraum spielen oder so was."

Emily öffnete den Mund, um zu protestieren, aber Imaiqah ergriff ihren Arm und zerrte sie aus dem Zimmer, bevor sie etwas sagen konnte. „Sie trägt die Verantwortung für unser Zimmer", erklärte Imaiqah, sobald sie draußen waren. „Sie kann uns rausschicken, wenn sie will."

„Oh", machte Emily. Alassa war schon schlimm genug gewesen. Diese … Frustration fraß sich durch ihren Geist und erschwerte ihr das Denken. Erniedrigung und Wut kämpften in ihrem Inneren. Waren alle an dieser Schule egoistische Idioten mit Magie wie Heu? „Mit welchem Recht tut sie das?"

„Sie ist älter als wir", erklärte Imaiqah schlicht. „Wohin willst du gehen?"

„In die Bibliothek", sagte Emily. Da hatte sie hingehen wollen, bevor sie durch das Gespräch mit Imaiqah abgelenkt worden war. „Ich will sie mir selber ansehen."

„Du solltest erst etwas essen, etwas *Richtiges*", ermahnte Imaiqah sie. „Diese Süßigkeiten halten nicht lange vor."

„Damit Alassa uns noch mal angreifen kann?", fragte Emily. „Wir gehen besser erst in die Bibliothek."

Das Amulett glühte, als sie aus dem Schlafbereich hinausgingen und in die Flure des Hauptbereichs. Emily ließ das Licht sie führen und betrachtete die Schüler, die überall herumwuselten. Sie schienen immer noch zu tun zu haben, obwohl der Unterricht für diesen Tag offiziell beendet war. Doch in einigen Kursen gab es natürlich Hausaufgaben und wahrscheinlich noch Aktivitäten außerhalb der normalen Stunden. Zweifellos gab es auch noch Klubs und weitere Angebote für Schüler, die vielleicht alles Mögliche angestellt hätten, wenn man sie allzu lange sich selbst überlassen hätte.

Ein männlicher Schüler sah auf und direkt in ihre Augen. Sein Blick bohrte sich in ihren Schädel. Männliche Aufmerksamkeit machte Emily nervös und sie sah weg. Zum Glück schien er ihnen nicht folgen zu wollen. Sie atmete erleichtert aus und zwang sich, zu entspannen. Das hier war nicht die Erde und die, die sie fürchtete, waren Welten entfernt.

Sie spürte, wie das Gebäude sich anders anordnete, als sie einen neuen Flur betraten. Sie gingen auf eine schlichte Steintür am anderen Ende zu. Als sie näher kamen, glitt sie auf. Dahinter lag ein riesiger Raum, der über und über mit Bücherregalen und Büchern gefüllt war. Einige Bücher waren an den Regalen festgekettet; ein paar Schüler standen davor, blätterten in den Büchern und machten sich auf Pergamentbögen Notizen. In dieser Welt war die

Druckerpresse wahrscheinlich noch nicht erfunden; Emily fragte sich, ob sie es hinkriegen würde, eine zu bauen. Es würde diese Welt völlig verändern.

„Ah, die Dame, die auf einem Drachen herkam“, sagte eine Stimme. Emily drehte sich um und sah einen großen kahlköpfigen Mann, unmenschlich dünn, hinter einem Schreibtisch stehen. „Wir haben Großes von dir zu erwarten, junge Dame.“

„Danke“, sagte Emily und errötete. Seltsame Wellen von Magie schienen genau innerhalb der Bibliothek zu leuchten. „Ich ...“

Ihre Stimme versagte, als ihr aufging, dass sie keine Ahnung hatte, was sie als Nächstes sagen sollte.

„Alle unsere Bücher über Drachen sind ausgeliehen“, teilte der Bibliothekar ihr mit. „So viele Bücher sind nicht mehr ausgeliehen worden, seit Professor Novus darauf bestand, dass jeder seine Autobiografie las, bevor er in seinen Unterricht kam. Also die, die seinen Unterricht tatsächlich besuchen wollten. Ich glaube, die meisten haben sich umentschieden, nachdem sie sich durch die ersten zwei Kapitel gekämpft hatten.“

Sein Blick wurde schärfer. „Bücher, die lose auf den Regalen stehen, dürfen eine Woche lang ausgeliehen werden“, fügte er hinzu. Sein Tonfall deutete an, dass er jedem Schüler, der sein Reich betrat, den gleichen Vortrag hielt. „Du darfst bis zu sechs Bücher gleichzeitig ausleihen, musst sie aber auf Verlangen sofort zurückbringen. Bücher, die ans Regal gekettet sind, darf man lesen, aber nicht ausleihen, es sei denn, man hat eine vom Großmeister unterzeichnete Genehmigung. Bücher im eingeschränkt zugänglichen Bereich darf man nur lesen, wenn man eine von einem hochrangigen Lehrer unterzeichnete Genehmigung hat. Zu lautes Reden, Streitereien oder der Versuch, Bücher aus der Bibliothek zu entfernen, ohne das zu registrieren, führt zu einer Stunde Versteinerung.“

Emily blinzelte. „Was?“

Imaiqah zeigte auf etwas hinter ihr.

Emily drehte sich um und sah fünf Statuen, alle aus körnigem grauem Stein. Ein Schaudern befiel sie, als ihr aufging, dass die Statuen einfach *zu* vollkommen waren, um keine Menschen zu sein, die für einen Moment in Stein verwandelt waren. Als Strafe war das beängstigend. War den Opfern in ihren steinernen Gefängnissen bewusst, dass sie sich nicht bewegen konnten? Konnten sie noch denken, während sie hilflos warteten, bis der Zauber nachließ?

„Dies ist eine Bibliothek, kein Ort, um einen Streit vom Zaun zu brechen", sagte der Bibliothekar. „Ich schlage vor, dass du das im Kopf behältst."

Emily nickte steif und ging vom Schreibtisch weg auf die Bücherregale zu.

Imaiqah und Emily durchschritten eine zweite magische Linie – einen Schutzschirm, schätzte sie – und sofort wurde es still. Kaum ein anderer Schüler sprach; wenn jemand sprach, dann nur flüsternd, sogar die, die über Schulbüchern brütend versuchten, ihre Hausaufgaben fertigzustellen. Nach dem Anblick der Statuen verstand Emily, dass man nicht wirklich laut reden wollte. Sie wollte nicht wissen, wie es sich anfühlte, am ganzen Leib aus Stein zu sein – und sicher wollte das auch kein anderer Schüler.

Als sie kleiner war, hatte sie ein halbes Schuljahr freiwillig in der Bibliothek mitgearbeitet. Sie hatte genug mitbekommen, um zu wissen, dass sie ihr Leben nicht als Bibliothekarin verbringen wollte, auch wenn es anscheinend kein schlechter Job wäre, wenn man nur alle Leser aus der Bibliothek verbannen dürfte. Das System, nach dem die Bibliothek von Whitehall geordnet war, schien allerdings sehr viel komplexer als die Dewey-Dezimalklassifikation, die sie als Kind hatte lernen müssen. Wenn es überhaupt eine Ordnung gab. Keins der Bücher schien nach einem bestimmten System aufgestellt zu sein.

Imaiqah beugte sich zu ihr, nahe genug, um ihr ins Ohr zu flüstern. „Was suchst du?"

Emily wusste es selbst nicht genau. Auf der Hälfte der Buchrücken stand kein Titel; bei der Hälfte der anderen war der Titel so verschwommen, dass sie nicht sagen konnte, ob es am Alter der Manuskripte lag oder ob eine andere Form von Magie sie daran hinderte, den Text zu entziffern. Sie wusste noch nicht einmal, ob Meisterin Irenes Übersetzungszauber funktionierte. Und die, die lesbar waren, ergaben oft keinen Sinn. *„Blut und Mut und*

Magie. Zauber für die Zauberhaften. Grundlagen des Nebels und der Umnebelung. Madame Goatherds Tiermagie für Anfänger. Der Gefangene der Magie …"

„Selbstverteidigungssprüche", flüsterte Emily schließlich zurück. Sie traute sich nicht, lauter zu sprechen. „Etwas, das ich – wir – gegen Alassa einsetzen können."

Imaiqah starrte sie an. „Aber …"

„Nichts aber", flüsterte Emily. Sie konnte verstehen, warum Imaiqah keinen Streit heraufbeschwören wollte – Alassas Familie beherrschte im wahrsten Sinne des Wortes ihr Land –, aber der Streit konnte Imaiqah trotzdem heimsuchen, was immer sie auch tat, um ihn zu vermeiden. „Wir müssen lernen, uns zu verteidigen."

Imaiqah nickte widerwillig und führte sie zu einer andersartigen Gruppe von Regalen. Eine Reihe von Büchern fehlte eindeutig – die Regale hatten Lücken – und die übrig gebliebenen hatten viele Eselsohren; offensichtlich las jeder Schüler in Whitehall sie immer mal wieder. Emily nahm ein Buch ohne Markierungen, öffnete es und las den Titel: *Grundlegende Zaubersprüche für Schwachköpfe.* Sie musste ein Lachen unterdrücken, als ihr die vielen Bücher „für Dummies" einfielen, die sie von zu Hause kannte. Dann blätterte sie zur nächsten Seite. Den ersten Spruch kannte sie schon – den Gegenzauber, den Meisterin Irene ihr beigebracht hatte –, doch der zweite war neu; mit ihm sollte man Insekten von sich fernhalten können. Emily betrachtete das Diagramm und fragte sich, ob man den Spruch nicht ändern konnte, so dass man Insekten auf ein nichts ahnendes Opfer hetzte.

Es gab keine Inhaltsangabe und kein Register, so dass sie das Buch durchblättern musste, um nach interessanten und nützlichen Sprüchen zu suchen. Einige schienen völlig sinnlos, wenn man nicht gerade eine Karriere in Zauberschriftenkunde anstrebte; andere schienen mehr für häusliche Arbeit ausgelegt als für die Bekämpfung von Feinden. Sie beugte sich zu Imaiqah, um zu fragen, ob sie irgendwelche brauchbareren Bücher sah. Imaiqah zögerte, dann reichte sie ihr einen weiteren abgenutzten Band. Der Titel, *Streiche,* ließ Emily zweifeln, doch dann öffnete sie es auf einer zufälligen Seite und sah einen Spruch, mit dem man ein ahnungsloses Opfer dazu bringen konnte, ausschließlich in Reimen zu sprechen. Sie versuchte es auf einer anderen Seite und entdeckte einen Fluch, mit dem das Opfer die Kontrolle über seine Blase verlor. *Das* war ein beängstigender Gedanke.

„Schade, dass es nicht in Pseudo-Latein geschrieben ist", murmelte sie. Imaiqah sah sie fragend an. „Vergiss es."

Das nächste Buch, das ihr Interesse weckte, trug den Titel *Ein Schutzzaun gegen Magie* und schien schwerpunktmäßig Verteidigungssprüche zu enthalten. Wieder kannte sie den ersten schon von Meisterin Irene, doch die anderen waren komplexer und mächtiger; mit ihnen konnte der Zaubernde einen Schutzschild um sich aufbauen oder Verteidigungsmechanismen in einem Raum – oder einem ganzen Gebäude – errichten. Die mächtigeren Sprüche schienen furchtbar komplex, zu komplex, als dass sie sie sofort hätte sprechen können. Einer enthielt so viele Bestandteile, dass sie sich fragte, ob *überhaupt* jemand ihn richtig sprechen konnte.

„Das hier könnte etwas für dich sein", flüsterte Imaiqah und reichte ihr einen vierten Band. Er handelte vor allem davon, wie man Gegenzauber sprach, von einfachen Flüchen bis zu richtiger schwarzer Magie. Emily öffnete das Buch und sah eine Zeichnung, von der ihr schlecht wurde. Das Bild – ein Mann, der durch schwarze Magie zu einem Ungeheuer verzerrt war – war grauenvoll. Zu Hause hätte niemand eine solche Zeichnung in einer Schulbibliothek zugelassen.

Sie hatte gedacht, dass Alassas Fluch schlimm war, aber im Vergleich zu richtiger schwarzer Magie war er nichts als ein Streich.

„Oder das hier ...", schlug Imaiqah vor.

Das fünfte Buch war eine Übersicht über die Verbündeten Lande, geschrieben von einem Historiker, der sich einen Geschichtsmönch nannte. Professor Locke hatte diese Mönche erwähnt, doch Emily wusste nicht mehr so recht, was er gesagt hatte. Dass sie als Einzige die Geschichte ohne nationalistische Verzerrungen niederschrieben, oder so was in der Richtung? Gedankenverloren blätterte sie zum Kapitel über Zangaria und überflog den ersten Abschnitt. Sie hatte recht gehabt; Alassas Vater war der absolute Monarch seines Landes, doch die Barone schienen verbissen an ihrer eigenen

Macht festzuhalten. Der Autor bemerkte, dass die Unfähigkeit, die Macht mit anderen zu teilen, wenigstens mit der wachsenden kaufmännischen Mittelschicht, in Zukunft wahrscheinlich Probleme verursachen würde, besonders, wenn die nächste Monarchin den Thron bestieg. Emily bezweifelte dies keinen Augenblick lang.

Sie nahm ein sechstes Buch über verschiedene Typen von Magie in die Hand, dann warf sie einen Blick auf die anderen Regale. Schließlich stand sie vor einem massiven Tor aus Metall, das in einen weiteren Raum führte. Das Gefühl, dass ein Schutzzauber das Tor umgab, war beinahe überwältigend, als wären die Sprüche lebendig und ständig auf der Suche nach möglichen Eindringlingen. Sie brauchte nicht Imaiqahs Erklärungen, um zu verstehen, dass das der eingeschränkt zugängliche Bereich war. Zwei Schüler, beide ältere Jungen, standen im Raum und lasen Bücher, die an Ketten hingen. Emily hoffte, dass sie nicht heimlich vorhatten, Nekromanten zu werden.

Sie nahm alle sechs Bücher und ging zum Schreibtisch.

Dann sah sie Alassa an einem Tisch sitzen und in einem Buch lesen. Die Prinzessin war allein; ihre Spießgesellinnen waren nirgends zu sehen; Emily blinzelte überrascht, bis ihr klar wurde, dass Alassa wahrscheinlich allein lernen musste, wenn sie ihre Grundlagenkurse bestehen wollte. Es war merkwürdig – ihre Familie hätte sich sicher einen Tutor für ihre königliche Tochter leisten können –, doch vielleicht war Alassa einfach faul. Wenn sie an die Sprüche dachte, die Meisterin Irene ihr beigebracht hatte, vermutete Emily, dass man ziemlich viel Magie lernen konnte, indem man einfach Sprüche auswendig lernte, ohne je die darunterliegenden Prinzipien zu verstehen; vielleicht war das Alassas Problem. Das würde erklären, warum Alassa jemanden verfluchen konnte, aber nicht die Schule absolvieren.

Die Tyrannin sah auf und starrte Emily finster an.

Bevor sie es sich besser überlegen konnte, schnitt Emily ihr eine Grimasse. Alassa öffnete den Mund, um eine scharfe Antwort zu geben, doch sie konnte nur zwei Wörter sagen, bevor ein Licht aufblitzte. Alassas ganzer Körper wurde zu Stein. Einen Augenblick später schwebte die neue Statue durch die Luft und zur Vorderseite des Raumes, wo sie zwischen den anderen Statuen zu Boden fiel. Emily musste sich zwingen, nicht loszukichern, schon aus Angst, selbst als Versteinerung zu enden. Sie zwinkerte Imaiqah zu. Ihre Freundin starrte sie mit einer Mischung aus Schrecken und Bewunderung an.

Emily reichte dem Bibliothekar ihre Bücher und ließ sie abstempeln, bevor sie zu der Statue hinübersah, in die sich Alassa verwandelt hatte. Es war ihr lustig vorgekommen – es war lustig *gewesen –*, doch gleichzeitig war es grauenvoll. Der Zauber würde keinen dauerhaften Schaden anrichten, sagte sie sich mit fester Stimme, doch hatte die verwöhnte Prinzessin es verdient, eine Stunde als Statue zu verbringen? Wer wusste schon, *was* das mit ihrer Persönlichkeit anrichten würde?

„Ich kann nicht glauben, dass du das gemacht hast", sagte Imaiqah, nachdem sie die Bibliothek verlassen hatten. „Weißt du nicht, was sie uns antun wird?"

Das stimmte, Emily hatte nicht darüber nachgedacht. „Das Schlimmste, was du mit so jemandem anstellen kannst, ist, dich von ihr plattmachen zu lassen", sagte sie schlicht. Sie hielt eins der Bücher hoch und sah Imaiqah bedeutungsvoll an. „Wir sollten besser schnell loslernen."

KAPITEL 11

„Aber warum kann ich nicht zum Fortgeschrittenenkurs wechseln?", hörte Emily eine vertraute Stimme protestieren, als sie sich Professor Lombardis Büro näherte. Sie wartete vor der Tür und lauschte. „Ich habe Ihren Kurs schon drei Mal besucht!"

„Du kannst nicht aufsteigen, weil ich dich schon fünfmal beim Schummeln erwischt habe", sagte eine Männerstimme. Es war nicht zu überhören, dass der Sprecher fast die Geduld verlor. „Der Grundkurs Zaubersprüche, Alassa, soll aufzeigen, dass du die Bestandteile verstehst, aus denen Sprüche zusammengesetzt sind, bevor du zu einem Fortgeschrittenenkurs übergehst. Du hast zwar zahllose fortgeschrittene Sprüche auswendig gelernt, aber die dahinterstehenden Prinzipien beherrschst du überhaupt nicht."

„Aber ... aber ich kann die Zauber bewirken", protestierte Alassa. Sie klang, als bettle sie um ihr Leben, nicht nur um den Aufstieg in den nächsten Kurs. Emily lehnte sich an die Wand, so dass man sie nicht sah, und lauschte aufmerksam, als Alassa fortfuhr. „Aber ..."

„Aber du weißt nicht, was du tust", unterbrach sie der Sprecher – das musste Professor Lombardi sein. „Bis du die grundlegenden Prinzipien verstanden hast, junge Dame, wirst du im Fortgeschrittenenkurs nichts lernen. Du wirst nur meine Zeit verschwenden." Er räusperte sich so, dass er weiteres Meckern von Alassa abschnitt. „Ich schlage vor, dass du dich heute Nachmittag in den Unterricht setzt und dich zur Abwechslung darauf konzentrierst, etwas zu lernen. Du kannst die Prüfung in einem Monat wiederholen, wenn du dich sicher fühlst ..."

Alassa unterbrach ihn rücksichtslos. „Aber meine Eltern ..."

„Wären nicht erfreut, wenn ihre Tochter so unfähig wäre, dass selbst ein schwacher Magier die Schwächen ihrer Sprüche ausnutzen und sie überwältigen könnte", fauchte Professor Lombardi. „Du kannst dich beim sechzehnten Glockenschlag in der Schandhalle melden." Emily hörte Alassa erschrocken die Luft einsaugen. „Verlass jetzt mein Büro und störe mich nicht wieder, bis du dich entschlossen hast, zu lernen."

Emily glitt zurück, als Alassa aus dem Büro des Professors stürmte und den Flur hinuntermarschierte, während sie in einer Sprache vor sich hinmurmelte, die Shadyes Spruch nicht übersetzen wollte. Die Prinzessin sah *überhaupt* nicht glücklich aus.

Nachdem sie weg war, zögerte Emily, dann trat sie ans Büro und klopfte an die offenstehende Tür.

Professor Lombardi blickte auf. Er nickte nachdenklich.

„Setz dich", sagte er und wandte sich wieder seinem Schreibtisch zu.

Emily nickte und nutzte die Verzögerung, um den Professor eingehend zu betrachten. Er war ein kleiner Mann mit leicht gebräunter Haut und buschigem Afro-Haar, das sich von selbst zu bewegen schien. Es schien auch die Farbe zu wechseln, aber sie war sich wirklich nicht sicher, ob das Magie war oder nur ihre Einbildung. Seine Finger, die lang und dünn waren, machten Gesten und formten Beschwörungen wie von selbst, als ob er laufend Zauber spräche. Schwer zu übersehen war auch eine ziemlich heftige Narbe an seinem rechten Arm.

Sein Schreibtisch war vollkommen leer und die Wände seines Büros kahl, außer einem einzigen Gemälde hinter seinem Stuhl, das eine süße blonde Hexe zeigte. Und doch spürte Emily Magie durch den Raum flimmern, besonders um Lombardi selbst. Er hatte zahllose Schutzzauber in die Luft gesprochen, um seinen Besitz zu verteidigen oder um seine Schüler zu schützen, während sie ihre Magie entwickelten.

Der Professor schrieb eine kurze Notiz auf einen Bogen Pergament, der verschwand, sobald er ihn unterschrieben hatte. Dann blickte er wieder Emily an. „Der Großmeister hat mir mitgeteilt, dass du aus einer anderen Welt kommst."

„Ja, Sir", sagte Emily.

„Und Meisterin Irene hat dir schon eine Handvoll Grundlagenzauber beigebracht", fuhr Professor Lombardi fort. „Und ein voll ausgebildeter Hexenmeister sagt, du hast *Potenzial*."

Seine Augen wurden plötzlich zu schmalen Schlitzen. „In Whitehall geht es darum, sein magisches Potenzial zu entwickeln. Zaubersprüche ist einer dieser Kurse, bei denen du es dir nicht leisten kannst, durchzufallen. Wenn es dir nicht gelingt, die Bausteine der Magie zu beherrschen, wirst du als Magierin auf ewig behindert sein und nie eine selbstständige Hexenmeisterin werden. Ich rate dir, das immer im Kopf zu behalten."

Emily nickte. Dann stellte sie eine Frage, die sie beschäftigt hatte, seit sie Whitehall das erste Mal betreten hatte. „Wann bekomme ich meinen Zauberstab?"

Lombardi sah sie etwas überrascht an. „Ein Zauberstab dient ausübenden Magiern als Werkzeug, um ihre Macht zu fokussieren", sagte er. „Ein Hexenmeister muss lernen, *ohne* irgendein fokussierendes Werkzeug zu zaubern. Du tust gut daran, nie einen Zauberstab zu nutzen, wenn du nicht von ihm abhängig werden willst."

Emily runzelte die Stirn. *Alassa* benutzte einen Zauberstab … bedeutete das, dass sie nicht zaubern konnte, ohne damit in der Luft herumzufuchteln? Oder benötigte sie ihn einfach so lange, bis sie es geschafft hatte, in ihrem eigenen Kopf Sprüche zu sprechen? Emily nahm sich vor, Alassa wenn möglich den Zauberstab wegzunehmen und zu sehen, wie gut sie dann noch klarkam.

Sie achtete darauf, Alassas Namen nicht zu erwähnen. „Ich habe gesehen, wie einige Leute Zauberstäbe benutzt haben", sagte sie. „Warum tun sie das, wenn sie nutzlos sind?"

Lombardi sah sie streng an. „Bestimmte Arten von Zauberei können mit Zauberstäben einfacher sein. Man kann auch – wie du schon weißt – Sprüche zur späteren Aktivierung in Zauberstäben speichern. Und es gibt Zauberstäbe, die aus den Sagen zu uns herabgekommen sind und von Meister zu Meister weitergegeben wurden; sie haben von jedem ihrer Besitzer Neues gelernt … aber es ist unklug, sich allzu sehr von ihnen abhängig zu machen. Es gibt keinen unbesiegbaren Zauberstab."

Er sah Emily in die Augen. „Versuche nicht, einen Zauberstab zu benutzen, bis du deine Magie sicher beherrschst", fügte er hinzu. „Du riskierst, deine Entwicklung zu beschränken."

Wie das königliche Miststück, dachte Emily.

Der Professor stand auf. „Du hast schon einige Sprüche auswendig gelernt. Jetzt wirst du dir ansehen, wie sie zusammenarbeiten" – er betrachtete sie einen Augenblick –„wenn du dir diese Technik noch nicht angeeignet hast. Du hast *Potenzial*, nicht wahr?"

Emily wurde rot. Egal, wo sie hinging, schienen die Leute ihr Beachtung zu schenken – und nie für etwas, das sie selbst getan hatte. Shadye hatte sie für ein Schicksalskind gehalten, Void hatte gesagt, sie habe Potenzial – und sie auf einem Drachen zur Schule geschickt. Erwarteten alle Lehrer in Whitehall, dass sie sofort zur Supermagierin würde? Oder wollten sie sie nur aufbauen, damit sie dann scheitern konnte?

Lombardi zauberte eine glühende Lichtkugel in die Luft, gefolgt von dem Analysezauber, den Meisterin Irene Emily hatte lehren wollen. Die Bestandteile des ersten Zaubers flimmerten vor ihnen auf, insgesamt vier einzelne Elemente. Lombardi zeigte nacheinander auf sie und begann zu erklären, was sie bewirkten.

„Der erste Abschnitt – der Ausgangspunkt – teilt der Magie mit, dass du einen Zauber zusammenstellst", sagte Lombardi. „Die meisten Magier trainieren während ihrer Ausbildung so, dass sie keine Sprüche ohne einen bestimmten Anfangsimpuls sprechen können; diesen Teil des Spruches lassen sie dann aus, während sie den Rest des Spruches analysieren. Wie immer musst du Zauberworte mit *Mana* aufladen, damit sie überhaupt etwas bewirken; Zauberworte formulieren, ohne sie gleich auszulösen, ist eine Kunst, die man zuerst beherrschen muss, wenn man zaubern lernen will.

Der zweite Abschnitt legt die erste Gruppe von Parametern eines Spruches fest. In diesem Falle Licht, keine Hitze, nicht sehr groß … wer eine dieser Variablen dem Zufall überlässt, kann unangenehme Überraschungen erleben. Ich habe erlebt, wie junge Magier schwere

Verbrennungen erlitten, weil sie vergaßen sicherzustellen, dass keine Hitze im Spiel war; oder sie haben sich selbst geblendet, weil sie das Licht zu hell machten. Allzu leicht vergisst man, die Parameter einzustellen, wenn man sich erst daran gewöhnt hat, einen ganzen Zauber auf einmal zu sprechen."

Emily nickte. Sie verstand, warum der Grundlagenkurs Zaubersprüche Alassa frustrierte. Es war wie die Frage, ob man ein Computerprogramm anwendete, das jemand anders für die Allgemeinheit entworfen hatte, oder eines, das man für sich selbst entwickelt hatte. Ersteres war vielleicht bequem, doch Letzteres würde sehr viel flexibler sein. Um den Vergleich fortzuführen, konnte jemand, der einen öffentlich zugänglichen Zauberspruch hackte und besiegte, das vielleicht mit jedem tun, der diesen Zauber anwandte. Aber ein Zauber, den eine einzige Magierin nur für sich selbst entwickelt hatte, wäre sehr viel schwerer zu durchbrechen.

Lombardi sah Emily lange an, als sie nichts sagte. „Der dritte Abschnitt", fuhr er dann fort, „ist die zweite Gruppe von Parametern; nämlich Zeit und Schlüssel. Zeit bestimmt, wie lange der Zauber existiert, bevor er sich auflöst; Schlüssel gibt an, wie der Zauber aufgehoben werden kann – und von wem. *Dieser* Zauber, wie du bemerken wirst, kann von jedem aufgehoben werden. Ein komplexerer Zauber ist vielleicht an einen bestimmten Anwender gebunden. Dadurch ist es nicht *völlig* unmöglich für andere Magier, ihn zu brechen, aber es kann unglaublich schwierig sein."

Seine Stimme wurde schärfer. „Ich muss dich warnen, dass die Erschaffung eines gebundenen Spruches unter gewissen Umständen zum sofortigen Schulverweis führen kann. Vor zwei Jahren wurde ein Schüler von der Schule verwiesen; er hatte seinen schlimmsten Feind mit einem gebundenen Spruch in ein Schwein verwandelt und sich geweigert, den Zauber rückgängig zu machen. Zwei ausgebildete Hexenmeister mussten sich zusammentun, um seinen Zauber aufzuheben." Er zuckte mit den Achseln. „Wirklich schade. Dieser junge Mann hatte Potenzial."

Emily schluckte. „Was geschah mit ihm?"

„Gute Frage", sagte Lombardi. „Ich lasse es dich wissen, wenn wir je die Antwort erfahren."

Emily öffnete den Mund, dann merkte sie, dass das vielleicht kein kluges Gesprächsthema war, jedenfalls noch nicht jetzt. Stattdessen dachte sie über das nach, was sie gerade gehört hatte. Sie hatte sich gewundert, warum Alassa und ihresgleichen andere nach Belieben drangsalieren durften, aber nun schien es *doch* Grenzen zu geben, die von den Lehrern streng durchgesetzt wurden. Kein *dauerhafter* Schaden, hatte der Großmeister festgelegt. Vielleicht war es der beste Weg, um Schüler zum Lernen zu bringen.

Aber Alassa hatte eine Clique von Anhängerinnen … wie könnte eine einzige Magierin sie alle schlagen?

Durch Wissen, dachte sie und erwiderte den Blick des Professors.

„Der letzte Abschnitt dieses Zaubers ist der Endpunkt", schloss Lombardi. „Er schließt die Struktur des Spruches klar ab und verhindert, dass er unkontrolliert mutiert und zu etwas wird, das du überhaupt nicht beabsichtigt hattest. Zauber können sich sehr schnell verändern, wenn *Mana* durch sie fließt, selbst wenn du die Variablen äußerst sorgfältig festlegst. *Dieser* Spruch könnte durchaus anfangen, Hitze zu erzeugen, wenn man zuließe, dass er mutiert oder mit anderen Zaubern in der Umgebung interagiert. Anders als der Ausgangspunkt bewirkt der Endpunkt nichts von selbst; vergiss also nicht, ihn ans Ende jedes Spruches zu setzen, selbst wenn du nicht vorhast, ihn mit *Mana* aufzuladen. Unfälle kommen vor, besonders, wenn junge Magier beteiligt sind."

Er machte eine bedeutungsschwangere Pause. „Hast du all das verstanden?"

Emily zögerte, dann nickte sie langsam. Ein Computerfreak würde wahrscheinlich der mächtigste – oder jedenfalls der fähigste – Magier der Welt werden, wenn er von der Erde in ihre neue Heimat versetzt würde, doch sie wusste genug, um sich zumindest auf die grundlegenden Prinzipien zu konzentrieren. Außerdem würde Alassa für Emilys Kunststück in der Bibliothek Rache wollen. Sie musste einfach so intensiv wie möglich weiterlernen.

„Gut", sagte Lombardi. Er grinste böse. „Denn jetzt beginnen wir, das Notieren von Sprüchen zu üben."

Er öffnete eine Schublade und holte einen Bogen Pergament und einen merkwürdig aussehenden Bleistift hervor. Emily brauchte einen Augenblick, um zu erkennen, dass er handgeschnitzt war, nicht wie die Bleistifte aus der Massenproduktion, die sie von zu Hause her kannte.

Sie nahm den merkwürdigen Bleistift von Lombardi entgegen und betrachtete ihn nachdenklich. Nach den Kerben zu urteilen war er mit einem Messer gespitzt worden, nicht mit einem Anspitzer. Sie nahm sich vor, richtige Stifte zu importieren, wenn sie es je schaffen würde, eine dauerhafte Verbindung zur Erde herzustellen. Dann nahm sie das Pergament und schrieb ihren Namen oben auf die Seite.

Lombardi kicherte. Dann nahm er sich selbst einen Bogen Papier mit einer Liste verschiedener Spruchbestandteile. Er überflog sie, dann gab er das Blatt Emily. Sie betrachtete es. Irgendetwas ließ ihr keine Ruhe. Erst als sie den dritten Bestandteil überflog, merkte sie, was es war.

„Diese Bestandteile sind schon für sich genommen vollständige Zaubersprüche", sagte sie laut. Oder doch nicht? Keiner hatte einen Ausgangs- oder Endpunkt. „Man kann mehrere unterschiedliche Sprüche zu einem großen Zauberspruch verbinden ..."

„Das ist der Fortgeschrittenenkurs", sagte Lombardi ernst. „Aber kein Schüler kann es lassen, zu experimentieren; also stelle sicher, dass du jeden Abschnitt des Spruches sorgfältig prüfst, bevor du versuchst, die ganze Spruchkette zu aktivieren. Ein einziger Fehler, wenn so viele Bestandteile verbunden sind, kann schnelle Mutationen erzeugen, gefolgt von einem Zusammenbruch – oder einer Katastrophe. Die meisten magischen Unfälle rühren daher, dass irgendein Idiot seine Arbeit nicht sorgfältig geprüft hat, bevor er sie fortsetzte."

Emily nickte und dachte an die Programmierung von Webseiten. Man konnte leicht etwas nehmen – vom JPEG-Bild bis zum eingebetteten Video oder Spiel – und es in eine Webseite einbauen, doch der Programmierer würde diesen Bestandteil nicht selbst programmiert haben. Den falschen Spruch in einen zusammengesetzten Spruch einzufügen, würde katastrophal enden, wenn die Teile nicht zusammenpassten, genau wie das falsche Stückchen eingebetteter Code eine Webseite crashen konnte oder ganz einfach nicht richtig angezeigt werden würde.

„Du bemerkst sicher, dass sie nichts darüber aussagen, wo sie beginnen oder enden", betonte der Professor. „Wenn man einen zweiten Ausgangspunkt hinzufügt, wird der zusammengesetzte Spruch höchstwahrscheinlich in zwei unterschiedliche Bestandteile zerfallen, die sofort gegeneinander arbeiten würden. Ich werde dir und deinen Mitschülern das später im Unterricht vorführen. Ein Endpunkt würde den zusammengesetzten Spruch an der betreffenden Stelle quietschend bremsen lassen, so dass der Rest des Zaubers inaktiv würde – oder etwas bewirken würde, das du nicht willst. Vielleicht harmlos, vielleicht katastrophal; auch das werde ich euch im Unterricht vorführen."

„Und wenn jemand einen Endpunkt in einem Zauber vergräbt, der wiederum als Bestandteil im Zauber eines anderen benutzt wird, könnte das dessen gesamte Arbeit ruinieren", überlegte Emily. Es schien absurd, zu glauben, dass irgendjemand einen zusammengesetzten Spruch erschaffen würde, ohne ihn sorgfältig zu prüfen, doch wenn es magische Unfälle gegeben hatte … nun, sie hatte schon immer gedacht, dass es jede Menge Idioten auf der Welt gab. „Geht das?"

„Du lernst", sagte Lombardi. Er tippte bedeutungsvoll auf das Pergament. „Ich möchte … schauen wir mal. Ich möchte, dass du einen Zauber erfindest, der den Stift hochhebt und ihn zum Tisch in der Ecke befördert. Lass dir Zeit; versuche *nicht*, den Zauber im Kopf zu formen. Schreibe alles auf das Pergament, Schritt für Schritt."

Emily sah auf die Liste mit Spruchbestandteilen und versuchte zu verstehen, wie das alles zusammenpasste. Es sollte einfach sein, doch jeder Bestandteil hatte seine Unterbestandteile mit jeweils eigenen Variablen. Sie spürte ein seltsames Mitgefühl mit Alassa, als sie auf das Pergament starrte. In diesem Augenblick zweifelte auch sie an ihren Fähigkeiten. Ein einziger Zauber …

… aber es *war* kein einziger Zauber; sie musste ihn aus den Bausteinen aufbauen, die selbst wiederum Zaubersprüche waren.

Sie nahm den Bleistift und begann aufzuschreiben, was der Spruch bewirken sollte, Abschnitt für Abschnitt. Der Ausgangspunkt, die erste Gruppe Variablen, die zweite Gruppe Variablen … jeder

Teil musste verändert werden, doch wenn sie erst einmal einen Fahrplan für den Gesamtzauber hatte, konnte sie anfangen, ihn zusammenzusetzen. Sie sah wieder auf die Liste der Bestandteile und schrieb die ersten beiden auf das Pergament.

„Ah", machte Lombardi. Er hatte sie wie ein Falke beobachtet. „Strecke deine Hand aus, die Handfläche nach oben."

Emily blinzelte.

„Strecke deine Hand aus, die Handfläche nach oben", wiederholte Lombardi. „Jetzt, bitte."

Sie zögerte, dann gehorchte sie. Eine Sekunde später schlug er ein Lineal über ihre Hand, so dass sie vor Schmerz und Schrecken aufschrie. „Es ist eine äußerst schlechte Idee, einen Ausgangspunkt niederzuschreiben, bevor du bereit bist, den Spruch zu sprechen", sagte er. Er klang nicht verärgert, doch Emily zuckte trotzdem bei seinem Tonfall zusammen. Sie war gewarnt worden, wenn auch nicht sehr deutlich, und hatte es trotzdem getan. Das Ganze war ein Test gewesen, um zu sehen, wie genau sie ihm zuhörte. „*Sehr* schlechte Gewohnheit. Versuch sie abzulegen."

Emily sah auf ihre Hand – die brennende rote Linie, wo er sie geschlagen hatte – und spürte, wie sie vor Verlegenheit rot wurde. Wütend radierte sie den Ausgangspunkt weg und begann von vorn mit den Variablen, einer nach der anderen. Eine dritte Gruppe von Variablen war anscheinend erforderlich; sie fügte sie dem Spruch hinzu und prüfte alles, so sorgfältig sie konnte. So viele Variablen im Blick zu behalten war schon auf dem Papier schwer genug; im Kopf würde es vermutlich noch viel schlimmer sein. Wie hatten Shadye und Void es geschafft, ihre Begabungen zu meistern, ohne sich selbst verrückt zu machen?

Oder noch verrückter, in Shadyes Fall.

„Hier", sagte sie schließlich. Ihre Hand schmerzte noch immer dumpf. „Was meinen Sie dazu?"

Lombardi betrachtete ihren Entwurf nachdenklich. „Kein Ausgangspunkt", sagte er trocken. „Ich möchte diesen Punkt ungern wiederholen müssen. Wie viele Bleistifte willst du hochheben?"

Emily sah auf, sie hatte sich die Hand gerieben. „Nur einen. Ich dachte ..."

„Es gibt mehr als einen Bleistift in diesem Raum", unterbrach sie Lombardi. „Gib nächstes Mal an, dass dein Zauber nur *einen* Bleistift betreffen soll. Je nachdem, wie viel *Mana* du in den Spruch pumpst, könntest du aus Versehen das Klassenzimmer ins Chaos stürzen."

„... weil jeder Bleistift betroffen wäre", sagte Emily nachdenklich. Heimlich verfluchte sie sich selbst. Wie hatte sie *das* nur übersehen? „Ich werde das ändern ..."

„Noch nicht", sagte Lombardi. Er tippte auf den nächsten Spruchbestandteil. „Wie hoch soll der Bleistift gehoben werden?"

Emily bemerkte ihren Fehler und machte eine Grimasse, bevor er ihr den nächsten Fehler aufzeigen konnte.

„Dieser Bleistift wird gegen die Decke fliegen", teilte er ihr mit. „Oh, und er wird schnell genug aufsteigen, um beim Aufprall zu zerbrechen. Gib nächstes Mal Höhe und Geschwindigkeit an – es sei denn, du willst ihn im Kampf einsetzen. Ein sehr schnell fliegender Stein kann eine schreckliche Waffe sein."

„Man müsste noch nicht einmal ein Ziel definieren", riet Emily. „Man könnte ihn einfach in die richtige Richtung werfen und warten, bis er aufschlägt."

„Korrekt", stimmte Lombardi zu. Er kam zum dritten Abschnitt. „Interessanter Ansatz, aber sage mir: Warum hast du nicht einfach den Tisch als Ziel angegeben, statt sorgfältig ein Bewegungsmuster auszuformulieren?"

„Daran habe ich nicht gedacht", gab Emily zu. In der Schule hatte sie einen winzigen Roboter programmieren müssen, so dass er sich von einem Teil des Raumes zum anderen bewegte. Sie hatten alles sehr genau formulieren müssen – fahr zwei Meter vorwärts, dreh dich um neunzig Grad nach links, fahr einen Meter vorwärts, dreh dich um neunzig Grad nach rechts und so weiter – und sie war davon ausgegangen, dass sie den Weg des Bleistifts genauso programmieren musste. Doch sie konnte einfach den Tisch als weitere Variable hinzufügen ...

„Es kann sich lohnen, verschiedene Herangehensweisen auszuprobieren", sagte Lombardi. Er rieb sich fröhlich die Hände. „Man weiß nie, *was* man daraus lernen kann."

Er kehrte zu seinem Schreibtisch zurück, griff in die Schublade und holte ein großes, in Leder gebundenes Buch hervor, auf dessen Einband ein goldener Adler geprägt war. „Dies ist dein persönliches Zauberbuch. Der Zauber, der darauf liegt, bewirkt, dass niemand es ohne deine Erlaubnis lesen kann, zumindest nicht vor deinem Tod. Wir erwarten, dass du selbst Zaubersprüche entwirfst und sie in das Buch schreibst, um sie später nachlesen zu können. Wenn alle Seiten voll sind, gebe ich dir ein zweites Buch."

Emily nahm es und starrte auf die goldene Schrift. Es gehörte *ihr*, auf eine Weise, an die Voids Geschenk nie herankommen würde. Die leeren Seiten schienen nur darauf zu warten, dass sie anfing, Ideen, persönliche Gedanken und Pläne aufzuschreiben. Und zum Glück würde niemand anderes es lesen können. Sie hatte Mädchen gekannt, die in furchtbare Verlegenheit gekommen waren, als plötzlich alle Welt Zugang zu ihren Blogs, Facebook-Seiten und Online-Tagebüchern bekommen hatte.

„Und wenn du es verlierst", fügte Lombardi hinzu, „wirst du es bis an dein Lebensende bereuen."

KAPITEL 12

„Ich fürchte, das macht er ständig", sagte Imaiqah beim Mittagessen. Sie und Emily saßen nebeneinander und aßen etwas, das verdächtig nach Curry schmeckte. „Das letzte Mal, als jemand einen entscheidenden Teil des Spruches wegließ, hätte das fast vier Leute getötet, die nahe dabeistanden."

„Oh", machte Emily. Die rote Linie auf ihrer Handfläche war nicht verblasst und pochte immer noch schmerzhaft. In ihrem ganzen Leben war sie noch nie so geschlagen worden. „Ich … ich dachte, es wäre Kindesmisshandlung, jemanden so zu schlagen."

Imaiqah warf ihr einen merkwürdigen Blick zu. „Und fast jemanden zu töten, weil man den Spruch nicht sehr sorgfältig geprüft hat, ist *keine* Misshandlung?"

Emily zuckte mit den Achseln, dann schüttelte sie den Kopf. Möglicherweise war körperliche Züchtigung für Imaiqah etwas Alltägliches.

Sie hatte nicht viele Leute aus anderen Kulturen gekannt, zumindest nicht, bevor Shadye sie entführt hatte, aber die, die sie gekannt hatte, waren oft ein klein wenig anders gewesen als ihre früheren Mitschüler. Sie waren so erzogen worden, dass sie eine andere Sicht auf die Welt hatten, wie Dinge funktionierten oder was in einer modernen Gesellschaft akzeptabel war – und sie hatten diese Ideen selten hinterfragt. Sie konnte sich nicht vorstellen, wie irgendein Mädchen einfach einen Jungen heiraten konnte, den ihre Eltern für sie ausgesucht hatten, aber sie hatte Mädchen gekannt, die ganz gelassen davon ausgingen, dass ihnen genau das bevorstünde.

Also war Imaiqahs Einstellung vielleicht gar nicht so anders.

Emily musste zugeben, dass Imaiqah – und Lombardi – recht hatten. Magie war *gefährlich*. Emily war immer wieder gewarnt worden. Sie sah Magie immer noch als etwas Ähnliches wie eine

Programmiersprache, aber vielleicht war sie eher wie ein geladenes Gewehr, mit dem man herumspielte; man musste wirklich wissen, was man tat, bevor man die Waffe in die Hand nahm. Und doch wusste Alassa ganz eindeutig *nicht*, was sie tat, bevor sie *ihre* Sprüche sprach …

… doch Alassa wusste, was die Sprüche bewirken sollten. Vielleicht reichte das, zumindest fürs Erste.

Sie wälzte diese Idee im Kopf herum, während sie aßen. Wenn ein Magier einen Zauber sprach, ohne zu wissen, was er bewirkte, würde der Zauber funktionieren? Logisch betrachtet sollte er das – doch Magie schien nicht sehr logisch zu sein. Aber eine Programmiersprache beruhte nicht auf Zufall; sie würde auch dann funktionieren, wenn der Anwender nicht wusste, was sie bewirken sollte. Der Anwender war vielleicht einfach nicht imstande, das volle Potenzial der Sprache zu erkennen.

„Keine Computer hier", überlegte sie. Zum Zaubern musste man den Spruch in Gedanken sprechen und ihn mit *Mana* aufladen, etwa so, wie wenn man etwas im Kopf durchrechnete. Aber was, wenn jemand das magische Gegenstück zum Taschenrechner oder zum Computer erfand? Sie vermutete, dass die Zauber, die menschliche Magier bewirken konnten, ihre Grenzen hatten. Ein Computer sollte andererseits keine Probleme mit einem Zauberspruch haben, der aus Tausenden unterschiedlicher Bestandteile zusammengesetzt war. „Ich frage mich, ob ein Computer tatsächlich funktionieren würde?"

Sie hatte von jeder Menge Fantasywelten gelesen, wo Technologie ganz einfach nicht funktioniert hatte, entweder weil die Autorin beschlossen hatte, dass Technologie mit den Gesetzen ihrer Welt nicht zu vereinbaren war, oder weil der betreffende Autor fest davon überzeugt gewesen war, dass Technologie schlecht war. Diese Autoren hatten ganz offensichtlich noch nie in einer Welt leben müssen, in der es kein vernünftiges Abwassersystem gab und erst recht keine Antibiotika oder moderne Klärwerke. Aber ihr Konzept ergab überhaupt keinen Sinn. Die grundlegenden Gesetze jeder Welt mussten die gleichen sein wie auf der Erde, ansonsten würden Menschen möglicherweise gar nicht existieren können. Wer eine Naturkonstante änderte, würde vielleicht den ganzen Planeten töten.

Doch Naturkonstanten waren verändert. Menschen konnten in Statuen oder Frösche verwandelt werden – was passierte dann mit dem Rest ihrer Masse? Selbst die kleinsten Schüler in Whitehall hatten viel mehr Masse als ein Frosch; logisch betrachtet musste diese Masse irgendwo enden. Wenn sie dauerhaft vom Opfer des Zauberspruchs weggenommen wurde, würde das nicht bedeuten, dass man das Opfer tötete?

Außer, Magie ist aufgepfropft, dachte Emily.

Vielleicht galten alle universellen Gesetze genau wie zu Hause, doch darüber hinaus gab es Magie – *Mana*. Wie konnte sie diese Theorie überprüfen?

Ein Finger stupste sie an. „Du hast ins Leere gestarrt", sagte Imaiqah besorgt. „Und dabei gemurmelt. Ist alles in Ordnung?"

„Ich habe nachgedacht", sagte Emily. Sie schüttelte den Kopf. Hätte sie in ihrer alten Schule besser im Unterricht aufgepasst, wäre sie vielleicht eher auf wissenschaftliche Experimente vorbereitet gewesen. Sie hatte nicht die leiseste Ahnung, wie sie es anstellen sollte, einen Computer zu bauen, oder ein Auto oder irgendetwas anderes, das ihr zu Hause ganz selbstverständlich erschienen war. Ihr kam ein Gedanke und sie lächelte. „Weißt du, ob es Maschinen gibt, die mit Dampf betrieben werden?"

Imaiqah blinzelte überrascht. „Was meinst du?"

Es mit Worten zu erklären, war schwieriger, als Emily gedacht hatte. Die Grundidee von Dampfmaschinen war nicht *so* schwer zu verstehen, sobald sie ihre Wissenslücken erkannt und die Lösungen abgeleitet hatte. Einen Wassertank bauen und ihn aufheizen, bis das Wasser zu Dampf wird, dann den Dampf unter Druck durch Rohre pressen und mit diesem Druck Bewegungsenergie erzeugen. Diese Energie konnte man nutzen, um eine sehr einfache Lokomotive anzutreiben. Logischerweise konnte man auch ein Auto damit antreiben, aber im echten Leben hatte sie noch nie von einem dampfbetriebenen Auto gehört. Vielleicht musste die Maschine eine gewisse Größe haben, bevor sie richtig funktionierte.

„Ich habe noch nie von so etwas gehört", sagte Imaiqah schließlich. „Alle Leute nehmen einfach die Straßen von einer Stadt zur nächsten, wenn sie überhaupt reisen."

„Ah ja", sagte Emily. Wer in einer mittelalterlichen Gesellschaft lebte, fuhr natürlich nicht um die halbe Welt, um Urlaub zu machen. Vielleicht verstanden sie noch nicht einmal die Idee von „Urlaub", wenn man in ihrer Welt immer noch fälschlich annahm, dass Aristokraten das Recht hatten, über andere zu bestimmen, und die unteren Klassen ihnen zu dienen hatten. „Wie weit reist dein Vater für seine Arbeit?"

Imaiqah sah sie merkwürdig an. „Gar nicht. Er hat ein Geschäft in der Stadt."

Emily schüttelte wehmütig den Kopf. Zum Glück gab es keine großen internationalen Firmen in dieser Welt. Alles spielte sich in viel kleinerem Maßstab ab. Wer weiß, vielleicht hatten die Nekromanten noch nicht einmal so viele hilflose Opfer dahingemetzelt wie Hitler oder Stalin. Und dabei war Imaiqahs Vater sogar einer der erfolgreichsten Geschäftsleute der Welt, jedenfalls, wenn man Imaiqah Glauben schenkte. Auf der Erde wäre er ganz einfach der Besitzer eines Tante-Emma-Ladens gewesen.

Ihr kam ein Gedanke und sie lächelte. „Wenn ich deinem Vater Produktideen schicken würde, würde er versuchen, sie zu vermarkten?"

„Vielleicht", sagte Imaiqah. Sie runzelte nachdenklich die Stirn. „Aber er würde nicht alles für ein Produkt aufs Spiel setzen wollen."

Emily brauchte einen Augenblick, um zu verstehen, was sie meinte. In dieser Welt würde es schwierig sein, eine Dampfmaschine zu bauen, weil es viel schwerer war, komplexe Metalle herzustellen. Sie hatte schon erkannt, dass Aluminium seltener war als Gold; jetzt wurde ihr klar, dass es auch keinen Stahl oder Verbundmetalle geben würde. Selbst eine kleine Versuchsdampfmaschine wäre unglaublich teuer.

Ich hätte ein paar gute wissenschaftliche Lehrbücher mitbringen sollen, dachte sie bitter. Aber Shadye hatte ihr ja nicht gerade Zeit zum Packen gegeben. *Etwas, das mir den praktischen Hintergrund vermitteln könnte, den ich in der Schule nie gelernt habe.*

Sie stellte Imaiqah eine weitere Frage. „Welche Art von Zahlungsmittel verwendet ihr in deinem Königreich?"

Imaiqah starrte sie an. „Woher *kommst* du bloß? Gold-, Silber- und Bronzemünzen natürlich."

Emily überlegte, ob sie ihr den Grundgedanken von Papiergeld oder Kreditkarten erklären sollte, doch dann erkannte sie, dass das nur Zeitverschwendung wäre. „Und diese Münzen sind wirklich aus echtem Gold?"

„Ja, *natürlich*", sagte Imaiqah. „Woraus denn *sonst*?"

„Ich könnte also eine Goldmünze aus Umbria nehmen und damit in Cayce bezahlen?", fragte Emily. „Oder könnte ich eine Bronzemünze in Gold verwandeln?"

„Du könntest überall mit einer Goldmünze bezahlen", sagte Imaiqah langsam. „Mein Vater würde die Münze wiegen, um zu berechnen, wie viel sie wert ist, aber Gold ist Gold. Etwas in Gold zu verwandeln … dagegen gibt es überall *Gesetze*. Du könntest dafür *gehängt* werden!"

Emily war nicht überrascht. In einer Welt, wo Magier aus Blei Gold zaubern konnten, würde der Goldpreis in ungeahnte Tiefen fallen. Aber wenn man prüfen konnte, ob Gold *echt* war … das *musste* gehen, sonst wäre die Wirtschaft hier schon längst zusammengebrochen. Oder vielleicht war es unglaublich schwierig, mehr als eine winzige Menge Blei in Gold zu verwandeln. Vielleicht erklärte das, warum die Wirtschaft hier so wenig entwickelt war.

Sie würde Geld brauchen, für Experimente und für ihren Lebensunterhalt. Und sie hatte keine sonderlichen Gewissensbisse bei dem Gedanken, Ideen aus ihrer Welt zu klauen und sie als ihre eigenen Erfindungen auszugeben. Aber was konnte sie hier einführen, von dem sie auch wusste, wie man es herstellte?

Ihr ging auf – nicht zum ersten Mal –, dass sie erschreckend ahnungslos war. Zu Hause hatte sie nicht wissen müssen, wie Technologie funktionierte, um sie anwenden zu können. Jetzt war sie in einer Welt gefangen, die nichts über wissenschaftliche Arbeitsweise wusste – und sie wusste nicht genug, um sie selbst einzuführen. Oder vielleicht kannte diese Welt eine Arbeitsweise, bei der Magie im Spiel war, nicht Wissenschaft, weil Magie den Aufbau der Welt verzerrte.

Als Nächstes hatte sie eine Freistunde, also ging sie zurück in ihr Zimmer und öffnete das erste Buch aus der Bibliothek. Ein Blick genügte, um zu verstehen, warum Alassa so viele Sprüche konnte und doch kaum verstand, wie sie funktionierten. Das Buch enthielt keine Erklärung der Variablen oder ihres Zusammenspiels, nur eine Formel, die die Magierin im Kopf aufsagen sollte. Ein sehr einfacher Zauberspruch – das Buch behauptete, dass er das Opfer heftig kniff – verwendete nur drei Bestandteile. Der Erfinder hatte die gesamte eigentliche Formel in einen einzigen Bestandteil gezwungen.

Emily schrieb den Spruch sorgfältig in ihr eigenes Buch – wobei sie darauf achtete, den Ausgangspunkt wegzulassen – und analysierte seinen Aufbau. Er war überraschend einfach, doch nachdem sie die Variablen studiert hatte, wusste sie, dass sie gut aufpassen musste, falls – *sobald* – sie anfing, sie zu verändern. Allein schon eine Veränderung der Variablen, die bestimmte, wie stark das Opfer gekniffen wurde, konnte ausreichen, um Knochen zu brechen und sogar zu töten. Ein weiterer Spruch schien dem Opfer wie bei einer Hypnose Dinge vorzuspiegeln – Dinge, die das Opfer in große Verlegenheit bringen konnten, bevor der Zauber nachließ.

Und solche Sprüche, die den Geist manipulierten, überließ man Jugendlichen!

Sie öffnete das Buch mit den Schutzzaubern und fand einige, die einen grundlegenden Schutz vor Zaubern und Flüchen boten. Wider Erwarten war es doch recht kompliziert, sie zu sprechen; anders als der Kneifzauber mussten sie ständig im Kopf wiederholt werden. Emily verstand nicht, wie man zwei Sprüche gleichzeitig sprechen konnte, bis sie erkannte, dass sie mit dem Computer-Vergleich zu weit gegangen war. Sie konnte den Zauber sprechen und ihn stehen lassen, bis sie ihn wieder auflöste.

Aber nicht allzu mächtig, bemerkte sie, während sie das Buch durchblätterte. Ein Schutzzauber konnte von einer anderen Magierin gehackt werden, wenn sie wusste, was sie tat, oder er konnte mit schierer Gewalt überwunden werden. Einige einfache Schutzschirme waren sogar stärker als die komplexeren, doch auch sie konnten durchbrochen werden. Und falls sie ohnmächtig wurde, konnte es gut sein, dass die meisten ihrer Schutzzauber in sich zusammenfallen würden.

Schließlich legte sie zwei Schutzzauber auf sich selbst und versuchte herauszufinden, wie sie sie überprüfen konnte. Vielleicht sollte sie in der Bibliothek laut vor sich hin sprechen.

Sie dachte immer noch über ihre Möglichkeiten nach, als die Tür aufflog und Aloha in den Raum stürmte. Ihre Zimmergenossin sah verärgert aus; als sie Emily sah, funkelte sie sie so wütend an, dass Emily sicher war, Aloha würde ihr an irgendetwas Schlimmem die Schuld geben.

Aber was hatte sie ihrer Mitbewohnerin angetan? Sie teilten ja nur das Zimmer.

„Was hast du getan?", fragte Aloha und gab damit genau Emilys Gedanken wieder. Magie schien um sie herum zu flackern, als wäre sie kurz davor, die Kontrolle zu verlieren. „Was hast du dir dabei gedacht?"

Emily blinzelte, vollkommen verwirrt. „Wovon redest du?"

„Kampfmagie", fauchte Aloha. „Wie im Namen der Götter bist du auch nur in den Kurs gekommen?"

Aloha wütete weiter, bevor Emily etwas sagen konnte. „Weißt du, wie ich büffeln musste, um in diesen Kurs zu kommen? Weißt du, wie schwer es war, den General und die Sergeants zu überzeugen, dass ich mit dem Druck klarkommen würde? Ich habe Monate geübt, um eine Chance zu bekommen – und *dir* serviert man den Kurs einfach auf dem silbernen Tablett!"

Emily hob die Hand. „Ich weiß nicht, wovon du redest", sagte sie so ruhig, wie sie konnte. Aloha musste sehr viel fähiger – und gefährlicher – sein als Alassa. „Was ist Kampfmagie?"

„Du solltest lernen wie jeder andere auch, aber nein", fauchte Aloha. „Du bist ein verdammtes Schicksalskind und darum schenkt man dir etwas, wofür normale Schüler wahnsinnig viel büffeln müssen, um auch nur darauf hoffen zu dürfen!"

„Ich weiß nicht, wovon du redest", wiederholte Emily, diesmal lauter. Worum ging es hier? „Ich habe mich heute mit Zaubersprüchen befasst ..."

„Du hast noch nicht mal den Grundkurs Zaubersprüche bestanden", sagte Aloha. „Wie *können* sie nur erwägen, dich in Kampfmagie aufzunehmen?"

Emily atmete tief durch und wiederholte ihre Frage. „Was ist Kampfmagie?"

Etwas in ihrem Tonfall ließ Aloha innehalten. „Das weißt du nicht?"

„Nein", fauchte Emily. „Ich weiß noch nicht mal, warum du so wütend bist!"

Aloha trat zurück und setzte sich auf ihr Bett, wobei sie Emily ohne ein einziges Blinzeln anstarrte. „Ich will Kampfhexerin werden. Und jeder, der in irgendeiner Form Kampfmagier werden will, muss Kampfmagie bestehen. Das ist ein Fortgeschrittenenkurs mit Schwerpunkt auf Magie bei Kriegszügen. Schüler müssen wissen, was sie tun, aber sie müssen auch reif genug sein, um mit Zaubern umzugehen, die tödlich sind, die töten sollen."

Das bezweifelte Emily. Die Harry-Potter-Bücher hatten vielleicht beschlossen, dass Todes- und Foltersprüche unverzeihlich waren – auch wenn Harry selbst beide Arten von Sprüchen gelegentlich benutzt hatte –, aber in *jener* magischen Welt gab es nicht genug Fantasie. Man konnte Leute ganz einfach mit einem Zauber töten, der Dinge hochhob – man konnte sie einfach aus höchster Höhe fallen lassen oder sie ins Weltall schleudern –, und die Mordabsicht wäre dieselbe. Es gab keinen Grund, warum Alassa nicht mit Magie töten können sollte, jedenfalls sobald sie den Grundkurs Zaubersprüche bestanden und gelernt hatte, wie sie einen Zauber, der für Streiche vorgesehen war, verändern musste, um zu töten.

„Und ich habe mich darauf beworben und wurde endlich angenommen, nachdem ich sechs Monate wie eine Sklavin geschuftet habe, um die Sergeants zu überzeugen, dass ich damit klarkommen würde", fuhr Aloha fort. „Weißt du, wie wenige Schüler der zweiten Jahrgangsstufe auch nur die Aufnahmeprüfungen für den Kurs machen dürfen? Und dir, einer *Neuen*, serviert man ihn einfach auf dem silbernen Tablett? Noch nicht mal Alassa, eine verdammte Prinzessin, wollten sie ohne Prüfung in den Kurs lassen … wann wurdest *du* jemals geprüft?"

Alohas Gesicht zuckte. „Ich war so stolz auf meine Leistung …"

Emily war die Situation peinlich. Zu Hause wäre das nicht passiert. Oder vielleicht doch; eine langjährige Cheerleaderin konnte vielleicht aus dem Team fliegen, um einer Neuen Platz zu machen, wenn diese zufällig unglaublich begabt war oder ihr Vater politische Macht hatte. Doch Cheerleading war eine Rolle für Mädchen, die dachten, dass das Herumhüpfen mit kurzen Kleidern eine schulische Leistung darstellte; Kampfmagie war vermutlich sehr viel härter. In ihrer alten Schule hatte es *keine* Kurse gegeben, wo die Schüler so sorgfältig ausgewählt wurden.

Doch sie konnte verstehen, warum Aloha so wütend war. Sie hatte sich ihren Platz verdient – und Emily, die Neue ohne Fertigkeiten und ohne Lehrer, hatte das, was sie sich so hart erarbeitet hatte, einfach geschenkt bekommen.

„Ich habe mich nicht darauf beworben", sagte Emily ruhig. „Ich weiß nicht, warum es passiert ist."

„Ich schon", sagte Aloha unumwunden. „Man erwartet, dass du die Welt rettest."

Emily fragte sich, ob sie einen Zauberspruch finden konnte, der Void etwas Peinliches – oder Schmerzhaftes – antun würde. Er musste dem Großmeister erzählt haben, dass Emily ein Schicksalskind war, ohne sich zu der Erklärung zu bequemen, dass das vielleicht dem Namen nach zutraf, aber keinerlei praktische Bedeutung hatte. Er hatte garantiert einen magischen Eid darauf geschworen, dass es wahr sei, und sich hinterher ins Fäustchen gelacht, wie leicht seine Worte missverstanden worden waren. Warum nicht? Das Missgeschick, das Emily in diese Welt gebracht hatte, hatte ihn sicher auf die Idee gebracht.

„Ich bin kein Schicksalskind", sagte Emily schließlich. „Ich …"

Doch sie konnte die Wahrheit nicht erklären.

Aloha sah sie einfach nur an. „Ich denke, du wirst mich im Feld nicht bloßstellen. Wenn ich dich treten muss, damit du weitermachst, *werde* ich dich treten, damit du weitermachst. Verstehst du mich?"

„Nein", sagte Emily. „Was kümmert es dich, ob ich es schaffe oder nicht?"

Ihre Zimmergenossin starrte sie an. „Das weißt du wirklich nicht?"

Emily schüttelte den Kopf.

„In Kampfmagie", sagte Aloha, „ist der Kurs in Truppen eingeteilt. Die Truppenmitglieder bestehen gemeinsam, oder sie fallen gemeinsam durch. Wenn zu viele Truppen durchfallen, dann fällt der gesamte Kurs durch. Du weißt so gut wie gar nichts über Magie, und doch wird *meine* Note von deiner Note abhängen!"

Emily spürte, wie ein kalter Schauer durch ihren Körper lief. „Besser, du lernst *schnell*", fauchte Aloha. Sie holte ein Buch aus ihrem Schrank und warf es Emily zu, die es ungeschickt auffing. „Das ist das grundlegende Lehrbuch für den Stoff und die Prüfungen vor dem Kurs. Ich kann das alles auswendig. Und wenn du meinst, dass du den Kurs bestehen wirst …"

„Ich habe nicht darum gebeten, in diesen Kurs zu kommen", protestierte Emily.

„... dann wirst auch du das alles wissen müssen", fuhr Aloha fort, ohne auf sie zu achten. „Und ich schwöre dir beim Leben meiner Mutter: Wenn du mir diesen Kurs ruinierst, werde ich dich in eine Unterhose verwandeln und sie den Jungs zum Tragen überlassen."

Die Drohung wäre lächerlich gewesen – oder abstoßend –, wäre sie nicht mit tödlichem Ernst ausgesprochen worden.

Aloha stürmte aus dem Raum und ließ Emily allein zurück. Sie sah ihr nach, dann blickte sie auf das Buch, das sie gerade bekommen hatte. Innerlich verfluchte sie Void und Shadye. Was hatten sie ihr nun schon wieder eingebrockt?

KAPITEL 13

Professor Thande sah aus wie ein verrückter Wissenschaftler.

Das dachte Emily jedenfalls, sobald sie sein großes Klassenzimmer betrat. Er war ein großer, schlaksiger Mann mit wirrem Haar und einem leicht manischen Grinsen, womit er sie an David Tennant erinnerte, den Schauspieler, der den zehnten Doktor in *Doctor Who* gespielt hatte. Thande stand über einen Kessel gebeugt, der auf etwas saß, das aussah wie ein Bunsenbrenner, und ließ eine Handvoll Zutaten in die Flüssigkeit fallen. Sie roch ein klein wenig nach Gewürzen und nach kochendem Alkohol.

Anders als die anderen Lehrer, die sie gesehen hatte, trug Professor Thande Hemd und Hose anstelle eines Umhangs, dazu einen Gürtel mit mehreren Utensilien für seine Arbeit. Als er sich umdrehte, um die Schüler zu betrachten, sah Emily, dass er an der Wange eine schlimme Verbrennung hatte. Ein zweiter Unfall – zumindest hoffte sie, dass es ein Unfall gewesen war – hatte anscheinend üble Narben an seiner linken Hand verursacht. Er war nicht der erste Lehrer, den sie hier mit einer lädierten Hand sah, fiel ihr auf. Das war anscheinend eine weit verbreitete magische Verletzung.

„Setzt euch", sagte Thande und wandte sich wieder dem siedenden Kessel zu. „Ich bin gleich so weit."

Emily setzte sich an einen Tisch und zwang sich, ruhig zu werden. Auf dem Weg zur Alchemiestunde hatten fünf verschiedene ältere Schüler sie angesprochen; alle hatten genau wie Aloha die Befürchtung, dass eine Neue ihre gemeinsame Note in Kampfmagie ruinieren würde, und hatten sie noch einfallsreicher bedroht für den Fall, dass sie die Klasse blamieren würde. Emily hatte ernsthaft überlegt, Meisterin Irene zu bitten, dass sie sie aus dem Kurs nahm, doch dann hatte ihre angeborene Sturheit die Oberhand gewonnen. Jetzt war sie entschlossen, ihr Bestes zu geben.

Außerdem, flüsterte etwas in ihrem Kopf, hatte Shadye beschlossen, sie zu töten. Kampfmagie konnte ihr das Wissen liefern, das sie brauchte, um ein richtiges Leben zu führen, statt bis ans Ende ihrer Tage in Whitehall gefangen zu sein.

Der Schreibtisch selbst war seltsam, etwa wie in einer altmodischen Schule – ein Kasten auf Beinen. Sie öffnete den Deckel und sah ein Dutzend Stoffbeutel, die alle unterschiedliche Düfte verströmten. Als sie an einem davon roch, wurde ihr schwindelig und sie legte ihn schnell wieder hin, wobei sie versuchte, sich *nicht* auf ewig am Tisch festzuklammern. Das Gefühl verschwand schnell, doch sie hatte verstanden. An etwas Unbekanntem zu riechen konnte gefährlich sein.

Sie blickte sich um. Die Wände des Klassenzimmers waren fleckig und geschwärzt, wahrscheinlich als Folge früherer Experimente. Thande sah nicht aus, als hätte er Lust, wissenschaftliche Arbeitsweisen anzuwenden. Stattdessen war er anscheinend völlig zufrieden damit, zwei Flüssigkeiten zu mischen und ein Streichholz anzuzünden, nur um zu sehen, was dann passierte. Die Wände waren vollkommen nackt, außer der Wand vor ihr, wo Thande ein grüngoldenes Objekt platziert hatte, das seltsam vertraut aussah. Sie erinnerte sich nicht, wo sie so etwas schon gesehen hatte, doch sie war sicher, dass sie es schon gesehen hatte. Der Gedanke ließ ihr keine Ruhe, während sich das Klassenzimmer langsam mit ihren Mitschülern füllte, bis ihr schließlich die Erkenntnis kam: Sie blickte auf eine einzelne Drachenschuppe.

Thande trat vor die Klasse und klatschte in die Hände, um auf sich aufmerksam zu machen. „Ich bin Professor Thande, Leiter der Alchemie. Ihr seid hier beim Grundkurs Alchemie, der eine Voraussetzung für den Fortgeschrittenenkurs ist, gefolgt von verschiedenen spezialisierten Unterabteilungen der Alchemie. Sind diese Fakten korrekt?"

Emily nickte automatisch. In diesem Kurs war keine Spur von Alassa, also hatte sie es vermutlich geschafft, ihn zu bestehen – oder sie hatte nie daran teilgenommen. Emily hatte erwartet, dass alle

Schüler anfangs die gleichen Kurse besuchen würden, aber nach ein paar Gesprächen mit den Schülern, die bereit waren, mit ihr zu reden, wusste sie nun, dass es Hunderte verschiedener schulischer Laufbahnen durch Whitehall gab. Nur eine Handvoll Kurse war wirklich für alle Schüler obligatorisch. Zu Alassas Pech gehörte der Grundkurs Zaubersprüche dazu.

„Gut", sagte Thande. Er klatschte wieder in die Hände. „Diejenigen unter euch, die sich nicht die Mühe gemacht haben, die Lehrbücher zu lesen – ein ziemlich weit verbreitetes Problem, wie mir scheint – werden merken, dass ihnen das Basis-Wissen fehlt. Kann mir jemand den grundlegenden Unterschied zwischen Alchemie und Zaubersprüchen nennen?"

Eine Pause folgte, dann hob ein Junge die Hand. „Bei Alchemie braut man etwas, Sir?"

„Eine sehr lückenhafte Antwort – und längst nicht genau genug", sagte Thande sofort. Er schien nicht ärgerlich, eher amüsiert. „Möchte noch jemand raten?"

Ein Mädchen mit so weißer Haut, dass sie ein Albino sein musste, hob die Hand. „Bei Alchemie nutzt man natürliche Magie, Sir, und bei Zaubersprüchen nutzt man seine eigene Magie?"

„Viel besser", sagte Thande zustimmend. Er rieb sich die Hände und hob zu einem Vortrag an. „Euch ist natürlich bewusst, dass *Mana* überall auf der Welt vorhanden ist. Hohe *Mana*-Konzentrationen verursachen unvorhersehbare Veränderungen an Pflanzen, Tieren und sogar der Luft selbst. Das bedeutet für diejenigen unter uns, die unbarmherzig praktisch denken, dass *Mana* in natürlicher Materie magische Eigenschaften erzeugt."

Er nahm eine Glaskaraffe von seinem Tisch und hielt sie hoch. „Molchsauge", sagte er und drehte das Gefäß, so dass sie die Augen sehen konnten. Emily wurde schlecht; nach den Geräuschen hinter ihr zu urteilen, war sie nicht die Einzige. „Welchen magischen Verwendungszweck haben diese Augen für den Alchemisten?"

Eine weitere Pause folgte, dann redete das Albino-Mädchen. „Mit ihrer Hilfe kann man sehen, Sir?"

„Ich fürchte nein", sagte Thande. Sein Blick schweifte durch den Raum. „Das *Mana* in Molchsaugen ist für keinen praktischen

Zweck zu gebrauchen, jedenfalls, soweit wir herausfinden konnten. Vielleicht wird einer von euch Alchemie-Forscher und wird eine Verwendungsmöglichkeit entdecken, doch hier und jetzt sind Molchsaugen nutzlos. Vollkommen nutzlos, es sei denn, man will einen qualifizierten Alchemisten von einem unterscheiden, der nur mit seinen Fertigkeiten angibt."

Er stellte die Karaffe ab und hob ein kleines Glasgefäß hoch. Soweit Emily sehen konnte, enthielt es Haare. „Abrasierte Hamsterhaare", teilte Thande ihnen mit. Die Geräusche des Ekels wurden lauter. „Und was für eine Zauberkraft enthalten sie?"

Diesmal traute sich niemand, zu antworten. „In ihrer natürlichen Form sind sie giftig", sagte Thande als Antwort auf seine eigene Frage. „Doch wenn man sie siebzehn Stunden in Wasser kocht und mit einem Tropfen Blut des Patienten vermischt, verleihen sie einem Magier, der bis an seine Grenzen gegangen ist, einen ausgezeichneten Energieschub."

Emily starrte ihn an. Was für ein Mensch rasierte einen Hamster und kochte die Haare des armen Geschöpfs stundenlang, nur um zu sehen, was passieren würde? Woher wusste man *überhaupt*, dass *irgendetwas* passieren würde? Die Gedanken wirbelten in ihrem Kopf umher und sie wünschte, sie hätte sich ein Buch über Alchemie aus der Bibliothek geliehen, zusätzlich zu den Zauberbüchern über Selbstverteidigung und Streiche.

Kein *Wunder*, dass die Wissenschaft in dieser Welt so übel hinterherhinkte!

„Diejenigen unter euch, die sich mit dem Grundkurs Zaubersprüche auskennen, werden wissen, dass Sprüche mutieren können, wenn man sie nicht ganz genau definiert", fuhr Thande fort. „Die Magie in der natürlichen Welt *ist* mutiert, sie hat sich auf verschiedene Weisen verzerrt, die man sich nur schwer vorstellen kann. Ihr könnt es euch so vorstellen, dass Alchemie teils davon handelt, verschiedene Sprüche miteinander zu mischen; doch das beschränkt im Allgemeinen eure Vorstellungskraft. Was" – er hob seine vernarbte Hand hoch – „nichts Schlimmes sein muss."

Seine Stimme wurde schärfer. „Es gibt Regeln beim Erlernen der Alchemie und ich erwarte, dass sie peinlich genau eingehalten werden. Diejenigen unter euch, die die Regeln brechen, werden als Versuchspersonen für meine Experimente herhalten müssen, Experimente, die schon mehr als ein Mal außer Kontrolle geraten sind und" – er zeigte ihnen wieder seine Hand – „unerwartete Verletzungen verursachten. Wer auch immer danach weiter pfuscht, hat eindeutig die richtige Einstellung, um Meister der Alchemie zu werden, aber er möge seine Forschungen auf einem Berggipfel oder in der Mitte einer Wüste machen. Das ist für alle anderen sicherer.

Erste Regel: Lernt alles, was ihr könnt, über Alchemie." Er zeigte mit einem vernarbten Finger auf Emily. „Was passiert, wenn man Maismehl mit Puderzucker mischt und in eine Kerze bläst?"

Emily zögerte. „Ich weiß es nicht", gab sie schließlich zu.

„Eine sehr gute Antwort", sagte Thande. „Solltet ihr je Zweifel haben, was passiert, wenn ihr ein Experiment durchführt, versucht zuerst, die Antwort nachzuschlagen. Sie lautet im Übrigen: eine kleine Explosion." Er zeigte auf einen anderen Jungen. „Was passiert, wenn man Katzen- und Hundehaare in Wasser vermischt und es dann trinkt?"

Der Junge sah sich verzweifelt um. „Man verwandelt jemanden in eine Katze oder einen Hund?"

„Falsch", sagte Thande. Sein Gesicht verfinsterte sich. „Man lässt denjenigen mehrere Minuten lang hilflos bellen und miauen. Und übrigens funktioniert es nicht, wenn man nur Haare von *einem* Tier verwendet."

Er sah von einem Schüler zum nächsten. „Unwissenheit kann töten. Solltet ihr an irgendetwas Zweifel haben, schlagt es nach oder fragt einen ausgebildeten Alchemisten.

Zweite Regel: Führt eure Experimente *immer* hinter Schutzschirmen durch, um euch abzusichern. Ja, es gibt eine Reihe von Alchemisten, die die Schutzschirme aufweichen, um mehr Kontakt zum Experiment zu haben – die meisten bereuen es früher oder später. Ihr seid alle Schüler und solange ihr hier zur Schule geht, *werdet* ihr die Versuchs-Schutzschirme jederzeit aufrechterhalten.

Darüber hinaus werdet ihr sämtliche Experimente ausschließlich in den geschützten Alchemie-Räumen durchführen. Jeder, der dabei erwischt wird, wie er Alchemie irgendwo anders in Whitehall betreibt, wird streng bestraft werden.

Dritte Regel: Wendet *immer* einen Prüfzauber an, bevor ihr etwas trinkt, das ihr selbst hergestellt habt. Ein einziger Fehler kann euch sofort töten. Wenn ihr euch mit dem Prüfzauber nicht sicher seid, bittet einen Mitschüler, ihn für euch zu zaubern. Auch wer sich weigert, auf Nachfrage den Prüfzauber für einen Mitschüler zu zaubern, wird streng bestraft werden."

Er hielt einen Augenblick inne, damit die Botschaft bei allen ankam, dann fuhr er fort. „Auch bevor man andere Tränke trinkt, ist es eine gute Idee, den Prüfzauber anzuwenden. Einige neuere Mixturen rufen immer noch seltsame Wirkungen hervor, wenn man sie zu lange unbeobachtet lässt. Ein Zauber stellt sicher, dass ihr nicht sofort getötet werdet."

Thande sah sie alle gebieterisch an. „Solltet ihr Zweifel haben, fragt mich oder einen anderen Alchemisten. Ich werde niemanden bestrafen, weil er Fehler macht oder Fragen stellt – aber ich werde euch bestrafen, wenn ihr euer Leben – oder das Leben anderer – riskiert.

Vierte Regel: Prüft alles. Alchemie ist auf ihre Weise genauso präzise wie alles, was ihr in Zaubersprüche lernt. Öffnet jetzt eure Tische."

Emily gehorchte und sah auf die kleine Sammlung Zutaten hinab.

„Auf jedem Beutel seht ihr ein Siegel", sagte Thande. „Dieses Siegel gehört Elmer, einem der Apotheker, die für mich arbeiten. Apotheker stellen Grundstoffe für Alchemisten her und sobald sie überprüft haben, dass sie das sind, wofür sie sich ausgeben, legen sie sie in die Beutel und versiegeln sie. Das Siegel verschwindet, wenn etwas anderes für den unvorsichtigen Alchemisten im Beutel hinterlassen wird; also stellt sicher, dass es noch da ist, wann immer ihr etwas aus dem Beutel nehmt. Wenn das Siegel verschwindet, geht mit dem Beutel in den Entsorgungsraum und werft ihn weg, mitsamt allem Inhalt. Ihr seid noch nicht bereit für Experimente mit Grundstoffen, die kompromittiert sein könnten.

Wenn ihr Grundstoffe verwendet, die nicht aus einer Apotheke stammen, überprüft alles; wo kommt es her, wie wurde es geerntet, wie wurde es gelagert … alles. Ein einziger Fehler kann sich als tödlich erweisen." Er lächelte dünn. „Ein Apotheker, der schlechte Grundstoffe liefert, kann hingerichtet werden, wenn ihn der Käufer nicht vorher schon tötet. In den gesamten Verbündeten Landen ist es völlig legal, jemanden zu ermorden, der einen Alchemisten übers Ohr gehauen hat."

Thande schnaubte. „Oh, und verwendet immer natürliche Grundstoffe. Wenn ihr Gras in Alraunwurzeln verwandelt, nur weil ihr euch keine Alraunwurzeln leisten könnt, wird das verwandelte Gras immer noch eine magische Signatur haben, die eurem alchemistischen Verfahren in die Quere kommt. So könnt ihr euch ziemlich einfach selbst umbringen, wenn ihr nicht aufpasst.

Zuletzt: Schreibt immer – und ich meine *immer* – vorher auf, was ihr vorhabt. In euren Tischen liegen Notizbücher; schreibt das geplante Experiment auf und haltet euch daran. Bei der Durchführung des Experiments schreibt ihr auf, was passiert; sobald das Experiment beendet ist, schreibt ihr auf, was danach passierte. Lasst *nichts* aus, sonst könnte jemand, der versucht, euer Experiment nachzumachen, Schwierigkeiten bekommen. Viel zu viele alchemistische Entwicklungen wurden entdeckt, verloren und mussten neu entdeckt werden, weil irgendein verdammter Narr von einem Alchemisten nicht aufschrieb, was er tat."

Thande lehnte sich an seinen Tisch und grinste. „Genug vom langweiligen Teil. Öffnet eure Tische wieder und legt allen Inhalt auf die Tischplatte. Jetzt, bitte." Er wartete, bis die Schüler alles zurechtgelegt hatten, dann lächelte er noch breiter. Er wedelte mit einer Hand in der Luft und sprach einen Zauber. Ein Rezept erschien vor ihnen, die glühenden Buchstaben brannten stumm in der Luft. „Folgt diesem Rezept peinlich genau."

Emily starrte die Buchstaben an, danach die Zutaten. Wenn das hier in diesem Universum als Wissenschaft durchging … nichts davon schienen richtige Chemikalien zu sein, nur Teile von Pflanzen und Tieren. Einen Moment später lachte sie innerlich; schließlich *konnte* man Chemikalien aus Pflanzen gewinnen.

Außerdem, wenn Alchemisten daran arbeiteten, die magischen Eigenschaften der natürlichen Welt zu erschließen, sah sie womöglich gerade auf das Gegenstück der Chemikalien, von denen sie im Naturwissenschaftsunterricht an der Schule gehört hatte. Hätten sie doch mehr praktische Experimente durchführen dürfen …

Der erste Beutel enthielt gekochte Kartoffeln. Das war so banal, dass sie ihn nicht ernst nehmen konnte, bis sie in die erste Kartoffel schnitt und das merkwürdige Muster im Inneren sah. Das Innere der Kartoffel war mit einem lilafarbenen Spinnennetz durchzogen, das ihre Finger zum Kribbeln brachte, als sie es berührte. Sie fragte sich, ob das eine mutierte Kartoffel war – zu gefährlich zum Essen –, und begann dann, sie in Stückchen zu schneiden, wobei sie dem Rezept peinlich genau folgte.

Thande ging von Tisch zu Tisch; seinen Augen entging nichts. „Schneide feiner", wies er einen Schüler an, dann ging er zum nächsten. „Im Rezept steht: *ein* Stück Wurzel."

Seine Stimme wurde härter. „Oder kannst du nicht lesen?"

Der Junge wurde unangenehm rot. „Ich ..."

„Befolge das Rezept", fauchte Thande, jetzt völlig humorlos. „Du kannst mit den Zutaten herumpfuschen, sobald du präzise arbeiten kannst."

Langsam nahm das Experiment vor Emilys Augen Gestalt an. Sieben Zutaten, jede perfekt abgewogen … so ähnlich wie damals in Hauswirtschaft. Sie kicherte fast bei dem Gedanken. Wer hätte je gedacht, dass dieser blödsinnige Kurs tatsächlich nützlich war?

Sie schüttelte den Kopf, schrieb auf, was sie getan hatte, und lehnte sich zurück. Sie wusste nicht recht, was sie als Nächstes machen sollte. In der Marmorschüssel, in der sie die Zutaten gemischt hatte, schien nicht wirklich etwas zu passieren.

„Jetzt, wo ihr die Vorbereitungen abgeschlossen habt", sagte Thande, „könnt ihr mit dem Experiment an sich beginnen." Er nickte in Richtung der hinteren Wand, die sich langsam nach oben schob und einen weiteren Raum jenseits des Klassenzimmers enthüllte. „Jeder sucht sich einen Tisch mit einem tragbaren Öfchen, aber setzt eure Mischschüssel noch nicht darauf."

Der zweite Raum war sogar noch kahler als der erste; die Tische sahen aus, als sollten sie alles aushalten können, von Wasserflecken bis zu kleinen Explosionen. Emily spürte die zusätzlichen

Schutzschirme, sobald sie in den Raum ging und einen Tisch auswählte. Sie versuchte herauszufinden, wie man das Öfchen anzündete. Es schien keine einfache Lösung zu geben, bis Thande kurz hinter ihrem Stuhl anhielt und mit den Fingern in Richtung des Öfchens schnipste. Es flammte auf wie eine helle Kerze. Als sie ihre Hand darüber hielt, fühlte es sich überraschend warm an.

Thande war vorne im Klassenraum angelangt. „Sobald ihr anfangt, eure Schüssel zu erhitzen, rührt sorgfältig um", sagte er. „Seht genau hin, was passiert, während ihr umrührt." Er machte eine Pause. „Jetzt dürft ihr anfangen, eure Schüsseln zu erhitzen."

Emily nahm die Schüssel und setzte sie sorgfältig auf das Öfchen. Sie nahm einen der Löffel zum Umrühren. Hitze breitete sich in der Mischung aus. Langsam schmolzen einige der Zutaten in einer unappetitlichen Pfütze zusammen, die blubberte und dampfte, während sie umrührte. Die anderen Zutaten schienen unverändert … aber so war das ja auch mit Fleisch in einem Eintopf, jedenfalls anfangs. Wenn Essen Zeit brauchte, um zu kochen, konnte ein alchemistisches Verfahren locker Zeit brauchen, um abzulaufen.

Ein Donnerschlag hallte durch den Raum und Emily zuckte zusammen. Am anderen Ende des Tisches hatte die Mischung des Albino-Mädchens sich gerade selbst in die Luft gejagt. Emily vergaß fast, zu rühren, als eine weitere Schüssel explodierte; die Schutzschirme bewahrten den Schüler vor Schaden. Einen Augenblick später sprudelte die Mischung scharf und verwandelte sich in eine schwarze klebrige Masse, die erschreckend schnell aushärtete. Bald war es ihr vollkommen unmöglich, sie umzurühren.

„Nimm es vom Ofen", befahl Thande. Emily zuckte zusammen. Wie hatte er es geschafft, hinter ihr aufzutauchen, ohne dass sie wenigstens seine Gegenwart gespürt hatte? „Ihr werdet nachher alle die Schüsseln reinigen."

Emily sah zu, während die letzten Experimente ihren Lauf nahmen. Nur zwei Schüler schienen erfolgreich etwas produziert zu haben, obwohl sie nicht sicher war, was das Teil eigentlich bewirkte. Thande kippte es auf den Tisch und lud sie ein, sich die gräuliche Materie anzusehen. Zuerst schien das Zeug vollkommen unbeweglich, dann – als Thande es mit einem Metallstab anstupste

– leuchtete es plötzlich lebendig auf und wurde zu einem Spiegel. Thande setzte eine winzige Puppe neben die Materie und sie sahen zu, wie die Materie langsam eine große Kopie der Puppe wurde.

„Diejenigen, bei denen es explodiert ist, haben wahrscheinlich zu viel Gewürz verwendet", sagte Thande in die Stille hinein. „Präzision ist wichtig. Wer eine klebrige schwarze Masse geschaffen hat, hat die Kartoffel nicht fein genug geschnitten. Genauigkeit ist wichtig. Wessen Experiment Feuer gefangen hat, der hat die Schüssel nicht gut auf dem Ofen ausbalanciert. Genauigkeit ist wichtig."

Eine lange Pause folgte, dann nickte er in Richtung einer Tür am hinteren Ende des Raumes. „Ihr werdet eure Geräte sorgfältig reinigen, sie mit kaltem Wasser spülen und zum Trocknen stehen lassen. Nicht kontaminierte Gerätschaften zu haben ist *immens* wichtig."

Emily folgte den anderen Schülern in den Waschraum. Sie spürte, dass ihre Nervosität zurückkam, während sie versuchte, ihre Schüssel und ihren Löffel zu waschen. Die klebrige Masse widersetzte sich all ihren Anstrengungen, bis Thande ihr eine Art Seife gab, die die Schüssel reinigte. Alchemie war ein interessantes Fach, aber es war nicht ihre beunruhigendste Stunde an diesem Tag. Ihre erste Lektion in Kampfmagie näherte sich rasend schnell und sie würde die jüngste und unwissendste Schülerin auf dem Feld sein.

Gott allein wusste, was ihr passieren würde.

KAPITEL 14

Emily fühlte sich unwohl, als sie die Halb-Uniform anzog, die sie für Kampfmagie tragen sollten. Es war schwer gewesen, sich an die Umhänge zu gewöhnen, aber nach vier Tagen fand sie nun, dass sie in gewisser Weise besser waren als ihre normale Kleidung. Sie verbargen nicht nur alles, sie machten ihre Träger gewissermaßen gleich. Die Uniformen hingegen lagen eng an und kratzten an peinlichen Stellen. Es half auch nicht, dass die vier Mädchen im Kurs nur durch eine sehr dünne Trennwand von den zwanzig Jungen getrennt waren.

Aber die Uniform würde sie warm halten. Wegen des hohen Magie-Niveaus in der Luft um das Schloss herum konnte sich das Wetter erschreckend schnell ändern, hatte Aloha sie gewarnt. Es konnte regnen und einen Augenblick später würde die Sonne scheinen.

„Denk daran, was ich gesagt habe", murmelte Aloha, nachdem sie sich umgezogen hatten und zur Tür gingen, die auf den Platz hinausführte. „Wenn du das hier vermasselst, werde ich dafür sorgen, dass du leidest."

Emily befiel ein Schaudern, als die Jungen vor ihr auf die Mitte eines Grasplatzes liefen, wo die Sergeants warteten. Sie hatte sich erkundigt, aber das Einzige, was sie herausgefunden hatte, war, dass die Sergeants *nur* einen Kurs in Whitehall unterrichteten und außerhalb dieser Stunden mit niemandem an der Schule zu tun hatten. Emily konnte sich nicht entscheiden, ob das ein gutes Zeichen war oder nicht, doch als sie die Sergeants sah, musste sie sich zwingen, nicht zu schlucken oder gleich davonzurennen.

Der erste Sergeant sah durch und durch einschüchternd aus.

Er bedeutete ihnen, sich in einer Reihe aufzustellen, während er sie betrachtete. Der Blick aus seinem einen guten Auge traf

Emilys, bevor er den nächsten Schüler ansah. Der Sergeant sah aus wie ein Sportlehrer aus der Hölle. Er war ganz klar der muskulöseste Mann, den Emily jemals gesehen hatte. Sein linkes Auge fehlte; das verbrannte Fleisch und die Narben schienen zu einem Teil seiner Haut geworden zu sein. Sein rechtes Auge drehte sich unablässig hin und her, um den Platz im Blick zu behalten, als ob er jederzeit einen Angriff erwarte. Sein Kopf war vollkommen kahl.

Der zweite Sergeant wirkte um einiges beruhigender. Er war ein kleiner Mann mit braunem Haar, einem freundlichen Gesicht und – soweit sie erkennen konnte – einem intakten Körper. Sein Blick traf sie und sie erkannte, dass er, egal wie er aussah, eine furchterregende Persönlichkeit hatte, die nur darauf wartete, in die Luft zu gehen.

„Seid gegrüßt", sagte der erste Sergeant. „Mein Name ist Sergeant Harkin. Das ist Sergeant Miles. Ich habe zwölf Jahre lang bei den Rangers gedient, zuerst als Pfadfinder, dann als Sergeant. Miles hat neun Jahre als Kampfhexer gedient. Wir haben beide gegen die Monsterheere gekämpft, die die Nekromanten erschaffen haben; das heißt, für die unter euch, die sich dafür interessieren: Wir wissen, wovon wir reden. Wenn ihr glaubt, ihr wisst schon alles, dann vergesst diese Einstellung sofort.

Whitehall besteht darauf, dass wir euch alle schriftlich prüfen. Diese Prüfung wird nichts über eure möglichen Fähigkeiten als Soldaten irgendeiner Art aussagen, selbst wenn ihr versuchen wollt, Offizier zu werden; wir geben euch also gern die Lösungen vor, wenn ihr die Prüfung mit voller Punktzahl bestehen wollt. Das bieten wir an, weil die Prüfungen für euren Erfolg nicht wichtig sind. Ich habe vor, euch alle als mögliche Kampfhexer bestehen zu lassen, und wir haben keine Zeit zu verlieren."

Emily hörte vier Jungen erschrocken einatmen. Sie sahen älter aus als sie – sie *waren* älter, es sei denn, sie wären schneller aufgestiegen, als Emily es für möglich hielt – und mussten sich mit endlos vielen Prüfungen und Tests herumschlagen, je mehr ihr Unterricht sich spezialisierte. Zu erfahren, dass eine Prüfung nutzlos war … das musste ein Schock sein, doch Emily war in einer

Welt aufgewachsen, wo fast *alle* Prüfungen der Grundstufe nutzlos waren. Der Sergeant hatte das nur laut ausgesprochen.

„Kampfmagie besteht aus drei Teilen: Drill, Taktik und Zauberkampf", fuhr der Sergeant fort. „Bei Drill lernt ihr Kinderchen, Befehlen zu folgen und dann eure Körper für den Kampf vorzubereiten. Ihr könnt keinen ungesunden Geist in einem ungesunden Körper brauchen, wenn ihr eine militärische Laufbahn einschlagen wollt. Einige von euch werden es nicht gewohnt sein, Befehlen zu folgen. Wir schlagen vor, dass ihr auch diese Einstellung vergesst. Man kann euch keine Befehle erteilen lassen, wenn ihr nicht zuerst versteht, wie man sie befolgt.

Taktik befasst sich mit historischen Kriegsgefechten und Feldzügen und wie man sie auf die aktuelle Situation anwendet. Statt einer schriftlichen Prüfung werdet ihr im Feld geprüft und bekommt eine praktische Aufgabe, die ihr lösen müsst. Wir werden euch danach beurteilen, wie schnell ihr euch an eine plötzliche Änderung der Lage anpasst, wie gut euer Plan funktioniert, wenn er wirklich auf den Feind trifft, und wie es euch gelingt, eure Mitschüler zu überzeugen, Befehlen zu folgen. Scheitern muss kein Problem sein, solange ihr aus euren Fehlern lernt.

Zauberkampf umfasst Magie, die speziell für militärische Anwendungszwecke entwickelt wurde", schloss er. „Vielleicht habt ihr in früheren Jahren Zauber, Flüche und Verhexungen angewendet; sie sind ein Witz gegenüber den Flüchen, die speziell für militärische Anwendungszwecke geschrieben wurden. Ein Zauber, der bewirkt, dass einer Person die Kleider vom Körper fallen, ist ein Streich; ein Fluch, der einen Feind verstümmeln oder töten soll, ist eine tödliche Waffe.

Wir wissen, dass ihr noch jung seid, daher kommen wir erst in einigen Wochen zu Zauberkämpfen. Auf diese Weise können wir Drill und Taktik mit euch durchnehmen und euch kleinen Monstern beibringen, Befehle zu befolgen, bevor ihr anfangt, mit militärischen Zaubern zu experimentieren. Wir wollen, dass ihr die Disziplin entwickelt, mit den Zaubern *umzugehen*, bevor ihr euch, eure Mitschüler oder – vor allem – uns in die Luft jagt."

Seine Stimme wurde eisig. „Hier ist nicht der Ort, um sich über Konsequenzen lustig zu machen. Die Sprüche, die ihr hier lernen werdet, sind kein Witz. Da ihr junge und dumme Schüler seid, wird der Erste, der sich in diesem Kurs danebenbenimmt, nackt ausgezogen und mit der Peitsche von hier bis zu der verbrannten Eiche" – er zeigte auf einen Baum in der Ferne – „und wieder zurück gejagt werden. Wenn das nicht reicht, um euch Benehmen beizubringen, werden alle weiteren Vorfälle zum sofortigen Ausschluss vom Kurs führen. Dies ist eure erste und letzte Warnung.

In den ersten drei Wochen darf jeder, der den Kurs verlassen möchte, dies ohne Folgen tun. Danach wird jeder, der geht – ob aus eigenem Antrieb oder durch Ausschluss –, seiner Truppe erheblichen Schaden zufügen. Das Militär ist kein Ort für unberechenbare Meuchelmörder oder einsame Wölfe. Das Militär ist ein Ort, wo man sich auf seine Kameraden verlassen muss und wo sie sich auf euch verlassen müssen. Die Hälfte der Übungen, die ihr durchführen sollt, werden unlösbar sein, wenn ihr nicht zusammenarbeitet. Wenn eure Kameraden in Schwierigkeiten sind, helft ihnen. Wenn euch keine Lösung einfällt, arbeitet mit ihnen zusammen. Ihr wisst nie, wer im Feld eine gute Idee haben wird."

Das einzige Auge des Sergeants fiel auf Emily; ihr lief es kalt den Rücken hinunter. „Für diejenigen, die dem schwachen Geschlecht angehören: Denkt daran, dass wir in diesem Kurs keinerlei Unterschied zwischen Jungen und Mädchen machen. Es gibt Kampfhexerinnen, die dem Heer große Dienste erwiesen haben. Sie alle haben den gleichen Kurs durchlaufen und ihn mit Auszeichnung bestanden. Für *keine* von ihnen war es leicht. Wenn ihr Probleme oder Verletzungen habt – wenn irgendeiner von euch Probleme oder Verletzungen hat –, erwarte ich von euch, dass ihr uns informiert, *bevor* es zu einem großen Problem wird. Überraschend viele berühmte Soldaten haben ihren Stolz während des Trainings hinuntergeschluckt und zugegeben, dass sie ein Problem haben."

Sein Gesicht verzog sich zu einem unangenehmen Lächeln. „Genug Geschwätz von mir", sagte er und zeigte auf die verbrannte Eiche in der Ferne. „Ihr alle: Wenn ich den Befehl gebe, rennt zu der Eiche und wieder zurück." Eine Pause folgte. „RENNT!"

Emily zuckte zusammen, als die Reihe der Schüler sich auflöste und alle in Richtung Eiche losrannten. Sie fing sich wieder und lief geradewegs auf die Eiche zu. Ihr Herz hämmerte und einen Augenblick später begann ihr ganzer Körper zu schmerzen, als ob sie seit Jahren nicht gelaufen wäre … das war sie auch nicht, außer in einer Handvoll Sportstunden. Der Boden unter ihren Füßen fühlte sich glatt und nachgiebig an. Alle, selbst die anderen Mädchen, waren ihr voraus. Sie hätte Void laut verflucht, wenn sie nicht so gekeucht hätte. Hätte sie gewusst, dass man von ihr verlangen würde, Sport zu machen, hätte sie vor der ersten Stunde an Laufen trainiert.

„BEWEG DICH!", fauchte eine Stimme in ihrem Ohr. Sergeant Miles war direkt hinter ihr und schwang einen Schlagstock in Richtung ihres Hinterteils. Emily schaffte es irgendwie, seinem Schlag zu entgehen, und lief weiter, während er noch lauter schrie. „DER FEIND IST DIR AUF DEN FERSEN! LAUF!"

Die verbrannte Eiche schien nach schwarzer Magie zu stinken, als sie darum herum und wieder zum Ausgangspunkt rannte. Einige der Jungen wurden langsamer, obwohl sie immer noch alle so schnell wie möglich liefen, weit vor Emily. Aloha, bemerkte Emily, kam sehr gut voran. Das Mädchen hatte ja auch viel Zeit zum Üben gehabt.

Sergeant Harkin zählte laut, als die Läufer an ihm vorbeirannten und dann stehenblieben, wobei mehrere ausrutschten und rücklings aufs Gras fielen. Emily schaffte es gerade eben, an einem der kleineren Jungen vorbeizuziehen und als Zweitletzte anzukommen.

„Lächerlich", sagte Harkin. Er schien sie alle zu verachten, nicht nur die, die als Letzte angekommen waren. „Vollkommen lächerlich. Und ihr seid die große Hoffnung unserer Zukunft."

Seine Stimme wurde schärfer, als er in die Ferne zeigte. „Wisst ihr, *was* hinter diesen Gipfeln lauert?"

Emily folgte seinem Finger Richtung Süden. Vielleicht bildete sie es sich ein, doch ein Gefühl des Verhängnisses schien über dem Ort zu schweben, wo die Nekromanten lauerten und nur auf die Gelegenheit warteten, über die Verbündeten Lande herzufallen wie Wölfe über ahnungslose Schafe. Es war eine Erinnerung daran, dass ihre Gemeinschaft sich im Krieg befand, selbst wenn die Verbündeten Lande es momentan offenbar vorzogen, sich untereinander zu streiten. Das Buch der Geschichtsmönche, das Emily gelesen hatte, hatte ihr deutlich gemacht, dass nur ihre eigene Uneinigkeit die Nekromanten daran gehindert hatte, zu siegen, ebenso wie ihre Neigung, sich gegenseitig immer wieder zu bekriegen. Wenn sie sich einig wären, hätten die Nekromanten die Verbündeten Lande schon längst plattgemacht.

„Wir sind im Krieg", fauchte Harkin. „Da draußen sind Monster, die euch mit bloßen Händen zerreißen könnten. Ihr müsst hart an eurer eigenen Entwicklung arbeiten, damit ihr die Verbündeten Lande vor der Zerstörung schützen könnt, die die Nekromanten über eure Freunde, eure Familie und alle anderen bringen würden! Folgt mir!"

Er wirbelte herum und marschierte in Richtung eines dunklen Waldes, der zum Gelände von Whitehall gehörte. „Dieser Wald ist tabu für alle, außer ihr lernt gerade Kampfmagie", donnerte er, während er weiterging. „Bringt nicht aus Spaß eure Freunde hierher."

Aus der Nähe sah der Wald unheilvoll dunkel und schattig aus. Emily spürte … *etwas* im Dickicht der Bäume, eine Andeutung von Magie, die sich vor nichts ahnenden Reisenden in etwas Gefährliches verwandeln konnte. Nach dem, was Professor Thande ihnen erzählt hatte, konnte man leicht glauben, dass manche Landstriche sich durch *Mana* hatten weiterentwickeln müssen und grauenhaft gefährlich geworden waren. Wer wusste, *was* im Inneren des Waldes lauerte?

„Ihr zwei, arbeitet zusammen", fauchte Harkin und zeigte auf zwei Jungen. „Ihr zwei …"

Er teilte weitere Paare ein. Emilys Partner war ein Junge, der aussah, als wäre er fünf Jahre älter als sie.

„Ich bin Jade", sagte der Junge und streckte die Hand aus.

Emily schüttelte sie voller Ernst. Wenigstens starrte er ihr nicht auf die Brust, anders als allzu viele Jungen auf der Erde – und ihr Stiefvater, wenn er betrunken war.

Jade lächelte sie an. „Ich habe gehört, du bist ein Schicksalskind?"

Emily wurde rot. „Glaub nicht alles, was du hörst. Ich bin ...“

„Störe ich?“, fragte Harkin, der plötzlich vor ihnen auftauchte.

Jade und Emily sahen einander an, dann redete Jade. „Nein, Sir?“

„Gut“, fauchte Harkin. Er funkelte alle zwölf Paare an. „Alles, was ihr tun müsst, ist, von einer Seite des Waldes auf die andere zu gelangen. Wir warten auf der anderen Seite, um zu sehen, wer als Erstes herauskommt und wer so verzweifelt festsitzt, dass wir ihn retten müssen. Noch Fragen?“

Ein langer Augenblick der Stille folgte. „Also, Trupp eins“, sagte Harkin. Er fuchtelte mit dem Finger in Richtung Jade und Emily. „Hinein mit euch, vorsichtig.“

Das Innere des Waldes war dunkel, so dunkel, dass es sofort kühler wurde, sobald sie unter dem Blätterdach standen. Der Wald sah überraschend normal aus, doch Emily wurde das Gefühl nicht los, dass sie von allen Seiten beäugt wurden und etwas alle ihre Bewegungen verfolgte.

Als sie einen Blick zurück warf, schien der Wald sich ewig fortzusetzen; von Whitehall oder ihren Mitschülern gab es keine Spur. Sie konnte noch nicht einmal Harkins bellende Stimme hören, die den nächsten Trupp losschickte.

„Hier entlang“, sagte Jade. Er ging voran und sprach einen einfachen Zauber in die Luft. „Pass auf Fallen auf.“

Emily wurde rot. Daran hätte sie denken müssen. Vielleicht hatten die Sergeants ein magisches Minenfeld erschaffen, nur um ihre angehenden Schüler zu testen, statt einfach einen mit *Mana* durchsetzten Wald zu nehmen, der sich auf unvorhersehbare Weise aufführte. Vielleicht wollten sie die Schüler an ihre Grenzen bringen und diejenigen aussortieren, die es nicht schafften, aber sie bezweifelte, dass sie sie *umbringen* wollten.

Die Umgebung wurde immer schauriger, je weiter sie ins Dunkel hineingingen. Merkwürdige Lichter flackerten in der Ferne, winzige Lichtblitze, die am Rand ihres Sichtfeldes herumtanzten.

Sie überquerten einen Bach, der lautlos vor sich hinfloss, als hätte jemand einen Stillezauber über das ganze Fließgewässer gesprochen – doch sie hörten sich immer noch gegenseitig sprechen. Emily hielt abrupt an, als Jade stehen blieb und eine Hand hochhielt.

Einen Augenblick später spürte sie einen Zauber, der genau vor ihnen auf sie wartete.

„Bleib ganz still stehen", flüsterte Jade. Der Zauber schien sich ein wenig zu bewegen, als wäre er eine Schlange, die gleich zuschlagen wollte. „Wir müssen ihn aufheben."

Emily blinzelte ihn an und sprach, so leise sie konnte. „Warum können wir nicht einfach zurückschleichen?"

„Weil jede Bewegung ihn anziehen wird", sagte Jade. „Wir sind genau hineingelaufen und jetzt müssen wir ihn entweder aufheben oder zulassen, dass er uns trifft." Er schaute finster drein. „Nach all den Warnungen zu urteilen, wird er uns wahrscheinlich einen üblen Schock verpassen, selbst wenn weiter nichts passiert. Bleib ganz still stehen."

Er hob eine Hand und begann, Zaubersprüche in Richtung der Falle zu sprechen. Emily war beeindruckt. Einer war der Standard-Aufhebespruch, doch die anderen drei kannte sie nicht. Der Zauber vor ihnen schien innezuhalten, dann löste er sich in nichts auf.

Jade grinste sie triumphierend an und ging weiter. Einen Augenblick später blitzte ein Licht auf. Sein ganzer Körper erstarrte.

Emily starrte ungläubig auf Jade. Langsam ging ihr auf, was passiert war. Die Sergeants hatten einen zweiten Zauber hinter dem ersten versteckt, weil sie wussten, dass jeder, der den ersten Zauber aufhob, weitereilen würde, ohne sich die Zeit zu nehmen, nach einer zweiten Überraschung zu suchen. Sorgfältig sprach sie den Analysezauber und betete, dass er diesmal problemlos funktionieren würde. Zu ihrer Überraschung tat er das; er zeigte an, dass der Lähmungszauber einfach genug war, dass sie ihn leicht aufheben konnte.

Sie begann den Aufhebezauber zu sprechen, dann zögerte sie und suchte das gesamte Gebiet mit einem Entdeckungszauber ab. Zwei weitere üble Überraschungen offenbarten sich, bevor sie sie aus Versehen auslöste. Und sie waren so aufgebaut, dass jeder, der versuchte, sie in der falschen Reihenfolge zu deaktivieren, die Zauber stattdessen auslösen würde.

Hinterlistig, dachte sie. Wie viel Zeit *hatten* sie in diesem Wald? Sorgfältig wählte sie den Zauber aus, den sie für den richtigen hielt, und hob ihn auf. Ihr geschah nichts, aber der nächste Zauber wurde lebendig. Schnell hob sie auch ihn auf, dann entfernte sie den Lähmungsspruch, der Jade gefangen hielt.

Er stolperte und fiel fast zu Boden.

„Ich … vielen Dank", sagte er und wurde rot vor Verlegenheit. „Ich hätte daran denken müssen, nach anderen Überraschungen zu suchen, bevor ich den ersten Zauber aufhob."

„Du hättest das Gleiche für mich getan", versicherte Emily ihm, obwohl sie nicht sicher war, ob das stimmte. Jade war vielleicht einer der Schüler, die dagegen waren, dass sie bei Kampfmagie mitmachte, auch wenn er sie vor dem Unterricht nie bedroht hatte. „Und jetzt … wie kommen wir hier raus?"

„Hier entlang", sagte Jade. „Oder willst du diesmal vorangehen?"

Die Frage erwies sich als überflüssig. Nach drei Schritten standen sie im hellen Sonnenlicht am Rand des Waldes. Emily sah sich verwirrt um und erblickte eine undurchdringliche Masse aus Bäumen und Dunkelheit. Die Geräusche der natürlichen Welt lärmten plötzlich in ihren Ohren und sie stolperte. Vögel riefen nach ihren Partnern und Pferde wieherten in der Ferne. Weit über sich glaubte sie – zumindest für einen Augenblick – einen Drachen zu sehen.

„Wir sind die Dritten", sagte Jade verärgert. „Wie haben die uns überholt?"

Er hatte leise gesprochen, aber Miles hatte sehr gute Ohren. „Sie haben nicht so viel Zeit damit verschwendet, Zauber aufzuheben, nachdem sie in offensichtliche Fallen gelaufen sind", sagte er trocken. „Was machst du beim nächsten Mal?"

„Erst alles überprüfen", sagte Jade schließlich. Er sah peinlich berührt aus. „Ich habe nicht daran gedacht, es nachzuprüfen."

Emily sah zu Aloha hinüber, die es geschafft hatte, mit ihrem Partner aus dem Wald zu kommen. Ihre Zimmergenossin sah überrascht aus, dann nickte sie langsam. Emily hoffte, dass das bedeutete, dass sie Emily doch einen Platz in Kampfmagie einräumte, auch wenn *sie* sich immer noch eindeutig fehl am Platz fühlte – und ungesund.

Sergeant Harkin räusperte sich. „Drei Trupps sind im Wald *steckengeblieben*", verkündete er, fast wie ein Richter, der ein Urteil aussprach. „Eine Person hat noch nicht mal ihrem Partner geholfen – und lief sofort in die nächste Falle!"

Seine Stimme verfinsterte sich. „Behaltet diese Erfahrung im Kopf. Nehmt nichts für selbstverständlich. Seht euch immer um. Und helft eurem Partner. Die nächste richtige Übung wird sehr viel schlimmer."

Der Sergeant gluckste. „Jeder, der es durch den Wald geschafft hat, kann sich waschen gehen und dann zu Abend essen", sagte er mit einem grimmigen Lächeln. „Alle anderen können warten, bis wir sie befreien."

Emily nickte. Ihr Körper schmerzte schon nach einem Tag Kampfmagie. Wie würde der nächste Tag sein?

KAPITEL 15

„Eine ganze Woche Unterricht", sagte Meisterin Irene. „Du scheinst so weit zurechtzukommen."

Emily machte ein finsteres Gesicht. Ihr tat alles weh. Nachdem sie in Kampfmagie so schnell gerannt war, war sie den ganzen restlichen Tag außer Atem gewesen. Als sie am nächsten Morgen aufgewacht war, hatten ihre Beine und ihr Brustkorb geschmerzt. Aloha war genauso erschöpft gewesen, aber ihre Zimmergenossin hatte mehrere Monate Zeit gehabt, sich auf Kampfmagie vorzubereiten, indem sie zum Beispiel regelmäßig mehr Sport getrieben hatte als Emily in ihrem ganzen Leben. Im Nachhinein betrachtet war es wohl keine sonderlich weise Entscheidung gewesen, Sport zu meiden, nur weil die meisten Sportarten in der Schule sinnlos gewesen waren.

„Danke", sagte sie stattdessen. Im Kampfmagie-Buch stand, sie müsse mit Schmerzen, Schmerzen und abermals Schmerzen rechnen, und danach mit noch mehr schmerzhaften Schmerzen. Jede Stunde würde schwerer als die vorige sein und die Schüler würden bis an ihre Grenzen gebracht werden. „Ich versuche, so schnell zu lernen, wie ich kann."

„Im Grundkurs Zaubersprüche machst du dich gut", sagte Meisterin Irene. „Anscheinend hast du schon den Durchbruch gehabt und die Grundideen verstanden, an denen viele andere scheitern. Professor Thande sagt, in Alchemie müsstest du genauer arbeiten, aber du hast ja auch gerade erst angefangen. Du solltest es meistern, bevor du beginnst, teure Zutaten zu verschwenden."

Emily nickte und stellte die Frage, die sie seit drei Tagen beschäftigte. „Wer hat mich bei Kampfmagie angemeldet?"

Meisterin Irene sah sie scharf an. „In Anbetracht deiner … *Umstände* solltest du dich nicht weigern, richtig kämpfen zu lernen.

Gerüchte über dich haben sich in den gesamten Verbündeten Landen verbreitet."

„Nein", sagte Emily.

„Doch", bestätigte Meisterin Irene. „Das Mädchen, das auf einem Drachen zur Schule kam, das ein Schicksalskind sein könnte …"

„Ich *bin kein* Schicksalskind", fauchte Emily. „Hätte ich behaupten sollen, dass ich nur auf einem Drachen kam, weil das am schnellsten ging?"

„Drachen nehmen nicht jeden Menschen mit, der sie herbeiruft und höflich anfragt", sagte Meisterin Irene. Sie zuckte mit den Schultern. „Aber das Ganze ist ein Vorteil für dich. Ein Schicksalskind *sollte* etwas fremdartig sein – und mehr können, als es seinem Alter entspricht. Deine Teilnahme an Kampfmagie wird niemanden überraschen."

Emily schüttelte langsam den Kopf. Sie hatte nie durch Bevorzugung vorankommen wollen, nicht einmal zu Hause, wo das Schlimmste, was passieren konnte, das Nichtbestehen einer Prüfung war. Hier … nun, hier musste es einen Grund geben, warum jemand so Nerviges wie Alassa nicht den Fortgeschrittenenkurs Zaubersprüche besuchen durfte, bevor sie die Grundlagen beherrschte. Und welcher Idiot glaubte außerdem, dass Alassa auf ewig so tun könnte, als hätte sie Ahnung?

Doch Whitehall war keine normale Schule. An diesem besonderen Ort konnte man leicht vergessen, dass die Verbündeten Lande in Gefahr waren, bedroht von inneren und äußeren Feinden, und dass sie jeden Magier brauchten, dessen sie habhaft werden konnten, um den Ansturm der Nekromanten zurückzuhalten. Deshalb brachte man in Whitehall allen neuen Schülern die Grundlagen bei. Die Kurse der zweiten Jahrgangsstufe waren anscheinend mehr darauf ausgerichtet, den Erfolg des Einzelnen zu sichern.

Wenn alle Schüler ihre formelle Ausbildung begonnen hätten, *nachdem* sie zu Hause lesen und schreiben gelernt hatten, hätten vielleicht alle eine bessere Bildung erhalten.

„Ich verstehe", sagte Emily nach einer langen Pause. Es war schlimm genug, dass alle ihr hinterher starrten, wenn sie dachten, dass sie es nicht bemerkte. Doch wenn das ein Teil ihres Deckmantels war … Sie hatte Wissenslücken, die man irgendwie erklären musste, sonst würden die Schüler merken, dass sie aus einer ganz anderen Welt kam. Sie hatte noch nicht einmal gewusst, dass sie ihr Laken umschlagen musste, um die Decke zu schonen, weil sie das zu Hause nicht gelernt hatte. „Würde es wirklich etwas ausmachen, wenn sie wüssten, dass ich aus einer anderen Welt komme?"

„Es ist eine schlechte Idee, mehr zuzugeben, als du musst", sagte Meisterin Irene nach kurzem Nachdenken. Sie sah Emily an und schüttelte den Kopf. „Du weißt nie, was vielleicht noch gegen dich verwendet werden kann."

Einen Augenblick später nahm Meisterin Irene einen metallenen Zauberstab in die Hand. „Du bist gut im Zaubern, allerdings neigst du dazu, dein *Mana* über die Struktur des Spruches hinaus zu vergeuden", fügte sie hinzu und betrachtete den Stab. „Das ist bei Zauber-Anfängern nicht ungewöhnlich, doch du musst daran arbeiten, deine Lecks zu begrenzen. Die Resultate dürften unangenehm sein."

Emily nickte. Im besten Fall würde sie *Mana* sinnlos vergeuden; im schlimmsten Fall würde sie entweder ihren Zauber ruinieren oder Chaos-Effekte erzeugen. Eine plötzliche Veränderung im örtlichen *Mana*-Feld – weil eine Magierin die Kontrolle über ihre Macht verloren hatte – würde womöglich neue alchemistische Zutaten erschaffen oder alle gefährden, die unvorbereitet in das Feld liefen. Ihre Bücher hatten sie ermahnt, zuerst einfache, grundlegende Zaubersprüche zu beherrschen, bevor sie versuchte, zum fortgeschrittenen Teil des Lehrplans zu kommen.

„Übe weiter", befahl Meisterin Irene. Sie legte den Stab weg und lächelte Emily an. „Hast du irgendwelche Schwierigkeiten, über die wir sprechen sollten?"

Emily zögerte. Sie brauchte einen Rat, doch sie war nicht sicher, wen sie fragen sollte – oder konnte. Whitehall war zwar eine *magische* Schule, doch Magie hatte anscheinend nicht die menschliche Natur verbessert oder Dinge wie akademische Intrigen und Mobbing abgeschafft. Was, wenn Meisterin Irene beschloss, sie in die Irre zu führen? Doch sie brauchte einen Rat und hatte keine Ahnung, wen sie sonst fragen sollte.

„Sagen Sie mir bitte", sagte sie langsam. „Kann ich eine Idee patentieren lassen?"

„Ich bin nicht sicher, dass ich die Frage verstehe", sagte Meisterin Irene. „Was meinst du mit *patentieren*?"

„Wenn ich eine neue Methode vorschlage, wie man etwas machen kann", erklärte Emily, „dann beanspruche ich das als meine Methode, weil ich als Erste darauf gekommen bin, und jeder, der diese Idee danach verwendet, muss mir einen kleinen Geldbetrag zahlen."

Meisterin Irene kicherte. „Meine Güte, läuft das so in deiner Welt? Wie fördert man Diskussionen und Forschung, wenn andere dafür zahlen müssen, um *deine* Idee zu nutzen?"

Ihr Gesicht wurde ernster, während sie über die Frage nachdachte. „Ich hoffe, dass du nicht schon versuchst, völlig neue Zauber zu erfinden. Du bist momentan noch weit davon entfernt, mehr zu versuchen, als ein paar Variablen zu verändern. Selbst *das* wäre riskant, bevor du die Kunst der Genauigkeit gemeistert hast."

„Nein", sagte Emily. Sie sah sich im Büro um, um etwas zu finden, womit sie ihre Gedanken erklären konnte. Schließlich zeigte sie auf die Schreibtischlampe. „Ich meine einen Gegenstand ..."

„Ich glaube, ich verstehe", sagte Meisterin Irene. Sie runzelte nachdenklich die Stirn. „Verhindern zu wollen, dass jemand ein neues magisches Konzept anwendet, ist etwas ganz anderes. Sobald jemand es erfindet, erkennen alle, dass es *möglich* ist, und machen sich daran zu erforschen, wie du das angestellt hast. Wenn du einen neuen Zauber erfindest und öffentlich anwendest, könnten deine Freunde ihn analysieren, um zu verstehen, wie er aufgebaut ist."

Sie runzelte noch stärker die Stirn. „Ich glaube nicht, dass du einen physischen Entwurf lange für dich beanspruchen kannst", fügte sie einen Augenblick später hinzu. „Vielleicht könntest du die Verbündeten Lande überzeugen, allen anderen die Produktion zu verbieten, doch der Rest des Bundes könnte sich weigern, den Erlass anzuerkennen. Und das Ganze würde dich Tausende Goldmünzen Bestechungsgeld kosten."

Das, beschloss Emily, machte irgendwie Sinn. Ideen verbreiteten sich wirklich schnell – und es wäre sehr schwer, jemandem zu verbieten, ihre Idee zu nutzen, jedenfalls ohne Gesetze zu erlassen, die man dann doch nicht durchsetzen konnte. In *dieser* Welt gab es zwar Vampire, Werwölfe und Nekromanten, aber anscheinend keine Anwälte. Anscheinend war es möglich, ein Handelsmonopol zu beanspruchen; wenig überraschend nutzten Schmuggler es aus, um Güter an Leute zu verkaufen, die den Monopolisten nicht ihre Wucherpreise zahlen wollten.

„Dein Sponsor hat dir zwar etwas Geld für … deinen persönlichen Bedarf mitgegeben", sagte Meisterin Irene, „aber das reicht nicht mal aus, um einen niedrigen Beamten zu bestechen."

Emily blinzelte. Sie hatte nie daran gedacht, dass Void ihr vielleicht Taschengeld mitgegeben hatte. „Hat er das?"

„Die meisten Schüler fragen schon am ersten Tag, ob sie bald ihr Geld ausgeben dürfen", sagte Meisterin Irene grinsend. „Du hast ein Recht auf fünf Silbermünzen im Monat, dazu eine Goldmünze für jede hervorragende Prüfungsnote. Wenn du das Geld sparen möchtest, kannst du es hinterlegen oder in deinem Zimmer aufbewahren. Wenn du etwas kaufen willst, das über diese Beträge hinausgeht, musst du deine Supervisorin – mich – davon überzeugen, dass dieser Kauf *notwendig* ist."

„Fünf Silbermünzen", sagte Emily. „Und was sind die wert? Ich meine, was kann ich dafür kaufen?"

„Das kommt darauf an, wo du einkaufst", sagte Meisterin Irene. „Und was du willst. Und wie viel Mühe die Herstellung macht. Für eine Silbermünze bekommst du fünf oder sechs ordentliche Gewänder, oder du kannst für das gleiche Geld eines aus seltenen und teuren Materialien fabrizieren lassen."

Emily nickte nachdenklich. Zu Hause hatten manche Kinder Geld darauf verschwendet, Designer-Kleidung zu kaufen, die sich eigentlich nicht *wirklich* von billiger Kleidung unterschied, nur weil sie glaubten, dass die eine Marke besser war als die andere. Hier würden sie vielleicht recht haben; Materialien wie Seide würden sehr viel teurer sein als einfaches Tuch. Sie bezweifelte nicht, dass Alassa und ihre Kumpaninnen ihre Gewänder nach Maß schneidern ließen, aus den feinsten Stoffen, die man bekommen konnte.

Meisterin Irene schüttelte den Kopf. „Was hattest du dir als erste … *Idee* genau vorgestellt?"

Emily zögerte wieder. Theoretisch gab es zahllose Ideen aus ihrer Welt, die man in der neuen Welt einführen konnte, doch sie würde sofort Probleme damit bekommen. Niemand hatte ihr je beigebracht, wie man einen Computer von Grund auf konstruierte – oder etwas so Einfaches wie einen Funksender oder ein Telefon. Sie war sicher, dass sie nach und nach einige der Grundprinzipien würde ableiten können, doch sie zweifelte daran, dass sie ihre Erkenntnisse in die Praxis umsetzen konnte. Und überhaupt, wie stellte man eigentlich Strom her?

Vor Jahren hatte sie einmal ein Buch über ein Mädchen gelesen, das in einer primitiven Wüstenwelt gestrandet war. Das Mädchen hatte den Einwohnern sofort das Schießpulver nahegebracht, war Millionärin geworden und hatte einen Krieg gegen die Feinde gewonnen. Wegen dieser Geschichte hatte Emily schon geprüft, ob es in ihrer neuen Welt so etwas wie Schießpulver gab; es schien nichts dergleichen zu geben, noch nicht einmal Feuerwerk. Doch es gab ein kleines Problem bei der Sache: Sie hatte keine Ahnung, wie man Schießpulver herstellte. In dem Buch hatte gestanden, dass ein einziger Mensch eine Fabrik für Schießpulver aus dem Boden stampfen konnte. Vielleicht war das möglich, aber Emily wusste nicht, *wie*. Moderne Schulen hielten nicht viel davon, ihren Schülern beizubringen, wie man Sprengstoffe herstellte.

Ihr Vater hätte vielleicht besser ein verrückter Wissenschaftler sein sollen.

Die erste *brauchbare* Idee war einfach gewesen, so einfach, dass sie sie fast fallengelassen hätte, bevor sie den Gedanken ernst nahm. Madame Razz hatte ihr fünf Paar Unterhosen gegeben, aber keinen einzigen BH. Das Unterhemd stützte ihre Brüste kein bisschen. Sie hatte sich in leichter Panik gefragt, ob jeder ihre Brustwarzen sehen könnte, bevor ihr aufgegangen war, dass das weiße Gewand alles vor neugierigen Augen verbarg. Schließlich hatte sie Imaiqah gefragt und erfahren, dass adelige Frauen in dieser

Welt statt eines BHs eine Art Korsett trugen, wenn sie eine solche Stütze wollten. Bäuerinnen umwickelten ihre Brüste einfach mit unbequemen Stoffstreifen.

„Wenn ich es Ihnen erzähle", sagte Emily schließlich, „würden Sie es bitte für sich behalten?"

Meisterin Irene sah sie lange an und lächelte dann. „Ich bin deine Hüterin", sagte sie. „Es ist meine Aufgabe, mich um dich zu kümmern, solange du in Whitehall zur Schule gehst. Ich werde alles, was du mir erzählst, für mich behalten, solange es keine Gefahr für dich, deine Mitschüler oder die Schule selbst darstellt. Und ich habe genug Geld, um kein weiteres zu brauchen."

Emily merkte, dass sie rot wurde, und fluchte innerlich. „Ich habe mir so etwas vorgestellt", sagte sie und beschrieb, wie ein BH funktionierte. „Meinen Sie, das ist machbar?"

„Ich habe ganz sicher Mädchen gesehen, die das brauchen könnten", sagte Meisterin Irene. Eine lange Pause folgte. „Ich gebe zu, dass ich so etwas noch nie gesehen habe, jedenfalls nicht für das gemeine Volk. Ist dir klar, dass es sehr schwer wäre, andere Schneider davon abzuhalten, deine Arbeit nachzumachen?"

„Ich wollte ihnen die Idee verkaufen", sagte Emily, dann hielt sie inne. Hier gab es keine großen internationalen Unternehmen oder Kleiderfabriken. Kleider wurden von Näherinnen und Schneidern hergestellt, die bei Meistern in die Lehre gingen, bevor sie genug konnten, um sich selbstständig zu machen. Sie konnte einem oder zweien von ihnen die Idee verkaufen, doch dann würde sie sich schnell verbreiten. Man würde ein Monopol nicht länger als ein paar Wochen halten können. „Ich … das ist nicht so richtig machbar, oder?"

„Nein", sagte Meisterin Irene. „Du würdest auf diesem Weg etwas Geld verdienen können, aber ich glaube nicht, dass das lange anhielte. Es sei denn … du würdest die Idee der richtigen Person verkaufen, die sich dann als Premium-Hersteller für deine … die Brust stützende Bekleidung positionieren könnte. Ich glaube, der Vater deiner Zimmergenossin könnte dir helfen, die Idee zu vermarkten. Er *würde* allerdings seinen Anteil an den Erträgen fordern. Niemand macht etwas kostenlos."

Emily nickte missmutig. Hoffentlich würde der BH-Verkauf genug Geld abwerfen, damit sie andere Ideen ausprobieren konnte.

So wie die Dinge standen, konnte man die Wirtschaft dieser Welt nur als sehr einfach bezeichnen; der Gedanke, *mehr* Geld zu erwirtschaften, existierte kaum. In einer Hauswirtschaftsstunde war es einmal darum gegangen, wie das Verleihen von Geld gegen einen kleinen Zins die Gesamtwirtschaft fördern konnte, jedenfalls bis eine größere Panik ausbrach. Wenn sie eine Bank eröffnete, könnte sie vielleicht mit Zinsen Geld verdienen, doch das musste warten, bis sie genug Kapital als Basis hatte.

„Aber es gibt andere Möglichkeiten", fügte Meisterin Irene hinzu. „Wenn du etwas anzubieten hättest, das sehr nützlich wäre, würde der König dir vielleicht eine Gebühr zahlen – oder das Militär."

Emily hatte daran gedacht, aber ihr fiel nichts ein, das sie produzieren konnte und das dem Militär nützlich sein würde. Die Sergeants wären bestimmt ganz heiß auf Schießpulver, doch sie wusste nicht, wie man es herstellte. Sie hatte ein wenig darüber nachgedacht, magische Gewehre herzustellen – wo man mit Hilfe von Zaubern die Kugel gegen den Feind schleuderte –, bis ihr einfiel, dass es diese Idee hier schon gab. Wenn sie vielleicht mit einem Zauber die Wirkung von Schießpulver direkt verdoppeln würde …

Sie verzog das Gesicht, als ihr einfiel, was sie in ihrem Buch gelesen hatte. Krieg wurde hier nicht mit Panzern und Flugzeugen geführt; man verwendete Eisenschwerter, Hexerei und Tiere, die magisch verändert worden waren, damit sie intelligenter und fähiger waren. In dieser Welt gab es Pferde, die fast sprechen konnten; Katzen und Hunde, die beinahe wie Menschen denken konnten. Alles, was sie aus ihren Geschichtsstudien über Kriegsführung wusste, war entweder schon vorhanden oder für sie nicht herstellbar, außer … ein Gedanke kam ihr und sie nahm sich vor, zu prüfen, ob man hier Steigbügel erfunden hatte. Oder Fahrräder.

Fahrräder wären interessant, wenn man sie mit heimischen Metallen herstellen konnte. Vielleicht war ihr nicht ganz klar, wie und warum eine Gangschaltung funktionierte, aber sie wusste, was Fahrräder konnten. Es würde einfach sein, die Idee zu skizzieren und zu sehen, ob Imaiqahs Vater – oder jemand anderes – sie billig genug herstellen konnte, damit das gemeine Volk sie kaufen konnte. Oder sie mieten konnte, wenn Metall zu teuer war, um große Mengen an Fahrrädern herzustellen.

„Ich bin gespannt darauf, was du in dieser Welt einführst", sagte Meisterin Irene.

Nach einer Pause nahm sie einen Bogen Pergament vom Tisch und reichte ihn Emily. „Dein neuer Stundenplan für nächste Woche. Ich fürchte, du wirst viel zu tun haben."

Emily überflog den Plan mit einem Anflug von Verzweiflung. Nach der Einführung in alle ihre Fächer würde sie gemeinsam mit den anderen neuen Schülern in den Hauptfächern anfangen; in den Nebenfächern wurde erwartet, dass sie sich den laufenden Kursen anschloss und so schnell wie möglich den unbekannten Stoff nachholte. Sie fragte sich, ob man eigentlich davon *ausging*, dass sie überall gut abschnitt, oder ob die Lehrer nur wollten, dass sie in jedes Fach einmal hineinschnupperte. Hexenmeister sollten anscheinend von allem etwas wissen.

Kampfmagie stand zweimal die Woche auf dem Stundenplan, bemerkte sie wie gelähmt, beide Male mit zwei Stunden voller harter sportlicher Übungen und Taktik-Theorie. Zum Glück lag das Fach in beiden Fällen am Ende des Schultags; zumindest konnte sie sich dann erholen, nachdem sie wieder bis an ihre Grenzen gegangen war.

Jeden Tag hatte sie auch eine Freistunde, aber sie wusste schon, dass diese nicht wirklich „frei" war. Stattdessen musste sie in diesen Stunden lernen. Jedes Fach hatte eine lange Literaturliste, die die Schüler in ihrer Freizeit abarbeiten sollten, und sie hatte das Gefühl, dass sie früher oder später Schwierigkeiten bekommen würde, wenn sie nicht ihre eigenen Nachforschungen anstellte. Außerdem gab es Fakten, die jeder, der hier aufwuchs, kannte – außer *ihr* –, und niemand hatte daran gedacht, sie aufzuklären, weil es den anderen so selbstverständlich erschien. Sie musste einfach immer weiter lernen und beten, dass das ausreichte, damit sie ohne größere Missgeschicke durchkam.

Zwei verschiedene Stunden waren mit einem schwarzen Zeichen markiert.

„Was ist das hier?“, fragte Emily.

„Fürs Erste kannst du es als Freistunden betrachten“, sagte Meisterin Irene. „Anders als bei den meisten Grundlagenkursen fängt in Alter Schrift in den nächsten Wochen kein Anfängerkurs an. Ich werde dir Bescheid geben, sobald der nächste Kurs eingerichtet worden ist. Lies einfach etwas zum Thema, wenn du Zeit hast.“

Emily stöhnte und rieb sich die Stirn. Es gab ja noch die Literaturlisten für die anderen Fächer, dazu die Bücher, die sie lesen musste, um zu lernen, wie sie sich verteidigen konnte, und dann noch die Geschichtsbücher über die Verbündeten Lande …

„Schüler“, bemerkte Meisterin Irene bitter. „Denk nur daran, dass Unwissen dir wirklich schaden kann.“

„Selbstverständlich“, sagte Emily. Hatte es nicht irgendeinen Witz zum Thema gegeben, dass Unwissen einem schaden konnte, weil es ursprünglich um tödliche Intrigen gegangen war? „Ich werde so schnell lernen, wie ich kann.“

„Und geh heute Nachmittag zum Sportplatz“, fügte Meisterin Irene hinzu. „Du solltest zumindest *eine* Partie *Ken* sehen.“

KAPITEL 16

Laut einem Buch über die Geschichte von Whitehall hatte sich ein Hexenmeister von ziemlich zweifelhaftem Verstand vorgenommen, das komplizierteste Spiel für künftige Hexenmeister zu erschaffen, das er nur konnte. Das Spiel, das daraus entstand, erforderte zwölf Spieler pro Mannschaft, vier verschiedene Seiten und – nur um alle durcheinanderzubringen, die nicht sowieso schon verwirrt waren – die Regeln änderten sich je nachdem, was die Spieler taten. Zwei Spieler in jeder Mannschaft wurden zufällig ausgewählt, um in Wirklichkeit als Verräter zu agieren, sie arbeiteten für die Gegenseite und konnten gewinnen, indem sie ihre eigene Mannschaft zum Verlieren brachten.

Emily hasste alle Mannschaftssportarten leidenschaftlich, doch *Ken* war ganz besonders absurd, vor allem wenn man daran dachte, wo es gespielt wurde. Die Arena hatte genauso flexible Dimensionen wie der Rest von Whitehall – und sie war riesig, so dass die Spieler reichlich Bewegungsfreiheit hatten. Und sie bewegten sich wirklich; manchmal warfen sie sich gegenseitig Bälle zu, während sie durch die markierten Gänge rannten; manchmal sprangen sie in Röhren und kamen auf der anderen Seite der Arena wieder heraus. Wenn ein Spieler von einem Ball getroffen wurde, musste er auf die Strafbank, wo Zuschauer zehn Minuten lang mit den Fingern auf ihn zeigten und ihn auslachten, es sei denn, er hatte zufällig einen der anderen Bälle in der Hand gehabt, als er getroffen wurde. Wenn er einen roten Ball bei sich hatte, flog er komplett aus dem Spiel und wurde ausgebuht, während er aus der Arena kroch; ein gelber Ball bedeutete, dass er den Ball abgeben musste, indem er ihn einem Spieler der Gegenseite zuwarf; ein grüner Ball bedeutete, dass er einen Freiwurf bekam. Selbstverständlich wechselten die Bälle völlig zufällig die Farbe. Ein Spieler, der einem grünen Ball hinterherhechtete, entdeckte vielleicht – zu spät –, dass er einen roten gefangen hatte.

Es schien Emily, als hätte der Erfinder Fußball, Basketball, Paintball und Völkerball zu einem einzigen Spiel zusammengemischt, das in einem Klettergerüst für Kinder gespielt wurde.

Punkte gab es, wenn man den Ball durch einen Reifen warf oder andere Spieler auf die Strafbank beförderte – oder sie gleich ganz aus dem Spiel warf. Der Schiedsrichter durfte anscheinend Zusatzpunkte vergeben, wenn die Spieler Initiative zeigten, indem sie zum Beispiel schlicht und einfach den Ball vom Boden aufhoben oder einen anderen Spieler verhexten, so dass alle wild gegeneinander kämpften. Niemand wusste, was *das* bringen sollte, stand in dem Geschichtsbuch, weil das ursprüngliche Regelwerk vor Jahrhunderten verloren gegangen war. Emily, die sich an die Fußballfans zu Hause erinnerte, hatte den Verdacht, dass es einfach nur darum ging, etwas zu legalisieren, das sowieso passierte. Jedenfalls konnte ihr niemand das Gegenteil beweisen.

Nachdem der Hexenmeister die Regeln erfunden hatte, war ihm nichts mehr eingefallen und er hatte das Spiel nach sich selbst benannt. *Ken* – der Name hing mit „kennen" oder „wissen" zusammen, nicht mit Barbies Freund – war seitdem immer ziemlich gleich gespielt worden … und nach der Anzahl der Schüler zu urteilen, die lauthals am Spielfeldrand jubelten, während die vier Mannschaften um den Sieg kämpften, war es bis heute ein sehr beliebtes Spiel.

„Langweilig", verkündete Imaiqah von ihrem Platz auf dem kleinen Hügel. „Du solltest lieber ein Buch lesen."

Emily konnte ihr nicht widersprechen. „Vielleicht sollten sie besser eine Runde auf Hexenbesen spielen", sagte sie. „Mit Bällen, die die Spieler von ihren Besen stoßen, einem harten Untergrund und einem goldenen Kolibridingsda, das das Spiel so sehr aus dem Gleichgewicht bringt, dass jeder, der es fängt, den Sieg fast sicher hat."

Imaiqah warf ihr einen seltsamen Blick zu. „Nur ein ungeschulter Magier würde es riskieren, auf einem Besen zu fliegen. Ein ausgebildeter Magier sollte wissen, wie viele Zaubersprüche einen Besen und seinen Reiter vom Himmel holen können."

„Oh", machte Emily. Vielleicht sollte sie versuchen, genau *diesen* Sport einzuführen, und sehen, wie er in Wirklichkeit funktionierte. „Woher weiß man überhaupt, wann eine Mannschaft gewonnen hat?"

„Bei einer Meisterschaft spielen sie so lange, bis nur noch eine Mannschaft in der Arena ist", sagte Imaiqah. „Hier gibt es ein Zeitlimit." Sie zeigte auf eine große Sanduhr am Rand des Spielfeldes. „Die Mannschaft mit den meisten Punkten – abzüglich verlorener Spieler und Fouls – gewinnt das Spiel. Wenn du es schaffst, einen Außenseiter-*Ken* abzuliefern, wirst du dein Leben lang gefeiert."

Emily blinzelte. „Einen Außenseiter-*Ken*?"

„Wenn man alle seine Spieler verliert, aber trotzdem nach Punkten gewinnt", sagte Imaiqah. „Das passiert nicht sehr oft."

„Ah ja", sagte Emily. Natürlich passierte das nicht sehr oft; eine Mannschaft, die völlig vom Feld geschlagen war, verlor nicht nur Punkte für jeden Spieler, der gehen musste, sondern gewann auch später keine neuen Punkte hinzu. „So eine Mannschaft müsste ja Tausende von Punkten angesammelt haben, bevor sie aus dem Spiel flog."

„Jepp", sagte Imaiqah. „Besenstiel. Hast du von Besenstiel gehört?"

Emily sah sie scharf an. War das ein schmutziger Witz? „Nein", sagte sie langsam. „Warum …?"

„Besenstiel ist Schülerin der dritten Jahrgangsstufe", erklärte Imaiqah. „Sie hat nie ihr Zimmer geputzt, obwohl ihre Zimmergenossin sie immer wieder daran erinnert hat. Sie haben keine Punkte für Sauberkeit verdient, weil sie so unordentlich war und Kleider und Essensreste überall rumliegen ließ, also litt die Zimmergenossin auch darunter. Irgendwann bekam sie zu viel und verwandelte Besenstiel in einen Besen."

Sie kicherte. „Aber die Zimmergenossin machte beim Zaubern einen Fehler", fuhr sie fort. „Besenstiel bekam einige der Eigenschaften eines Besenstiels. Sie dachte, sie gehöre ihrer Zimmergenossin und dass man sie verwenden würde, um das Zimmer zu putzen … sie war völlig besessen von der Idee, alles zu putzen, nachdem man sie endlich wieder in einen Menschen verwandelt hatte. Manche Leute sagen, sie hätten gesehen, wie sie an die Wand gelehnt dastand und darauf wartete, dass man sie verwendete."

Emily schauderte. „Das klingt nicht sehr lustig", sagte sie schließlich. Es war eine absolut grauenvolle Geschichte, deren Implikationen sie frösteln ließen. „Was hat die Zimmergenossin falsch gemacht?"

„Wir haben alle einen Vortrag darüber gehalten bekommen, als wir in den Fortgeschrittenenkurs Zaubersprüche kamen", sagte Imaiqah. Anders als Alassa hatte sie den Grundkurs Zaubersprüche tatsächlich geschafft, bevor Emily in Whitehall aufgenommen worden war. „Die Zimmergenossin hat nicht festgelegt, dass ihr Geist nicht vom Zauber betroffen sein sollte, weil sie nicht dachte, dass es irgendwelche nachteiligen Nebenwirkungen *geben* würde; nicht so, wie wenn man eine Stunde lang ein Frosch ist und dann die ganze Woche lang versucht, Fliegen aus der Luft zu schnappen. Die unerforschte Variable beeinflusste also ihren Geist ...“

„Mein Gott", sagte Emily. „Und *das* gilt als harmloser Streich?"

„Nein", sagte Imaiqah jetzt ernsthafter. „Ich glaube, die Zimmergenossin bekam eine harte Strafe, aber Besenstiel musste von selbst gesund werden. Die Druiden konnten nicht viel für sie tun, ohne das Problem zu verschlimmern.“

Ein Jubeln rauschte von den Zuschauerbänken zu ihnen herüber, als einer der Spieler ein Tor warf und zehn Punkte für seine Mannschaft holte. Zwei andere Spieler kreisten ihn ein und warfen gleichzeitig ihre Bälle, so dass er sich wegducken und einen Schutzzauber sprechen musste. Laut der Spielregeln durften Schutzzauber nicht länger als zehn Sekunden anhalten und nur alle fünf Minuten angewendet werden, ansonsten musste der glücklose Spieler auf die Strafbank. Emily rollte mit den Augen, als die Zuschauer schadenfroh die Sekunden herunterzählten; mit zwei Sekunden Puffer wurde der Zauber aufgehoben.

Imaiqah hustete, vielleicht weil sie spürte, dass Emily beim Thema geistige Veränderungen durch Verwandlung nicht wohl war. „Ich habe mit deinen Zahlen geübt", sagte sie und hielt ein

Blatt Papier hoch. „*Und* mit deinem Buchhaltungssystem. Mein Vater wird begeistert sein."

Emily nahm das Blatt und überflog es schnell. Sie hatte doppelte Buchführung erwähnt, als ihr aufgegangen war, dass Imaiqah, die Tochter eines Händlers, noch nie davon gehört hatte; doch sie hatte nicht erkannt, dass es in ihrer Welt keine arabischen Ziffern gab, bis sie Imaiqahs erste Buchhaltungsseite gesehen hatte. Ihr Vater hatte Imaiqah ein kleines Taschengeld gewährt und – wie sie widerwillig zugab – erwartete er, dass sie über alles, was sie kaufte, Rechenschaft ablegte. Emily hatte die Zahlen aufgeschrieben, die sie aus ihrer Welt kannte, und Imaiqah beigebracht, wie man sie anwendete. „23" war sehr viel einfacher als etwas, das mit „XXIII" vergleichbar war – und *das* war ein vergleichsweise einfaches Beispiel. Wer hätte gedacht, dass man für Buchhaltung im Mittelalter eine komplette Buchhalter-Gilde brauchte, weil selbst die Gebildeten nicht mit den Zahlen zurechtkamen?

„Erzähl ihm davon", schlug Emily vor. Für diese Idee würde sie kein Copyright beanspruchen können, aber sie würde dazu beitragen, dass Imaiqahs Vater sie als Quelle weiterer geschäftsträchtiger Ideen sehen würde. „Und warum erwähnst du bei dieser Gelegenheit nicht auch die andere Idee?"

Imaiqah wurde rot. „Ich muss sehen, was er sagt", sagte sie schließlich. „Er wird vielleicht Schneider anstellen müssen, wenn er Kleidung fürs Geschäft herstellen möchte ..."

Emily lächelte. Auf die Idee der Massenproduktion war in dieser Welt auch noch niemand gekommen – ihre Gelegenheit, das Thema jemandem zu skizzieren, der vielleicht auf sie hören würde. Statt einer Handvoll hochspezialisierter Handwerker sollte man eine große Anzahl Arbeiter die Güter Teil für Teil herstellen lassen, hatte sie vorgeschlagen, wobei sie sich gewünscht hatte, dass sie besser aufgepasst hätte, als das Thema zu Hause zur Sprache gekommen war. Sie war sicher, dass noch mehr dahintersteckte; zweifellos würde jemand, der sich mit Geld an der Sache beteiligte, die Idee ausbauen, wenn er sie erst einmal verstanden hatte. Schneider würden ihre Waren vielleicht nicht mehr direkt verkaufen müssen, wenn sie sich mit Händlern zusammentaten.

Die Zuschauer jubelten wieder und Emily rollte mit den Augen. Noch ein Trick, der in die Arena eingebaut war, war ein Zauber, der es den Zuschauern ermöglichte, das Geschehen uneingeschränkt zu verfolgen, egal, wie weit sie von den Schutzschirmen entfernt saßen, die den Spielfeldrand kennzeichneten. (Anscheinend galt es als Verweis, wenn man das Spielfeld ohne Erlaubnis verließ, so dass die Spieler immer wieder versuchten, ihre Gegner mit Tricks zum Durchqueren der Schutzschirme zu bewegen.) Doch sie musste zugeben, dass *Ken* sie nicht wirklich *interessierte* – sie würde nicht gut darin sein.

Bei all den Geschichten, die sie gelesen hatte und die an Schulen spielten, war die Hauptfigur immer ein Sport-Ass gewesen. Aber so lief das im echten Leben nicht ab.

Oder vielleicht *hatte Ken* einen Sinn, der im Buch nicht vorgekommen war. Wer *Ken* spielte, dachte in der Regel sehr schnell, reagierte und zauberte, ohne innezuhalten und sich konzentrieren zu müssen. Die Verbündeten Lande waren im Krieg – so schwer man sich das vorstellen konnte, während die Sonne hoch über ihnen schien und lange Strahlen über die nahen Berggipfel warf – und Kampfmagier wurden dringender gebraucht als Sportidole.

„Komm", sagte Emily. Sie stand auf. „Lass uns die Tiere besuchen."

Das Schulgelände änderte sich ohne Vorwarnung; jedes Mal, wenn sie aus dem Fenster sah, sah sie etwas anderes. Das Schloss war so von Magie durchtränkt, dass es eine bemerkenswerte Wirkung auf die Umgebung hatte. Ohne das Amulett, das Madame Razz ihr gegeben hatte, hätte Emily sich kein bisschen zurechtgefunden, das wusste sie genau.

„Was würde geschehen", fragte sie beim Gehen, „wenn die Zauber, die die Schule stabilisieren, zusammenbrechen würden?"

Imaiqah überlegte. „Eine eingekapselte Dimension würde entweder verschwinden oder alles, was darin ist, zurück in die normale Welt katapultieren", sagte sie. „Professor Theta sagte, ein ausgebildeter Dimensions-Zauberer könne fast überall Geld verdienen, aber ich müsse erst drei Jahre lang studieren. Er sagte auch, dass man, wenn man die Koordinaten einer Dimension kenne, das Tor nach Belieben öffnen und schließen könne, ohne es an etwas in unserer Welt zu verankern."

Emily analysierte das gedanklich. Whitehall war so riesig – größer als die TARDIS, vermutete sie –, dass bei einem Zusammenbruch der Zauber alle umliegenden Landstriche vollkommen zerstört würden. Sie hatte sich gefragt, warum Whitehall vom Rest der Verbündeten Lande so abgeschnitten war – und es auch ohne die Nekromanten gewesen wäre –, aber vielleicht war das der Grund. Wenn die Schule zerstört würde, wären unschuldige Passanten weniger gefährdet.

Sie gingen durch ein weiteres Miniaturdorf – ohne erkennbaren Zweck, soweit Emily das sehen konnte – und in den Garten der Versteinerten Philosophen. Emily hatte gehört, dass Schüler, die immer wieder in der Bibliothek redeten, obwohl sie bei jedem Verstoß eine Stunde lang zur Statue wurden, schließlich für immer verwandelt und als Warnung für kommende Generationen im Garten aufgestellt wurden. Sie hoffte wirklich, dass das ein Witz war. Wenn sie sich die Statuen so ansah, schienen sie alle ältere Männer darzustellen, nicht die Schüler, die sie kannte. *Wahrscheinlich* war es ein Witz.

„Die Statue da erschreckt mich jedes Mal", gestand Imaiqah und zeigte auf eine Statue, die allein in der Mitte des Gartens stand. Sie zeigte einen Engel, der sein Gesicht mit den Händen bedeckte. Emily sah ihn an und dachte an die Wesenheiten, die sie als Shadyes Gefangene und hilflose Opfer gesehen hatte. Etwas an der Statue machte es ihr schwer, wieder wegzusehen.

Sie fand ihre Stimme wieder. „Was ist das?"

„Niemand weiß es", sagte Imaiqah. Sie betrachtete das Gras zu ihren Füßen. „Man sagt, da draußen gibt es magische Geschöpfe, die wir noch nie katalogisiert haben, weil niemand zurückkehrt, um von ihrer Existenz zu berichten."

„Du da", fauchte eine Stimme. Emily sah abrupt auf. Alassa kam hinter den Bäumen hervor, die sie verdeckt hatten, begleitet von zwei Kumpaninnen. Alle drei hielten Zauberstäbe in den Händen. „Weißt du, was du mir angetan hast?"

Emily funkelte sie an, Wut stieg in ihr auf. „Weißt du, was du *mir* angetan hast?"

Alassa fuchtelte drohend mit ihrem Stab. Emily zögerte. Wer einen Stab verwendete, zeigte damit, dass er kein ausgebildeter Magier war, aber er konnte durchaus ein *starker* Magier sein. Und *sie* hatte noch nie einen Zauberstab benutzen dürfen. Auch Aloha hatte sie noch nie einen verwenden sehen – und ihre Zimmergenossin wollte Kampfmagierin werden. Funken sprühten aus der Spitze von Alassas Zauberstab, doch Emily wich nicht zurück. Auf gar keinen Fall würde sie gegenüber der königlichen Tyrannin einknicken.

„Ich habe dir gegeben, was du verdient hast, du widerwärtige *Gemeine*", fauchte Alassa. „Du ..."

Ihr fehlten die Worte, während Emily sie ungläubig anstarrte. Entsetzen stieg langsam in ihr auf. Alassa musste durch ihre Erziehung mit jeder Faser ihres Wesens *wissen*, dass sie zum Herrschen geboren war – und dass alle, die zufällig als Teil des gemeinen Volkes geboren waren, ihre Diener waren. Sie durfte nicht daran zweifeln, nicht einmal ein kleines bisschen – und es würde alles rechtfertigen, was sie tun wollte. Nein, sie würde sich noch nicht mal mit Rechtfertigungen abgeben. Sie fühlte sich so klar überlegen, dass sie sich nicht davon überzeugen musste, ob ihre Handlungen rechtens waren.

Das war falsch. Das war vollkommen falsch. Es war so falsch, dass es ohne Frage falsch war. Und es war so grundlegend falsch, dass Emily kaum erklären konnte, *warum* es falsch war.

Alassas Hand bewegte sich und ein Zauber sprang Emily entgegen. Er traf Emilys Schutzschirme und prallte ab. Magie knisterte auf ihrer Haut, bevor sie sich wieder mit dem Hintergrund-*Mana* vereinte.

Emily begann, selbst einen Zauber zu sprechen – einen Erstarrungszauber, den sie für Notfälle auswendig gelernt hatte –, doch eine von Alassas Spießgesellinnen wehrte ihn ab.

Eine Sekunde später traf Alassa sie mit einem zweiten Zauber. Emilys Schutzschirme wurden weggerissen.

Alassas dritter Zauber traf mit voller Wucht auf Emilys ungeschützten Körper.

Sie versuchte, den Mund zu öffnen, doch ein schauderhaftes Kribbeln lief über ihren Körper und die Welt verschwamm.

Alassas Zauber schien stärker zu werden, während die Welt zusammenschrumpfte, und irgendwie schien er Emilys Geist von ihrem Körper zu entfernen. Plötzlich war es sehr schwer, etwas zu hören … in einem Anflug blanken Entsetzens ging ihr auf, dass Alassa sie in etwas Kleines und Unbewegliches verwandelt haben musste.

Imaiqahs Worte fielen ihr wieder ein und sie fragte sich, ob sie gleich glauben würde, ein Besenstiel oder etwas noch Schlimmeres zu sein. Doch Alassa konnte nur Zauber sprechen, die sie auswendig gelernt hatte. Niemand würde ihr einen mangelhaften Zauber beigebracht haben …

Zumindest hoffte Emily das. Vielleicht hatte jemand Alassa in der Hoffnung, dass er ihr eine schlechte Gewohnheit beibrachte, einen nutzlosen Spruch gelehrt. Doch dieser Gedanke war zu erschreckend, um ihn weiter zu verfolgen …

Die Welt war zu einer verwirrenden Landkarte aus Eindrücken verschwommen. Womöglich hatte sie keine Augen mehr, wie konnte sie dann sehen? Doch Emily sah auf jeden Fall etwas … Alassa und ihre Spießgesellinnen drangen auf Imaiqah ein, sie wollten dem Mädchen aus dem gemeinen Volk eine üble Lektion erteilen, weil sie es gewagt hatte, sich mit jemand anzufreunden, der ihr vielleicht helfen konnte, ihre Rechte einzufordern. Wörter drangen zu ihr durch, als hörte sie sie unter Wasser: Alassa drohte, Imaiqah bettelte … sie klang völlig verängstigt. Alassa würde Imaiqah hänseln und quälen und dann würde Alassa tun, was immer sie einem hilflosen Mädchen antun wollte.

Wut brannte in Emily, als sie mit dem Zauber kämpfte, den Alassa auf sie gelegt hatte. Es hätte so einfach sein müssen, einen Bannzauber zu formulieren, doch es war schwer, einen klaren Gedanken zu fassen, während ihr Verstand langsam betäubt wurde. Der Geist eines Menschen musste an einen anderen Ort versetzt werden, wenn man seinen Körper verwandelte, ging ihr auf, während sie mit Alassas Zauber kämpfte. Die Alternative war das, was der armen Besenstiel passiert war.

Imaiqah schrie.

Emily ließ alle Vorsicht fahren. Sie schleuderte all das *Mana*, das sie heraufbeschwören und lenken konnte, gegen Alassas

Zauber. Der Zauber löste sich ganz einfach auf und die Welt drehte sich wie verrückt um Emily, als sie in ihre menschliche Gestalt zurückfand. Irgendwie machte die Wut es leichter, ihre Magie bei sich zu behalten.

Ihre Augen wurden wieder normal. Sie sah deutlich, dass Imaiqahs Gesicht Prellungen hatte; sie war geschlagen worden, heftig. Und sie war so verängstigt gewesen, dass sie noch nicht einmal versucht hatte, sich zu verteidigen.

Alassa drehte sich um und hob ihren Stab. Ihr Gesicht verzerrte sich in erschrockener Ungläubigkeit.

Emily war so wütend, dass sie kaum denken konnte. Zwei Zaubersprüche fielen ihr ein, die sie auswendig gelernt hatte und die beide darauf ausgerichtet waren, eine Schultyrannin auszubremsen. Sie zögerte, nur eine Sekunde zu lang – welchen sollte sie nehmen?

Alassa begann einen weiteren Spruch zu sprechen …

Emily spürte die Magie aufwallen und wusste, dass sie den Zeitpunkt verpasst hatte. In Panik versuchte sie, beide Sprüche gleichzeitig zu sprechen. *Mana* blitzte durch ihren Körper und ließ sie auf die Knie fallen. Sie hörte dumpf, wie jemand vor Schmerzen schrie. Alassa? Oder schrie Emily selbst? Sie kniff die Augen zu, als ein grelles Licht auf ihre Augenlider brannte. Ihr Kopf schmerzte, als hätte sie sich im Kopf heftig übergeben oder ein Rauschmittel eingenommen.

Sie schaffte es, die Augen zu öffnen. Dann wich sie entsetzt zurück.

Alassa lag betäubt vor ihr am Boden …

… und ihr Unterkiefer war verzerrt und in schauerlichen gelben Stein verwandelt.

KAPITEL 17

Was hatte sie *getan*?

In der Ferne hörte Emily jemanden schreien, aber sie konnte die Augen nicht von Alassas Gesicht abwenden. Was hatte sie getan?

Alassa schien mitten in der Verwandlung stecken geblieben zu sein, als hätte die Verwandlung auf halber Strecke aufgehört. Der düstere Teil von Emilys Verstand machte sie darauf aufmerksam, dass es ein Glück war, dass Alassa ohnmächtig war, ansonsten hätte sie jetzt schreckliche Schmerzen; der andere Teil von ihr fragte sich, ob sie die Tyrannin direkt *getötet* hatte. Was, wenn es so war? Sie war so glücklich gewesen in Whitehall, so glücklich, dass sie nie ernsthaft *überlegt* hatte, nach Hause zurückzukehren. Man würde sie von der Schule verweisen und dann würden Alassas königliche Eltern sie umbringen …

Eine Hand packte sie und schüttelte sie unsanft.

Emily drehte sich um und sah einen der Lehrer, einen älteren Mann, den sie nicht kannte. Ein weiterer Lehrer mit schmutzigschwarzem Haar und einem unangenehm gelblichen Gesicht hob Alassa mit Hilfe von Magie hoch, dann verschwanden beide in einem Lichtblitz. In Richtung der Krankenstation von Whitehall, hoffte Emily und betete heimlich, dass sie nicht zur Leichenhalle unterwegs waren.

Was hatte sie getan?

Gemischte Magie, erwiderte ein Teil ihres Verstandes. Zwei Zaubersprüche. Sie hatte versucht, zwei Zauber auf einmal zu sprechen und so eine Wechselwirkung erzeugt.

Wie *hatte* sie nur so dumm sein können? Besenstiels Zimmergenossin war im Vergleich zu Emily ein Genie gewesen. Emily hatte zugelassen, dass Wut und Hass ihr die Kontrolle raubten. Sie hätte sich und Imaiqah schützen und *dann* einen einzigen Zauber auf Alassa legen können, oder sie hätte die Tyrannin einfach mit der Faust ins Gesicht schlagen können. In einer Welt, wo man Magie über alles stellte, hätte Alassa vielleicht nicht daran gedacht, sich vor körperlichen Schlägen zu schützen.

Wieder drehte sich alles in ihrem Kopf. Emily fühlte sich, als müsse sie sich gleich übergeben. Was hatte sie getan?

Vielleicht würde sich Alassa nie erholen oder … vielleicht hatte sie das Mädchen auf ewig verstümmelt oder … zu viele erschreckende Möglichkeiten gingen ihr blitzschnell durch den Kopf. Sie hätte genauso gut mit einem Gewehr spielen können, ohne zu wissen, dass es geladen war, bis sie abdrückte … nein, sie hatte *gewusst*, dass Magie sehr gefährlich sein konnte.

Es gab keine Entschuldigung für ihr Verhalten.

Das Gesicht des Lehrers zeigte nichts als grimmigen Ärger. Emily konnte ihm keine Vorwürfe machen.

Eine Menge Zuschauer hatten sich versammelt, um ihre Scham und Erniedrigung zu beobachten. Emily wollte sich verstecken, aber wohin konnte sie flüchten? Alle würden wissen, dass sie Alassa beinahe umgebracht hatte, selbst wenn die königliche Prinzessin wahrhaftig eine Strafe für ihre Tyranneien verdient hatte. Was würden sie von ihr denken, jetzt, wo ihr die Meinung Gleichaltriger endlich etwas *bedeutete*?

Vielleicht sollte sie sich umbringen. Schon vor Jahren hatte sie über Selbstmord nachgedacht, als ihr klar geworden war, wie wenig Gutes ihre Zukunft versprach; doch was sie jetzt getan hatte, war viel schlimmer, als nur eines sinnlosen Lebens müde zu sein. Ein Mädchen war schwer verletzt worden, fast getötet, und es war alles Emilys Schuld. Sie konnte sich der Verantwortung nicht entziehen, sie hatte die Kontrolle über ihre eigene Magie verloren. Ein paar Sekunden *Bedenkzeit* und sie hätte Alassa eine Lektion erteilen können, ohne sie fast umzubringen.

Sie schluckte und sah zu dem Lehrer auf. „Geh zur Schandhalle", sagte er mit einer Stimme, die keinen Widerspruch duldete. „Jetzt!"

Emily nickte sehr langsam. Irgendwie – auf wackeligen Beinen, die ihr nicht gehorchen wollten – schaffte sie es, zum nächstgelegenen Schlosseingang zu gehen. Die Schülermenge wich zurück, als hätte sie eine ansteckende Krankheit, mit der sie sich nicht infizieren wollten. Keiner der Lehrer sah glücklich aus; jeder, der jetzt etwas Falsches sagte, würde es garantiert sehr lange bereuen.

Sie spürte, wie sich Augen in ihren Rücken bohrten, als sie den Eingang erreichte und das Schloss betrat. Irgendwie – vielleicht nicht überraschend – führte der Eingang sie direkt in die Schandhalle.

Sie hatte diesen Ort schon einmal gesehen, bei ihrer Ankunft im Schloss. Schüler, die die Regeln übertreten hatten, wurden hierhergeschickt, um auf ihr Urteil zu warten, auch wenn ihr nicht klar war, wer das Urteil fällte. Irgendwie zweifelte sie daran, dass ein x-Beliebiger über ihr Schicksal entscheiden würde. In diesem Augenblick wusste der Großmeister wahrscheinlich schon Bescheid und erörterte ihre Zukunft mit Void. Sie konnte sich genau vorstellen, was der Hexenmeister, der sein eigenes Leben riskiert hatte, um ihres zu retten, sagen würde, wenn er erst hörte, dass sie sich selbst die Zukunft ruiniert hatte. Und Alassas Eltern würden ihren Tod fordern …

… Emily schauderte. Sie wusste nicht, was sie tun sollte. Vielleicht konnte sie einfach davonlaufen.

„Hallo", sagte eine Stimme.

Sie blickte auf und sah Jade vor sich stehen. Sie blinzelte, um besser zu sehen. Sicher würden sie sie aus Kampfmagie werfen, selbst wenn sie an der Schule bleiben durfte.

Seine Stimme war überraschend leise, fast sanft. Doch er wusste nicht, was sie getan hatte. „Was machst *du* hier?"

Emily schüttelte den Kopf. Sie wollte nicht darüber sprechen. „Was machst *du* hier?"

„Ich bin Präfekt", erinnerte Jade sie. „Ich bin an der Reihe, die Schandhalle zu beaufsichtigen."

Natürlich, erkannte Emily. Ein potenzieller Kampfhexer wie er sollte Führungserfahrung haben, wenn er in den Krieg ziehen musste.

Jade warf demonstrativ einen Blick in beide Richtungen des Ganges. „Du scheinst allein zu sein", sagte er nach einem Augenblick. „Niemand gerät je in Schwierigkeiten, während ein *Ken*-Kampf ausgetragen wird."

Emily wurde rot und zwang sich, nicht zu weinen. Sie würde definitiv in die Annalen der Schule eingehen, vielleicht unter der Überschrift „So nicht!" Und dann hatte es auch noch etwas mit Sport zu tun …

Sie blickte zu Boden; er sollte nicht sehen, dass ihr die Tränen in die Augen stiegen. „Bin ich die schlimmste Schülerin der Schule?"

Jade fasste ihre Schulter und schüttelte sie sanft. „Du bist erst eine Woche hier. Glaubst du, du bist schlimmer als die Idiotin, die meinte, ein Hai sei ein gutes Haustier? Sie verwandelte ihn in eine Katze und nutzte ihn als magisches Begleittier. Das Monster hat jeden gekratzt, bis es in der Küche verschwand und nie wieder auftauchte."

Emily starrte ihn an. Sie fragte sich, warum seine Berührung sie tatsächlich beruhigte. „Hat der Hai Leute umgebracht?"

„Nein, aber einige von ihnen wünschten, sie wären tot", sagte Jade, der das komischerweise lustig fand. „Hat man dir gesagt, wie lange du hierbleiben sollst?"

„Nein", gab Emily zu. Ihr liefen immer noch Tränen übers Gesicht. Er reichte ihr ein Taschentuch, so dass sie die Tränen abtrocknen konnte. „Ich weiß nicht, wie lange ich hierbleiben soll."

„Das ist ein schlechtes Zeichen", sagte Jade. Er sah aus, als wollte er neugierige Fragen stellen, vor allem seit sie gefragt hatte, ob die Hai-Katze jemanden umgebracht habe, aber er hielt den Mund. „Siehst du die Markierungen auf dem Boden? Stell dich da hin, so still du kannst, und leg die Hände auf den Kopf. Irgendwann wird man dich ins Büro des Aufsehers rufen, wo …"

Das Urteil fallen wird, dachte Emily taub. „Was passiert, wenn ich mich bewege?"

„Der Aufseher wird das mitbekommen und in seine Überlegungen einfließen lassen", sagte Jade. „Verärgere ihn nicht, egal, was du sonst noch anstellst."

Emily kicherte beinahe. Als ob das noch etwas ausmachen würde!

„Danke", sagte sie schließlich. Sie tupfte sich die Augen ab und reichte ihm das Taschentuch zurück. „Ich … danke."

Die Schandhalle kam ihr größer vor, als sie sie in Erinnerung hatte, aber sie war ja auch die einzige Schülerin hier. Sie hielt vor den glühenden Markierungen an, zögerte und trat schließlich darauf. Ihr ging auf, dass jeder, der hier vorbeikam, sie sehen würde und wissen würde, dass sie gerade bestraft wurde. *Wahrscheinlich hat auch jeder schon Gerüchte gehört*, dachte sie verbittert. Das Schicksalskind, das auf einem Drachen angereist war, hatte beinahe eine Mitschülerin getötet. Vielleicht *hatte* sie sogar eine Mitschülerin getötet.

„Hände auf den Kopf", rief Jade. „Jetzt, wenn es dir nichts ausmacht."

Emily zögerte, dann gehorchte sie langsam. Die Stellung war unglaublich erniedrigend, jeder sollte deutlich sehen können, dass sie *wirklich* bestraft wurde. Kein Wunder, dass diese Strafe so wirksam war … Ihr Magen rumorte, während sie daran dachte, was sie getan hatte und wie bestürzt Alassas Kumpaninnen ausgesehen hatten. Vielleicht hatten die Eltern der Prinzessin diese Mädchen *ermutigt*, Alassa zu beschützen. Wenn dem so war, dann war Alassa schwer verletzt worden, während sie auf sie aufpassen sollten. Aber vielleicht waren sie auch dazu ermutigt worden, ihr eine bessere Lebensführung aufzuzeigen …

Aber das war alles egal, sagte sie sich müde. *Sie* war selbst für ihre Taten verantwortlich, auch dafür, dass sie nicht nachgedacht hatte, bevor sie handelte. Alle Ausreden der Welt würden diese einfache Tatsache nicht verändern. Was Alassa zugestoßen war, *war* ganz allein ihre Schuld.

Die Zeit verrann langsam, bis es ihr so vorkam, als hätte sie schon Stunden in dem Gang gewartet. Irgendwie schaffte sie es, bis auf ein paar Zuckungen still stehen zu bleiben, doch ihre Arme schmerzten allmählich in der unbequemen Stellung. Ihr Blick huschte umher.

Jade saß an seinem Tisch und las ein Buch. Wie konnte er in einem solchen Augenblick lesen?

Sie hatte solches Muffensausen, dass ihr schon fast schwindelig war. Gott allein wusste, warum es so lange dauerte, bevor man sie zur Urteilsverkündung rief. Wie lange stand sie überhaupt schon in der Schandhalle?

Eine Stimme hallte durch den Gang. „Emily. Komm ins Büro."

Emilys Arme knacksten, als es ihr gelang, ihren Körper zu bewegen. Sie hatte leichte Krämpfe, während sie auf die schwere Holztür zuging. Sie ging nicht auf, als Emily näher kam, so dass sie sie mit bloßen Händen öffnen musste. Noch mehr Salz auf ihre Wunden. Ihre Arme schmerzten beim Öffnen der Tür, doch das war egal. Sie fühlte sich, als ginge sie zu ihrer eigenen Hinrichtung.

Sie trat ein und sah sich um. Das Büro des Aufsehers war vollkommen kahl, abgesehen von einem Tisch, zwei Stühlen, die an der hinteren Wand standen, und einem abgeschlossenen Schrank. Es gab überhaupt nichts Persönliches. Eine einzelne glühende Lichtkugel schwebte in der Luft und warf einen kalten Schein über den gesamten Raum. Das Ganze sah dadurch ziemlich genau nach einer Gefängniszelle aus.

Der Aufseher – jedenfalls ging sie davon aus, dass es der Aufseher war – saß an seinem Tisch. Er trug eine Mönchskutte, die so verzaubert war, dass sie sein Gesicht in Dunkelheit hüllte. Emily versuchte, in den Schatten zu blicken, und sah nichts, noch nicht einmal die Andeutung menschlicher Gesichtszüge unter der Kapuze. Ein Schauder lief ihr über den Rücken, als sie vor dem Tisch stehen blieb. War er überhaupt *menschlich*? Er musste einen Grund dafür haben, dass er seine Identität verbarg.

„Emily", sagte der Aufseher. Seine Stimme war fast völlig tonlos und sie fragte sich, ob er seine Stimme genau wie sein Gesicht mit Magie unkenntlich machte. „Was genau ist heute geschehen?"

Emily schluckte und begann zu erklären. Der Aufseher hörte aufmerksam zu. Wie der Großmeister schien er zuhören zu können, ohne sein Gegenüber mit dummen Fragen zu unterbrechen. Alassa hasste sie und ihre Freundin, Alassa hatte sie verwandelt und Imaiqah verletzt – und Emily hatte zugeschlagen, ohne nachzudenken. Am Ende gab sie zu, dass es ihre Schuld war, dann schwieg sie und wartete darauf, was der Aufseher sagen würde. Was auch immer nun kommen mochte, sagte sie sich selbst, sie würde es ertragen können.

„Deine beiden Sprüche sind miteinander verschmolzen und hatten eine unerwartete Wirkung", sagte der Aufseher. „Du hast ihren Unterkiefer in Stein verwandelt."

Er hielt inne, als warte er auf Emilys Reaktion. Emily sagte nichts, obwohl sie innerlich erleichtert war. Wenigstens hatte sie Alassa nicht *umgebracht* ...

„Einen Zoll weiter oben, und du hättest sie getötet", fügte der Aufseher hinzu. Seine Stimme war immer noch tonlos, aber sie glaubte, hinter der Maske kalten Ärger zu spüren. „Du hast keinen der Sprüche besonders gut fokussiert, darum gab es am Ende gar keinen Fokus. Der Zauber hätte einen Teil ihres Gehirns in Stein verwandeln können, während der Rest Fleisch und Blut blieb. Das Ergebnis wäre tödlich gewesen."

Emily wurde blass. Ein Mensch konnte eine der Variablen in einem Zauberspruch sein; so viel hatte sie dann doch von Professor Lombardi gelernt. Alassas ganzen Körper in Stein zu verwandeln hätte sie nicht getötet – es war jedenfalls nicht tödlich, wenn es allzu lauten Schülern passierte –, doch wenn die Hälfte ihres Gehirns nicht mehr richtig funktioniert hätte, würde auch die andere Hälfte nicht funktionieren. Emily wusste sehr wenig über die Funktionsweise von Gehirnen, doch sie verstand, dass der Zauber tödlich gewesen wäre. Und sie hatte sich noch nicht einmal die Mühe gemacht, richtig zu zielen!

„So wie es ablief, wurde Alassa von dem Schock ohnmächtig", sagte der Aufseher. „Das ist ihr Glück; die Heiler mussten das, was du angerichtet hast, sorgfältig rückgängig machen; hätte sie um sich geschlagen und versucht, sich selbst mit Heilzaubern zu retten, hätte sie das Problem wahrscheinlich nur verschlimmert. Aber auch so hättest du sie leicht auf ewig verstümmeln können."

Emily schluckte. Eines der Bücher, das sie für den Grundkurs Zaubersprüche gelesen hatte, handelte von Heilzaubern – und schon auf der ersten Seite wurden die Schüler ermahnt, *niemals* zu versuchen, sich selbst zu heilen, solange jemand anders in Rufweite war. Die Gefahr, dass der Zauber schiefging, wenn der Zaubernde Schmerzen hatte, war einfach zu groß; weiterer Schaden konnte entstehen, den nur ein ausgebildeter Heiler wieder rückgängig machen konnte.

„Das hast du zum Glück nicht getan, doch es kann gut sein, dass du ihr für die Zukunft weitere Probleme verursacht hast." Die

Stimme des Aufsehers wurde fester, dunkler. „Teil-Verwandlungen sind *immer* gefährlich. Der Spruch, mit dem man die Hand eines anderen in Stein verwandeln kann, sollte auf die Verbotsliste, wenn du mich fragst. Er steht nur deshalb *nicht* darauf, weil er sich nur gegen die Hand des Opfers richtet und Sicherheitsmechanismen hat, die deine verpfuschten Sprüche umgehen konnten. Diese Platzierung werden wir überdenken müssen.

Du hättest ihr ein geistiges Trauma verpassen können", fuhr er fort. „Hättest du *tiefer* gezielt, hättest du sie vielleicht erstickt oder ihre Fortpflanzungsorgane für immer beschädigt. Hast du auch nur die geringste Vorstellung davon, was für eine politische Katastrophe es wäre, wenn die Kronprinzessin *irgendeines* Königreiches unfruchtbar würde?"

Seine Stimme wurde härter. „Die erste Pflicht eines jeden Monarchen, männlich oder weiblich, ist es, ein Kind zu zeugen, das mit den Zaubern verbunden werden kann, mit denen sie den Thron in ihrer Blutlinie behalten. Wenn Alassa keine Kinder bekommen könnte, müsste der Thron auf die nächste Erbin übergehen – und die ist zufällig mit dem Kronprinzen eines benachbarten Reiches verheiratet. Die politischen Schockwellen wären schlimm genug gewesen, wenn *irgendwer* das angerichtet hätte, doch jeder scheint zu glauben, dass du ein Schicksalskind bist. Man hätte sich gefragt, ob es dein *Schicksal* sei, ihr Königreich zu zerstören."

Emily redete los, bevor sie sich selbst bremsen konnte. „Warum lassen Sie zu, dass sie jeden tyrannisiert, der sich nicht bei ihr einschleimt?"

Der Aufseher schien ihr einen Blick zuzuwerfen, aber genau konnte sie das nicht sehen. „Wie bitte?"

„Als ich ihr das erste Mal begegnete, benahm sie sich wie eine Schultyrannin", sagte Emily. „Beim zweiten Mal verhexten sie und ihre Kumpaninnen mich, und ich musste mich freikämpfen. Beim dritten Mal hat sie absichtlich einen Kampf angezettelt und dann meine Freundin gequält! Warum dulden Sie das an einem Ort, wo ein Unfall jemanden *töten* könnte, auch wenn er keine solchen politischen Erschütterungen verursacht?"

Eine lange, eiskalte Pause folgte. „Wir bereiten Kinder darauf vor, in einem Krieg zu kämpfen", sagte der Aufseher. „Es ist wichtig, dass wir ihnen die Fähigkeiten beibringen, die sie zu ihrer Verteidigung brauchen, und die Weisheit, ihre Stellung in den Verbündeten Landen zu verstehen. Du hast sehr schnell Selbstverteidigung gelernt, oder? Alassa braucht diese Fähigkeiten auch. Wenn sie die Königin ihres Landes wird, wird sie niemandem ganz und gar vertrauen können. Schüler brauchen einen *Ansporn*, um zu lernen."

Emily versuchte, ihren wachsenden Ärger zu unterdrücken. Es gelang ihr nicht. „Ich nehme an, wenn man immer mal wieder in einen Frosch verwandelt wird, ermutigt einen das zu lernen, wie man das in Zukunft verhindern kann. Funktioniert das überhaupt?"

„Es gibt Regeln", sagte der Aufseher. „Regeln, die meist nicht ausgesprochen werden; Regeln, die du gebrochen hast, wenn auch aus Versehen. Wir haben nicht die Absicht, unausgebildete Anfänger gegen Schülerinnen der sechsten Jahrgangsstufe antreten zu lassen, die ausgebildete Magier sein sollten. Die, denen wir gestatten, sich wie ... *Tyrannen* aufzuführen, sind stärker als ihre Opfer, aber nicht unbesiegbar. Nach gut einer Woche Training hättest du sie schlagen können.

Doch du hast schlecht gehandelt – schlimmer noch, dumm gehandelt – und du musst bestraft werden.

Einige der höherrangigen Lehrer wollten dich von der Schule verweisen", fügte er hinzu. „Sie sagten, dass du vielleicht nie Disziplin lernen wirst oder dass du jetzt nachweislich eine Bedrohung für die anderen Schüler darstellst, oder sogar, dass dein *Mana* für immer um dich herumschwirren könnte. Andere machen sich Gedanken um die politischen Aspekte. Sollten wir dich den Wölfen vorwerfen, nur um einen größeren politischen Konflikt in den Verbündeten Landen zu verhindern? Einige erinnerten sich daran, wer dich hierhergeschickt hat, und fragten, ob wir das Risiko eingehen sollten, ihn zu verärgern."

Emily zuckte zurück.

„Der Großmeister schloss damit, dass du noch Anfängerin bist, dass du heftig provoziert wurdest und dass wir Alassa viel zu viel haben durchgehen lassen", sagte der Aufseher. „Sie hat nichts aus ihren Taten gelernt und das einzige ihrer Opfer, von dem man sagen kann, dass es etwas gelernt hat, bist du. Die Lektion hat ihr vielleicht klar gemacht, dass es auch für sie Grenzen gibt, egal, *was* ihre Eltern ihr vielleicht beigebracht haben. Wenn nicht, ist es unwahrscheinlich, dass sie genug Magie beherrscht, um auf ihrem Thron sicher zu sein."

Oder, dachte Emily, *jetzt, wo sie öffentlich geschlagen wurde, werden alle ihre alten Opfer Schlange stehen, um sich an ihr zu rächen.*

„Du bekommst drei Strafen", sagte der Aufseher. „Erstens bekommst du die Aufgabe, Alassa zu helfen, damit sie den Grundkurs Zaubersprüche besteht. Deine Note wird davon abhängen, wie gut *sie* bei ihrer nächsten Prüfung abschneidet. Sollte sie *dennoch* durchfallen, wirst du sie weiter unterrichten, bis sie besteht. Es ist wirklich ein Glück" – seine Stimme troff vor Ironie – „dass wir ständig neue Grundkurse Zaubersprüche abhalten müssen."

Emily schauderte. Jemandem etwas beibringen zu wollen, der nicht lernen wollte, das war immer schrecklich. Und irgendwie bezweifelte sie, dass sich daraus eine Freundschaft entwickeln würde, was auch immer diese bescheuerten Erziehungsratgeber behaupteten.

„Zweitens wirst du einen Aufsatz von dreitausend Wörtern schreiben und nächsten Sonntag abgeben, in welchem du erläuterst, was alles hätte schrecklich schiefgehen können, als du zwei unterschiedliche Zaubersprüche miteinander vermischt hast."

Emily machte eine Grimasse. Dreitausend Wörter! Das alles niederzuschreiben würde ein Albtraum werden, so ohne Computer oder wenigstens eine Schreibmaschine.

„Wenn dein Aufsatz, den Professor Lombardi persönlich benoten wird, nicht mit *Ausreichend* bewertet wird, müssen wir uns noch einmal unterhalten."

Er stand auf und ging um den Tisch herum. In der einen Hand hielt er einen langen dünnen Stock. „Drittens", sagte er, während Emily den Stock entsetzt anstarrte, „beug dich vor und leg deine Hände auf den Tisch."

„Aber ..."

„*Jetzt*", befahl der Aufseher. Emily konnte nicht glauben, was passierte; dabei war ihre Hand schon einmal geschlagen worden, um sie daran zu erinnern, dass sie mit Zaubersprüchen vorsichtig umgehen sollte. „Ich bitte dich kein drittes Mal."

Zitternd gehorchte Emily. Im Stillen betete sie, dass ihr Gewand ihr einen gewissen Schutz bieten würde. Der erste Schlag bewies, dass es überhaupt gar keinen Schutz bot. Schmerz flammte über ihr Hinterteil und sie schrie. Sie begann zurückzuweichen und entdeckte, dass ihre Hände am Tisch festklebten. Fünf weitere Schläge folgten dicht aufeinander, bevor der Aufseher zurücktrat und ihr mit einem Nicken bedeutete, den Raum zu verlassen.

Emily floh, die Hände auf ihren Hintern gepresst. Sie wollte nur noch in ihr Zimmer und weinen.

KAPITEL 18

„Wie fühlst du dich?"

Emily wollte mit niemandem reden, schon gar nicht mit Aloha. Ihre Zimmergenossin schien sie nicht zu mögen – und war sauer auf sie, weil sie in Kampfmagie aufgenommen worden war, auch wenn Emily sich das nicht selbst ausgesucht hatte. Und Emily hatte Schmerzen. Der glühend rote Schmerz in ihrem Hinterteil war zu einem dumpfen Brennen geworden, dessentwegen sie nichts anderes tun konnte, als auf dem Bauch zu liegen und zu hoffen, dass es weggehen würde, bevor sie wieder zum Unterricht musste.

Ein Teil ihres Verstandes pochte darauf, dass das nicht *fair* war! Alassa war ganz einfach ein Miststück und hatte Emily zu sehr provoziert.

Der andere Teil hob hervor, dass Alassa es nicht verdient hatte, getötet – oder fast getötet – zu werden, nur weil sie ein Miststück war. Eine besser ausgebildete Magierin hätte Alassa einen Schlag versetzen können, ohne dauerhafte Nebenwirkungen zu riskieren, die Alassas Zukunft wegen eines Augenblicks der Wut zerstört hätten. Die Welt war nicht fair … doch das hatte Emily ja gewusst, seit sie ein Kind war.

„Geh weg", sagte sie schließlich zu Aloha. Sie wollte lesen oder anfangen, über den Aufsatz nachzugrübeln, den der Aufseher ihr aufgegeben hatte, doch sie konnte nicht klar denken. Schmerz und Erniedrigung kämpften in ihrem Kopf mit dem Wissen, dass sie fast jemanden getötet hätte und dass der Aufseher sie mit einem Stock auf den Hintern geschlagen hatte. Die ganze Schule würde wissen, was mit ihr passiert war. „Geh weg und lass mich in Ruhe."

Aloha achtete nicht auf sie. „Es gibt Zaubersprüche, die Schmerzen lindern können", sagte sie und ihre Stimme verriet einen Hauch von Mitgefühl. „Oder du kannst in Alchemie lernen, wie man einen Betäubungstrank herstellt. Manche Schüler verdienen gutes Geld, indem sie den unerzogeneren Kindern solche Sachen verkaufen."

Emily sah mit tränengefüllten Augen zu ihr auf.

Sie klopfte Emily auf den Rücken. „Komm schon", fügte sie locker hinzu. „Glaubst du, du bist die Einzige, die je vom Aufseher bestraft worden ist?"

Emily errötete verlegen. „War ich die Einzige, die fast jemanden umgebracht hat?"

„Es gibt Gerüchte", sagte Aloha, „dass du Alassa zu einem formellen Duell herausgefordert und sie auf die Krankenstation befördert hast. Die schlaueren Idioten behaupten, dass die Lehrer dich gebremst haben, bevor du sie töten konntest, denn ein formelles Duell endet immer mit dem Tod eines der Beteiligten. Sie glauben, du bist deshalb noch hier, weil das Duell vermieden wurde, was eigentlich nicht erlaubt ist, selbst um das Leben einer Prinzessin zu retten."

Ihre Stimme änderte sich. „Und dann gibt es das Gerücht, wo Alassas Spruch von dir abprallte und stattdessen sie traf. Anscheinend verhindert dein besonderes Wesen als Schicksalskind, dass du vollkommen hilflos werden kannst, so dass Alassa sich selbst auf die Krankenstation befördert hat. Sie glauben, du bist deswegen nicht von der Schule geworfen worden, weil sie den beinahe tödlichen Zauber gesprochen hat.

Und dann gibt es das Gerücht, dass du von den Nekromanten oder von Alassas politischen Feinden beeinflusst und manipuliert worden bist, um sie zu verletzen ...“

Emily hustete; es war schwer, ihre Stimme zu finden. „So war es überhaupt nicht", gab sie zu. „Ich ... ich habe die Beherrschung verloren und die dumme Kuh fast getötet."

Aloha sah sie einen langen Moment an. „Was ist passiert?"

Eine lange Pause folgte, in der Emily nachzudenken versuchte. Wie weit konnte sie Aloha vertrauen? Vielleicht würde sie alles, was sie erfuhr, Sergeant Harkin weitererzählen und ... nein, das war albern. Der Sergeant würde es schon vom Großmeister und den anderen Lehrern gehört haben. Wenn er sie aus Kampfmagie ausschließen wollte, hätte er sie genauso gut von der Schule verweisen können. Emily schüttelte den Kopf und erzählte die gesamte Geschichte von Anfang bis Ende.

Danach begann Aloha zu kichern. „Und du sollst ein Schicksalskind sein", sagte sie bissig. „Die Götter mögen uns beistehen."

Emily wollte erklären, dass sie *kein* Schicksalskind war – wieder mal –, doch dann kicherte sie einfach. Es *war* ein Fehler gewesen – und sie war überzeugt, dass ein ausgebildeter Kampfhexer oder ein Nekromant ihre vermurksten Zauber hätte beiseite fegen und sie töten können, bevor sie etwas zaubern konnte, das besser funktionierte. Alassa war nicht *so* viel weiter als Emily, selbst wenn sie Lehrer gehabt hatte, die ihr Zaubern beigebracht hatten, seit Alassas Magie zutage getreten war.

Emily schüttelte den Kopf. „Warum lässt man ihr das durchgehen? Man hat mir gesagt, in der Schule gebe es keine Politik."

Aloha schnaubte. „Das sagen sie gern, nicht wahr?"

Sie tippte Emily unsanft gegen die Stirn. „Sie können die Tatsache, dass Alassa die Thronerbin eines der mächtigsten Länder der Verbündeten Lande ist oder dass ihr Tod das Machtgefüge ins Wanken bringen würde, nicht einfach ignorieren." Sie machte eine Pause. „Man erwartet zwar von uns, dass wir lernen, mit unseren Mit-Zauberern zurechtzukommen, selbst wenn sie aus feindlichen Ländern kommen, aber Alassa ist ein extremer Fall. Wäre sie kein Einzelkind, wäre sie wohl gar nicht erst hierhergeschickt worden. Das zweite Kind – wenn ihre Eltern noch eins bekommen hätten – hätte ihr Hofzauberer werden können. Oder wenn sie einen Bruder gehabt hätte, stünde er automatisch an erster Stelle in der Thronfolge."

„Oh", sagte Emily. Sie dachte an Shadye und schauderte. „Und warum sind sie so *gespalten*, obwohl die Nekromanten vor den Toren stehen?"

„Weil sie dumm sind", sagte Aloha. „Jedenfalls sagt das Professor Locke, wenn man seine Botschaft kurzfasst. Die Verbündeten Lande haben Angst, dass jemand versuchen könnte, das Kaiserreich wiederherzustellen, darum beäugen sie sich gegenseitig genauso angespannt, wie sie die Nekromanten beäugen – und die Nekromanten sind viel weiter weg. Außer du lebst in den Grenzgebieten ..."

„Idioten", sagte Emily kurz. „Und sie lassen es einfach zu, dass Alassa sich Feinde macht?"

„Kinder bekämpfen einander mit Magie, seit Whitehall gegründet wurde", sagte Aloha. „Alassa ist gerade klug genug, glaube ich, um niemanden anzugreifen, der doch irgendwie *wichtig* sein könnte. Außer dir, nehme ich an. Ein Schicksalskind könnte ihr Reich im Vorübergehen stürzen."

Emily dachte an die Ideen, die sie Imaiqahs Vater geschickt hatte, und fröstelte. Keine davon war sonderlich komplex – einige mussten wahrscheinlich etwas angepasst werden, bevor sie zu etwas Sinnvollem führten –, doch sie würden *auf jeden Fall* die Gesellschaft vor Ort umkrempeln, selbst wenn sie sich nicht über die Landesgrenzen hinweg verbreiteten. Ein System, in dem Buchhalter jahrelang ausgebildet werden mussten, würde sich nicht freuen, wenn arabische Ziffern das Zählen so viel einfacher machten. Und ohne Patente oder ohne eine Möglichkeit, sie durchzusetzen, würden die Veränderungen sich schnell verbreiten.

Aber man kann ein Königreich nicht mit einem BH stürzen, dachte sie. Sie hatte Aufnahmen von barbusigen Demonstrantinnen gesehen, die ihre BHs verbrannten, doch sie konnte sich nicht erinnern, dass sie wirklich etwas erreicht hatten, außer ein paar Stunden Aufsehen im Internet zu erregen. *Und man kann einen König nicht mit Buchhaltung zwingen, sein Königreich aufzugeben.*

„Es hilft auch dabei, Freundschaften aufzubauen und Cliquen zu bilden", fügte Aloha hinzu, die von Emilys Gedanken nichts wusste. „Wenn du in die zweite Jahrgangsstufe kommst, wirst du merken, dass du mit deinen Verbündeten gegen andere Cliquen arbeiten musst, sonst bist du völlig allein. Und die anderen sind in der Überzahl. Du und Imaiqah solltet lieber schnell anfangen, noch weitere Freunde zu finden."

„Super", sagte Emily. Sie ertappte sich dabei, wie sie ihren Hintern befühlte. Sie zitterte vor Wut. „Und ist dir all das passiert?"

„Ich habe schnell dazugelernt“, sagte Aloha. Ihre Stimme wurde härter. „Und jetzt sag mir: Was hast du dir dabei gedacht, als du uns so viele Zimmerpunkte gekostet hast?“

Emily blinzelte. „Zimmerpunkte?“

„Was immer du tust, fällt auf dein Zimmer und deine Zimmergenossinnen zurück“, teilte Aloha ihr kühl mit. „Ich bin mir zu einhundert Prozent sicher, dass Madame Razz uns wegen dem, was du Alassa angetan hast, Punkte abziehen wird.“

„Aber das ist doch *ungerecht*“, sagte Emily. „Warum werdet ihr bestraft, wenn *ich* einen Fehler mache?“

„Weil Zimmergenossen ihren Gefährten helfen sollen, sich ordentlich aufzuführen“, fauchte Aloha. „Du hast einen Fehler gemacht, also habe ich einen Fehler gemacht, also wird der nächste Besuch in Dragon's Den weniger … angenehm, als ich dachte. Oder hast du genug Geld, um mir einen Vorschuss zu geben?“

Emily sah sie verwirrt an. Eine Drachenhöhle? „Dragon's Den?“

Aloha warf ihr einen überraschten Blick zu. „Ich kann verstehen, dass sie dich hierhergeschickt haben, als deine Magie aufblühte, aber warum haben sie dir nicht einmal eine grundlegende Einführung in die Schule gegeben?“

„Ich ...“, begann Emily, dann hielt sie inne. Wenn sie Aloha die Wahrheit sagte, wo sie herkam, was würde das mit dieser Welt machen? Konnte es sein, dass die Nekromanten es irgendwann herausfanden und die Erde überfielen, oder … zur Hölle, wer brauchte die Nekromanten? Alassas Eltern konnten auch ganz einfach selbst einen Eroberungszug beginnen. „Sie hatten es irre eilig.“

Oder vielleicht *konnten* die Nekromanten nicht auf die Erde gelangen. Emily hatte Magie, doch ihre Magie war erst lebendig geworden, als sie in diese Welt versetzt worden war, die so reich an *Mana* war. Es konnte gut sein, dass die Nekromanten sich in ihrer Welt als machtlos herausstellen würden oder dass die Zauber, die sie um einen so hohen Preis am Leben hielten, einfach zusammenbrechen würden, so dass sie sofort starben.

Außer natürlich, es *gab* zu Hause tatsächlich eine geheime magische Gemeinschaft, die nur keine Lust gehabt hatte, eine

Eule loszuschicken, um Emily nach Hogwarts einzuladen. Aber irgendwie bezweifelte sie das.

„Dragon's Den ist eine freie Stadt zehn Meilen westlich von Whitehall", erklärte Aloha. „Es war einmal ein Handelsknotenpunkt, bevor die Nekromanten ihre Grenzen bis an den Berg ausdehnten. Jetzt ist es einer der vordersten Verteidigungsposten gegen künftige Überfälle. Wir dürfen alle drei Wochen dorthin, um einzukaufen und einfach für ein paar Stunden aus Whitehall rauszukommen. Aber wenn wir deinetwegen Zimmerpunkte verloren haben, kann ich nicht so viel ausgeben."

„Das tut mir leid", sagte Emily aufrichtig. Aloha hatte nichts mit dem Streit zwischen ihr und Alassa zu tun gehabt, erst recht nicht mit den miteinander verwobenen Zaubern, die die dumme Kuh fast getötet hätten. „Wenn ich an etwas von meinem Taschengeld herankomme, werde ich versuchen, dich zu entschädigen."

Aloha zuckte mit den Schultern. „Wir werden später sehen, was Madame Razz sagt." Sie gab Emily einen heftigen Klaps auf den Hintern, so dass Emily vor Schmerz aufschrie. „*Tu* mir das einfach nicht noch einmal an."

Emily funkelte sie wütend an, bis es ihr irgendwie gelang, auf die Beine zu kommen und ihren Stift in die Hand zu nehmen. „Der Aufseher will auch, dass ich einen Aufsatz schreibe", sagte sie bitter. „Ich weiß noch nicht einmal, wie ich das angehen soll."

„Du hättest von der Schule fliegen können", sagte Aloha ohne Mitleid. „Oder man hätte dir befehlen können, x-mal die gleiche Zeile zu schreiben. Oder … du bist glimpflich davongekommen, obwohl du fast eine königliche Prinzessin ermordet hättest. Hör auf, dich zu beklagen."

„Danke, Frau Schlaumeier", sagte Emily schließlich. Oder vielleicht tat sie ihrer Zimmergenossin unrecht. In dieser Welt reichte die Kindheit nicht weit bis in die Jugend hinein, hier mussten Kinder so schnell wie möglich von Nutzen sein. Imaiqah hatte ihr erzählt, dass sie schon von klein auf für ihren Vater gearbeitet hatte. „Ich weiß nicht, wie man einen Aufsatz schreibt."

Aloha schnaubte. „Du bist doch irgendwo zur Schule gegangen", sagte sie trocken. „Hat man dir nicht beigebracht, wie man einen Aufsatz schreibt?"

Das hatte man, aber auf Computern. Wenn Emily etwas eingefallen war, das eher im ersten Absatz stehen sollte, hatte sie den Text leicht umschreiben können und das Textverarbeitungsprogramm hatte Rechtschreibung und Grammatik überprüft. Ihre Handschrift war nie gut gewesen, teils, weil sie nie gezwungen gewesen war, immer wieder von Hand schreiben zu üben.

Hier wäre selbst ein kurzer Aufsatz ein absoluter Albtraum. Bei jedem Fehler würde sie den ganzen Text auf einen neuen Bogen Pergament schreiben müssen, es sei denn, sie konnte einen Radierzauber finden. Und sie war sicher, dass ihr für jeden kleinen Rechtschreibfehler Punkte abgezogen werden würden. Und sie würde den Aufsatz auf Englisch schreiben müssen und hoffen, dass die Übersetzungszauber ihn richtig verstanden. Ihre vorigen Arbeiten hatten sie schon davon überzeugt, dass die Zauber mit gewissen Redewendungen Schwierigkeiten hatten.

„Du solltest lieber schnell lernen", sagte Aloha, immer noch mit trockener Stimme. „Dies ist ein Straf-Aufsatz. Wenn du ihn nicht fertigstellst, wirst du noch mal geschlagen."

Emily zog eine Grimasse. Einmal war schon schlimm genug gewesen.

Aloha sah Emilys Gesicht und erbarmte sich. „Überleg dir zuerst, was du sagen willst, dann schreib einen Entwurf auf Pergament", schlug sie vor. „Und dann schreib ihn Abschnitt für Abschnitt ins Reine; nutze Zaubersprüche, um Fehler zu beseitigen. Mit ein bisschen Mühe brauchst du ihn nicht immer wieder von vorne zu schreiben."

Ihr Gesicht verhärtete sich. „Und warte *nicht* bis zum letzten Augenblick damit. Das wird es nur noch schwieriger für dich machen."

Emily nickte. „Gibt es hier keine Möglichkeit, einen automatischen Stift zu erschaffen?" Aloha sah sie verständnislos an. „Ich meine, einen Stift, der verzaubert ist, so dass er alles aufschreibt, was man sagt ..."

„Ein Schüler der vierten Jahrgangsstufe hat mal seinen Stift verzaubert, so dass er tausendmal den Satz schrieb: *Ich werde im Unterricht nicht schummeln*, nachdem Professor Thande ihn erwischt hatte", sagte Aloha. „Er bekam einen Preis für seinen Erfindergeist, *nachdem* er schwer bestraft wurde. Aber er wollte nur, dass der Stift den gleichen Satz immer wieder schrieb. Ich habe noch nie von einem Stift gehört, der alles aufschrieb, was man ihm sagt."

Alohas Stimme wurde leiser. „Soll ich jemanden aus einem Fortgeschrittenenkurs fragen?"

„Wenn du kannst", sagte Emily. „Ich wäre dir sehr dankbar."

Ihre Gedanken wirbelten in ihrem Kopf herum. Was, wenn jemand einen Computer herstellen konnte, der aus Magie bestand – oder, eher alltagstauglich, so etwas wie diese elenden Textverarbeitungssysteme, die sie benutzen mussten, bevor die Schule in richtige Computer investiert hatte? Vielleicht konnte man eine Taste verzaubern, so dass sie für einen bestimmten Buchstaben stand, und wenn man darauf drückte, würde der Buchstabe vor dem Schreibenden erscheinen. Und mit ein bisschen Programmieren hätte sie ein funktionierendes Textverarbeitungssystem.

Aber so etwas herzustellen könnte schwierig sein. Abgesehen davon, dass sie das Gefühl hatte, es wäre einfacher, als einen automatischen Stift herzustellen. Lombardi hatte immer wieder erklärt, dass man am leichtesten etwas Magisches herstellen konnte, *egal* was, wenn man es in so kleine Bestandteile wie möglich herunterbrach und sicherstellte, dass jeder Bestandteil des Zaubers perfekt funktionierte.

„Und dann habe ich vielleicht noch eine andere Idee", sagte sie. Sie würde es alles auf Pergament schreiben müssen. Ein schmerzvolles Zwicken in ihrem Hinterteil erinnerte sie daran, dass sie mit *diesem* Projekt nicht anfangen sollte, wenn sie deswegen die Strafarbeiten vernachlässigte, die man ihr aufgegeben hatte. „Ich muss erst das grundlegende Konzept aufschreiben."

„Schreib erst deinen Aufsatz", riet Aloha ihr. „Geh jetzt zur Bibliothek und fang an zu recherchieren."

Emily zögerte, dachte nach und nickte schließlich. Aber bevor sie irgendetwas anderes tat, musste sie wissen, was man ihrem Gesicht ansah.

Langsam ging sie ins Bad und blickte in den Spiegel. Niemand würde je glauben, dass sie nicht geweint hatte; die ganze Schule würde wissen, dass sie bestraft worden war. Sie wollte ihr Schlafzimmer nicht verlassen, wohl wissend, dass alle es wissen würden, und doch … was konnte sie sonst tun?

Sorgfältig wusch sie ihr Gesicht und wünschte sich, sie hätte richtige Kosmetikartikel. Es war wirklich ironisch, dass sie den überteuerten Müll, den die Geschäfte ihrer Welt feilboten, nicht mehr kaufen konnte, jetzt, wo sie sie endlich brauchen konnte. Parfüm, falls es das in dieser Welt gab, war zweifellos abartig teuer.

„Viel Glück", sagte Aloha, als Emily ins Zimmer zurückkam und zur Tür ging. „Erzähl niemandem sonst, was passiert ist. Lass sie im Ungewissen, so dass sie dich fürchten."

Emily schnaubte und ging aus dem Zimmer. Draußen standen ein paar Mädchen und schauten sie an, dann sahen sie allzu schnell wieder weg.

Mit dem Gefühl, als würde jemand eine Zielscheibe auf ihren Rücken malen, verließ Emily den Schlafbereich und ging die Gänge in Richtung Bibliothek hinunter. Jeder schien sie anzusehen, starrte auf das Mädchen, das so nah dran gewesen war, das Scheusal von Königlicher Hoheit zu ermorden. Keiner sagte etwas, doch sie spürte, wie Blicke sich in ihren Rücken bohrten. Es schien Stunden zu dauern, bis sie die Bibliothek erreicht und das Schweigefeld durchschritten hatte, das dafür sorgte, dass der Raum ziemlich still blieb.

Diesmal war Imaiqah nicht hier, um ihr zu helfen, doch Emily erkannte langsam, wie die Bibliothek aufgebaut war. Es gab eine lange Abteilung für die Rubrik Zaubersprüche, dort standen auch mehrere Bücher über magische Unfälle, die von Hexenmeistern verursacht worden waren, die ihre Zauber nicht richtig formuliert hatten.

Nachdem sie eine Weile in einem der Bücher gelesen hatte, erkannte Emily zu ihrem Schrecken, dass der Aufseher die Gefahr sogar *heruntergespielt* hatte. Eine Idiotin hatte einen Trank gebraut, mit dessen Hilfe sie aussehen wollte wie ein anderes Mädchen; ihr Fehler war nur, dass sie ein Katzenhaar als Quelle des Genmaterials benutzt hatte. Sie hatte sich in ein Katzenmädchen wie aus einem Comic verwandelt, jedenfalls äußerlich; innerlich hatte sie ihren Körper so sehr verformt, dass sie nicht mehr zu heilen war. Das arme Mädchen würde für immer einzigartig bleiben, eine merkwürdige Kreuzung aus Mensch und Katze. Anscheinend, schloss das Buch, hatte ein Hexenmeister ihre Technik absichtlich kopiert, weil er ein Heer aus nicht menschlichen Soldaten erschaffen wollte. Es hatte nicht so gut funktioniert wie die Monster, die die Nekromanten erschaffen hatten, doch es war so schlimm gewesen, dass ein ganzes Regiment Soldaten und eine Einsatztruppe an Kampfhexern das Chaos hatte beseitigen müssen.

Das nächste Buch enthielt farbenfrohe Bilder von allem, was überhaupt nur schiefgehen konnte. Ein unreifer Junge hatte sich vorgenommen, seine Geschlechtsteile zu *verbessern*. Emily warf einen Blick auf das Bild und klappte das Buch schnell zu. Sie musste aufpassen, dass sie sich nicht übergab. Eine andere Hexenmeisterin hatte Magie an ihrer Gebärmutter angewandt, während sie schwanger war, anscheinend weil sie glaubte, dass das Kind dadurch der mächtigste Hexenmeister der Welt werden würde. Stattdessen war das Kind tot und doch irgendwie lebendig geboren worden. Ein Warnhinweis brachte den Gedanken ins Spiel, dass jemand anders mit dem gleichen Experiment vielleicht die ersten Wellen der Zombie-Plage verursacht hatte, die die Verbündeten Lande getroffen hatten.

Selbst kleine Unfälle konnten tödlich enden. Emily legte eine Liste an: der Junge, der den Herzschlag seines Vaters angehalten hatte, das Mädchen, das versucht hatte, ihrer hässlichen Freundin zu helfen, indem es ihr Gesicht in das eines Engels verwandelte, wobei der Vorgang misslang und dabei irgendwie ihr Körper vergiftet wurde ... die Liste ließ sich beliebig fortsetzen. Und die meisten Unfälle, erkannte sie, waren von nur *einem* Zauberspruch verursacht worden. Ihr Fehler war entstanden, weil sie versucht hatte, zwei Zauber auf einmal zu sprechen.

Sie saß auf einem Kissen, krümmte sich vor Schmerzen und begann damit, ihren Aufsatz zu entwerfen. Der Aufseher wollte, dass sie etwas lernte; sie schwor sich, dass sie *wirklich* etwas lernen würde. Sie würde den gleichen Fehler nicht noch einmal machen.

Hinter ihr starrten die anderen immer noch, das wusste sie. Hatten sie Angst vor ihr, wie Aloha angedeutet hatte, oder lachten sie sie aus, sobald sie glaubten, dass sie es nicht bemerkte? Emily wollte es nicht wissen. Es wäre so einfach, wütend zu werden und wild um sich zu schlagen und …

… *als Statue zu enden*, dachte sie wehmütig. *Als ob ich dafür Zeit hätte.*

KAPITEL 19

Alassa kam drei Tage nicht zum Unterricht. In dieser Zeit hatte jeder in der Schule anscheinend nicht nur gehört, was passiert war, sondern auch jedes der verrückten Gerüchte, die man sich überall in Whitehall zuflüsterte, weiter ausgeschmückt. Offenbar lag das Mädchen im Sterben und man hatte ihren Geist schon im Garten der Versteinerten Philosophen herumspuken sehen. Warum genau sie zum Geist geworden war, wo ihr Körper doch noch lebte, wurde nicht erklärt. Ein anderes Gerücht besagte, dass ihre Eltern, der König und die Königin von Zangaria, Whitehall den Krieg erklärt und ein Heer entsandt hatten, um ihnen Emilys Kopf zu bringen, am besten ohne ihren Körper. *Dieses* Gerücht hatte eine unbegründete Panik ausgelöst, bevor ein hilfreicher Schüler der fünften Jahrgangsstufe für eine besser begründete Panik sorgte, indem er darauf hinwies, dass das Königspaar Whitehalls Neutralität extrem gefährden würde, wenn es den Kopf einer Schülerin – egal welcher – forderte.

Emily hatte überlegt, ob sie darauf hinweisen sollte, dass die Schule keineswegs so neutral war, wie sie behauptete, aber sie hielt den Mund. Es brachte nichts, Öl ins Feuer zu gießen.

Sie war schon früher eine Außenseiterin gewesen, aber das hier war anders. Ihre Altersgenossen, die anderen aus der ersten Jahrgangsstufe, schienen Angst vor ihr zu haben, außer Imaiqah. *Sie* betete Emily jetzt geradezu an, obwohl sie einen strengen Brief von ihrem Vater bekommen hatte, in dem er andeutete, dass er einfach nicht wisse, was seine Tochter der Königstochter angetan habe. Emily hatte den Brief mit wachsendem Unglauben gelesen; wäre Imaiqah nicht ihre Freundin gewesen, hätte sie sich nach einem anderen passenden Verbündeten unter den Kaufleuten umgesehen. Die älteren Schüler zeigten mit dem Finger auf Emily und starrten ihr nach, als fragten sie sich, was sie vielleicht *noch* anstellen würde. Ein älterer Schüler hatte sogar ausgesehen, als wollte er sie gerade mit einem Zauber belegen, bevor er ihr in die Augen sah und sich hastig zurückzog. Was hatte er geglaubt, dass sie ihm antun könne?

Sie war fast erleichtert, als Alassa in den Grundkurs Zaubersprüche zurückkkam, auch wenn sie aussah wie ein verprügelter Hundewelpe. Sie hielt den Kopf gesenkt, als wollte sie zu niemandem Blickkontakt aufnehmen. Eine Welle von … *etwas* lief durch die Klasse und Alassa zuckte zusammen; sie konnte ihre Reaktion nicht verbergen.

„Dein Platz ist jetzt woanders", sagte Lombardi zu Alassa. „Du wirst neben Emily sitzen, bis ihr *beide* den Grundkurs Zaubersprüche bestanden habt."

Emily zog innerlich eine Grimasse. Schuldgefühle plagten sie. Lombardi hatte ihr einen strengen Vortrag darüber gehalten, wie gefährlich es war, Zaubersprüche zu vermischen, ohne sorgfältig zu prüfen, ob sie perfekt miteinander verschmolzen; er hatte sogar angedeutet, dass Alassa nur deswegen *nicht* gestorben war, weil Emily beide Endpunkte im zusammengesetzten Zauber gelassen hatte. Emily verstand nicht richtig, was sie getan hatte, doch sie hatte sich den Vortrag angehört und sich fest vorgenommen, nicht noch einmal einen Fehler von solchem Ausmaß zu begehen. Sie war versucht gewesen zu fragen, ob einige der Schauergeschichten über magische Unfälle *echt* waren, aber sie hatte den Mund gehalten. Sie wollte es nicht wissen.

Sie sah zu Alassa hinüber, als sie sich neben sie setzte, und betrachtete ihren Unterkiefer. Alassa war immer blass gewesen – die Hautfarbe schien in dieser Welt nichts zu bedeuten, aber Alassa war fast Albino gewesen – doch jetzt war ihr Unterkiefer nahezu perlweiß, als wäre die Haut ausgetauscht worden und hätte noch keine natürliche Farbe angenommen. Sie erinnerte sich daran, wie bei manchen sonnenbadenden Mädchen die Unterwäsche Teile des Körpers abdeckte, so dass sie weiße Stellen auf der Haut behielten. Vielleicht war das Prinzip das gleiche.

Alassa krümmte sich leicht, während sie auf ihrem Stuhl hin und her rutschte; das reichte aus, um Emily zu überzeugen, dass auch sie bestraft worden war, wahrscheinlich, weil sie den Kampf angezettelt hatte. Oder vielleicht hatte man Alassa gesagt, dass sie bestraft werde, weil sie auf einem Schicksalskind herumgehackt habe. Wer wusste schon, *was* ihre Eltern dem Großmeister gesagt hätten, nachdem sie erst einmal ihren Wutanfall überstanden hatten, weil ihre Tochter fast gestorben wäre? Es konnte sein, dass jemand Alassa darauf hingewiesen hatte, dass sie eines Tages ein Königreich zu regieren habe und dass es ihren Thron nicht festige, wenn sie mit Hilfe von Magie auf Leuten herumhackte. Anscheinend waren Nekromanten nicht die einzigen Rebellen in den Verbündeten Landen. Einige der Rebellen kämpften tatsächlich für eine *Sache*.

„Als Erstes werden wir über einen einfachen Aufschließzauber nachdenken", teilte Lombardi der Klasse mit. Er sprach leise, doch sie hörten jedes Wort. „Aber ist der Zauber wirklich so einfach, wie ich behaupte?"

Emily runzelte die Stirn. Als sie in den Kurs gesteckt worden war – nach der ersten privaten Sitzung mit dem Professor –, hatte sie festgestellt, dass er immer eine Stunde lang einen Vortrag zu verschiedenen Zaubersprüchen hielt und sie dann in der nächsten Stunde zwang, praktische Fragestellungen zu bearbeiten, in denen er sie prüfen konnte. Und sie war bei Weitem nicht die Einzige, die auf die Hand geschlagen worden war, damit sie sich konzentrierte und *alle* Bestandteile des Zaubers plante, bevor sie ihn ausprobierte.

„Natürlich nicht", sagte Lombardi als Antwort auf seine eigene Frage. „Um eine Tür aufzuschließen – was braucht man da? Man braucht einen Schlüssel – und der Aufschließzauber muss die Wirkung des Schlüssels nachahmen. Was macht man also?"

Alassa rutschte neben Emily herum, dann beugte sie sich zu ihr und murmelte ihr ins Ohr. „Man verwandelt das Schloss in Staub und stößt die Tür auf", flüsterte sie. „Warum Zeit auf die Analyse des Schlosses verschwenden, wenn man es zerstören kann?"

Emily blinzelte überrascht. Sie hätte nie erwartet, dass Alassa ausgerechnet *ihr* etwas zuflüstern würde, nicht, wenn es dazu führen konnte, dass sie beide *wieder* bestraft wurden. Versuchte das königliche Miststück, *freundlich* zu sein? Oder konnte sie es einfach nicht lassen, im Klassenzimmer zu reden, und Emily war als Einzige in Hörweite?

„Als Erstes analysiert man das Schloss und findet heraus, wie es funktioniert", erklärte Lombardi. Falls er Alassas Bemerkung gehört hatte, ließ er sich nichts anmerken. „Dieser besondere Bestandteil" – er malte die Symbole vor ihnen in die Luft – „stellt fest, wie das Schloss geöffnet werden kann. Der zweite Bestandteil schließt es dann tatsächlich auf. Falls ihr bemerkt, dass das Schloss verzaubert sein könnte, um die Anwendung eines Aufschließzaubers zu erschweren, könnt ihr dem allgemeinen Zauber einen Aufhebezauber hinzufügen, in der Hoffnung, dass der andere Zauber das Schloss dann nicht mehr sichern kann.

Und die Antwort auf deine Frage, Alassa ...", fügte er einen Augenblick später hinzu, „... schlaue Hexenmeister arbeiten Schutzschirme in ihre Schlösser ein, so dass man sie nicht einfach zerstören kann. Ein Gefängnis für einen Magier wäre also verzaubert, so dass der Gefangene nicht einfach mit ein bisschen Magie freikommen kann. Ebenso eine Tür, die du vielleicht öffnen musst, ohne entdeckt zu werden."

Emily wurde vor Schrecken rot. Er *hatte* die geflüsterte Bemerkung gehört. Doch zumindest hatte er sie beantwortet – und wer hätte gedacht, dass Alassa eine sinnvolle Frage gestellt hatte? Oder vielleicht war das nicht so überraschend. Sie war in einem Palast aufgewachsen, wo man erwartete, dass sie unter der Aufsicht ihrer Eltern alle möglichen Tricks lernte … und was sie über das Königreich gelesen hatte, deutete an, dass sie ihre halbe Zeit damit verbrachten, Intrigen entweder selbst zu schmieden oder abzuwehren. Die Mafia wirkte nicht halb so unangenehm wie Alassas entfernte Familie.

„Doch ich werde euch nicht gleich beibringen, wie ihr aus einem Gefängnis freikommt", versicherte Lombardi der Klasse. Einige kicherten. „Stattdessen üben wir zunächst mit den Schlössern in euren Tischen. Holt sie heraus und versucht sie aufzuschließen. Jetzt."

Emily öffnete ihren Tisch und fand ein Schloss, das zu groß wirkte, um echt zu sein. Sie brauchte einen Moment, um zu erkennen, dass die Schlösser, die sie von zu Hause kannte, mit modernen Metallen und Produktionsmethoden hergestellt waren, während die Schlösser hier wahrscheinlich von jedem mit einer Haarnadel und genug Geduld geöffnet werden konnten. Und, vermutete sie, mit genug magischen Fähigkeiten, um einen Zauber aufzuspüren, der das Schloss schützte. Zweifellos waren die Schließzauber so programmiert, dass sie jedem, der das Schloss aufbrechen wollte, einen üblen Schlag versetzten. Versuchsweise nahm sie den Schlüssel, steckte ihn ins Schloss und drehte ihn hin und her. Die inneren Mechanismen waren vielleicht nicht sonderlich komplex, aber sie konnte nicht sicher sein. Lombardi hatte sich die Mühe gemacht, Schlösser zu beschaffen, die solide genug waren, dass sie sie nicht einfach öffnen und nachsehen konnten.

„Zeitverschwendung", murmelte Alassa. „Ich könnte dieses Schloss in Sekunden sprengen."

Emily schüttelte den Kopf. „Wer laufen will, muss erst gehen lernen", sagte sie. Was hatte der römische Diktator Sulla zum Sohn eines seiner ärgsten Feinde gesagt? „Lerne zu rudern, bevor du das Steuer übernimmst."

Alassa warf ihr einen seltsamen Blick zu. „Was?"

„Egal", sagte Emily. Sie legte das Schloss auf den Tisch und den Schlüssel daneben. „Lass uns sehen, was passiert, wenn wir den Spruch sprechen."

Beim ersten Versuch passierte gar nichts. Eine schnelle Prüfung zeigte, dass anscheinend nichts falsch war, also versuchte sie es noch einmal. Alassa grinste, als der zweite Versuch ebenfalls scheiterte, dann versuchte sie, den Zauber selbst zu sprechen, mit und ohne Zauberstab. Emily machte sich nicht die Mühe, ebenfalls über ihr Versagen zu grinsen. Stattdessen versuchte sie, zu erkennen, was falsch lief. Der Zauber schien *Mana* aufzusaugen; aber anscheinend tat er sonst *überhaupt* nichts.

Mana löst sich im Hintergrund auf, wenn Zauber gesprochen werden, erinnerte sie sich. Hexenmeister hatten im Lauf der Jahre viel Mühe darauf verwendet, zu messen, wie Magie und *Mana* genau zusammenhingen. Sie waren sich anscheinend über die grundlegenden Einzelheiten einig und fingen dann bei den

Besonderheiten an zu streiten. Ein Abschnitt der Bibliothek war voll von magischen Zeitschriften, die auf Pergament geschrieben waren und Artikel von hoch angesehenen Hexenmeistern enthielten, die mehr daran interessiert schienen, die Diskussion zu gewinnen, als tatsächlich die Grenzen des Wissens zu erweitern.

Sie schüttelte den Kopf und begann, den Zauber selbst gründlicher in Augenschein zu nehmen. Ein Ausgangspunkt, ein Analyse-Bestandteil, ein Aktionsbestandteil und ein Endpunkt. Aber während sie die Teile einzeln durchging, wurde ihr klar, dass der Analyse- und der Aktionsbestandteil nicht wirklich miteinander verbunden waren; als sie den Zauber das erste Mal gesprochen hatte, war der Aktionsbestandteil einfach übergangen worden und der Spruch war direkt zum Endpunkt gesprungen.

Sie warf Lombardi einen scharfen Blick zu. Dann änderte sie zwei der Variablen und sprach den Spruch erneut. Das Schloss quietschte so laut, dass sie sich die Ohren zuhalten musste, als es langsam aufging.

Die anderen Schüler kicherten, während das Geräusch verklang. „Keine sehr … subtile Methode, um eine Tür zu öffnen", bemerkte Lombardi mild. „Vielleicht könntest du daran noch etwas ändern?"

Alassa stieß ihren Ellenbogen hart in Emilys Arm. „Wie hast du *das* gemacht?"

Emily war versucht, es nicht zu erklären, aber ihre Note hing davon ab, dass Alassa den Grundkurs Zaubersprüche bestand. „Ich habe mir den Zauber angesehen", sagte sie und wies auf die fehlende Verbindung hin. „Der Zauber, den er uns gegeben hat, war unvollständig."

Sie schüttelte den Kopf. „Und wenn du nicht verstehst, was ein Zauber ist", fügte sie hinzu, „wirst du nie *wissen* können, was du tust."

Zu Hause hatten viele Kinder mit Bausteinen gespielt; sie hatte einmal einen Raumtransporter aus Lego gehabt, der ihr viele Stunden lang Vergnügen bereitet hatte. Sie erinnerte sich immer noch an den Tag, an dem sie erkannt hatte, dass das fertige Bauwerk viel stabiler wurde, wenn man die Plastiksteinchen versetzt aufeinander platzierte, statt alle gerade aufeinanderzustapeln. Sie griff nach dem

Pergament, auf dem sie sich Notizen machte, und fügte Legosteine zu der Liste hinzu. Zwar konnte man in dieser Welt wohl kein Plastik herstellen – sie konnte sich nicht erinnern, wie man das überhaupt angehen sollte –, aber man konnte wahrscheinlich Bausteine aus Holz schnitzen. Falls hier nicht schon jemand daran gedacht hatte …

„Zeig es mir", sagte Alassa.

Emily klopfte den Zauber ab und zeigte, was fehlte. Wenn die zwei Bestandteile nicht miteinander verbunden waren, würde der Zauber ganz einfach nicht funktionieren. Während Alassa sich bemühte, selbst einen Zauber hervorzubringen, machte sich Emily daran, den Vorgang des Aufschließens leiser zu machen. Wenn sie je eine Tür aufbrechen wollte, um in ein Haus einzudringen, durften der Besitzer und die übrige Nachbarschaft nichts davon mitbekommen. Doch obwohl sie den Zauber sorgfältig untersuchte, konnte sie einfach nicht sehen, *was* den Lärm verursachte oder wie sie es abstellen sollte.

Das Schloss quietschte wieder, als es Alassa endlich gelang, es zu öffnen. „Nicht schlecht", sagte sie, nachdem sie die Hände von den Ohren genommen hatte. „Ich habe es geschafft!"

Emily widerstand dem Drang, Alassa darauf hinzuweisen, dass sie ohne ihre Hilfe gar nichts geschafft hätte, und klopfte den Zauber ziemlich frustriert ab. „Ich sehe einfach nicht, was den Lärm verursacht", sagte sie. Sie sah das Schloss genau an und blinzelte überrascht, als sie erkannte, dass die Antwort die ganze Zeit vor ihren Augen gewesen war. Das Schloss war nie gereinigt worden, geschweige denn geölt. Sie erklärte ihre Erkenntnis und sah verwirrt zu Alassa hinüber. „Was tun wir dagegen?"

Alassa grinste wie eine Katze, die gerade den Kanarienvogel gefressen hatte. „Ganz einfach", sagte sie. „Wir verpassen dem Schloss als Erstes einen Schweigezauber."

Sie bewegte ihren Zauberstab, sprach den Spruch und wiederholte den Aufschließzauber. Das Schloss öffnete sich vollkommen geräuschlos. Nach einem Moment blickte Emily auf den ursprünglichen Zauber und fügte einen dritten Bestandteil hinzu, der Geräusche dämpfte, während der Zauber seine Wirkung tat. Als sie ihn schließlich sprach, funktionierte er perfekt.

„Gut gemacht, alle beide", sagte Lombardi. Die übrigen Schüler schienen auch endlich die fehlende Verbindung erkannt zu haben. „Ihr dürft jetzt in ein Lernzimmer gehen und eure nächste Aufgabe in Angriff nehmen."

Emily hätte diese Lernzimmer gern in ihrer alten Schule gehabt. Sie waren klein, aber gemütlich; ausgestattet mit Pergament, Stiften und einem Krug mit etwas, das nach frischem Orangensaft schmeckte. Wenn nur Alassa nicht hier wäre … ihr Rücken zuckte, als ob sie erwartete, dass Alassa ihr einen Zauber überdonnerte, während sie nicht hinsah. Doch nichts passierte. Stattdessen nahm Emily den Arbeitsauftrag in die Hand und las ihn durch. Sie sollten einen Zauber entwickeln, der ein Abbild von ihnen erschuf, das in der Luft schwebte. Die Anweisungen verwendeten nicht das Wort „Hologramm" – abwesend fragte sie sich, wie viele andere Wörter hier im Lexikon fehlten –, doch sie konnte sich nichts anderes darunter vorstellen.

„Du hättest mich umbringen können", sagte Alassa. Statt richtig zu sitzen, kniete sie auf dem Stuhl. Es gab keine Kissen im Zimmer. „Ich ..."

Emily fühlte, wie die Wut in ihr hochstieg, und bekämpfte sie heftig. „Hör mir zu", sagte sie, so ruhig sie konnte. „Du bist eine königliche Prinzessin und wirst eines Tages Königin in einem sehr mächtigen Land sein. Dieses Land wird deine Herrschaft nicht überleben, wenn du nicht bald erkennst, dass deine Macht Grenzen hat, und du lernst, wie man richtig mit Leuten umgeht!"

Alassa wurde rot, eine Hand zuckte in Richtung ihres Zauberstabs, bevor sie sich beherrschte. „Wer bist du, dass du mir über *irgendwas* Vorträge halten kannst?"

„Ich bin ein Schicksalskind", sagte Emily, bevor sie es sich anders überlegen konnte. „Was könnte dir zustoßen, wenn du mit jemandem wie mir einen Kampf anzettelst? Was könnte deinem *Königreich* zustoßen?"

Die ganze Idee schien ihr immer noch etwas absurd, doch Alassa wich zurück, als wäre sie geschlagen worden. Wenn jemand wie George Washington ein Schicksalskind war, hieß das, dass er gar nicht scheitern konnte? Doch Washington hatte Schlachten in den Sand gesetzt und hätte mehr als einmal fast den gesamten Unabhängigkeitskrieg verloren. Konnte man wirklich behaupten, dass eine höhere Macht ihn geführt und beschützt hatte, oder war es einfach diese seltene Verbindung aus Visionen und Umsetzbarkeit gewesen? Und wenn es eine höhere Macht gab, was bedeutete das für General Howe oder Gentleman Johnny Burgoyne ... oder Benedict Arnold? Arnold war anfangs kein Verräter der neuen Vereinigten Staaten gewesen und wäre vielleicht nie einer geworden, wenn der Kongress ihn nicht immer wieder zu Unrecht angegriffen hätte. Hatte eine höhere Macht ihn dazu gebracht, Verrat zu begehen, um Washingtons Ruhm zu mehren?

Doch wenn das stimmte, fragte sie sich, was dann mit dem freien Willen des Menschen war.

„Du machst dir Feinde", sagte sie laut, „und manche von ihnen werden *richtige* Hexenmeister werden. Andere werden vielleicht Nekromanten, wenn du sie so schlecht behandelst, dass sie die Gefahren vergessen und nach jeder Machtquelle greifen, die sie finden können. Oder vielleicht wird sich eines Tages dein ganzes Volk erheben und dich auf der Straße hängen."

„Das *können* sie nicht", sagte Alassa, wirklich erschrocken. „Sie *lieben* ihre Prinzessin ..."

„Cäsar hat auch in der dritten Person von sich gesprochen", murmelte Emily. „Aber Cäsar hatte verdammt viel mehr Gründe, mit sich zufrieden zu sein."

Sie atmete tief durch. Das Leben des Julius Cäsar würde Alassa nichts sagen. „Es gab einmal einen Kaiser" – Zar bedeutete Kaiser – „der den gleichen Irrglauben hatte wie du. Aber er war ein unfähiger Mann, der versuchte, ein Land allein zu regieren; er wollte seinen Untertanen nicht die Befugnis geben, Probleme selbst zu lösen, und seinem Volk auch nicht die Freiheit gewähren, die es dringend brauchte. Schließlich brach sein Land in einem Bürgerkrieg zusammen und der Kaiser und seine ganze Familie wurden von den Aufständischen hingerichtet. Die Aufständischen erstarkten durch diese Erfahrung, was dazu führte, dass sie im Prinzip ihren eigenen Kaiser einsetzten, der das Land regieren sollte. Und es fiel um sie herum immer weiter auseinander, bis es zu spät war.

Willst du herrschen? Lerne erst, *wie* man herrscht", fauchte Emily. „Nicht nur, wie man Befehle erteilt, sondern auch, wie man die *richtigen* Befehle erteilt – und wann man sich zurückhält und *keine* Befehle erteilt. Weil du Feinde hast und der nächste planen könnte, dich zu töten!"

Sie merkte, dass sie sich fragte, was genau Alassas entferntere Verwandte tun würden, wenn sie erkannten, wie nahe die Prinzessin dem Tod gekommen war. Würden sie einen Vorteil darin sehen, wenn sie sie dazu brachten, das Schicksal noch einmal herauszufordern? Oder würden sie – voller Hohn – vorschlagen, Alassa solle nach Hause zurückkehren, so dass sie ihre Magiestudien nicht vollenden konnte? Oder … es gab einfach zu viele Möglichkeiten, und wenige davon waren gut.

Emily schüttelte den Kopf. „Wir werden den Grundkurs Zaubersprüche bestehen. Und du *wirst* mit mir zusammenarbeiten und Zaubersprüche in ihre Bestandteile zerlegen. Und wenn du das beherrschst, kannst du endlich in den Fortgeschrittenenkurs aufsteigen."

Alassas blaue Augen starrten einen langen Moment in Emilys, bevor Alassa nickte. Aus der Nähe sah sie erschreckend zerbrechlich aus, als wären die Heilzauber nicht optimal gewesen. Oder vielleicht hatten die Heiler gewollt, dass sie ein sichtbares Zeichen davontrug, um sie an ihre eigene Dummheit zu erinnern. Eines Tages würde es wohl verschwinden.

„Gut", sagte Emily. „Wo fangen wir jetzt an?"

KAPITEL 20

„Der Plan für den heutigen Unterricht wurde geändert", sagte Sergeant Harkin und funkelte seine Schüler an. „Er wurde genau genommen wegen einer von euch geändert."

Emily stand so kerzengerade, wie sie nur konnte, und versuchte, sich nichts anmerken zu lassen. Es hätte sie erstaunt, wenn er nicht von ihr gesprochen hätte. Der Sergeant wusste, dass Emily Alassa beinahe umgebracht hätte; wenn Emily etwas so Dummes in *seinem* Unterricht gemacht hätte, wäre sie sofort rausgeflogen. Und alle anderen sollten das auch wissen. Die Gerüchte, dass sie Alassa umgebracht hatte, waren verstummt, nachdem das Mädchen in den Unterricht zurückgekommen war, aber das hatte nicht *alles* Getuschel beendet.

„Emily, tritt vor", befahl Harkin.

Widerwillig gehorchte Emily.

„Im Militär ist es überlebenswichtig, dass ihr aus euren Fehlern lernt – und ihr werdet Fehler machen. Es ist auch wichtig" – sein Blick schweifte über die übrigen Schüler –, „aus den Fehlern anderer zu lernen. Und billiger, als von euren eigenen zu lernen."

Emily machte sich bereit. Sie wusste, dass das hier kein Vergnügen werden würde.

„Emily hat nicht den Streit mit Prinzessin Alassa gesucht", teilte Harkin ihnen mit. „Aber als die Herausforderung da war, war sie zu langsam, um ihre Feindin zu treffen, bevor sie selbst von Alassas Zauber beeinträchtigt war. Es gelang ihr, ihn aufzuheben – eine durchaus bemerkenswerte Leistung –, und dann ließ sie zu, dass Wut und Panik sie blendeten. Mit ihren zwei vermischten Zaubern brachte sie die Prinzessin beinahe um."

Seine Stimme wurde schärfer. „Für sich genommen sollte keiner der Zauber tödlich sein. In Kombination hätte das Ergebnis katastrophal sein können." Er tippte mit seinem Schlagstock gegen sein Bein, während er ihnen Zeit gab, seine Aussage zu verarbeiten. „Ihr werdet alle in diesem Kurs Zauber sprechen, die für Kämpfe ausgelegt sind – und ihr werdet, falls ihr euren Abschluss schafft, den Verbündeten Landen im Gefecht dienen dürfen. Ihr könnt nicht zulassen, dass Panik, Wut oder Angst eure Reaktion auf eine Bedrohung steuern. Tätet ihr das, könnten die Ergebnisse gefährlich unvorhersehbar werden."

Er sah Emily an; sein vernarbtes Gesicht war teilnahmslos. „Dazu kommt, dass Emily nichts getan hat, um Alassas Kameradinnen niederzuschlagen. Hätten sie beschlossen, sie auf der Stelle zu töten, hätten sie das tun können. Emily ließ zu, dass der Schrecken über ihren eigenen Fehler sie lähmte. Das Endziel des Krieges ist der Sieg; Emily hätte womöglich eine Schlacht gewonnen und doch den Krieg insgesamt verloren. Sie verlor die Trophäe aus dem Blick, weil sie so erschrocken über ihre Tat war.

Wir werden euch beibringen, wie ihr ruhig und angemessen auf Bedrohungen reagiert, egal, welcher Art", schloss er. „Und ich erwarte, dass ihr alle fokussiert bleibt, selbst wenn ihr Schmerzen habt und eure Feinde euch von allen Seiten bedrängen. Wer im Gefecht schlecht zaubert, kann seine eigene Seite mehr gefährden als die des Feindes."

Emily spürte, dass die Schüler sie anstarrten, auch wenn sie sich nicht traute, die Augen vom Sergeant zu nehmen. „Tritt zurück", sagte er schließlich. „Und sei in meinem Unterricht *nicht* so unvorsichtig."

Eine lange Pause folgte, während die Schüler die unerwartete Lektion verdauten. „Nun", sagte der Sergeant, „kann mir jemand sagen, wie viele *offizielle* Spionagezauber es zurzeit gibt?"

„Fünfhundert, so ungefähr", sagte Jade. Er schien alles auswendig zu können, dachte Emily; sie hatte längst nicht so umfassend viel gelesen. Aber er hatte ja auch fünf Schuljahre Zeit gehabt, alles auswendig zu lernen, was er nur konnte. „Ich glaube, einige davon sind nicht angeraten."

„Fünfhundertvierundsechzig, laut der letzten Ausgabe von *Spannende Spione*", sagte Harkin. Einige Schüler kicherten und er funkelte sie an. „Der Redakteur ist ein Hexenmeister mit sehr schrägem Humor. Wie viele *inoffizielle* Zauber gibt es?"

Jade zögerte und eines der Mädchen meldete sich zu Wort. „Ich habe gelesen, dass es Tausende improvisierter Sprüche gibt, mit denen man jemandem nachspionieren kann. Es gibt so viele Varianten, dass die meisten irgendwie mit anderen zusammenhängen."

„So ist es", stimmte Harkin zu. „Spionagezauber sind recht einfach zu entwickeln, deshalb sind die gleichen Zauber gleichzeitig von verschiedenen Magiern erschaffen worden. Einige Magier haben versucht, ihre persönlichen Sprüche für sich zu behalten, und dann mit Schrecken gelesen, dass jemand anderes unabhängig von ihnen die gleiche Arbeit geleistet und sie veröffentlicht hatte."

Er lächelte unangenehm. „Sagt mir also … wie wirksam sind diese Zauber?"

„Gar nicht", sagte Emily schnell.

Harkin wandte ihr seinen Blick zu. „Alle diese Zauber sind unwirksam? Und verschwenden alle diese Hexenmeister ihre Zeit damit, sie zu erfinden?"

Emily beschloss, nicht zuzulassen, dass er sie weiter einschüchterte. Sie hatte im Buch über Zauberstreiche Sprüche gesehen, mit denen man Freunden, Feinden und Geliebten nachspionieren konnte, und direkt auf der ersten Buchseite hatte jemand eine komische Bemerkung hingekritzelt, dass die meisten Spionagezauber innerhalb der Schutzschirme von Whitehall nicht funktionieren würden. Wenn man es versuchte, erwartete einen anscheinend sofort eine sehr unangenehme Begegnung mit dem Aufseher.

„Für Spionagezauber gibt es Gegenzauber", sagte sie. Professor Lombardi hatte hervorgehoben, dass es keine unsichtbaren Zaubersprüche gab, selbst wenn sie von einem Nekromanten gesprochen wurden, der ihnen mit Massenmord Kraft verlieh. „Wenn man als Hexenmeister im Stillen arbeiten möchte, baut man Schutzschirme auf, damit niemand einen heimlich beobachten kann. Wenn jemandem etwas Neues einfällt, werden andere Hexenmeister das schnell analysieren und einen Gegenzauber schaffen. Kein

Vorteil, den jemand mit einem neu erfundenen Zauber erlangt, hält lange an."

„Völlig richtig", sagte Harkin. Er wandte seinen Blick wieder der übrigen Klasse zu. „Und was bedeutet das aus der Perspektive des Militärs?"

„Es bedeutet, dass man seinen Feinden nicht nachspionieren kann", sagte ein untersetzter Junge. Er ging anscheinend in die gleiche Jahrgangsstufe wie Jade und der Blick, den er Emily zuwarf, war alles andere als freundlich. Sie wollte sich wegducken und verstecken. „So weiß man nie, *was* sie tun."

Emily runzelte die Stirn und überlegte, was es für Möglichkeiten gab. Ja, man konnte ein Heer mit magischer Tarnung fortbewegen, indem man einen riesigen blinden Fleck erschuf, in dem Spionagezauber nicht richtig funktionierten. Aber wenn man das tat, würden die Verteidiger, die Ausschau hielten, sicherlich die Zone bemerken, wo ihre Magie nicht funktionierte, und schlussfolgern, dass das feindliche Heer sich dort in der Leere verbarg. Sie hatte eine plötzliche Vision von feindlichen Hexenmeistern, die Dutzende blinder Flecken erschufen, um die Verteidiger zu verwirren, wobei nur einer der blinden Flecken das echte Heer verbarg. Oder vielleicht verbarg man das Heer überhaupt nicht und setzte darauf, dass die Verteidiger so viel Zeit auf den Versuch verwenden würden, die blinden Flecken zu durchdringen, dass sie nicht bemerken würden, dass das voranrückende Heer direkt vor ihren Augen war.

„Schon wahr", sagte Harkin. „Aber wenn sie nicht ein Basislager errichten und stehen bleiben, wird man ihre Bewegung bemerken. Man kann nicht über tausend Mann bewegen, ohne Spuren zu hinterlassen – und diese Spuren werden sehr sichtbar, sobald die Tarnzauber sich auflösen."

Er lächelte ziemlich finster. „Ein Hexenmeister hatte die blendende Idee, einen einzigen Zauber zu erschaffen, der ein ganzes Land verhüllen sollte", sagte er. „Was glaubt ihr, was lief schief?"

Aloha redete los, bevor jemand anderes ein Wort sagen konnte. „Die Verteidiger waren direkt von dem Zauber betroffen und konnten ihn auflösen. Das war die Schlacht von Thornton's Reach."

„Ein klassisches Beispiel für einen Hexenmeister, der eine blendende Idee hatte und dann so von seinem eigenen Genie beeindruckt war, dass er die Schwächen seines Zaubers nicht sah", stimmte Harkin zu. „Die Idee wurde im folgenden Jahr noch einmal ausprobiert, mit ein paar kleinen Anpassungen. Sie funktionierte nicht, weil die Verteidiger immer noch den Zauber analysieren konnten. Statt ihn aufzulösen, änderten sie einfach ihre eigenen Spionagezauber, um durch die Schwachstellen hindurchzusehen. Dieser ganz besonders geniale und dumme Zauberer starb zum Glück in der zweiten Schlacht. Wer weiß, was ihm *noch* eingefallen wäre, wenn er überlebt hätte?"

Er rieb sich die Hände. „Nun … wie viele Schwachstellen gibt es?"

Der Junge neben Jade begann sie an den Fingern aufzuzählen. „Man kann versuchen, seine eigenen Spionagezauber an die Zauber des Feindes anzupassen, in der Hoffnung, dass sie durch den feindlichen Tarnzauber hindurch perfekt funktionieren. Man kann ein Haar eines feindlichen Kommandanten nehmen und ihn damit erspüren; das ist ohne spezielle Zaubersprüche schwer abzuwehren und vielen Leuten ist es egal ...“

„Ich erinnere mich an einen fliegenden Händler, der Oberst Hawke ein Paar Schädel verkaufen wollte, die angeblich General Yeller gehört hatten, zu zwei verschiedenen Zeitpunkten im Leben des Generals", bemerkte Harkin. Einige Schüler kicherten, obwohl Emily nicht verstand, wie *irgendwer* erwarten konnte, dass ein halbwegs intelligenter Offizier auf so einen dummen Betrugsversuch hereinfallen würde. „Es ist gar nicht *so* leicht, an das Haar eines feindlichen Kommandanten heranzukommen, ganz zu schweigen von Fleisch, Blut oder Knochen.“

„... Oder man könnte versuchen, ins feindliche Lager zu gelangen", schloss der Junge, der jetzt ein wenig nervös aussah. „Vielleicht könnte man sich als feindlicher Kommandant ausgeben und ...“

Harkin schnaubte. „Glaubst du, du könntest dich für mich ausgeben, so dass Sergeant Miles darauf hereinfällt?"

Der Junge schüttelte verlegen den Kopf.

„Noch eine blendende Idee, die in der Praxis nie richtig funktioniert", bemerkte der Sergeant. „Auch wenn sie durchaus ausprobiert *wurde*.

Zufälligerweise ist eine letzte Schwachstelle, dass man das feindliche Lager tatsächlich mit seinen eigenen Augen ausspioniert", schloss er. „Man kann die meisten Entdeckungszauber umgehen oder austricksen – und man kann mit einem Zwillingsspiegel seine Botschaft schnell übermitteln. Wenn man erwischt wird, kann man natürlich als Spion gefoltert oder gehängt werden. Ist irgendjemand mutig genug, sich freiwillig zu melden?"

Seine Stimme wurde schärfer. „Ein feindliches Heer marschiert auf eure Stadt zu. Euer König muss wissen, wo es ist, damit sein eigenes Heer es abfangen kann. Und er muss wissen, wie stark es ist, so dass er seine Streitmacht aufstellen kann. Meldet ihr euch freiwillig, um euch das feindliche Heer anzusehen, wenn ihr wisst, dass es euch das Leben kosten kann?"

„Ja", sagte Jade direkt.

Rundherum wurde zustimmend gemurmelt. „Wie erfreulich, dass wir so viele mutige Soldaten unter uns haben", sagte Harkin. Er zeigte auf den Wald. „Eine aufständische Hexenmeisterin, Lady Ravenna, hat beschlossen, gegen euer Königreich in den Krieg zu ziehen. Sie hat ein finsteres Heer aufgestellt und das lagert nun im Wald, während sie auf die Rückkehr ihres Bruders und seines Plündertrupps wartet. Eure Mission ist es, den Wald zu durchqueren und dort Stellung zu beziehen, von wo aus ihr das Heer ausspionieren und eurem König mit Hilfe der Zwillingsspiegel Bericht erstatten könnt. Solltet ihr erwischt werden, muss ich euch nicht erklären, dass ihr es bereuen werdet."

Er sah sie an. „Ich schicke euch einzeln hinein. Ihr wisst, was ihr zu tun habt, aber denkt daran – jeder Hexenmeister, jede Hexenmeisterin kann ein heikler Gegner sein. Denkt daran, was passiert ist, als ihr das erste Mal durch den Wald gegangen seid, und passt auf, wohin ihr eure Füße setzt. Jade, da du dich als Erster freiwillig gemeldet hast, kannst du als Erster hineingehen." Er warf Jade einen kleinen Spiegel zu, der in Papier gewickelt war. „Oh, und immer schön unauffällig bleiben."

Emily sah Jade nach, als er zum Waldrand ging und von der Dunkelheit verschluckt wurde. Nacheinander folgten ihm die anderen Schüler, bis auch sie an der Reihe war. Mit einem leichten Frösteln trat sie unter das Blätterdach und schnitt eine Grimasse, als sich Dunkelheit über den Wald senkte. Die Dunkelheit schien fast lebendig und sie sah sich nervös um, bevor sie sich einen Weg zwischen den Bäumen hindurch suchte. Von den anderen Schülern war nichts zu sehen.

Das Gefühl, beobachtet zu werden, wuchs, während sie weiterschlich, einem zufälligen Pfad folgend. Es fühlte sich an, als wäre der Wald, wie alles andere in Whitehall, viel größer, als er von außen wirkte; vielleicht war er extra als Übungsgelände für Militärschüler entworfen worden.

Einen Augenblick später zuckte sie zurück. Ihr Stiefel versank fast in einem versteckten Sumpf. Sie hatte noch nicht einmal bemerkt, dass es ein Sumpf *war*, bevor es fast zu spät war. Man konnte die gefährliche Stelle kaum vom Schlamm unterscheiden …

Sie hob einen Stock auf und prüfte damit den Untergrund. Der Sumpf war überall, selbst hinter ihr. Leise verfluchte sie den Sergeant, als ihr aufging, dass Magie durch den Boden strömte und versuchte, sie zu umzingeln. Wenn sie im Morast versank, konnte man sie retten, bevor sie ertrank? Oder was, wenn …

Verzweifelt sprach sie einen Erstarrungszauber. Der Schlamm gefror und bildete einen eisigen Pfad durch den Wald. Rutschend und schlitternd ging sie darauf weiter, bis sie das Ende des Sumpfes erreichte und wieder auf festem Boden stand.

In der Ferne wurde die unheimliche Stille von Pferdegewieher unterbrochen. Vorsichtig ging Emily in Richtung des Geräusches, wobei sie versuchte, sich hinter den Bäumen versteckt zu halten. Sie bemerkte eine Bewegung und starrte plötzlich auf eine Ritterrüstung, die zum Leben erwacht war. Die Augen der Rüstung, falls sie welche hatte, suchten den Wald ab. Instinktiv fiel Emily zu Boden und spürte, wie *etwas* über ihren Rücken glitt. Hätte es sie im offenen Gelände erwischt … sie wusste nicht, *was* es anrichten würde, doch sie bezweifelte, dass es angenehm wäre.

Der Boden war schlammig und stank, doch sie zwang sich, vorwärts zu kriechen. Sie bemerkte, dass die Rüstung nicht nach hinten sah, sondern nur nach vorn. Sie kroch an ihr vorbei und auf ein Licht in der Ferne zu, wo sie eine Bewegung sah. Es war schwierig, noch viel näher heranzuschleichen, weil da nicht mehr viel war, hinter dem sie sich verstecken konnte. Dann sah sie einen großen Strauch. Sorgfältig prüfte sie ihn auf versteckte Überraschungen, bevor sie weiterkroch. Anscheinend, laut einem der Bücher, die sie gelesen hatte, waren einige Pflanzen lebendig und schnappten nach allem, was sich näherte. Sie hätte sich nicht gewundert, wenn die Sergeants so eine Pflanze im Wald versteckt hätten, nur um den Schülern eine Lektion darin zu erteilen, dass man nichts für selbstverständlich nehmen sollte.

Als sie weiter schlich, tauchte das Heer in ihrem Blickfeld auf. Die Hälfte schien aus weiteren belebten Rüstungen zu bestehen, wobei diese sich frei bewegten und vielleicht nichts weiter waren als Männer in Rüstungen. Die übrigen … sahen aus wie Männer, doch als sie auftauchten, sah sie erschreckend unmenschliche Gesichter. Sie waren eine Kreuzung aus Menschen und etwas anderem, etwas ganz anderem. Alles, was sie über Genetik wusste, sagte ihr, dass Hybriden zwischen zwei Arten, wie Mr. Spock bei *Star Trek*, unmöglich waren. Aber wer wusste schon, was in einer Welt aus Magie möglich war? Vielleicht hatten Orks und Kobolde als Menschen angefangen und waren von mächtiger Magie verwandelt worden, bevor die Veränderungen von Generation zu Generation weitergegeben wurden. Oder vielleicht …

Siebenundneunzig Rüstungen, dachte sie und zählte im Kopf mit. *Und siebzig unmenschliche Kreaturen …*

Eine Hand packte ihr Bein und zerrte sie mit erschreckender Kraft nach hinten. Emily schrie erschrocken auf; sie wurde auf den Rücken geworfen und blickte in ein Gesicht hoch, das aussah wie eine üble Kreuzung aus Mensch und Schlange. Einen Moment später veränderte sich das Gesicht und sie sah winzige Schlangen aus dem Kopf auftauchen …

Eine Medusa, schrie ihr Verstand sie an. *Spiegel. Du brauchst einen Spiegel!*

Ein Lichtblitz blendete sie. Ihr Körper versteinerte. Das … *Wesen,* was auch immer es in Wirklichkeit war, sah einen langen

Augenblick auf sie herab, bevor es weg von ihr in den Wald ging. Sie blieb versteinert und vollkommen unbeweglich zurück.

Emily kämpfte die Panik nieder und versuchte, einen Aufhebezauber zu sprechen, doch was immer das Wesen ihr angetan hatte, war viel stärker als alles, was sie bisher erlebt hatte. Sie versuchte, alle Aufhebezauber durchzugehen, die ihr einfielen, doch nichts funktionierte und ihr Denken verschwamm und …

… und dann lag sie am Boden, außerhalb des Waldes. Ihr ganzer Körper fühlte sich steif an, doch wenigstens war sie wieder aus Fleisch. Und sie war nicht die Einzige, die gefangen worden war. Von vierundzwanzig Schülern hatten nur drei ihre Mission vollendet. Sie verfluchte ihren eigenen Fehler, während sie versuchte, aufrecht zu sitzen und dann aufzustehen. Natürlich waren da mehr Wachen gewesen als nur eine einzige verzauberte Rüstung.

„Keine gute Vorstellung, finde ich", sagte Harkin. „Drei von euch wurden von Schlangengesicht gefangen und versteinert. Fünf von euch steckten im Sumpf fest, woran ihr gestorben wärt, wenn ihr einen solchen Fehler im Gefecht gemacht hättet. Zwei von euch begingen den Fehler, den Kampf mit der verzauberten Rüstung zu wagen und bekamen einen Schlag auf den Kopf. Sieben von euch kamen Ravenna zu nahe und wurden zu ihren Marionetten. Und weitere zwei von euch sprachen zu laut und lockten die Kobold-Hybriden auf sich. Die riesigen Ohren, die die haben, sind nicht nur zum Angeben da. Hat euch niemand gesagt, dass die hören können, wenn eine Katze am anderen Ende der Stadt furzt?"

Emily hoffte, dass das übertrieben war. Sie hatte auf dem Weg durch den Wald genug Lärm gemacht, um die Kobolde zu wecken, wenn die *wirklich* so fit wären. Vielleicht machte Harkin sich über sie lustig, während er seine Botschaft rüberbrachte. Sie alle hatten zu viel für selbstverständlich genommen.

Aloha hatte eine andere Frage. „Sie halten eine Medusa als Haustier? Ich … ich dachte, die wären illegal?"

„Oh, das sind sie", sagte Harkin. „Und wenn Schlangengesicht nicht korrekt kastriert wäre … wer weiß, *was* dir hätte zustoßen können?" Er warf ihr einen scharfen Blick zu, der sie offenbar klar auf ihren Platz verwies. „Sag mir etwas. Habe ich irgendwann etwas gesagt, aus dem hervorging, dass Kampfmagie *sicher* sein sollte?"

Aloha schüttelte unglücklich den Kopf.

„Freut mich zu hören", sagte der Sergeant. „Sonst hätte ich meinen Laden nicht mehr im Griff."

Er sah wieder die versammelten Schüler an. „Geht duschen", sagte er.

Emily wurde plötzlich bewusst, dass ihre Uniform schlammdurchtränkt war und übel stank. Niemand bemerkte etwas dazu. Sie *alle* stanken.

„Und bis zur nächsten Stunde schlage ich vor, dass ihr genau überlegt, was ihr falsch gemacht habt und wie ihr es hättet besser machen können. Denn wir werden es wieder und wieder machen, bis ihr wisst, was ihr tut.

In der nächsten Stunde werden wir Truppen bilden und *richtig* Spaß haben. Ich bin sicher, ihr werdet es genauso genießen wie ich, als ich hier anfing."

KAPITEL 21

Der Rest der Woche ging schnell vorüber. Zu schnell. Emily arbeitete jeden Abend in der Bibliothek, wo sie versuchte, zu recherchieren und ihren Strafaufsatz zu schreiben. Es war schwierig, die Grundidee im Kopf zu behalten, wenn man sich die Tausende von Beispielen dafür ansah, was alles schiefgehen konnte, eines grauenvoller als das andere. In den Schreibpausen – wenn ihre Hand nach dem Gebrauch des einfachen Bleistiftes schmerzte – skizzierte sie einen Plan für ein magisches Textverarbeitungssystem oder wenigstens einen schlichten Füllfederhalter.

Allzu bald wurde es Sonntag und sie stand wieder in der Schandhalle und wartete, was passieren würde.

Diesmal war die diensthabende Präfektin kein bisschen freundlich, geschweige denn mitfühlend. Sie wies Emily einen Platz im Gang an, ohne ein Wort zu sagen, abgesehen davon, dass sie einen anderen Schüler, der auf seine Strafe wartete, grollend zum Schweigen aufforderte. Emily spürte Scham und Erniedrigung, während sie wartete, im Bewusstsein, dass sie diesmal nicht allein war, bis der Aufseher sie schließlich in sein Büro rief. Sie musste all ihren Mut und all ihre Entschlossenheit aufbringen, um ihre Arme aus der Luft zu nehmen und durch die Tür zu gehen. Die Scham endete nicht, als sie den Raum betrat.

„Bleib stehen", grollte der Aufseher. Er trug immer noch den Umhang, der seine Gesichtszüge hinter dunklen Schatten verbarg. Seine Stimme war tonlos wie zuvor. „Professor Lombardi hat deinen Aufsatz benotet."

Emily schauderte und versuchte, sich nichts anmerken zu lassen. Sie hatte den Aufsatz am Samstag bei dem Professor abgeben müssen und sie wusste, dass er längst nicht vollkommen war. Vielleicht war die äußere Form in dieser Welt nicht so wichtig

– mehrere Schüler hatten nicht lesen und schreiben können, bis sie nach Whitehall kamen –, doch der Aufsatz war als Strafe gedacht gewesen. Professor Lombardi schien ein freundlicher Typ zu sein, trotzdem würde er vielleicht auf jeder Schwachstelle ihres Aufsatzes herumhacken. Und dann … ihre Hände zuckten und bedeckten schützend ihr Hinterteil. Sie wollte nicht wieder geschlagen werden.

Der Aufseher schien sie anzublicken, so genau konnte sie das nicht sehen. „Hast du durch diesen Aufsatz irgendetwas gelernt?"

„Ja, Sir", sagte Emily mit zugeschnürter Kehle. Abgesehen von Professor Thande hatten alle Lehrer die Gelegenheit genutzt, um ihr klarzumachen, wie dumm sie gewesen war – und wie nah sie daran gewesen war, Alassa umzubringen. Ebenso einige ältere Schüler – die, die keine Angst vor ihr hatten. Die Gerüchte, die in der Schule umgingen, wurden langsam absurd. „Ich habe gelernt, dass ich es nicht wieder tun darf."

„Eine sehr gute Idee", stimmte der Aufseher trocken zu. Er blickte auf das kleine Bündel Pergament hinab. „Professor Lombardi hat dir eine hervorragende Note für deinen Text gegeben. Sein einziger wirklicher Kritikpunkt war, dass du behauptest, man könne einen Schaden durch weitere Verwandlungen wiedergutmachen, was nicht immer zutrifft. Eine einzige Verwandlung würde das Opfer mit *Mana* aufladen, was einen zweiten Verwandlungszauber abprallen lassen würde. Ein Heiler würde dies sicher sehr ungern tun, es sei denn, er hätte keine andere Wahl."

Eine lange Pause folgte. „Doch der Gebrauch von Verwandlungszaubern in der Heilkunst ist ein Fortgeschrittenenkurs und du bist gerade einmal zwei Wochen hier. Professor Lombardi sagt, du hast deine Aufgabe hervorragend gelöst. Daher müssen wir dich nicht weiter bestrafen."

Emily entspannte sich ein klein wenig. Die roten Linien auf ihrem Hinterteil waren erst nach mehreren Tagen verblasst und zwickten *immer noch*, wenn sie sich auf einen harten Holzstuhl setzte.

„Aber du musst verstehen, wie nah du einer absoluten Katastrophe gekommen bist", erinnerte der Aufseher sie. „Du wirst einen zweiten Fehler dieses Ausmaßes wahrscheinlich nicht überleben – nicht *überleben*. Verstehst du mich?"

„Ja, Sir", sagte Emily.

„Gut", sagte der Aufseher. „Und wie kommen Alassa und du als Team miteinander zurecht?"

Emily wurde rot. Sie hatten bisher dreimal zusammengearbeitet – Alassa hatte etwas unsicher gewirkt, vielleicht deprimiert – und währenddessen hatten sie sich sehr leise gestritten. Alassa *hatte* einige Fähigkeiten – Emily hatte eine Stunde auf den Versuch verschwendet, einen Spruch-Bestandteil zu verändern, bis Alassa sie darauf hingewiesen hatte, dass sie einfach nur den Original-Bestandteil in Ruhe lassen und einen dritten Bestandteil hinzufügen konnten –, doch Alassa verstand nicht wirklich, was sie tat. Aber sie machte Fortschritte.

„Wir kommen zurecht", sagte sie schließlich. Vielleicht würde der Aufseher sie auslachen. Oder vielleicht war er nicht einmal menschlich genug, um zu lachen. Sie hatte Aloha gefragt und das ältere Mädchen hatte ihr erzählt, dass es Gerüchte gäbe, der Aufseher sei in Wirklichkeit ein Golem, der irgendwie Bewusstsein erlangt hatte, wenn nicht gerade Intelligenz. Oder dass er menschlich sei, aber unter ein paar sehr strengen Zwangszaubern operiere. Niemand schien es mit Sicherheit zu wissen. „Vielleicht bestehen wir sogar den Grundkurs Zaubersprüche."

„Das ist immer eine gute Nachricht", sagte der Aufseher. „Aber du wirst noch lange mit ihr zusammenarbeiten."

Emily seufzte innerlich, aber sie sagte nichts. Vielleicht war die Zusammenarbeit mit Alassa als eine weitere Strafe gedacht – obwohl sie sich nicht sicher war, wer von ihnen beiden damit bestraft werden sollte –, aber sie war ehrlich genug, um zuzugeben, dass sie einander *geholfen* hatten. Oder vielleicht sollten sie gezwungen werden, von ihrer gegenseitigen Abneigung zu lassen und miteinander auszukommen. In Whitehall hatte man wahrscheinlich das Gefühl, dass sie eine derartige Lektion lernen mussten, bevor sie sich der Welt da draußen stellten.

„Ich habe den Auftrag, dir, wenn du deinen Aufsatz bestanden hast, zu sagen, dass du dich nach diesem Gespräch bei Meisterin

Irene melden sollst", sagte der Aufseher. Er reichte ihr die Pergamentbögen und Emily nahm sie automatisch entgegen. „Du darfst gehen. Ich rate dir dringend, dass wir uns nicht so bald wiedersehen."

„Ja, Sir", sagte Emily.

Sie warf einen letzten Blick in das Dunkel seiner Kapuze, fragte sich, ob sie vielleicht die Andeutung eines menschlichen Kopfes darin sah, und machte eine Kehrtwendung, um den Raum zu verlassen. Zweifellos wurden die Strafen schlimmer, bis man dem unglückseligen Schüler schließlich mit einem Schulverweis drohte oder ihn ganz einfach ohne eine letzte Chance hinauswarf. Sie warf einen Blick auf die Anmerkungen, die Professor Lombardi auf dem Pergament hinterlassen hatte, doch ging schnell weiter, als die Präfektin sich räusperte und Emily bedeutete, die Schandhalle zu verlassen. Emily folgte der Aufforderung hastig, schließlich hatte sie ja keinen Grund mehr, hier zu sein. Sie war dankbar, dass sie unversehrt davongekommen war.

Draußen las sie die Bemerkungen genauer durch, bevor sie das Pergament in ihr Gewand stopfte und zu Meisterin Irenes Büro ging. Die Flure waren verlassener als üblich; die älteren Jahrgänge hatten einen Tag freibekommen, um Dragon's Den zu besuchen, bevor der Unterricht am Montag weiterging. Sie sah zwei Jungen, die nicht älter als fünfzehn sein konnten, sich einen Ball zuwerfen, während sie den Korridor entlangrannten; der Ball prallte von einer steinernen Truhe ab und in eine Rüstung. Die Rüstung wurde lebendig, packte beide Jungen am Kragen und hob sie hoch, bis sie in der Luft baumelten. Emily floh, bevor die Rüstung auch sie erwischen konnte.

Meisterin Irene reagierte nicht, als Emily die Hand gegen ihre Tür drückte. Emily wusste nicht recht, was sie tun sollte. Der Aufseher hatte nicht genau gesagt, wann sie kommen sollte – und vermutlich hatte er nicht gewusst, ob er Emily gehen lassen oder sie ein zweites Mal schlagen sollte, zumindest bevor der Aufsatz benotet worden war. Vielleicht war Meisterin Irene woanders …

Magie flimmerte auf und Meisterin Irene erschien am Fuß einer Treppe, die ganz sicher einen Augenblick vorher noch nicht dagewesen war. Das Innere von Whitehall schien vollkommen flexibel zu sein.

„Emily", sagte Meisterin Irene kühl. „Ich nehme an, du bist in einem geeigneten Zustand, um zu lernen?"

Emily wurde rot. „Ja, Meisterin. Möchten Sie meinen Aufsatz sehen?"

Meisterin Irene öffnete ihre Tür und führte Emily in den Raum. „Ich vertraue Professor Lombardis Einschätzung. Und ich habe keine Zeit, dir einen Vortrag darüber zu halten, wie dumm du warst, verstanden?"

Sie bedeutete Emily mit einem Nicken, dass sie sich setzen sollte, und nahm einen Zauberstab vom Tisch. „Du hast schon eine Reihe Zaubersprüche gemeistert", sagte sie, „auch wenn du noch die Kunst richtig beherrschen musst, sie mit *Mana* aufzuladen. Alassas Nahtoderfahrung spielte sich, zumindest teilweise, deshalb ab, weil du beide Zauber zu stark aufgeladen hast. Aber ich bin beauftragt worden, dir Zaubersprüche beizubringen, die normalerweise erst in der zweiten Jahrgangsstufe unterrichtet werden."

Ihre Stimme wurde härter. „Diese Sprüche sind nicht schädlich, jedenfalls nicht im herkömmlichen Sinne, aber mit deiner Zaubertechnik *können* sie Probleme verursachen. Normalerweise werden sie nicht in der ersten Jahrgangsstufe unterrichtet, weil deine Altersgenossen lernen sollen, *Mana* richtig zu kanalisieren, bevor sie anfangen, mit Sprüchen zu experimentieren, die einem schlechte Gewohnheiten vermitteln können. Aber Sergeant Harkin hat verlangt, dass du die Zauber lernst, ansonsten kannst du nicht an Kampfmagie teilnehmen. Sagen wir einfach, wir erwarten von dir, dass du in den nächsten fünf Monaten jede Woche mindestens einen Tag diese Zauber immer und immer wieder sprichst. Gleich wirst du verstehen, weshalb."

Emily runzelte die Stirn. „Warum hat der Sergeant mich nicht selbst unterrichtet?"

Meisterin Irene warf ihr einen scharfen Blick zu. „Der Sergeant zieht es vor, seinen Schülern keine Zauber beizubringen", sagte sie schließlich. Emily dämmerte es, dass sie aus Versehen Meisterin Irenes Kompetenz in Frage gestellt hatte. „Zaubern ist eine Kunst, die mit den Disziplinen der Kampfmagie nur wenig gemeinsam hat."

Sie reichte Emily den Zauberstab und sie befühlte ihn vorsichtig. Drei neue Zauber waren schon darin gespeichert und warteten darauf, dass sie sie mit *Mana* auflud. Sie fühlten sich überraschend komplex an und doch zerbrechlich, als bestünden sie aus Luft. Emily untersuchte sie, versuchte, sie auseinanderzunehmen, doch sie schienen zu komplex für eine einfache Analyse. Sie würde sie beobachten müssen, während sie gesprochen wurden, und dann selbst den Analysezauber anwenden.

„Der erste Zauber ist ein abgewandelter Schutzzauber", sagte Meisterin Irene. „Anders als ein normaler Schutzzauber bewirkt er nur genau eine Sache: Er wechselt die Farbe, wenn er von einem bestimmten Zauber getroffen wird. Du könntest ein Dutzend dieser Zauber auf dich sprechen und ein einziger Fluch würde sie einfach durchdringen und deinen Körper treffen."

Emily blinzelte. „Er schützt überhaupt nicht?"

„Nein", stimmte Meisterin Irene zu. „Der Zauber hat nur einen Zweck: Er soll sicherstellen, dass du weißt, wenn du von einem bestimmten Zauber getroffen wirst."

Es ergab keinen Sinn, einen langen Moment nicht – und dann erinnerte sich Emily an Paintball. Sie hatte es nie gespielt – dafür brauchte man Freunde und Begeisterung –, doch sie kannte das Grundprinzip. Jede Diskussion darüber, wer eigentlich getroffen worden war, war damit erledigt, dass man nachsah, ob das Ziel einen Farbfleck auf dem Körper hatte. Wenn sie für den Kampf trainierten, warum nicht Magie für ihre Übungen verwenden, anstatt einander tödliche Zauber entgegenzuschleudern? Sie war sicher, dass man beim Militär zu Hause etwas Vergleichbares einsetzte, statt mit echter Munition auf seine Auszubildenden zu schießen.

Der Zauber war einfach zu sprechen – doch nicht so einfach aufzuheben. Emily musste es viermal versuchen, bis er endlich nachließ, doch Meisterin Irene konnte ihn mit einem einzigen Fingerschnippen aufheben. Sie bemerkte Emilys Erstaunen und erklärte geduldig, dass der Spruch absichtlich darauf ausgelegt sei, dass die Zielperson ihn nur schwer entfernen könne, damit niemand schummele oder schummeln zumindest nicht so einfach sei. Ein anderer könne einen einfachen Aufhebezauber sprechen und den Zauber lösen.

„Gut", sagte Meisterin Irene schließlich. „Und warum kann dieser Zauber gefährlich sein?"

„Weil er keinen wirklichen Schutz bietet", sagte Emily. Sie zögerte und stellte dann die offensichtliche Frage. „Warum verwenden wir keine richtigen Schutzzauber?"

„Weil richtige Schutzzauber nicht die Farbe wechseln, wenn man sie trifft", sagte Meisterin Irene. „Und weil sich Schutzzauber im Gefecht nicht immer anwenden lassen. Besser, man geht davon aus, dass ein einziger Treffer den Tod bedeuten kann, als anzunehmen, dass die Zauber einen immer schützen werden."

Sie hob die Hand und schleuderte einen Zauber auf Emily. Die Luft um Emily begann zu funkeln, als wäre sie eine Fee aus einem Disney-Film. Sie wedelte mit der Hand und zog eine Spur aus Funken durch die Luft. Es sah hübsch aus und doch konnte sie es nicht aufheben, so sehr sie sich auch bemühte. Jedes Mal, wenn sie den Aufhebezauber sprach, wurde das Gefunkel sogar noch heller.

„Der Zauber soll verhindern, dass du ihn so einfach entfernen kannst", sagte Meisterin Irene. „Nun ..."

Emily spürte einen leichten Juckreiz, dort, wo der Zauber ihren Körper getroffen hatte. Es wurde immer schlimmer, bis sie schließlich gezwungen war, sich am Bauch zu kratzen. Wenig überraschend verschwand das Jucken nicht, sondern wurde nur noch stärker, genau wie das Funkeln. Emily versuchte, einen weiteren Aufhebezauber zu sprechen, doch der Juckreiz machte es ihr unmöglich, sich zu konzentrieren. Sie hatte im Streiche-Buch einen Juckzauber gelernt, aber der hier war schlimmer ...

„Leg dich auf den Boden", sagte Meisterin Irene. Emily gehorchte und spürte, wie der Juckreiz verschwand, sobald sie auf dem steinernen Fußboden lag. „Und warum, glaubst du, passiert das?"

Emily zögerte, dann wurde ihr die Antwort klar. „Weil die Zauber tödliche Sprüche simulieren sollen und wenn wir davon getroffen würden, wären wir tot. Sie sorgen dafür, dass wir nicht ernsthaft getroffen werden, sondern weiterkämpfen können."

„Korrekt", sagte Meisterin Irene. Sie sprach einen Aufhebezauber und das Gefunkel verschwand. „Der veränderte Schutzzauber und der Juckzauber sind aufeinander abgestimmt. Es gibt Variablen, die dir der Sergeant später in Kampfmagie beibringen wird, aber heute nur so viel: Sie sind nicht stark genug für den Ernstfall. Du wirst weiterhin mit deinen üblichen Zaubern üben müssen. Nimm dir einen Zauberraum und übe mit einer deiner Freundinnen alle Zaubersprüche, die du kennst."

Sie zeigte Emily, wie der Zauber funktionierte, und wies sie an, ihn zu sprechen. Bei den ersten Versuchen funktionierte es ganz einfach nicht, statt etwas Brauchbarem erzeugte er oft nur Blitze aus *Mana*. Emily brauchte eine Weile, bis ihr aufging, dass sie *zu viel* Energie in den Zauber drückte. Sie musste lernen, sich zu zügeln und den Zauber mit gerade genug Energie aufzuladen, dass er richtig funktionierte. Schließlich schaffte sie es, ihn mit einiger Sicherheit zu sprechen – in einem Büro. Sie wusste nicht, wie gut es funktionieren würde, wenn sie im Gelände war.

„Der dritte Zauber ist … etwas gefährlich", sagte Meisterin Irene, nachdem Emily beide Zaubersprüche sicher beherrschte. Sie starrte grimmig in Emilys Augen. „Ich habe protestiert, als der Sergeant sagte, dass du ihn lernen sollst, – weil er töten kann und weil er nicht gedämpft werden kann, nicht einmal von einem erfahrenen Hexenmeister. Bist du schon irgendwelchen Mentalismus-Zaubern begegnet?"

Emily zögerte. Das Streiche-Buch hatte eine Reihe Zauber skizziert, mit denen man jemandem etwas suggerieren konnte – das funktionierte etwa wie ein posthypnotischer Auftrag –, doch die ganze Idee war ihr ziemlich unheimlich vorgekommen. Wer wusste schon, was so jemand wie Alassa mit einem Zauber anstellen mochte, mit dem man den Geist eines anderen steuern konnte, wenn sie in der Lage wäre, ihn zu sprechen? Vielleicht würde sie aus ihrem ganzen Königreich ein Heer ergebener Sklaven machen. Oder ein männlicher Magier könnte, wenn die Teenager-Hormone ihn überfluteten, seine Mitschülerinnen beeinflussen.

Und Void hatte Dienerinnen, die unter dem Einfluss starker Zauber standen …

Meisterin Irene holte Emily in die Gegenwart zurück. „Das Heer nennt diesen Zauber den *Berserker*-Spruch", sagte sie. „Man spricht ihn *nie* auf andere als sich selbst. Unter dem Einfluss des Zaubers bist du stärker, schneller und sehr viel mutiger als normalerweise.

Aber du verlierst auch jegliches Gefühl für Zurückhaltung und gesunden Menschenverstand – auch zapft der Zauber dein *Mana* an. Er löst sich auf, sobald du ausgelaugt bist, und er lässt dich *völlig* ausgelaugt zurück. Wenn du den Spruch zu lange aufrechterhältst, kann dich das leicht umbringen."

Sie sah Emily scharf an. „Solange du hier zur Schule gehst, darfst du weder an diesem Zauber noch an seinen Variablen noch an irgendetwas anderem herumspielen. Stelle *immer* sicher, dass der Zauber zeitlich begrenzt ist, und versuche *nie*, ihn länger als zehn Minuten zu halten. Tatsächlich, weil du so jung und unerfahren bist, schlage ich vor, dass du ihn auf nur fünf Minuten begrenzt. Ich habe erlebt, wie Leute zu Tode alterten, weil sie mit Sprüchen wie *Berserker* herumgepfuscht haben."

Emily zuckte bei dem Gedanken zusammen. Einige Lehrer hatten angedeutet, dass Magier in Extremfällen ihre Lebensenergie anzapfen konnten, um ihre Magie zu betreiben. Doch anders als *Mana* war Lebensenergie nicht so leicht wieder aufzufüllen, wie man an den Nekromanten sehr überzeugend sehen konnte. Sie würde buchstäblich für jeden Spruch ein Jahr ihres Lebens hergeben.

„Du wirst diesen Zauberspruch *nicht* außerhalb von Kampfmagie einsetzen", warnte Meisterin Irene. „Du wirst ihn *niemandem* beibringen, gar niemandem, egal, wie man dich provoziert. *Sprich* noch nicht einmal mit anderen darüber, die nicht mit dir zusammen in Kampfmagie unterrichtet werden. Wenn du diese Regel brichst oder dein Leben in Gefahr bringst, weil du mit den Variablen herumpfuschst, schwöre ich dir, dass die Schläge, die du letzte Woche bekommen hast, nichts sind im Vergleich zu der Prügel, die ich dir verpassen werde. Verstehst du, was ich sage?"

„Ja, Meisterin", sagte Emily sehr kleinlaut. Meisterin Irene klang nicht, als würde sie bluffen – und wenn es stimmte, was sie über *Berserker* sagte, hatte sie vollkommen recht. „Wie spreche ich den Zauber?"

Meisterin Irene betrachtete sie einen langen Augenblick und führte dann vor, wie sie den letzten Spruch im Zauberstab auslöste. Emily sprach ihn und spürte nichts, bis Meisterin Irene sagte, sie solle aufstehen. Sie stand mit so viel Kraft auf, dass sie mit dem Kopf an die steinerne Decke schlug. Doch es tat überhaupt nicht weh; es fühlte sich eher an, als bestünde ihr Kopf aus Holz. Sie hob den Stuhl mühelos mit einer Hand hoch, dann den Tisch und dann …

… dann verschwand die überwältigende Zuversicht wieder.

Emily hatte Mühe, den Tisch hochzuhalten. Meisterin Irene sprach leise einen Bewegungszauber und ließ den Tisch zu Boden sinken; Emily knickte ein und landete auf dem Boden. Sie war plötzlich sehr müde. Sie hatte noch nicht einmal hinterfragen können, was sie unter dem Einfluss des *Berserker*-Spruchs tat; ihr war nicht aufgefallen, dass etwas falsch war. Wenn sie diesen Zauber im Gefecht anwandte, würde sie vielleicht direkt auf den Feind losmarschieren, fest davon überzeugt, dass der ihr keinen Schaden zufügen konnte.

Einen langen Augenblick war sie der Ohnmacht nahe. Sie konnte kaum hören, was ihre Lehrerin als Nächstes sagte.

„Ja", sagte Meisterin Irene. „Jetzt verstehst du es. Er ist zu gefährlich, um ihn ohne größte Not anzuwenden."

KAPITEL 22

Emily ging es mehrere Stunden lang nicht so gut, nachdem sie den *Berserker*-Zauber auf sich selbst gesprochen hatte. Meisterin Irene hatte versucht, sie zu warnen, doch die Warnung war leider vollkommen ungenügend gewesen, verglichen mit dem Gefühl, das sie hatte, als sie das Büro ihrer Lehrerin verließ. Emily war erschöpft, völlig ausgelaugt, und doch … ein Teil von ihr wollte den Zauber wieder sprechen.

Diese unmenschliche Zuversicht immer zu fühlen … Kalte Logik sagte ihr, dass sie sich selbst geschadet hatte, obwohl sie nur wenige Minuten unter dem Einfluss des Zaubers gewesen war; in gewisser Weise war sie glimpflich davongekommen. Emily hätte leicht das Büro der Lehrerin demolieren können – oder Schlimmeres. Doch nüchterne Logik schien wenig überzeugend, verglichen mit dem Gedanken, dass sie den Zauber noch einmal nutzen könnte.

Kein Wunder, sagte sie sich, dass der *Berserker*-Zauber so gefährlich war. Als Magier konnte man schnell süchtig nach diesem Gefühl werden.

Beim Gedanken an Sucht lief es ihr kalt den Rücken hinunter. Als kleines Mädchen hatte sie das Rauchen ausprobiert … und schnell entdeckt, dass sie von Zigaretten husten musste. Unangenehm. Doch hätte sie weiter geraucht, vermutete sie, wäre sie irgendwann nach dem Gefühl süchtig geworden und hätte täglich ein Dutzend Zigaretten geraucht, wie einige der älteren Mädchen, die sie von zu Hause kannte. Es gab Leute, die den ganzen Tag tranken, und Drogensüchtige, die für nur noch einen weiteren Rausch ihre Großmutter bestehlen würden … ein Schaudern befiel sie, als ihr aufging, dass sie einzig und allein *sich selbst* bestehlen würde.

Ja, der Zauber war eine Versuchung, die sie frösteln ließ. Sie musste ihr widerstehen. Weil es zu einfach wäre, süchtig zu werden und jede Kontrolle zu verlieren.

Sie stolperte zurück zu ihrem Schlafzimmer und brach auf dem Bett zusammen. Sie schlief mehrere Stunden lang, bis sie am nächsten Morgen wieder aufwachte, sehr früh beim fünften Glockenschlag. Weder Aloha noch Imaiqah hatten anscheinend versucht, sie zu wecken, was vermutlich ihr Glück war. Sie war so ausgelaugt gewesen, dass jegliche ihrer Bemühungen ihr nur Kopfschmerzen verursacht hätten. Sie ließ die Mädchen schlafen – sie hatte keine Ahnung, wann die beiden ins Bett gegangen waren – und stolperte ins Bad. Sie betrachtete ihr Gesicht im Spiegel und schauderte. Sie sah aus wie eine Drogensüchtige auf Entzug.

Sie wusch sich das Gesicht, stolperte wieder aus dem Bad heraus und bemerkte eine kleine Schachtel, die jemand neben ihr Bett gestellt hatte. Sie war gewarnt worden, dass sie alles, was irgendwie falsch aussah, auf magische Überraschungen prüfen sollte, doch sie war zu ausgelaugt, um genug Magie zu fokussieren, und konnte noch nicht einmal den Prüfzauber sprechen. *Anscheinend* umgab kein *Mana* die Schachtel. Sie schüttelte den Kopf, öffnete sie und sah etwas, das aussah wie mehrere Tafeln Milchschokolade und einen handgeschriebenen Zettel, auf dem stand, sie solle die ganze Schokolade essen, sobald sie aufwachte. Die Nachricht trug keine Unterschrift.

Sie beschnupperte die Schokolade und entdeckte plötzlich, wie hungrig sie war, also biss sie ab und kaute nachdenklich auf der Schokolade herum. Sie schmeckte seltsam, schärfer als die Schokolade, die ihr zu Hause immer geschmeckt hatte, aber das konnte an unterschiedlichen Herstellungsverfahren liegen. Als Kind hatte sie einmal eine Projektarbeit über die Herstellung von Schokolade schreiben müssen, was sie für interessant gehalten hatte, bis sie merkte, dass sie selbst aber keine Schokolade herstellen würden. Frühe Schokoladensorten waren, wenn sie sich recht erinnerte, schärfer gewesen als moderne, hochverarbeitete Schokoladensorten. Sie wusste nicht mehr warum.

Dank der Schokolade ging es ihr schnell besser. Sie hatte einen großen Teil der Energie wiedergewonnen, die sie beim Zaubern verloren hatte. Tatsächlich fühlte sie sich, als könnte sie den Zauber noch einmal sprechen …

Wütend schob sie den Gedanken beiseite und verfluchte sich im Stillen. Dieser Zauber, das wusste sie, würde sie bis zum Ende ihres Lebens in Versuchung führen. Noch schlimmer, sie würde ihn gelegentlich benutzen *müssen*, aus vollkommen legitimen Gründen. Sie konnte nicht einfach das Wissen um ihn aus ihrem Kopf verbannen und es nie wieder finden.

Kein Wunder, dass Meisterin Irene ihr verboten hatte, mit den anderen Schülern darüber zu sprechen. Emily kannte wenigstens die Gefahren der Sucht. Die anderen Schüler würden *nichts* über die Gefahren von Drogen, Alkohol oder Zigarettenrauch wissen. Übrigens, gab es hier überhaupt Tabak?

Wenn nicht, wird Shadye wahrscheinlich versuchen, welchen einzuführen, dachte sie, während sie sich anzog. Es war komisch, wie schnell sie sich an die Gewänder, das Unterhemd und die leicht kratzenden Höschen gewöhnt hatte. Sie fand ihren Aufsatz in der Tasche, warf einen schnellen Blick darauf und verzog beim Anblick einer Handvoll Rechtschreibfehler das Gesicht. Zu Hause konnte ein falsch geschriebenes Wort peinlich werden; hier konnte es schlimmere Folgen haben. *Wer wusste schon, was für einen Schaden es anrichten konnte?*

Sie ließ die anderen beiden schlafen, verließ das Zimmer und ging zum riesigen Speisesaal. Er war fast leer, abgesehen von zwei älteren Mädchen und ein paar Jungen aus den *Ken*-Mannschaften, die sich vor dem morgendlichen Training vollstopften. Ein paar von ihnen warfen Emily scharfe Blicke zu, doch die anderen schenkten ihr keinerlei Beachtung; sie waren zu sehr damit beschäftigt, sich über die Taktik für das nächste Spiel gegen eine andere Schule zu streiten. Emily hatte den Eindruck, dass es bei *Ken* keine Taktik gab; die Mannschaft, die besser reagierte, improvisierte und schummelte, schien zu gewinnen. Schummeln war anscheinend erlaubt, wenn die Mannschaft damit durchkam.

Ihr eigener Tisch war vollkommen leer, wenig überraschend, doch die Köche hatten Essen zubereitet. Emily nahm einen Teller mit Speck, Eiern, Würstchen und Brot, dazu eine Soße, die nach einer merkwürdigen Mischung aus Tomate und Chili schmeckte, und ging zu ihrem Tisch zurück, um in Ruhe zu essen. Sie konnte nicht abstreiten, dass sie in Whitehall mehr aß, als sie es je zu Hause getan hatte, doch das war vielleicht nicht so überraschend. Magie kostete Energie und Energie konnte mit Essen wieder aufgefüllt werden; sie hatte unter den Schülern überhaupt keine richtig dicken gesehen. Selbst der Unsportlichste unter ihnen musste noch zaubern. Sie hatte überhaupt nicht zugenommen.

„Aber ich sage euch, Jolie hat eine Schwachstelle", verkündete einer der Sportler, so laut, dass sie es mühelos hören konnte. „Ich habe mir jedes Spiel angesehen und ich sage euch, er kann einen echten Ball nicht von einer Illusion unterscheiden, die ein anderer Spieler gezaubert hat. Wir müssen ihm einfach nur einen echten Ball und ein paar Illusionen zuspielen und er wird *stundenlang* auf der Strafbank hocken!"

Emily rollte mit den Augen, während sie aß, und hörte der Diskussion ohne besonderes Interesse zu. Manche Dinge änderten sich anscheinend nie, und eines dieser Dinge war der Schulsport. Die Sportler, die ganz oben auf der sozialen Rangliste standen, nur weil sie einen Ball herumkickten, hielten sich für die Tollsten und erlebten eine böse Überraschung, wenn sie nach dem Schulabschluss merkten, dass man fürs Kicken keinen Job bekam. Und sie hatten immer gedacht, dass ihnen die Mädchen zu Füßen liegen müssten … Sie schauderte beim Gedanken an die Prahlereien ihres Stiefvaters, schob sie dann jedoch beiseite. Wenn er solche Eroberungen gemacht hätte, wie er behauptete, auf dem Spielfeld oder danach, dann hätte er nie Emilys Mutter geheiratet.

Vielleicht war das in einer magischen Welt anders, sagte sie sich. *Ken* brachte den Spielern Fähigkeiten bei, die zu Kriegszeiten womöglich dringend gebraucht wurden.

Der Speisesaal füllte sich langsam, während sie ihre Mahlzeit beendete. Sie trug den Teller zur Durchreiche. Zu viele Schüler warfen ihr Blicke zu und taten dann so, als hätten sie jemand anders angesehen; sie fühlte sich unangenehm exponiert. Wie konnten sie *all* die blödsinnigen Gerüchte über sie glauben, die sich in der Schule verbreiteten? Die eine Hälfte widersprach der anderen oder war nachweislich falsch. Sie dachten, sie sei ein Schicksalskind, oder hatten tierische Angst vor ihr … Emily schüttelte den Kopf, als sie den Saal verließ und zur Bibliothek hinaufging, um vor der ersten Stunde noch etwas zu lesen.

Überraschenderweise ging der Tag schnell vorüber, bis auf die letzten beiden Stunden. Der Grundkurs Zaubersprüche war einfach – diesmal hatte Lombardi ihnen einen komplexen Zauber gegeben, den man leicht in zwei Bestandteile zerlegen konnte – und in Alchemie gelang es ihr tatsächlich, einen Trank zu brauen, der funktionierte. Sie nutzte die Gelegenheit, um Thande zu fragen, ob man verwandelte Zutaten für alchemistische Forschungszwecke erschaffen konnte – Zutaten, die darauf *basierten*, dass sie von Magie beeinflusst waren. Nachdem sie es endlich geschafft hatte, sich zu erklären, wies Thande sie darauf hin, dass der Vorgang trotzdem nicht zuverlässig sei. Wenn eine verwandelte Zutat sich von einer natürlichen unterschied, und das tat sie, konnte es gefährlich sein, sich das zunutze machen zu wollen.

„Und da wären wir wieder", verkündete Harkin, als sie zu Kampfmagie kamen. Er stand vor ihnen und klopfte mit dem Schlagstock gegen sein Bein. „Ich gehe davon aus, dass ihr alle ein richtiges Mittagessen zu euch genommen habt, bevor ihr auf den Platz gekommen seid?"

Emily nickte. Ein paar Schüler aus der ersten Jahrgangsstufe hatten nichts Richtiges gegessen und das sehr schnell bereut. Danach hatten sie alle ihre Lektion gelernt; sie mussten essen und schlafen, wann sie nur konnten, weil sie nie wussten, wann sie in ein Gefecht geraten könnten. Harkin gab ihnen oft Ratschläge, die von Soldat zu Soldat weitergereicht worden waren, und sie erwiesen sich oft überraschend schnell als brauchbar. Er erzählte ihnen nicht nur etwas, sondern *zeigte* es ihnen auch. Es war eine viel bessere Lehrmethode als alles, was sie von zu Hause kannte.

„Hervorragend", sagte Harkin, nachdem alle genickt hatten. „Nun, die Trupps. Ihr seid vierundzwanzig, also vier Sechsertrupps. Sehen wir uns das einmal an ..."

Emily machte eine Grimasse, als Miles vortrat und eine Hand zum Zaubern erhob. Zu Hause hatte sie immer den Augenblick gehasst, wo Mannschaftsmitglieder ausgewählt wurden, hauptsächlich, weil die Mannschaftskapitäne sie immer als Letzte aufriefen, zusammen mit den dicken Jungs, von denen jeder wusste, dass sie bei Ballspielen nutzlos waren. Es war eine Erleichterung gewesen, als sie überhaupt nicht mehr aufgerufen wurde, allein schon, weil es ihr vollkommen egal war, wer gewann und wer verlor. Es gab keinen einzigen Grund, warum ihr das wichtig sein sollte, nicht zu Hause. Aber in Kampfmagie würde es wichtig sein.

Miles sandte eine Reihe Lichter in die Luft; rot, grün, blau und gelb. Einen Moment lang hingen sie still in der Luft, dann flitzten sie zu den Schülern und teilten sich auf, so dass über jedem Kopf ein Licht schwebte. Emily blickte auf und sah ein rotes Licht über ihrem Kopf hängen, genau wie über Jade und vier anderen Schülern. Sie zog innerlich eine Grimasse, als ihr aufging, dass sie mit fünf älteren Jungen im Trupp sein würde, die vermutlich alle mehr Magie beherrschten als sie. Zumindest würde Alohas Note nicht darunter leiden, dass sie in der gleichen Mannschaft wie Emily war.

„Teilt euch in eure Trupps auf", befahl Harkin. Merkwürdigerweise gab es ein Mädchen pro Mannschaft. Emily konnte sich nicht entscheiden, ob das gut oder schlecht war. „Ihr habt zehn Minuten, um euch miteinander bekannt zu machen. Beeilt euch besser."

Jade winkte ihr zu, als die Reihe der Schüler sich auflöste, und Emily ging zu ihm. Sie war etwas verwirrt. *Sie* hatte *niemanden* gekannt, bevor sie nach Whitehall gekommen war, aber die anderen kannten einander doch sicher … oder vielleicht auch nicht. Jade war in der sechsten Jahrgangsstufe, zwei andere in der fünften und die übrigen beiden in der vierten. Vielleicht hatten sie einander nie bemerkt, außer es eilte ihnen ein Ruf voraus, wie bei Emily. Sie zuckte wieder zusammen und schüttelte dann den Kopf. Wenigstens hatte sie nicht den Ruf, eine Schlampe oder eine Nervensäge zu sein.

„Ich heiße Jade", sagte Jade. Er klang so ernst, dass Emily lächeln musste. „Mein Vater war ein Ritter der Verbündeten Lande; meine Mutter ist Näherin in Farfel City. Ich hatte gehofft, dass ich selbst Ritter werden würde, doch als ich Magie entwickelte, wurde ich direkt nach Whitehall geschickt. Und ich bin Präfekt."

„Ja, ich *weiß*", sagte einer der Jungen aus der vierten Jahrgangsstufe. „Heißt das, du bist der Anführer?"

„Ich glaube, wir sind abwechselnd Anführer", sagte der andere Junge aus der vierten Jahrgangsstufe. „Das ergibt *viel* mehr Sinn."

Jade klopfte ungeduldig auf seine Handfläche. „Du kannst dich als Nächstes vorstellen. Wer bist du und woher kommst du?"

Emily hörte zu, als Cat, Bran, Pillion und Rupert sich vorstellten. Cat und Pillion waren wie Jade Soldatenkinder , wobei Cats Vater anscheinend ein hochrangiger General war, während Pillions Vater ein Geheimnis blieb. Bran und Rupert stammten aus Händlerfamilien und keiner von ihnen hatte erwartet, ins Militär zu kommen, bis sie getestet worden waren und erfahren hatten, dass Kampfmagie ihr Stärke war. Schließlich war Emily an der Reihe. Sie zögerte. Wenigstens hatte sie jetzt eine brauchbare Deckgeschichte.

„Mein Vormund ist ein exzentrischer Magier", sagte sie. Das stimmte ja so weit. Sie verstand die Beziehung zwischen Void und Whitehall nicht – teils, weil anscheinend niemand mit ihr darüber sprechen wollte –, doch Void *war* ihr Vormund, er hatte die Rolle ihrer Eltern angenommen. „Er erkannte, dass ich magisch begabt bin, und schickte mich hierher."

Das stimmte so weit auch, in etwa so, wie man einen Werwolf einen Pelzvorleger nennen konnte, indem man die wichtigsten Einzelheiten wegließ. Anscheinend war es nicht *so* ungewöhnlich, dass unabhängige Hexenmeister Diener hatten, und Emily hätte die Tochter einer solchen Dienerin sein *können* und Magie vom Gebieter ihrer Mutter lernen können. Unausgesprochen blieb die Möglichkeit, dass der Hexenmeister vielleicht ihr Vater *war*. Und es gab ihr eine gute Ausrede, warum sie nicht gern über ihre Herkunft redete, nicht sicher in korrekten Umgangsformen war oder ganz einfach das zerbrechliche Machtgleichgewicht der Verbündeten Lande nicht kannte.

„Hervorragend", sagte Jade. Er klang beängstigend nach Sergeant Harkin. „Das hier ist eine Mannschaft und wir sollen zusammenarbeiten. Jeder, der nicht mitspielt, wird es bereuen. Wir spielen zusammen, lernen zusammen und gewinnen zusammen."

Emily seufzte innerlich. Sie war eigentlich sehr gern allein, meistens.

„Jetzt brauchen wir nur noch einen Namen", fuhr Jade fort. „Wie sollen wir uns nennen?"

Slytherin, dachte Emily. Sie sprach es nicht aus. Jade würde wahrscheinlich wissen wollten, wo das herkam und was es bedeutete, und sie hatte keine Ahnung, wie sie den anderen *Harry Potter* erklären sollte. Außerdem, wenn sie ihnen von einer Sportart auf Hexenbesen erzählte, würden sie das sofort ausprobieren wollen und von ihr erwarten, dass sie mitspielte.

„Schleichers Schleicher", schlug Cat vor. „Die alte Einheit meines Vaters war nach seinem Major benannt ...“

„Vielleicht besser nicht", widersprach Bran. „Ich glaube nicht, dass der Sergeant das gutheißen würde."

„Rote Mannschaft", schlug Emily vor. „Oder vielleicht Rothemden?"

Einen Moment später ging ihr auf, dass das ein schlechtes Vorzeichen wäre. Aber Jade schien die Idee ernst zu nehmen.

„Schwer am Nachdenken, sehe ich", sagte Sergeant Harkin. Emily zuckte zusammen, als sie merkte, dass er genau hinter ihr stand. „Und ist euch schon ein richtiger Name für eure Mannschaft eingefallen?"

„Ah … Rothemden, Sergeant", sagte Jade schnell. „Rotmäntel würde auch gehen, aber einige unserer Eltern wären dagegen."

„Ja", stimmte Harkin zu.

Emily war verwirrt, bis ihr einfiel, dass die Offiziere der britischen Armee rote Uniformen hatten tragen müssen, damit man das Blut nicht sah und die Truppen nicht den Mut verloren. Es gab keinen Grund, warum dieses Heer nicht der gleichen Logik folgen sollte, auch wenn *sie* nicht so sicher war, dass das wirklich so logisch war. Es schien eine dumme Idee zu sein, die Offiziere für lauernde Scharfschützen so deutlich zu kennzeichnen.

„Rothemden ...“ Er sah Emily direkt an. „Und hast du die Gefechtszauber gelernt?"

„Ja, Sergeant", sagte Emily und versuchte, selbstsicher zu klingen. Meisterin Irene hatte sie ihr beigebracht, aber sie war nicht sicher, dass sie sie im Bedarfsfall sprechen konnte. „Ich glaube schon."

„Im Krieg gibt es keinen Platz für *Ich glaube schon*", teilte Harkin ihr mit. Er hob die Stimme. „Sprecht jetzt den Schutzzauber, bitte."

Emily versuchte, ihn zu sprechen und schaffte es beim zweiten Mal.

„Er funktioniert", murmelte Jade ihr zu. „Gut gemacht."

„Nun", sagte Harkin und schaffte es, seine Stimme über den ganzen Platz schallen zu lassen. „Wenn ich pfeife, fangt ihr an, die Gefechtszauber auf die feindlichen Mannschaften zu sprechen. Die Mannschaft, bei der der letzte Spieler stehen bleibt, gewinnt. Los!"

Er pfiff. Ein Moment verdutzten Schweigens folgte, dann schleuderte Jade einen Zauber auf den nächsten Spieler einer anderen Mannschaft. Sein Körper begann zu funkeln und nun begannen alle, aus nächster Nähe Sprüche abzufeuern. Emily gelang es, einen Schuss auf Sissy abzufeuern, ein Mädchen, das weder auf die eine noch auf die andere Art Interesse an ihr gezeigt hatte, bevor vier feindliche Spieler sie mit ihren Zaubern trafen. Sie schlug auf dem Boden auf und Funken bildeten sich um ihren Körper; im Stillen war sie dankbar, dass sie diesmal nicht versteinert worden war. Sie blickte auf und erkannte, dass die einzige Überlebende der vier Mannschaften Aloha war. Ihre Zimmergenossin sah schlammverschmiert aus; Emily brauchte einen Moment, um zu begreifen, dass sie sich zu Boden geworfen hatte, sobald die Sprüche losflogen, und dann die übrigen Überlebenden nacheinander abgeschossen hatte, bevor diese bemerkten, dass sie nicht funkelte.

„Schlau gemacht, Aloha", sagte Harkin. Emily bemerkte, dass Aloha verlegen wirkte, als sie aufstand – Lob von Harkin war anscheinend selten. „Also, was ist hier falsch gelaufen?"

Sein Gesicht verzog sich zu einem gespielt finsteren Blick. „Nur eine Person hatte die Geistesgegenwart, in Deckung zu gehen, das bisschen Deckung, das es gab. Alle anderen waren ein leichtes Ziel – auch wenn ziemlich viele Zauber ihr Ziel komplett verfehlt haben. Und derjenige, der auf mich gezielt hat, hat seine Chance vertan, das Spiel zu gewinnen." Eine Sekunde lang glitzerten seine Augen humorvoll. „Kämpfe in einem vollen Raum solltet ihr nach

Möglichkeit vermeiden. Die übleren Militärzauber werden euch und euren Kameraden genauso schaden wie dem Feind."

Miles schnippte mit den Fingern und die Funken verschwanden. „Wir fangen jetzt an, die Positionen zu ändern", fuhr Harkin fort. „Und dann schauen wir mal, ob wir euch nicht ein paar anständige Taktiken einbläuen können."

Emily merkte zu ihrer großen Überraschung, dass ihr die Übungen Spaß machten, als sie zwei weitere Runden im Wald spielten. Die Bäume boten zusätzliche Deckung; die Sümpfe und andere böse Überraschungen machten es schwerer, sich auf die gegnerische Mannschaft zu konzentrieren. Harkin beobachtete sie, rief ihnen Ratschläge zu, wenn eine der Mannschaften einen offensichtlichen Fehler machte, und schickte einmal eine neue Mannschaft in den Wald, um die Sieger der ersten Runde anzugreifen. Emily schaffte es, drei andere Spieler auszuschalten, bevor sie selbst zu Boden ging. Am Ende der Unterrichtsstunde war sie müde, verschlammt und glücklich.

„Ich erwarte, dass ihr euch Zeit nehmt, um in euren Trupps zu üben", sagte Harkin. „Anführer: Stellt sicher, dass ihr die korrekten Vorsichtsmaßnahmen einhaltet, ansonsten gibt es Prügel. In der nächsten Stunde besprechen wir die richtigen Taktiken für Zaubersprüche. Wollt ihr nicht sehen, was ihr vorher selbst dazu herausfinden könnt?"

Emily ging zum Gebäude zurück und konnte es nicht lassen, über Alohas Gesichtsausdruck zu lächeln.

Ihre Zimmergenossin wirkte sehr zufrieden mit sich selbst. Und das hatte sie verdient.

KAPITEL 23

„Du denkst nicht mit", sagte Imaiqah vorwurfsvoll. „Ich habe gerade deinen König geschlagen."

Emily nickte verbittert. Sie hatte früher Schach gespielt – damals war sie sehr gut darin gewesen, fand sie –, aber Imaiqah war ohne Frage richtig gut in Königsmacher. Das Spiel ähnelte Schach so sehr, dass es Emily verwirrte, denn soweit sie sehen konnte, war die wirklich entscheidende Spielfigur der Zauberer, nicht der König oder die Dame. Noch schlimmer: Der König war eine mächtige Figur und die Dame fast hilflos, eine Umkehrung, die viele Fragen aufwarf. Am verwirrendsten war, dass Diener – anderswo als Bauern bekannt – nicht immer in eine Dame umgewandelt werden konnten, wenn man die Dame verloren hatte. Der Diener, den sie zum Kronprinzen ernannt hatte, wurde König, wenn – und nur wenn – der ursprüngliche König verloren war. Wenn König *und* Kronprinz geschlagen waren oder der König mattgesetzt war, endete das Spiel.

Sie hatte sogar ein Schachfeld aufgezeichnet – acht mal acht Felder, statt der neun mal neun, die man bei Königsmacher verwendete – und Imaiqah die Regeln erklärt. Imaiqah hatte erwidert, dass die Regeln nicht sehr realistisch seien. Im echten Leben konnte man sehen, dass Damen immer schwächer waren als Könige, selbst wenn eine Dame als Königstochter ihr eigenes Reich regierte. Und wenn ein König starb, war immer gleich ein Thronerbe zur Stelle, es sei denn, dieser wäre zuerst gestorben. Emily hatte dagegengehalten, dass sich die Regeln bei Schach nicht danach änderten, wie die Spielfiguren in einem bestimmten Augenblick genau platziert waren. Und zwei Figuren konnten nicht auf dem gleichen Feld stehen.

„Mist", sagte sie wehmütig. Der Diener, den sie zum Kronprinzen ernannt hatte, stand unangenehm dicht an Imaiqahs Territorium.

Doch sie konnte ihn nicht länger decken. Sie schüttelte den Kopf, nahm die Dienerfigur vom Spielbrett und ersetzte sie mit dem geschlagenen König. „Ich glaube, du gewinnst wieder."

Imaiqah zog ihren Turm. „Schach", sagte sie zu Emilys neuem König. „Vielleicht nicht", fügte sie ernst hinzu. „Dein Sergeant kann ihm Deckung geben."

Emily schnaubte. Beim Schach konnte sich der König gerade mal ein Feld pro Zug bewegen, also konnte er ohne die Hilfe anderer Figuren nur schwer einer Falle entgehen. Beim Königsmacher konnte der König sich überallhin bewegen, solange er keine bedrohte Linie überquerte oder eine andere Figur schlug, es sei denn, sie stünde auf dem Feld neben ihm. Das Spiel sollte realistischer sein, aber ihm fehlte die schlichte Schönheit von Schach.

Sie zog den Sergeant und hoffte, dass sie damit ihre Dame nicht allzu sehr entblößte. „Ich glaube, wir sollten wieder in den Zauberraum gehen. Du musst an deinen Zaubersprüchen arbeiten."

Imaiqah nickte. In der letzten Woche hatten sie täglich mindestens eine Stunde lang Zaubern geübt, mit Angriffszauberstreichen (die wirklich für Angriffe brauchbar waren) und mit Schutzzaubern. Alassa war nicht die einzige Mobberin, schien es, und sie mussten sich auf Schwierigkeiten gefasst machen. Imaiqah schien zum Glück immer sicherer zu werden, je mehr Zauber sie meisterte.

Doch Emily brauchte immer noch Imaiqahs Hilfe und Rat. Ihre Zaubertränke funktionierten irgendwie nur selten richtig, selbst solche, die Thande einfach und unkompliziert nannte.

„So", sagte Imaiqah und zog ihren eigenen Sergeant. „Dein König gehört mir."

Emily sah auf das Spielbrett und schluckte einen Fluch hinunter. Sie hatte eine Figur gezogen und dabei lediglich erreicht, dass ihr König von der anderen Seite her angreifbar wurde. Nun war ihr König nicht nur bedroht, sondern auch eingekesselt. Sie suchte nach Auswegen – ein Schachspiel hatte sie einmal verloren, weil sie nicht daran gedacht hatte, Lösungen zu suchen, nachdem ihr Gegner „Schach" gesagt hatte –, aber sie sah keine. Sie hatte keine Möglichkeit, ihren König zu schützen oder die angreifende Figur zu schlagen.

„Herzlichen Glückwunsch“, sagte sie, hob ihren König hoch und klopfte mit seinem Kopf gegen das Spielbrett. „Vielleicht solltest du Alassa dieses Spiel beibringen.“

„Ich glaube, sie kennt es schon“, sagte Imaiqah ernst. „Es gibt ihr Leben *sehr* gut wieder.“

Sie kicherten gemeinsam, dann griff Imaiqah in ihren Beutel und holte einen kleinen Kasten heraus, kaum größer als einer der magischen Bände, die sie in der Bibliothek studiert hatten. „Mein Vater hat dir das geschickt“, sagte sie und drückte mit dem Finger auf den Verschluss. *Mana* blitzte auf und der Kasten öffnete sich. „Es kam heute Morgen durch das Portal und ich wollte es nicht vor den Augen aller anderen öffnen.“

Emily nickte. Post für die Schüler wurde im Speisesaal ausgehändigt, aber die meisten Schüler legten ihre Post anscheinend beiseite, um sie später zu öffnen. Ein Teil der Post war offenbar verzaubert, damit Fremde sie nicht mit Gewalt öffnen und vor dem Adressaten durchlesen konnten, und einige der Zaubersprüche gehörten bestimmten Familien. Aber es hätte sie überrascht, wenn Imaiqahs Familie einen eigenen Zauberspruch gehabt hätte. Soweit Emily wusste, war Imaiqah die erste Magierin in ihrer Verwandtschaft.

„Hier“, sagte Imaiqah. „Der Zauberer, den mein Vater angeheuert hat, kannte deine Karma-Signatur nicht, darum hat er meine genommen.“

Der Kasten war überraschend schwer, doch der Deckel ging leicht auf. Im Inneren … Emily riss vor Schreck die Augen auf. Da lagen ein kleiner Haufen glitzernder Gold- und Silbermünzen und ein Brief, der an Imaiqah adressiert war. Emily gab ihrer Freundin den Brief und berührte die Münzen. Sie konnte nicht glauben, dass sie echt waren. Wenn das wirklich Gold und Silber war, hielt sie mehr Geld in der Hand, als ihre Familie zu Hause je gehabt hatte.

„Er hat die Idee mit deinen neuen Zahlen und der doppelten Buchführung jedem in der Stadt verkauft“, las Imaiqah aus dem Brief vor. „Anscheinend hat er alle über die genauen Einzelheiten zum Stillschweigen verpflichtet, aber sie durften jedem weitererzählen, was für eine tolle Idee die neuen Zahlen sind. Und das ist dein Anteil am Gewinn."

Emily traute ihren Augen nicht. „Und wie viel ist das Gold wert?"

Imaiqah schien verwirrt. „So viel es wiegt, natürlich", sagte sie. „Was meinst du?"

Nicht zum ersten Mal wünschte Emily, sie würde mehr über Wirtschaft wissen. Sie hatte eine vage Vorstellung, dass moderne Währungen von Gold gedeckt waren und dass sie früher einmal einen festen Wechselkurs im Verhältnis zum Goldstandard gehabt hatten, doch sie war sich nicht sicher, was der Goldstandard genau war. Gold war einmal nutzlos gewesen, jedenfalls für praktische Zwecke; man konnte es nicht wirklich zerstören. Dachte sie jedenfalls. Goldschmuck konnte man bei Bedarf einschmelzen, um für Güter und Dienstleistungen zu zahlen.

Aber für Gold konnte man vielleicht nicht alles kaufen. Was nützte ein Sack Gold auf einer unbewohnten Insel? Mit Gold konnte man nur dann Dinge und Dienstleistungen kaufen, wenn diese Dinge auch verfügbar waren. In gewissem Sinne war es der Mittler zwischen Käufer und Verkäufer, so dass sie nicht zu Verhandlungen gezwungen waren.

Aber … sie schüttelte verwirrt den Kopf. Wie die meisten Schulfächer wirkte Wirtschaft sehr einfach, bis man versuchte herauszufinden, was es eigentlich *bedeutete*, geschweige denn, wie man den Unterricht im echten Leben anwenden sollte. Und die Hälfte von dem, was sie über Wirtschaft wusste, war einfach nur geraten.

Sie hob zwei Münzen auf und betrachtete sie. Die Prägung zeigte einen Kopf, vermutlich den von Alassas Vater, aber die Münzen waren eindeutig verschieden groß und schwer. Sie durchwühlte verwirrt den Kasten und betrachtete weitere Münzen. Wer immer sie geprägt hatte, hatte noch nicht einmal *versucht*, sie gleich groß zu machen. Eine war so groß, dass sie Emilys Handteller bedeckte, eine andere war kaum größer als ein Fingernagel.

Imaiqah hatte Erbarmen mit ihr. „Darum wird Gold in den Läden gewogen", sagte sie. Emily versuchte immer noch, den Gedanken zu verdauen, dass zwei Goldmünzen völlig unterschiedlich wertvoll sein konnten. Zu Hause war Geld von der Regierung standardisiert. „Wenn die Münze zu wertvoll ist, bekommst du entweder Silber zurück oder sie knipsen das, was sie wollen, von der ursprünglichen Münze ab."

„Das klingt nicht sehr präzise", sagte Emily zweifelnd.

„Das ist es auch nicht", stimmte Imaiqah zu. „Und du würdest nicht glauben, was Banken dafür verlangen, dass sie Goldstückchen wieder zu neuen Münzen formen. Oder wie Leute bestraft werden, die versuchen, aus kleinsten Stückchen neue Münzen zu machen."

Imaiqah las den Brief weiter und lächelte plötzlich. „Vater hat es geschafft, ein paar Schneider zu überzeugen, dass sie deine *Büstenhalter* machen", sagte sie. Das fremdartige Wort ging ihr noch nicht leicht über die Lippen. „Er will sehen, wie gut sie sich verkaufen, bevor er die eigentliche Idee verkauft; er fragt sich, ob ich die Prinzessin als Schutzherrin gewinnen kann, dann würde es schwerer für andere, die Idee nachzuahmen ..."

Emily starrte sie an und lachte dann los. „Alassa! Er will, dass *du sie* als Schutzherrin anfragst?"

„So funktioniert das nun mal", sagte Imaiqah. „Keine Bank wird Vater Geld leihen, damit er sein Geschäft ausweiten kann, wenn er nicht mächtige Unterstützer in der Hinterhand hat. Und wer wäre besser geeignet als die Tochter des Königs?"

„Ah ja", sagte Emily zweifelnd. Sie hatte Alassa *getroffen*. Emily hatte im Stillen den Verdacht, dass Alassa nicht nach Lust und Laune als Schutzherrin auftreten konnte, selbst wenn ihr Verhalten sonst wenig eingeschränkt war. Wenn Gold das einzige wertvolle Metall war, würde es nur eine bestimmte Menge Gold geben, um Investitionen zu finanzieren. „Warum erkennen die Banken nicht die früheren Erfolge deines Vaters an und setzen darauf, dass er in Zukunft noch mehr Geld verdient?"

Ein Gedanke kam Emily und ihr Blick verfinsterte sich. „Es sei denn, man muss reich sein, um überhaupt Geld zur Bank bringen zu dürfen, oder?"

Imaiqah nickte.

Emily rollte mit den Augen. „Warum überrascht mich das nicht?"

Schlaue Banken zu Hause wussten, dass es keine gute Idee war, ihre Kunden für die Bank-Dienstleistungen bezahlen zu lassen. Ihre Kunden brachten nicht nur Geld auf die Bank; sie *liehen* es quasi der Bank, so dass die Bank damit mehr Geld verleihen konnte. Eine Bank, die von ihren Kunden für jede noch so kleine Dienstleistung Geld verlangte – selbst für etwas so Simples wie Geld vom Automaten abzuheben –, würde schnell Geschäftschancen verlieren. Hier, vermutete sie, mussten Kunden dafür zahlen, dass sie Geld zur Bank brachten, von allem anderen ganz zu schweigen.

Angenommen, man verdiente zehn Silbermünzen pro Woche, überlegte sie. Man sollte das Geld zur Bank bringen, so dass es hinter sicheren Türen und mächtigen Schutzschirmen gelagert war, doch die Bank nahm für jede Einzahlung eine Silbermünze und für jedes Abheben wieder eine. Ein schlauer Kaufmann würde sein Geld nicht so verschenken; er würde es unter der Matratze lagern, geschützt von all den Zaubern, die ein Zauberer für ihn fabrizieren konnte. Das Ergebnis: Es gab keinen Treibstoff für Wirtschaftswachstum.

„Total verfehlt", murmelte sie. Wenn sie so darüber nachdachte – *irgendjemand* musste doch darauf gekommen sein, eine Investmentbank zu eröffnen. Aber setzte das nicht unparteiische Gesetze voraus? „Was wirst du ihm sagen?"

„Vater hat mir immer beigebracht, nichts zu versprechen, was ich nicht halten kann", gab Imaiqah zu. „Ich kann es versuchen, aber … Alassa wird nichts für mich tun, also werde ich einfach vorschlagen müssen, dass er sich entweder an den König selbst wendet oder den Gedanken an einen königlichen Schutzherrn aufgibt. Aber sich an den König zu wenden, wird teuer."

Emily runzelte die Stirn. „Muss man dafür zahlen, dass man den König treffen darf?"

Imaiqah schüttelte den Kopf. „Du brauchst eine Audienz bei Seiner Majestät, also wendest du dich an den Königlichen Haushofmeister oder einen seiner Lakaien. Der König soll eigentlich alle Besucher empfangen, aber der Königliche Haushofmeister bestimmt, wer zu ihm eingelassen wird, bevor der König anfängt, sich zu langweilen. Also musst du seine Hand mit Silber füllen, damit er dich früh hineinlässt, aber" – sie schüttelte wieder den Kopf – „wenn jemand mit mehr Geld oder einem höheren Rang nach dir ankommt, kann es sein, dass du den König gar nicht sehen darfst."

„Typisch korrupter Politiker", sagte Emily trocken. „Er hält sich noch nicht mal an die Bestechung."

„Und dann kann es sein, dass die Ratgeber des Königs eine Meinung zu deinem Gesuch haben", fügte Imaiqah hinzu. „Vielleicht wollen sie auch Bestechungsgeld oder einen Anteil am Gewinn. Vielleicht haben deine Wettbewerber sie bestochen, damit sie versuchen, die königliche Schutzherrschaft für dich zu verhindern, oder vielleicht meinen die Gilden, dass du in ihrem Revier wilderst, oder ..."

„Verstehe", sagte Emily. Es war ein Wunder, dass hier *überhaupt* etwas voranging, selbst in einem vergleichsweise kleinen Königreich in den Verbündeten Landen, obwohl die Herrschenden uneingeschränkte Macht hatten. Vielleicht sollte sie stattdessen die Idee der Demokratie einführen ... nur dass das wahrscheinlich zum Bürgerkrieg führen würde, wonach die Nekromanten fröhlich einmarschieren würden, sobald die Verbündeten Lande sich gegenseitig zerfleischt hatten. „Vielleicht sollte er einfach anfangen, sie zu verkaufen, obwohl er weiß, dass andere sie nachmachen werden. Zumindest wird der königliche Hof keinen Gewinn machen."

„Steuern", erinnerte Imaiqah sie. „Noch ein guter Grund, sein Geld nicht zur Bank zu bringen. Und wenn sie glauben, dass du genug Gewinn machst, um interessant zu sein, versuchen sie sich vielleicht mit Gewalt in dein Geschäft einzumischen."

Emily schloss den Kasten und überlegte fieberhaft. Sie hatte jetzt einen Batzen Geld, und Void hatte ihr noch mehr gegeben, und in Zukunft würde es andere Möglichkeiten geben, Gewinne zu machen. Sobald sie genug Geld hatte, konnte sie selbst eine Bank eröffnen, vielleicht irgendwo, wo die Adeligen schwer an das Geld herankamen. Oder vielleicht ...

Sie hatte ihr Portemonnaie bei Void gelassen, weil es nutzlos war. Ihre Bankkarte wäre hier nichts weiter als ein Kuriosum, aber was, wenn sie das Grundprinzip der Karte kopieren konnte? Es war anscheinend einfach, zwei Spiegel unlösbar miteinander zu verbinden und sie als … nun ja, Mobiltelefone zu benutzen. Einer konnte mit der Bank verbunden sein, die bestätigen würde, dass der Träger fünfzig Goldmünzen auf dem Konto hatte, und einen Wechsel ausstellen, der versprach, dem Verkäufer oder seinem Vertreter, der die Bank besuchte, das Geld auszuzahlen. Sie würde einen Kundenschalter aufbauen müssen, der vielleicht rund um die Uhr besetzt war. Wer wusste schon, wann ein Kunde anrufen würde? Vielleicht konnte man die Spiegel so kodieren, dass sie nur bei einer bestimmten Person funktionierten. Sie notierte die Idee, um sie nicht zu vergessen, und erinnerte sich selbst daran, dass sie mehr darüber lernen musste, wie die Stadtstaaten arbeiteten. Vielleicht würden sie eine Investmentbank eher dulden als die Monarchien.

„Und jetzt bin ich reich", sagte sie und betrachtete das Geld. „Was soll ich damit tun?"

„Vater sagt, wenn mich eine Freundin das fragt, soll ich ihr empfehlen, in seinem Laden einzukaufen", sagte Imaiqah. Sie lachten beide. „Aber im Ernst, du musst es entweder hier in den Speicher geben oder dir eine eigene Schatzkiste kaufen. Die hier ist auf mich kodiert, nicht auf dich. Der Speicher ist sicher, aber wenn du es dort deponierst, wird Madame Razz verfolgen können, was du damit machst."

Emily blickte finster. Sie hatte den Eindruck, Madame Razz wäre genau die Falsche, um zu wissen, was Emily wann anstellte. Sie hatten kaum miteinander gesprochen, seit Emily nach Whitehall gekommen war, doch Emily spürte Madame Razz' bedrohliche Gegenwart – und ihre Missbilligung – jedes Mal, wenn sie in den Schlafbereich kam. Emily hatte sogar gehört, wie sie einem Mädchen aus der ersten Jahrgangsstufe einen wütenden Vortrag gehalten hatte, weil es anscheinend Dinge vergessen hatte, die es von zu Hause hätte mitbringen sollen; das Mädchen war bei dem Vortrag in Tränen ausgebrochen.

„Noch ein guter Grund, eine richtige Bank zu eröffnen", sagte Emily sich. Eltern und Lehrer schienen nie zu lernen, dass Kinder Dinge für sich behielten, wenn die Schule ihre Geheimnisse nicht wahrte. Eine Bank, die keine Fragen stellte, konnte mit ihrem

Schweigen riesige Gewinne erwirtschaften. „Aber wenn ich das Geld verliere, bekomme ich es nicht wieder."

„Natürlich nicht", sagte Imaiqah. „Du würdest es nur erstattet bekommen, wenn du es im Speicher aufbewahrst und trotzdem verlierst."

Imaiqah runzelte die Stirn. „Bitte Aloha, es in ihre Truhe zu tun, bis du von Dragon's Den zurückkommst", schlug sie vor. „Wahrscheinlich wird sie versuchen, von dir eine Goldmünze als Gebühr für ihre Dienste zu verlangen, aber sie wird nicht versuchen, etwas von dem Geld zu stehlen. Oder wir können den Kasten hier versiegeln, bevor wir ihn ihr geben. Wenn du in der Stadt bist, kauf eine richtige Truhe von einem renommierten Verzauberer und lass sie zur Schule liefern. Es kann sehr nützlich sein, eine Truhe zu haben, die niemand, auch kein Lehrer, öffnen kann, ohne den Inhalt zu zerstören."

Emily blinzelte. „Du meinst, sie sehen in unsere Schränke?"

„Es würde mich nicht überraschen", sagte Imaiqah dunkel. „Weißt du, wie viele gefährliche Alchemie-Zutaten wir nicht in die Schule bringen dürfen?"

„Nein", gab Emily zu.

„Drachenblut ist das beste Beispiel; es ist so dermaßen magisch, dass du fast jeden Schutzschirm durchbrechen kannst, wenn du es richtig anwendest", sagte Imaiqah. „Du musst es fast gar nicht präparieren, sagte Professor Thande. Und dann gibt es Basilisken-Gift, die Hahndrachen-Augen … anscheinend hat Zentaurenblut eine Funktion, die wir laut Thande nicht kennen dürfen, bevor wir unseren Schulabschluss haben. Jeder, der mit einer dieser Zutaten erwischt wird, kann von der Schule fliegen. *So gefährlich sind sie.*"

„Oh", machte Emily. Eine Pause folgte. „Sie können einen nicht zwingen, die Truhe zu öffnen?"

Imaiqah sah schockiert aus. „Natürlich nicht. Man *kann* die Truhe eines Magiers nicht ohne seine Erlaubnis öffnen. Außerhalb von Whitehall würde nur ein Idiot oder jemand, der lebensmüde ist, versuchen, in das Haus eines Magiers einzubrechen. Der Magier könnte mit ihm machen, *was er will,* und niemand würde sich trauen, dagegen zu klagen. Das ist eine der Grundregeln der Magie!"

Emily blickte auf das Spielbrett hinab. Vermutlich kannte sie den Grund. Sie wechselte das Thema „Niemand hat mir gesagt, wann wir nach Dragon's Den dürfen", sagte sie. „Wann *dürfen* wir hin?"

„In zwei Wochen, glaube ich", sagte Imaiqah. „Man hat keinen *Anspruch* darauf, wenn du also in Schwierigkeiten gerätst – wieder –, dann darfst du wahrscheinlich nicht hin. Ich habe gehört, dass einige Schüler darum gebettelt haben, dass sie Schläge bekommen, statt ihre Chance zu verlieren, für ein paar Stunden von der Schule wegzukommen."

„Oh", machte Emily. „Und was sagt der Aufseher?"

„Dass sie nicht seine Zeit vergeuden sollen", sagte Imaiqah. Sie kicherte. „Vielleicht sollten sie so tun, als würde ihnen an dem Ausflug nichts liegen."

Emily war nicht sicher, ob *ihr* etwas daran lag. Zu Hause wäre es ihr egal gewesen, aber hier … sie hatte fast nichts vom Leben hier gesehen, abgesehen von Voids Turm, Whitehall und zerstörten Städten. Es wäre schön, zu sehen, wie normale Leute lebten. Vielleicht würde sie auf noch mehr Dinge kommen, die sie aus ihrer eigenen Welt hier einführen konnte.

„Frag deinen Vater wegen der Steigbügel", sagte Emily schließlich. Sie hatte bestätigt bekommen, dass es in dieser Welt keine gab, was nicht allzu überraschend war. Die Perser, die das Römische Reich bekämpft hatten, hatten das mit berittenen Kämpfern getan, aber auch sie hatten die Steigbügel nicht erfunden. „Vielleicht kann er sie dem Heer des Königreichs anbieten. *Das* sollte ihm einen Schutzherrn verschaffen."

KAPITEL 24

Die Luft rund um Dragon's Den roch … *seltsam.*

Emily steckte den Kopf aus dem Fenster der Kutsche und spähte nach draußen, während sie den Abhang zur Stadt hinunterfuhren. Dragon's Den lag mitten in einem großen Tal, umgeben von einer Handvoll Bauernhöfe, die im Schutz des riesigen Gebirges versteckt lagen, das auch Whitehall vor den Nekromanten schützte. Die Bauernhöfe wirkten zu klein, um eine ganze Stadt zu ernähren, aber wenn man hier Portale hatte, überlegte sie, konnte man bei Bedarf Nahrung von überall herbeischaffen. Sie schnüffelte und zog eine Grimasse, als ihr aufging, dass die Stadt – nach den Maßstäben ihrer Welt eher eine größere Ortschaft – im Gegensatz zu Whitehall keinerlei ordentliche Kanalisation hatte. Die Bevölkerung musste in elenden Verhältnissen leben.

Die Pferdekutschen überquerten ruckelnd eine Brücke und hielten auf einen riesigen steinernen Drachen zu, der vor der Stadt stand und Richtung Norden blickte. Er sah bemerkenswert lebendig aus, so sehr, dass sie sich fragte, ob es ein echter Drache war, der von einer Medusa wie Schlangengesicht versteinert worden war. Aus der Nähe betrachtet war der Drache potthässlich, trotzdem hatte er eine gewisse Würde, die sie in ihren Bann zog. Sie wollte ausprobieren, ob sie einen Zauber sprechen konnte, der ihn aus seiner Versteinerung befreien würde, falls es ein echter Drache war; aber was für ein Zauber würde bei ihm wirken?

Die Kutschen ratterten an der Statue vorbei und auf die Stadtmauern zu. Vor ihnen gingen langsam die Tore auf.

Emily riss die Augen auf, als die Kutschen durch das Tor in die Stadt hineinfuhren – durch eine Sektion, die offensichtlich jeden festsetzen sollte, der versuchte, die Stadt im Sturm zu erobern. Sie war klein, aber dicht bevölkert, mit großen Gebäuden, die sich aufeinanderstapelten und wo Tausende von Leuten Platz fanden. Die Gebäude sahen irgendwie römisch aus, sie erinnerten sie an Bilder, die sie in Comics über einen unbezähmbaren Gallier gesehen hatte. Vor vielen Eingängen stand eine Statue – alle menschlich. Das konnten wohl nicht alles versteinerte Menschen sein?

„Das sind die Gottheiten des Ortes", sagte Imaiqah, als Emily sie fragte. „Sie wurden errichtet, um die Leute zu beschützen, die in den Gebäuden wohnen."

Die Kutschen ratterten in einen großen Hof und hielten an. Meisterin Irene rief ihnen zu, dass sie aussteigen sollten.

Emily musste würgen, als sie auf den Boden stolperte. Sie hatte etwas eingeatmet, das sie noch nicht einmal identifizieren *wollte*. Der Boden war mit Steinen gepflastert, die sauber *aussahen* – wahrscheinlich von Sklaven oder Dienern gereinigt –, doch der Geruch nach Pferdeäpfeln war überall. Ihr fiel plötzlich ein, was sie über die Probleme gelesen hatte, die New York im 19. Jahrhundert mit Pferdekutschen gehabt hatte, und sie schauderte. Dragon's Den hatte wahrscheinlich die gleichen Probleme und keinerlei Aussicht auf Automobile, die diese Probleme lösen würden.

„Einige von euch waren schon einmal hier", sagte Meisterin Irene, als die Schüler sich um sie geschart hatten. „Für alle anderen: Dragon's Den ist eine freie Stadt. Versucht, die Stadtwache nicht allzu sehr zu irritieren, denn der Großmeister wird sehr böse, wenn er für euch die Wogen glätten muss."

Ihre Stimme verhärtete sich. „Haltet jederzeit eure Geldbeutel fest und lasst nie eure Schließzauber fallen. Solltet ihr in Schwierigkeiten geraten, sprecht einen Heraufbeschwörungszauber und ruft mich sofort herbei. Lasst euch von keinem Ladenbesitzer dazu drängen, etwas zu kaufen, außer ihr habt es kaputt gemacht. Verhandelt, so viel ihr wollt.

Ich erwarte, dass ihr alle beim sechzehnten Glockenschlag wieder hier seid. Wer zu spät zurück ist, kommt im nächsten Monat nicht mit hierher."

Die Schüler begannen, sich aus dem Hof in die Stadt zu zerstreuen. Imaiqah packte Emilys Arm. „Wir haben jede Menge Zeit, um alles zu erkunden", sagte sie. „Wo willst du zuerst hin?"

Emily zögerte. Die einzigen Einkaufstouren, die ihr Spaß machten, gingen in Buchläden, aber Bücher waren in dieser Welt abartig teuer. Es war bemerkenswert, wie viele Bücher Whitehall über die Jahre angesammelt hatte, wenn jedes Buch von Hand gefertigt war. Vielleicht würden die Buchhalter der Buchhaltergilden später zu Buchmachern, wenn sie erst mal alle ihre Kunden verloren hatten, so dass Bücher etwas billiger werden würden. Und vielleicht würden mehr Leute lesen lernen, genug, dass der Markt etwas breiter wurde. Nur vergleichsweise wenige Leute in dieser Welt konnten lesen.

„Egal wo", sagte sie schließlich. Sie hatte schließlich Goldmünzen in ihrem Geldbeutel. „Ich muss einen Kasten kaufen, oder?"

Imaiqah nickte. „Also gehen wir einen renommierten Verzauberer suchen. Lass uns den Markt besuchen."

Der Geruch wurde stärker, während sie die Straßen entlanggingen, vorbei an unscheinbaren Wohnblöcken und Läden, die eine Mischung aus Obst und Gemüse verkauften. Emily sah Äpfel und Orangen, aber auch verschiedene Früchte – jedenfalls hielt sie es für Früchte –, die sie nicht erkannte. Eine Marktbude, abseits von den anderen aufgestellt, verkaufte etwas, das wie Ananas aussah, aber es stank so schrecklich, dass sie nicht begreifen konnte, wieso irgendjemand das würde kaufen wollen. Das Zeug ging trotzdem weg wie warme Semmeln. Sie hielt vor einem Laden, der Musikinstrumente verkaufte, und musste lächeln, als sie einen Dudelsack erkannte. Es gab Geigen, Trompeten und eine Harfe, aber keine Gitarren.

„Mein Vater will, dass meine Schwester Musikerin wird", sagte Imaiqah. „Eine gute Harfenistin kann viel Geld verdienen, und der Laden wird uns nicht alle ernähren."

Emily wurde kalt, als sie erkannte, was sie da gehört hatte. Im Lauf der Geschichte waren männliche Kinder *nützlicher* als weibliche gewesen; sie konnten härter arbeiten und mussten die Familie nicht verlassen, wenn sie heirateten. Und Mädchen brauchten eine Mitgift, die eine arme Familie in den Ruin treiben konnte. Eltern, die zu viele Kinder hatten, mussten sie womöglich verkaufen – oder Schlimmeres –, um zu überleben. Es war ein Detail aus der Welt des Mittelalters, das ihre Lehrer gern übergangen hatten, als das Fach in der Schule dran war.

Sie öffnete den Mund, aber brachte kein Wort heraus. Was konnte sie sagen?

Sie bogen um eine Ecke und kamen in eine belebte Straße. Sie hielten an, um eine schwarz bemalte Kutsche vorbeizulassen. Der Kutscher peitschte das Pferd, damit es geradewegs auf die Menschenmenge zuhielt, die ihm im Weg stand. Imaiqah erklärte, dass die Kutsche zu einem der Großen Häuser von Dragon's Den gehörte. Diesen Familien gehörte ein großer Teil der Stadt und sie regierten im Prinzip so, wie es ihnen passte. Sie bezahlten die Stadtwache dafür, dass sie für Ordnung sorgte und ganz nebenbei ihre Wettbewerber kontrollierte.

„Sie sind nicht so schlimm wie manche Adelige", erklärte Imaiqah, als die Kutsche in der Ferne verschwand. „Manchmal hören sie tatsächlich der Bevölkerung zu. Und man kann sie billiger bestechen."

„Oh", machte Emily. „Was passiert, wenn jemand an den Großen Häusern vorbei Geld verdient?"

„Sie laden den Neuen ein, sich ihnen anzuschließen", sagte Imaiqah mit einem kurzen Grinsen. „Mein Vater will, dass wir diesen Status erlangen, auch wenn wir dafür in den nächsten Stadtstaat ziehen müssen. Die Großen Häuser respektieren Talent viel mehr als jeder außerhalb der Städte."

Emily nickte nachdenklich. Ein Umsturz in einem Stadtstaat – selbst ein kurzer Aufstand, der schnell niedergeschlagen wurde – würde mehr Chaos anrichten als in einer Monarchie, wo es ein mächtiges Heer und eine stärker unterdrückte Bevölkerung gab. Die Großen Häuser hörten vielleicht lieber auf ihre Bevölkerung, als sie selbst zugeben würden, und sie belohnten Erfolgreiche, indem sie sie in das lokale Machtgefüge aufnahmen. Wenn sie glaubten, dass Wohlstand – oder vielmehr die Fähigkeit, Wohlstand zu erschaffen – erblich war, stärkten sie vielleicht ihre eigenen Nachkommen, indem sie frisches Blut in ihre Familien holten.

Sie sah zu Imaiqah hinüber. „Ist es denkbar, dass Alassa jemals einen Mann aus dem gemeinen Volk heiratet?"

Imaiqah lachte laut los. „Natürlich nicht! Ihre Ehe wird von ihren Eltern arrangiert werden; der Mann wird wahrscheinlich ein eitler Fatzke sein, der nie ihr Königreich bedrohen wird. Oder einer, den sie an ihre Familie binden wollen."

Oder vielleicht jemand, der richtig regieren kann, dachte Emily und schauderte.

Sie bogen in eine andere Straße ein und hielten an. Emily starrte auf einen Mann, der Feuerkugeln in die Luft schleuderte und eine nach der anderen verschluckte. Hinter ihm posierte ein anderer Mann, der wie ein durchgeknallter Kampfmagie-Gaukler wirkte, doch Magie funkelte um ihn herum, sobald er mit den Fingern schnipste oder auf den Boden zeigte. Es dauerte einen Augenblick, bis Emily erkannte, dass sie Straßenkünstlern zusahen, Magiern, die gerade genug Zauberkraft hatten, um Passanten zu unterhalten. Der Obermagier sah ihr in die Augen und wedelte mit der Hand. Ein schimmerndes Abbild von Emilys Gesicht bildete sich aus Feuer und schwebte vor ihr in der Luft, bevor es sich in nichts auflöste.

„Angeber", sagte Imaiqah, als sie vorübergingen. „In dieser Straße leben die meisten Magier der Stadt."

Emily nickte und sah sich die Läden an. Es gab vier verschiedene Geschäfte für magische Zutaten, zwei für diverse Utensilien für junge Magier und einen einzelnen Buchladen, der mit Schriftrollen und handgefertigten Büchern vollgestopft war. Dahinter lag der Laden eines Heilers; an der Fassade stand, dass er alles vom Schnupfen bis zur tödlichen Vergiftung heilen konnte. Danach kam eine große Tierhandlung.

Zuerst verstand Emily nicht, warum eine Tierhandlung als magisch galt, doch dann fiel ihr ein, was sie über magische Begleittiere gelesen hatte. Ein Tier, das magisch genug war, konnte seinem Besitzer beim Zaubern helfen, wenn es dafür Nahrung, Wasser und eine geistige Verbindung bekam. Die Bücher, die sie gelesen hatte, warnten davor, dass solche Magie immer ihren Preis habe, die Besitzer nahmen zum Beispiel häufig die Eigenschaften ihres Tieres an. In Whitehall übte man diese Magie nicht vor der zweiten Jahrgangsstufe aus.

„Manche Schüler der Magie entwickeln nie richtig das Potenzial für Whitehall", sagte Imaiqah leise. „Die meisten gehen bei Magiern vor Ort in die Lehre und lernen von ihnen, sie brauen einfache Zaubertränke oder verzaubern Gegenstände für ihre Kunden. Sie haben auf ihre Weise auch gewisse Fertigkeiten, aber ich glaube, sie verstehen nicht wirklich, was sie tun. Mein Vater wollte mich bei einem in die Lehre geben, bevor der Wandergeselle aus Whitehall ihn überzeugte, dass das für mich und ihn gefährlich wäre."

Emily nickte. Imaiqahs Vater schien ein bodenständiger Mann zu sein. Er hatte nicht gefragt, wo Emilys Ideen herkamen, obwohl er vor Neugier platzen musste. Emily hätte an seiner Stelle längst gefragt, aber er war Kaufmann und schaute einem geschenkten Gaul nicht ins Maul. Sie verkaufte ihm ja auch nichts, was einen Haken hatte.

„Sehr gefährlich", sagte eine Stimme hinter ihnen. „Es hätte das arme Mädchen zum Krüppel gemacht."

Emily wirbelte herum. Die Welt verschwamm um sie herum und sie hob die Hände, um einen Verteidigungszauber zu sprechen. Ein Mann war direkt hinter ihr; sein Gesicht war unter einer Kapuze versteckt … Wie war er ihr so nahe gekommen, ohne dass sie seine Gegenwart bemerkt hatte? Imaiqah schien wie festgefroren, genau wie der Rest der Straße, ihre Gestalt war leicht verschwommen … Dann zog die Gestalt ihre Kapuze zurück und ließ sie ihr Gesicht sehen. Emily war erleichtert, als sie Void erkannte.

„Wir haben nicht viel Zeit zum Reden", sagte Void. Jetzt, wo sie viel mehr über Magie wusste, spürte sie die riesigen Machtreserven, die den Hexenmeister umgaben. „Der Zauber, der uns von der Welt abkapselt, kann nicht lange aufrechterhalten werden."

Emily warf einen Blick auf Imaiqah. Ihre Freundin war erstarrt, als wäre die Zeit selbst stehen geblieben …

„Du hast die *Zeit* angehalten", keuchte sie. Sie konnte es überhaupt nicht glauben. Sie hatte einen Film gesehen, der auf dieser Grundidee aufbaute, aber er war albern gewesen und wahrscheinlich unrealistisch. „Was … wie hast du das gemacht?"

„Nur in einem sehr kleinen Gebiet", sagte Void. Er war ihr unangenehm nahe, aber als Emily sich umsah, erkannte sie, dass der Zauber nur einen Radius von knapp einem Meter hatte. „Und wir können uns nicht aus der Blase hinausbewegen, ohne dass sie zerplatzt. Die Zeit mag anscheinend keine Leute, die versuchen, sich ihren Regeln zu widersetzen."

Emily nickte und nahm sich zusammen. „Was tust du hier?"

„Ich wollte nur sehen, wie du in Whitehall zurechtkommst", sagte Void. „Du hast ziemliches Aufsehen erregt, weißt du? Es gibt eine Buchhalter-Gilde, die deinen Kopf auf einem Silbertablett sehen möchte, am liebsten getrennt von deinem Körper."

Emily schluckte. „Ich wollte denen nicht das Leben zerstören ..."

„Oh, mach dir darüber keine Sorgen", sagte Void. Er wedelte mit der Hand, als wollte er das Thema wegwischen. „Und mach dir auch keine Sorgen, was du dieser albernen Prinzessin angetan hast. Es ist gut, den Adel gelegentlich daran zu erinnern, dass Hexenmeister Macht haben. Das erhält ihren Respekt vor uns."

„Ich habe sie fast umgebracht", stellte Emily klar. „Hättest *du* sie umgebracht, als du so alt warst wie ich?"

„Meine Magie kam etwas früher zum Vorschein als deine", sagte Void abwesend. Sein Blick wurde plötzlich schärfer. „Und ich hätte sie wahrscheinlich in etwas Furchtbares verwandelt und sie lange genug in dem Zustand gelassen, um ihr eine Lektion zu erteilen."

Emily sah ihn *an*. „Was ist das eigentlich zwischen dir und dem Großmeister?"

Void zuckte mit den Schultern. „Warum willst du das wissen?"

„Weil der Großmeister anscheinend bereit war, mir Unterricht zu gestatten, für den ich Jahre zu früh dran bin. Weil ich eine königliche Prinzessin fast umgebracht hätte und so gut wie ungeschoren davonkam. Weil ... weil sie anscheinend bereit sind, genau das zu tun, was du sagst."

„Sagen wir einfach", sagte Void nach einem langen Augenblick, „dass der Großmeister und ich oft verschiedener Meinung sind, aber wir sind auf der gleichen Seite."

„Ja, aber du scheinst unabhängig zu leben", entgegnete Emily. „Wie viele Hexenmeister deiner Art gibt es?"

„Das ist ein Ergebnis von Macht", sagte Void. „Vielleicht endest du auch eines Tages in deinem eigenen Turm."

Emily spürte, dass sie keine klare Antwort bekommen würde, also wechselte sie das Thema. „Warum sind die alle so dumm?"

Void lächelte. „Wie bitte?"

„Die Verbündeten Lande", sagte Emily. „Sie sollten sich gegen die Nekromanten einig werden, aber die Hälfte der Zeit verbringen sie mit Kämpfen untereinander."

„Genau wie die Nekromanten", sagte Void. Er sah auf seine bleichen Hände hinab. „Viele der Adeligen, die zurzeit an der Macht sind, stammen von denen ab, die das Erste Reich regierten. Sie machten sich selbst zu Königen, als das Reich zerstört wurde. Glaubst du, sie würden sich freiwillig wieder unterordnen?"

Er schnaubte. „Es gibt Gerüchte, dass es einmal einen fehlenden Erben des Kaiserthrones gab. Sie haben ihn getötet, nur um sicherzustellen, dass das Reich nie wieder auferstehen würde."

„Verstehe", sagte Emily. „Und es gibt nirgends leibliche Nachfahren?"

„Nicht, soweit man weiß", gab Void zu. Er schüttelte den Kopf. „Aber du hast recht. Sie behindern den Erfolg der Kriegsanstrengungen."

Er sah auf die erstarrte Imaiqah. „Würde alles nicht viel besser laufen, wenn die hier den Krieg anführen würde?"

„Wahrscheinlich", sagte Emily. „Warum übernimmst du nicht die Welt?"

Void sah sie lange forschend an. „Es gab Magier, die die Weltherrschaft anstrebten. Möchtest du raten, was denen passiert ist?"

Emily zog eine Grimasse, als sie die Wahrheit erkannte. „Sie wurden Nekromanten. Warum … warum wurden sie so korrupt?"

„Sie wollten Macht, und Macht neigt immer dazu, Leute zu korrumpieren", bemerkte Void. Er hielt inne, als versuchte er, zu entscheiden, ob er ihr etwas sagen sollte. „Es gibt manchmal … *Unfälle*, wenn ein Magier seine Kräfte steigert. Sie jagen dem Rest der Welt *immer* großen Schrecken ein, weil die Magier vielleicht wahnsinnig geworden sind oder sich Hals über Kopf in die Nekromantie stürzen. Und dann gibt es noch die Idioten, die glauben, sie könnten mit Nekromantie umgehen und ihre Macht für gute Zwecke nutzen."

Er schüttelte den Kopf. „Es gab einmal einen König, der glaubte, er könnte sich unter Kontrolle behalten, wenn er darum bat, dass Freiwillige sich opfern lassen würden. Es schien anfangs gut zu funktionieren, bis sein Verstand so verdreht war, dass er sich selbst täuschte und glaubte, sein gesamtes Königreich habe sich freiwillig als Opfer gemeldet. Er hätte sie alle umgebracht, wenn sein Sohn ihm nicht ein Messer in den Rücken gestoßen hätte."

Emily nickte nachdenklich. Wenn *Berserker* süchtig machte, musste Nekromantie noch gefährlicher sein. Void schien sagen zu wollen, dass niemand sich der Sucht entziehen konnte, die unweigerlich in die Katastrophe führte.

„Aber das ist jetzt gerade egal", sagte Void. Er sah ihr in die Augen. „Dir ist klar, dass man dich bemerkt hat, oder?"

„Du hast mich auf einem Drachen nach Whitehall geschickt", entgegnete Emily. „Und du hast jedem erzählt, ich sei ein Schicksalskind."

„Du *bist* ein Schicksalskind", sagte Void. „Ich habe niemanden angelogen."

„Ja, aber ..." Emily fielen nicht die richtigen Worte ein. „Ich bin kein Schicksalskind in dem Sinne, wie sie es meinen."

„Was tut das zur Sache?", fragte Void, ehrlich überrascht. „Vielleicht dreht sich die Welt nicht um dich, aber du wurdest in dem Augenblick sehr wichtig, wo unser Freund von der dunklen Seite dich aus deiner Welt riss und hierherbrachte. Und du hast eine Gilde in den Abgrund getrieben, die als korrupt, habgierig, aufgeblasen und dumm bekannt war. Außerdem hast du einer königlichen Göre eine Lektion erteilt, die sie für ihre Zukunft braucht. Und deine Steigbügel könnten unsere Art der Kriegsführung verändern."

Er grinste lausbübisch. „Schicksalskind oder nicht, du veränderst die Welt", erinnerte er sie. „Ich schlage vor, du verschweigst ihnen die Wahrheit. Wenn sie glauben, dass du ein Schicksalskind *bist*, werden sie es sich gut überlegen, ob sie sich mit dir anlegen. Dein Wesen an sich könnte ihre Pläne grandios scheitern lassen."

„Aber das *werden* sie nicht", beteuerte Emily. Sie fühlte sich, als hätte er sie den Löwen zum Fraß vorgeworfen. „Ich bin nicht, wofür sie mich halten!"

„Aber vielleicht bist du, was sie *brauchen*", sagte Void ernst. Er zuckte mit den Schultern. „Denk wenigstens daran, dass die Nekromanten immer noch da draußen sind. Alles, was du dazu beitragen kannst, dass die Verbündeten Lande sie endgültig besiegen, wäre eine große Hilfe."

Er hob eine Hand und runzelte die Stirn. „Der Zauber bricht gleich zusammen. Ich schlage vor, dass du dieses Gespräch niemandem gegenüber erwähnst."

„Warte", sagte Emily. „Gibt es in dieser Stadt einen zuverlässigen Verzauberer?"

Void lächelte. „Versuch Yodel", riet er ihr. „Er kann fast alles herstellen, wenn du ihm genug Zeit gibst. Ich habe Hexenmeister gekannt, die nicht zu stolz waren, ihn um Hilfe zu bitten."

Er zog seinen Unsichtbarkeitszauber um sich herum und verschwand in dem Augenblick, in dem die Zeit wieder normal zu laufen begann.

Imaiqah hatte anscheinend nicht bemerkt, was passiert war, und das war eine ziemliche Erleichterung. Emily wälzte Gedanken, während sie weitergingen, und Imaiqahs Geplauder half, sie von ihren Sorgen abzulenken. Was hatte sie nur ins Rollen gebracht, indem sie so simple Ideen wie arabische Zahlen hier eingeführt hatte, oder Büstenhalter? Oder Steigbügel?

„Hier ist der Laden eines Verzauberers", sagte Imaiqah, als sie vor einem steinernen Gebäude mit der Aufschrift YODEL innehielten. Sie zögerte. „Sie lassen normalerweise nur eine Person auf einmal in ihren Laden. Ich gehe dann mal in den Kleiderladen, während du eine Truhe kaufst."

Emily nickte. „Gut. Bis nachher."

Imaiqah hatte von ihrem Vater eine Belohnung bekommen, weil sie Emily entdeckt hatte; er hatte ihr genug Geld geschickt, dass sie feine Kleidung für die nächste öffentliche Veranstaltung in Whitehall kaufen konnte. Alassa hatte sich unter anderem über Imaiqahs Kleider lustig gemacht, und Emily verstand, warum Imaiqah eine Veränderung brauchte.

Die Tür ging auf, als sie sich näherte, und ließ sie in einen abgedunkelten Raum treten, der schwach nach Holz roch. Er war mit Dutzenden Artefakten vollgestopft, von denen einige deutlich zu erkennen waren, andere überstiegen ihr Vorstellungsvermögen. Auf einem Tisch war eine menschliche Hand, deren Finger durch Kerzen ersetzt worden waren; auf einem anderen stand ein Schädel, dessen Augenhöhlen glühende Rubine enthielten. Emily betrachtete die Hand lange. Sie spürte mächtige Magie darum herumflimmern, aber hatte keine Ahnung, wozu sie diente. Stattdessen wandte sie sich einem Kerzenhalter zu und runzelte die Stirn. Er wirkte vollkommen normal, genauso einen hätte sie zu Hause kaufen können. Soweit sie sehen konnte, schien er überhaupt nicht magisch zu sein.

„Irgendwann würdest du feststellen, dass er nur funktioniert, wenn du ihn anzündest", sagte eine Stimme hinter ihr. Sie wirbelte herum und sah einen kleinen alten Mann in einem Arbeitsgewand und mit einer dunklen Brille. „Wenn du ihn anzündest, kannst nur du das Licht sehen. Ein simpler, aber sehr wirksamer Zauber."

„Schlau", sagte Emily.

„Ja", stimmte Yodel zu. Er zeigte auf den Schädel. „Vor langer Zeit gab es einen großen Magier, der eine Kopie seines Geistes im Schädel seines Freundes platzierte, damit künftige Generationen seine Weisheit nutzen konnten. Der Zauber wurde nachgeahmt und jetzt treiben sich zahllose Kopien längst verstorbener Zauberer in der Welt herum. Suchst du Rat von einem früheren Meister der Kunst?"

Emily zögerte, dann schüttelte sie den Kopf.

„Eine weise Entscheidung", sagte Yodel. „Meine Erfahrung ist, dass sie so sehr schreien, dass es die Vorteile der fortgeschrittenen Magie, die man von ihnen lernen kann, leider aufwiegt. Außerdem versuchen die *wahren* Meister nie, ihr Hirn zu kopieren."

Er drehte sich um und führte sie tiefer in den Laden hinein, wobei er auf verschiedene Gegenstände zeigte. „Ich könnte dir eine Kristallkugel geben, die dich warnt, wenn deine Feinde näher kommen. Oder ein Glas, das immer frisches Wasser liefert. Oder sogar einen Metallstab, der Abwehrzauber auflädt."

Emily nickte in Richtung eines kleinen geschnitzten Vogels. „Was ist das?"

„Fass es an", sagte Yodel. Er lächelte über ihren Gesichtsausdruck. „Es ist völlig harmlos, keine Sorge. Ich leiste gute Arbeit."

Aus der Nähe war der hölzerne Vogel sehr detailreich. Emily berührte ihn leicht mit den Fingern und …

… sie flog durch die Luft, ihr Flügelschlag trug sie weit über das Land …

… und dann war sie wieder in ihrem Körper und stolperte zurück.

„Nicht viele Leute halten beim ersten Mal lange durch", sagte Yodel freundlich. „Ich habe die Erinnerungen eines Vogels hineingezaubert und jetzt kann man sie am eigenen Leib nachempfinden. Man verpasst so viel, wenn man immer nur sich selbst und andere in Vögel verwandelt."

Emily starrte ihn an. „Ich fand es … beunruhigend", sagte sie nach einem langen Atemzug. Sie spürte ihr Herz in der Brust hämmern. „Kaufen Leute wirklich so etwas?"

„Du würdest dich wundern", sagte Yodel. Er tippte auf ein Königsmacher-Spielbrett. „Vielleicht kann ich dir ein Spiel verkaufen, das verzaubert ist, so dass es sich selbst spielt? Oder eins, das deine Spielfertigkeiten verbessert?"

„Schummeln meinst du", sagte Emily. Sie hatte einmal gegen einen Jungen gespielt, der mit einem iPad geschummelt hatte, bevor sie gemerkt hatte, was er tat. „Davon würde ich nichts lernen, oder?"

„Wie man's nimmt", sagte Yodel. Er blieb stehen und sah sie direkt an. „Und was möchtest du in Wirklichkeit?"

„Ich brauche eine Vorratstruhe", sagte Emily. „Ich habe gehört, du seist der beste Verzauberer in der Stadt."

„Der beste auf dem halben Kontinent", teilte Yodel ihr mit. Er führte Emily in eines der Hinterzimmer und zauberte eine Lichtkugel in die Luft. „Wie du siehst, habe ich zurzeit sieben verschiedene Truhen auf Lager. Alle sind so verzaubert, dass fast alles hineinpasst, und alle sind auf einen bestimmten Nutzer hin versiegelt. Oder ich kann dir eine andere Truhe nach deinen Vorgaben machen, aber das wird teurer."

Emily sah eine der Truhen an und verliebte sich in sie. Es war eine Schatztruhe aus Mahagoni wie aus einem Piratenfilm mit einem einzigen großen goldenen Schloss auf der Vorderseite. Sie berührte sie leicht und spürte Zauber um das Holz herumflimmern; sie warteten nur darauf, dass der Falsche versuchte, die Truhe zu öffnen.

Yodel tippte auf das Schloss und es ging auf. Das Innere der Truhe schien unendlich breit und tief zu sein. Er nahm einen Zauberstab und ließ ihn ins Dunkel fallen, dann hielt er seine Hand über die Truhe.

„Zauberstab", sagte er. Der Zauberstab flog in seine Hand. „Wenn du einmal vergisst, was du in die Truhe getan hast, kannst du ihr befehlen, dir alles zu zeigen oder den gesamten Inhalt auf den Boden zu kippen."

„Schlau", sagte Emily, diesmal sehr viel ehrlicher. „Wie sicher ist sie?"

„Die Zauber halten unter Garantie allem stand außer einem erstklassigen Flüche-Brecher", teilte Yodel ihr mit. „Aber wenn jemand die Zauber ohne die korrekten Sprüche knackt, bricht die Taschendimension zusammen und ihr gesamter Inhalt geht verloren. Ich kann eine Truhe herstellen, die zu einer dauerhaften Taschendimension führt, so dass du dein Eigentum später wiederherstellen kannst, aber das wird deutlich teurer. Diese hier kostet etwa zwanzig Goldmünzen."

Emily betrachtete die Truhe und konnte es nicht lassen, die offensichtliche Frage zu stellen. „Was, wenn *ich* in der Truhe schlafen wollte?"

„Die Erhaltungszauber – die ich selbst erfunden habe – werden das nicht zulassen", sagte Yodel. „Ich weiß, dass manche Hexenmeister versucht haben, Truhen mit Schlafräumen zu bauen, aber die Zauber sind alles andere als einfach und nutzen sich leicht ab. Es empfiehlt sich nicht."

„Schade", sagte Emily. Ihr war so etwas wie die TARDIS vorgeschwebt. „Kannst du sie nach Whitehall liefern lassen?"

„Wenn du sie kaufst, kann ich sie zum Gebäude transportieren lassen", sagte Yodel. „Du wirst dich hier und jetzt an die Truhe binden müssen, aber die Lieferung wäre kein Problem. Sie wäre für jeden anderen nutzlos, auch für mich."

Er richtete sich auf und schloss den Deckel. „Willst du sie kaufen?"

Emily sah die anderen Truhen an und dann wieder die erste. „Ja", sagte sie und griff in ihren Geldbeutel. „Zwanzig Goldmünzen, richtig?"

Yodel nahm das Geld und wies sie an, ihre Hand gegen das Schloss der Truhe zu drücken, wobei er leise einen Zauber murmelte. Emily fühlte ein leichtes Kribbeln, weiter nichts, aber als sie versuchte, das Schloss zu öffnen, ging es ganz leicht auf, als würde das schwere Holz überhaupt nichts wiegen. Sie machte den Deckel wieder zu und beobachtete, wie Yodel das Gold wog, bevor er nickte und ihr eine Pergamentrolle reichte. Sie war mit einer krakeligen Handschrift beschrieben, die sie nur schwer lesen konnte.

„Anweisungen", grunzte Yodel. „Und möchtest du noch etwas anderes kaufen, da du schon einmal hier bist?"

„Ich glaube nicht", sagte Emily. Er begleitete sie zurück zur Tür. „Dieses Teil mit der Hand und den Kerzen … *wofür* ist das?"

„Es ist eine Glorienhand", sagte Yodel. „Du kannst damit Türen und Tore öffnen; du könntest damit *überallhin* kommen. Sehr wenige Leute wissen, wie man sie herstellt, und der Preis ist exorbitant."

Emily betrachtete die Hand und beschloss, sich später genauer zu überlegen, was das bedeuten mochte. In der Tür hielt sie inne. „Wann kommt die Truhe in der Schule an?"

„Morgen wahrscheinlich", sagte Yodel. „Ich muss sehen, was heute noch gekauft wird, und dann alles in einer Kutsche hochschicken."

Draußen sammelte Emily sich, während der Lärm der Stadt wieder um sie dröhnte, dann blickte sie in den nahe gelegenen Kleiderladen. Imaiqah war immer noch dort und probierte Kleider an; Emily rollte mit den Augen und sah sich um, ob es noch einen interessanteren Laden in der Nähe gab.

Auf der anderen Straße war eine Apotheke. Emily fiel ein, was Professor Thande über den Kauf von Zutaten in Apotheken gesagt hatte. Sie ging hinüber und öffnete die Tür. Dahinter lag ein großer Raum, der mit Regalen vollgestopft war; auf jedem standen Flaschen und Krüge mit Zutaten. Ein schwacher Geruch hing in der Luft, er erinnerte sie an Gewürze von der Erde. Sie musste einen Niesreiz unterdrücken.

„Willkommen in meinem Laden", sagte eine Stimme. Sie blickte auf und sah eine dicke Frau mit einem breiten Lächeln, das nicht ganz bis zu ihren Augen reichte. „Ich hoffe, du willst nicht wieder gehen, bevor du für deine Einkäufe bezahlt hast?"

Emily blinzelte überrascht und dann wütend. „Ich sehe mich nur um", sagte sie verärgert. Wie konnte eine Ladenbesitzerin es wagen, zu behaupten, sie wolle ihren Laden beklauen? „Behandeln Sie alle Ihre Kunden so?"

Die Frau machte einen Rückzieher. „Ich sehe, dass du zu stolz bist, um zu stehlen. Und suchst du nach etwas Bestimmtem? Ich habe zerstoßenen Löwenzahn, mit dem man ein nichts ahnendes Herz verzaubern kann, so dass es Liebe oder Fürsorge spürt. Oder ich kann dir Samen verkaufen, die zu süßen Blättern heranwachsen. Sehr gut für jeden, der entspannen will.“

„Ich sehe mich nur um“, sagte Emily. Sie hob einen Krug hoch, auf dem „Fledermaus-Urin“ stand. Sie konnte sich nicht vorstellen, wozu das gut war, aber Professor Thande hatte allerlei Tränke aus merkwürdigen Zutaten hergestellt. „Haben Sie irgendetwas … *Interessantes?*“

„Ich habe eine sehr kleine Flasche Drachenblut, aber die habe ich einem anderen Kunden versprochen“, sagte die Frau. Ihr Lächeln wurde breiter. „Sie kostet nur fünfhundert Goldmünzen, aber für sechshundert gehört sie dir ...“

Emily lachte los. Drachenblut war selten, sehr selten. Sehr wenige Bücher waren sich zum Thema Drachen einig, aber in allen stand, dass Drachen sehr schwer zu töten waren und noch schwerer anzuzapfen, wenn man ihr magisch aufgeladenes Blut wollte. Und sie waren mächtig; ihr Schuppenpanzer und das Feld aus roher Magie, das ihnen zu fliegen erlaubte, schützten sie vor fast allen Zaubern. Es gab Legenden über ganze Länder, die in der Vergangenheit von wütenden Drachen zerstört worden waren. Keine dieser Geschichten war angenehm zu lesen.

Es *musste* eine Fälschung sein. Genauso gut konnte man eine Luxusyacht für zehn Dollar kaufen.

„Ah, ich sehe, du bist eine echte Magierin“, sagte die Frau. „Ich kann dir etwas *wirklich* Interessantes verkaufen. Wenn du mir folgen würdest ...“

Sie ging durch einen Vorhang in ein rückwärtiges Zimmer. Emily folgte ihr und machte einen Schutzzauber bereit für den Fall, dass es ein Hinterhalt war. Sie trat in etwas, das einer merkwürdigen Tierhandlung glich. Ein Terrarium war mit Spinnen gefüllt, die hinter den gläsernen Wänden unablässig herumkrabbelten, jede größer als ihre Hand. Emily spürte eine Gänsehaut, als die Spinnen sich umdrehten und sie ansahen, dann wandten sie sich wieder ihrem Tanz zu. Sie sah weg und erblickte ein anderes Gefäß, das mit funkelnden Fischen gefüllt war; sie erinnerten sie an die Zauber, die sie in Kampfmagie angewendet hatten. Ein dritter Käfig enthielt ein Paar weiße Mäuse und ein Dutzend Ratten; außer ein paar Zuckungen schienen sie nichts zu tun.

„Sie wurden von einem Animalisten hergestellt, der über jede Menge Magie verfügte und einfach *alles* ausprobieren wollte", teilte die Frau ihr mit. „Sie können tatsächlich *denken*, das sollte man nicht meinen, oder? Gar nicht auszudenken, was passieren würde, wenn man sie auf die Ratten der Stadt losließe."

Emily schüttelte ungläubig den Kopf. Die Vorstellung war ihr ein bisschen zu viel.

Die Ladenbesitzerin verstand sie falsch. „Das findest du nicht faszinierend? Komm her und sieh dir *das hier* an!"

Sie klopfte verärgert gegen einen Vogelkäfig. In der hinteren Ecke rührte sich etwas.

Emily runzelte die Stirn. Zuerst dachte sie, sie sähe einen winzigen Vogel mit Flügeln und allem, dann sah sie den Körper zwischen den Flügeln. Es war unmöglich … und doch hatte sie in den letzten Wochen genug gesehen, um zu wissen, dass bei Magie nichts wirklich unmöglich war.

„Ah", machte die Frau. „Endlich habe ich dich beeindruckt, oder?"

Emily sagte nichts. Sie starrte die Elfe an. Sie war winzig, kaum größer als Emilys Mittelfinger, aber erschreckend menschlich. Ihr nackter Körper erinnerte an ein junges Mädchen mit blondem Haar und perfekt geformten Brüsten, aber aus ihrem bloßen Rücken wuchsen schwarze Flügel. Emily konnte nicht glauben, was sie da sah.

Langsam setzte sich die Elfe im Käfig wieder hin, als versuchte sie verzweifelt, ihre Blöße anständig zu bedecken – oder sich einfach nur ihren Blicken zu entziehen. Einen kurzen Moment sah sie in die dunklen Elfenaugen. Sie konnte sich des Eindrucks nicht erwehren, dass die Elfe ein intelligentes, selbstständiges Geschöpf war.

Emily fühlte sich schuldig – und schmutzig –, allein weil sie das arme Geschöpf *ansah*.

„Was …?" Sie schluckte heftig und begann von vorn. „Was haben Sie mit ihr vor?"

„*Damit*", sagte die Frau. „Nicht mit *ihr*. Ich habe vor, die Flügel abzuschneiden und damit einen ganz bestimmten Trank herzustellen, dann verkaufe ich sie einem der Stadträte, der einen ziemlich seltsamen Geschmack für ..."

„Das dürfen Sie nicht", unterbrach Emily sie. „Das ist nicht etwas, das man einfach *töten* darf."

„Sie ist nicht menschlich", sagte die Frau. Emily wurde schlecht und sie musste sich zwingen, nicht noch einmal die verpfuschten Zauber zu sprechen, die sie gegen Alassa eingesetzt hatte. Nur die Gefahr, eine Magierin herauszufordern, deren Macht sie nicht kannte, überzeugte sie, dass sie sich zurückhalten musste. „Ich habe sie ehrlich gekauft." Ihre Stimme wurde berechnend. „Es sei denn, du willst sie selbst kaufen?"

Emily starrte sie an und versuchte nicht einmal, ihre Abscheu zu verbergen. „Wie viel?"

„Interessant", sinnierte die Frau. „Du willst das gesamte Geschöpf, nehme ich an? Das könnte dich zehn Goldmünzen kosten."

„Zehn Goldmünzen", wiederholte Emily. Der Preis für gefälschtes Drachenblut ließ das lächerlich gering erscheinen, aber zehn Goldmünzen waren ein großer Teil ihrer Ersparnisse. „Wie viel würden Sie verdienen, wenn Sie die Elfe und ihre Flügel verkaufen würden?"

Die Elfe heulte, als sie die Worte hörte, ein dünner Laut, der Emily fast das Herz brach.

„Vielleicht sieben Goldmünzen", sinnierte die Frau. „Aber du kannst dir das Geld leicht wiederholen, wenn du sie zerstampfst und die Reste mit ..."

„Ich gebe Ihnen acht Goldmünzen", sagte Emily. Das war vielleicht nicht schlau – sie hatte keine Ahnung, wie viele Elfen es gab –, aber sie hatte das Gefühl, sie hätte keine Wahl. Sie wollte die Elfe nicht zurücklassen, so dass sie verstümmelt wurde und der Stadtrat sie für seine schrecklichen Zwecke, was auch immer das sein mochte, benutzen konnte. „Und das ist das beste Angebot, das Sie bekommen werden."

Die Frau griff in den Käfig, hob die Elfe an ihren blütenzarten Flügeln hoch und zog sie heraus. Emily machte eine Grimasse, als sie die dunklen Flügel sah; sie schimmerten wie eine Seifenblase, die kurz vor dem Platzen war. Dann ließ die Frau die Elfe in ihre Hand fallen. Sie zwang sich, das Geschöpf nicht zu streicheln, setzte sie auf den Tisch und griff in ihren Geldbeutel, um die Münzen herauszuholen. Vielleicht *war* sie hereingelegt worden, aber sie konnte nichts anderes tun. Das Leid der Elfe hatte sie auf menschlicher Ebene tief getroffen.

„Hier", stieß sie hervor und gab der Ladenbesitzerin das Geld. „Danke!"

Sie nahm die Elfe und stakste aus dem Laden ins Freie. Die Flügel der Elfe wurden sofort lebendig und schlugen gegen ihre Hand, bis sie die Hand öffnete und die Elfe wie eine riesige Biene in die Luft entließ. Ihre dunklen Flügel bewegten sich so schnell, dass die Elfe von tintenschwarzer Dunkelheit umgeben schien.

Emily fühlte Scham; peinlich berührt schaute sie weg. Als sie wieder hinsah, war die Elfe verschwunden.

Imaiqah probierte *immer noch* Kleider an. Sie hatte nichts davon mitbekommen, was Emily gerade getan hatte.

Einige der Kleider sahen aus wie Seide; wenn Emily sich recht erinnerte, kam Seide von lebenden Tieren. Waren das in dieser Welt Tiere oder waren sie so intelligent wie die Elfe, die sie befreit hatte? Bei dem Gedanken wurde ihr übel. Professor Locke hatte behauptet, dass die Kriege, die beinahe die Menschheit zerstört hatten, mit dadurch ausgelöst worden seien, dass Menschen andere intelligente Geschöpfe misshandelt hatten. Wie viele andere Verbrechen, außer abgeschlachteten Elfen und ausgebluteten Drachen, wurden im Namen der Magie verübt?

Sie schüttelte den Kopf und ging weiter, bis sie zufällig in einen Innenhof blickte und Alassa an einem Tisch sitzen sah. Ein Glas mit einer roten Flüssigkeit stand vor ihr. Die Prinzessin sah kein bisschen glücklich aus, erkannte Emily; genau genommen sah es fast so aus, als hätte sie geweint. Emily zögerte; sie wusste nicht richtig, was sie tun sollte, doch dann trat sie in den Innenhof und sah, dass das hier eine vornehme, wenngleich fast völlig leere

Ausschankstätte war. Alassa blickte auf, bemerkte sie und zog eine Grimasse.

Emily wäre fast weggegangen, aber etwas sagte ihr, dass sie bleiben sollte. Sie hatte lange genug mit Alassa an den Grundlagen-Zaubersprüchen gearbeitet, um zu wissen, dass hinter der königlichen Arroganz und Nachlässigkeit, die ihr öffentliches Auftreten bestimmte, *doch* ein Mensch steckte. Außerdem *hatte* sie Alassa stark verletzt, auch wenn die andere das wahrhaftig verdient hatte. Niemand konnte so etwas erleben und keine schweren Narben davontragen, selbst wenn man sie nicht sehen konnte.

„Hallo", sagte Emily so locker, wie sie konnte. „Möchtest du darüber reden?"

Alassas Hand zuckte, als wollte sie schon nach ihrem Zauberstab greifen. „*Glaubst* du, ich will darüber reden?"

Emily wäre fast ein zweites Mal weggegangen, dann zwang sie sich, sich zu setzen. „Ich glaube, du *musst* darüber reden", sagte sie ernst. Alassas Gesicht erinnerte sie an ihr eigenes, damals, als sie keinen Ausweg aus ihrem Leben gesehen hatte außer den Tod. „Du wirkst niedergeschlagen."

Alassa lachte verbittert auf. „Niedergeschlagen", wiederholte sie. „Ich habe ein Problem und ich weiß nicht, wie ich damit umgehen soll. Niedergeschlagen, allerdings!"

Emily sah sie einen langen Moment an. „Und was ist dein Problem?"

Alassas Lachen wurde zu einem grausamen, hämischen Kichern. „Mein Problem?", wiederholte sie zwischen zwei Kicheranfällen. „Mein Problem bist du!"

KAPITEL 26

„Ich?“

Alassa sah auf ihr Glas hinab und nickte. „Du. Du hast mein Leben ruiniert.“

Emily starrte sie verwirrt an. Wie genau hatte sie Alassas Leben ruiniert?

Es stimmte schon, das königliche Miststück hatte eine Lektion zum Thema gebraucht, wie gefährlich es war, auf Leuten herumzuhacken, und sie machte im Grundkurs Zaubersprüche sogar Fortschritte – mit Emilys Hilfe.

Aber möglicherweise, dachte Emily, hatte Alassa, anders als viele andere Schülerinnen, nie erwachsen werden müssen. Stattdessen war sie eine Prinzessin gewesen und als solche vom Tag ihrer Geburt an verwöhnt worden.

Einer von Emilys älteren Lehrern aus ihrer eigenen Welt hatte seiner Klasse erzählt, dass Stadtkinder sich von Landkindern unterschieden. Stadtkinder lernten selten etwas Nützliches, jedenfalls im *praktischen* Sinne, während Landkinder von klein auf lernten, ihren Eltern zu helfen. Emily hatte ihm damals nicht geglaubt – sie hatte Kinder gekannt, die mit dem Austragen von Zeitungen Geld verdienten –, aber in diesem Moment verstand sie, was er gemeint hatte. Ein Kind wie Imaiqah, die Tochter eines fleißigen Kaufmanns, musste ihrem Vater helfen, sobald sie laufen konnte, einfach um die Ressourcen wieder hereinzuholen, die er in sie investiert hatte. Imaiqah hatte sehr schnell erwachsen werden müssen; Emily vermutete sogar, dass Imaiqah mathematisch viel begabter war als alle, die sie von zu Hause her kannte, vielleicht weil Imaiqah für ihren Vater Beträge zusammengerechnet hatte, seit sie eins und eins zusammenzählen konnte.

Alassa hingegen hatte nie wirklich etwas lernen müssen, geschweige denn sich ihren Lebensunterhalt verdienen oder für einen Krieg trainieren. Einen Kronprinzen nahm man mit aufs Schlachtfeld, sobald er gehen konnte, damit er die Kriegskunst erlernte, aber niemandem würde es einfallen, eine Kronprinzessin einer solchen Behandlung auszusetzen. Diese zarten kleinen Mädchen waren die Mütter der nächsten königlichen Generation. Man musste sie verhätscheln und beschützen und …

… was man auch sonst über Alassas Erziehung sagen konnte: Sie war nicht ordentlich auf die echte Welt vorbereitet worden. Alassa war eine Maria Stuart, beschloss Emily, keine Elisabeth Tudor. Und Maria war am Ende von ihrer Cousine, Königin Elisabeth der Ersten, enthauptet worden.

„Ich wollte dein Leben nicht ruinieren", sagte Emily nach einer langen Pause. Es fiel ihr schwer, die richtigen Worte zu finden. Ihre Schule hatte sie einmal zu einem Psychologen geschickt und sie war von der ganzen Angelegenheit fast verrückt geworden. Der Idiot hatte dumme Fragen gestellt und noch nicht einmal zugehört, was sie antwortete. Jetzt fühlte sie einen Anflug von Mitgefühl für ihn. „Und ich wollte auch nicht, dass du eine Tracht Prügel bekommst."

Alassa funkelte sie an. „Wolltest du mich fast umbringen?"

„Nein, aber *du* hast angefangen", sagte Emily. Sie hatte nicht die Absicht, vor einem verwöhnten Miststück zu Kreuze zu kriechen, auch wenn Alassa *tatsächlich* etwas erwachsener geworden war. „Du hast mich in … *etwas* verwandelt und meine Freundin gefoltert. Hat dir keiner gesagt, dass man andere nicht einmal ein *bisschen* verletzen darf?"

Alassa nahm ihr Glas und trank gierig. „Meine Eltern haben mir gesagt, dass ich eines Tages Königin sein würde", sagte sie gedankenverloren. „Ich habe versucht, mich wie eine Prinzessin zu benehmen."

„Ich würde sagen, das ist dir gelungen", sagte Emily. Sie konnte sich die höhnische Bemerkung nicht verkneifen. Natürlich verstand Alassa den Witz nicht. Sie wandte sich wieder dem ursprünglichen Gesprächsthema zu. „Was ist passiert?"

„Ich verstehe nicht", sagte Alassa. „Wo habe ich etwas falsch gemacht?"

Emily spürte, wie ihre Augen sich verengten. „Was haben deine Eltern zu dir gesagt?“

Alassa sah auf und in Emilys Augen. „Wo kommst du her – in Wirklichkeit?“

„Von woanders“, sagte Emily, die nicht direkt lügen wollte. „Warum ist das wichtig?“

„Meine Eltern haben mir einen Brief geschickt“, sagte Alassa. Sie nahm noch einen Schluck von ihrem Getränk. „Ihr Waffenknecht hat ihnen berichtet, dass ein Kaufmann in der Stadt seinen Reitern etwas gezeigt hat, das er *Steigbügel* nennt. Derselbe Kaufmann hat auch ein neues Zahlensystem eingeführt, dessentwegen die Buchhaltergilde jetzt Maßnahmen verlangt. Und alle diese Neuerungen haben schon Namen. Duncan sagte mir, das Buchhaltungssystem sei *ausgereift*.“

Sie wandte die Augen nicht von Emilys Gesicht. „Selbst ich weiß, dass ein Zauber, der völlig neu erfunden ist, Zeit und Mühe braucht, bis er anwendbar ist. Dein Buchhaltungssystem scheint perfekt, zu perfekt, um wahr zu sein.“

Emily blinzelte. „*Mein* Buchhaltungssystem?“

„Der Kaufmann, der es eingeführt hat, ist Imaiqahs Vater“, sagte Alassa scharf. „Wie viele unterschiedliche Ideen kann ein einziger Mann haben?“

Benjamin Franklin hatte Tausende Ideen, dachte Emily. Aber Franklin – oder sein Sohn – würden in dieser Welt nicht als Influencer akzeptiert werden. Und auch er hatte auf den Schultern von Riesen gestanden.

„Du hast deine Freundin auf diese Ideen gebracht und sie hat sie ihrem Vater weitergesagt“, sagte Alassa. Ihre Stimme war völlig frei von Zweifeln. „Und jetzt stellen sie schon die Welt auf den Kopf.“

Sie klopfte auf den Tisch. „Und meine Eltern haben mir gesagt … sie haben mir *befohlen*, mich mit dem Schicksalskind anzufreunden. Sie sagten, ich solle dich dazu bringen, uns zu helfen, ohne weitere Unruhe im Königreich zu stiften … Sie sagten, ich solle *dir* helfen, von *dir* lernen … Ich habe ihnen gesagt, dass du mir Sachen beibringst, und sie waren *stolz*! Mein Vater sagte, ich könne dich sogar in den Ferien zu uns einladen!“

Emily sah sie vollkommen ungläubig an, dann fand sie ihre Stimme wieder. „Du machst dich über mich lustig. Ich? Ein Königspaar besuchen?"

„Du bist ein Schicksalskind", sagte Alassa. „Gesalbt von einem Drachen. Was bin ich, verglichen mit dir?"

„Ich – ich weiß nicht", gab Emily zu. Sie *war kein* Schicksalskind. Und doch hatte sie schon die Welt auf den Kopf gestellt. Glaubten Alassas Eltern, dass sie Emily benutzen konnten, um ihr Reich zu sichern, wenn sie sich mit ihr gut stellten, oder glaubten sie, sie könnten mit ihrer Hilfe die Kontrolle behalten, während die Zeiten sich immer mehr wandelten? Hätten sie einige der anderen Ideen, die Emily Imaiqahs Vater vorgeschlagen hatte, gekannt – oder nur geahnt –, sie wären in Ohnmacht gefallen. „Ich habe nicht um das hier gebeten."

„Ich habe in einem Buch nachgesehen", sagte Alassa. „Kein Schicksalskind *wollte* jemals ein Schicksalskind sein. Das hält sie nicht davon ab, die Welt zu verändern."

Emily hatte den Verdacht, dass sie dasselbe Buch gelesen hatten. *Schicksalskinder* war dünn, es konnte gerade so als richtiges Forschungswerk durchgehen. Es war kaum mehr als eine Liste der Schicksalskinder und ihrer Taten, von denen einige ziemlich außergewöhnlich waren. Das Einzige, was fast alle gemeinsam hatten, war, dass man sie zu Schicksalskindern erklärt hatte, *nachdem* sie die Welt verändert hatten. Im Nachhinein waren sie anscheinend leicht zu erkennen.

Emily war neugierig geworden und hatte versucht, herauszufinden, ob man mit Magie in die Zukunft sehen konnte. Die Bücher hatten sich darüber nur sehr vage geäußert, was darauf hindeutete, dass es nicht wirklich möglich war, jedenfalls nicht in brauchbarer Art und Weise. Das passte zu dem, was Emily über die Viele-Welten-Theorie wusste, und zum gesunden Menschenverstand. Hätte man ihr gesagt, dass eine bestimmte Handlung sie töten könnte, hätte sie anders gehandelt, was die Vorhersage unwirksam machen würde.

Aber Shadye hatte ganz klar geglaubt, er *könne* ein Schicksalskind erkennen – und er hatte sich komplett geirrt.

Doch Emily veränderte *tatsächlich* die Welt.

Und falls du glaubst, du seist unfehlbar, wisperte eine leise Stimme in ihrem Kopf, *dann wirst du ganz sicher hart fallen.*

„Das wollte ich auch nicht", gab Emily zu. „Und was immer ich dir angetan habe, es tut mir leid."

„Es tut dir leid?", fragte Alassa. Sie fegte das Glas vom Tisch und sah zu, wie es zu Boden fiel. „Es tut dir *leid*?"

Ihre Stimme wurde brüchig, als gäbe sie sich alle Mühe, nicht zu weinen. „Alle in der Schule lachen mich aus. Ich kann nicht einmal einen einfachen Zauber richtig sprechen. Ein Mädchen, das kaum eine Woche Erfahrung mit Magie hat, hat mich fast umgebracht. Der Aufseher hat mich ausgepeitscht und weinend im Flur stehen lassen. Meine Freunde lachen hinter meinem Rücken über mich. Niemand nimmt mich mehr ernst."

Emily sah echte Tränen in Alassas Augen, während die Prinzessin weiterschimpfte. „Und jetzt sagen meine Eltern, ich soll mich an dich ranschmeißen, das Mädchen, das alles kaputtgemacht hat, was ich je hatte, und dich überzeugen, dass du meine Freundin sein willst. Lieber wäre ich tot! Weißt du, wie das ist, wenn jeder hinter deinem Rücken über dich lacht?"

„Ja", sagte Emily unumwunden. Sie wusste, wie es war, allein zu sein, keine Freunde zu haben … und Alassa hatte keine richtigen Freunde gehabt. Vielleicht würde es niemand wagen, sie anzurühren oder auf ihr herumzuhacken, aber allein zu sein, war schon genug Folter für eine Jugendliche. Oder vielleicht würden andere es jetzt wagen, sich an ihrer früheren Peinigerin zu rächen, nachdem Emily sie fast umgebracht hatte und ohne ernsthafte Strafe davongekommen war. „Ich war früher sehr allein."

Sie zögerte und suchte nach den richtigen Worten. „Du bist immer noch die Kronprinzessin, richtig?"

Alassa sah aus tränennassen Augen zu ihr auf. „Ja, aber warum ist das wichtig?"

„Also hast du gar nicht alles verloren", sagte Emily ruhig und sachlich. „Du wirst den Grundkurs Zaubersprüche bestehen und anfangen, komplexere Zauber zu meistern. Nach und nach wirst du reifer werden und zu der Königin werden, der deine Untertanen Respekt und Gehorsam erweisen. Das Einzige, was du in Wahrheit verloren hast, ist die Selbsttäuschung, dass die, mit denen du dich umgibst, wirklich deine Freundinnen sind."

Sie zögerte, dann setzte sie alles auf eine Karte. „Vielleicht ist es meine Aufgabe als Schicksalskind, dich zu steuern, so dass du die beste Königin aller Zeiten wirst. Diese Lektion brauchst du, um erwachsen zu werden."

Alassa räusperte sich. Emily merkte, dass die Prinzessin versuchte, nicht laut loszuweinen. „Und du bist so weise, weil du ein Schicksalskind bist?"

„Nein", gab Emily zu. „Ich habe nur etwas Ähnliches durchgemacht."

Der Gedanke ließ Emily die Stirn runzeln. Zu Hause hatte es ganz klar so ausgesehen, als ob reiche Kinder es im Leben leichter hätten. Man sagte, Glück lasse sich nicht kaufen, aber man konnte durchaus etwas kaufen, das Glück sehr nahe kam. Und doch ... wie viele Freunde waren schon wirklich mit Geld, Geschenken oder der Andeutung künftiger Belohnungen gekauft worden? Alassas Familie konnte alle, die sich um ihre Tochter kümmerten, mit Geschenken belohnen, die sie sich in ihren wildesten Träumen nicht ausgemalt hätten.

Aber Alassa würde nie wahre Freundschaft geschenkt bekommen.

Emily blickte die Prinzessin an, dann zog sie ein Taschentuch aus ihrem Gewand. „Hier", sagte sie. „Wisch dir die Tränen ab. Danach können wir richtig reden."

Sie blickte zu dem Gebäude hinüber und sah ... nichts. „Was *ist* dieser Ort?"

„Eine Bar", sagte Alassa und tupfte sich die Augen ab. „Ein Ort, wo Schüler einen trinken gehen, wenn sie mit ihren Einkäufen fertig sind."

Emily runzelte die Stirn und betrachtete die Überreste der leuchtend roten Flüssigkeit auf dem Boden. „Was – genau – hast du da getrunken?"

„Rote Rose", sagte Alassa. Der Name sagte Emily nichts. „Ich wollte einfach die Welt vergessen. Dass alles verschwindet."

Etwas mit Alkohol, riet Emily. Natürlich; in dieser Welt hatte man wahrscheinlich keine Bedenken, Minderjährigen Alkohol zu verkaufen. Es schien nicht einmal eine Definition für minderjährig zu geben, geschweige denn Gesetze gegen Kinderarbeit. Imaiqah hatte ihr erzählt, dass einige Kinder aus dem Viertel für eine oder zwei Kupfermünzen in der Woche für Kaufleute gearbeitet hatten. Emily vermutete, dass die Kinder drastisch unterbezahlt waren.

Sie sah wieder zu dem Gebäude und winkte einer Gestalt zu, die sich bewegte. „Bring uns heißen Kava“, sagte sie, als das junge Mädchen in der Tür erschien. „Und auch etwas Brot.“

Alassa starrte sie an. „Was machst du?“

„Wir werden uns unterhalten“, sagte Emily. „Du weißt schon – uns unterhalten wie Freundinnen.“

Sie wartete, bis die Kellnerin mit den zwei dampfenden Bechern Kava und einem Teller mit heißem Brot wiedergekommen war. Sie gab dem Mädchen eine Silbermünze. An ihrem erstaunten Blick – und Alassas Kichern – erkannte sie, dass sie viel zu viel bezahlt hatte, aber das Mädchen nahm die Münze und verschwand, bevor Emily sie zurücknehmen konnte. Emily machte das nicht viel aus; sie hoffte nur, dass die Mutter des Mädchens oder der Vater oder für wen sie sonst arbeitete, das Geld nicht an sich nehmen würde.

„Also“, sagte Alassa nach einer langen Pause. „Woher *kommst* du?“

Emily dachte blitzschnell nach. Wenn sie Alassa die Wahrheit sagte … was würde passieren? Ihre eigene Welt geriet wohl nicht in Gefahr, wenn sie das Geheimnis verriet, aber für Emily selbst würde es gefährlich sein. Am einfachsten hielt man ein Schicksalskind davon ab, sein Schicksal zu erfüllen, indem man es vorher tötete.

Was würde Alassa ihren Eltern sagen und was würden sie tun, um das Ruder in der Hand zu behalten?

„Lange Geschichte“, sagte sie nach einer langen Pause. „Kannst du ein Geheimnis vor allen anderen bewahren?“

Alassa zögerte, dann entschloss sie sich sichtlich, ehrlich zu sein. „Ich kann keine Geheimnisse vor meinen Eltern wahren“, gab sie zu. „Das gehört zur königlichen Blutlinie.“

Etwas in Emily fragte sich, wie buchstäblich sie diese Behauptung nehmen sollte. Könige und Königinnen hatten über Jahrhunderte hinweg ihr Verhalten damit gerechtfertigt, dass sie behaupteten, mit göttlicher Legitimation zu herrschen, aber das schien ihr wenig mehr als dieselbe Rechtfertigung, mit der man Schicksalskinder im Nachhinein für auserwählt erklärte. Wenn Gott den Monarchen das Recht gegeben hatte zu herrschen, warum hatte er sie nicht zu *guten* Herrschern gemacht?

„Was meinst du?", fragte Emily. „Die königliche Blutlinie?"

Alassa wurde feuerrot. „Die Adeligen von Zangaria schwören der Blutlinie meines Vaters die Treue. Diese Schwüre sind mit alter Magie durchtränkt, die von einem Monarchen zum nächsten weitergegeben wird. Mein Vater hat viele merkwürdige Fähigkeiten in seiner Blutlinie; ich *kann* ihn nicht anlügen. Meine Mutter kann es auch nicht, genauso wenig wie alle, die ihm dauerhaft Gefolgschaft geschworen haben."

Emily dachte darüber nach. „Du meinst, er weiß immer, wenn du lügst?"

„Ich meine, ich *kann nicht* lügen", sagte Alassa. „Wenn er eine Frage stellt, muss ich wahrheitsgemäß und umfassend antworten. Es ist in der königlichen Blutlinie festgeschrieben."

„Das ergibt keinen Sinn", protestierte Emily. „Deine Mutter ist keine Blutsverwandte, oder?"

„Sie hat bei der Eheschließung einen Eid abgelegt", sagte Alassa. „Und wenn ich Kinder habe, werden sie mich auch nicht anlügen können."

Emily zuckte zusammen. Sie wäre nicht gern in einem Haushalt aufgewachsen, in dem sie jede Frage wahrheitsgemäß beantworten musste, auch wenn sie die Logik des Zaubers begriff. Als Königin Elisabeth I. eine Prinzessin gewesen war, hatte man sie in einer kompromittierenden Situation erwischt, die leicht zu ihrer Hinrichtung hätte führen können, allein schon, weil eine königliche Prinzessin über jeden Verdacht erhaben sein musste. Wenn sie verzaubert gewesen wäre, so dass sie nur die Wahrheit sagen konnte, hätte man sie schnell genug für unschuldig erklären können ... oder sie verurteilen können, wenn sie schuldig gewesen wäre. Es ergab Sinn, ja, aber ihr wurde von der Idee schlecht. Man konnte es mit der Wahrheit auch übertreiben.

„Ich werde es dir sagen, wenn du Königin wirst", sagte Emily schließlich.

Alassa sah sie einen langen Augenblick an, dann nickte sie widerwillig.

Emily lächelte erleichtert, dann stellte sie eine Frage, die sie schon länger beschäftigt hatte. „Wie wurdest du in deiner Kindheit behandelt?"

Alassa begann zu erzählen, während sie an ihrem Kava nippte. Wie Emily erwartet hatte, war Alassa seit ihrer Geburt sehr gut behandelt worden. Eine Gouvernante hatte sie überallhin begleitet. Es war ein traumhaftes Leben gewesen, aber es hatte sie nicht darauf vorbereitet, zu herrschen. Emily fragte sich, ob ihre Eltern immer noch versucht hatten, einen Sohn zu bekommen, oder ob sie gedacht hatten, Alassa würde sich das Herrschen von ihrem Vater abschauen. Wenig überraschend war ihr all das Geschmeichel und Lob zu Kopf gestiegen; es war ein Schock für sie gewesen, als sie gemerkt hatte, dass Whitehall sie nicht mit der gewohnten Ehrerbietung behandeln wollte.

Emily biss von dem Brot ab und lächelte erfreut. Zu Hause hatte sie Brot nie sonderlich gemocht, doch selbst das einfachste Brot in dieser Welt war ein wundervolles Geschmackserlebnis. Es glich fast den Mangel an moderner Ausstattung – wie Computer, Fernseher und Klimaanlagen – aus, unter dem Whitehall litt. Alassa aß weniger erfreut, aber zumindest aß sie. Irgendwo in dem Miststück, beschloss Emily, steckte ein Mensch, der einen Wert hatte.

„Sie stellten einen Lehrer an, der mir Magie beibringen sollte", erklärte Alassa, während sie das letzte Stück Brot aßen. „Mir ist nicht aufgefallen, dass er mich daran gehindert hat, selbst zu lernen."

„Vielleicht solltest du deinen Vater fragen, warum dieser Lehrer ausgewählt wurde", sagte Emily. Die Intrigen, die in Königshöfen ihrer Welt floriert hatten, mussten in einer Welt voller Magie noch schlimmer sein. „Vielleicht wollte dich jemand ausschalten, sobald du den Thron besteigen würdest."

Alassa wurde bleich. „Darüber habe ich nie nachgedacht", sagte sie. „Meinst du, das wäre möglich?"

„Könnte sein", sagte Emily. Es war auch möglich, dass der Lehrer versucht hatte, Alassa grundlegende Zaubersprüche beizubringen, und gescheitert war, so dass er ihr einfach half, eine Reihe Zaubersprüche auswendig zu lernen. Aber sie behielt diese Meinung für sich. „Was würde passieren, wenn du Zaubersprüche nicht selbst verstehen würdest?"

„Ich würde einen Hofzauberer anstellen müssen", sagte Alassa. Ihre Stimme wurde flach, als erinnerte sie sich an etwas, das ihre Eltern ihr in einem ihrer seltenen elterlichen Augenblicke gesagt hatten. „Sie haben meist eine negative Haltung zu den Dingen."

Emily dachte an das Königsmacher-Spiel und schauderte. „Das kann ich mir vorstellen", sagte sie und stand auf. Zweifellos hielten sich die Hofzauberer für die Macht hinter dem Thron. „Ich muss Imaiqah wiederfinden. Warum kommst du nicht mit uns shoppen?"

Sie lachte fast los, als Alassa sie mit offenem Mund anstarrte. „Versuch doch einmal, richtige Freundinnen zu finden", sagte Emily. Sie musste sich zwingen, nicht zu behaupten, dass es ein Teil ihres Schicksals war. Das wäre grausam gewesen. „Imaiqah ist ein anständiger Mensch und könnte eine richtige Freundin werden, wenn du dich ihr auf die richtige Weise näherst. Und du schuldest ihr eine Entschuldigung."

„Ich ..." Alassa hielt inne. Sie sah verwirrt aus. Sie wurde tatsächlich erwachsen. Vielleicht konnte sie begreifen, dass man Leute respektieren musste, auch wenn sie nicht in eine vornehme Familie hineingeboren waren. „Vielleicht hast du recht."

Emily nickte, dann ließ sie Alassa den Vortritt. Sie gingen aus dem Innenhof in eine Allee.

Eine Gestalt stand an ihrem Ende, das Gesicht hinter einer Maske verborgen. Emily spürte ein warnendes Kribbeln; sie begann einen Zauber zu sprechen, doch der verpuffte einfach an dem Zauberstab, den die Gestalt in der einen Hand hielt.

Sekunden später traf etwas beide Mädchen und ließ sie zu Boden stürzen. Emily spürte Schmerz aufflammen, dann war da nur noch ... Dunkelheit.

KAPITEL 27

„Sie wacht auf", sagte eine krächzende Stimme. „Ich kann sie unten halten, wenn du möchtest."

„Keine Sorge", sagte eine tiefere Stimme. „Außerdem sollten wir uns ansehen, was sie zu bieten haben."

Emily kämpfte sich langsam ins Bewusstsein zurück. Ihr Kopf fühlte sich an, als hätte er mehrere Schläge abbekommen – oder, sagte etwas in ihr, als hätte sie etwas getrunken, von dem sie sich wirklich hätte fernhalten sollen. Sie hatte einen üblen Geschmack im Mund, die Überreste von etwas, das sie getrunken hatte – oder das jemand ihr zwangsweise eingeflößt hatte. Sie hustete und spürte, wie Reste von Kräutern, Gewürzen und etwas Unidentifizierbarem ihre Kehle hinunterrannen.

Etwas war *ganz klar* falsch.

Ihre Arme schmerzten stark. In ihrem verwirrten Zustand brauchte sie eine Weile, bis sie merkte, dass sie sich nicht wegen einer Lähmung nicht bewegen konnte, sondern weil sie an einem unbequemen Holzstuhl festgebunden war. Ihre Hände waren hinter ihrem Rücken gefesselt und ihre Füße fühlten sich an, als wären sie an den Stuhl gezurrt worden. Sie konnte sich fast gar nicht bewegen, egal, wie sehr sie sich abmühte.

Seltsamerweise fand sie das beruhigend. Shadye hätte einen Zauberspruch benutzt, um sie zu lähmen; *er* hätte keine gewöhnlichen Seile und Knoten gebraucht.

Magie, dachte sie und erinnerte sich an den Zauberstab, mit dem sie betäubt worden war. Wer auch immer sie gefangen genommen hatte – und Alassa, nahm sie an – war kein sehr mächtiger Magier, wenn er überhaupt ein Magier war. Sergeant Harkins unendliche Lehrbücher über magische Kriegsführung hatten ihr beigebracht, dass Magier Zauberstäbe, Dolche und andere Waffen verzaubern konnten, so dass auch Nicht-Magier sie nutzen konnten, wenn die Zauberer bereit waren, ihre Kraft dafür einzusetzen.

Oder sie hatte einfach das Pech gehabt, auf einen Magier zu stoßen, der nie gelernt hatte, wie man Zauber ohne einen Zauberstab sprach. Es gab einfach zu viele Möglichkeiten, als dass sie eine klare Schlussfolgerung ziehen konnte.

Ein Finger berührte ihre Wange; sie zog ihr Gesicht reflexartig zurück. „Du kannst genauso gut die Augen öffnen", sagte die tiefe Stimme. „Wir wissen, dass du wach bist."

Emily öffnete die Augen und sah sich einem Paar überraschend warmen braunen Augen gegenüber. Der Mann, der gesprochen hatte, trat zurück, so dass sie ihn richtig sehen konnte. Sie brauchte einen Augenblick, um zu begreifen, dass er sich für sie in *Positur* warf. Er war ein hochgewachsener Mann mit ausgeprägteren Muskeln am Arm, als sie je gesehen hatte, außer bei den Sergeants; er trug eine merkwürdige Rüstung, die wenig mehr bedeckte als ein durchschnittlicher Frauen-Badeanzug. Sein Brustkorb war geschützt, genau wie sein Nacken, aber seine Beine waren so nackt wie an dem Tag, an dem er geboren wurde. Langes dunkles Haar, so schwarz und glänzend, dass sie überzeugt war, dass er es sehr gut pflegte, rahmte sein Gesicht ein, das gut ausgesehen hätte, wenn es nicht so übel zugerichtet gewesen wäre. Und wenn er nicht diesen Oberlippenbart gehabt hätte, der sie an Adolf Hitlers charakteristisches Aussehen erinnerte.

„Wer ...?" Sie schluckte und versuchte es noch einmal. „Wer sind Sie?"

Der Mann schnaubte. „Mein Name ist ..."

„Das reicht", sagte eine dritte Stimme scharf. „Ich dachte, selbst du wüsstest es besser, als einer Magierin deinen Namen zu verraten."

„Nur ruhig", sagte die krächzende Stimme. „Ich habe ihr einen Trank eingeflößt, der auf der Durian basiert. Sie hat genauso wenig Lebensgeister wie du, Ambrose."

Emily sah den Magier an und schauderte. Er war unmenschlich groß und dünn, so dünn, dass nur Magie ihn aufrecht zu halten schien. Sein langer weißer Bart hing bis auf den Boden. In seinen Augen, halb in Schatten verborgen, funkelte ein böses Licht. Er sah zu … arm aus, um ein Nekromant zu sein, aber wenn er ihr einen Trank eingeflößt hatte, bezweifelte sie, dass er ein sehr guter Zauberer war. Vorsichtig versuchte sie, einen Zauber zu sprechen und entdeckte, dass sie recht hatte. Ihr *Mana* schien ausgelaugt, fast völlig verschwunden.

Der Verlust schockierte sie. Sie wusste erst seit sechs Wochen, dass Magie möglich war, und jetzt war sie weg.

Oder doch nicht? Thande hatte nichts von Tränken gesagt, die Magie dämpfen konnten, aber er hatte angedeutet, dass die meisten Tränke nur sehr begrenzt wirkten und – irgendwann – ganz aufhörten. Wenn sie durchhalten konnte, bis der Trank aus ihrem Körper verschwunden war, müsste ihre Magie zurückkehren, und sie würde sie einsetzen können … außerdem war sie ja nicht von Magie abhängig gewesen, bevor Shadye sie zufällig erwischt hatte. Sie wusste, wie man ohne sie lebte.

„Ein hübscher Vogel", sagte der dritte Sprecher. „Es ist fast schade, dass unsere … Vertragspartner auf dich warten, und auf die Prinzessin."

Emily hörte neben sich ein Stöhnen und drehte den Kopf, so weit sie konnte. Alassa war an einen anderen Stuhl gebunden; ihr einst so feines weißes Gewand war mit einer grünlichen Flüssigkeit befleckt, die von ihrem Kinn getropft war. Die Augen der königlichen Prinzessin waren verdreht, aber sie erholte sich langsam von ihrer Betäubung.

Emily sah wieder zu dem dritten Mann hinüber. Er war eine ältere Version des ersten Verbrechers. Sie runzelte die Stirn. Sie mussten verrückt sein, wenn sie ausgerechnet eine königliche Prinzessin entführten. Whitehall würde *nie* aufhören, nach Alassa zu suchen.

Vertragspartner, hatte der dritte Sprecher gesagt. Aber wer waren sie? Und für wen arbeiteten sie? Emily dachte darüber nach, während die drei Entführer leise miteinander redeten. Sie versuchte, zu verstehen, was passiert war – und warum. Wenn Alassa das Ziel gewesen war, warum hatten sie Emily nicht die Kehle durchgeschnitten, sobald beide Mädchen ihnen hilflos ausgeliefert waren? Und wenn sie es auf Emily abgesehen hatten, warum auch immer das für sie einen Sinn ergab, warum hatten sie Alassa nicht getötet?

Das war nun keine besonders schwere Frage. Alassas Familie würde blutige Rache nehmen, wenn ihre einzige Tochter – ihre einzige *Erbin* – in Dragon's Den ihr Ende fand.

Oder … was, wenn die Buchhaltergilde *Emilys* Tod wollte? Aber die Buchhalter waren weit weg, und selbst wenn sie Kidnapper auf den langen Weg nach Dragon's Den geschickt hatten, um sie zu entführen – falls sie überhaupt herausgefunden hatten, dass Emily die fortgeschrittenen Zahlen geliefert hatte –, warum würden sie ihre eigene königliche Prinzessin entführen? Sie mussten vollkommen verrückt sein.

Aber die einzigen Leute, von denen Emily wusste, dass sie so verrückt waren, dass es ihnen egal wäre, waren die Nekromanten.

Sie schnaubte, was für einen langen Augenblick die Aufmerksamkeit aller drei Männer auf sich zog, bevor sie wieder die Köpfe zusammensteckten. Es konnte ja auch sein, dass die Entführer sie und Alassa völlig zufällig ausgewählt hatten und nicht wussten, dass sie eine königliche Prinzessin entführt hatten. Aber in so eine klischeehafte Falle *konnte* man doch gar nicht hineinlaufen ...

„Whitehall wird nach ihnen suchen", betonte der dritte Mann. „Wie schaffen wir sie aus der Stadt?"

„Hier sind sie sicher, bis es dunkel wird, solange ihr eure dreckigen Mäuler halten könnt", knurrte der Hexenmeister. Er sah auf Emily hinab und wuschelte ihr durchs Haar wie ein stolzer Vater.

„Für die hier kriegen wir einen Haufen Gold, und die da" – er nickte zu Alassa hinüber – „ist ein königliches Lösegeld wert."

Emily räusperte sich. „Auf welche von uns haben Sie es also abgesehen, und welche stand zufällig daneben?"

Der Hexenmeister zog seine Hand zurück und schlug ihr auf die Wange.

Emily schrie auf. Sie schmeckte Blut. Verzweifelt versuchte sie, einen der schmerzlindernden Zauber zu sprechen, die sie aus ihren Büchern gelernt hatte. Der Zauber funktionierte nicht richtig, aber die geistige Anstrengung half, den Schmerz beiseitezuschieben.

Der Hexenmeister lachte hämisch und wandte sich wieder seinen Verbündeten zu.

„Man sieht, dass die hier ein Schicksalskind ist", sagte er direkt. „Sie zeigt so wenig Angst, wie sie kann, weil sie weiß, dass das Schicksal sie nicht sterben lässt."

„Ich könnte sie jetzt töten", sagte der erste Verbrecher. Er nahm ein kleines Messer aus seinem Gürtel und hielt es Emily vor das Gesicht. „Ein Schnitt, und das Schicksal merkt, dass es betrogen worden ist ..."

Der Hexenmeister bewegte die Hand in einem einfachen Muster und der Verbrecher wurde durch den Raum geschleudert und direkt in eine harte Steinmauer. „Du bist ein Narr", donnerte er. „Tot ist sie für uns nichts wert."

„Warten Sie", sagte Alassa. Ihre Stimme klang ängstlich, aber entschlossen. „Sie müssen wissen, dass Sie damit nicht durchkommen."

„Ein Teil deines Lösegeldes wird sein, dass dein Vater einen mächtigen Eid ablegt und schwört, dass er nicht versuchen wird, sich an den Entführern seiner Tochter zu rächen", teilte der Hexenmeister ihr mit. Er grinste sie anzüglich an, sein Gesicht war eher von Alter und Bosheit verzerrt als von Magie. „Und wenn er den Handel ablehnt, können wir unsere Dienste jederzeit dem Rest deiner Familie anbieten."

Er lächelte selbstzufrieden, während Alassa ein Schluchzen unterdrückte. „Ihr werdet keine Magie haben, bis ihr freigelassen seid", sagte er gemein. „Aber damit ihr nicht redet ..."

Der Hexenmeister nahm ein Stück Stoff von einem Tisch und stopfte es in Alassas Mund, ohne ihre Proteste zu beachten. Einen Moment später tat er das Gleiche mit Emily. Sie konnte den improvisierten Knebel nicht aus dem Mund bekommen. Er hätte einen Zauber sprechen können, um sie beide zum Schweigen zu bringen, dachte sie hektisch und versuchte, die Furcht zu unterdrücken, die in ihrem Kopf herumspukte. Es musste einen Grund dafür geben, dass er keine Magie einsetzte, um sie gefangen zu halten. Vielleicht war er ganz einfach kein besonders starker Magier?

„Ruht euch etwas aus", riet er ihnen und ging auf die verschlossene Tür zu. „Heute Abend steht euch eine lange Reise bevor."

Emily hörte ihn noch mehrere Minuten lang lachen, nachdem er und seine Verbündeten die Tür hinter sich zugeschlagen hatten.

Sie sah sofort wieder zu Alassa hinüber, erkannte die Angst in ihren Augen und blickte dann auf den Stuhl hinab. Die Knoten hielten, egal, wie sehr sie gegen sie ankämpfte, auch wenn sie sich an die Rückenlehne presste … *Moment!*

Sich zurücklehnen *war* die Lösung. Die Erkenntnis traf sie wie ein Schlag. Sie setzte sie in die Tat um, bevor sie es sich anders überlegen konnte. Emily stieß den Stuhl zurück, wobei sie hoffte und betete, dass sie genug Druck auf das schwache Holzgerüst aufbauen konnte, um die Beine zu brechen und den Stuhl kaputtzumachen.

Zuerst knackte der Stuhl nur. Dann machte er ein viel lauteres Geräusch … und dann zerbrach er zu Emilys Freude mit einem schrecklichen Krach. Sie sah auf und lauschte, ob der Hexenmeister zurückkam, um nachzusehen, woher der Lärm kam; aber sie hörte nichts.

Gut, dachte sie und begann, ihre Hände zu befreien. Der Hexenmeister hatte sie am Stuhl festgebunden, statt sie einzeln zu fesseln. Nach einigen Sekunden Herumrutschen bekam sie die Hände los und konnte die übrigen Seile wegschieben. Sie war *frei!*

Emily griff sich in den Mund, zog den Knebel heraus und warf ihn weit weg. Alassa sah dankbar auf und nickte verständnisvoll, als Emily einen Finger auf die Lippen legte, bevor sie anfing, die Prinzessin loszubinden. Als sie frei war, griff Alassa nach einem Stück Holz und machte sich zum Kampf bereit; Emily war nicht so sicher, ob das eine sinnvolle Waffe sein würde. Die Stühle waren so morsch, dass es ein kleines Wunder war, dass sie nicht schon vor Emilys Gewaltanwendung zerbrochen waren.

„Danke", sagte Alassa und rieb sich die Handgelenke.

Emily sah auf ihre eigenen Handgelenke hinab und sah üble rote Linien an der Stelle, wo die Seile ihr ins Fleisch geschnitten hatten.

Alassa blinzelte. „Aber wie kommen wir ohne Magie hier raus?"

Emily sah sich um und verfluchte ihre eigene Dummheit. Sie hätte den Raum studieren sollen, *bevor* sie mit ihrer schlecht geplanten Flucht begann. Er war fast völlig leer, wie ein Bunker, abgesehen von einem steinernen Tisch in der einen Ecke und einer glühenden Zauberkugel, die Licht spendete. Die Tür war aus Holz, aber solide. Es ärgerte sie, dass ein einfacher Aufschließzauber das Schloss hätte aufbrechen können, wenn sie wenigstens einen Funken Magie übrig gehabt hätten.

„Ich spüre keine Flüche auf uns lauern", flüsterte Alassa. „Ist … ist das normal?"

„Ich weiß es nicht", gab Emily zu. Ihr war nie der Gedanke gekommen, dass man Magie überhaupt dämpfen konnte, wenigstens für kurze Zeit. Die Nekromanten wären nicht so gefährlich, wenn man ihnen leicht die Macht nehmen konnte. Sie drückte die Hand gegen das Holz und versuchte zu spüren, ob irgendwelche magischen Fallen auf sie warteten, aber sie spürte nichts. Bedeutete das, dass da keine Fallen waren, was im Haus eines Hexenmeisters wenig wahrscheinlich war, oder dass sie ihre Gegenwart nicht mehr spüren konnte?

„Sie haben den Schlüssel im Schloss gelassen", murmelte Alassa. „Natürlich auf der falschen Seite."

„Klar", stimmte Emily zu. Es *wäre* auch ziemlich dumm gewesen, wenn sie den Schlüssel auf ihrer Seite gelassen hätten. Das passierte nur in Geschichten von bösen Zauberern, die gleichzeitig auch dumm waren und sich den Schnurrbart zwirbelten, während sie ihren Gefangenen hilfsbereit alles erzählten, weil die eingesperrt waren und damit irgendwie keine Gefahr mehr darstellten. „Hast du irgendwas, womit wir das Schloss knacken könnten?"

„Nur ein paar Dutzend Haarnadeln", sagte Alassa und zog eine aus ihrem Haar. „Ich glaube, die sind nicht stark genug, um das Schloss zu bewegen."

Emily nickte. Praktisches Schlösserknacken war kein Unterrichtsfach in Whitehall oder irgendeiner anderen Schule, die sie besucht hatte. Genauso wenig wie die Herstellung von Schießpulver oder moderner Medizin oder irgendetwas anderem, das sie allein neu erfinden musste. Wer immer sich den Lehrplan für moderne Kinder ausgedacht hatte, verdiente Schläge auf den Hinterkopf, gern mehrfach. Bevor sie in diese Welt gekommen war, schien Emily überhaupt nichts Nützliches gelernt zu haben …

Sie sah auf das Schloss, dann sah sie auf die Stelle, wo die Tür den Boden berührte, dann sah sie wieder auf das Schloss. Wenn jemand hinter der Tür stand, würde er sie sofort erwischen, aber sie hatte keine Wahl. Sie zog ihr Unterhemd aus, ignorierte Alassas schockiertes Keuchen und schob den Stoff vorsichtig unter der Tür durch. Mit einer Zeitung oder einem Bogen Pergament wäre es einfacher gewesen, aber sie musste mit dem zurechtkommen, was sie hatte. Einen Augenblick später nahm sie die Haarnadel und begann sie gegen den Schlüssel zu stoßen, um ihn aus dem Schloss zu bugsieren. Es klirrte, als er auf den Stoff fiel. Emily grinste und zog ihr Unterhemd zurück in die Zelle, zusammen mit dem Schlüssel.

„Schlau", sagte Alassa. Ihr Gesicht hellte sich auf. „Wie bist du darauf gekommen?"

„Pure Verzweiflung", murmelte Emily und hob den Schlüssel hoch. Er schien aus reinem Eisen zu bestehen, nichts besonders Exotisches. Sie erwartete mehr oder minder, dass ein Fluch explodieren würde, sobald sie den Schlüssel ins Schloss steckte, aber es ging ganz normal auf. Sie traten in den Flur hinaus. „Sei ganz still …"

Das Haus des Hexenmeisters – wenn es sein Haus war – war beunruhigend still, fast totenstill. Egal, wie sehr sie lauschte, sie hörte nichts. Vielleicht war der Hexenmeister nicht da oder vielleicht hatte er Stillezauber angewendet, damit ungebetene Gäste seine Schritte nicht hörten. Es gab fast keine Beleuchtung.

Emily schlich den Hausflur entlang und auf ein schwaches Licht in der Ferne zu. Alassa folgte ihr, das Stück Holz immer noch in der Hand. Sie sah aus wie eine Kriegerprinzessin, ihr entschlossener Gesichtsausdruck überraschte Emily. Aber Alassa *war* schließlich als Prinzessin erzogen worden.

Sie kamen um eine Ecke …

… und liefen dem jungen Verbrecher genau in die Arme. Er schrie überrascht auf, packte Emily und schubste sie gegen die Steinwand.

Emily versuchte, ihm das Knie zwischen die Beine zu stoßen, aber seine Rüstung fing den Schlag auf. Der Sergeant hätte sie streng getadelt, wenn er hier gewesen wäre, bemerkte etwas in ihr …

… und dann ließ Alassa ihren Holzknüppel auf den Kopf des Verbrechers sausen. Er klappte zusammen und fiel mit einem gewaltigen Schlag zu Boden, wo er vor Schmerzen wimmerte. Emily kniete sich neben ihn und nahm ihm sein Schwert und den Dolch weg.

„Töte ihn", befahl Alassa.

Emily starrte sie entsetzt an. Sie konnte niemanden kaltblütig töten, noch nicht – und vielleicht würde sie es nie können. Aber Alassa hatte recht; wenn der Verbrecher Alarm schlug, würden sie vielleicht nicht entkommen können. Emily packte sein Schwert fest, machte sich bereit, es hinabsausen zu lassen, um ihm den Kopf abzuschlagen, dann senkte sie es wieder.

„Nein", sagte sie und hoffte, dass sie keinen Fehler beging. „Schlag ihn noch einmal, dann können wir davonlaufen."

Alassa warf ihr einen scharfen Blick zu, den sie nicht deuten konnte, dann schlug sie den Verbrecher ein zweites Mal. Als er sich nicht mehr bewegte, liefen sie schnell den Flur hinab.

„Der Hexenmeister hält sicher nach uns Ausschau", keuchte Alassa. „Die meisten Hexer wissen alles, was in ihrem Haus vorgeht."

Emily nickte. Sie hielt das Schwert des Verbrechers vor sich wie einen Talisman gegen das Böse. Sie wusste, es würde nicht ausreichen, wenn sie dem Hexenmeister *wirklich* begegneten. Es gab Bücher zum Thema, was mit Schwertkämpfern passierte, die gegen Hexenmeister unter fairen Bedingungen kämpften; sie waren alle in dem gleichen spöttischen Stil geschrieben wie die Darwin-Awards, die zu Hause an Idioten verliehen wurden, die sich selbst aus der Evolutionskette nahmen. Wenn, was selten vorkam, ein Schwertkämpfer einen Hexenmeister besiegte, war das nur dazu gut, schwache und nutzlose Hexenmeister aus dem Genpool auszusortieren, auch wenn sie das nicht so formulieren würden.

Aber keine Magie versuchte, sie zu stoppen – oder zu töten –, als sie zur Eingangstür kamen. Sie konnte verflucht sein, also benutzte Emily das Schwert, um sie aufzuhebeln. Nichts passierte und sie stolperten in das helle Sonnenlicht hinaus. Anscheinend hatten sie sich in der Stadt nicht allzu weit wegbewegt, auch wenn das schwer zu erkennen war. Alassa packte ihren Arm und zog sie auf die Straße, ohne ihre zerfetzte Kleidung und ihr unerfreuliches Erscheinungsbild zu beachten. Wenigstens sie schien zu wissen, wo sie waren.

„Du", fauchte eine Stimme. Emily drehte sich um und sah einen Mann in einem Kettenhemd zusammen mit drei anderen Bewaffneten. „Bist du die fehlende Prinzessin?"

Alassa richtete sich zu ihrer vollen Größe auf. „Ich bin Prinzessin Alassa von Zangaria", teilte sie ihm mit. Ihr Tonfall ließ keinen Zweifel daran, dass sie die Wahrheit sagte. „Und wir sind den Entführern entkommen, die uns aus eurer Stadt verschleppen wollten. Mein Vater wird davon erfahren."

„Ich muss euch zum Rathaus begleiten", sagte der Wachmann. Emily fragte sich, ob er wirklich Rathaus hatte sagen wollen oder ob das die beste Entsprechung war, die der Übersetzungszauber finden konnte. „Die Stadtväter waren sehr besorgt."

„Ich schlage vor, dass Sie die Verbrecher in dem Gebäude da festnehmen lassen", sagte Emily, bevor man sie wegführen konnte. Zweifellos würden die Stadtväter erleichtert sein, weil Alassa in Sicherheit war, aber die Entführer waren immer noch am Leben und in Freiheit. „Sonst nutzen sie vielleicht die Gelegenheit und entkommen."

„Weitere Wächter sind unterwegs", teilte der Wachmann ihr mit. Seine Stimme war unerträglich selbstsicher, doch gleichzeitig schwang eine Furcht mit, die Emily nicht ganz verstand. Aber *irgendwer* würde ja für die Lücke im Sicherheitsnetz bezahlen müssen. „Die Verbrecher werden nicht entkommen."

KAPITEL 28

Es zeigte sich, dass noch andere als die Stadtväter sie sehen wollten.

Meisterin Irene hatte im Rathaus auf Neuigkeiten von ihren verloren gegangenen Schützlingen gewartet und war anscheinend so oft auf dem Teppich hin und her gelaufen, dass er schon ganz abgenutzt aussah. Wie Emily den Gesprächen entnehmen konnte, die sie bei ihrem Weg ins Gebäude gehört hatte, war Meisterin Irene dort nicht willkommen gewesen, wahrscheinlich weil sie ihre Verantwortung ernst nahm. Gott gnade allen, die Meisterin Irene in den Weg kamen.

Das Rathaus selbst war ein riesiges Bauwerk, das Emily an den römischen Senat erinnerte. Dutzende junger Männer liefen herum und trugen Briefe und Pakete von einem Raum zum anderen, während eine Gruppe älterer Männer jeden ihrer Schritte überwachte. Es gab keine einzige Frau – außer Meisterin Irene – und den Blicken nach zu urteilen, die auf die beiden Mädchen fielen, als sie das Gebäude betraten, vermutete Emily, dass Frauen im Allgemeinen keinen Zutritt zum Rathaus hatten. Wie so vieles mehr in der merkwürdigen neuen Welt, die sie entdeckt hatte, wirkte es überraschend primitiv – und barbarisch.

„Alle Götter seien gepriesen“, sagte Meisterin Irene, als Emily und Alassa in das kleine Vorzimmer geleitet wurden. „Ich fürchtete schon das Schlimmste, als euer Freund mir sagte, ihr seiet verschwunden.“

Emily und Alassa tauschten Blicke aus.

„Ich musste die anderen unter Bewachung nach Whitehall zurückschicken“, sagte Meisterin Irene. „Jetzt sagt mir, was ist euch zugestoßen?“ Ihre Augen verdunkelten sich. „Und wenn das hier irgendeine Art von Streich war ...“

„Nein", sagte Alassa kleinlaut. Sie klang, als stünde sie kurz vor einem Schock, jetzt, wo die unmittelbare Gefahr vorüber war. „Meisterin, wir wurden entführt."

Meisterin Irene sah zu der offenen Tür und funkelte einen der jungen Männer an. „Hol Kava und beeil dich, oder ich verwandele dich in das Schwein, das du bist", knurrte sie.

Der Junge floh, als fürchte er um sein Leben, und sie wandte sich wieder Alassa zu. „Beginne von vorn und erzähle mir, was passiert ist."

Emily sammelte sich einen Augenblick, während Alassa die gesamte Geschichte durchging, von dem Moment an, als sie betäubt worden waren, bis zu dem Punkt, an dem sie auf die Stadtwache gestoßen waren. Im Nachhinein konnte sie nicht begreifen, warum man sie nicht sorgfältiger bewacht oder einfach unter dem Einfluss der Drogen gelassen hatte, bis sie in ein dauerhafteres Gefängnis überführt werden sollten. Alassa war ihr Gewicht in Gold wert – buchstäblich – und Emily … Wer würde *nicht* gern ein Schicksalskind in die Finger bekommen?

Void hatte ihr gesagt, dass ihr Status ihr noch nützlich werden könnte. Er hatte ihr nicht gesagt, dass sie damit auch ein Magnet für Gangster, Entführer und Mörder sein könnte.

Ihre Lippen zuckten. Void hatte wahrscheinlich gedacht, dass sich das von selbst erklärte.

„Verstehe", sagte Meisterin Irene, nachdem Alassa ausgeredet hatte. „Emily, möchtest du etwas hinzufügen?"

Der junge Mann kam mit einer Kanne Kava und drei goldenen Bechern wieder. Langsam begann er, Kava auszuschenken, offensichtlich in der Hoffnung, dass er vor allen anderen etwas von der Geschichte erfahren würde. Meisterin Irene knurrte ihn an, sobald er alle Becher gefüllt hatte, und winkte ihn ungeduldig aus dem Raum. Er zog sich mit all der Würde zurück, die er aufbringen konnte.

„Nicht wirklich", sagte Emily. Der Kava schmeckte merkwürdig, der üble Geschmack in ihrem Mund färbte seltsam auf ihn ab. „Alassa hat einen Verbrecher mit einem Holzknüppel k. o. geschlagen."

„Gut gemacht", sagte Meisterin Irene zu Alassa. Die königliche Prinzessin hatte diesen Teil der Geschichte schnell übersprungen. „Nun, ich fürchte, die Stadtväter wollen euch sehen …"

Alassa fasste sie am Arm. „Meine Eltern? Wissen sie …?"

„Ich fürchte, die Stadtväter haben ihnen eine dringliche Botschaft geschickt", sagte Meisterin Irene. In ihren braunen Augen war ein Anflug von Mitgefühl zu entdecken. „Sie haben versucht, die Schuld für dein Schicksal von sich abzuwälzen."

„Natürlich haben sie das", sagte Alassa mit flammendem Blick. „Mir hat man gesagt, Dragon's Den sei *sicher*!"

„Die Entführer hätten wissen müssen, dass Whitehall dich nie einfach verschwinden lassen würde", sagte Meisterin Irene. „Wir hätten hundert Kampfhexer in die Stadt schicken und sie von oben bis unten durchkämmen lassen können. Ich kann mir nicht vorstellen, wie sie glauben konnten, dich unbemerkt hinausschmuggeln zu können."

Emily runzelte die Stirn. „Ein Portal? Oder Teleportation?"

„Vielleicht, aber die Schutzschirme der Stadt hätten das erschwert", sagte Meisterin Irene. „Ein nicht angemeldetes Portal einzurichten, ist fast überall ein Verbrechen an sich – und es wäre sicher entdeckt worden. Am einfachsten wäre es gewesen, euch auf einem Karren hinauszubefördern, aber die Stadtwache hat die Tore versiegelt und alles durchsucht."

Die Lehrerin schüttelte den Kopf. „Vielleicht waren es einfach ausgesprochen dumme Verbrecher. Aber dumme Magier leben im Allgemeinen nicht lange."

Meisterin Irene ging Richtung Tür. Beim Hinausgehen teilte sie einem anderen jungen Mann eine kurze Botschaft mit.

Emily dachte angestrengt nach. Sie waren *ganz sicher* zu leicht entkommen, und das bedeutete … was? Dass die Entführer geglaubt hatten, man könne sie von der Flucht abhalten, indem man ihnen einfach ihre Magie nahm? Oder hatte man irgendwie *gewollt*, dass sie entkamen? Vielleicht war das Ganze als Warnung an Alassas Eltern gedacht, dass ihre Tochter verwundbar war, dass man sie bedrohen konnte. Aber das würde ja nur dazu führen, dass sie von nun an besser aufpassten.

Die Gedanken wirbelten in ihrem Kopf herum, während sie versuchte, die Sache aus allen Blickwinkeln zu betrachten. Wenn es stimmte, was Alassa ihr erzählt hatte, gab es Zeiten am königlichen Hof, in denen man noch nicht einmal wagte, sich an der Nase zu kratzen, aus Angst, jemand würde das als Aufforderung zur Gewalt betrachten.

„Folgt mir", sagte Meisterin Irene. „Und behaltet eure Hände am Körper. Sie waren schon schwer genug zu überzeugen, dass ihr ins Gebäude dürft."

Sie gingen eine lange Steintreppe hinauf und in einen Gang, der zu zwei marmornen Türflügeln führte. Davor standen Wachmänner in glänzender Silberrüstung und mit Kurzschwertern. Einer von ihnen bestand darauf, das Schwert an sich zu nehmen, das Emily dem Verbrecher abgenommen hatte, der andere nahm den Dolch und durchsuchte beide Mädchen mit seinen Zauberstab.

Eine Art Detektor, riet Emily. Der Wachmann nickte seinem Kameraden zu und der öffnete die Tür. Man hatte sie als harmlos eingestuft.

Sie betraten den Raum. Die neun Stadtväter von Dragon's Den sahen mehr oder weniger missbilligend auf sie herab. Wenig überraschend waren sie alle Männer und alle alt genug, um Emilys Großväter zu sein. Das Aussehen konnte in dieser Welt täuschen, sagte sie sich selbst; Leute, die schwer arbeiteten, konnten schon mit dreißig aussehen wie siebzig, und wer reich genug war, dass er Verjüngungszauber kaufen konnte, konnte leicht über hundert Jahre alt sein. Sie trugen schwarze Hemden und Hosen, außerdem ein goldenes Medaillon um den Hals. Man konnte sich des Eindrucks nicht erwehren, dass sie alle sich ihrer eigenen Wichtigkeit vollkommen bewusst waren.

Am anderen Ende des Raumes sah sie den Wachmann, der ihnen begegnet war, als sie aus dem Haus des Hexenmeisters entkommen waren. Sie betrachtete ihn genau. War es Zufall gewesen, dass er genau vor dem Haus gestanden hatte, oder hatte jemand die ganze Begegnung inszeniert? Sie hatte verschiedene Theorien, warum jemand mit einem so absurden Plan seine Zeit verschwenden würde, aber keine ergab Sinn.

Vielleicht hatte jemand einfach nur die Stadtväter in Verlegenheit bringen wollen. Diese Theorie konnte genauso gut wahr sein wie alle anderen.

„Erstatten Sie Bericht", sagte einer der Stadtväter zu dem Wachmann. „Wir müssen wissen, was passiert ist."

„Wir haben das Gebäude durchsucht, in dem die Prinzessin gefangen war", sagte der Wachmann. Er erwähnte Emily nicht, wofür sie gleichzeitig dankbar und etwas beleidigt war. Zählte sie nichts in einer Welt, wo es Adelige und Monarchien gab? „Wir fanden die Leichen von Bruno und Ambrose, Vater und Sohn, beide Betrüger, Gangster, Entführer und Meuchelmörder. Beide waren durch Magie getötet worden."

Meisterin Irene trat vor. „Woher wissen Sie, dass sie durch Magie getötet wurden?"

„Sie haben kein Recht, in dieser Kammer Fragen zu stellen", sagte einer der Stadtväter schnell. „Sie dürfen Ihre Fragen über uns einreichen und …"

„Sei nicht so dumm", unterbrach ihn ein anderer Stadtvater. „Sie spricht für Whitehall."

„Und die Erbin von Zangaria wurde in unserer Stadt entführt", sagte ein älterer Stadtvater mit bebender Stimme. „Es soll nicht aussehen, als würden wir die Ermittlungen behindern."

„Wir küssen Königsfamilien nicht den Hintern", sagte der Stadtvater, der widersprochen hatte. „Wir legen Wert auf unsere Unabhängigkeit."

„Die vielleicht nicht bestehen bleibt, wenn das hier zu einem Krieg führt", sagte Meisterin Irene mit einer kalten Stimme, die die ganze Kammer durchschnitt. „Wachmann, woher wissen Sie, dass die Verbrecher durch Magie getötet wurden?"

„Ihnen sind die Herzen im Brustkorb geplatzt", sagte der Wachmann. „Wir hatten das Glück, einen rechtsmedizinischen Hexenmeister ins Gebäude zu bekommen, bevor die Schwingungen verschwunden waren, und er hat bestätigt, dass es das Werk eines dunklen Zauberers gewesen ist. Der einzige, dessen Aufenthaltsort zurzeit nicht bekannt ist, ist der Hexenmeister Malefic."

Die Stadtväter warfen einander Blicke zu. „Zu so etwas würde er sich nicht herablassen", sagte einer von ihnen. „Ich glaube, dass er ein wahrer Sohn der Stadt ist."

„Verzeihen Sie, Sir", sagte der Wachmann, „aber meiner Beobachtung nach würde Malefic für Gold alles tun."

Emily stupste Meisterin Irene an. „Wer ist Malefic?"

„Ein praktischer Magier, der sich als voll ausgebildeter Hexenmeister ausgibt, wo immer er kann", sagte Meisterin Irene. „Ich habe schon früher seine Werke gesehen; Ehemänner, die von ihren Frauen verwünscht wurden, Frauen, die gehorsam gezaubert wurden, Arbeiter, die dazu gebracht wurden, umsonst zu arbeiten … Wie der Wachmann sagte, er würde für eine Goldmünze alles tun. Aber er sollte es besser wissen, als den Großmeister herauszufordern, geschweige denn *deinen* Schutzherrn."

„Und meine Familie", fügte Alassa hinzu. „Sie werden Männer aussenden, um Malefic zu stellen."

„Sie sollten besser Kampfhexer schicken", sagte Meisterin Irene knapp. „Selbst ein Magier der niedrigsten Stufe muss ernst genommen werden. Vergewissere dich, dass sie das wissen, bevor sie ein kleines Heer in den Tod schicken."

„Wir suchen weiter nach Malefic", fuhr der Wachmann fort, ohne die Unterbrechung zu beachten. „Allerdings haben wir keine Ahnung, wo er sich verstecken könnte."

„Vielleicht hat er die Stadt verlassen", sagte einer der Stadtväter. Er sah sich in der Tischrunde um, bis sein Blick direkt auf Meisterin Irene fiel. „Ich denke, wir können die Angelegenheit für abgeschlossen erklären, nicht wahr?"

„Nein", sagte Meisterin Irene. „Zwei meiner Schülerinnen wurden entführt, während sie sich in Ihrer Stadt aufhielten. Wie kurz auch immer die Entführung anhielt, eine von ihnen ist eine königliche Prinzessin; das hätte einen Krieg zwischen Dragon's Den und Zangaria auslösen können – und Zangaria hätte Whitehalls Unterstützung gehabt. Wir erwarten von Ihnen *umfassende* Zusammenarbeit, damit die Übeltäter gefunden und ihrer Strafe übereignet werden."

„Die Bürger einer freien Stadt können niemandem übereignet werden", widersprach ein Stadtvater. „Das verstößt gegen unsere grundlegendsten Prinzipien."

„Dann schlage ich vor, dass Sie sich entscheiden, ob Ihnen Ihre Prinzipien mehr bedeuten als ein aussichtsloser Krieg", sagte Meisterin Irene mit scharfer Stimme. „Möchten Sie das hier *wirklich* auf die Spitze treiben?"

Eine lange, unangenehme Pause folgte. „Wir werden die Verdächtigen vor Gericht stellen, wenn wir sie gefangen nehmen", sagte einer der Stadtväter nach mehreren Minuten. „Und falls ihre Schuld erwiesen wird, werden wir sie Ihnen übergeben. Aber wir können niemanden ausliefern, bevor seine Schuld bestätigt ist. Wir haben keinen Beweis, dass *wirklich* Malefic die Magie und den Trank geliefert hat, mit denen die Mädchen gefangen genommen wurden."

„Es stimmt, dass jemand hinter den beiden Gangstern stand", sagte der Wachmann. „Weder Bruno noch Ambrose waren als sonderlich intelligent bekannt. Jemand – entweder Malefic oder ein anderer Hexenmeister – hat sie aus der Ferne dirigiert."

Er zögerte. „Wir können die Hexenmeister in dieser Stadt nur bis zu einem gewissen Punkt unter Druck setzen", fügte er hinzu. „Vielleicht könnte Whitehall uns bei Bedarf Unterstützung anbieten."

Emily zögerte, dann sprach sie laut in den Raum. „Sie sagten, dass auch Magier für Sie arbeiten. Können Sie nicht … können Sie nicht zum Beispiel ihre Geister herbeirufen und befragen?"

Sofort gab es einen Tumult. Meisterin Irenes Gesicht wurde finster, sie hob eine Hand, als wollte sie Emily ins Gesicht schlagen, bevor sie es sich anders überlegte. Die Stadtväter sprachen alle schnell, als hätte sie gerade etwas Grauenvolles vorgeschlagen, vielleicht etwas fast so Schlimmes wie Nekromantie … Selbst Alassa sah schockiert aus, gleichzeitig wirkte sie auch belustigt.

Emilys Fehler war so grundlegend gewesen, dass sie nicht gemerkt hatte, dass es ein Fehler *war*, bevor es zu spät war.

„Sie wagen es, jemanden wie *die da* in diesen Raum zu bringen?", sagte einer der Stadtväter. „Bringen Sie sie hinaus; lassen Sie sie bestrafen und …"

„Das reicht", übertönte Meisterin Irene ihn; ihr Tonfall duldete keine Widerrede. „Die junge Hexenmeisterin kommt aus einem fernen Land und weiß nicht, wovon sie spricht. Wir werden uns damit befassen, wenn wir nach Whitehall zurückkehren."

Ihr Blick schweifte durch den Raum. „Wir erwarten regelmäßige Berichte über Ihre Fortschritte", sagte sie zu dem obersten Stadtvater. „Sollten Sie Unterstützung von uns benötigen, brauchen Sie nur darum zu bitten. Ich werde dafür sorgen, dass Sie sie sofort erhalten."

Sie nickte einmal. „Emily, Alassa, kommt mit. Wir müssen nach Whitehall zurück."

Sie holten ihre Waffen wieder und gingen die Stufen hinunter zur Haupttür. Die jungen Männer auf der anderen Seite starrten sie an, als sie vorbeigingen. Seltsamerweise merkte Emily, dass ihre Aufmerksamkeit sie nicht länger störte.

Meisterin Irene schnaubte, als sie Emilys Schwert betrachtete; dann schlug sie vor, sie solle es den Sergeants zeigen und fragen, was sie davon halten würden, wenn Emily es trüge. Der frühere Besitzer des Schwertes war tot und es brachte nichts, es in der Stadt zu lassen, wo *jeder* es benutzen konnte. Sie sagte nichts weiter, bis sie in der Kutsche waren, die sie ratternd durch die Tore und zurück Richtung Whitehall trug.

„Du hättest den Mund halten sollen", sagte Meisterin Irene kühl.

Emily wurde rot.

„Wer mit den Toten Geschäfte macht, nimmt ein schlimmes Ende", fuhr Meisterin Irene fort. „Selbst der wahnsinnigste Nekromant würde es sich zweimal überlegen, ob er versucht, den Schleier zwischen der Welt der Sterblichen und dem Land der Toten zu durchdringen. Dein Vorschlag … du hättest ihre Rechtmäßigkeit und den Stand ihrer Mütter hinterfragen können und keine so unangenehme Antwort bekommen."

„Du hättest einen Tempel entweihen können und wärest weniger ausgepeitscht worden", sagte Alassa. Die Prinzessin grinste sie an, aber in ihrer Stimme schwang keine echte Bosheit mit. Es schien, als hätte die Erfahrung Alassa zum Positiven verändert. „Ich bin überrascht, dass sie nicht darauf bestanden haben, dich sofort für deine Nachlässigkeit zu bestrafen. Du hättest kaum etwas Schlimmeres vorschlagen können."

Emily blickte zu Boden und schämte sich. Sie *hätte* nachdenken sollen, und es war keine sonderlich gute Entschuldigung, dass sie müde war, Schmerzen hatte und keine Magie mehr besaß. Keines der Bücher, die sie gelesen hatte, hatte im Detail irgendeine Form der Magie behandelt, die dazu verhalf, mit Toten zu verkehren, aber sie hatten gewarnt, dass solche Zauber tabu seien. Und dann hatte sie das Tabu nicht *ernst* genommen.

„Sie sind immer vorsichtig im Umgang mit Schülern aus Whitehall", sagte Meisterin Irene abwesend, aber in ihrer Stimme schwang ein seltsamer kalter Ärger mit. „Wir schicken seit Jahren Schüler nach Dragon's Den und das ist die erste Entführung, die wir *je* erlebt haben. Die normalen Probleme sind, dass Schüler den Bürgern der Stadt Streiche spielen oder dass sie sich vollstopfen und dann merken, dass sie ihr Essen nicht bezahlen können."

„Es war nicht Ihre Schuld", sagte Emily.

„Ich kann meinen Eltern sagen, dass es nicht Ihre Schuld war", fügte Alassa hinzu. Sie schluckte, als wäre ihr gerade etwas Unangenehmes aufgegangen. „Sie werden mit mir darüber sprechen wollen, oder?"

„Natürlich", sagte Meisterin Irene. Ihre Stimme war sanft, aber irgendwie *falsch*. „Und du kannst ihnen sagen, was du willst. Ich glaube nicht, dass es einen großen Unterschied machen würde."

Emily nickte traurig und sah aus der Kutsche. Der Himmel wurde immer dunkler, es sah aus, als würde es bald regnen. Die dunklen Wolken zogen auf die Stadt zu und merkwürdig flackerndes buntes Licht tanzte weit über ihren Köpfen, als *Mana* sich in den Blitz entlud. Sie war sicher, dass die Bauern auf den Feldern schon ihre Tiere in die Ställe zurückholten und sich auf den kommenden Wolkenbruch vorbereiteten. Während sie weiter hoch in die Berge fuhren, fragte Emily sich, ob die Kutsche sicher war. Dann ging ihr auf, dass Meisterin Irene andere Probleme haben musste.

Meisterin Irene konnte wegen dieser Sache gefeuert werden.

Zu Hause hatte man immer einen Schuldigen gebraucht. Unfälle kamen vor, aber es lag in der menschlichen Natur, dass man einen

Sündenbock suchte – und Anwälte waren sofort bereit, mit dem Pech anderer Leute Geld zu verdienen. Lehrer, Fahrer, Bauern … jemand würde ausgesucht und als Böser gebrandmarkt und verfolgt werden, bis er alles verloren hatte. Die Tatsache, dass Whitehall alles in seiner Macht Stehende getan hatte, um ihre Sicherheit zu gewährleisten, würde in der allgemeinen Hexenverfolgungsstimmung untergehen, die die Anwälte erschaffen würden. Emily konnte sich gut an all die kleinlichen Regeln und Vorschriften erinnern, die von Leuten aufgestellt worden waren, die ein Gerichtsverfahren um jeden Preis vermeiden wollten – Regeln, die nie viel Sinn ergeben hatten. Und sie hatte noch nie eine Schule besucht, auf die auch eine Prinzessin ging.

Donner krachte und wurde gefolgt von einem plötzlichen Regenschauer, der schnell zu einer Sintflut anwuchs. Sie sah weg, als gleißende Blitze über den dunklen Himmel jagten und die Berggipfel in der Ferne erhellten; der Regen wurde immer dichter und die Kutsche begann auf der schlammigen Straße hin und her zu schlingern. Emily hielt sich fest und sah wieder nach draußen. Ein kleiner Bach strömte von den höhergelegenen Bergen und floss unter den Rädern der Kutsche hindurch. Kleine Tiere rannten mit dem Wasser den Abhang hinunter, winzige Nager, die mutierten Hamstern ähnelten. Sie konnte nicht erkennen, was sie – vielleicht – in Wirklichkeit waren. Noch lange, nachdem die Tiere im zunehmenden Dunkel und Nebel verschwunden waren, war ein schwaches Quieken zu hören.

Die Fahrt schien Stunden zu dauern, doch endlich hielt die Kutsche klappernd vor Whitehall an. „Ihr müsst auf die Krankenstation", sagte Meisterin Irene, dann öffnete sie die Tür und trat in den Regen hinaus. Kein Zauber hielt den Regen von ihnen ab, als sie ihr in Richtung Schule folgten. „Das Gebäude wird euch dorthin bringen."

Emily sah sie *an*, ohne das Wasser zu beachten, das ihr Haar und ihre Kleider durchtränkte. „Werden Sie das hier überstehen?"

„Ich weiß es nicht", sagte Meisterin Irene. In ihrer Stimme lag eine bittere Hoffnungslosigkeit, die Emily ins Herz stach. Emily hatte ihre Entführung nicht *geplant*, aber was würde das ausmachen? „Der Großmeister wird über mein Schicksal entscheiden."

KAPITEL 29

„Ich hatte gehofft, dass ich dich nicht wiedersehen müsste", sagte eine vorzeitig ergraute Frau mittleren Alters zu Alassa. „Und wer genau ist das?"

„Emily", sagte Emily knapp. Sie war zu sehr mit ihren Sorgen um Meisterin Irene beschäftigt, um höflich zu sein. „Und wer genau sind Sie?"

Die Frau lächelte. „Ich bin Kyla, Heilerin von Whitehall." Sie zeigte mit einem langen Finger auf zwei Türen. „Wählt jede eine Tür und geht hindurch. Wenn die Tür geschlossen ist, zieht alle eure Kleider aus und legt euch auf das Bett. Was auch immer dieser Amateur von Tränkebrauer euch eingeflößt hat, stinkt so sehr, dass es die ganze Station vergiftet."

Emily zögerte, dann folgte sie den Anweisungen. Der kleine Raum war gerade groß genug für ein Bett. Eine einzelne Lampe schien grell von der hohen Decke. Sie hatte sich immer unwohl gefühlt, wenn sie zu Hause vor einem Arzt ihre Kleider ausziehen musste, aber ihr Gewand war mit einem unbekannten Gebräu durchtränkt, also hatte sie keine Wahl. Sie zog sich aus, legte sich nackt aufs Bett und starrte an die Decke. Sie hatte es vorher nicht bemerkt, aber das perlweiße Licht hatte beinahe etwas Tröstliches.

Die Tür ging auf. Sie zuckte zusammen und bedeckte sich schnell mit den Händen. Kyla schloss die Tür und schnaubte bei ihrem Anblick. Sie öffnete ihre Tasche und nahm einen Metallstab heraus, den sie über Emilys Körper hin und her bewegte. Seltsame Lichter flackerten für lange Augenblicke auf und verschwanden wieder.

Die Lichter sagten Emily nichts, aber für die Heilerin hatten sie ganz klar eine Bedeutung.

„Irgendwer hat dir auf jeden Fall einen fehlerhaften Trank untergejubelt", sagte sie. „Der Narr hatte ziemliches Glück, dass er doch so gut funktioniert hat. Noch ein paar Tropfen Ebon-Extrakt, und ihr wärt beide gestorben.“

Emily zuckte zusammen. „Können – können Sie es wegmachen?“

„Das meiste hat schon sein *Mana* verloren und ist dabei, deinen Körper zu verlassen“, sagte Kyla. „Ich glaube, ein einfacher Reinigungstrank müsste den Vorgang beschleunigen, aber ich möchte lieber, dass Professor Thande die Flecken in deinem Gewand analysiert, bevor wir versuchen, dir etwas zu geben. Ein Trank, der nicht ordnungsgemäß zubereitet wurde, könnte auf jede Standard-Arznei seltsam reagieren.“

Sie hielt ihren Stab einen langen Augenblick über Emilys Kopf und zuckte mit den Schultern. „Du weißt, dass du hier eine Schnittwunde hast, an deiner Wange?“

„Nein“, sagte Emily. Sie hob die Hand hoch, um ihr Gesicht zu berühren. Der Hexenmeister – Malefic – hatte sie geschlagen, heftig. „Ist sie entzündet?“

Kyla warf ihr einen scharfen Blick zu. „Es wird gehen“, sagte sie einen Moment später. „Ebenso die Beulen und Kratzer an deinen Händen und Handgelenken. Wie auch immer du dich befreit hast, es hat dich verletzt. Ich schlage einen oder zwei Tage Ruhe vor, bevor du zum Unterricht zurückkehrst.“

Emily sah auf ihre Hände und zuckte zusammen. Sie war so erleichtert gewesen, als sie sich von ihren Fesseln befreit hatte, dass sie den Schmerz und die Spuren an ihren Armen nicht bemerkt hatte. Kyla gab ihr eine kleine Kürbisflasche mit Salbe und wies sie an, ihren Arm damit einzureiben. Die meisten Schäden verschwanden. Sie hoffte, dass die anderen Zeichen ihres Traumas sich genauso schnell in Luft auflösen würden.

„Ich werde mich bemühen“, versprach Emily. Sie musste mit dem Großmeister reden, und vielleicht mit Void. „Ich …“

„Du bleibst genau *hier*, bis ich dich entlasse“, unterbrach Kyla. „Viele junge Magier haben sich sehr geschadet, weil sie dachten, sie seien geheilt, dabei hatte die schwere Arbeit gerade erst begonnen. Kann sein, dass du dich dank deiner Magie besser fühlst, aber das ist nur eine Täuschung.“

Kyla wedelte wieder mit dem Stab über ihr herum und Emily öffnete den Mund, um zu protestieren. „Du kommst auf jeden Fall nicht von hier“, sagte Kyla nach einem weiteren Moment. „Dein Blut enthält einige interessante Spuren … eines Tages muss ich dein Blut untersuchen und herausfinden, ob man es für etwas nutzen kann. Und jemand hat dir einen Zauber verpasst, um dein System gegen Krankheit und vielleicht sogar körperliche Schäden zu stärken. Eine sehr gute Vorsichtsmaßnahme, würde ich sagen.“

„Oh“, sagte Emily. Sie war einfach zu müde, um sich darum zu kümmern, obwohl sie wusste, dass es wichtig war. „Was kann ich noch erwarten, wenn die Wirkung des Trankes nachlässt?“

„Bleib in der Nähe einer Toilette“, riet Kyla ihr. „Und wenn deine Magie langsam wieder aufflackert, widerstehe der Versuchung, sie zu nutzen, bis ich es dir erlaube. Du bist in einem sehr empfindlichen Zustand.“

Sie reichte Emily ein lockeres Kleid – für Emily sah es verdächtig nach einem Krankenhaushemdchen aus – und sah zu, während Emily es automatisch anzog. „Ich werde dir ein Bett in der Schlafstation zuweisen. Du wirst neben deiner Freundin liegen und kannst dir von der Bibliothek Bücher schicken lassen, aber versuche *nicht*, den Raum ohne meine Erlaubnis zu verlassen. Ich darf Zauber anwenden, um dich im Bett zu halten, falls nötig.“

Emily stand auf. Sofort drehte sich der Raum um sie herum. „Ich werde nicht weggehen“, sagte sie. Die Heilerin nahm ihren Arm und führte sie durch eine weitere Tür in einen viel größeren Raum. Das Bett war klein und schlicht, aber es war jetzt genau das, was sie brauchte. „Ich brauche nur etwas zu essen.“

„Leg dich hin“, sagte Kyla. „Ich lasse etwas heraufschicken, sobald ich mich um deine Freundin gekümmert habe.“

Emily schloss die Augen.

Als sie sie wieder öffnete, strömte Licht durch ein Seitenfenster und der Großmeister saß neben ihr. Er blätterte durch ein altes, in Pergament gebundenes Buch, das er wohl aus der Bibliothek mitgebracht hatte. Sie fühlte sich seltsam geschmeichelt, dass das Oberhaupt der Schule sich so für sie interessierte, auch wenn er sich wahrscheinlich noch mehr für Alassa interessierte.

Der Großmeister blickte auf. Er sah ihr in die Augen, dann legte er das Buch auf den Tisch und beugte sich vor.

„Ich habe Nachricht von Dragon's Den", sagte er. „Sie konnten den Hexenmeister Malefic nicht finden."

„Verstehe", krächzte Emily. Ihr Mund schmeckte besser als am vorigen Tag, aber noch lange nicht normal. Der Großmeister nahm ein Glas Wasser und reichte es ihr. Sie nippte dankbar daran. „Was ist mit Meisterin Irene passiert?"

Der Großmeister warf ihr einen scharfen Blick zu. „Die Prinzessin hat ihren Eltern sorgfältig erklärt, dass Meisterin Irene für das, was passiert ist, keine Verantwortung trägt." Er nickte in Richtung des nächsten Bettes, wo Alassas blonde Locken von der Bettkante baumelten. „Wobei ich sie selbst auch nicht voll zur Verantwortung gezogen hätte. Wir hatten keinen Grund anzunehmen, dass irgendjemand so dumm sein würde, einen unserer Schüler zu entführen."

Emily trank aus und sah sich um, auf der Suche nach einer Kanne.

Der Großmeister schnipste mit den Fingern und das Glas füllte sich von selbst wieder.

„Sie hat eine strenge Ermahnung bekommen, aber ich finde, mehr ist nicht notwendig", fügte der Großmeister hinzu. „Ich bin der Großmeister von Whitehall und meine Meinung ist ausschlaggebend."

Er sah sie nachdenklich an. „Die wahre Frage ist einfach: Wer von euch – Alassa oder du – war das eigentliche Ziel?"

„Ich weiß es nicht", sagte Emily. Sie zögerte, dann stellte sie die Frage, die sie seit der Entführung beschäftigt hatte. „Ist Malefic ein Nekromant?"

„Unwahrscheinlich", sagte der Großmeister. „Allein die Menge an Macht unter den Schutzschirmen eines Nekromanten hätte jeden anderen Hexenmeister in der Umgebung alarmieren müssen. Und dann musste er von dummen Leuten Aufträge annehmen; ein Nekromant hätte beim Umgang mit ihnen wahrscheinlich ein- oder zweimal die Kontrolle verloren. Aber er ist ganz sicher ein dunkler Zauberer."

Seine Augen wurden enger. „Dumme Magier leben im Allgemeinen nicht sehr lange, aber was er euch angetan hat, war dumm. Es sei denn, etwas anderes spielte mit hinein, das wir nicht erkennen."

Emily hörte ihm zu. Er schien erstaunlich gesprächig, aber während er weiterredete, dämmerte es ihr, dass er sie beruhigen wollte. Ein dunkler Zauberer war schlecht; ein Nekromant wäre viel schlimmer.

„Malefic trug ganz einfach ein zu großes Risiko für zu wenig Gewinn", sagte der Großmeister. „Er musste wissen, dass Whitehall nach euch suchen würde und dass er einem Kampfhexer nicht die Stirn bieten kann. Außerdem hätten Alassas Eltern die Stadt auseinandergenommen, um sie zu finden. Der wahnsinnige Plan umfasste die Entführung zweier Schülerinnen, die sicher eine sehr starke Reaktion hervorgerufen hätte, warum versucht man so etwas überhaupt? Warum glaubte er, euch entführen zu können und das zu überleben?"

„Es war zu leicht, zu entkommen", sagte Emily nach einem langen Augenblick. „Vielleicht war es Absicht, dass wir nicht lange entführt blieben."

„Aber das wirft weitere Fragen auf", sagte der Großmeister. „Wollte er die Stadtväter in Verlegenheit bringen oder Alassas Eltern in Schrecken versetzen oder vielleicht sogar eine Reaktion von deinem Schutzherrn provozieren? Oder gibt es hier noch etwas, das wir nicht sehen?"

Emily runzelte die Stirn. „Vielleicht war es eine Ablenkung", sagte sie vorsichtig. „Ist *noch etwas* passiert, während wir entführt waren?"

„Interessanter Gedanke", sagte der Großmeister. „Es ist nichts passiert, von dem wir wüssten, aber bei Nekromanten können wir uns nie sicher sein."

„Mein Kopf dreht sich", klagte Emily. „Was passiert jetzt?"

Der Großmeister zuckte mit den Schultern. „Wir werden uns die Vorsichtsmaßnahmen für Ausflüge außerhalb der Schutzschirme noch einmal ansehen müssen. Ich fürchte, wir werden etwas für die Sicherheit tun müssen, ansonsten müssen wir begrenzen, wie viele Schüler an den Ausflügen teilnehmen können."

Er schüttelte den Kopf. „Das Beste, was du tun kannst, ist, so schnell wie möglich mehr Magie zu lernen. Du hast wirklich Feinde da draußen, und manche sind verrückt genug, um zu glauben, dass sie diese Mauern durchbrechen können – oder so verzweifelt, dass sie ihre geringen Chancen ignorieren. Leute, die du nie getroffen hast, wollen dich tot sehen. Ich schlage vor, dass du noch intensiver lernst. Die Politik wirft einen langen Schatten über diese ganze Angelegenheit."

Der Großmeister nahm sein Buch, wandte sich um und zögerte dann. „Ich gewähre dir Zugriff auf gewisse Bücher aus dem schwarzen Archiv", sagte er. „Es wäre mir sehr lieb, wenn du das *niemandem* gegenüber erwähnen würdest. Der Bibliothekar hat die Liste und wird sie auf Anfrage für dich vorbereiten."

Emily sah ihm verwirrt nach. Was sollte *das* alles?

Sie schloss die Augen und fiel in einen tiefen, traumlosen Schlaf, aus dem sie von Kyla geweckt wurde. Die Heilerin hatte zwei Kürbisflaschen mit Tränken bei sich. Eine gab sie Alassa, die andere Emily. Emily fühlte sich seltsam, als sie die Flasche an die Lippen hob und die klare Flüssigkeit trank. Sie spürte, wie sie durch ihren Körper floss und die Überreste des Trankes neutralisierte, der ihr die Magie entzogen hatte.

Emily spürte, wie Macht und Leben in sie zurückkehrten. Magie knisterte in ihrem Körper und erinnerte sie daran, wie hilflos sie sich ohne gefühlt hatte. Aber wer wusste schon, wer sie als Nächstes entführen und ihr einen neuen Trank aufzwingen wollte?

„Du solltest noch nicht gleich wieder Magie benutzen", erinnerte Kyla sie. „Es dauert noch einen oder zwei Tage, bevor ihr richtig zum Unterricht zurückkönnt."

Alassa starrte Emily an, die zurücknickte. „Danke", sagte Alassa. „Was können wir hier machen?"

„Ich schlage vor, dass ihr im Bett bleibt, Bücher lest und Süßigkeiten esst", sagte Kyla. Sie legte eine Schachtel Bonbons auf Emilys Bett. „Ihr habt beide gerade sehr wenig Energie, also lutscht die hier jedes Mal, wenn ihr hungrig oder durstig seid. Wenn ihr dem Bibliothekar eine Liste mit Büchern geben wollt, wird er sie euch sicher schicken. Ich kann euch auch Brettspiele geben, wenn euch nach etwas mehr Aktivität ist."

Emily zog die Stirn kraus. Die Bibliothek in Whitehall war viel interessanter als alle, die sie von zu Hause kannte, aber sie war auch primitiver. Es gab keinen elektronischen Bücherkatalog, kein automatisches System, das Bücher zum gleichen Thema empfehlen konnte, nur einen Bibliothekar, der unten in der Bibliothek saß und nicht zur Krankenstation kommen wollte oder konnte. Ihr fiel plötzlich ein, dass sie Bücher im Schlafzimmer hatte, die sie nicht rechtzeitig wieder abgeben konnte. Sie hatte keine Ahnung, wie hoch die Strafgebühren waren, wenn man die Leihfristen überschritt, aber sie bezweifelte, dass sie daran Freude haben würde. Vielleicht konnte sie ihre Zimmergenossinnen darum bitten, sie zurückzubringen ... nein, das würde nicht gehen. Sie war so vorsichtig gewesen, sie in ihrem Schrank zu verstecken und den Schrank mit einem Schließzauber zu versiegeln, den sie in einem der Bücher entdeckt hatte.

„Bleibt im Bett", sagte Kyla beim Hinausgehen. „Ich lasse euch in etwa einer Stunde eine richtige Mahlzeit heraufschicken. Bis dahin solltet ihr essen können."

Die beiden Mädchen waren jetzt allein auf der Station. „Du hast mir das Leben gerettet", sagte Alassa direkt. Obwohl sie offensichtlich ebenfalls geschlafen hatte, wirkte die Prinzessin immer noch zu betäubt, um wirklich über alles nachzudenken, was passiert war. „Meine Eltern wollen dir persönlich danken."

Emily wurde rot. „Ich habe auch mein eigenes Leben gerettet. Ich weiß nicht, *welche* von uns das Ziel war."

„Vielleicht planten die Nekromanten, uns beide zu fangen", sagte Alassa. „Ich kenne niemand anderen, der sich einen Plan ausdenken würde, bei dem beide Zielpersonen am gleichen Ort sein müssen, und der dann erwarten würde, dass der Plan aufgeht."

„Vielleicht", sagte Emily. Sie versuchte, sich aufzusetzen; ihr wurde schwindelig und sie legte sich wieder hin. „Aber wenn du diesen Verbrecher nicht halb tot geprügelt hättest, wären wir beide noch in Gefangenschaft."

„Das ist wahr", stimmte Alassa zu. Ihr Gesicht verzog sich zu einem strahlenden Lächeln. „Ich nehme an, ich habe dir ebenfalls das Leben gerettet."

Emily lachte, obwohl sie sich immer noch fragte, was genau passiert war. Wenn der Angriff ihr gegolten hatte … konnte es sein, dass Void das alles organisiert hatte? Vielleicht hatte er gedacht, es könnte als Test dienen oder als schwere Lektion für ihr Leben außerhalb der Mauern von Whitehall. Die Stadtwache war vielleicht angewiesen worden, sie zu retten, nachdem ihnen schon die Flucht gelungen war. Und Void hatte den Hexenmeister vielleicht einfach entsorgt, nachdem er seinen Teil der Aufgabe erfüllt hatte …

… oder Shadye hatte geglaubt, Malefic würde bessere Arbeit leisten, und sich nicht die Mühe gemacht, ihn besonders genau zu überwachen …

Sie schüttelte verärgert den Kopf. „Das hast du wohl", stimmte sie zu und schob die anderen Gedanken beiseite. „Ich glaube, du solltest besser anfangen, so schnell wie möglich zu lernen."

„Das hat mein Vater mir auch gesagt", gab Alassa zu. Ihr Lächeln verschwand. „Er war nicht erfreut über meine Fortschritte, bevor du auf diese Schule kamst."

Emily betrachtete sie und fragte sich, was *das* bedeutete. Hatte ihr Vater, der König, gewollt, dass seine Tochter eine bessere Magierin wurde oder ein besserer *Mensch*? Aber konnte ein netter Mensch sich sicher auf einem Thron halten?

„Er sagte, ich solle weiter mit dir lernen", fügte Alassa einen Moment später hinzu. „Und er erwartet, dass ich die Abschlussprüfung im Grundkurs Zaubersprüche das nächste Mal bestehe."

„Ich glaube, ich sollte auch bestehen", sagte Emily. Sie schaffte es, sich aufzusetzen, und stöberte in dem Schrank neben ihrem Bett. Darin war ein Königsmacher-Spielbrett und etwas, das aussah wie ein Leiterspiel, allerdings mit runden statt quadratischen Feldern. „Wann genau *ist* die Prüfung?"

„Wenn Professor Lombardi das Gefühl hat, dass wir bereit sind", sagte Alassa. Sie senkte die Stimme. „Ich musste meinem Vater beichten, dass ich bei den vorigen Prüfungen geschummelt habe. Er war nicht erfreut."

„Ein König kann es sich nicht leisten, sich selbst zu täuschen, sonst kann er nicht regieren", sagte Emily. Ihren Eltern wäre es wahrscheinlich egal gewesen, ob sie schummelte oder nicht; sie hätte ihren Abschluss so oder so gemacht. Aber hier … hier wollte sie etwas *erreichen*. „Was hat er dazu gesagt?"

„Er sagte, wenn ich die nächste Prüfung nicht mit der Hilfe eines Schicksalskinds bestehe, müsse er sich nach anderen Möglichkeiten umsehen", sagte Alassa. „Was, wenn … was, wenn er meine Mutter verstößt und sich eine andere Frau sucht? Eine, die ihm noch Kinder gebären kann?"

Emily blinzelte überrascht. Jedes Mal, wenn sie glaubte, sie hätte sich an die Andersartigkeit ihrer neuen Welt gewöhnt, tauchte etwas Neues auf, um sie zu schockieren. „Ich denke, dagegen kannst du dich am besten schützen, indem du hart arbeitest und so viel wie möglich lernst", sagte sie. Aber Maria war nicht gerettet worden, als Heinrich VIII. einen Sohn wollte. Und der Junge hatte zu kurz gelebt, um wirklich Spuren in der Geschichte zu hinterlassen. „Ich werde dich unterrichten."

Emily zögerte. „Und du solltest mir besser mehr über diese Welt beibringen", fügte sie hinzu. „Ich weiß nicht, wie ich mich verhalten sollte, wenn ich deinen Eltern vorgestellt würde."

„Ich hasse diesen Unterricht in höfischer Etikette", sagte Alassa. Sie zog eine Grimasse. „Weißt du, dass man den Unterschied zwischen gesellschaftlicher Anerkennung und gesellschaftlicher Blamage daran messen kann, welche Messer und Gabeln du benutzt oder wo du nach einem Schluck Wein dein Glas absetzt? Ganz zu schweigen von den Prinzen aus anderen Ländern – alles Zweitgeborene –, die dir immer wieder wilde Tiere anschleppen, weil sie gehört haben, dass du gern auf die Jagd gehst …"

Sie grinste plötzlich. „Aber du bist ein Schicksalskind. Sie werden erwarten, dass du ein bisschen seltsam bist. Und dann werden sie jedem deiner Worte lauschen, als würde das die Welt verändern."

Emily rollte mit den Augen. „Ich verstehe, was du meinst", sagte sie. Der Vorhang raschelte. Einen Augenblick später steckte Imaiqah ihren Kopf hindurch und lächelte Emily zu. „Hallo!"

Imaiqah ließ den Vorhang hinter sich zufallen. „Ich habe mir solche Sorgen gemacht", sagte sie. „Ich dachte … ich dachte, das Schlimmste wäre passiert."

„Ich habe meinen Eltern erzählt, dass du geholfen hast, mein Leben zu retten", sagte Alassa ernsthaft. Die beiden anderen Mädchen starrten sie an. „Ich glaube, sie werden zustimmen, dass du eine Belohnung verdient hast."

„Sei einfach nett", sagte Emily. Sie bat Imaiqah, einen kleinen Tisch zu ihnen herüberzuschieben, so dass sie darauf spielen konnten. „Ihr könntet viel voneinander lernen."

„Sergeant Harkin meinte, er würde euch ein paar Bücher schicken", sagte Imaiqah und setzte sich. „Damit ihr nicht im Bett eure Zeit verschwendet oder so."

„Wie … freundlich von ihm", sagte Emily. Die meisten Bücher auf der Kampfmagie-Lektüreliste setzten voraus, dass der Leser etwas über militärische Angelegenheiten wusste. Emily musste zugeben, dass sie einige der Informationen überhaupt nicht begriff. „Was ist passiert, als du nach Whitehall zurückgekommen bist?"

„Sie haben nichts gesagt, bis ihr wieder da wart", sagte Imaiqah. Sie blickte zu Alassa hinüber. „Es gab alle möglichen Gerüchte."

„Die gibt es immer", sagte Alassa. Sie nahm den Würfel und würfelte eine Drei. „Ignorier sie einfach. So mache ich das."

KAPITEL 30

Kyla ließ sie drei Tage lang nicht von der Krankenstation. Bis dahin waren Imaiqah und Alassa schon fast Freundinnen geworden. Emily war sich der sozialen Schranken zwischen ihnen bewusst, die Magie allein nie völlig niederreißen würde, aber wenigstens bemühten sie sich. Es half, dass beide sich gut mit Emily verstehen wollten, wenn auch aus unterschiedlichen Gründen, und dass keine von Alassas Kumpaninnen gekommen war, um sie zu besuchen. Mit Anzeigen in der Zeitung hätten sie ihre Gefühle nicht deutlicher machen können.

Emily war im Stillen erleichtert, dass keine von ihnen zu Besuch gekommen war, aber sie behielt ihre Gedanken für sich, weil Alassa ganz offensichtlich unglücklich darüber war. Ohne sie hatte Alassa die Chance, ein besserer Mensch zu werden – und außerdem wollte *Emily* keine Horde schwachsinniger Mädchen im Zimmer, die über sie kicherten, während Alassa und Emily versuchten, sich von ihrem Erlebnis zu erholen. Eines Tages würde Alassa vielleicht darüber reden wollen, aber erst einmal sagte sie nichts. Wenigstens hatte sie aus der Erfahrung die richtige Lehre gezogen.

Es war ein seltsames Gefühl, sich zu entspannen, nachdem sie so viel Zeit mit Lernen verbracht hatte, aber sie hatte keine Wahl. Emily verbrachte die Zeit mit Spielen, sie las die Büchersammlung des Sergeants und notierte Ideen für Imaiqahs Vater. Im Bett liegend hatte sie genug Zeit, um sich die wichtigsten Einzelheiten einer Druckerpresse zu überlegen; sie hoffte, dass ein versierter Handwerker mit ihren Ideen etwas Brauchbares würde anstellen können. Wenn man auf der Erde in ferner Vergangenheit eine Druckerpresse hatte bauen können, musste es auch hier gehen. Der wahre Trick würde sein, es ohne Magie zu tun. Emily war sich nicht ganz sicher, wie Magie und Gesellschaft zusammenspielten, aber sie vermutete, dass das einer der Gründe war, warum sich keine moderne Technologie entwickelte.

Sie hatte auch eine Liste mit anderen Ideen, die sich vielleicht als umsetzbar erweisen würden – vielleicht aber auch nicht –, sobald sie sie für mögliche Interessenten skizziert hatte. Sie hatte ernsthaft überlegt, ob sie Void eine Nachricht schicken sollte, um zu fragen, ob sie ein paar Lehrbücher aus ihrer alten Welt stehlen konnten, oder vielleicht eine Ausgabe von „Das große Mammut-Buch der Technik". Es gab so viele Sachen, die ganz sicher nützlich sein würden, aber sie hatte keinen blassen Schimmer, wie sie funktionierten. Emily vermutete, dass ihr nichts weiter einfallen würde, bis Imaiqahs Vater – oder jemand anderes – ihr ein Problem gab, das sie lösen sollte; dann würde sie überlegen, wie ihre frühere Gesellschaft damit umgegangen war. Sie hatte in all den Jahren mehr aufgeschnappt, als sie gedacht hatte.

Aber es gibt Grenzen, dachte sie, während sie die Treppe zum Speisesaal hinuntergingen. *Ich könnte ihnen ohne Magie keinen funktionierenden Computer entwerfen.*

Inzwischen war sie es gewöhnt, dass Leute sie anstarrten; aber als sie jetzt den Speisesaal betraten, drehte sich fast jeder nach ihnen um. Gott allein wusste, welche Gerüchte sie über die versuchte Entführung gehört hatten oder darüber, was vielleicht passiert wäre, wenn die Entführer es geschafft hätten, sie aus der Stadt zu bringen. Emily hatte nichts gefunden, was ihrem Verdacht widersprach, dass die Entführer sie gefangen hatten, um sie dann absichtlich entkommen zu lassen, außer dass der jüngere Verbrecher überrascht gewirkt hatte, als er ihnen begegnet war und versucht hatte, sie festzuhalten. Aber vielleicht hatte er nicht erwartet, dass sie so schnell entkommen würden. Oder vielleicht war es der Hexenmeister selbst gewesen, der ihnen absichtlich einen Fluchtweg aufgezeigt hatte, bevor er seine Gefährten tötete.

Viele Blicke folgten ihnen, auch während sie sich Teller mit Essen holten und sie an ihren Tisch trugen, um zu essen. Nach dem faden, fast völlig geschmacksfreien Essen auf der Krankenstation war es eine Erleichterung, etwas Leckeres zu essen, auch wenn man sie ermahnt hatte, am ersten Tag vorsichtig zu sein. Sie würden nur zwei Unterrichtsstunden haben, gefolgt von drei Freistunden, in denen sie lernen konnten. Alassa hatte Emily schon gebeten, weiter am Stoff des Grundkurses Zaubersprüche zu arbeiten, aber sie hatte Alassa gesagt, dass sie wegen ein paar Büchern zuerst in die Bibliothek müsse. Der Großmeister hatte ihr gesagt, dass bestimmte Bücher für sie zurückgelegt worden seien, damit sie sie lesen konnte. Wenigstens hatte Kyla ihr eine Entschuldigung für die Bücher geschrieben, die sie zu spät abliefern würde.

Der Tag verging überraschend schnell, nachdem sie wieder in die Abfolge der normalen Unterrichtsstunden eingetaucht war und das Verpasste nachgeholt hatte. Im Grundkurs Zaubersprüche schienen sie nicht allzu viel verpasst zu haben, aber Professor Thande sagte ihr, sie müsse am Wochenende einige Zusatzaufgaben lösen. Es gab einige Zaubertränke zu meistern, deren Zubereitung sie verpasst hatte, als sie auf der Krankenstation gelegen hatte. Emily verkniff sich die Bemerkung, dass es nicht *ihre* Idee gewesen sei, entführt zu werden und drei Tage im Bett zu verbringen; es würde nichts nützen. Whitehall schien praktische Arbeit über Theorie zu stellen.

Der siebzehnte Glockenschlag rückte näher, als sie es endlich schaffte, die Bibliothek aufzusuchen.

Als sie durch die Tür ging, sah sie, dass eine andere Bibliothekarin Dienst hatte, eine große, elegante Frau mit langem braunem Haar, das fast bis zum Boden hing. „Der Großmeister hat dir Zugang zu ausgewählten Büchern aus dem schwarzen Archiv gewährt", sagte sie, bevor Emily den Mund öffnen konnte. Sie hatte Emily ganz offensichtlich vom Speisesaal her erkannt. „Bist du mit den Leseräumen vertraut?"

Emily schüttelte den Kopf.

Die neue Bibliothekarin führte sie zu einer versteckten Tür innerhalb der Schutzschirme und öffnete sie. Dahinter lag ein kleiner Raum mit nichts als einem Schreibtisch und einem Stuhl. „Die Bücher werden dir gebracht", erklärte sie. „Sie dürfen den Raum nicht verlassen; es ist verboten, etwas daraus abzuschreiben oder andere zu dir in den Leseraum einzuladen. Wenn du diese Regeln brichst, werden die Sicherheitszauber dich festhalten, bis die Bibliothekare die Sache geprüft haben. Verstehst du mich?"

„Ja“, sagte Emily.

Die Bibliothekarin klopfte gegen die Wand. Sie öffnete sich und gab einen kleinen Stapel Bücher frei. „Bitte“, sagte sie und legte die Bücher auf den Tisch. „Lege die Bücher zurück in die Wandnische, bevor du den Raum verlässt, egal warum. Wenn du fertig bist, gib mir Bescheid und ich bringe sie ins schwarze Archiv zurück.“

Emily sah der Bibliothekarin nach, als sie hinausging und die Tür hinter sich schloss. Dann wandte sie ihre Aufmerksamkeit dem ersten Buch auf dem Stapel zu. Wer auch immer ihm seinen Titel gegeben hatte, hatte Humor; es hieß *Das kleine schwarze Buch*. Es war klein und aus einem Material gemacht, das Emily nicht vertraut war, aber es roch ungefähr wie die Stempelkissen, die sie von zu Hause kannte. Die Innenseiten bestanden nicht aus Pergament, sondern aus etwas anderem. Emily hatte schon ein flaues Gefühl, wenn sie es nur anfasste.

Sie warf einen Blick auf die nächsten paar Bücher im Stapel und runzelte die Stirn. *Ein Kompendium von Flüchen*, dann *Dunkle Magie und Bosheit*, *Von der Benennung der Dinge* und *Die Geschichte des kühnen Russell*. Das letzte schien fehl am Platz, bis Emily es überflog; sie merkte, dass sie eine Geschichte in der Hand hatte, die – erfunden oder nicht – auch ein Lehr- und Handbuch zu sein schien. Dann fiel ihr Blick auf das unterste Buch – *Albträume von Nekromanten*. Sie fröstelte. Das Buch behauptete, es sei nichts Geringeres als eine Fibel für angehende Nekromanten.

Das Buch fühlte sich *böse* an, als sie es in die Hand nahm und auf die sauberen goldenen Buchstaben der Titelseite hinabstarrte. Vielleicht war es nur ihre Einbildung, aber es war sehr schwer, die erste Seite aufzuschlagen, fast als weigerten sich ihre Finger, sich richtig zu bewegen. Jemand – entweder der Verfasser oder der Bibliothekar, der es katalogisiert hatte – hatte es vielleicht verzaubert, damit es schwer zu lesen war. Sie schlug die erste Seite auf und wich entsetzt zurück, als sie die bräunlichen Buchstaben bemerkte, die auf das merkwürdige ledrige Material gezeichnet – fast gemalt – waren. Der unbekannte Schreiber hatte das Buch mit Blut geschrieben!

„Blut hat eine große magische Bedeutung“, hatte Professor Thande gesagt, als er einem Mädchen einen Vortrag hielt, das sich geschnitten hatte, während es Gemüse für einen Energietrank zerkleinerte. „Dein Blut steht für dein Leben. Wenn du es in magischen Riten verwendest, zapfst du dein Leben und deine Seele selbst an."

Emily schauderte und begann das Buch zu lesen. Ihr erster Eindruck war, dass der Autor nicht sehr strukturiert dachte. Der Text sprang inhaltlich auf erschreckende Weise hin und her, von einer leidenschaftslosen, kaltblütigen Analyse der Nekromantie zu wüsten Ausschweifungen, die in ihren Augen teils überhaupt keinen Sinn ergaben. An einer Stelle hatte der Autor zwei Seiten über das Leben und die Gesundheit seiner Hauskatze geschrieben, bevor die Schrift zu einem Gekritzel wurde, das der Übersetzungszauber nicht richtig wiedergeben konnte oder wollte. Vielleicht ergab es überhaupt keinen Sinn.

Langsam zeichnete sich ein Teil der Geschichte ab, einer Geschichte, die nicht ganz mit Professor Lockes Version übereinstimmte. Es hatte einen großen Krieg gegeben und die Menschheit war fast ausgelöscht worden, bevor jemand zufällig entdeckt hatte, dass man Mord als Quelle für magische Energie nutzen konnte. Man hatte zuerst versucht, diese Art Magie in den alten magischen Blutlinien zu halten, aber dann war die Technik nach draußen gedrungen und Nekromantie hatte sich rasch verbreitet. Sie hatte die Feen geschlagen oder zumindest so weit zurückgedrängt, dass die Menschheit sich erholen konnte, doch die Arznei war möglicherweise schlimmer als die Krankheit. Die Nekromanten wurden bald darauf abtrünnig.

Es gab hundert warnende Erzählungen von Männern – und einer Handvoll Frauen –, die versucht hatten, Nekromantie zu benutzen. Einige hatten nur Macht gewollt; seltsamerweise hatten sie länger durchgehalten als die, die Nekromantie mit guten Absichten nutzen wollten. Emily verstand das nicht, bis ihr aufging, dass Leute mit guten Absichten Ideale haben konnten, die sich leichter verdrehen ließen als der simple, wenn auch selbstsüchtige Wunsch nach Macht. Die Egoisten kannten sich offenbar besser als die Idealisten. Jedenfalls nahm sie das an.

Professor Locke hatte einen König erwähnt, der versucht hatte, mit den Nekromanten einen Handel einzugehen, und am

Ende sein Reich verloren hatte, aber das war nur die Spitze des Eisbergs. Es gab Könige und Prinzen – und eine Prinzessin –, die mit Nekromantie Versuche angestellt hatten, mit dem einzigen Ergebnis, dass sie von ihren Gefolgsleuten umgebracht oder von ihrer neuen Macht überwältigt wurden. Sie konnte nicht erkennen, ob es eine bessere Erklärung als die von Professor Locke gab, warum die Macht jeden in den Wahnsinn trieb, aber das schien egal zu sein. Wer mit Nekromantie anfing, warum auch immer, wurde unweigerlich verrückt. Der Gedanke war nicht sehr beruhigend.

Sie starrte auf die Seiten hinab, die dem Leser die Kunst der Nekromantie vermittelten. Sie konnte nicht verstehen, warum der Großmeister ihr gesagt hatte, sie solle das Buch lesen. Whitehall war doch sicher daran interessiert, Leute davon *abzuhalten*, dass sie Nekromantie lernten; es gab nicht mal eine Andeutung von Kursen, die den Schülern die dunklen Künste beibrachten. Aber als sie das Ritual durchlas, erkannte sie – zu ihrem Schrecken –, dass es eigentlich sehr einfach war. Ein Magier mit genug theoretischem Hintergrundwissen konnte es leicht neu erfinden, auch wenn Whitehall ihn daran hinderte, aus dem schwarzen Archiv zu lernen. Kein *Wunder*, dass man sie immer wieder an jedes Versagen der Nekromanten erinnerte. Es war die einzige Möglichkeit, zu verhindern, dass überall Tausende Nekromanten wie Pilze aus dem Boden schossen.

Aber vielleicht tun sie es trotzdem, dachte sie, während sie den Rest des Buches durchlas. Nekromanten waren nicht bei Verstand. Sie neigten dazu, sich selbst zu schaden, ihre Macht zu verlieren oder einfache Fehler zu machen, so dass ihre Feinde sie töten konnten, bevor es zu spät war. Laut dem Buch waren mehrere Dutzend vergiftet worden. Die Schlauen versklavten alle um sich herum, nur um sicherzustellen, dass man ihnen kein Messer in den Rücken stoßen konnte. Mit der Zeit verwandelte die Macht sie langsam und es wurde viel schwerer, sie zu töten – wenn sie so lange durchhielten. Emily erinnerte sich daran, wie sie Shadye in die Augen gesehen hatte, und fröstelte. Er mochte einst menschlich gewesen sein, aber jetzt war er es nicht mehr.

Sauge das Mana aus, dann sauge die Seele aus. Es war so *einfach.*

Vorsichtig klappte sie das Buch zu und starrte auf die tintige Titelseite hinab. Dann legte sie es in die Wandnische zurück und nahm *Dunkle Magie und Bosheit* in die Hand. Malefic war anscheinend ein dunkler Zauberer gewesen, aber er hatte sein Gewerbe in Dragon's Den ausüben können, ohne dass jemand versucht hatte, ihn aufzuhalten. Die Stadtwache hatte gewusst, was er für alle diejenigen tat, die sich seine Dienste leisten konnten, und hatte sich einen feuchten Kehricht darum geschert. Hatten die Wachen Angst davor, einen Magier zu konfrontieren, oder waren sie bestochen worden, damit sie seine Verstöße übersahen? Emily konnte es nicht wissen.

Dunkle Magie und Bosheit war von jemandem geschrieben worden, den die dunklen Künste auf übelste Weise faszinierten, befand sie nach den ersten paar Seiten. Der Schreiber hatte tausende Zauber, Flüche und magische Riten aufgezählt, die erschreckend boshaft waren, von Zwangs- und Versklavungszaubern bis hin zu Zaubern und Verwünschungen, die ganz sicher tödlich wirken würden. Emily dachte an Thandes Warnungen zum Thema Blut, als sie die grobe Beschreibung eines Versklavungszaubers las; allein die Vorstellung, zur Sklavin gemacht zu werden, ließ sie schaudern. Ein noch abstoßenderer Zauber verwendete Blut, um sein Ziel aus tausenden Meilen Entfernung zu töten, es sei denn, das Ziel hätte die richtigen Schutzzauber in sein Fleisch eingewoben. Emily beschloss, sich diese Schutzzauber sofort zu besorgen. Es gab keine Entschuldigung dafür, verwundbar zu sein.

Noch mehr boshaften Spaß machte es dem Schreiber, Geschichten von dunklen Magiern aufzuzählen. Einige waren so bekannt, dass Emily sich fragte, ob sie historisch begründet waren – eine Hexe, die einen Prinzen in einen Frosch verwandelte, warum auch immer –, andere waren so grausam, dass ihr allein von der Beschreibung der Einzelheiten übel wurde. Wie konnte *irgendjemand* es zulassen, dass so böse Magier in seiner Nähe lebten? Oder war das egal, solange die dunklen Zauberer es nicht auf *wichtige* Leute abgesehen hatten?

Es gab einen dunklen Zauberer, der eine Kleinstadt in den Bergen übernommen hatte und sie zu seinem persönlichen Lehensbereich gemacht hatte; er erklärte sich zum Herrn und Meister aller, die er überwachte. Der König, der in dem Land herrschte, hatte sich entschlossen, den dunklen Zauberer dort zu belassen, statt einen Kampf zu riskieren, den er vielleicht verlieren würde, und der dunkle Zauberer hatte seine Untertanen jahrelang gequält, bis ein fahrender Hexer ihn in einem magischen Duell besiegt hatte. Aber für seine früheren Untertanen gab es kein Happy End; anscheinend dauerte es keine Woche, bis ein *anderer* dunkler Zauberer einzog, um das Machtvakuum zu füllen. Und *der* war am Ende von einem Nekromanten besiegt worden und die übrig gebliebenen Untertanen waren getötet worden, um seiner Machtgier Nahrung zu geben.

Das nächste Kapitel handelte von einer Hexe, die anscheinend gegen die angemessene und ordnungsgemäße Stellung der Frau rebelliert hatte, so der Autor. Zur Abwechslung wurde seine widerwärtige Bewunderung für dunkle Zauberer von sexistischem Geschwätz abgelöst, das selbst John Knox oder die Taliban beeindruckt hätte. Es war nicht wirklich eine Verbesserung, fand Emily; die Hexe hatte das Dorf übernommen, die meisten Männer getötet und schließlich versucht, den Tod von sich fernzuhalten, indem sie die Lebensenergie der übriggebliebenen Dorfmädchen abgesaugt hatte. Ihre Geschichte wurde zur Warnrede darüber, was passierte, wenn man Hexen zu viel Macht erlaubte, auch wenn Emily vermutete, dass die Wahrheit eine ganz andere war. Lebensenergie abzusaugen, klang jedenfalls erschreckend nach Nekromantie.

Sie klappte das Buch angewidert zu und nahm das nächste zur Hand. *Die Geschichte des kühnen Russell* war wenigstens von einem Autor geschrieben, der tatsächlich schreiben konnte. Hätte er nicht alle paar Seiten mit der Geschichte innegehalten, um zu erklären, wie dieses oder jenes funktionierte, wäre sie vielleicht viel unterhaltsamer gewesen. Da das nicht so war, ließ Emily ganze Absätze beim Lesen aus, übersprang die Anweisungen und konzentrierte sich auf die Geschichte an sich. Der kühne Russell war offenbar ein fahrender Hexer gewesen, der von Reich zu Reich zog und dunkle Magier bekämpfte, versteckte Fallen entschärfte, die Hexenmeister gelegt hatten, und ganz allgemein den Verbündeten Landen diente. Am Ende war er von einem Nekromanten im

Zweikampf geschlagen worden, hauptsächlich durch Tricksereien. Ein Nekromant mochte sehr viel mächtiger sein als ein Magier, der klug genug war, Nekromantie nicht zu nutzen, doch er oder sie konnte immer noch verlieren. Das, fand Emily, war eine gewisse Erleichterung.

Sie rieb sich die Augen, legte das Buch hin und blickte auf die Uhr. Es war spät; sie hatte zu lange gelesen und das Abendessen verpasst. Sie schüttelte den Kopf, legte alle Bücher in die Wandnische zurück und trat aus dem Privatraum in die Bibliothek zurück. Mehr Schüler als je zuvor drängten sich in dem riesigen Raum auf der Suche nach Büchern, weil sie genau wussten, dass die Prüfungen sich näherten. Emily entdeckte Jade und zwinkerte ihm zu, aber der ältere Junge tat so, als sähe er sie nicht. Er *war* ja auch mit drei Gleichaltrigen zusammen.

Die Bibliothekarin nickte ihr zu, als sie durch die Stille-Schutzschirme trat und an den Tresen ging. „Soll ich die Bücher weiter für dich zurücklegen oder sie wieder in den Speicher bringen?"

Emily zögerte. „Legen Sie sie noch ein paar Tage zurück", sagte sie. Sie hatte keine Ahnung, ob der Großmeister erlauben würde, dass sie noch einmal aus dem Archiv geholt wurden. „Ich bin noch nicht ganz mit dem Lesen fertig."

„Manche Schüler würden die Nacht durchmachen, um sie zu lesen", sagte die Bibliothekarin. Ihr elegantes Gesicht verzog sich auf eine Art, die Emily an Alassa erinnerte. „Ich werde sie drei Tage lang reservieren. Danach kommen sie in den Speicher zurück."

Sie machte eine bedeutungsvolle Pause. „Und du hast noch Bücher, deren Frist abgelaufen ist. Die Nachricht der Heilerin gilt nur so lange, wie du unter ihrer Fürsorge stehst."

Emily verfluchte ihren Fehler. Sie hatte keine Zeit gehabt, zu ihrem Schlafzimmer zurückzugehen, darum hatte sie vergessen, dass sie noch Bücher ausgeliehen hatte. Und *diesmal* konnte sie nicht behaupten, dass sie unter dem Einfluss von Drogen stand.

„Zum Glück hat niemand die Bücher angefordert", sagte die Bibliothekarin. „Stelle sicher, dass du sie morgen zurückbringst, sonst musst du in der Bibliothek einen Strafdienst ableisten.

Wir brauchen Leute, die Bücher sortieren und in die Regale zurückstellen, und es gibt nicht genug Freiwillige."

„Jawohl", sagte Emily erleichtert. Sie hatte erwartet, dass sie wieder in die Schandhalle geschickt wurde oder vielleicht eine Stunde als Statue verbringen musste. „Ich bringe sie Ihnen morgen zurück."

Sie ging aus der Bibliothek und in Richtung des Speisesaals. Sie würde wahrscheinlich gerade genug Zeit haben, um etwas zu essen, bevor sie beim zwanzigsten Glockenschlag in ihrem Schlafzimmer sein musste. Dann konnte sie die Bücher fertig lesen und vor Ablauf der Frist zur Bibliothek zurückbringen. Einen Strafdienst schieben zu müssen wäre mehr als peinlich.

Oder vielleicht sollte ich mich einfach als Freiwillige in der Bibliothek melden, dachte sie einen Moment später. *Ich würde sicher mehr interessante Bücher sehen, wenn ich mitbekäme, was alle anderen ausleihen.*

KAPITEL 31

„Emily", sagte Harkin. „Du bist an der Reihe, die Anführerin zu sein."

Emily zuckte innerlich zusammen. Jade war der Erste gewesen, aber drei der anderen Jungen hatten auch schon nacheinander das Kommando übernommen, während sie in verschiedenen Übungen versucht hatten, ihr theoretisches Wissen in der Praxis anzuwenden. Einer war gleich erfolgreich gewesen; die anderen hatten Fehler gemacht und ihre Leistung damit geschmälert. Harkin hatte sie zusammengestaucht, obwohl einer der Fehler durch Falschinformationen verursacht worden war, die die Sergeants ihnen geliefert hatten. Er hatte sie angewiesen, *alles* immer und immer wieder zu überprüfen, aber keiner von ihnen hatte erkannt, dass das auch das Briefing für die Mission selbst betraf.

„Auf der anderen Seite jenes Feldes liegt eine Festung der gefürchteten Schlangen", fuhr Harkin fort. Er zeigte auf ein Dickicht aus Bäumen und eine Barrikade, die dahinter lag und ernüchternd solide aussah. „Ihr müsst durch die Festung gelangen, bevor ihre Anführer merken, dass sie angegriffen werden, und Verstärkung schicken, um euch zu stoppen. Los."

Emily starrte die Festung an und zwang sich, nachzudenken. Harkin hatte ausführlich erklärt, dass man von ihnen erwartete anzuführen – und das hieß, dass sie ihre Untergebenen nicht um Vorschläge bitten durften. Der Sergeant hatte erklärt, dass sie so alle eine Chance bekämen, das Kommando zu übernehmen, aber Emily hatte den Verdacht, dass man so auch diejenigen aussortieren konnte, die nicht selbstständig denken oder aus ihren Fehlern lernen konnten. Alle ihre früheren Fehler waren gründlich aufgearbeitet worden; der Sergeant hatte jeden kleinen Fehler hervorgehoben und erklärt, warum er in die Katastrophe geführt hatte.

Das Problem war recht einfach – zu einfach. Ein gegnerisches Team, die Schlangen, kontrollierte die Festung. Um zu siegen, mussten die Schlangen die Festung lediglich so lange verteidigen, bis Verstärkung eintraf. Und sie hatten starke Mauern, die magische Angriffe abwehren würden; so hatten sie einen Schutz, der ihrem Team fehlen würde. Wenn sie direkt auf die Festung losmarschierten, würde man sie niedermähen, bevor sie überhaupt etwas tun konnten. Ein Frontalangriff würde zu einer blutigen Katastrophe führen.

Einige der Jungen waren skeptisch gewesen, dass sie ein Mädchen im Team haben sollten, auch wenn sie sich nach Kräften bemühten, das zu verbergen. Sie glaubten nicht, dass sie mit Kampfmagie umgehen konnte; einige hatten sie herablassend behandelt, andere direkt beleidigend. Einer hatte sogar angeboten, bei einem der Fünf-Meilen-Märsche, auf denen Sergeant Harkin sie angeführt hatte, ihren Rucksack zu tragen, auch wenn er wusste, dass es sie beide in Schwierigkeiten bringen würde. Ihre Wangen brannten bei dem Gedanken, als sie sich vor ihrem Team aufstellte. Das war ihre Gelegenheit, sich zu beweisen; sie würde sie *nicht* verstreichen lassen.

„Jade, ich will, dass du mit Rupert zusammen einen Frontalangriff fingierst", sagte sie. Sie konnten ja die Bäume als Deckung nutzen, solange sie nicht zu nahe herankamen. „Macht nicht wirklich Druck, aber zwingt sie, immer in Deckung zu bleiben."

„Verstanden", sagte Jade. Vielleicht zweifelte er an ihr, aber sie wusste, dass er Befehle befolgen würde. Es hätte sie überrascht, wenn es ihm nichts ausgemacht hätte, Befehle von einer Schülerin anzunehmen, die erst in die erste Jahrgangsstufe ging, aber wenigstens einmal waren sie daran gescheitert, den Sieg zu holen, weil jemand Befehle nicht schnell genug befolgt hatte. „Wir werden sie aus der Ferne in den Kampf verwickeln und einfach immer weiterschießen."

Emily lächelte. „Cat und Bran gehen nach links, schleichen sich in einem Bogen an und greifen von *der* Seite an. Pillion und ich gehen nach rechts. Mit etwas Glück schauen sie auf Jade und nicht zu den Seiten."

Es klang machbar, aber sie stellte fest, dass es nicht das Gleiche war, einen Plan auf dem Papier oder mit Worten auszuarbeiten oder ihn tatsächlich umzusetzen. Zum Glück hinterfragte niemand ihre Anweisungen offen. Sie war nicht sicher, *was* sie getan hätte, obwohl sie das Recht hatte, den anderen die Hölle heiß zu machen, wenn sie ihre Anweisungen hinterfragten. Ihr war nur zu bewusst, dass sie erst neu an dieser Schule war, selbst wenn sie einem Möchtegern-Entführer entkommen war.

Jade und Rupert bewegten sich auf die feindliche Festung zu. Einen Augenblick später hörte sie Zaubersprüche durch die Luft fliegen. Sie zögerte, dann sprach sie einen Anti-Überwachungszauber in die Luft, mit so viel Energie, wie sie hineinlegen konnte. Bran machte es ihr nach; mit etwas Glück deckten sie genug vom Schlachtfeld ab, um alle feindlichen Späher zu verwirren. An ihrer Stelle hätte Emily auf jeden Fall versucht, die Angreifer auszuspionieren, bevor sie sich in Schussweite begaben.

„Okay", sagte sie zu Bran. „Los."

Mit gesenktem Kopf rannte sie los, um das Dickicht herum, und warf sich dann auf den schlammigen Boden. Das hier war nie ein angenehmes Gefühl – der Schlamm klebte an ihrem Körper und sie spürte ihn bei jeder Bewegung –, aber es war besser, als von einem Zauber betäubt zu werden. Oder in einen verborgenen Fluch zu laufen und zu erstarren. Sie warf einen Blick zu Pillion hinüber, der neben ihr zu Boden gefallen war, dann kroch sie los, immer auf der Hut vor magischen Fallen. Hätte man sie beauftragt, mit nur einer Handvoll Männern eine kleine Stellung zu halten, hätte sie überall großzügig Landminen verstreut.

Das Geräusch von hin und her fliegenden Zaubersprüchen wurde immer lauter, je mehr Druck Jade und Rupert aufbauten. Sie sah Lichter um ihr Versteck flackern, während die beiden langsam vorankrochen und die provisorische Festung bombardierten. Die Verteidiger erwiderten das Feuer durch Schießscharten, die sie in ihrem Gebäude platziert hatten, und versuchten, die näher rückenden Angreifer zu sehen. Sie schienen nicht auf den Gedanken zu kommen, dass der Hauptangriff nur der Ablenkung diente.

Jedes Mal, wenn du glaubst, dass ein Plan perfekt funktioniert, hatte in einem der Bücher gestanden, *bist du kurz davor, zu verlieren.* Emily schauderte und kroch weiter. Vor ihr kam die feindliche Festung in Sicht und sie hielt weiter nach Minen Ausschau. Eigentlich war es gar keine Festung, sagte sie zu sich selbst, als sie drei der feindlichen Verteidiger erspähte, darunter Aloha. Die anderen drei waren nicht zu sehen und das störte sie. Sergeant Harkin hatte ihr gesagt, dass die Verteidiger auf Verteidigung aus seien, aber er hatte *nicht* gesagt, dass sie in der Festung bleiben mussten. In den Büchern hatte auch gestanden, dass Angriff die beste Verteidigung sei.

Sie tauschte Blicke mit Pillion aus und versuchte, zu entscheiden, was sie machen sollte. Sie konnten angreifen, jetzt, und damit ziemlich sicher alle drei sichtbaren Verteidiger ausschalten, aber wo waren die anderen? Versuchten sie, einen Gegenangriff zu starten, legten sie einen Hinterhalt oder … was? Es wäre ein Leichtes, die Festung einzunehmen und dabei ihr ganzes Team zu verlieren. Das, hatte der Sergeant mehr als einmal betont, sei kein Sieg.

Sie schüttelte den Kopf. Sie wusste, dass sie jeden Augenblick gesehen werden konnten. Sie zählte mit der Hand bis drei und schleuderte dann den ersten Zauber auf die Rückseite der Festung, die nicht verteidigt wurde. Hobo, ein zäher Schüler aus der sechsten Jahrgangsstufe, wahrscheinlich der Stärkste in der Klasse, ging als Erster zu Boden.

Zaubersprüche hagelten aus dem Wald. Die drei sichtbaren Verteidiger gingen zu Boden und stellten sich tot. Die anderen drei *hatten* versucht, einen Gegenangriff auf Jade und Rupert auszuführen. Emily drückte sich dicht an den schlammigen Boden, während die Lichter über ihrem Kopf blitzten, dann nahm das andere Angriffsteam den Kampf mit den verbliebenen Verteidigern auf der Rückseite auf. Und dann war alles vorbei.

Sergeant Harkin blies in seine Pfeife. Die Übung war zu Ende. Emily stand auf, sah auf ihre Uniform hinab und rollte mit den Augen. Wie immer war sie am Ende der Übung mit Schlamm bedeckt, aber das schien niemanden zu stören. Abgesehen vom Sergeant, der wie immer makellos aussah, trieften alle anderen genauso vor Schlamm. Sie entdeckte Aloha und schaute weg; sie wollte ihrer Zimmergenossin nicht in die Augen sehen. Egal, was noch passierte, es würde Aloha und ihrem Team peinlich sein, dass sie so leicht geschlagen worden waren. Aber während der Übung hatte es sich ganz bestimmt nicht leicht angefühlt.

„Gut gemacht", sagte Jade. Er schlug ihr auf die Schulter, während sie zurück zum Sergeant gingen. „Ich hoffe, wir haben die anderen ausreichend abgelenkt?"

„Ihr wart eine hervorragende Täuschung", sagte Emily. Jetzt würde natürlich die Befragung kommen und dann der Vortrag über ihre Fehler. Und danach konnten sie duschen gehen. „Obwohl ich glaube, dass sie es beinahe geschafft hätten, einen Gegenangriff auf euch zu starten."

„Ja", sagte Jade. Er grinste. „Wir dachten, wir lassen sie möglichst nah herankommen, bevor wir uns um sie kümmern."

Sergeant Harkin betrachtete sie, während sie sich in einer Reihe vor ihm aufstellten. Seit dem ersten Unterrichtstag hatten sie sich verändert, bemerke Emily; sie stellten sich automatisch in einer Reihe auf, statt sich auf ihre Plätze scheuchen zu lassen. Und obwohl ihr jeder Muskel wehtat, wusste sie, dass sie fitter war als früher zu Hause, wahrscheinlich auch stärker. Nichts ließ Muskeln schneller wachsen als hartes Training und der erbarmungslose Druck eines Sergeants. Vielleicht würde sie nie so stark sein wie Jade oder Hobo, aber sie machte sich gut. Der Sergeant hatte sogar versprochen, dass sie schon bald den unbewaffneten Kampf lernen würden.

„Eine schreckliche Niederlage für die Schlangen", bemerkte Harkin ohne Einleitung. „Was genau habt ihr falsch gemacht?"

Der aktuelle Anführer von Alohas Team meldete sich widerwillig zu Wort. „Wir haben nicht alle möglichen Angriffswinkel im Auge behalten. Und wir haben zugelassen, dass man uns in die Deckung getrieben hat."

„Eine gute Antwort", sagte Harkin. „Was habt ihr noch falsch gemacht?"

Eine lange Pause folgte, dann versuchte Aloha, zu antworten. „Wir haben drei Leute für einen Gegenangriff weggeschickt. Wir haben uns im falschen Moment geschwächt."

Harkin lächelte. „Und das war wirklich ein Fehler?"

Die Frage war eine Falle, da war sich Emily sicher. In den Büchern stand, dass im Krieg die leichtesten Dinge schwer waren und die einfachen Antworten normalerweise später zu weiteren Problemen führten. Und doch hatte man ihnen auch gesagt, dass Stillstand das Risiko einer Niederlage erhöhte. Es schien überhaupt keine echten Antworten zu geben.

„Ja", sagte Alohas Anführer. „Es hat uns im falschen Moment geschwächt."

„Wie Aloha schon sagte", erinnerte ihn Harkin kalt. „Aber sie hatte recht, aus dem falschen Grund. Warum war es ein Fehler? Warum wäre es auch dann ein Fehler gewesen, wenn Emily einen Frontalangriff mit ihrem gesamten Team gestartet hätte?"

Wir wären niedergemetzelt worden, dachte Emily. Ihr ganzes Team zu verlieren wäre ein Schandfleck in ihrer Akte gewesen, selbst wenn es keine weiteren Folgen gehabt hätte. *Es sei denn ...*

Harkin sah alle nacheinander an. „Möchte ihm jemand die Antwort sagen?"

Emily hatte eine plötzliche Eingebung. „Verstärkung war unterwegs. Sie hätten nur ihre Stellung halten müssen, bis sie gerettet wurden."

„Und woher weißt du", fragte Harkin, dessen Stimme so höflich klang, dass es unangenehm war, „dass Verstärkung unterwegs war?"

„Sie hätten sie anfordern sollen, sobald Jade den Frontalangriff gestartet hat", sagte Emily und versuchte, keine Wut in sich aufkommen zu lassen. Der Sergeant konnte sie schneller als jeder andere Lehrer bis aufs Blut reizen, auch wenn in seinen Worten keine echte Bosheit mitschwang. „Sie hätten den Ruf absetzen müssen, weil wir die Vorhut für ein ganzes Heer hätten sein können, das sich durch die Öffnung zwängen wollte."

Einige Schüler kicherten; sie hörten auf, als der Sergeant sich wütend umsah. „Du hast recht", sagte er schließlich. „Indem sie sich aufteilten, haben die Verteidiger sich selbst geschwächt, obwohl sie nur ausharren und die Stellung halten mussten. Sie waren aggressiv und haben dafür mit dem Verlust ihrer Stellung bezahlt. Der Weg zur nächsten Stadt ist jetzt offen."

Er sah zu den Verteidigern hinüber und dann wieder zu den Rothemden. „Ich habe euch schon früher gesagt: Der Sieg ist das Ziel. Wenn ihr eure Leute sinnlos verheizt, schwächt euch das mehr als den Feind. Behaltet immer euer Endziel im Auge.

Gratuliere, Rothemden", schloss er. „Nachdem wir nun gemeinsam die letzte Übung besprochen haben, könnt ihr mir auf einen Lauf folgen. Nebenbei bemerkt, wer hinter Sergeant Miles zurückfällt, wird in der nächsten Übung der Sandsack."

Er drehte sich um und rannte los in Richtung Laufbahn. Es gab eine Pause, dann führte Jade die Schüler an und sie liefen ihm nach. Emily zwang sich, ihr Tempo unter Kontrolle zu behalten; sie hatte gelernt, dass es sie sehr schnell erschöpfte, wenn sie ihre Beine zur Höchstgeschwindigkeit zwang. Schweiß lief ihr den Rücken hinab; hinter ihr bellte Miles ermutigende Sprüche und schlug gelegentlich mit dem Knüppel nach den Hintern der Schüler, die gerade nachließen. Sie war oft genug mit dem Knüppel geschlagen worden, um zu wissen, dass sie das nicht wieder wollte.

„Los jetzt", brüllte Harkin, genau wie ein Sportlehrer. „Glaubt ihr, der Feind verfolgt euch nicht weiter, nur weil ihr müde seid?"

Emily zuckte zusammen. In einer ihrer Übungen hatten sie versuchen müssen, sich vor feindlichen Jägern zu verstecken, die den Wald wie ihre Westentasche kannten. Man hatte sie schnell gefangen, gefesselt und hilflos zurückgelassen, bis die Übung beendet war. Die Jäger hatten mehr über Knoten gewusst als der Hexer Malefic, hatte sie festgestellt. Es war vollkommen unmöglich gewesen, zu entkommen. Harkin hatte ihnen versprochen, dass sie die Übung später noch einmal machen würden. Emily freute sich nicht darauf.

Ihr Herz hämmerte und sie atmete schwer, als Harkin vor der Schule endlich „Stopp" rief. Früher hätte sie so einen Lauf nicht geschafft, sie hätte stolpernd angehalten und um Gnade gebeten. Jetzt wusste sie, dass sie sich sehr schnell erholen würde, was sie einer Mischung aus gutem Essen und ständigem Training verdankte. Harkin warf einen Blick auf sie alle, während sie sich vor ihm in einer Reihe aufstellten, und musterte ihre schlammigen Uniformen. Wenigstens schien er nicht zu erwarten, dass sie ihre Kleidung *sauber* hielten.

„Gut", sagte er schließlich. „Nächste Woche gehen wir vielleicht zu fortgeschritteneren Arten des Laufens über."

Emily stöhnte innerlich. *Fortgeschrittenere* Arten des Laufens? Sie konnte sich denken, wie man die anderen Übungen schwieriger machen konnte, oder das Klettergerüst, mit dem er ihnen beibrachte, wie man Bäume, Felsen und sogar Hauswände hinauf- und wieder hinabkraxelte, aber wie konnte das Laufen schwieriger werden? Vielleicht wollte er sie zwingen, schneller zu laufen, wenn sie nicht mit dem Knüppel verprügelt werden wollten. Beide Sergeants hielten sich offensichtlich beim Laufen mit Absicht zurück.

„Wir erwarten außerdem von jedem Team, dass es uns auf eine Exkursion aufs Land begleitet", fügte der Sergeant einen Augenblick später hinzu. Emily hatte den Verdacht, dass es sich eher um einen höllischen Querfeldeinmarsch handeln würde. „Wir werden fünf Tage außerhalb von Whitehall in den Bergen verbringen und von dem leben, was wir finden, während wir ein paar interessante historische Stätten besuchen. Wir werden im Freien schlafen, genau wie voll ausgebildete Soldaten auf einem Feldzug."

Er lächelte trocken. „Sorgt dafür, eure anderen Lehrer über eure Abwesenheit zu informieren, sobald wir den Einsatzplan bekanntgegeben haben", ermahnte er sie. „Es sollte eure Studien nicht wirklich behindern, aber wenn eure Lehrer sich querstellen, gebt uns Bescheid und wir werden sehen, was wir tun können. Im schlimmsten Fall können wir euch für den Ausflug in ein anderes Team versetzen. Ich schlage vor, dass ihr eure Hausaufgaben macht und sicherstellt, dass ihr wisst, was ihr mitnehmen müsst."

Emily zuckte zusammen, als sie die merkwürdige Belustigung in seiner Stimme hörte. Er ließ sie Fehler machen, weil sie den Stoff nicht richtig gelesen hatten, und wies sie erst darauf hin, als es zu spät war, die Fehler auf einfachem Wege zu beheben. Diesen Fehler wollte sie nicht wiederholen, besonders wenn sie auf einem Fünf-Tages-Marsch alles selbst tragen mussten. Die Fünf-Meilen-Märsche waren schon schlimm genug.

„Jetzt könnt ihr duschen gehen", schloss er. „Emily, bleib einen Moment hier."

Emily sah den anderen nach, die zu den Duschen gingen, und fragte sich nervös, was Harkin ihr sagen wollte. Es konnte alles sein, von Glückwünschen bis zu einem privaten Tadel, der so unangenehm war, dass selbst der Sergeant zögerte, ihn vor dem gesamten Team auszusprechen.

„Das hast du gut gemacht", sagte Harkin. „Aber dir ist schon klar, dass du von einem Fehler des Feindes profitiert hast?"

„Ja", sagte Emily knapp. Aber selbst wenn alle sechs Verteidiger an ihrem Platz geblieben wären, wären sie immer noch zwischen zwei Angriffen eingekesselt gewesen. Oder drei, wenn Jade nach vorn gelaufen wäre, um sich dem Angriff anzuschließen. „Ich verstehe."

„Vergewissere dich, dass du die Übersicht über die Feldausstattung genau liest", fügte Harkin hinzu. „Ich werde bei *diesem* Ausflug keinen Anführer ausrufen."

Damit wir unsere eigenen Fehler machen können, dachte Emily bitter. Aber es ergab irgendwie Sinn.

„Und besorge dir ein paar Tränke von Meisterin Kyla", sagte Harkin. Wenn Emily es nicht besser gewusst hätte, hätte sie geglaubt, er sei verlegen. „Es gibt besondere Tränke für diese Ausflüge ins Feld. Bring sie auf jeden Fall mit, sonst wird es nicht sehr angenehm."

Er zeigte in Richtung der Duschen und Emily nickte. Sie ging durch die Tür und in den Umkleideraum. Zum Glück war Aloha bereits fertig und zum Essen gegangen, so dass Emily allein war, während sie sich auszog und die schlammige Uniform in den Wäschekorb fallen ließ. Erleichtert stellte sie fest, dass das Wasser heiß und sauber war. Sie waren auch schon mal gezwungen worden, kalt zu duschen. Ein Ansporn, hatte Aloha später gesagt, damit sie lernten, kübelweise Wasser mit Zaubersprüchen zu erhitzen.

Ihr Körper schmerzte, als sie fertig geduscht hatte und sich mit einem Handtuch abtrocknete. Sie zog ihre Gewänder an und wickelte sich das Handtuch ums Haar. Draußen lief sie zu ihrer Überraschung Jade und den übrigen Rothemden in die Arme; alle standen stramm.

„Gut gemacht, Hauptmann", sagte Jade. Das Lob wirkte überhaupt nicht gezwungen. „Komm mit uns zum Essen."

Emily wurde rot, dann ließ sie zu, dass sie sie zum Speisesaal führten. Harkin hatte sie zurückgehalten. Hatte er *gewusst*, dass das hier passieren würde? Jade hatten sie nirgendwohin eskortiert, nachdem er das Team zum Sieg geführt hatte, aber Emily hatte den ersten unblutigen Sieg für die Rothemden errungen. Anscheinend war das Grund zum Feiern.

„Du hast gewonnen", sagte Bran. Er zwinkerte ihr zu. „Nächstes Mal werde ich gewinnen."

KAPITEL 32

Emily hielt abrupt an. Ein ungeheuerliches Wesen watschelte mitten durch den Zeremoniengarten. Zuerst hatte sie gedacht, es sei eine wirklich abgefahrene Vogelscheuche, aber dann hatte das Geschöpf angefangen, sich zu bewegen. Es sah aus wie eine turmhohe Säule aus Gelee und trug etwas, das aussah wie die Reste eines allzu großen Gewandes. Ganz oben prangte ein einzelnes Auge, das permanent böse aussah. Schleimige Tentakel ragten aus den Ausbuchtungen des Gewandes und in jedem hielt es ein anderes Gartengerät.

Das Auge des Geschöpfes fixierte sie. Es war schwer, ein Wort herauszubringen. „Was ist *das*?"

„Niemand weiß das so genau", gab Imaiqah zu. „Anscheinend hat Professor Thande einmal tausend verschiedene Zutaten für Tränke in einen Kessel geworfen und sie aufgekocht, nur um zu sehen, was passierte. Als die Flüssigkeit nicht mehr blubberte, kroch … *das da* aus dem Kessel und sagte, es sei ein vernunftbegabtes Wesen. Natürlich haben sie es in die Gärten gebracht."

Alassa sah genauso verblüfft aus. „Es *lebt*?"

Ein langes Tentakel streckte sich aus und klopfte ihr an die Stirn. „Ich denke, dass ich lebe, also lebe ich", sagte das Ungeheuer mit gluckernder Stimme. „Ist es wirklich so überraschend zu sehen, dass Intelligenz ganz verschiedene Formen annehmen kann?"

„Erschreck die Kinder nicht, CT", sagte eine Frauenstimme. Emily drehte sich um und sah eine junge Frau in einem grünen Gewand, die ein kleines Messer in der Hand hielt. „Das ist ihre erste Lektion in Magische Geschöpfe. Wir wollen, dass sie nächste Woche wiederkommen."

Das Geschöpf schien zu nicken – so genau konnte man das nicht wissen, weil man nicht richtig sah, wo genau sein Kopf anfing – und es watschelte weg von ihnen, an einer langen Reihe von Blumenbeeten entlang.

Alassa rieb sich die Stirn, da, wo CT sie berührt hatte, und warf Emily einen entsetzten Blick zu. Emily stimmte Alassas Urteil im Stillen zu, auch wenn Emily in dieser Welt ja schon anderen intelligenten Wesen begegnet war. Aber CT war auf jeden Fall etwas Neuartiges. Hatte Thande es wirklich in einem Anfall von Verwirrtheit erzeugt, oder sollte diese Deckgeschichte etwas viel Schlimmeres verbergen?

„Willkommen im Fach Magische Geschöpfe", sagte die Frau. Sie sah fast unverschämt gesund aus, mit sonnengebräunter Haut und einem Lächeln, das wie die Sonne strahlte. „Ich bin Meisterin Kirdáne und es ist mein Auftrag, sicherzustellen, dass ihr genug über magische Geschöpfe wisst, um zu überleben, falls ihr einem der wirklich *gefährlichen* Tiere begegnet. Falls sich herausstellt, dass einige von euch eine echte Begabung im Umgang mit magischen Tieren haben, werde ich dafür sorgen, dass ihr das Fach in eurem nächsten Schuljahr weiter studiert, vielleicht mit dem Ziel, Tiermagier zu werden. Die Begabung ist allerdings nicht sehr verbreitet, daher wäre ich nicht enttäuscht, wenn keiner von euch den Kurs im zweiten Jahr weiter belegt."

Ihr Lächeln wurde noch strahlender. „Einige dieser Tiere sind sehr gefährlich, andere hingegen sind intelligent. Wenn ihr nicht wisst, wie man mit ihnen umgeht, haltet euch zurück und lasst mich es vorführen. Folgt mir."

Der Zoo – diese Bezeichnung fiel Emily als Erstes ein – erstreckte sich über mehrere Meilen. Es gab eine kleine Gruppe Blockhäuser, in denen einige Tiere untergebracht waren, aber die meisten lebten in ihrer natürlichen Umgebung oder etwas, das dem so nahe wie möglich kam. Seltsame Nebelschwaden schimmerten in der Luft, so dass die Schüler nicht weit über die Felder blicken konnten.

Dann kamen sie zu einer kleinen Tür mitten im Nirgendwo, die ohne sichtbare Stützen aufrecht dastand. Meisterin Kirdáne zwinkerte ihrer Klasse zu, trat durch die Tür und verschwand.

Einen Augenblick später folgten ihr die Schüler, angeführt von Imaiqah, durch die Tür, und die Welt um sie herum veränderte sich.

Sie schienen auf einem Hügel zu stehen, weit weg von jeder menschlichen Behausung.

In der Ferne sah Emily etwas, das aussah wie eine Herde Pferde, aber als sie näher kamen, sah Emily, dass ihnen Hörner aus der Stirn wuchsen. Jedes hatte eine andere Farbe, von pferdebraun bis leuchtend rosa. Emily hatte als Kind nie gern mit Spielzeugponys gespielt, aber die Einhörner hatten etwas an sich, das sie zum Spielen einlud. Aus der Nähe rochen sie nach einem seltsamen, fast verführerischen Parfüm. Ihre Augen waren sanft, warm und unendlich mitfühlend.

„Jungen, bleibt, wo ihr seid, und versucht nicht, euch der Herde zu nähern", sagte Meisterin Kirdáne. Die Klasse hielt an. „Einhörnern gefällt es nie, wenn Männer sich ihnen nähern; wenn ihr zu nahe herangeht, könnten sie euch aufspießen oder mit ihrer Magie verzaubern. Solche Geschöpfe haben eine wilde Magie, darum kann es unmöglich sein, den Schaden wieder rückgängig zu machen."

Ihre Stimme wurde sanfter, als sie sich wieder den Einhörnern zuwandte. „Mädchen, ihr dürft euch der Herde vorsichtig nähern, aber wenn sie sich wegbewegen, folgt ihnen nicht. Ihre Duldsamkeit gegenüber Frauen ist begrenzt, auch wenn sie für unverheiratete Mädchen eine gewisse Zuneigung empfinden."

Die Einhörner waren so seltsam, dass sie fast surreal wirkten. Emily hatte sich an Magie gewöhnt, an Zaubersprüche und Tränke und sogar das strenge Training der Sergeants, aber beim Anblick der Einhörner fühlte sie sich wie betäubt, als könnten sie nicht echt sein. Sie ging auf ein Einhorn zu – es war etwa so groß wie ein kleines Pony und hatte ein leuchtend rotes Fell – und ihr wurde schwindlig. Das Wesen beäugte sie, zwinkerte – sie war sicher, dass es gezwinkert hatte – und ging dann weg, als wolle es Emily herausfordern mitzukommen.

Emily ging zwei Schritte, dann fiel ihr die Warnung wieder ein, und sie hielt an. Sie wich zurück und ging auf ein anderes Einhorn zu, das grünes Fell und übergroße braune Augen hatte. Diese Stute schien Emily zu erlauben, ihr Fell zu streicheln, aber nicht das Horn anzufassen. Als sie die Hand danach ausstreckte, spürte sie ein merkwürdiges Kribbeln, eine Warnung, dass sie sich nicht weiter aufdrängen sollte. Emily versuchte, dem Geschöpf einen entschuldigenden Blick zuzuwerfen; als Antwort schüttelte das Einhorn nur die Mähne. Es war ganz klar ein Geschöpf von wilder Magie.

Ihr ging auf, dass sie sich überhaupt nicht vorstellen konnte, dass diese Wesen gefährlich sein könnten. Sie waren … nun ja, *unschuldig* wie nur wenige Menschen, und doch hatten sie wilde Magie im Blut. Professor Thande hatte einmal eine Bemerkung fallengelassen, dass das Horn eines Einhorns für jede Menge alchemistische Zwecke einsetzbar sei. Emily fragte sich, wie viele Einhörner von Menschen getötet worden waren, so dass sie sich jetzt weigerten, Männer auch nur zu *dulden*. Oder gab es eine tiefere Bedeutung für ihr Verhalten?

Sie blickte auf das Einhorn hinab, dann zwang sie sich, wegzusehen. Meisterin Kirdáne blickte sie an, eine Augenbraue hochgezogen.

Emily sah sich nach dem Rest der Klasse um. Imaiqah und Alassa spielten mit einem Einhornfohlen, das seinen Kopf an ihren Beinen rieb. Die meisten anderen Mädchen hatten ein Einhorn gefunden, das mit ihnen spielen wollte; ein Mädchen versuchte sogar, sich auf ein Einhorn mit weißem Fell zu *setzen*. Es glaubte offenbar, das Ganze sei nur ein Spiel, und bewegte sich immer genau im falschen Moment weg. Die Jungen sahen missmutig zu, aber wollten offenbar nicht riskieren, den Einhörnern zu nahe zu kommen.

Jeder, der in dieser Welt aufgewachsen war, musste wissen, wie gefährlich wilde Magie war.

Emily streichelte das Einhorn ein letztes Mal, dann ging sie zu der Lehrerin. „Woher weiß man, welche männlich und welche weiblich sind?“

Meisterin Kirdáne lachte. „Sie sind *alle* weiblich. Und um deine nächste Frage vorwegzunehmen, wir wissen nicht, *wie* sie sich vermehren. Niemand hat sie je überzeugen können, es uns zu verraten.“

Emily starrte sie an. „Aber es muss doch Männchen geben?“

„Das nehmen wir an", sagte Meisterin Kirdáne. „Wir wissen es nur nicht sicher. Falls jemals ein Mensch einer Herde Einhorn-Hengste begegnet ist, ist er nicht zurückgekehrt, um uns davon zu erzählen."

Sie klatschte in die Hände und führte die Klasse zurück zu der Tür, die nach Whitehall führte. Nachdem alle hindurchgegangen waren, führte sie sie zu einem der Blockhäuser und sprach einen Zauber in die Luft, so dass sie im Dunkeln sehen konnten.

Zuerst sah Emily nichts, doch dann erkannte sie, dass die Dunkelheit selbst lebendig war. Sie lehnte sich ihr mit tödlicher Drohung entgegen. Aus dem Augenwinkel sah sie Flügel in der Dunkelheit – jedenfalls dachte sie, dass es Flügel seien –, dann prallte das Geschöpf gegen ein unsichtbares Feld und hielt an.

Mehrere Mädchen keuchten erschrocken.

Die Schutzschirme, erkannte Emily. Sie waren in Sicherheit.

„Nachtschatten sind zum Glück sehr selten", teilte Meisterin Kirdáne ihnen mit. „Sie sind nur nachts aktiv. Die Geschöpfe jagen große Tiere, um sie in ihre Verstecke zu zerren und einige Tage lang von ihnen zu fressen."

Emily schluckte. Sie war nicht die Einzige, die nervös aussah – oder schockiert.

Meisterin Kirdáne redete weiter, ohne dass sie verdauen konnten, was sie gesagt hatte. „Ohne richtiges Licht seht ihr ihre Klauen nicht, aber nur so viel: Sie haben ein tödliches Gift in sich, das ihre Opfer lähmt und sie festhält, während die Nachtschatten sie verzehren. Es gab kein Heilmittel, bis Professor Thande einen Trank erfand, der den schlimmsten Schaden abmildert. Trotzdem trägt das Opfer nach seinem Erlebnis auf Dauer Narben davon."

Das glaubte Emily sofort. Sie warf einen letzten Blick auf die Nachtschatten. Es gab *nichts* Vergleichbares auf der Erde, genauso wenig wie Einhörner, Feen und … was auch immer CT war. Was *noch* wusste sie nicht über ihre neue Heimat? Ihre Lehrer gingen anscheinend davon aus, dass sie alles wusste, was eine normale Schülerin wissen würde, ohne Rücksicht auf ihre Herkunft zu nehmen.

Sie grübelte immer noch darüber nach, als Meisterin Kirdáne sie zu dem nächsten Blockhaus führte. Dieses lag neben einer

Wiese mit einem Dutzend Schafe, die die vorbeigehenden Schüler erbärmlich anblökten. Emily spürte starke Schutzschirme rund um das Blockhaus, als Meisterin Kirdáne die Tür öffnete – die anscheinend aus massivem Eisen bestand – und ihnen bedeutete, ihr in das Innere zu folgen. Das Licht war gedämpft, aber man brauchte keinen Zauber, um etwas zu sehen.

Anfangs dachte Emily, das Blockhaus sei leer – dann sah sie den Nebel. Er hing genau in der Mitte des Stalles, eine funkelnde, glühende Masse, in der eine böse Absicht pulsierte. Emily sah sie an und schauderte; sie hatte das ungute Gefühl, dass der Nebel sie anstarrte. Je länger sie ihn ansah, desto mehr *wusste* sie, dass er lebte und intelligent war, ein Raubtier in einer Welt voller Beutetiere. Sie wollte weglaufen, aber ihr Stolz hielt sie zurück.

Was immer es war, es befand sich hinter den Schutzschirmen. Sie waren vollkommen sicher.

„Bei der Göttin", hauchte Alassa. „Ist das … ist das ein *Imitator*?"

„Ganz genau", sagte Meisterin Kirdáne überrascht. „Das ist ein *Imitator*. Auch die sind sehr selten, aber da niemand so recht weiß, wie man sie tötet, können sie überall, wo sie hinkommen, großes Leid verursachen."

Sie schnippte mit den Fingern. Eine Tür öffnete sich in der hinteren Wand. Dahinter stand ein Schaf, das langsam von einer unbekannten Macht in den Raum gezerrt wurde. Das Tier war *schreckerfüllt*, erkannte Emily. Sobald die Magie sich verflüchtigt hatte, versuchte es, wieder aus der Tür zu rennen, durch die es hereingekommen war. Aber diese Tür war jetzt geschlossen.

Das Schaf versuchte, einen anderen Ausweg aus dem Raum zu finden. Gleichzeitig begann der Nebel, stärker zu glühen. Einen Augenblick später stolperte das Schaf, fiel zu Boden und wurde zu Staub. Emily spürte ein kaltes Grauen, aber das Schlimmste kam erst noch. Der Nebel nahm die Form eines Schafes an. Emily lief es eiskalt den Rücken hinunter: Die Imitation war so vollkommen, dass sie es nicht geglaubt hätte, hätte sie es nicht selbst gesehen.

„Der Imitator wird zur Kopie seiner Beute", erklärte Meisterin Kirdáne, als sie wieder ins Helle hinausgingen. „Mit Hilfe einer Magie, die wir nicht ganz verstehen, übernimmt das Geschöpf sogar die *Erinnerungen* seiner Beute; wenn es menschliche Lebenskraft verzehrt, kann es sich also als Mensch ausgeben. Das macht es so gut, dass es nicht weiß, dass es kein Mensch ist, bis die menschliche Gestalt anfängt, sich aufzulösen, was einige Jahre dauern kann. Sobald es zu seiner normalen Gestalt zurückkehrt, beginnt es, die nächste Beute zu jagen."

Emily verstand und nickte. Die Schaf-Imitation wusste nicht, dass sie eine Imitation *war*, also hatte sie keine Angst … aber das Schaf hatte Angst gehabt. Vielleicht waren Schafe zu dumm, um auf eine Bedrohung zu reagieren, wenn sie nicht unmittelbar vor ihnen lag. Sie warf einen Blick auf ihre Klassenkameraden und schauderte. Vielleicht war einer von ihnen eine Imitation und wusste es nicht.

Meisterin Kirdánes Stimme wurde schärfer. „Die einzige bekannte Verteidigung gegen einen Imitator ist, so schnell wie möglich wegzulaufen", fuhr sie fort. „Wenn ihr jemals einen seht, *lauft*. Es gibt einige Berichte, nach denen es bei Menschen einige Minuten braucht, bis der Imitator das tun kann, womit er Lebensenergie absaugt; also solltet ihr in Sicherheit sein, wenn ihr euch rechtzeitig aus seiner Reichweite bewegt."

Emily schluckte. „Wie *fängt* man einen Imitator?"

„Sehr vorsichtig", sagte Meisterin Kirdáne. „Zum Glück können sie Schutzschirme oder andere magische Konstrukte nicht durchdringen, also kann man sie in eine Falle locken und gefangen halten. Wir haben versucht, Imitatoren in Gefangenschaft auszuhungern, aber sie können jahrelang ohne Nahrung auskommen. Es gibt noch vieles, was wir nicht über sie wissen."

Alassa hob eine Hand. „Woher weiß man, ob jemand ein Imitator ist?"

„Das kann man nicht wissen", sagte Meisterin Kirdáne direkt. Die Schüler warfen sich gegenseitig erschrockene Blicke zu. „Denkt darüber nach. Der Imitator hat die Erinnerungen seiner Beute. Vielleicht weiß er selbst nicht, was er in Wirklichkeit ist. Ihr könntet ihm einen Wahrheitszauber verpassen und er würde sagen, was er für die Wahrheit hält; soweit er weiß, ist er ein Mensch, und er hat keine Ahnung, was er in Wirklichkeit ist. Aktuell gibt es keinen

Zauber, der einen Imitator aufspürt, bis er endlich anfängt, seine angenommene Gestalt abzulegen."

Emily sah zu der geschlossenen Tür zurück und schauderte wieder.

„Und man darf auch niemanden töten, nur weil man den Verdacht hat, er sei ein Imitator", fügte Meisterin Kirdáne hinzu. „Fast jedes Königreich in den Verbündeten Landen hat Gesetze dagegen. Egal, warum ihr vermutet, dass jemand einer sein könnte, gilt das nicht als angemessener Grund, ihn zu töten, es sei denn, ihr erwischt ihn dabei, wie er wieder seine ursprüngliche Gestalt annimmt."

Das ist auch gut so, dachte Emily. Sie konnte sich die Hexenjagden vorstellen, wenn man Leuten erlaubte, ihre Mitmenschen wegen eines Verdachts zu töten.

„Außerdem", sagte Meisterin Kirdáne, „*wollt* ihr wirklich recht haben?"

Emily fröstelte bei dem Gedanken. Wenn es unmöglich war, Imitatoren zu töten, würde der frisch enttarnte Imitator sich vielleicht nur gegen seinen Möchtegern-Mörder wenden und ihn als Nächstes verzehren.

Sie ließen den Imitator im Blockhaus zurück und gingen auf eine weitere Tür zu. „Wir werden eine Herde Zentauren sehen", sagte Meisterin Kirdáne, als sie vor der Tür anhielten. „Mädchen, ihr dürft *nicht* versuchen, euch den Zentauren zu nähern. Falls ihr es versucht, jetzt oder irgendwann später, werdet ihr es für den Rest eurer Tage bereuen. Glaubt mir, die Folgen für euch können schlimmer sein als für Jungen, die einem Einhorn zu nahezukommen."

Sie ging durch die Tür, bevor Emily sie fragen konnte, was sie meinte. Stattdessen folgte ein Junge, den sie kaum kannte, ihrer Lehrerin bis mitten in einen Wald, der Emily an das Kampfmagie-Trainingsgelände erinnerte. Dieser Wald wirkte irgendwie lebendiger, und ein Duft in der Luft ließ ihr Herz laut klopfen. Sie sah sich um und entdeckte, dass die anderen Mädchen den Duft ebenfalls wahrgenommen hatten. Aber was war das?

„Bleib hier", sagte Meisterin Kirdáne scharf.

Emily sah nach unten und bemerkte, dass sie in Richtung der Zentauren gegangen war. Sie wurde rot und ging zur Tür zurück.

Die Mädchen warteten dort, während die Jungen auf die Geschöpfe zugingen. Die Zentauren hatten menschliche Oberkörper und Köpfe, die auf pferdeähnliche Körper aufgepfropft waren, aber etwas an ihren Bewegungen ließ darauf schließen, dass sie alles andere als menschlich waren. Einer von ihnen wandte sich um und sah Emily an, und ihr wurde schwindelig, als wäre sie wieder unter Drogen gesetzt worden. Etwas in ihr bestand darauf, dass der Zentaur das schönste Wesen sei, das sie je gesehen hatte; der Rest von ihr schrie, sie solle davonlaufen. Die Jungen schienen zum Glück nicht in Gefahr zu sein. Meisterin Kirdáne behielt sie aus der Ferne scharf im Auge.

„Warum …?" Emily schluckte und versuchte es noch einmal. „Warum sind sie so gefährlich?"

„Das willst du wirklich nicht wissen", sagte Alassa direkt neben ihr – wie war sie so nahe gekommen, ohne dass Emily ihre Freundin bemerkt hatte? Die königliche Prinzessin klang angespannt, gefährlich angespannt. „Mein Vater hat mir einmal gesagt, dass ich mit Zentauren nie direkt zu tun haben sollte. Sie haben eine seltsame Macht über Frauen."

Emily hätte das als noch mehr sexistisches Geschwätz abgetan, aber sie spürte tatsächlich, dass die Geschöpfe eine fremdartige, fast hypnotische Anziehungskraft auf sie ausübten.

Sie war erleichtert, als Meisterin Kirdáne die Jungen zurückrief und sie wieder durch die Tür zurück nach Whitehall führte. Die Klasse war sehr still, während sie zu den Zeremoniengärten zurückgingen, zu dem riesigen Bienenstock, der mitten zwischen allerlei Blumen stand. Emily hatte gelernt, dass einige Blumen, die mit *Mana* in Kontakt gekommen waren, sehr gefährlich waren, aber sie sah keine dieser Blumen in den Gärten. Das riesige Geschöpf, das Professor Thande erschaffen hatte, schien vollkommen unbeeindruckt, während es an einem der Bienenstöcke arbeitete. Es beachtete die Wesen gar nicht, die um sein riesiges Auge herumschwirrten.

„Diese Bienen waren das Versuchsobjekt eines Hexenmeisters, der die Honigerzeugung auf seinen Höfen erhöhen wollte", erklärte Meisterin Kirdáne. „Er glaubte, wenn er sie mit *Mana* verbessern könnte, würden sie mächtiger und fähiger werden; stattdessen bekamen sie Schwarmintelligenz und begannen mit ihm zu verhandeln. Er war sehr erschrocken, schickte sie nach Whitehall und hörte mit der Imkerei auf."

Eines der Mädchen fand seine Stimme wieder. „Sind sie gefährlich?"

„Sie können wie ein einziges Wesen denken und handeln", sagte Meisterin Kirdáne. „Ein Stich würde dich nicht umbringen, aber ein paar hundert würden dein Leben locker beenden. Anders als gewöhnliche Bienen können sie dich immer wieder stechen, ohne zu sterben. CT ist der Einzige, der in ihre Bienenstöcke hineingreifen kann, ohne zu sterben."

„Sie wissen es besser, als mich zu stechen", sagte CT in seiner gluckernden Stimme. „Bienen in einem Bienenstock müssen sich *bienehmen*."

Emily stöhnte über sein Wortspiel.

„In den nächsten Wochen werdet ihr lernen, wie ihr euch gegen verschiedene magische Geschöpfe verteidigt", fuhr Meisterin Kirdáne fort. „Ich erwarte, dass ihr euch Wissen anlest – ihr bekommt eine Literaturliste – und euch mit den anderen Geschöpfen in den Gärten vertraut macht. Danach werden wir Ausflüge unternehmen, um Geschöpfe zu besuchen, die man nicht lange einsperren kann, vielleicht gar nicht: Drachen, Werwölfe, Orks und Kobolde. Wer mich nicht überzeugt, dass er mit ihnen umgehen kann, kommt nicht mit auf die Exkursionen."

Sie lächelte die Schüler warmherzig an. „Manche von euch leben vielleicht nahe von Gebieten, die reich an *Mana* sind", erinnerte sie sie. „Ihr braucht solches Training, um am Leben zu bleiben und euer Volk zu schützen. Oder für den Fall," – sie warf Alassa einen Blick zu – „dass ihr jemals mit diesen Geschöpfen verhandeln müsst. Schon allein das Bewusstsein für die möglichen Gefahren kann es leichter machen, damit umzugehen, wenn es so weit ist."

Meisterin Kirdáne klatschte in die Hände. „Die Stunde ist vorbei. Bis nächste Woche."

Emily blieb zurück, während die anderen wieder zum Schloss gingen. „Meisterin", sagte sie, „werden Sie uns Feen vorstellen?"

Meisterin Kirdáne blinzelte überrascht. „Vielleicht, aber sie können sehr gefährlich sein", sagte sie langsam. „Warum fragst du?"

Emily zögerte. „Wenn man eine lebende Fee in einem Laden kaufen wollte, wie viel würde sie kosten?"

„Sie sind selten", sagte Meisterin Kirdáne. „Es ist gefährlich, eine Fee zu fangen, auch wenn sie nach ihrer Gefangennahme sanftmütiger werden. Vielleicht zwei oder drei Goldmünzen."

Ihre Augen wurden schmal. „Möchtest du mir mit dieser Frage etwas Bestimmtes sagen?"

„Man hat mich hereingelegt", sagte Emily. Sie dachte an die Fee, die sie gerettet hatte. Sie erklärte kurz, was passiert war. „Und dann verschwand die Fee einfach."

Meisterin Kirdáne lachte sie aus. „Das geschieht dir recht, wenn du nicht ordentlich verhandelst", sagte sie spöttisch. „Hat Meisterin Irene dir nicht gesagt, dass du verhandeln solltest?"

Emily wurde rot. Man hatte ihr nicht beigebracht, *wie* man verhandelte. Diese Fähigkeit hatte sie auf der Erde nicht erworben.

„Es ist dein Geld", erinnerte die Lehrerin sie. „Aber zumindest weißt du, dass du die Fee befreit hast. Die Regeln, denen sie unterliegen, besagen, dass sie wegfliegen können, wenn sie befreit wurden."

Emily dankte ihr und ging Alassa und Imaiqah nach, die auf sie warteten. Als sie auf der Krankenstation gelegen hatte, hatte sie sich gefragt, ob sie hereingelegt worden war, aber sie hatte nicht genau gewusst, wen sie fragen konnte, um das herauszufinden. Wenigstens war die Fee frei … und vielleicht würden sie einander sogar wiedersehen. Feen waren so ein Thema, das sie nachschlagen konnte, wenn sie wieder einmal in der Bibliothek war.

Alassa lächelte, als sie die Schule betraten. „Ich dachte immer, das würde langweilig", gab sie zu. „Aber glaubst du, sie würden uns einen Drachen bringen, damit wir auf ihm reiten können?"

Emily öffnete den Mund, doch bevor sie ein Wort sagen konnte, blitzte ein helles Licht auf. Ihr ganzer Körper wurde steif. Sie konnte sich nicht bewegen.

„Du", sagte eine Stimme aus dem Nichts. „Du wirst büßen."

KAPITEL 33

Ein Unsichtbarkeitszauber, jammerte etwas in Emilys Kopf. *Sie haben euch aufgelauert!*

Sie konnte sich kein bisschen bewegen; sie wusste noch nicht einmal, wie sie es schaffte, zu atmen. Wenn jemand für eine Stunde in Stein verwandelt werden konnte, gab es vielleicht einen Zauber, der den Körper fixierte, während der Geist verzweifelt versuchte, einen Weg aus der Falle zu finden. Neben sich hörte sie Alassa erschrocken keuchen; drei Gestalten erschienen aus dem Nichts und kamen mit erhobenen Händen auf sie zu. Imaiqah konnte sie weder sehen noch hören.

„So, so, so", sagte die Gestalt, die die Gruppe anführte. Sie war ein Mädchen mit langem rotem Haar und einem Gesicht, das überwältigend hübsch gewesen wäre, hätte sie es nicht zu einem hässlichen Grinsen verzogen. „Hast du etwa geglaubt, du wärst sicher, nur weil du deine Busenfreundinnen im Schlepptau hast, Prinzessin?"

Emily sah aus dem Augenwinkel, dass Alassa sich bewegte und ihren Zauberstab hob. Plötzlich spürte sie Magie und der Stab wurde der Prinzessin aus der Hand gerissen.

Er flog durch die Luft. Das neu hinzugekommene Mädchen fing ihn auf, warf einen Blick darauf und steckte ihn sich in den Umhang. Ihre beiden Begleiterinnen – ein dunkelhäutiges Mädchen und ein Mädchen, das etwas orientalisch aussah – grinsten. Sie starrten Alassa an, während sie sie umringten. Emily kämpfte einen inneren Kampf, aber ihr ganzer Körper war so steif und unbeweglich wie ein Felsblock. Anders als Alassas Sprüche waren die Zauber der drei Mädchen zu stark, um leicht überwunden zu werden.

„Melissa", sagte Alassa. Sie klang selbstsicher, aber Emily konnte die Angst in ihrer Stimme hören – und wusste, dass Melissa sie wahrscheinlich auch hörte. „Du brauchst meine Freundinnen nicht zu verletzen ..."

„Du brauchtest meine auch nicht zu verletzen", fauchte Melissa. „Was hast du dir dabei gedacht, als du Hast in einen Frosch verwandelt hast? Oder als deine Freundinnen fünf verschiedene Zauber auf mich gelegt haben und dann weggingen, so dass ich ganz allein versuchen musste, sie wieder loszuwerden?"

Emily hätte mit den Augen gerollt, hätte sie sich nur bewegen können. Natürlich war sie nicht die Einzige, auf der Alassa herumgehackt hatte, bevor sie fast getötet und dann entführt worden war. Melissa klang, als wolle sie Rache; natürlich waren Alassas ehemalige Freundinnen sehr gut darin gewesen, ihrer Anführerin den Rücken freizuhalten, auch wenn Alassa nicht selber zaubern konnte. Aber Emily hatte seit Alassas Nahtoderfahrung keine von ihnen gesehen.

„Man hat mich darauf hingewiesen, dass ich mich falsch verhalten habe", sagte Alassa steif. Emily konnte sich genau vorstellen, was für Vorträge Meisterin Kyla ihr gehalten haben musste, ganz zu schweigen vom Aufseher und vom Großmeister. Eine königliche Prinzessin hatte nicht das Recht, ihr Leben aufs Spiel zu setzen, indem sie Schüler drangsalierte, die ihr nicht den nötigen Respekt erwiesen. „Und es tut mir leid, was ich dir angetan habe."

„Es tut dir leid?", fragte Melissa. Sie hob eine Hand und formte sie zu einer Klaue. „Du weißt nicht einmal, was das bedeutet."

Emily erkannte, dass sie nur so tat, als ob sie sich in völliger Sicherheit wähnte. Sergeant Harkin hatte klargestellt, dass alle, die sich auf dem Schlachtfeld Zeit für Prahlereien nahmen, sehr schnell starben, weil ihr Feind sie mit einem Tötungszauber belegte, während sie noch dastanden und angaben. Aber Alassa hatte mit Emily zusammengearbeitet, seit sie im Grundkurs Zaubersprüche zusammengebracht worden waren, und sie wusste mehr darüber, wie man ohne Zauberstab Zauber sprach, als Melissa glaubte. Vielleicht konnte sie alle drei Mädchen aus dem Weg räumen, bevor es zu spät war ...

Alassa hob eine Hand und schoss einen Zauber auf Melissa ab.

Melissa sah gelangweilt aus, als der Zauber auf ihre Schutzmechanismen prallte und unschädlich in Richtung Decke abgelenkt wurde. Einen Augenblick später schleuderte sie einen Zauber zurück auf Alassa. Sie traf die Prinzessin direkt in den Brustkorb.

Alassa schrumpfte schnell. Ihr Gewand fiel zu Boden und bedeckte sie, und dann konnte Emily sie nicht mehr sehen. Emily hörte etwas kratzen, dann kam eine übergroße Ratte in Sicht. Das *musste* Alassa sein …

„Viel Spaß mit dem Gegenzauber", sagte Melissa. „Ich habe meinen Spruch ganz schön aufgepimpt."

Sie betrachtete Emily, als überlege sie, einen zweiten Zauber auf sie zu legen, doch dann ging sie weg. Ihre beiden Freundinnen folgten ihr.

Emily sah ihnen hilflos hinterher. Kalte Wut brannte in ihrem Kopf. Sie hatte es immer schon *gehasst*, hilflos zu sein; diese Erstarrung erinnerte sie allzu sehr an das Gefühl, Shadyes Gefangene zu sein. Die Magie, die sie festhielt, schien solide. Sie kämpfte, um einen Aufhebezauber zu sprechen und zu entkommen, aber die Magie schien nicht richtig funktionieren zu wollen.

Die Ratte quiekte. Das erinnerte Emily daran, dass es hätte schlimmer kommen können. Ihr war nicht klar gewesen, dass Alassa jederzeit überfallen werden konnte, ein Fehler, der sie alle drei gründlich gedemütigt hatte. Sie nahm sich vor, nach Zaubern zu suchen, die ihr ein magisches Gespür für die Umgebung verliehen oder sie wenigstens frühzeitig warnten, wenn jemand sich an sie heranschlich oder ihr auflauerte. Sergeant Harkin würde wahrscheinlich dagegen sein – er prüfte ihre natürlichen Fähigkeiten, nicht die magisch verstärkten –, aber sie hatte das Gefühl, sie würde es brauchen. Das war bereits das *zweite* Mal, dass sie überrascht worden war.

Die Zeit schien immer langsamer zu fließen, bis sie spürte, wie der Zauber sich auflöste. Ihr ganzer Körper geriet ins Wanken, dann fiel sie wie ein Sack Kartoffeln auf den steinernen Boden. Eine Sekunde später hörte sie einen Schmerzenslaut, als Imaiqah hinter ihr aufschlug.

Aber Alassa war anscheinend immer noch eine Ratte. Emily schaffte es irgendwie, sich auf die Seite zu rollen und Imaiqah anzusehen, die aussah, als wollte sie gleich losheulen. Sie wollte ihre Freundin trösten – ihre beiden Freundinnen –, aber es war so schwer, sich zu bewegen. Ihr Körper fühlte sich völlig ausgelaugt an.

Schokolade, dachte sie und griff in ihren Beutel. Sie hatte immer eine Tafel dabei, seit sie mit dem *Berserker*-Zauber experimentiert hatte. Langsam schaffte sie es, ein paar Stücke hinunterzuschlucken, dann gab sie den Rest Imaiqah. Die Schokolade verlieh ihr genug Energie, dass sie auf die Beine kam und auf Alassa hinabsehen konnte, die *immer noch* eine Ratte war. Melissa hatte offenbar nicht beabsichtigt, dass der Zauber leicht zu entfernen sein sollte, wenn überhaupt.

Alassa sah auf. Ihre Nase zuckte auf eine Weise, die komisch gewesen wäre, wenn die Lage nicht so ernst gewesen wäre. Sie winkte mit den Pfoten. Es war leicht zu verstehen, was sie wollte.

„Ich versuche es", sagte Emily. „Ich habe bloß nicht viel Energie."

Sie sprach einen einzelnen Aufhebezauber und sah ohne Überraschung, dass er Alassa nicht wieder in einen Menschen verwandelte. Natürlich hatte Melissa an diesen einfachen Gegenzauber schon gedacht und sichergestellt, dass ihr Zauber ihm widerstehen würde.

Als Nächstes sprach Emily den Analysezauber. Melissas Verwandlungszauber erschien vor ihrem Gesicht. Er sah aus wie eine einfache Kopie eines Zaubers, den sie im Streiche-Buch gesehen hatte – wieder fasste sie sich an den Kopf bei dem Gedanken, dass jemand eine erzwungene Verwandlung als Streich auffassen konnte –, aber Melissa hatte einen üblen Bestandteil hinzugefügt, damit der Zauber schwerer zu entfernen war.

„Wir werden den Zauber zusammen sprechen müssen", sagte Imaiqah. Ihre andere Freundin sah völlig erschöpft aus, aber ihre Augen strahlten. „Dieser besondere Kniff kann besiegt werden, weil er nur auf einen Zauber auf einmal reagieren kann. Ich zähle bis drei. Eins, zwei, drei ..."

Beim zweiten Versuch funktionierte der Aufhebezauber perfekt. Alassas Körper verdrehte sich unangenehm, dann wurde er wieder menschlich und sie kroch auf dem Boden herum. Emily sah weg, während Alassa ihr Gewand an sich riss und es über ihren Kopf zog. Dabei murmelte sie Worte in einer Sprache, die ihr Übersetzungszauber nicht richtig wiedergeben wollte. Oder vielleicht war es eine genaue Übersetzung. Die meisten Beleidigungen aus anderen Ländern und Kulturen wirkten nicht so beleidigend, wenn man sie ins Englische übersetzte.

„Es tut mir leid", sagte Alassa etwas später. Ihre Stimme war gedämpft, weil sie versuchte, ihr Unterhemd anzuziehen, nachdem sie das Gewand schon anhatte, statt es andersherum zu machen. „Ich habe nicht nachgedacht."

Emily war nicht sonderlich überrascht. Bevor sie nach Whitehall gekommen war, hatte Alassa ihren Ruf, ihre Familie und eine Bande Spießgesellinnen gehabt, die ihre Befehle ausgeführt hatten, auch wenn sie selbst keine starke Magierin gewesen war. Zweifellos hatten die Kumpaninnen über die magischen Fähigkeiten verfügt, die nötig waren, damit Alassas Opfer ihr kein Messer in den Rücken stießen. Aber jetzt … was war überhaupt mit den Kumpaninnen passiert? Waren sie unehrenhaft nach Hause geschickt worden?

„Sie wollen nicht mehr mit mir zusammen sein", gab Alassa zu, nachdem Emily sie danach fragte. „Ihre Eltern sagten, ich sei *gefährlich*."

Emily lehnte sich gegen die Wand und atmete tief durch. „Was hast du Melissa angetan?"

Alassa antwortete erst nach einer längeren Pause. „Sie hat mich genervt. Ich habe einen Zauber auf sie gelegt, die bewirkte, dass sie im falschen Moment das Falsche sagte. Sie hat einen Lehrer beschimpft und wurde in die Schandhalle geschickt."

„Oh", sagte Emily. Man konnte Melissa kaum einen Vorwurf machen, dass sie sich jetzt rächen wollte, und doch war Emily immer noch wütend. Wie um alles in der Welt konnte Melissa *Emily* die Schuld für etwas geben, das Alassa getan hatte, bevor Emily überhaupt in diese Welt gekommen war? Einen Augenblick später ging es ihr auf: Emily hatte Alassa angegriffen und verletzt, war schließlich ihre

Freundin geworden und hatte dann angefangen, ihr beizubringen, wie man richtig zauberte. Melissa vermutete wahrscheinlich, dass Alassa *noch* schrecklicher werden würde, wenn sie erst einmal wusste, was sie eigentlich *tat*. „Was hast du dir dabei gedacht?"

„Ich war eine Idiotin", sagte Alassa unglücklich. Sie sah auf; ihre Augen loderten vor Wut. „Wir müssen uns rächen."

Emily zögerte. Der erwachsene und verantwortungsvolle Teil ihres Verstandes wies darauf hin, dass Melissa gute Gründe dafür gehabt hatte, Alassa böse zu sein, und dass es vielleicht nicht wieder passieren würde, nachdem sie jetzt ihren Spaß gehabt hatte. Aber der Teil ihres Verstandes, der gerade drangsaliert worden war, wusste, dass es nicht so einfach enden würde. Kinder, die drangsaliert wurden, entwickelten sich oft selbst zu Schultyrannen, weil sie nicht wussten, wie sie sich sonst schützen sollten. Melissa und ihre beiden Freundinnen könnten jetzt bei jeder Gelegenheit Zauber und Flüche auf Emily und *ihre* Freunde legen.

Und sie hatte hilflos zusehen müssen, wie Alassa verwandelt worden war, und dann hatte sie gefühlt stundenlang warten müssen, bis der Zauber endlich nachgelassen hatte. Sie war *wütend* auf Melissa, genau wie sie früher wütend auf Alassa gewesen war, als *die* sie verflucht hatte. Und die arme Imaiqah hatte es genauso wenig verdient, dass man sie erstarren ließ.

Emily war es nicht gewohnt, Freunde zu haben. Was würde passieren, wenn sie nein sagte?

Imaiqah unterbrach die Stille. „Aber Melissa ist eine fähige Zauberin", sagte sie schwach. „Wir können nicht einfach zu ihr hingehen und loszaubern ..."

„Nein", stimme Alassa zu. Sie blickte bitter auf ihre Hände. „Vielleicht sollten wir ihr einen Streich spielen."

Emily zuckte bei ihrem Tonfall zusammen. Die königliche Prinzessin hatte sich noch nie einer gleichwertigen Gegnerin stellen müssen – erst recht nicht einer, die ihr überlegen war –, mal von den Entführern abgesehen. Und Alassa hatte einen von ihnen halb totgeschlagen. Sie war zwar stur und verließ sich ungern auf ihre Intelligenz, wenn sie auch mit ihrem Status durchkam, aber sie gab nicht auf.

„Ich finde, wir sollten in mein Schlafzimmer gehen und uns neu aufstellen", sagte Emily. Sie hatten das Abendessen verpasst, weil sie erstarrt gewesen waren, aber die Küche stellte für einige Schüler auch Nachtessen bereit, außerdem Notfallrationen für die, die sich übernommen hatten. „Und dann können wir entscheiden, was wir machen."

Aloha war nirgends zu sehen, als sie das Schlafzimmer betraten, also nahm Emily das Streiche-Buch zur Hand, während Alassa sich zurückzog, ihre Kleider ablegte und sie dann in der richtigen Reihenfolge wieder anzog. Es gab Tausende verschiedene Zaubersprüche, die sie zum Spaß nutzen konnten, aber die meisten würden für jemanden wie Melissa leicht zu entdecken und zu entfernen sein, bevor es zu spät war. Emily hatte Melissa vorher nie gesehen, was bedeutete, dass sie die Grundkurse auf jeden Fall bestanden hatte und dabei war, sich auf die zweite Jahrgangsstufe vorzubereiten. Sie konnte ganz klar besser zaubern als Emily.

„Wir könnten sie einfach in etwas Unangenehmes verwandeln", sagte Alassa, nachdem sie sich fertig angezogen hatte. „Eine Spinne vielleicht oder eine Krabbe oder ...“

Emily schauderte. Die Leute in dieser Welt sahen erzwungene Verwandlungen vielleicht als einen harmlosen Scherz an, aber sie teilte diese Haltung nicht. Vielleicht hätte sie das anders gesehen, wenn sie in einer Welt mit Magie aufgewachsen wäre. Außerdem war sie erschreckend kurz davor gewesen, Alassa umzubringen, weil sie einen Verwandlungszauber mit einem anderen Spruch kombiniert hatte. Das Ergebnis hätte katastrophal sein können.

„Oder wir könnten den Idiotenball auf sie werfen", schlug Imaiqah vor. „*Das* würde sie ordentlich erschrecken.“

„Ich weiß nicht, wie man diesen Zauber spricht", gab Alassa zu. Die Kluft zwischen ihr und Imaiqah schien durch die gemeinsame Gegnerin verschwunden zu sein. „Weißt du es?“

Emily runzelte die Stirn. „Den Idiotenball?“

„Das ist ein Zauber, der die Intelligenz der Zielperson dämpft", erklärte Alassa. Sie grinste. „Ich muss zugeben, manchmal könnte man meinen, dass die Jungs hier vom Idiotenball getroffen worden sind ...“

„Man kann ihn nicht einfach auf eine andere Person legen, weil alle ihre grundlegenden Schutzmechanismen sie davor schützen werden", fügte Imaiqah hinzu. „Du musst ihn mit etwas verknüpfen und ihn dann deinem Opfer zuspielen, vielleicht indem du ihn jemand anderen aufs Gewand fallen lässt. Und dann fängt er sofort an zu wirken. Die Leute können anschließend nicht mal mehr eins und eins zusammenzählen."

Emily zögerte. Alle Streiche, die sie gesehen hatte, bei denen der Verstand manipuliert wurde, waren sehr begrenzt gewesen, weil selbst *diese* Welt zugab, dass Manipulationen am Verstand nicht lustig waren. Eine post-hypnotische Suggestion konnte für etwas Erheiterung sorgen, aber auch eine Katastrophe herbeiführen; der Idiotenball konnte noch schlimmere Probleme verursachen.

„Dann gibt es noch den Geschlechts-Schlüssel", schlug Alassa vor. „Glaubst du, sie würde sich freuen, wenn sie beim Aufwachen merkt, dass sie ein Junge ist?"

„Das würde uns alle in Schwierigkeiten bringen", erinnerte Imaiqah sie. Emily sah beide fragend an. „Vor zwei Jahren hat jemand einen Geschlechtertauschzauber nach Whitehall gebracht, habe ich gehört. Das Ergebnis war absolutes Chaos. Am Ende wurde der Zauber verboten und man warnte uns, dass wir zum Aufseher geschickt würden, wenn wir ihn benutzten."

Emily schüttelte ungläubig den Kopf. Sie hatte sich an ihre neue Welt gewöhnt, was nicht so schwer war, weil es in ihrer alten Welt nichts und niemanden gab, das oder den sie wiedersehen wollte. Und doch stieß die gesammelte *Merkwürdigkeit* der neuen Welt sie manchmal krass vor den Kopf. Ein Zauber, der jemanden in einen Idioten verwandelte, ein Zauber, der ein Mädchen zum Jungen machte oder umgekehrt … und ganz nebenbei eine Schule, die den Kindern erlaubte, überall tödliche Waffen mit sich zu führen. Denn das war Magie: eine tödliche Waffe. Wenn Alassa mit nur ein paar Zaubersprüchen gefährlich gewesen war, wie gefährlich würde ein Kampfhexer für seine Feinde sein?

„Und das ist auch gut so", sagte Emily. Sie erinnerte sich an die Jungen ihrer alten Schule. Sie waren Vollidioten gewesen, jeder von ihnen, besonders als sie entdeckt hatten, dass Mädchen nicht nur seltsam geformte Männer waren. Wenn eines der beliebten Mädchen sie auch nur angelächelt hatte, waren sie schon zu sabbernden Zombies geworden. Jungen waren dreckig und abartig, sie stanken und Emily wollte auf gar keinen Fall einer sein.

Anderseits waren einige der Mädchen auch nicht sehr schlau gewesen. Es gab im Leben Wichtigeres, als zu zählen, wie viele Jungen eine Dummheit begehen würden, wenn man ihnen zuzwinkerte. Oder als zu versuchen, sich beliebt zu machen, indem man mit dem beliebtesten Typen an der Schule ausging.

Ihr kam ein Gedanke und sie sah zu Alassa hinüber. „Wenn deine Eltern einen Jungen wollten", sagte sie, „warum haben sie nicht einfach gezaubert, um dein Geschlecht zu ändern?"

Alassa zog erschrocken die Luft ein, dann schluckte sie. „Du musst wirklich von sehr weit her kommen. Weißt du nicht, dass solche Magie nicht immer richtig funktioniert?"

„Sie ändert nicht immer den Verstand", fügte Imaiqah hinzu. „Am Ende hat man vielleicht einen Jungen im Körper eines Mädchens, wenn man nicht aufpasst."

„Und wenn du mit dem Verstand herumpfuschst", sagte Alassa, „machst du alles vielleicht noch viel schlimmer."

Emily nickte. Sie verstand. Die meisten Verwandlungszauber waren so aufgebaut, dass sie geistige Schäden vermieden, weil die Langzeitwirkungen von Gedankenmanipulationen gefährlich unvorhersehbar sein konnten. In diesem Fall würde ein Mädchen, wenn es ein Junge wurde, sich immer noch als Mädchen sehen und würde sich wahrscheinlich zu anderen Jungen hingezogen fühlen. Ihre Lippen zuckten; es war durchaus möglich, dass sie – er – homosexuell werden würde, jedenfalls nach der engeren Definition des Begriffs. Das galt in der gleichen Weise auch für einem Jungen, der ein Mädchen wurde. Wenn man die Jungen zu Hause für ein paar Tage in einen weiblichen Körper hätte stecken können, hätten sie vielleicht eine wertvolle Lektion gelernt. Sie hatten auf schwächeren Jungen herumgehackt und ihnen vorgeworfen, homosexuell zu sein, obwohl Emily gewusst hatte, dass diese schwächeren Jungen ebenfalls auf Mädchen standen. Sie hatten auf jedem herumgehackt, der schwächer wirkte als sie.

Sie hatte keine Ahnung, was diese Welt über Homosexualität dachte, aber für eine Monarchie wäre sie wahrscheinlich katastrophal. Sie hatte keine Ahnung, wie Alassas Königreich im Speziellen auf einen homosexuellen Herrscher reagieren würde – besonders, wenn keiner wusste, dass er ursprünglich eine Frau gewesen war –, aber zumindest würde es seine/ihre Fähigkeit, die Erbfolge zu erhalten, in Frage stellen. Und was, wenn er buchstäblich keine Kinder haben *konnte*, selbst mit einer Frau nicht, die als Frau *geboren* war? Die Erbfolge wäre zerstört. Oder wenn …

Ihre Vorstellungskraft brachte zu viele Möglichkeiten hervor. Keine davon war gut.

„Wenn wir sie mit dem Idiotenball treffen", sagte Alassa schließlich, „wie bringen wir ihn in ihren Besitz? Sie ist ein bisschen paranoid, was das Abschließen ihrer Tür angeht."

„Aus gutem Grund", sagte Emily. Sie war nicht sicher, ob sie damit weitermachen wollte, aber Melissa brauchte wirklich eine Lektion, damit sie nicht auf der Falschen herumhackte. „Vielleicht sollten wir einfach eine Verwünschung auf sie sprechen, wenn sie uns den Rücken zuwendet."

Imaiqah kicherte. „Ich weiß, wie wir sie verwünschen können", sagte sie. Emily und Alassa sahen sie beide überrascht an. „Ihre Kleider werden in der Wäscherei gewaschen und dann dort getrocknet. Wir müssen nur ihr Unterhemd verwünschen und dann warten, bis sie es anzieht."

„Sehr gut", sagte Alassa. Sie rieb sich die Hände vor Freude. „Morgen … schlagen wir zu!"

KAPITEL 34

Ich muss verrückt sein, dachte Emily, als sie die Augen öffnete. Ein Blick auf ihre Uhr zeigte, dass es der fünfte Glockenschlag war; genau bis zu diesem Zeitpunkt hatte ihr Schlafzauber auch anhalten sollen. *Ich muss vollkommen verrückt sein.*

Sie drehte sich um, schob die Decke weg und stieg aus dem Bett. Imaiqah wachte ebenfalls auf, aber Aloha schlief tief und fest, nachdem sie am Vorabend spät zurückgekommen war. Emily hatte gehört, dass Aloha mit ihrem Kampfmagie-Team geübt hatte; das wollte Emily Jade ebenfalls vorschlagen, wenn sie ihn das nächste Mal sah. Es musste eine Möglichkeit geben, die gefährlichen Zauber außerhalb des Unterrichts zu üben, ohne dass man in Schwierigkeiten geriet. Vielleicht erwartete Sergeant Harkin, dass sie das allein hinbekamen.

Es war Samstagmorgen, dieser Wochentag war mehr fürs Nachlesen und Lernen gedacht als für eigentlichen Unterricht. Emily wusste, dass die meisten Schüler sich erst später aufraffen würden aufzustehen, so dass die Frühaufsteher ungehinderten Zugang zur Bibliothek und zu den Zauberräumen hatten. Sie blickte Imaiqah an und legte den Finger auf die Lippen – sie durften Aloha nicht wecken, sonst würde sie vielleicht Fragen stellen, wenn sie sie so früh gehen sah. Sie legte ihr Gewand an und spritzte sich Wasser ins Gesicht. Sobald sie beide angezogen waren, glitten sie aus dem Zimmer und in den verlassenen Gang.

„Die Wäscherei ist am Ende des Flurs", murmelte Imaiqah, während sie den Gang hinuntergingen. Er war mit einem Zauber belegt, so dass man die Schüler, die noch schlafen wollten, nicht störte, aber Madame Razz hatte trotzdem schon Schüler dafür getadelt, dass sie zu viel Lärm machten. „Das einzige Problem ist, wie wir hineinkommen."

Vor ihnen ging eine Tür auf und sie sahen Alassa. Ihr nachtschwarzes Nachthemd war mit Edelsteinen besetzt, die ein kleines Vermögen wert sein mussten. „Ich wollte sowieso fragen", zischelte sie und schloss die Schlafzimmertür hinter sich. „Wieso weißt du überhaupt etwas über die Wäscherei?"

Imaiqah grinste. Es verwandelte ihr Gesicht von niedlich zu schön. „Ich habe einmal im Gang aus Versehen einen Beutel fallen lassen und eine riesige Sauerei hinterlassen", gab sie zu. „Madame Streng" – Madame Razz, nahm Emily an – „hat mich zum Nachsitzen verdonnert und mich in die Wäscherei geschickt, damit ich dort den Dienerinnen helfe. Es war keine angenehme Aufgabe."

„Sie müssen an dem Tag Hilfe gebraucht haben", flüsterte Alassa. „Normalerweise erlauben sie den Dienern überhaupt nicht, mit uns zu interagieren."

Emily runzelte die Stirn. Sie fragte sich, was das bedeutete – falls es etwas bedeutete. Sie hatte nicht viele der Schulbediensteten gesehen, abgesehen von den Köchen – und die Köche schienen eine bessere Stellung zu haben, als man meinen sollte. Sie waren auch wirklich gute Köche. Aber Wäsche und Reinigung konnten genauso gut von Hauselfen ausgeführt werden, sie hatte keine Ahnung davon.

Ihre Lippen zuckten. Das bisschen, was sie im Unterricht über Elfen gelernt hatte – und durch das Studium der Geschichtsbücher –, hatte deutlich gemacht, dass man fast unweigerlich in Schwierigkeiten geriet, wenn man versuchte, sie zu versklaven. An manchen Orten heuerte man zum Putzen Heinzelmännchen und dergleichen an, die mit Milch und Alkohol entlohnt wurden, aber in Whitehall zog man es vor, die meisten magischen Geschöpfe sicher außerhalb der Schlossmauern zu halten. Das war nicht allzu überraschend; die Imitatoren reichten schon aus, um *jedem* Albträume zu bescheren, und der Gedanke, einen von ihnen in die Schule zu bringen …

Sie fröstelte, als ihr ein beunruhigender Gedanke kam. *Woher würde man wissen, dass man einen Imitator in die Schule gebracht hatte?*

Sie schob diesen Gedanken beiseite, als sie eine massive Steintür am Ende des Ganges erreichten. „Ich glaube, der Zauber, der auf der Tür liegt, wird nicht geändert", sagte Imaiqah und drückte den Türknauf. „Sie sollte leicht zu öffnen sein."

Emily tauschte mit Alassa Blicke aus. Eine Tür mit einer Falle zu versehen war für Schüler allzu einfach, also konnte das Personal es ebenfalls leicht selbst machen. Vielleicht würde die Tür einfach nicht aufgehen, oder vielleicht war sie so programmiert, dass sie jeden erstarren ließ, der sie zu öffnen versuchte – und jeden, der in der Nähe stand. Aber warum würde man eine Wäscherei abschließen wollen?

Einen Augenblick später lachte sie über sich selbst. Ihr Plan war ein *hervorragendes* Beispiel dafür, *warum* man eine Wäscherei würde abschließen wollen.

„Jetzt sollten wir uns vielleicht eine Erklärung überlegen", sagte Emily schnell. „Etwas, das wir Madame Razz sagen können, wenn das hier schiefgeht ..."

Sie hörten ein Klicken. Die Tür ging auf, heiße Luft und Dampf quollen heraus. Emily trat ein und schüttelte ungläubig den Kopf. Die Wäscherei war riesig; frisch gewaschene Gewänder und Unterhemden hingen an Stangen oder lagen in Körben zur späteren Weiterverarbeitung. Wegen des Dampfes konnte man nicht sehr weit sehen, aber in der Ferne glaubte sie, eine Bewegung zu erkennen.

Alassa trat vor und sprach einen Zauber, den Emily nicht kannte, dann verflüchtigte sich der Dampf vor ihr so weit, dass sie am Ende des Raumes ein junges Mädchen in schwarzer Kleidung bemerkte. Alassas Zauber hatte das Mädchen erstarren lassen.

„Keine Sorge", sagte Alassa beruhigend, als Emily sie entsetzt ansah. „Das ist nicht der allgemeine Erstarrungszauber. Für sie ist die Zeit einfach stehen geblieben; sie wird nie merken, dass sie verzaubert worden ist. Wir tun, wofür wir gekommen sind, und wenn wir gehen, lassen wir sie wieder frei."

„Aber ..." Emily konnte kaum sprechen, „... aber womit hat sie das verdient?"

„Denk darüber nach", sagte Alassa, als verstehe sie nicht, warum Emily aufgebracht war. „Sie hätte es Madame Streng gesagt, wenn ich sie nicht hätte erstarren lassen. Und dann *wären* wir erwischt und bestraft worden, und ich will nicht noch mal bestraft werden!"

Emily schüttelte verärgert den Kopf. Man konnte nicht erwarten, dass Alassa sich vollkommen verändert hatte; sie war so erzogen worden, dass Diener Objekte waren, keine Menschen. Und Alassa hatte recht. Wenn die Dienerin sie wirklich verpetzte, würde Madame Razz das gar nicht lustig finden – und dann würden sie Melissa nicht mit dem Idiotenball treffen können. Trotzdem war es falsch, Menschen wie Objekte zu behandeln; Emily schwor sich, ihre Gefühle später zu verdeutlichen.

Imaiqah ging von Korb zu Korb. „Alle Kleider der Mädchen aus der ersten Jahrgangsstufe werden zusammen gewaschen", sagte sie. „Und sie sollten mit Namensetiketten gekennzeichnet sein, damit wir nicht aus Versehen Unterhemden oder Unterhosen vertauschen. Wenn dieser Korb hier meiner ist, dann müsste dieser hier deiner sein und der andere da Melissas."

Sie hielt an und hob ein Unterhemd hoch. „Bingo", sagte sie. „Das ist Melissas Hemd."

Alassa ging hin und nahm es ihr ab. „Bist du sicher?"

„Da steht ihr Name", sagte Imaiqah trocken. „Es gibt nur eine Melissa, Punkt. Wenn es zwei Schülerinnen mit ihrem Namen im ersten Jahrgang gäbe, hätte man eine gedrängt, einen anderen Namen anzunehmen, um jede Verwechslung auszuschließen."

„Sehr schön", sagte Alassa. Sie zog einen Bogen Pergament aus ihrer Tasche und reichte ihn Emily. „Ich habe dem Zauber eine zweite Verwünschung hinzugefügt; kannst du das überprüfen?"

Emily überflog den Text. Alassa hatte eine Schwachstelle in ihrem Plan bemerkt, die Emily nicht aufgefallen war, als sie den ursprünglichen Zauber ausgearbeitet hatten. Es gab keine Garantie, dass Melissa das verzauberte Hemd sofort anziehen würde; es konnte also mehrere Tage dauern, bis der Zauber seine Wirkung entfaltete. Alassa hatte dem Spruch einen einfachen Glanzzauber hinzugefügt, der Melissa drängen würde, das Hemd sofort anzuziehen; der Glanz war so subtil, dass selbst ein erfahrener Magier ihn nur schwer entdecken konnte. Das hoffte Emily zumindest.

„Es müsste funktionieren", sagte Emily nach kurzer Pause. Ihnen war bestimmt nicht geholfen, wenn der Spruch sich auflöste, bevor er wirken konnte. „Und er sollte nicht zu erspüren sein."

„Dann sprich ihn schnell", drängte Imaiqah. „Je länger das Dienstmädchen erstarrt bleibt, desto wahrscheinlicher wird sie bemerken, dass etwas nicht stimmt, wenn der Zauber nachlässt."

Alassa mangelte es nicht an unbändiger Kraft, bemerkte Emily, als diese den Zauber sprach. Einen langen Augenblick passierte nichts, dann spürte sie kurz, wie der Zauber sich auf das Unterhemd legte, bevor er mit dem Hintergrund verschmolz. Emily hoffte, dass er gut am Hemd haftete, aber um sicherzugehen, hätte sie einen vollständigen Satz Erkennungszauber darüber laufen lassen müssen – was den Zauber wahrscheinlich überlagert und zerstört hätte, bevor er ausgelöst werden konnte.

Sie schüttelte den Kopf; sie konnte nicht glauben, was sie da taten – und dass sie selbst mitmachte –, dann hängte sie das Hemd zurück auf die Stange und sah bedeutungsvoll zu Alassa hinüber. Die königliche Prinzessin nickte, ging zu der Dienerin hinüber und veränderte den Zauber, der auf ihr lag, ein wenig. Dann ging sie zur Tür zurück.

„Er wird in zwei Minuten nachlassen", murmelte Alassa, als sie die Tür hinter sich schlossen. „Sie wird überhaupt nichts mitbekommen."

Emily sah finster vor sich hin, während sie den Flur hinabgingen. Der Lähmungszauber war schlimm genug, aber wenigstens *wusste* das Opfer, dass es gelähmt worden war. Nach Alassas Erstarrungszauber war dem Opfer überhaupt nicht bewusst, was passiert war, es sei denn, es hätte vielleicht als Vorsichtsmaßnahme ein paar Zauber installiert, die es hinterher warnten. Eines der Bücher, die sie gelesen hatte, hatte von den Zaubern und Tricks gehandelt, mit denen Zauberer der Wirkung von Erinnerungszaubern begegneten, von Stichwörtern bis zu Erinnerungen, die im nächstgelegenen Empfangsbehälter verwahrt wurden. Sie bezweifelte, dass die Dienerin überhaupt über Magie verfügte – sonst wäre sie selbst in Whitehall zur Schule gegangen –, aber das war keine Entschuldigung dafür, sie zu misshandeln. Wenigstens hatte Melissa mit dem Kampf angefangen.

Aber die Dienerin war für uns, was ich für Melissa war, dachte sie mit einem Anflug von Schuldbewusstsein. *Sie stand einfach im Weg.*

Sie waren alle viel zu aufgeregt, um wieder schlafen zu gehen, also begaben sie sich in eins der privaten Lernzimmer, die an die Bibliothek anschlossen. Imaiqah nahm sich ein Buch über Zauberkräuter und begann zu lesen; so hatte Emily Zeit, sich zu überlegen, wie sie Alassa erklären konnte, dass es falsch war, was sie der Dienerin angetan hatte. Aber Alassa war in einer Welt aufgewachsen, in der die Oberschicht der Unterschicht antun konnte, was sie wollte, und wo Magie oft den Unterschied zwischen Herrschern und Dienern ausmachte. Wie konnte man so jemandem erklären, dass ihr Handeln falsch war?

„Hätte ich sie nicht erstarren lassen", sagte Alassa, nachdem Emily zögernd versucht hatte, ihr das zu verdeutlichen, „würden wir genau jetzt vor Madame Streng stehen und unser Verhalten erklären müssen. Und ich bezweifle, dass sie sich darüber freuen würde."

Emily runzelte die Stirn. Sie hatte natürlich recht, aber das machte ihre Argumente nicht moralisch korrekt. Imaiqah hätte vielleicht heftiger widersprochen – sie kam schließlich aus der Unterschicht –, aber sie sagte nichts. Emily konnte nicht erkennen, ob ihre Freundin einen Streit mit Alassa vermeiden wollte oder ob sie der Prinzessin zustimmte. Wer auf der falschen Seite der gesellschaftlichen Trennlinie stand, aber trotzdem nicht ganz unten, nahm das vielleicht ernster als die ganz oben. Das bestärkte ihre Position, hatte Emily jedenfalls gelesen. Aber es wirkte absurd.

„Menschen sind keine Objekte", fauchte Emily. Ihr kam ein Gedanke und sie lächelte. „Weißt du, wie … wie eine sehr alte Kultur ihre Sklaven nannte?"

Alassa blinzelte. „Sklaven?"

Emily schnaubte. „Sie nannten sie ‚beseelte Werkzeuge'", sagte sie. Die Römer waren schlauer gewesen als die Sklavenhalter von Dixie oder im Osmanischen Reich. Sie hatten gewusst, dass Sklaven produktive Bürger werden konnten, und hatten hart dafür gearbeitet, sie nach ihrer Freilassung in die römische Gesellschaft zu integrieren. „Sie wussten, dass Sklaven gefährlich sein konnten."

„Sie kannten keine Zauber, mit denen man Sklavenaufstände verhindern konnte?", fragte Alassa. Emily dachte an Voids Diener und erschauderte innerlich. „Oder wussten sie nicht, wie dumm es ist, wenn Sklaven sich Freiheiten herausnehmen können?"

Emily schob ihre Gedanken beiseite und funkelte ihre Freundin an. „Melissa war schwach, während du von deinen Freundinnen unterstützt wurdest", fauchte sie. Das Schuldgefühl nagte an ihr und zwang sie, weiterzumachen. „Und als *du* schwach warst, hat sie dich angegriffen und erniedrigt. Wie viel mehr sind die Sklaven erniedrigt? Sei vorsichtig, auf wessen Zehen du heute trittst, denn morgen könntest du diese Füße küssen!"

Alassa wollte etwas sagen, aber Emily redete weiter. „Menschen *denken*; sie haben Gefühle; wenn du diese Gefühle verletzt, werden sie sich rächen wollen. Was meinst du, was wird passieren, wenn du eine Menge Leute unter deiner Herrschaft wütend machst? Vielleicht wirst du nicht lange genug leben, um deiner Tochter den Thron zu vererben!"

„Eine Dienerin kann mir nicht schaden", widersprach Alassa.

Emily lachte ohne Humor. „Zeigt das, was wir gerade getan haben, etwa nicht ganz genau, *wie* sie dir schaden kann? Man braucht keine Magie, um jemanden unglücklich zu machen."

Sie schüttelte den Kopf. „Lerne diese Lektion, bevor es zu spät ist. Dein Königreich könnte davon abhängen."

Sie sah zu, wie Alassa nachdenklich die Stirn runzelte. Sie konnte nicht hoffen, dass Alassa sich sofort ändern würde, aber es war schon ein Schritt in die richtige Richtung, wenn sie nur darüber *nachdachte*. Sie hatte schließlich nicht *geplant*, als königliche Prinzessin geboren zu werden. Außer wenn das in dieser Welt möglich war ... Emily dachte einen langen Augenblick darüber nach, dann ließ sie den Gedanken fallen. Wenn das möglich wäre, würde es jeder tun.

Um das Thema zu wechseln, öffnete sie ein Lehrbuch zum Grundkurs Zaubersprüche und begann, die beispielhafte Prüfungsaufgabe zu lesen und zu bearbeiten, die hinten im Buch stand. Alassa schloss sich ihr einen Augenblick später an. Man hatte ihnen gesagt, dass sie in einer Woche die Prüfung ablegen würden, und Emily vermutete, dass sie erst in den nächsten Kurs aufsteigen durfte, wenn auch Alassa die Prüfung bestand. Einige der Fragen des Grundkurses waren erstaunlich einfach, andere kompliziert und voller Fallen. Anderes als bei den Prüfungen, die sie von zu Hause kannte, prüfte man hier, was sie gelernt hatten und wie sie es anwenden konnten, statt dass sie nur auswendig gelernte Zahlen und Fakten wiedergeben mussten.

Vielleicht läuft das hier anders, dachte sie, während sie eine Frage beantwortete und dann die Lösung nachschlug. *Ich werde diese Fertigkeiten mein restliches Leben anwenden.*

Ein bestimmter Zauber schien unmöglich aufzulösen, bis Alassa sie darauf hinwies, dass er aus einer Kette von Verwünschungen bestand, die alle in der richtigen Reihenfolge aufgehoben werden mussten. Emily betrachtete ihn und bekam das Gefühl, dass der Autor ihn absichtlich so erschaffen hatte, dass er die Schüler zwang, schnell zu reagieren; denn wenn er im echten Leben gesprochen wurde und man bei dem Versuch scheiterte, ihn aufzulösen, würde das wahrscheinlich unangenehme Folgen haben. Er hatte jede Menge Zauber-Bestandteile eingebaut, die so aussahen, als würden sie gar nichts bewirken; Emily brauchte mehrere Minuten, um zu erkennen, dass sie *tatsächlich* nichts bewirkten, außer den ahnungslosen Schüler zu verwirren. Trotzdem würde sie jeden einzelnen Bestandteil sorgfältig prüfen müssen, nur zur Sicherheit. Einige schienen mit den aktiven Spruch-Bestandteilen verflochten zu sein.

Nach einer Stunde Lernen hatten sie Hunger. Sie verließen die Bibliothek und gingen zum Speisesaal. Ein paar Schüler waren schon da und verzehrten große Portionen Essen, bevor sie zu ihrem Wochenendunterricht gingen. Man hatte Emily vorgewarnt, dass sie von einem Lehrer höfische Etikette lernen müsse, bevor man es wagte, sie zu irgendeinem Königshof zu schicken, vielleicht mit Ausnahme von Alassas Hof. Der Großmeister hatte Emily gesagt, dass das Königspaar erleichtert sei, dass sie ihre Tochter vor einer Entführung – oder Schlimmerem – bewahrt hatte.

Ein Krachen ließ sie alle zusammenzucken. Melissa und ihre Freundinnen hatten den Speisesaal betreten, um sich Teller mit Essen zu holen, aber mit Melissa stimmte etwas eindeutig nicht. Sie hatte gerade einen Teller Essen zu Boden fallen lassen und kicherte wie eine dumme Tussi. Ihre Freundinnen scharten sich um sie und versuchten, das Chaos zu beseitigen oder herauszufinden, was los war; nach ihren Bemerkungen zu urteilen, war Melissa schon den ganzen Morgen komisch gewesen. Sie *musste* unter ihrem Gewand das verzauberte Hemd tragen.

Emily erhaschte einen Blick auf Melissas Augen und wünschte, sie hätte nie vom Idiotenball-Zauber gehört. Melissas Blick war … leer, fast völlig stupide. Ihr Ausdruck schien sich erschreckend schnell zu wandeln, als schwankte ihre Stimmung wie verrückt von heller Freude zu direkter Angst. Das Kichern wurde immer hysterischer, während sie – vergeblich – versuchte, das Chaos zu beseitigen, das sie verursacht hatte. Was hatten sie ihr *angetan*?

„Ein stärkerer Fluch, als ich beabsichtigt hatte", murmelte Alassa. „Jetzt wird jemand ihn entdecken, bevor sie in den Unterricht geht."

Emily schluckte die Antwort, die ihr einfiel, hinunter, nahm ihren Teller und schubste ihn – mit dem restlichen Essen – durch die Luke. Ihr war der Appetit vergangen. Hätte sie die Verwünschung aufheben können, ohne ihre Tat zu enthüllen, hätte sie es sofort getan. So aber… warf sie einen letzten Blick auf Melissa, die gerade zu sabbern begann wie ein Kind, das es lustig fand, sich dumm zu stellen – dann ging sie aus dem Speisesaal. Sie hatte den unwiderstehlichen Drang, sich heftig zu übergeben.

Und sie hatten das für einen Streich gehalten!

„Das machen wir *nicht* noch einmal", fauchte Emily. Sie war gedemütigt worden, als Melissa sie hatte erstarren lassen, aber ihre Reaktion war vollkommen überzogen gewesen. „Wir sind zu weit gegangen."

Alassa warf ihr einen seltsamen Blick zu, aber widersprach nicht. Es war fast eine Erleichterung, als sie in den Gang traten und Madame Razz in die Arme liefen. Sie zerrte sie quasi in ihr Büro. Es war ein kahler Raum mit einem Sofa, einem Schreibtisch und einer kleinen Kristallkugel in einer Ecke.

„Ihr habt einiges zu erklären", sagte Madame Razz scharf. „Warum habt ihr die Wäscherei betreten?"

Emily zögerte. Alassa sprach als Erste, sie redete schnell. „Ich wollte einige meiner Kleider für heute holen. Ich dachte, das sei erlaubt."

„Es *könnte* erlaubt sein", sagte Madame Razz. Ihre Augen wurden schmaler. „Aber warum habt ihr die Dienerin erstarren lassen?"

Alassa schluckte. „Ich geriet in Panik", sagte sie. Emily fragte sich, woher Madame Razz wusste, was sie getan hatten. Sie wusste ganz offensichtlich nichts vom Idiotenball, oder … was *würde* sie tun, wenn sie es wüsste? Whitehall schien Streiche zu dulden, solange sie nicht ernsthafte Verletzungen oder den Tod nach sich zogen. „Ich habe instinktiv reagiert."

„Ich glaube, das überzeugt mich nicht", sagte Madame Razz. Ihre Stimme wurde härter. „Es ist sehr schwer, irgendjemanden davon zu überzeugen, dass er an einer Schule für junge Magier arbeiten will. Ich muss künftigen Dienerinnen alles Mögliche versprechen, *auch, dass sie nicht von jeder Magierin verzaubert werden, die glaubt, dass sie Sinn für Humor hat.* Ich werde ihnen eine Lohnerhöhung anbieten müssen, nur um zu verhindern, dass sie gehen."

Sie zog eine Schublade ihres Schreibtischs auf und holte etwas heraus, das wie ein Schuh aussah – nein, wie ein Hausschuh. „Und ich muss mich auch um euch kümmern", fügte sie hinzu. Sie schlug den Hausschuh bedeutungsvoll in ihre Handfläche. „Alle drei, beugt euch über das Sofa. Jetzt."

Danach, als sie sich gegenseitig bemitleidet hatten, spürte Emily trotz des Schmerzes eine kurze Erleichterung. Die Dienerinnen waren gar keine Sklavinnen. Sie bekamen Geld, wurden einigermaßen anständig behandelt und durften gehen, wenn sie wollten.

Aber woher hatte Madame Razz gewusst, was sie getan hatten?

„Hör auf, dich zu beklagen", sagte sie zu Alassa. „Wir wissen beide, dass wir das alle verdient haben."

KAPITEL 35

„Ich glaube, dies ist für *einige* von euch die erste Prüfung“, sagte Professor Lombardi. „Das Verfahren ist ganz einfach.“

Er sah sich im Raum um. Seine Augen blitzten vor unterdrückter Belustigung. „Sobald ihr mit euren Vorbereitungen fertig seid – und ich hoffe, ihr habt alles dabei, was man euch gesagt hat –, werde ich euch in einen kleinen Prüfungsraum begleiten. Ihr bekommt ein Bündel Pergamente mit dem ersten Satz Prüfungsfragen; die Prüfung beginnt in dem Augenblick, in dem ihr das erste Pergament öffnet. Bei den Theoriefragen schreibt ihr eure Antworten unter den Fragen auf das Pergament, faltet es wieder zusammen und versiegelt es mit eurer Karma-Signatur. Denkt daran, dass ihr das Pergament *nicht* wieder öffnen könnt, sobald es versiegelt ist.

Ihr habt zwei Stunden Zeit, um so viele Fragen wie möglich zu beantworten. Ich schlage vor, dass ihr in den letzten zehn Minuten eure Antworten noch einmal prüft und dann das Pergament versiegelt, denn ein unversiegeltes Pergament gilt als ungültig. Solltet ihr den Prüfungsraum verlassen, gilt die Prüfung als beendet und ihr dürft den Raum nicht erneut betreten. Verlasst den Raum also *erst*, wenn ihr ganz *sicher* fertig seid, oder im Fall größter Not.

Sobald die Prüfung beendet ist, dürft ihr in dieses Klassenzimmer zurückkehren, um auf den Lehrer zu warten, der euch den praktischen Teil der Prüfung stellen wird. Versucht *nicht*, aus welchem Grund auch immer, einen anderen Prüfungsraum zu betreten. Das kann bedeuten, dass beide beteiligten Schüler automatisch durchfallen, und es wird sicher bedeuten, dass der Schüler, der versucht hat, die Tür zu öffnen, eine Tracht Prügel erhält. Also lasst es sein. Ihr dürft dieses Klassenzimmer in der Wartezeit verlassen, um Essen und Getränke zu besorgen, aber wenn ihr zu spät zum zweiten Teil der Prüfung kommt, wird es Abzüge geben. Hat jemand Fragen?“

Niemand hatte Fragen.

„Gut", sagte Lombardi. „In den Prüfungsräumen gibt es ein paar Nachschlagewerke, falls ihr sie braucht, dazu Schreibfedern und Pergament. Ihr dürft *nichts* in den Prüfungsraum mitnehmen, außer Getränke und etwas zu essen. Ich schlage vor, dass ihr eure Gewänder hier ausleert und alles im Klassenzimmer lasst. Niemand wird eure Sachen anrühren, solange ihr beschäftigt seid."

Emily und Alassa warfen einander Blicke zu, während sie langsam und sorgfältig ihre Taschen leerten. Der Professor hatte nicht erwähnt, wie diese Regel kontrolliert wurde, aber seit sie in der Wäscherei erwischt worden waren, hatte Emily erkannt, dass man sie viel mehr im Auge behielt, als sie gedacht hatte. Es konnte gut sein, dass um den Prüfungsraum herum Schutzschirme lagen und jeden abfingen, der versuchte, etwas hineinzuschmuggeln. Nicht, dass sie das versuchen wollte. Seit sie Alassa Nachhilfe gegeben hatte, war sie ganz besessen von dem Ziel, die Prüfung beim ersten Versuch zu bestehen.

„Getränke und Essen", wiederholte Lombardi, als sie aufstanden. „Folgt mir."

Hinter dem Raum, in dem der Grundkurs Zaubersprüche stattfand, lag ein Gang, der eine endlose Reihe solider Türen beherbergte. Die Schüler warteten nervös, als Lombardi sie einzeln nacheinander in einen Raum führte, erklärte, wie man ihn benutzte, und dann hinausging und die Tür hinter sich schloss. Emilys Raum war eine leere Kammer, fast wie die Lernräume in der Bibliothek. Der einzige wirkliche Unterschied war ein kleines Toilettenabteil und ein Satz gefalteter Pergamente auf dem Tisch.

Ich hätte das Textverarbeitungsgerät fertig stellen sollen, dachte sie, als Lombardi ihr bedeutete, sich hinzusetzen. Der Prüfungsraum war durchzogen von Schutzschirmen, die alle so programmiert waren, dass niemand Informationen in den Raum schmuggeln konnte. Sie war überrascht, dass sie nicht darauf programmiert waren, unerwünschte Eindringlinge abzuhalten, oder vielleicht waren sie das auch und Lombardi hatte seine Warnung nur ausgesprochen, damit sie sich alle Mühe gaben, noch nicht einmal den *Anschein* von Schummeln zu erwecken.

Lombardi zeigte mit dem Finger in eine Ecke. Ein glühender Countdown erschien in der Luft. „Die Uhr läuft, sobald du das erste Pergament öffnest", sagte er wieder. Emily nickte ungeduldig; sie spürte die gleiche Nervosität in der Bauchgegend wie bei jeder wichtigen Prüfung. „Denk daran, wenn du den Raum aus irgendeinem Grund verlässt, zählt das als Prüfungsende. Wenn du Hilfe brauchst – und das sollte wirklich wichtig sein –, halte den Countdown an. Das wird sofort einen Lehrer herbeirufen, der sich um dich kümmert."

Und wenn es nicht wichtig ist, dachte Emily bitter, *wirst du versuchen, den Rest der Prüfung im Stehen zu absolvieren.*

„Viel Glück", sagte Lombardi.

Er ging zur Tür, trat hinaus und war verschwunden. Einen Augenblick später spürte Emily, wie sich die verbliebenen Schließzauber in Position schoben. Sie schüttelte den Kopf, stellte ihre Saftflasche auf den Tisch und überprüfte die beiden Lehrbücher auf dem Regal. Sie vermittelten nicht mehr als Hilfestellungen, jedoch keine fertigen Lösungen. Sie würde trotzdem wissen müssen, was sie tat – es begreifen müssen –, um zu bestehen.

Sie legte beide Bücher in Reichweite, nahm das erste Pergament und öffnete es langsam. Ein Läuten erklang im Raum, sobald sie auf die Frage hinabsah. Sie runzelte die Stirn und las die Frage zweimal, um sicherzugehen, dass sie sie verstand. Sie sollte einen komplexen Satz Zauberbestandteile aufschreiben, von denen einige nur dann aktiviert werden sollten, sofern bestimmte Voraussetzungen erfüllt waren. Mit mehreren separaten Sprüchen wäre das Ganze irritierend einfach gewesen, aber damit würde sie die Aufgabe nicht lösen.

Sorgfältig schrieb sie auf, was sie erreichen wollte, skizzierte die verschiedenen Spruch-Bestandteile und setzte zuletzt alles in einem einzigen Zauberspruch zusammen. Am Anfang fügte sie „AP" hinzu, wie sie es gelernt hatte. Sie hatte das Gefühl, dass es sie die Prüfung gekostet hätte, wenn sie einen *richtigen* Ausgangspunkt hinzugefügt hätte.

Sie öffnete das nächste Pergament und fand zu ihrer Überraschung eine völlig andersartige Frage. Mit einem Zauberspruch ließ sich Gift nur schwer bekämpfen, aber man konnte Gift leicht *entdecken,* entweder mit einer Blutprobe oder indem man den ganzen Körper des Betroffenen absuchte. In der zweiten Aufgabe sollte sie erklären, *wie* der Zauber genau funktionierte und was zu tun war, wenn er eine negative Antwort erzeugte.

Im Stillen dankte Emily Gott dafür, dass sie sich mit dem Thema beschäftigt und auch Alassa dazu aufgefordert hatte. Lombardi hatte ihnen nie direkt gesagt, dass man Gift entdecken konnte, indem man den Zauber so programmierte, dass er nach Fremdkörpern im menschlichen Körper suchte. Er hatte erwartet, dass sie so etwas selbst lernten.

Es gab insgesamt zehn Pergamentbögen. Emily arbeitete sie nacheinander ab und versuchte, nicht ins Schwitzen zu geraten, als die Fragen schwerer wurden. Eine handelte davon, wie man subtile Zauber und Verwünschungen aufdeckte, was sie daran erinnerte, was sie Melissa angetan hatten. Das lenkte sie ab. Jemand *musste* den Idiotenball doch inzwischen entdeckt haben. Melissa war nicht dumm und ihr Verhalten hatte geradezu *herausposaunt*, dass sie irgendwie verwünscht worden war ...

Emily verwarf den Gedanken und notierte die Antwort auf die Frage; wenn man den Körper eines Menschen sorgfältig genug absuchte, würde man eine Verwünschung entdecken, falls es dem Verursacher nicht gelungen war, sie hinter einem Tarnzauber zu verstecken. Aber wenn man das tat, wurde die Verwünschung so stark geschwächt, dass sie nahezu nutzlos war. Emily hatte einmal zu fragen versucht, ob das etwas mit dem Beobachtereffekt zu tun hatte, und hatte von ihren Lehrern nur verständnislose Blicke geerntet.

Neunzig Minuten vergingen, bis sie die Antworten fertig formuliert hatte, dann las sie alles noch einmal durch. Mit einer der Fragen war sie nicht wirklich zufrieden, aber es schien einfach zu viele Variablen zu geben, als dass ein einziger Zauber sie alle abdecken konnte. Gedankenverloren schrieb sie das nach ihrer versuchten Antwort hin und schlug als mögliche Lösung vor, drei verschiedene Sprüche einzusetzen. Vielleicht war die Frage eine Falle. Die Lehrer wollten sie anscheinend wirklich zum Denken zwingen, koste es, was es wolle.

Sie schüttelte den Kopf, warf einen Blick auf die Uhr und begann, die Pergamente zu versiegeln. Ihr Kopf fühlte sich zu schwer an, um weiterzumachen, selbst nach einem großen Schluck Saft und einem Bissen Schokolade. Nachdem alle Pergamente versiegelt waren, stand sie auf und ging zur Tür. Sie wusste nicht recht, was sie mit ihren Antworten machen sollte. Schließlich ließ sie sie auf dem Tisch liegen.

Sie verließ den Raum und ging zum Klassenzimmer zurück. Es überraschte sie nicht, dass vier andere Schüler an ihren Tischen saßen, einer davon völlig mit den Nerven fertig. Alassa war nicht zu sehen.

Die königliche Prinzessin tauchte erst auf, als die letzten Sekunden verflossen waren. Sie sah müde und ausgelaugt aus und kein bisschen selbstsicher, genau wie Emily. Sie tauschten sich kurz aus, während sie sich ausruhten, dann kam der erste Lehrer – ein sehr dünner Mann, den Emily vorher noch nie gesehen hatte – und holte einen der Schüler zur praktischen Prüfung. Sie hatte vor der Prüfung nie richtig bemerkt, wie viele Lehrer es gab. Whitehall schien Hunderte zu haben.

„Mein Kopf ist leer", murmelte Alassa. „Ich *hasse* Prüfungen."

„Ich auch", stimmte Emily zu. Sie hatte keine Ahnung, wie viele Fragen sie richtig beantwortet hatte. Oder ob sie *überhaupt* welche richtig beantwortet hatte. „Willst du etwas essen gehen?"

„Ja", sagte Alassa. „Wir sollten uns beeilen."

Sie verließen das Klassenzimmer und rannten zur Küche. Das Küchenpersonal hatte Brotlaibe, Schinken und Käse vorbereitet. Emily hatte den Mitarbeitern Sandwiches vorgeschlagen und entdeckt, dass man diese Idee durchaus *kannte*, aber nicht gedacht hatte, dass es besonders passend sei für die Schüler. Anscheinend aß nur das *gemeine Volk* Sandwiches. Emily musste über die Ironie lachen, wenn sie daran dachte, was man sich in ihrer Welt über die Erfindung des Sandwiches erzählte. Aber ihre eigenen Sandwiches zu fabrizieren, konnte Spaß machen.

„Ich habe gehört, dass du die Prüfung heute erneut wiederholst", rief eine Stimme. Emily gefror das Blut in den Adern, als sie Melissas Stimme erkannte. „Versuch einfach, noch mal durchzufallen, *Prinzessin*. So bleibt es dir wenigstens erspart, dich im Fortgeschrittenenkurs zu blamieren!"

Alassa starrte Melissa hinterher, während sie den Gang hinunterlief und umfasste mit einer Hand ihren Zauberstab. „Ich könnte ..."

„Tu es nicht", riet Emily. Sie war erleichtert – mehr, als sie zugeben wollte –, weil es Melissa wieder gut ging. Wer wusste schon, was der Idiotenball nach längerer Zeit mit ihr angestellt hätte? „Wir müssen die Prüfung beenden, weißt du noch?"

Sie gingen zum Klassenzimmer zurück und kauten ihre improvisierten Sandwiches, während sie auf den nächsten Lehrer warteten. Emily verstand nicht, warum man ihnen nicht sagte, wann sie zurückkommen sollten, aber vielleicht war das Teil der Prüfung. In der wirklichen Welt konnten sie auch nicht wissen, wann sie ihre Magie brauchen würden.

Fast zwanzig Minuten vergingen, bevor eine Frau auftauchte und Emily zunickte. Sie sah aus wie eine Mischung aus Inderin und Chinesin, mit schrägen Augen und dunkler Haut. Nun würde der zweite Teil der Prüfung beginnen.

Jemand hatte die Pergamentbögen und den Tisch aus dem Prüfungsraum geholt, bemerkte Emily, sobald sie den Raum wieder betraten. Stattdessen standen drei Stühle dort, auf dem einen saß eine übergroße Puppe von halbwegs menschlicher Gestalt. Die anderen beiden waren frei. Auf ein Zeichen der Lehrerin setzte Emily sich auf einen der Stühle und wartete; sie machte sich auf alles gefasst. Man hatte sehr wenig Einzelheiten darüber verraten, was sie im zweiten Teil der Prüfung erwartete. Anscheinend änderte sich die Prüfung von Mal zu Mal.

„Dies ist der praktische Teil des Grundkurses Zaubersprüche", sagte die Lehrerin. „Ich bin Meisterin Sun."

Sie tippte mit einem langen Finger auf die Puppe. „Das ist Nod. Er hat sich freiwillig gemeldet, damit wir prüfen können, wie gut du die grundlegenden Zaubersprüche beherrschst."

Emily blinzelte überrascht. War Nod intelligent, oder war das ein Witz? Sie hatte keine Ahnung.

„Du solltest keine Schwierigkeiten haben, alle Aufgaben zu absolvieren", teilte Meisterin Sun ihr mit. „Falls du das Gefühl hast, dass du nicht weiterkommst, teile es mir sofort mit und wir werden mit der nächsten Prüfung fortfahren. Wenn du nicht mindestens sechs Prüfungsaufgaben bestehst, wirst du auf jeden Fall durchfallen; je nachdem, wie du in der theoretischen Prüfung abschneidest, kannst du sogar durchfallen, auch wenn du sieben oder acht geschafft hast. Diese Prüfungen unterliegen insgesamt keiner zeitlichen Begrenzung, aber einige müssen sehr schnell durchgeführt werden, sobald du mit ihnen angefangen hast. Verstehst du mich?"

„Ja", sagte Emily.

„Gut", sagte Meisterin Sun. Sie griff in ihre Tasche und holte eine kleine Schachtel hervor, kaum größer als Emilys Hand. „Öffne diese Schachtel."

Emily griff nach der Schachtel, dann fing sie sich. Die Lehrerin ließ sich keine Gefühlsregung anmerken, als Emily innehielt und einen Entdeckungszauber ausführte, bevor sie beschloss, dass die Oberfläche der Schachtel harmlos war. Sie nahm die Schachtel, prüfte sie sorgfältig und entdeckte einen einzelnen, winzigen Zauber, der in das Schloss eingearbeitet war. Der Standard-Aufhebezauber funktionierte anscheinend problemlos, aber irgendeine grundlegende Vorsicht ließ sie den Entdeckungszauber noch einmal sprechen, bevor sie den Deckel öffnete. Diesmal entdeckte sie eine Verwünschung, die man nur mit einem komplexeren Zauber entfernen konnte. Schließlich öffnete sie die Schachtel und holte eine einzelne Perle heraus.

„Dies ist die zweite Prüfung", sagte Meisterin Sun. „Diese Perle ist so verwünscht, dass sie die Magie eines Menschen verzerrt, wenn er sie verschluckt. Dein Ziel ist es, die Perle zu schlucken und sie dann zu neutralisieren, *bevor* sie eine merkbare Wirkung auf dich hat."

Emily zögerte. Sie konnte nicht glauben, dass die Wirkung *so* schwerwiegend sein würde, aber es konnte gut sein, dass sie den Rest der Prüfung nicht würde durchführen können, wenn sie es versuchte und den Zauber nicht aufheben konnte. Aber wenn sie sich weigerte – wer wusste schon, *was* dann passieren würde?

„Ich würde dies gern für einen Moment zurückstellen", sagte sie. „Kann ich das zum Schluss machen?"

Meisterin Sun zeigte weder Zustimmung noch Ablehnung. „Wie du willst“, sagte sie und stand auf. „Lege sie auf den Tisch.“

Sie stellte sich hinter Nod und lächelte dünn. „Nod ist von einer mächtigen Hexe verflucht worden. Du wirst bemerken, dass ein einzelner, sehr komplexer Fluch um seine Seele gewunden ist. Er zwingt ihn nicht nur, ihre Forderungen zu erfüllen, sondern arbeitet daran, seinen Geist umzuformen, bis er das ist, was sie möchte. Der Fluch bestraft unerwünschte Gedanken und Gefühle und reduziert das, was von ihm übrig ist, auf null. Er wird eine Marionette, wenn du ihn nicht rettest.“

„Gehirnwäsche“, murmelte Emily. Es klang jedenfalls ganz wie das Konzept, von dem sie zu Hause gehört hatte. Wenn jemand etwas Bestimmtes denkt und du ihn oft genug dafür bestrafst, wird er früher oder später aufhören, daran zu denken. „Wollen Sie, dass ich den Fluch aufhebe?“

„Das ist eine Aufgabe, die selbstständige Hexenmeister oft ausführen“, stimmte Meisterin Sun zu. „Die Hexe ist sich über die Langzeitwirkungen solcher Flüche nicht im Klaren, oder es ist ihr ganz einfach egal. Der arme Nod wird mit einem Gehirn aus Watte enden, wenn du ihn nicht rettest.“

Emily schluckte. „Ich verstehe“, sagte sie. Man hatte ihnen einiges dazu beigebracht, wie man Zauber und Verwünschungen aufhob, aber einen ausgewachsenen Fluch? „Wie viel Zeit habe ich?“

Meisterin Sun lächelte. „Du wirst es sehen.“ Sie wedelte matt in Richtung Nod. „Dann los, Mädchen. Viel Glück.“

Emily nickte und sprach den Analysezauber auf Nod. Der Fluch erschien vor ihr, eine glitzernde Masse aus tödlichen Zauber-Bestandteilen, jeder auf einen separaten Gedanken eingestellt. Er war so eng mit seinem Geist verbunden, dass sie ganz ehrlich nicht sehen konnte, wie sie ihn aufheben sollte, ohne seinen Geist in Stücke zu reißen. Die eine Hälfte des Fluches schien seine Gedanken durchleuchten zu können, um zu erkennen, was er dachte; die andere Hälfte schien dazu gemacht, Schmerzen zu verursachen, indem sie Teile seines Gehirns manipulierte. Allein schon der Anblick machte, dass Emily sich schmutzig und befleckt fühlte.

Jedes Mal, wenn sie dachte, dass sie einen Angriffspunkt gefunden hätte, erkannte sie, dass davor noch etwas lag. Es war eine verknotete Masse von Zaubern, die viel komplexer war als alles, was sie je gesehen hatte.

Aber selbstständige Hexenmeister befassen sich ständig mit so etwas, sagte sie sich. *Es muss eine Lösung geben.*

Vorsichtig nahm sie mit ihrer Magie Kontakt zu dem Fluch auf und tauchte mit ihrem Geist in sein verworrenes Netz. Tödliche Spruch-Bestandteile, die nur darauf warteten, jeden anzugreifen, der dumm genug war, den Zauber aufheben zu wollen, wurden lebendig und schleuderten ihr Ströme von Schmerzen entgegen. Emily biss die Zähne zusammen und ignorierte sie; endlich verstand sie, warum der Zauber so schwer aufzuheben war …

… und dann fand sie seinen einzigen Schwachpunkt. Die Hexe hatte den Zauber zusammengeknüllt wie eine schlecht gestrickte Handarbeit, aber der halbe Fluch war ganz einfach nicht wichtig. Das einzig Entscheidende war, die Teile zu entfernen, die Nod Schmerzen zufügen oder ihn töten würden, wenn jemand versuchte, den Fluch aufzuheben.

Emily arbeitete fieberhaft, in einer Geschwindigkeit, von der sie nicht gewusst hatte, dass sie sie aufbringen konnte. Sie hob die quälenden Teile des Zaubers auf und zog sich vom Rest des Fluches zurück. Die Gedanken lesenden Abschnitte konnte man später in Ruhe entfernen. Ein letztes Aufflackern tödlicher Energie brachte Nod beinahe um, doch sie leitete sie ab und absorbierte sie mit ihren eigenen Schutzwällen.

Und dann löste sie sich aus dem Fluch. Plötzlich merkte sie, wie sehr sie schwitzte.

Meisterin Sun ließ sie Wasser trinken und Schokolade kauen, bevor sie fortfuhr. Nichts schien sie aus der Fassung zu bringen. Emily fragte sich plötzlich, ob Schüler im Fortgeschrittenenkurs Zaubersprüche immerzu Flüche aufheben mussten. Oder ob sie noch mehr als die jüngeren Schüler dazu neigten, Streiche zu spielen.

„Der fünfte Teil der Prüfung verläuft folgendermaßen", sagte Meisterin Sun. „Du wirst die folgenden Anweisungen ausführen …"

Die praktische Prüfung dauerte fast vier Stunden. Am Ende des Tages war Emily müde und wollte einfach nur in ihr Zimmer und ins Bett fallen. Sie hatte neun der Prüfungen absolviert, aber die letzte vor Erschöpfung vergeigt, was vermutlich zu Abzügen führen würde. Und egal wie gut sie abschnitt, würde sie nicht bestehen, wenn Alassa nicht auch bestand. Am liebsten hätte sie lieber noch einmal den Aufseher besucht.

„Du hast den Rest des Tages frei", teilte Meisterin Sun ihr mit. „Trink Zuckerwasser, iss etwas Ordentliches und sieh zu, dass du schläfst. Du wirst erfahren, wie gut du abgeschnitten hast, wenn die Pergamente benotet worden sind."

Emily nickte und ging zur Küche. Sie konnte etwas essen und trinken und dann in ihr Zimmer gehen. Sie wollte nur noch schlafen.

KAPITEL 36

Zwei Tage vergingen, bis Emily zu Professor Lombardi gerufen wurde; zwei Tage, in denen sie sich Sorgen machte, dass sie durchgefallen war und was sie hätte anders machen sollen – wenn überhaupt. Die Aussicht auf die baldige Prüfung im Grundkurs Alchemie – und Tests in Kampfmagie – trug das Ihre dazu bei, sie nachts wach zu halten, obwohl sie versuchte, sich mit Schlafzaubern zum Einschlafen zu bringen. Es half auch nicht, mit Alassa zu reden. Als sie ihre Notizen verglichen, sahen sie deutlich, dass sie verschiedene Prüfungsaufgaben bekommen hatten. Es ließ sich nicht feststellen, ob jeder andere Prüfungsaufgaben bekommen hatte oder ob Emily einen schwierigeren Test als die anderen bekommen hatte. Als man sie ins Zaubersprüche-Klassenzimmer rief, war sie fast erleichtert.

Professor Lombardi nickte ihr höflich zu, als sie den Raum betrat und die Tür hinter sich schloss. „Setz dich“, sagte er freundlich. „Wir warten nur auf Meisterin Irene.“

Emily blinzelte überrascht. Sie hatte Aloha gefragt, was passiert war, als sie den Grundkurs Zaubersprüche bestanden hatte, und Aloha hatte ihr gesagt, dass sie nur mit Professor Lombardi gesprochen hatte.

Voller Unsicherheit darüber, was vorging, setzte sie sich hin und wartete, wobei sie versuchte, ihren Herzschlag unter Kontrolle zu halten. Meisterin Irene kam zwei Minuten später mit einer Pergamentrolle und einem merkwürdigen dolchähnlichen Gegenstand, den sie Lombardi übergab, bevor sie sich setzte.

„Vielleicht hast du bemerkt, dass du eine schwerere praktische Prüfung absolvieren musstest als die anderen Schüler“, sagte Professor Lombardi ohne Einleitung. „Dein Fortschritt ist beobachtet worden und es wurde deutlich, dass du ein klares

Talent für Zaubersprüche hast. Du hast die praktische Prüfung mit Auszeichnung bestanden."

„Danke", sagte Emily. „Aber warum ...?"

„Alle Schüler brauchen regelmäßig Anstöße, die sie zwingen, ihre Talente zu entfalten", sagte Meisterin Irene ernst. „Wir haben dich in Grundkurs Zaubersprüche stärker gefordert, weil es deutlich ist, dass deine Talente in dieser Richtung liegen. Eine normale Schülerin der ersten Jahrgangsstufe hätte den Fluch, der auf Nod lag, nicht aufheben können. Man braucht echtes Talent, um mit einem solchen Fluch umzugehen, ohne das Opfer oder sich selbst umzubringen."

Emily schauderte beim Gedanken an die Albträume, die sie hinterher gehabt hatte. Sie hatte gedacht, dass Streiche, selbst der Idiotenball, schlimm genug seien, aber Flüche wie dieser waren erschreckend. Es war leicht zu erkennen, warum das Opfer sich nicht selbst befreien konnte, egal, wie mächtig es war. Der Fluch zerrte an seinem Geist und verbog ihn. Meisterin Sun hatte gesagt, dass selbstständige Magier oft unangenehme Flüche aufheben mussten. Emily hatte sich gefragt, ob das eine künftige Laufbahn für sie sein würde. Und dann hatte sie sich gefragt, ob sie versuchen sollte, das zu vermeiden.

„Du hast zwar einige Fehler gemacht, aber du hast die Prüfung bestanden", fuhr Lombardi fort. Er nahm Meisterin Irene das Pergament ab, öffnete es und hielt es Emily hin. „Herzlichen Glückwunsch."

Emily nahm das Pergament und starrte wie betäubt darauf. Es bescheinigte, dass sie den Grundkurs Zaubersprüche und eine praktische Prüfung der dritten Stufe bestanden hatte. Auf dem Pergamentbogen saß ein glühendes magisches Siegel, das unmöglich zu fälschen sein würde, egal, wie sehr man es versuchte. Sie berührte es leicht mit dem Finger und erschrak heftig, als es die Identität des Prüfers in ihren Kopf schrie.

„Danke", sagte sie nach einer langen Pause. Sie zögerte wieder, dann stellte sie die Frage, die sie seit der Prüfung in ihren Albträumen verfolgte. „War Nod ... war Nod ein echter verfluchter Mensch?"

Lombardi sah sie mit einiger Überraschung an. „Natürlich nicht", sagte er schließlich. „Er ist nichts weiter als eine Puppe, die mit dem Anschein von Menschlichkeit ausgestattet ist, so dass man sie mit einem Fluch belegen kann, der darauf ausgerichtet ist, sich im Geist eines Menschen festzusetzen. Wärst du gescheitert, hätten die Flüche ihm keinen wirklichen Schaden zugefügt."

Aber sie hätten mir Schaden zugefügt, dachte Emily. In ihren Büchern standen zu viele schauderhafte Beispiele dafür, was beim Flüche-Brechen schiefgehen konnte. Ein einziger Fehler hätte ihren Geist oder ihre Magie zerstören können oder – das war am allerschlimmsten – den Fluch auf sie übertragen. Im Nachhinein konnte sie nicht glauben, dass sie die praktische Prüfung so lammfromm als Teil des Grundkurses Zaubersprüche hingenommen hatte. Sie hätte wissen müssen, dass das nicht so brutal sein durfte.

„Dein Erfolg wirft die Frage auf, was wir als Nächstes mit dir anstellen sollen", fuhr Lombardi nach einem langen Augenblick fort. „Du wirst natürlich den Fortgeschrittenenkurs Zaubersprüche besuchen, denn du brauchst die Grundlagen, um zu verstehen, was du tust, aber du wirst auch Privatstunden bei Meisterin Sun bekommen, die dich so schnell wie möglich voranbringen wird. Wir erwarten, dass du am Ende der zweiten Jahrgangsstufe auf dem Niveau der vierten Jahrgangsstufe arbeiten wirst."

Emily schluckte. „Sie lassen mich *jetzt* eine Klasse überspringen?"

Meisterin Irene lachte trocken. „Ich fürchte, das könnten wir nicht rechtfertigen, es sei denn, du wärst in *jedem* Fach ein Wunderkind. Professor Thande hat mir gesagt, dass du deinen Kessel immer noch in jeder zweiten Stunde abfackelst."

Emily nickte verlegen. Manchmal dachte sie, sie würde Alchemie nie kapieren. Es schien darauf anzukommen, dass sie eine Genauigkeit meisterte, die niemand schnell beherrschen konnte. Ihre Vernunft sagte ihr immer wieder, dass es bestimmt nichts ausmachen würde, wenn man einen Trank zehn- statt elfmal umrührte, egal, was in den Anweisungen stand. Thande hatte gesagt, dass sie vielleicht die Grundlagen lernen würde, aber es war unwahrscheinlich, dass aus ihr je eine voll ausgebildete Alchemistin würde.

„Es dauert noch zwei Wochen, dann beginnt der nächste Fortgeschrittenenkurs Zaubersprüche", sagte Lombardi in die Stille hinein. „Du wirst eine Literaturliste erhalten; ich schlage vor, dass du die Zeit nutzt, um so viel wie möglich über das Fach zu lesen, weil man dir im Unterricht *nicht* alles sagen wird. Ich werde zudem den Zeitplan für deine Privatstunden aufstellen."

„Sie hat außerdem Kampfmagie", erinnerte Meisterin Irene ihn. „Die zwei Fächer dürfen sich nicht überschneiden."

Emily nickte. Sie hätte sowieso alles gelesen, was sie konnte, aber die Literaturliste war ein guter Ausgangspunkt, auch wenn die Literaturliste für den Grundkurs Zaubersprüche mehrere Bücher enthalten hatte, die anscheinend nicht viel – oder gar nichts – mit Zaubersprüchen zu tun hatten. Vielleicht würden sie später Sinn ergeben oder vielleicht wollte Lombardi ihren gesunden Menschenverstand testen, indem er herausfand, wer die Literaturliste hinterfragte, bevor er seine Zeit mit den Büchern verschwendete.

„Ich werde es berücksichtigen", versicherte Lombardi ihr. Er sah zu Emily. „Du scheinst ein aufregendes Leben zu führen. Ich fürchte, es wird demnächst noch aufregender."

Emily schnaubte. Sie war aus ihrem eigenen Universum entführt und fast von einem Nekromanten geopfert worden, sie war gerettet und auf eine Schule für Zauberkinder geschickt worden, dann von einer Prinzessin fast getötet, von Verbrechern entführt und zur Flucht gezwungen worden … und dann war sie in einen Krieg zwischen Schulkindern verwickelt worden, die sich mit magischen Waffen Streiche lieferten. Wie *konnte* ihr Leben noch aufregender werden?

„Nimm das Pergament und bewahre es gut auf", sagte Meisterin Irene. „Sollte es verlorengehen, kostet dich der Ersatz zehn Goldmünzen."

„Danke", sagte Emily und steckte das Pergament ein. „Sollte ich etwas darüber wissen, wie gut ich in der Prüfung abgeschnitten habe?"

„Du hast bestanden?", antwortete Lombardi trocken.

Emily wurde feuerrot.

„Meisterin Sun wird später mit dir durchgehen, was du richtig gemacht hast – und was falsch. Bis dahin genieße ein paar Tage, in denen du keine Zaubersprüche studierst. Der Fortgeschrittenenkurs wird dich deutlich mehr herausfordern."

Emily stand auf, dann hielt sie inne. „Darf ich etwas fragen?“, begann sie, dann nahm sie sich einfach ein Herz. „Hat *Alassa* bestanden?“

Die Lehrer wechselten Blicke. Sie hatten Emily gesagt, dass ihre Note von Alassas Note abhängen würde – und obwohl sie beschlossen hatten, dass sie einen Aufstieg verdiente, könnte die ursprüngliche Strafe immer noch gelten. Was würde sie tun, wenn Alassa wieder durchgefallen war? Würde sie den Grundkurs Zaubersprüche immer und immer wieder absolvieren müssen?

„Sie hat bestanden“, sagte Lombardi, nachdem Emilys Herz einen langen Schlag ausgesetzt hatte.

Emily war erleichtert.

„Wir haben sie gebeten, nach dir ins Büro zu kommen, damit wir ihre Ergebnisse und ihren Übergang zum Fortgeschrittenenkurs besprechen können. Deine Unterstützung hat für sie womöglich den Unterschied zwischen Erfolg und Scheitern ausgemacht.“

Außer dass man erwartet, dass jeder den Grundkurs Zaubersprüche beim ersten Versuch bestehen kann, dachte Emily bitter. Wenn man nicht weiterkam, ohne die Grundlagen zu verstehen, war klar, dass man versuchen würde, sie so schnell wie möglich zu begreifen. Alassa schien noch nicht einmal bemerkt zu haben, dass es diese Grundlagen *gab,* bevor Emily sie mit ihr durchgegangen war, so sorgfältig, wie sie nur konnte. Andererseits hatte Alassa ganz klar einen sehr schlechten Lehrer gehabt, bevor sie nach Whitehall gekommen war.

„Sprich mit niemandem, wenn du aus diesem Raum gehst“, fügte Meisterin Irene hinzu. „Du kannst mit deinen Freundinnen reden, wenn alle ihre Ergebnisse erfahren haben.“

Emily nickte, dankte den beiden noch einmal und verließ den Raum. Drei andere Schüler, darunter Alassa, standen draußen und warteten ungeduldig auf ihre Prüfungsergebnisse. Emily zwinkerte Alassa zu, dann ging sie nach oben zu ihrem Schlafzimmer. Dort öffnete sie ihre Truhe, verstaute das Pergament und nahm die Liste mit Dingen heraus, die sie laut Sergeant Harkin zur Zelt-Exkursion mitbringen sollte. Sie war überraschend lang und wenn Emily ehrlich war, wusste sie nicht genau, wie sie all das in einem einzigen

Rucksack tragen sollte. Sie hatte sich mehrere Zauber angesehen, die das vereinfachen müssten, bevor der Sergeant dem Team mitgeteilt hatte, dass sie keine Magie nutzen durften, um ihre Rucksäcke schwerelos zu machen. Sie sollten alles aus eigener Kraft tragen.

Die Tür ging auf und sie sah Aloha. „Hallo", sagte sie. „Ich wollte dir das hier zeigen."

Aloha stellte einen hölzernen Kasten auf das Bett und öffnete ihn. Darin war eine improvisierte Tastatur, die mit einem metallenen Stab verbunden war. Wenn sie eine der Tasten drückte, erschien ein glühender Buchstabe über dem Kasten. Emily musste laut lachen. Es war ein sehr primitives Textverarbeitungssystem, das mit Magie lief. Vielleicht hatte sie vergessen – oder nie gewusst – wie man einen Computer herstellte, aber sie hatte es geschafft, ihnen die Grundlagen eines Textverarbeitungssystems näherzubringen.

„Sieh her", sagte Aloha erfreut. Sie drückte mehrere Tasten gleichzeitig und schrieb ein ganzes Wort. „Siehst du? Es funktioniert!"

Emily spürte einen merkwürdigen Anflug von etwas, das sie schließlich als Heimweh identifizierte. Sie hatte nie wirklich bereut, dass sie die Erde gegen diese magische Welt eingetauscht hatte, trotz der schlechten sanitären Einrichtungen, der eindeutig sexistischen Einstellung, des mittelalterlichen Regierungssystems und eines Nekromanten, der ihren Tod wünschte, weil er den Zauber verpfuscht hatte, mit dem er sie herbeigerufen hatte. Aber jetzt, beim Anblick dieses merkwürdigen Textverarbeitungssystems, fielen ihr die vielen Stunden Spaß ein, die sie zu Hause am Computer gehabt hatte. Sie hatte Facebook, Twitter und YouTube gehabt und all die Online-Spiele, die in dieser magischen Welt ganz einfach nicht existieren konnten.

Noch nicht, sagte sie sich mit fester Stimme. Es schien keine tiefere Ursache dafür zu geben, warum Hightech in dieser Welt nicht funktionieren sollte. Die Technologie war einfach noch nicht entwickelt worden. Wenn man ihnen genug Zeit ließ, würden sie wahrscheinlich Computer erfinden, die auch ohne *Mana* funktionierten; vielleicht würde es schneller gehen, wenn Emily ihnen genug Hinweise geben konnte, wie sie es richtig anstellten.

Wenn … sie hatte alles aufgeschrieben, das ihr zur Idee der Druckerpresse eingefallen war, aber sie hatte von Imaiqahs Vater noch keine Rückmeldung dazu bekommen. Vielleicht konnten die Handwerker, die er angeheuert hatte, die Druckerpresse nicht mit Hilfe von Emilys Anweisungen nachbauen.

„Ja, es funktioniert", sagte Emily schließlich. Sie streckte die Hand aus, drückte eine Taste und sah zu, wie der Buchstabe vor ihr aufflammte. „Wie überträgt man das Geschriebene auf Pergament?"

„Es wird ins Pergament eingebrannt, wenn du so weit bist, dass du es übertragen willst", erklärte Aloha. „Mein Freund, der es zum Laufen gebracht hat, sagte, er wisse nicht, wie nützlich es langfristig sein wird."

„Zu was ist ein neugeborenes Kind nütze?", fragte Emily ernsthaft. Die ersten Computer in ihrer Welt hatten nutzlos gewirkt, so sehr, dass hochbegabte Wissenschaftler allen Ernstes vorhergesagt hatten, dass die Welt nie mehr als eine Handvoll Computer brauchen würde. Aber als sie entführt worden war, hatte es in ihrer Welt mehr Computer gegeben als Menschen. „Das hier ist nur der Anfang einer genialen Geschichte."

Sie sah auf das Gerät und fragte sich im Stillen, wohin *diese* Innovation führen würde. Jeder wusste, dass Nekromanten verrückt wurden, weil sie versuchten, riesige Mengen an Magie durch ihr Gehirn zu kanalisieren. Selbst wenn sie sich nicht direkt umbrachten, wurde ihr Verstand verzerrt – und sie konnten selbst nicht wissen, wie schwer sie beschädigt waren, bevor es zu spät war. Aber was wäre, wenn jemand irgendwann solche riesigen Ströme von Macht durch einen magischen Computer kanalisieren konnte? Computer hatten zu Hause so viele Dinge vereinfacht. Hier konnten zu diesen Dingen irgendwann auch Massen- und Völkermord gehören.

Alassas Eltern hatten sich schon darüber Sorgen gemacht, welchen Einfluss etwas so Winziges wie arabische Zahlen auf ihr Königreich haben würde. Gott allein wusste, was sie von einem magischen Computer halten würden oder von der Druckerpresse oder …

Aloha unterbrach ihren Gedankenfluss. „Wenn du es sagst. Er will sogar mit dir sprechen und hören, was du noch für Vorschläge für sein Gerät hast. Die Idee, einen Zähl-Zauber für das Gerät zu fabrizieren ..."

Etwas machte in Emilys Kopf *klick*. Sie hatte von Rechenschiebern gehört, auch einen gesehen ... aber ihr war nicht der Gedanke gekommen, dass sie in ihrer neuen Welt fehlen könnten. Die Grundidee war so einfach, dass schwer zu begreifen war, wie man es übersehen konnte, *wenn* man es denn übersehen hatte. Sie machte sich schnell eine Notiz – sie musste Imaiqah fragen, bevor sie stundenlang versuchte, das Rad neu zu erfinden –, dann sah sie wieder den improvisierten Computer an. Der Erbauer dachte schon über magische Taschenrechner nach. Wohin würde sein Geist ihn noch führen?

Sie schüttelte den Kopf. Ja, zu was war ein neugeborenes Kind nütze?

„Später", sagte Emily. Sie war nicht sicher, was sie tun sollte. „Ich muss die Ausrüstung für unsere Exkursion zusammensuchen."

„Ihr zieht vor uns los", sagte Aloha. Sie grinste spitzbübisch. „Erzähl mir danach alles, ja?"

Emily schnaubte und überflog weiter die Ausrüstungsliste. „Ich dachte, wir dürften unsere Notizen nicht teilen", sagte sie und stand auf. „Oder willst du die nächsten Stunden Liegestütze machen, während der Sergeant deine Herkunft hinterfragt?"

„Ich will Erfolg haben", sagte Aloha. Sie stand auf und ging zu ihrem Schrank. „Ich komme mit. Wir können genauso gut zusammen unsere Ausrüstung besorgen."

Das Warenlager lag im Erdgeschoss und war nur Schülern zugänglich, die Kampfmagie studierten. Man hatte sie sehr deutlich gewarnt, dass Schüler, die nicht zum Kurs gehörten, keinen Zutritt hatten, egal mit welcher Ausrede. Der Grund war leicht zu erkennen, fand Emily, als sie den Raum betrat; es gab Berge von Ausrüstung, Waffen und Geräten, alle anscheinend unbewacht. Emily hatte den Verdacht, dass der riesige Raum in Wahrheit mit Schutzschirmen umzäunt war, die sie nur durchdringen konnten, weil sie beide Kampfmagie belegten. Genau konnte man das nicht wissen. Whitehalls merkwürdiges Innenleben machte es schwer, zusätzliche Magie rund um das Warenlager zu spüren.

„Vergewissere dich, dass du alles, was du mitnimmst, korrekt verbuchst", erinnerte Aloha sie. Der Sergeant hatte ihnen das Gleiche gesagt, als er ihnen einen Vortrag über Logistik gehalten hatte. Alles musste verbucht werden, selbst die einfachsten kleinen Dinge. „Und vergesst nicht eure spezielle Ausrüstung."

Emily wurde rot, als sie begann, die Liste abzuarbeiten. Der erste Abschnitt umfasste Kleidung, die für eine Exkursion geeignet war, darunter auch ein schweres abgestepptes Lederhemd und dicke Hosen. In dieser Welt hatte man eindeutig noch nie von kurzen Hosen oder Miniröcken gehört. Der Gedanke brachte sie zum Lächeln. Nichts davon würde sie auf einer Exkursion mit fünf Jungen und zwei männlichen Sergeants tragen wollen.

Der nächste Abschnitt umfasste Zeltausrüstung und Waffen. Sie brauchte ein Messer, einen Dolch, ein Kurzschwert, einen Bogen und zehn Pfeile, einen Satz Werkzeug … die Liste schien endlos. Emily sah auf den Haufen Ausrüstung hinab und wurde blass. Wie konnte *überhaupt* jemand so viel ohne Hilfe tragen? Die Sergeants hatten ihr gesagt, dass Fußsoldaten regelmäßig ihr eigenes Körpergewicht in Ausrüstung trugen, aber das konnte Emily nur schwer glauben. Wie konnte irgendwer so stark sein?

„Wenigstens kannst du mit dem Schwert umgehen", sagte Aloha leise. „Pfeil und Bogen sind wahrscheinlich eine größere Gefahr für die Rothemden als für alle anderen."

Emily wurde rot. Für einen Kurs, in dem angeblich Kampfmagie unterrichtet wurde, verwendeten sie überraschend viel Zeit auf Übungen mit althergebrachten Waffen. Einfacher Schwertkampf war, gelinde gesagt, kompliziert gewesen; sie musste sich so vieles abgewöhnen, bevor sie lernen konnte, ein Schwert richtig zu führen. Sie hatte erwartet, dass Bogenschießen einfacher war, aber es war sogar noch schwerer. Eine einzige Nachlässigkeit beim Zurückziehen der Sehne und der Pfeil flog in die verkehrte Richtung. Die Sergeants hatten betont, dass Bogenschützen schon heranrückende Heere hingemetzelt hatten und Schlachten beschrieben, die Emily an die Schlacht von Agincourt erinnerten. Der Gedanke beruhigte sie nicht sonderlich.

Der letzte Abschnitt der Liste enthielt ein Zelt, einen Satz Decken und mehrere Tränke, die Emily nicht kannte. Ein Blick auf das Zelt zeigte ihr, dass es allen acht Teammitgliedern reichlich Platz bot. Es schien kein privates Zelt zu geben, genauso wenig wie bei einem Feldzug, ging ihr auf. Alle Bücher, die sie über Kriegerinnen gelesen hatten, hatten *dieses* Thema übergangen.

Sie schauderte bei dem Gedanken, stapelte das Zelt und die übrige Ausrüstung aufeinander und sah das Ganze ungläubig an. Sie hatte schon gedacht, dass es schlimm würde, aber jetzt …? Wie sollte sie auch nur die *Hälfte* der Ausrüstung tragen?

„Vielleicht ist das irgendwie ein Test", sagte Aloha. „Wie würdest du es machen, wenn du die Wahl hättest?"

Ein Wohnmobil, dachte Emily. Natürlich nützte das nichts; hier gab es keine Fahrzeuge. Vielleicht durften sie Pferde mitnehmen … nein, der Sergeant hatte ausdrücklich gesagt, dass sie zu Fuß gehen würden. Sie mussten alles immer bei sich tragen …

„Ich bin eine Idiotin", sagte sie laut. Die Antwort musste genau vor ihren Augen liegen und sie hatte sie nicht gesehen. „Das ist ganz sicher wieder eine Prüfung."

Sie lachte sich selbst aus, gleichzeitig war sie genervt. „Wir brauchen nicht *sechs* Zelte, oder? Genau damit enden wir, wenn das hier jeder für sich macht."

KAPITEL 37

Sergeant Harkin starrte die Rothemden an. Er sah nicht glücklich aus.

„Ich nehme an", sagte er schließlich, „ihr habt eine Erklärung für das hier?"

Jade, ihr Sprecher, trat vor. „Ja, Sergeant. Auf Ihrer Liste waren jede Menge Doppelungen. Wir haben die Sache diskutiert und beschlossen, sie zu reduzieren."

Der Sergeant beäugte ihn böse. „Und wann genau habe ich euch die Befugnis gegeben zu beschließen, was ihr mitbringen dürft und was nicht?"

Jade hielt das Exkursionsbriefing hoch, das sie bekommen hatten. „Hier steht, dass das Team eventuell Befehle neu auslegen muss, um etwas Brauchbares zu bewerkstelligen", sagte er. „Genau das haben wir getan."

Eine lange Pause folgte, gerade so lang, dass Emily sich fragen konnte, ob sie ihnen allen die Chance vermiest hatte, den Kurs zu bestehen. „Nun gut", sagte Harkin schließlich. „Und was genau habt ihr beschlossen?"

Jade entspannte sich noch nicht. „Ein Zelt für uns acht. Nur ein Satz Kochgeräte, weil wir nicht mehr brauchen. Wir haben die Ausrüstung neu auf die Rucksäcke verteilt und wir werden sie abwechselnd tragen, damit alle mal mit den schweren Taschen dran sind ..."

Er fuhr fort, bis er ans Ende seiner Liste gelangt war.

„Nicht schlecht", spottete Harkin. „Und glaubst du, ihr seid *bereit* loszugehen?"

„Ja", sagte Jade. „Wir sind bereit."

Harkins Blick schweifte über Emily und sie trat nervös von einem Bein auf das andere. Wie die Jungen hatte sie Hemd und

Hosen an statt der weiten, bequemen Gewänder, die sie seit ihrer Ankunft in Whitehall getragen hatte. Die Kleider kratzten und ihr kam der unangenehme Gedanke, dass sie in ihnen wie ein Schwein schwitzen würde.

Eine Sache, die sie nicht hatten reduzieren können, waren die Feldflaschen mit Wasser. Man hatte sie ermahnt, jedes Mal zu trinken, wenn sie Durst hatten.

„Wir werden sehen", sagte Harkin. Er hob die Stimme. „Wir werden uns durch die Ödnis auf die Ruinen der Dunklen Stadt zubewegen. Vielleicht sind gefährliche Wesen auf der Jagd nach allen, die dumm genug sind, ihr Revier zu betreten. Behaltet eure Umgebung immer im Auge und passt auf, wo ihr euch zur Ruhe bettet. Irgendwelche Fragen?"

Bran hob die Hand. „Gehen wir in" – er sah plötzlich sehr ängstlich aus – „Gebiete der Nekromanten?"

„Wir werden auf unserer Seite der Berge bleiben", sagte Harkin. „Ihr seid noch nicht bereit, in die Zerstörten Lande zu reisen."

Er sah sie nacheinander an. „Dieser Marsch wird hart", versprach er, „also denkt immer daran: Ihr werdet nicht annähernd so hart marschieren wie Fußsoldaten, die versuchen, eine Belagerung zu beenden, bevor es zu spät ist."

Emily schluckte, als sie den Rucksack aufsetzte. Er schien eine Tonne zu wiegen und sie schwankte unter seinem Gewicht. Die Jungen hatten angeboten, ihr eine leichtere Tasche zu geben, aber sie hatte abgelehnt in dem Wissen, dass die Sergeants ihr dafür Punkte abziehen würden. Sie konnte später eine leichtere Tasche nehmen, nachdem sie den ersten Teil des Marsches absolviert hatte.

Jade zwinkerte ihr zu, während Harkin sie durch die Tür aufs Feld hinausführte.

„Ich glaube, wir hätten sie fragen sollen, ob sie das Gewicht verteilen wollen", murmelte er ihr zu. Er machte eine Geste in Richtung der Sergeants, denen das Gewicht ihrer Rucksäcke nichts auszumachen schien. „Wer weiß, was *die* tragen?"

Emily sah auf die Muskeln, die an Harkins Arm spielten, und zuckte mit den Schultern. „Ich glaube, sie wissen, was sie tun", sagte sie und hoffte, dass sie richtig lag. „Sie hätten uns gefragt, wenn sie wollten, dass wir etwas von ihrer Last tragen."

Jade nickte nachdenklich. „Lass uns gehen", sagte er. „Sie wollen sicher nicht, dass wir uns verspäten."

Der Pfad führte von Whitehalls Gelände weg in die Berge hinauf, in die entgegengesetzte Richtung von Dragon's Den. In kürzester Zeit begann Emily zu schwitzen; die Sonne brannte auf ihren Rücken und sie schwankte leicht unter dem Gewicht des Rucksacks. Doch keiner der anderen schien Probleme zu haben, also verkniff sie sich jede Klage und zwang ihre Beine zum Weitermarsch.

Je länger sie ging, desto mehr hatte sie das Gefühl, dass sie durch einen Sumpf watete, egal, wie sehr sie sich zwang, weiterzumachen. Das Gewicht auf ihrem Rücken schien sich zu verdoppeln, dann zu verdreifachen. Sie wollte anhalten und verschnaufen, aber ihr Team drängte vorwärts und sie wollte nicht die Letzte sein. Wer wusste, *was* Sergeant Miles tun würde, wenn sie sich abhängen ließ?

Es schien immer heißer zu werden, während sie den Pfad nach oben kraxelten. Ein Blick nach links zeigte Emily, dass sie schon oberhalb von Whitehall waren; wenn sie nur wenige Meter vom Weg abwich, würde sie abstürzen und weit unter ihnen auf den steinernen Talgrund fallen. In der Ferne sah sie die Städte der Verbündeten Lande, alle vom hellen Sonnenlicht erleuchtet. Die Landschaft sah merkwürdig aus ohne Autos und andere Fahrzeuge und so still. Keine Flugzeuge in der Luft …

Sie riss sich zusammen und marschierte weiter, obwohl der Pfad immer schwerer zu begehen war. Überall lagen Felsbrocken und sie konnte sich gerade noch abfangen, bevor sie über einen von ihnen stolperte; ihr war schmerzlich bewusst, dass sie vielleicht nicht würde aufstehen können, wenn sie mit einem solchen Gewicht auf dem Rücken fiel. Der Druck wurde stärker und sie wusste nicht, wie sie sich zwingen sollte, noch einen Schritt zu tun …

… und dann entspannte sie sich plötzlich. Sie hatte gehört, dass sie, wenn sie sich zum Weitergehen zwang, irgendwann den Widerstand ihres Körpers überwinden würde, aber sie hatte das Gefühl bisher noch nie erlebt. Kaum zu glauben, dass sie die Worte des Sergeants angezweifelt hatte.

Der Pfad erreichte seinen höchsten Punkt und fiel dann langsam wieder ab. Bald führte er sie in ein verborgenes Tal, in dem ein Wald versteckt lag. Emily hörte Wasser rauschen, bevor sie es sahen. Kristallklares Wasser floss von weit oben herab, wo die Berggipfel in den Wolken verschwanden.

Sergeant Harkin bellte ein paar Befehle und sie hielten dankbar an. Schwankend lösten sie ihre Rucksäcke und setzten sie auf den steinernen Untergrund. Cat schaffte es, eine Flasche mit Zaubertrank zu zerbrechen, und musste einen langen Vortrag von Harkin zum Thema sorgsamer Umgang mit seiner Ausrüstung über sich ergehen lassen, während er versuchte, zu retten, was zu retten war. Dem Geruch nach zu urteilen, war das meiste verdorben, sobald es in Kontakt mit der frischen Luft kam.

„Brecht euer Brot und esst", befahl Harkin. „Wir gehen in zwanzig Minuten weiter."

Zu ihrer Überraschung entdeckte Emily, dass sie Hunger und Durst hatte – und dass sie irgendwie mehr als die Hälfte ihres Wassers getrunken hatte, ohne es zu merken. Wie sehr hatte sie sich während der Wanderung verausgabt?

Brot und Käse waren trocken; die Köche hatten beides so behandelt, dass es monatelang essbar blieb, falls nötig. Es schmeckte wie das biblische Manna vom Himmel, obwohl das Wasser in ihrer Feldflasche warm und abgestanden war. Sie trank es aus, stand auf, prüfte das Flusswasser mit einem Zauberspruch und füllte ihre Flasche auf.

„Tauscht die Taschen", befahl Jade, als sie sich zum Aufbruch vorbereiteten. „Emily, nimm diese Tasche. Keine Diskussionen diesmal."

„Was für ein *Hauptmann*", bemerkte Harkin trocken.

Jade wurde rot. Keiner von ihnen war zum Anführer ernannt worden; Emily konnte allerdings nicht entscheiden, ob sie selbst einen ernennen oder alle Probleme gemeinsam lösen sollten.

Harkins nächste Bemerkung überraschte sie beide. „Und bist du bereit, Entscheidungen über Leben und Tod zu treffen?"

„Nein, Sir", sagte Jade.

„Dann bereite dich besser darauf vor", sagte Harkin. Er setzte seinen eigenen Rucksack auf und warf einen Blick auf die Schüler. „Folgt mir."

Sie stolperten in das verborgene Tal hinab. Der Pfad wurde immer tückischer. Bran wäre fast hingefallen, nur im letzten Augenblick konnte er sich fangen. Die Wanderung wäre schon ohne die Rucksäcke schwierig gewesen; wie die Dinge standen, war Emilys zweites Gepäckstück nicht leicht genug, um den Weg einfacher zu machen. Wenn die anderen es nicht so gefasst angegangen wären, als der Pfad schlimmer wurde, hätte sie sich vielleicht umgedreht und wäre rückwärts hinuntergerutscht.

Es war eine Erleichterung, als sie endlich in den Wald kamen und fünf Minuten im Schutz eines felsigen Überhangs ausruhen durften. Als sie zum Pfad hochsah, konnte sie nicht glauben, dass sie dort heruntergekommen waren.

„Ein Teich", rief Bran. Er setzte seinen Rucksack ab und begann, seine Lederhose auszuziehen. „Wir können eine Runde schwimmen gehen!"

„Nein, verdammt noch mal", fauchte Harkin. „Habe ich euch denn gar nichts beigebracht?"

Er nahm einen Stein und warf ihn in den Teich. Sobald er das Wasser traf, explodierte Leben im Teich. Klauen schnappten zusammen, ein erschreckendes klackerndes Geräusch füllte die Luft, dann zogen sie sich wieder unter die Wasseroberfläche zurück.

Emily fiel vor Schreck fast hinten über; Jade fluchte … *jeder* war zutiefst erschrocken. Sie wusste nicht, wie der Rest des Geschöpfes aussah, und sie wollte es auch nicht wissen. Diese Klauen hatten scharf genug ausgesehen, um durch ihren Körper zu schneiden wie ein Messer durch Butter.

„Ich bin sicher, dass ich euch erzählt habe", sagte Harkin in die entsetzte Stille hinein, „dass stille Wasser immer verdächtig sind. *Immer.* Und es ist doppelt verdächtig an einem Ort, an dem keine tierischen Exkremente um den Teich herumliegen. Wer immer seinen Kopf hineinsteckt, kommt nicht mehr heraus."

Emily fand ihre Stimme wieder. „Was … was *ist* das für ein Wesen?"

„Ich habe nicht die leiseste Ahnung", sagte Harkin. „Vielleicht war es von einem Nekromanten als Witz gedacht. Oder es ist ein Geschöpf, das durch den Kontakt zu *Mana* mutiert ist. Oder die Feen haben es zurückgelassen, um Besucher von ihrer Stadt fernzuhalten."

Emily starrte auf das stille Wasser und erschauerte.

Harkin ließ sie einen Augenblick ausruhen – und über die Katastrophe nachdenken, der sie so knapp entgangen waren –, dann führte er sie in einem Bogen um den Waldrand. Cat fragte, warum sie nicht einfach durch den Wald gingen. Harkin wies ihn darauf hin, dass der Wald *nicht* unbewohnt war; sein Tonfall zeigte, dass ihm die Geduld für idiotische Fragen ausging. Selbst nach dieser Warnung brauchte Emily mehrere Minuten, um die Spinnen zu entdecken, die in der Dunkelheit lauerten und den Trupp auf seinem Weg verfolgten. Sie wurde das Gefühl nicht los, dass die Spinnen Teil eines riesigen Schwarm-Gehirns waren, das nur darauf wartete, dass nichts ahnende Opfer den Wald betraten.

„Wir müssen CT hierherbringen", murmelte sie Jade zu, während sie sorgfältig um eine verdächtig schattige Stelle unter einem einsamen Baum herumgingen. „Oder vielleicht den ganzen Wald niederbrennen."

Jade nickte. „Mein Vater hat mir immer Jagdgeschichten erzählt", sagte er. „Es gab einmal ein … Geschöpf, das aus den Bergen entkommen war und in der Nähe einer Stadt zu jagen begann. Wir haben nie erfahren, ob es hergeschickt wurde, um uns zu terrorisieren, oder ob es nur versuchte zu überleben, aber Vater sagte mir, es sei schwer zu töten. Schließlich mussten sie ein Haus abbrennen, nachdem sie das Ungeheuer dort in eine Falle gelockt hatten. Und auch dann hatte er noch Zweifel. Sie haben nie einen Kadaver gefunden."

„Nehmt das als Lektion zum Thema, was an Orten lauert, wo menschliches Leben selten ist", warf Sergeant Miles plötzlich ein. Emily wäre zusammengezuckt, hätte sie nicht den Rucksack getragen; sie hatte nicht gewusst, dass er ihrem Gespräch zuhörte.

„Wenn ihr später Kampfhexer werdet, wird man erwarten, dass ihr solche Geschöpfe bekämpft, genau wie dunkle Zauberer, Nekromanten und andere Problemfälle. Ihr könnt euch keinen Moment gehen lassen."

Die andere Talseite war eine glatte Felswand, selbst ohne die Rucksäcke vollkommen unmöglich zu erklettern. Emily dachte, es gebe vielleicht keinen Ausweg mehr, doch dann führte Harkin sie schweigend um einen Felsen herum und zeigte auf einen Tunnel, der mit einer sehr seltsamen Form von Magie getarnt war. Jedes Mal, wenn sie hinsah, spürte sie, wie ihre Aufmerksamkeit dezent auf etwas anderes gelenkt wurde, so raffiniert, dass sie es nicht mitbekommen und den Tunnel übersehen hätte, wenn der Sergeant sie nicht darauf hingewiesen hätte. Den anderen ging es ähnlich.

Im Tunnel sah sie nichts als Dunkelheit. Nach dem, was sie im Zoo gesehen hatte, war das sehr beunruhigend.

Rupert schien genauso nervös. „Sind da noch mehr Spinnen drin?"

„Natürlich nicht", sagte Sergeant Harkin mit einem bösartigen Grinsen. „Die Skorpione haben sie alle gefressen."

Emily wurde bleich. „Skorpione?"

„Riesige mutierte Wesen mit tödlichen Stacheln und schlechter Laune", teilte Harkin ihnen mit. Sein Grinsen verzerrte sich selbstzufrieden. „Aber macht euch keine Sorgen um die. Sie sind eigentlich ganz freundlich, solange ihr sie in Ruhe lasst."

Sein Lächeln verschwand. „Sprecht einen Lichtzauber, der nur auf euch selbst wirkt", befahl er und sein Tonfall wurde finsterer. „Wenn wir in den Tunneln sind, geht genau in der Mitte; versucht *nicht, irgendeinen* der Nebentunnel zu betreten. Die Skorpione mögen es nicht, wenn ihr in eins ihrer Nester tretet. Wenn ihr einen Skorpion *seht*, was unwahrscheinlich ist, haltet euch von ihm fern. Sie verteidigen ihr Revier eifersüchtig und könnten euch mit einem Rivalen verwechseln."

Jade hustete. „Was, wenn sie uns mit Beute verwechseln?"

„Verwendet einen Feuerzauber, wenn ihr keine andere Wahl habt, und seid bereit zu töten", sagte Sergeant Miles. „Wenn ihr einen Skorpion bekämpfen müsst, könnt ihr ihn nicht zum Rückzug zwingen. Tötet ihn und haltet euch unbedingt vom Kadaver fern."

Emily zitterte immer noch bei dem Gedanken, als Sergeant Miles einen Lichtzauber sprach und den Tunnel betrat. Jade folgte ihm; Harkin stieß Emily an, damit sie als Nächste hineinging. Dunkelheit fiel über sie wie ein körperlicher Schlag und erinnerte sie daran, dass sie selbst einen Lichtzauber sprechen musste, um den Weg sehen zu können. Langsam folgte sie Jade in den Tunnel; ein unangenehmer Juckreiz legte sich auf ihren Geist. Sie wurde das Gefühl nicht los, dass sie beobachtet wurden.

Die Passage war viel mehr als nur ein Tunnel, bemerkte sie, als sie sich umsah. Es sah aus, als hätte jemand eine ganze Stadt aus dem Stein geschlagen, die dann unter dem Berg begraben worden war. Aber sie konnte nicht sehen, ob das ein Unfall gewesen war oder ob jemand absichtlich angefangen hatte, den Stein zu behauen. Seltsame Schriftzeichen waren überall verstreut, alle vollkommen unleserlich. In der Ferne glaubte sie, etwas im Dunkel herumkrabbeln zu hören. Vielleicht ein Skorpion, vielleicht etwas Schlimmeres. Das Wenige, das sie über Geschöpfe gelesen hatte, die mit *Mana* in Berührung gekommen waren, deutete darauf hin, dass sie sich sehr schnell veränderten.

Sergeant Miles führte sie weiter, an einer Reihe dunkler Eingänge vorbei, die tiefer in den Berg hineinführten. Emily hielt sich von ihnen fern, wie man ihr gesagt hatte, aber sie konnte es nicht lassen, genau hinzusehen, während sie vorbeigingen. Sie sah nichts, außer einer vagen Andeutung, dass etwas darin lag und sie beobachtete. Als sie die Eingänge hinter sich ließen, verengte der Tunnel sich, so dass sie im Gänsemarsch gehen musste. Es war kein sehr beruhigendes Gefühl.

Bevor Emily es sich versah, weitete sich der Tunnel und gab den Blick auf einen Fluss frei, der direkt *durch* den Berg floss. Wenn sie nicht Licht auf ihren Weg gezaubert hätten, wären sie direkt ins Wasser marschiert und in den Tod gerissen worden. In dem seltsamen Licht war es schwer zu erkennen, aber es sah aus, als wäre der Fluss aus Blut …

… und er war vollkommen lautlos. Das fließende Wasser machte kein Geräusch. Das war unmöglich, oder?

„Die Brücke ist da drüben", flüsterte Miles. Auf dem engen Raum klang es ohrenbetäubend laut. „Ich werde sie als Erster überqueren; folgt mir einer nach dem anderen. Und *keine* Albernheiten, während ihr auf der Brücke seid."

Emily erschrak, als sie die Brücke zum ersten Mal sah. Sie wirkte durchaus solide, aber sie war kaum vierzig Zentimeter breit; sie wirkte zu dünn, um sicher zu sein. Jade folgte Miles, als er den Fluss überquerte, aber Emily zögerte einen langen Augenblick, bevor sie die Brücke betrat. Sie fühlte sich zerbrechlich an, als sie darauf ging; sie vermied es, in den Abgrund zu sehen, stattdessen fokussierte sie sich auf ihr Ziel und hoffte, dass die Brücke halten würde. Als sie die andere Seite erreichte, fühlte es sich irgendwie an, als wäre sie eine Ewigkeit auf der Brücke gewesen.

„Wir wissen nicht, wo der Fluss herkommt", bemerkte Miles. „Ein Entdeckertrupp zog vor ein paar Jahren aus, um diese Höhlen zu kartieren. Nach ihrer Abreise haben wir nie wieder von ihnen gehört."

„Die Skorpione haben sie gefressen", schlug Jade vor.

„Oder etwas anderes, etwas, das Skorpione frisst", warf Harkin ein. „Es gibt Hunderte von Orten wie diesen, die nach dem Krieg gegen die Feen hinterlassen wurden. Sehr wenige sind je kartiert und wieder *sicher* gemacht worden."

Nach der Brücke führte der Tunnel aufwärts. In der Ferne sahen sie Licht hereinströmen.

Emily atmete erleichtert auf, als sie aus dem Tunnel in ein Tal mit Bäumen und fließenden Gewässern traten. Sie sah einen weiteren Teich, starrte ihn misstrauisch an und beschloss, sich davon fernzuhalten. Dann drehte sie sich um und sah nach oben.

Eine riesige Statue stand vor den Bergen und ragte weit in den Himmel. Sie erinnerte sich, dass sie sie auf ihrem Flug mit dem Drachen von Voids Turm nach Whitehall gesehen hatte. Hinter der Statue sah sie den Rest der Stadt – und erschauerte, als ihr zum ersten Mal aufging, wie unheimlich fremdartig diese eigentlich war. Die Gebäude in Dragon's Den hatte sie verstanden, auch wenn sie primitiv waren, aber *die* hier schienen überhaupt nicht als menschliche Behausungen angelegt zu sein.

„Nun, da wären wir also", sagte Sergeant Harkin. Er nickte in Richtung der untergehenden Sonne. „Wir können hier unser Lager aufschlagen und auf die Jagd nach Nahrung gehen. Und morgen wird es erst richtig lustig."

Emily blinzelte überrascht. „Bei dem Teich da?"

Harkin warf einen Stein hinein. Nichts passierte. „Dieser Ort ist sicherer als das verborgene Tal", sagte er. „Trotzdem war es gut, dass du gefragt hast. Man muss an diesen Orten sehr vorsichtig sein."

Der Trupp begann auszupacken. Sie schlugen das Zelt auf und bereiteten alles für die Nacht vor, während Sergeant Miles auf die Jagd nach Wild ging. Er kam mit einem Reh zurück, das er mit einem Pfeil erschossen hatte, und Emily bekam ihre erste Lektion darin, wie man ein Tier fürs Kochen zerlegte. Sie konnte einfach dastehen und zusehen, wie er das Fleisch von den Knochen schnitt und Jade reichte, der es in den Kessel legte. Plötzlich war ihr *sehr* bewusst, wo genau ihr Essen herkam.

Aber mit den Farmen zu Hause war es ja genauso gewesen. Niemand konnte allen Ernstes glauben, dass rohes Fleisch aus dem Nichts kam.

„Ich würde es lieber am Spieß braten", sagte Miles und rührte den Eintopf um. „Aber das dauert zu lange."

Er nahm Jades Schüssel, schöpfte eine große Portion hinein und wies ihn an, sich beim Zelt hinzusetzen. Emily gab ihm ihre Schüssel und sah zu, während er Fleisch und Flüssigkeit für sie herausschöpfte, dann nahm sie ihr Essen und setzte sich zu Jade. Der Eintopf war heiß und schmeckte überraschend gut. Nachdem alle etwas bekommen hatten, versorgte Miles den Kessel, so dass er über Nacht köcheln konnte. Anscheinend würden sie das restliche Fleisch mitnehmen.

„Schlaft gut", befahl Harkin. Er würde die erste Wache übernehmen. „Morgen haben wir viel zu tun."

Beim Hinlegen merkte Emily, dass ihr Körper schmutzig war und roch. Sie war zu müde, um sich darüber Gedanken zu machen, dass sie neben sieben älteren Männern schlief. Ihr ganzer Körper schmerzte, aber sie schlief schnell ein. Sie hatte noch nicht einmal Albträume. Nach allem, was sie auf der Wanderung gesehen hatten, hätte sie das überrascht, wäre sie nicht zu müde gewesen, um darüber nachzudenken.

An diesem einen Abend war sie einfach zu müde für Träume.

KAPITEL 38

Am nächsten Morgen tat ihr alles *weh*.

Sie stolperte aus dem Zelt und versuchte, die einfachen Übungen durchzuführen, die man ihr beigebracht hatte. Ihr Körper fühlte sich an, als wäre sie von einem kleinen Gangsterheer brutal zusammengeschlagen worden. Sie wollte sich nicht ausziehen, weil sie fürchtete, lauter blauschwarze Flecken auf ihrer Haut zu sehen.

Sergeant Harkin war dabei, den Kessel vorzubereiten. Er warf ihr einen scharfen Blick zu. „Ich nehme an, du hast noch nie einen solchen Marsch bewältigt?"

Emily nickte, dann versuchte sie einen Liegestütz. Nach nur zwei Bewegungen versagten ihre Arme und sie brach auf dem Gras zusammen. Sie brauchte ein heißes Bad und eine Massage, aber sie würde nichts davon bekommen. Kein Wunder, dass so wenige Fußsoldaten auf den Bildern glücklich aussahen … und die waren erfahrene Soldaten. Sie hatte in ihrem ganzen Leben keine so anstrengende Wanderung absolviert oder so schwer getragen.

„Bewegt euch", forderte Harkin sie auf, als Jade und Bran aus dem Zelt gestolpert kamen. Emily war erleichtert, zu sehen, dass beide anscheinend ebenfalls Schmerzen hatten. „Und trinkt etwas von dem Zaubertrank. Ihr werdet sehen, es lindert die Schmerzen."

Er grinste bösartig. „Warum lauft ihr drei nicht einmal bis zum Tunnel und wieder zurück? Das wird euren Kreislauf in Schwung bringen."

Emily gehorchte und entdeckte zu ihrer Überraschung, dass er recht hatte. Wenn etwas sie verfolgt hätte, wäre sie vermutlich eher nicht entkommen, aber nach ihrem Lauf-Versuch ging es ihr tatsächlich besser. Der Zaubertrank ließ eine warme Glut durch ihren Körper strömen und linderte den Schmerz etwas. Vielleicht würde sie erst in ein paar Stunden richtig gehen können, aber wenigstens konnte sie sich bewegen.

Zum Frühstück gab es mehr von dem Reh, Brot aus ihren Rucksäcken und einen Eintopf aus verschiedenen Pflanzen, die die Sergeants gefunden hatten. Emily sah zu, während sie kochten und die Schüler – wieder – daran erinnerten, dass sie sehr vorsichtig sein mussten, wenn sie essbare Pflanzen sammelten, weil manche kaum von den giftigen zu unterscheiden waren. Es gab Zaubersprüche, mit denen man das prüfen konnte, aber auf die konnte man sich anscheinend nicht immer ganz verlassen. Pilze konnten die Zaubersprüche offenbar austricksen und jeden vergiften, der dumm genug war, den falschen Pilz zu essen. Man hatte ihnen erklärt, wie man etwas auf seine Genießbarkeit prüfte, aber nur in der Theorie. Emily hatte es noch nie im echten Leben ausprobieren müssen.

„Die Dunkle Stadt war einst die Heimat des Feenvolkes", sagte Sergeant Harkin und füllte den Schülern Eintopf in ihre Schüsseln. Er nickte zu der riesigen Statue hinüber, die spitze Ohren hatte und ein Gesicht, das für einen Menschen zu schmal geschnitten war. „Von hier aus beherrschten sie den Großteil der Welt, bis ein Ansturm von Nekromanten die Großen Herrscher des Feenvolkes von den Menschen wegjagte. Ihre Stadt blieb zurück und wurde dem Verfall preisgegeben."

Seine Augen wurden schmaler. „Wir bringen euch hierher, um euch klarzumachen, gegen was ihr vielleicht kämpfen müsst, und um euch etwas von der seltsameren Naturmagie hier draußen zu zeigen. Denkt an alles, was wir euch über magische Fallen beigebracht haben, denn in den Überresten der Stadt *gibt* es Gefahren und einige davon können tödlich sein."

„Die meisten davon können tödlich sein", fügte Miles hinzu. „Und bei den anderen wünscht man sich hinterher, man wäre tot."

Emily nickte. Sie hatte in Büchern gelesen, was das Feenvolk Menschen angetan hatten, die ihnen in die Hände fielen, und im Vergleich dazu wirkten die Nekromanten meist beherrscht und vernünftig. Einem Jungen hatten sie eine Zunge gegeben, die immer in Versen sprach, so dass er Dichter werden musste; ein

Mädchen hatten sie in ihrem neunjährigen Körper gefangen, so dass sie nie älter wurde; ein Ehepaar hatten sie im wahrsten Wortsinn miteinander vereint … und im Gegensatz zu anderen Flüchen ließen sich die „Geschenke" der Feen nicht beseitigen. Es wurde nicht deutlich, ob die Feen dachten, dass sie wirklich Geschenke austeilten oder ob sie einfach Leute quälten, aber das Ergebnis war immer das gleiche.

Wer von den Feen Geschenke bekam, würde es bereuen.

Der Eintopf schmeckte in der frischen Morgenluft überraschend gut. Sie prüften den Teich noch einmal, bevor sie Wasser holten, um ihre Teller abzuspülen, dann stapelten sie sie im Zelt auf, zusammen mit dem Großteil der Ausrüstung. Sergeant Miles zauberte einen einfachen Schutzschirm, um Verbrecher, Diebe und wilde Tiere abzuhalten, so dass sie die Rucksäcke nicht zur Dunklen Stadt hinauftragen mussten. Emily war erleichtert, als sie den Pfad zur riesigen Statue hinaufgingen. Er war schon schwer genug, ohne dass man einen schweren Rucksack schleppte.

Aus der Nähe betrachtet war die Statue nicht nur fremdartig, sondern auch auf unmenschliche Weise vollkommen; sie fragte sich, ob sie in Wirklichkeit eine riesige Fee war, die von einer längst vergessenen Magie versteinert worden war. Seltsame Schwaden von wilder Magie tanzten um die Füße der Statue herum; wahrscheinlich war es gefährlich, ihr zu nahe zu kommen.

Emily war dankbar, als Sergeant Miles sie um die Statue herum und in die Stadt selbst führte. Sie riss die Augen auf, als sie die Stadt sah – ihre fremdartige Erhabenheit war schwer zu begreifen. Vor ihr lag ein Labyrinth aus riesigen Zikkurats, Pyramiden und Statuen von seltsamen Geschöpfen, die unmöglich wirklich existieren konnten. Es lief ihr kalt den Rücken hinunter, als sie merkte, dass Teile der Stadt sich anscheinend jedes Mal änderten, wenn sie wegsah. Pfade tauchten auf und verschwanden, mögliche Verbindungen zu Orten jenseits ihrer Vorstellungskraft.

Sie hatte noch mehr das Gefühl, in etwas völlig Fremdartigem zu stehen, als ihr aufging, was fehlte. In der ganzen Stadt gab es kein Geräusch, noch nicht einmal das Zwitschern fliegender Vögel. Außer ihrer Truppe sah sie kein einziges Lebewesen.

Eines der Gebäude, eine riesige Pyramide, war mit seltsamen Bildern bedeckt, keines davon sonderlich gefällig. Eins zeigte einen Elfen, der eine Gruppe Menschen quälte, ein zweites eine merkwürdige Mensch-Tier-Hybride und ein drittes einen Elfen, der von einem Galgenseil erdrosselt wurde. Sie sah einen Herzschlag lang weg, dann wieder hin; zu ihrem Grauen entdeckte sie, dass der Elf im dritten Bild sich ein kleines bisschen bewegt hatte.

Konnte das Bild echt sein? Oder war es nur eine verzerrte Art von Kunst? Sie konnte es nicht wissen.

Ein zweites Gebäude schien aus Spiegeln gebaut zu sein. Emily blickte hinein und sah ihr Spiegelbild zurückblicken, dann verzog es sich und begann sich zu verändern. Sie sah sich selbst lächelnd in einem Ballkleid, fast wie Alassa, bevor die sich nach all ihren Schreckenserfahrungen verändert hatte. Dann wurde das Kleid zu Lumpen und ihr Spiegelbild fiel auf die Knie. Einen Augenblick später verschwand es und stattdessen tauchte eine Emily im schwarzen Anzug auf, die in der einen Hand ein Gewehr und in der anderen einen kleinen Computer trug. Und dann kam eine Version von ihr mit Vampirzähnen und einem Gothic-Outfit, das sie nie im Leben angerührt hätte …

Emily taumelte entsetzt zurück.

„Wir wissen nicht, was das Gebäude da macht", sagte Miles. Ihre Reaktion schien den Sergeant nicht zu überraschen. „Einer der Professoren von Whitehall glaubt, dass die Feen Einblick in alternative Welten hatten und uns zeigen, was wir hätten werden können, wenn wir in einer anderen Welt aufgewachsen wären. Ein anderer glaubt, dass es uns nur die Albträume in unseren eigenen Köpfen zeigt. Wir können nicht wissen, wo der Unterschied liegt."

„Ja", sagte Emily und sah wieder zu dem Spiegel. Sie sah eine große Hexenmeisterin mit einem Zauberstab und einem hämischen Grinsen, das in ihr Gesicht eingebrannt war. Sie brauchte einen Moment, um zu erkennen, dass sie das wirklich *selbst* war, nur mit einer anderen Frisur und einem Kleid, das das Gothic-Outfit nüchtern wirken ließ. Vielleicht, wenn sie zugelassen hätte, dass Alassa sie korrumpierte, statt dass sie versuchte, die Prinzessin zu ändern … oder war das ihre Zukunft, wenn sie weiter Streiche spielte und ihre Macht missbrauchte? „Kann ... kann jeder die Spiegel einfach benutzen?"

„Jeder, der herkommt, kann sie benutzen", sagte Miles. „Aber sehr wenige Leute kommen in die Stadt."

Das verstand Emily nur zu gut, während sie durch den Rest der Stadt wanderten. Sie war unheimlich, so unheimlich, dass sie schon längst weggelaufen wäre, wenn sie allein gewesen wäre. Der Ort war verlassen und doch spürte sie, dass sie die ganze Zeit beobachtet wurden. Einige der Hauseingänge standen einladend offen, als könnte sie den Feen dahin folgen, wo sie nach ihrer Niederlage gegen die Menschen verschwunden waren. Und doch hatte sie das Gefühl, das wäre das Schlimmste, was sie tun könnte.

Der nächste Teil der Stadt bestand aus einem merkwürdigen Becken voll schimmernder Flüssigkeit. Sie spürte Gefahr, obwohl sie das an nichts festmachen konnte; es war eine Erleichterung, als Harkin ihnen befahl, sich davon fernzuhalten. Vielleicht lauerte etwas in der Flüssigkeit oder vielleicht war sie viel gefährlicher, als ein Mensch überhaupt begreifen konnte. Sie wollte ihr nicht gern den Rücken zuwenden und als ihr Trupp wieder zu dem offenen Platz im Stadtzentrum zurückging, sah sie, dass es den anderen genauso ging.

Die Stadt war ein Ort für Albträume.

Sie hätte die Sergeants fragen können, ob sie wussten, was das Becken war, aber sie wollte es nicht wissen.

„Die Feen haben Menschen zu ihrer Unterhaltung hierhergebracht", sagte Harkin. Irgendwie schien selbst seine Stimme blechern und schwach in der Dunklen Stadt. „Sie spielten mit ihren Gefangenen, sie steuerten jede ihrer Bewegungen – oder warfen sie den Monstern vor, die sie in ihren geheimen Laboren entwickelten. Jeder Tod brachte die Feen zum Lachen. Sie saugten Seelen auf und verwahrten sie, um sie später zu gebrauchen. Und als die Feen endlich besiegt waren, wurden die Seelen vollkommen zerstört, einfach aus Rachsucht. Man ließ sie nicht in die nächste Welt weiterziehen."

Emily schauderte. Sie war nie sehr religiös gewesen, aber selbst *sie* konnte nur schwer akzeptieren, dass etwas eine Seele zerstören konnte.

Aber konnte es das wirklich? Vielleicht hatten die Feen sich geirrt und alles, was sie gefangen gehalten hatten, war nur ein Abbild der getöteten Personen gewesen, während ihre Seelen in die nächste Welt weiterzogen. Aber wenn es in dieser Welt Geister gab, bedeutete das, dass es kein Leben nach dem Tod gab?

Der Gedanke belastete sie, während sie den Rest der Stadt erkundeten. Keinem Menschen war bei dem Gedanken wohl, dass seine Existenz vollkommen ausgelöscht wurde. Selbst die Idioten, die sich aus politischen Gründen in die Luft jagten, glaubten an ein Leben nach dem Tod, in dem Gott sie für ihren Selbstmord belohnen würde. Aber wenn ihr Leben – und alles, was sie waren – bei ihrem Tod einfach *aufhörte* … der Gedanke war furchtbar.

Was, wenn es kein Leben nach dem Tod gab?

Vielleicht saugten die Nekromanten deshalb Leben und *Mana* aus ihren Opfern: weil sie Angst vor der Entdeckung hatten, dass der Tod wirklich das Ende war. Sie wussten, dass sie verschwinden würden, wenn sie starben.

Und wenn es kein Leben nach dem Tod gab, kein Jüngstes Gericht, warum sollte man sich dann *nicht* so viel wie möglich im Leben gönnen?

Emily war entsetzt gewesen, als Alassa die Dienerin erstarren lassen hatte; es war ihr als Machtmissbrauch und als grundloser Angriff auf eine Unschuldige erschienen. Alassa hatte nicht wirklich verstanden, was Emily ihr sagen wollte, weil in *ihrer* Kultur die niederen Schichten dazu da waren, der Oberschicht zu dienen. Aber wenn es kein Jüngstes Gericht gab – wer entschied dann, *welches* Moral-System richtig war?

Vielleicht gab es überhaupt keine Moral. Sie lebten einzig und allein mit der Selbsttäuschung, dass ihr System funktionierte.

Auf dieser Frage kaute sie noch immer herum, als sie den Abstieg von der Dunklen Stadt begannen, zurück zum Ort, wo sie die Zelte zurückgelassen hatten. Wie beim ersten Mal machten die Sergeants einen weiten Bogen um den Wald, obwohl sie den Schülern gesagt hatten, er sei sicher. Emily fragte sich, ob sie ihre eigenen Gründe dafür hatten, den Wald zu vermeiden, oder ob sie nur versuchten, die Schüler von möglichen Gefahren fernzuhalten.

Es war fruchtbarer, darüber nachzudenken als über die Existenz – oder Nicht-Existenz – von Seelen.

„Man kann noch unheimlichere Orte besuchen", antwortete Miles auf eine Frage von Jade. „Vielleicht habt ihr eines Tages das Glück, dass ihr Ashfall besuchen dürft. Vor fünfzig Jahren starb dort ein Nekromant; das Land schreit immer noch."

„Niemand will dahin", sagte Harkin trocken. „Was ist mit der Wüste des Todes?"

Emily sah ihn an. „Die Wüste des Todes?"

„Es gibt Gerüchte, dass dort eine extrem mächtige Hexe zu Tode geprügelt wurde, weil sie es wagte, sich in den falschen Mann zu verlieben", sagte Harkin. „Das wirft natürlich die Frage auf, wie man sie überhaupt töten konnte, wenn sie so mächtig war."

Harkin schnaubte. „Als sie starb, verfluchte sie das gesamte Land, damit es verdorrte und einging. Das Land wurde innerhalb eines Jahres unfruchtbar, die gesamte Bevölkerung musste fliehen. Ich glaube, viele von ihnen wurden in den benachbarten Landstrichen zu Sklaven, weil sie nirgendwo anders hinkonnten."

„Das ist *eine* Geschichte", sagte Miles achselzuckend. „Eine andere besagt, dass der Herrscher vor Ort Versuche mit Nekromantie anstellte und alles grauenvoll schiefging, oder mehr schiefging als normalerweise – schließlich enden Experimente mit begrenzter Nekromantie nie gut. Irgendwie, und niemand weiß wie, entzog er einem Gebiet von hundert Quadratmeilen rund um sein Schloss das Leben und löschte alle seine Untertanen, ihr Vieh und alle Pflanzen in dem Gebiet aus. Das gesamte Land wurde anschließend zur Wüste."

Emily schüttelte sich. Sie fragte sich, welche der zwei Geschichten wirklich stimmte. In dieser Welt gab es kein Fernsehen und keine Reporter, die den Leuten die Nachrichten direkt ins Wohnzimmer brachten; es gab noch nicht einmal Zeitungen, nur Flugschriften und Herolde. Ein Gerücht konnte auf seinem Weg von einem Ende der Verbündeten Lande zum anderen vollkommen ausufern und einen Mythos erschaffen, der nichts mit der Wirklichkeit zu tun hatte. Kein Wunder, dass die Verbündeten Lande Nekromantie und die Nekromanten anscheinend nicht ganz ernst nahmen. Alle

Nachrichten, die sie hier hörte, wurden mit einer gewissen inneren Distanz berichtet, nicht mit der unmittelbaren Anteilnahme, die sie von zu Hause kannte.

Jade runzelte nachdenklich die Stirn. „Niemand hat je versucht, das Gebiet neu zu bepflanzen?"

„Man hat es versucht", sagte Miles. „Es hat nie funktioniert. Soweit ich weiß, glauben einige Nachbarländer, dass die Wüste sich sogar ausdehnt, sehr langsam. Mit der Zeit wird sie vielleicht den ganzen Kontinent verschlucken."

„Ich hoffe, das ist nicht wahr", sagte Emily mit einem ungläubigen Kopfschütteln. Zu Hause hatten sie es geschafft, das Voranrücken von Wüsten zu bremsen, aber hier war Magie im Spiel. Wilde Magie, die mit Nekromantie befleckt war, wenn die zweite Geschichte stimmte. „Was werden sie tun, wenn die Wüste ihre Länder erreicht?"

„Beten", sagte Harkin. Er kicherte dunkel. „Was können sie sonst tun?"

„Sergeant", rief eine Stimme. Bran und Cat waren dem restlichen Trupp vorausgeeilt. „Das Zelt!"

Harkin machte einen Satz und rannte Emily und Jade voraus. Sie liefen ihm nach, um den Waldrand herum, und erblickten einen Haufen Asche, wo ihr Zelt – und ihre Ausrüstung – gewesen waren. Emily war vor Schreck wie betäubt; der Sergeant blieb stehen und sah auf die Asche hinab. Ihre Rucksäcke, ihr Essen, ihre Decken … alles war zerstört. Und in der Luft lag ein seltsamer, fast *öliger* Geruch.

„Höllenfeuer", murmelte Sergeant Harkin. Er sah sich nach allen Seiten um und schnüffelte. „Zieht eure Schwerter, alle. Und macht eure Verteidigungszauber bereit."

Emily gehorchte automatisch. Das Kurzschwert, das man ihr gegeben hatte, war nicht mit einem Zauber belegt, der es unbesiegbar machte – anscheinend gab es gar keine unbesiegbaren Waffen –, aber sie wusste, wie man es benutzte, sagte sie sich. Sie war versucht, auch ihren Dolch zu zücken, als der Trupp sich umsah und nach möglichen Bedrohungen suchte. Der seltsame Gestank in der Luft wurde stärker.

„Hier sitzen wir wie auf dem Präsentierteller", sagte Harkin einen Augenblick später. „Wenn ich es sage, bewegt euch schnell zum Tunnel, aber haltet eure Schwerter bereit. Wenn etwas auftaucht, das nicht zu uns gehört: Erst schlagen, dann fragen. Und sprecht leise."

Emily sah zu Jade, aber er wirkte genauso verwirrt wie sie. Wenn ihr Zelt niedergebrannt worden war, dann jagte jemand oder etwas nach ihnen, wahrscheinlich etwas *Intelligentes*. War das hier eine Art von Prüfung, fragte Emily sich im Stillen, während sie sich bereitmachte, loszulaufen, oder war es *echt*? Sie konnte nicht glauben, dass die Sergeants alles in den Rucksäcken, auch die Tränke, für eine Prüfung wegwerfen würden. Aber sie hatten sie schon früher überrascht.

„Dieser Gestank kommt sicher von Kobolden", murmelte Miles. Er schleuderte Flüche in die Luft und sprach Spähzauber, in der Hoffnung, einen Blick auf ihren Feind zu erhaschen. „Und wahrscheinlich mit Verstärkung von Orks. Ich glaube, da hängt auf jeden Fall Ork in der Luft."

„Oder vielleicht versuchen sie uns nur zu verwirren", entgegnete Harkin leise. Er hob die Stimme. „Jade, Emily, Cat: Folgt Miles zurück zum Tunnel. Die Übrigen bleiben hier und halten sich bereit."

Emily spürte, wie das Herz in ihrer Brust hämmerte, als sie loslief; ihr Blick sprang hin und her auf der verzweifelten Suche nach unsichtbaren Bedrohungen. Laut den Büchern, die sie gelesen hatte, konnten Kobolde schlau und gefährlich sein; Orks waren selten schlau, aber wenn sie es doch waren, waren sie intelligenter als ein durchschnittlicher Mensch. Und beide halbmenschlichen Rassen bevölkerten Länder, die von Nekromanten beherrscht wurden. Sie sah sich immerzu um, aber entdeckte nichts, bis sie den Tunnel erreichten. Miles sprang zurück; plötzlich schlugen Klingen nach ihm und versuchten, sie von der Öffnung des Tunnels zu vertreiben.

„Verdammt", sagte Jade. Er hob sein Schwert, während die Klingen weiter die Luft vor der Tunnelöffnung durchsäbelten. „Wir werden *gejagt*!"

Emily sah zurück zum Wald und sah eine kleine Welle nicht-menschlicher Gestalten aus dem Dunkel auftauchen. „Setzt eure Magie ein“, befahl Harkin scharf. Anders als die Rothemden klang er nicht so, als würde er gleich in Panik geraten. „Erledigt so viele wie möglich, jetzt!“

„Verwende *Berserker*“, sagte Jade, während die Kobolde näher rückten. Die größten reichten Emily kaum bis zum Unterleib, aber sie hatten nichts Schwaches an sich. Sie trugen Schwerter, die größer waren als sie selbst. „Du *kannst* sie nicht ohne bekämpfen.“

Emily holte tief Luft, konzentrierte sich und sprach den Zauber.

KAPITEL 39

Der Zauber wirkte sofort. Die Zeit schien sich zu verlangsamen, während Emily ihr Schwert hob und die Kobolde in erschreckender Zeitlupe auf sie zukriechen sah. Ein Teil ihres Verstandes bemerkte, dass sie hässliche Geschöpfe waren, menschenartig mit großen Augen, noch größeren Ohren und sehr scharfen Zähnen; der Rest von ihr fokussierte sich darauf, sie zu bekämpfen. Die Kobolde hoben die Waffen; sie stürzte nach vorn und schnitt dem Anführer den Hals durch. Der Kobold brach zusammen, grünliches Blut floss aus seinem Hals, aber Emily bemerkte es kaum – es war ihr egal. *Berserker* summte in ihrem Körper und sie warf sich gegen die Kobolde, in viel schnelleren Bewegungen, als die kleinen Wilden je nachahmen konnten. Es war einfach, ihren Stichen und Schlägen auszuweichen und sie zu zersäbeln.

Ein Kobold schlug nach ihr, aber er war langsam und Emily konnte sich leicht wegducken. Ihre Zuversicht wurde schnell größer, genau wie ihre Stärke; sie stieß ihr Schwert in die improvisierte Rüstung des Kobolds und er taumelte zurück. Ein anderer Kobold sprang dazwischen und schnitt sie mit einem Messer, aber Emily spürte nichts. *Berserker* hob Schmerzen auf, solange der Zauber anhielt, so dass sie das Blut nicht beachtete, das ihren Arm hinab floss. Sie wusste, dass sie später dafür bezahlen würde – das Gefühl der Unverwundbarkeit war eine Täuschung –, aber sie konnte kaum Interesse dafür aufbringen. Der Zauber hatte sie fest im Griff.

Magie flammte neben ihr auf; Jade und der Rest der Truppe kämpften, jeder mit seinen eigenen Kräften. Kobolde starben in Flammen oder erstarrten, fielen um und starben. Die Sergeants kämpften mit einer kalten Präzision und Kraft, die umso erschreckender war, weil kein *Berserker* ihnen half. Emily spürte das Blut in ihren Ohren rauschen, sie holte aus und zerteilte den letzten Kobold, dann drehte sich die Welt um sie …

Die Welt wurde schwarz.

Ihr nächster Sinneseindruck war, dass die Sonne langsam unterging. Sie lag benommen am Boden. Ihr Kopf drehte sich im Kreis und sie war unglaublich schwach; alles tat ihr weh. Erst nach mehreren Minuten fielen ihr die Kobolde wieder ein; verschwommene Erinnerungen an den Kampf kamen in ihr hoch; in der Kampf-Trance des *Berserker*-Zaubers hatte sie mindestens ein Dutzend Geschöpfe getötet. Die Erinnerungen stiegen vor ihr auf und sie schluckte heftig; ihr war übel von dem, was sie getan hatte. Sie hatte intelligente Wesen getötet, Wesen, die mit Menschen verwandt sein konnten … und es war ihr egal gewesen. Nicht einmal das Wissen, dass die Kobolde sie sonst alle getötet hätten, machte das besser.

Jade kniete sich neben sie und tippte ihr auf die Schulter. „Alles in Ordnung bei dir?"

„Schwindelig", sagte Emily einen Augenblick später. *Berserker* hatte ihr viel abverlangt; im Nachhinein betrachtet war es vielleicht nicht der beste Zauber für diesen Kampf gewesen. Aber ohne ihn … hätte sie so effektiv kämpfen können? „Was … was ist passiert?"

„Du hast ein Dutzend Kobolde getötet, dann bist du zusammengebrochen", sagte Jade. „Ich glaube, du hast die Schlacht ganz allein gewonnen. Wir haben den Rest getötet und sind dann von den Tunneln geflohen; dich haben wir getragen."

„Sprecht leise", warf eine schroffe Stimme ein. Emily drehte den Kopf – auf einmal war es schwer, sich zu bewegen – und sah Sergeant Harkin dastehen. „Wir werden immer noch gejagt."

Emily versuchte, taumelnd aufzustehen, doch Jade hielt sie sanft am Boden fest. „Du musst noch einen Zaubertrank trinken", sagte er und reichte ihr eine Kürbisflasche. Offenbar hatte er sie in der Stadt bei sich gehabt, statt sie im Zelt zurückzulassen. „*Berserker* hat dich fast umgebracht."

„Ich weiß", gab Emily zu. Meisterin Irene hatte sie gewarnt, dass das Gefühl von Macht, von Furchtlosigkeit und Unverwundbarkeit süchtig machte. Der Spruch saugte Magie ab und anschließend Lebenskraft. Wäre sie allein gewesen … irgendwann hätte der

Zauber versagt und sie mitten unter wütenden Feinden ausgelaugt zurückgelassen. „Warum … warum hast du ihn nicht verwendet?"

„*Du* hattest nicht genug Erfahrung, um ohne ihn zu kämpfen", sagte Harkin. Etwas in seinem Tonfall beunruhigte Emily, dann merkte sie, dass sie nun ein Schwachpunkt für die Truppe war. Nach dem Einsatz des Zaubers würde sie stundenlang nicht einmal richtig gehen können. „Kannst du jetzt gehen?"

Emily leerte die Kürbisflasche – wenig überraschend schmeckte der Trank moderig – und kam mit Jades Hilfe taumelnd auf die Beine. Ihre Beine fühlten sich an wie nutzlose Kartoffelsäcke, egal, wie sehr sie sie zwingen wollte, sich zu bewegen. Nur das Bewusstsein, dass sie den Rest der Truppe aufhielt, ließ sie stehen bleiben; sie lehnte sich gegen Jade und sah sich hektisch um. Sie waren in einem kleinen Wald versteckt, von weiteren Kobolden war keine Spur, aber sie wurde das Gefühl nicht los, dass sie beobachtet wurden.

Harkin hatte recht; sie *wurden* gejagt.

„Wir mussten dich bei unserer Flucht aus der Dunklen Stadt tragen", sagte Jade. Die Sergeants gingen zurück zu den anderen, die Ausschau hielten, während er sie auf den neusten Stand brachte. „Sie sagten, es sei zu gefährlich, in die Tunnel zu gehen; wir würden entweder von den Kobolden gefangen genommen oder andere Geschöpfe anlocken, während wir uns durch die Kobolde hindurchkämpften. Aber wir haben noch mehr jagende Kobolde gehört …"

Cat sah auf, als Emily zur Truppe zurückwankte. „Ich habe noch nie von Kobolden gehört, die gemeinsam operieren", sagte er grimmig. Eine frische, hässliche Wunde zog sich über seine Wange, viel schlimmer als die, die Emily im Kampf abbekommen hatte. Jemand hatte die Wunde mit einem Hemd verbunden. „Sie sind nicht gerade für ihre Freundlichkeit bekannt."

„Vielleicht hat ihnen jemand Mut gemacht", schlug Jade vor. Er nahm eine Frucht und reichte sie Emily; sie war zu müde, um sich zu fragen, was es war. Sie knabberte sie dankbar und ließ die Reste in das Loch fallen, das sie gegraben hatten, um alle Spuren ihres Vorbeiziehens zu beseitigen. „Wir sind nicht *so* weit von den Nekromanten weg."

Emily schauderte. Waren die Kobolde ausgezogen, um *sie* zu fangen? Der Gedanke war erschreckend, aber sie konnte sich nicht vorstellen, wieso die Kobolde vorher hätten wissen sollen, dass sie auf dem Weg war, oder wie sie sich rechtzeitig hätten organisieren sollen, um sie zu fangen. Und sie *hatten* versucht, sie zu töten, als sie gegen sie kämpfte … die Erinnerungen kamen vor ihren Augen hoch und ihr wurde übel. Sie hatte intelligente Wesen getötet – abgeschlachtet – und nichts gespürt, erst hinterher. Hatten sie den Tod verdient?

„Es könnte sehr viel schlimmer sein", sagte Harkin mit leiser Stimme. „Wir haben alle angenommen, dass die Berge die Nekromanten abhalten, es sei denn, sie kämen über den Pass. Aber wenn sie es geschafft haben, einen Tunnel zu finden oder ihn durch die Berge zu schlagen, dann könnten sie Whitehall in die Zange nehmen – und wir wären ernsthaft in Schwierigkeiten."

Er sah sich um, sein finsteres Gesicht in nachdenkliche Falten gelegt. „Wir müssen in zwei Minuten weiter. Eure Befehle sind einfach: Ihr müsst zurück nach Whitehall und den Großmeister informieren, was immer passiert. Jemand *muss* ihm berichten, dass es vielleicht einen Tunnel gibt, der den Nekromanten Zugang zu den Verbündeten Landen gewährt."

Jade runzelte die Stirn. „Haben Sie keinen Spiegel?"

„Der eine funktioniert nicht und die anderen sind im Feuer verloren gegangen", gab Harkin zu. „Wir müssen das Schlimmste annehmen."

Und das Schlimmste, wusste Emily, war, dass die Kobolde von einem mächtigen Magier angeführt wurden, so mächtig, dass er die nicht-menschlichen Geschöpfe unterjochen *und* den Spiegel blockieren konnte, mit dem Harkin sonst Hilfe herbeigerufen hätte. Es musste nicht unbedingt ein Nekromant sein, der die Kommunikationszauber abgeschnitten hatte – jeder dunkle Zauberer konnte das –, aber der Sergeant hatte recht; sie mussten das Schlimmste annehmen. Ein voll ausgebildeter Nekromant verfolgte sie vielleicht und wollte sie töten, um mit ihren Lebensenergien seine Macht zu vergrößern.

Sie schaute finster drein, während sie die letzten Spuren ihres Aufenthaltes verwischten und sich auf den Weiterzug vorbereiteten.

Wenn sie Glück hatten, wenn ein Nekromant sie *wirklich* jagte, konnten sie ihn austricksen und entkommen. Alle Quellen waren sich einig, dass Nekromanten zu Hochmut, übermäßiger Selbstsicherheit und Selbsttäuschung neigten. Aber sie waren auch sehr *vage* bei dem Thema, wie man einen Nekromanten im offenen Kampf wirklich besiegen sollte.

Mach dir nichts vor, sagte sie sich, während sie den Pfad um den nächsten Berg herumschlichen. *Keiner von euch ist so weit, dass er gegen einen Nekromanten kämpfen kann. Selbst Void hat Shadye nur eine blutige Nase verpasst und ist dann davongerannt.*

Der Marsch wurde schnell zum Albtraum. Emily war müde, so müde, dass sie wusste, sie würde einschlafen und nie wieder aufstehen, wenn sie erst die Augen schloss. Aber sie musste weiter, irgendwie. Es war dämmerig geworden, Schatten legten sich über den Boden und erweckten kurzzeitig den Eindruck, dass sie von etwas beobachtet wurden.

Emily umklammerte ihr Schwert und sah ins Dunkel, als könne sie das, was da lauerte, erwischen und aufspießen, bevor es reagieren konnte. Das Gefühl, gejagt zu werden, wurde immer stärker, obwohl sie nichts sahen oder hörten, noch nicht einmal Vögel am Himmel oder Getier am Boden. Nachdem sie erlebt hatte, wie die Landschaft um Whitehall vor Leben sprudelte, fand Emily das bedrohlich.

Harkin ließ sich zurückfallen, um einen langen Moment neben ihr zu gehen; sein verzerrtes Gesicht voller Anteilnahme, sogar Sorge. Emily wollte ihm sagen, dass er sie zurücklassen solle, weil sie wusste, dass sie die ganze Truppe aufhielt; aber sie hielt den Mund. Sie war wirklich zu müde, um zu reden.

„Es wird nie einfacher", sagte Harkin sanft.

Emily blinzelte überrascht. Mitfühlende Worte vom Sergeant – von beiden Sergeants – waren eine Seltenheit.

„Kobolde zu töten ist nicht so anders, als Menschen zu töten", sagte er.

Emily nickte. Zu Hause war der einzige Mensch, den sie je ernsthaft überlegt hatte zu töten, sie selbst. Sie war keine von denen, die ein Gewehr in die Schule brachten und blutige Rache nahmen für eine echte oder eingebildete schlechte Behandlung – und sie hatte ganz bestimmt nie überlegt, zur Armee zu gehen. Vielleicht hatte *Berserker* sie deshalb aufgezehrt. Unter diesem Zauber konnte sie einfach nichts empfinden, während sie die Kobolde abschlachtete; vielleicht hatte Jade ihr deshalb befohlen, ihn zu nutzen.

Sie hatte keine Zeit zum Nachdenken gehabt, geschweige denn für Selbstzweifel. Ansonsten hätte sie sterben können.

„Mit Glück hätten sie uns umgebracht", fügte Harkin einen Augenblick später hinzu. „Und mit Pech hätten sie noch viel Schlimmeres getan."

Emily nickte. Sie hatte über Kobolde gelesen – und über andere Monster, die die Berge verseuchten –, bevor sie zur Exkursion aufgebrochen waren. Aber sie belästigten selten Menschen, wenn ihr Opfer nicht ganz allein war; sie wussten, dass die nahegelegenen Städte der Menschen Straftrupps losschicken würden. Es konnte sehr gut sein, dass jemand sie gegen die Rothemden aufgehetzt hatte oder dass ihre Truppe einfach großes Pech gehabt hatte. Sie konnten es nicht sicher wissen.

„Halte einfach durch, bis wir nach Hause kommen", sagte Harkin. „Danach, wenn du darüber reden willst ..."

Emily schüttelte den Kopf und konzentrierte sich darauf, einen Fuß vor den anderen zu setzen. Ehrlich gesagt wusste sie nicht, *was* sie empfand, wenn sie daran dachte, dass sie die Kobolde getötet hatte. Ein Teil von ihr fühlte sich schuldig, obwohl sie wusste, dass die Kobolde sie hatten töten wollen; ein Teil von ihr hatte es heimlich genossen, die Geschöpfe aufzuschlitzen, als wären sie aus Papier. Und all ihr Training hatte sich ausgezahlt, auch *wenn* sie den *Berserker*-Zauber gebraucht hatte. Die Zeit, die sie mit Übungen und Schwertkämpfen mit den Rothemden verbracht hatte, war nicht umsonst gewesen.

Die letzten Sonnenstrahlen verschwanden hinter den Bergen und sie tauchten in die Dunkelheit ab. Jade und Sergeant Miles sprachen beide Zauber, um ihren Weg zu erleuchten; die gesamte Welt wurde in ein unheimliches graues Licht gehüllt, das Emily Kopfschmerzen bereitete.

Sie ging weiter, irgendwie, ein Auge immer auf mögliche Fallen gerichtet. Aber sie war so müde, dass sie vermutlich einfach in eine Falle gelaufen wäre, selbst wenn sie sie gesehen hätte. Das Halbdunkel außerhalb des Beleuchtungszaubers täuschte ihre Sinne. Sie dachte, dass sie alle möglichen Geschöpfe hinter dem grauen Licht erkannte, die nur darauf lauerten, zuzuschlagen.

Um sie herum erwachte der Wald langsam zum Leben. In der Ferne hörte Emily die Rufe von Vögeln und Tieren, eine Reihe Zwitscherlaute und Gesänge, die schließlich von Zischeleien und einem einzigen schrecklichen Gebrüll abgelöst wurden. Normale Tiere hatten sie nie interessiert, darum konnte sie sich nicht erinnern, ob es in dieser Welt Löwen gab, aber es *klang* auf jeden Fall wie ein Löwe. Das Gebrüll verhallte und wurde von einem Heulen abgelöst, das noch schrecklicher war als das vorherige.

Aber Sergeant Harkin schien das nicht zu stören. Sie hörte ihn sogar leise kichern.

„Ah, die Kinder der Nacht", sagte er. „Hört, wie sie singen!"

Emily sah ihn scharf an. Was immer da heulte, klang nicht wie etwas, dem sie begegnen wollte, und ganz bestimmt nicht jetzt, wo sie zu müde war, um zu zaubern oder auch nur ein Schwert zu heben. Andererseits brachte das Geräusch sie auf jeden Fall dazu, weiterzugehen, statt langsamer zu werden und zu verschnaufen. Wer wusste schon, was sie noch im Dunkeln verfolgte außer den Kobolden?

„Runter", fauchte Jade. „*Jetzt!*"

Ohne zu überlegen, ließ Emily sich auf den schlammigen Pfad fallen. *Etwas* sauste über ihren Köpfen durch die Luft. Pfeile schlugen in Bäume und fielen um sie herum; entsetzt begriff sie, dass sie in einen weiteren Hinterhalt der Kobolde geraten waren. Harkin hatte sie vorangetrieben in der Hoffnung, dass die Kobolde sie nicht einholen würden, aber sie hatten es nicht geschafft.

Die Kobolde arbeiteten so gut zusammen, wie sie es laut den Büchern *nie* taten. Wie konnten sie auch, wenn kein Kobold darauf vertrauen konnte, dass seine Rivalen ihn nicht hereinlegen würden? Das wies darauf hin, dass sie auf jeden Fall einen starken Anführer hatten.

„Kriecht vorwärts", befahl Harkin. Er hielt einen Bogen in der Hand und suchte nach Opfern. „Dehnt den Lichtzauber auf sie aus, jetzt!"

Die Kobolde hatten keine Lichtzauber, bemerkte Emily, während sie durch den glitschigen Schlamm kroch; sie *brauchten* keine Magie, um im Dunkeln zu sehen. Und anscheinend sahen sie den Zauber nicht, mit dem die Truppe ihren Pfad erleuchtet hatte.

Harkin, Miles und Cat schossen zurück, sobald die Kobolde sichtbar wurden – die Kobolde hatten sich nicht die Mühe gemacht, in Deckung zu gehen, weil sie wussten, dass man sie nicht sah – und drei Kobolde gingen zu Boden, als Pfeile ihre Schädel durchbohrten. Auf das Kommando des Sergeants kroch Emily schneller; heimlich war sie dankbar, dass sie ihr Gepäck verloren hatten, als die Kobolde das Zelt abgebrannt hatten. Es hätte sie nur verlangsamt und zu größeren Zielscheiben gemacht.

„Kriecht weiter", zischte Harkin und sah nach hinten, wo die Kobolde gewesen waren. Die übrigen Kobolde waren in Deckung gegangen, sobald sie gemerkt hatten, dass die Menschen sie sehen konnten; nun waren sie nicht mehr zu erkennen. „Haltet aus *gar keinem* Grund an."

Emily war zu müde, um einen Gedanken darauf zu verschwenden, dass sie durch Schlamm krochen, der offenbar die Überreste eines zerstörten Gebäudes bedeckte. Hinter sich hörte sie Hörner; die Kobolde riefen Verstärkung herbei, vielleicht dirigierten sie andere Kobold-Truppen in eine Position, in der sie die fliehenden Menschen abfangen konnten. Sie fragte sich, wie gut die Kobolde den Wald kannten, dann fiel ihr auf, dass sie, anders als Menschen, wahrscheinlich die meiste Zeit in dieser Landschaft verbrachten, die reich an *Mana* war. Sie kannten sie wahrscheinlich in- und auswendig.

Ein zweiter Pfeilhagel sauste aus dem Dunkel durch die Luft. Emily hörte jemanden vor Schmerz ächzen und fluchte innerlich. Sie waren getroffen worden.

„Bran", zischte Jade. „Sergeant, er ist getroffen!"

„Ich kümmere mich um ihn", fauchte Harkin zurück. „Kriecht weiter. Kriecht nach Süden und betet, dass sie euch nicht verfolgen."

Emily zögerte neben Brans stöhnender Gestalt, doch Harkin knurrte sie an, weiter nach Süden zu kriechen. Der Pfeil hatte Bran auf die Erde gespießt; Emily zuckte mitfühlend zusammen, als Harkin unter Brans Brustkorb griff und die Pfeilspitze vom hölzernen Schaft brach, bevor er Bran voranstieß. Alles, was sie über Erste Hilfe wusste, schrie in ihr, dass Bran auf keinen Fall bewegt werden durfte, aber sie hatten keine Wahl. Die Kobolde würden ihn erwischen, wenn sie ihn zurückließen, und sie würden jedem Gefangenen viel Schlimmeres antun, als nur einen Pfeil durch seine Brust zu jagen.

Der Klang der Kobold-Hörner wurde lauter, während sie weiter flohen; Harkin kroch halb auf den Knien, weil er Bran trug. Noch mehr Pfeile zischten aus dem Dunkel auf sie zu, als versuchten die Kobolde, sie zu erschöpfen, bevor sie sich näherten, um sie zu töten. Ihre Taktik erschien Emily sinnlos, bis ihr aufging, dass die Kobolde aus gutem Grund Magie fürchteten. Sie konnten nicht sicher wissen, ob die Magier völlig ausgelaugt waren. Wenn sie genug Magie übrig gehabt hätte, um ein Feuer anzuzünden …

„Selbst wenn wir den Wald anzünden *könnten*, könnten wir dem Feuer nicht entkommen", sagte Harkin, als sie es vorschlug. „Feuer können sich im Wald rasant ausbreiten."

Emily spürte, wie die Kobolde näher rückten, während sie sich durch die Überreste einer weiteren Stadt kämpften, die halb im Schlamm vergraben war. Bran ächzte, als wäre er im Delirium, was durchaus der Fall sein konnte. Emily wusste nicht genug über Medizin, um helfen zu können, aber sie wusste, dass er einen Heiler brauchte; zur Hölle, sie hätten ihn gleich zu Anfang in Stasis versetzen sollen. Alassas Zauber, der die Zeit stehen bleiben ließ, hätte Brans Leben retten können, wenn Emily sich nur erinnern könnte, wie man ihn sprach. Und wenn sie genug Magie übrig gehabt hätte.

„Gute Idee", sagte Jade. Seine Zustimmung ließ merkwürdigerweise ein warmes Gefühl durch Emilys müden Körper strömen. Er stolperte zu Harkin zurück, der immer noch Bran stützte. „Sergeant, wir können ihn erstarren lassen und dann ..."

„Und dann können wir ihn unmöglich tragen", fauchte Harkin erschöpft. Er klang völlig ausgelaugt, auch seine Selbstbeherrschung war fast am Ende. „Wir müssen ihn zu einem Heiler bringen."

„Wir brauchen einen Ort, den wir verteidigen können", rief Miles zurück. Der Versuch, unentdeckt zu bleiben, schien keinen Sinn mehr zu ergeben. Die Kobolde wussten ganz genau, wo sie waren. „Sollen wir zum Tat-Tempel?"

„Wir sind nicht genug, um ihn zu halten", entgegnete Harkin. Eine Pause folgte. „Aber wir können nirgendwo anders hin."

Es war schon zu spät, erkannte Emily, als die Kobolde aus dem Dunkel strömten. Irgendwie fand sie die Energie, ihr Schwert zu heben und einen Hieb zu parieren, der sie aufgespießt hätte, dann stieß ein Kobold sie gegen eine steinerne Mauer. Die Welt drehte sich um sie, die Mauer brach zusammen und sie fiel ins Dunkel. Sie hörte den Kobold ein letztes Mal aufheulen und dann …

Stille.

KAPITEL 40

Dunkelheit umgab sie wie ein Lebewesen.

Emily sah sich um, aber da war nichts. Es fühlte sich an, als läge sie auf einem Bett aus Gras, doch die Dunkelheit machte es unmöglich, sich über irgendetwas sicher zu sein. Es war unheilvoll still, die Welt wartete nur darauf, dass jemand sich räusperte und erklärte, wer er war. Die Stimmung war voll schicksalsträchtiger Möglichkeiten, die kurz davor standen, sich ins Leben zu gebären. Sie griff nach ihrer Magie und begann, einen Lichtzauber zu sprechen, aber etwas dämpfte die Magie und absorbierte sie ins Nichts.

Wo *war* sie?

Sie musste wieder ohnmächtig geworden sein; der Kobold hatte ihr einen Schlag versetzt, die Mauer war zusammengebrochen und dann … Dunkelheit. Ihre Magie fühlte sich an, als hätte sie sich erholt, als könnte sie Zauber sprechen, wenn sie genug *Mana* in sie strömen ließe, und doch sagte ihr ein unbekannter Sinn, dass es keine gute Idee sei, weiter zu zaubern. Sie hielt sich eine Hand vors Gesicht, aber da war nichts als Dunkelheit.

Und dann hörte sie das Summen.

Anfangs schien es von überall um sie herum zu kommen, ein Geräusch, das in der Luft vibrierte und auf sie eindrang, als wäre es lebendig. Emily hielt sich die Ohren zu, als der Ton lauter wurde, aber er echote durch ihre Hände hindurch und drang tief in ihre Seele. Sie musste sich auf die Lippen beißen, um nicht zu schreien.

Und dann fiel der Klang auf eine einzige tiefe Note hinab, die in der Luft hing. Es kam von direkt vor ihr.

Emily öffnete die Augen – sie hatte noch nicht einmal gemerkt, dass sie sie geschlossen hatte – und sah eine Handvoll bunter Lichter auf sich zu treiben. Sie fächerten sich auseinander, je näher sie kamen und nahmen Gestalt an; unwillkürlich lächelte sie vor Freude. Die Lichter waren geflügelte Feen, genau wie die, die sie in Dragon's Den befreit hatte. Nacheinander hielten sie vor ihr an, dann wurde das Dunkel von einem hellen Lichtblitz vertrieben.

„Mensch", sagte eine Stimme, oder waren es Stimmen? Es war, als sprächen Dutzende kleinerer Stimmen im Einklang. „Warum dringst du in unser Land ein?"

Emily sah sich um. Der Wald war nirgends zu sehen, auch nicht die alten Gebäude, wo die Rothemden ihren letzten Posten verteidigt hatten. Die Feen besetzten eine riesige Höhle, die sich bis in die Ferne ausdehnte; vor sich sah sie einen großen unterirdischen See, umgeben von fremdartigen Bäumen und Gewächsen. Es gab keine klare Lichtquelle; das Licht schien von hoch oben zu kommen. Und der See war umgeben von Menschen-Statuen …

„Ich bin von oben herabgefallen", sagte Emily schließlich. Genau wie die Statuen in der Bibliothek von Whitehall waren die Statuen am See erschreckend lebensecht. Zu lebensecht. „Ich wollte nicht in euer Gebiet eindringen."

„Deine Art hat uns von der oberen Welt vertrieben", sagte die Stimme. Emily kam plötzlich der Gedanke, dass die Feen wie ein Schwarm dachten, nicht wie Individuen. Vielleicht ergab das Sinn. Magie oder nicht, es war schwer zu glauben, dass ein winziges Feengehirn unabhängig denken konnte. „Dies ist unser letzter Zufluchtsort vor deiner Art. Du bist nicht willkommen."

„Dann gehe ich", sagte Emily. Sie spürte wilde Magie in der Luft knistern. Die ganze Kammer war vielleicht von wilder Magie geschützt oder ausgedehnt. Wie Whitehall war der Feen-Komplex womöglich innen viel größer als außen. „Bitte zeigt mir, wie ich wieder zur oberen Welt komme."

„Du könntest anderen deiner Art von uns erzählen", sagte die Stimme. Sie wurde härter, kälter, während die Wellen der wilden Magie sich verstärkten. „Sie werden kommen, um uns zu holen, um unsere Flügel abzuschneiden und unsere Körper zu zermahlen, um mit unserer Magie die perversen Wünsche deiner Rasse zu befeuern. Wir können nicht zulassen, dass du in die obere Welt zurückkehrst."

Emily zögerte. Sie dachte fieberhaft nach. Keines der Bücher, die sie überflogen hatte, hatte etwas wie das hier erwähnt! Sie hatten alle suggeriert, dass die Feen bestenfalls Tiere waren, wahrscheinlich um zu rechtfertigen, dass man ihre Körper als Zauber-Bestandteile nutzte. Wie Drachen waren sie extrem magisch; anders als Drachen konnte eine einzelne Fee sich nicht wirklich verteidigen. Aber als Schwarm waren sie tödlich für jeden, der das Pech hatte, ihnen zu begegnen, ohne dass ihm mächtige Magie zur Verfügung stand.

Ein weiterer Feenschwarm sauste über den See und vereinte sich mit dem Schwarm, der vor ihr schwebte. Sie schienen zusammen zu tanzen, Gedanken und Gefühle zu teilen, während die beiden Schwarm-Hirne sich vereinten; währenddessen dachte Emily verzweifelt nach. Jede Fee *wirkte* menschlich, fast vollkommen menschlich, abgesehen von den leicht elfenhaften Gesichtern, aber sie *dachten* eindeutig nicht wie Menschen. Oder vielleicht waren sie menschlicher, als sie zugeben wollten. Wenn Emily Anne Frank gewesen wäre und ein Deutscher zufällig in ihr Versteck geraten wäre, hätte *sie* auch ernsthaft erwogen, ihm die Kehle durchzuschneiden.

„Du hast eine von uns befreit", sagte die neue Stimme. Sie klang irgendwie anders, als wäre der zweite Schwarm eher geneigt, tolerant zu sein, als der erste. „Du kommst nicht von dieser Welt."

„Nein", sagte Emily und fragte sich, woher sie *das* wussten. Vielleicht konnten sie es riechen oder vielleicht unterschied ihre Einstellung sie einfach zu sehr von den Einheimischen. „Ich komme aus einer ganz anderen Welt."

„Wir sind durchaus dankbar für das, was du getan hast", sagte die Stimme. „Und doch wagen wir nicht, dich zur oberen Welt zurückzuschicken. Du könntest dein Volk zu unserem letzten Ruheort führen."

Emily schauderte. „Ich werde niemandem von euch erzählen", sagte sie und merkte, dass sie um ihr Leben bettelte. Die Feen waren mächtig und sehr gefährlich. „Ihr habt mein Wort."

Die Stimme unterbrach sie. „Und dann wiederum kannst du ein Schicksalskind sein", fügte sie hinzu. Die Feen flogen im Schwarm umeinander, ihre Flügel schlugen so schnell, dass sie kaum noch zu sehen waren. „Wenn wir dich bis zum Ende der Zeit hierbehalten, laufen wir Gefahr, Mächte zu stören, die das Schicksal besänftigen wollen. Wir sind uns nicht einig, was wir tun sollen."

Eine lange Pause folgte. Emily dachte angestrengt nach, aber ihr fiel nichts ein, was sie sagen konnte.

Dann sprach die Massen-Stimme wieder. „Wir werden dich an die Oberfläche zurückbringen und dir Hilfe anbieten, um deine Gefährten zu retten, wenn du uns im Gegensatz zwei Versprechen gibst. Erstens verlangen wir, dass du einen feierlichen Eid ablegst, auf deine Macht, dass du nie einem Menschen von uns erzählen wirst. Zweitens werden wir vielleicht eines Tages deine Hilfe brauchen. Wenn wir rufen, wirst du antworten und uns helfen, so gut du vermagst."

Emily zögerte. Eide waren in ihrer neuen Welt heilig, zum Teil, weil sie mit Magie abgesichert wurden. Wer einen Eid ablegte und ihn später brach, musste unangenehme Folgen erleiden, die noch viel schlimmer wurden, wenn man kaltblütig entschied, der Vereinbarung zuwiderzuhandeln. Die Bücher waren sich nicht einig gewesen, was passieren würde, wenn sie den Eid gezwungenermaßen brach, aber sie hatte das Gefühl, dass die Feen in keinem Fall glücklich sein würden, wenn sie ihren Eid brach, selbst unter Folter. Und sie hatte keine Ahnung, was sie vielleicht eines Tages von ihr verlangen würden.

Aber sie wusste, dass sie nicht ewig bei ihnen bleiben konnte. Selbst wenn sie sie nicht ihrer Statuen-Sammlung hinzufügten, konnte sie die Rothemden nicht in der Hand der Kobolde zurücklassen. Und wenn die Nekromanten *wirklich* hinter dem Angriff auf die Rothemden standen, würden sie Emily suchen und vielleicht den Zugang zur Feen-Festung finden. Sie konnte nicht darauf hoffen, dass die Nekromanten einfach sterben würden, weil sie die Feen-Mauern durchbrachen. Die gewaltige Macht, die sie besaßen, konnte ausreichen, um die Feen plattzumachen wie Ungeziefer.

„Ich werde es schwören", sagte sie. „Wo sind meine Gefährten jetzt?"

„Sie werden nahe dem Tat-Tempel gefangen gehalten und bewacht", sagte die Stimme. „Die Kobolde haben sie den Orks übergeben. Lege deinen Eid ab und wir werden dir die beste Hilfe geben, die wir aufbieten können."

Emily legte sich den Eid im Kopf zurecht und sagte ihn dann laut. Die Stimme summte erfreut und die Feen schwebten zurück über den See.

„Trink von unserem Wasser", sagte die Stimme. „Es wird dir alles geben, was du brauchst."

Emily blickte auf den summenden Schwarm, dann kniete sie sich hin, um Wasser mit den Händen zu schöpfen. Wenn sie sie vergiften wollten – oder Schlimmeres –, brauchten sie sie nicht hereinzulegen. Das Wasser schmeckte süß, als sie es schluckte …

Und dann leuchtete ihr gesamter Körper. Ihre Magie war wieder aufgefüllt; die Müdigkeit, die ihren Körper im Griff gehabt hatte, war wie weggeblasen. Sie fühlte sich, als könnte sie einen Bären im Armdrücken besiegen. Aber es war nicht *Berserker*. Sie war immer noch sie selbst.

Die Welt schimmerte um sie herum. Ihr Kopf drehte sich und sie musste die Augen einen Moment schließen. Als sie sie öffnete, stand sie im Wald und blickte auf den schlammigen Boden. Von den Feen war nichts zu sehen.

Emily schüttelte den Kopf; sie spürte die magischen Reserven in sich und begann, auf den Tempel zuzugehen. Einen Augenblick später sprach sie einen Tarnzauber, den Sergeant Miles ihnen beigebracht hatte. Er sollte sicherstellen, dass selbst der beste Späher den Zaubernden nicht finden konnte.

Sie biss die Zähne zusammen, als sie die Orks roch, Minuten bevor sie sie überhaupt sah. Laut waren sie auch, während sie sich den Weg durch den Wald um den Tat-Tempel herum brachen. Anders als die Kobolde waren sie riesig, locker zwei Meter groß; wie bei den Kobolden waren ihre Gesichter spöttische Zerrbilder der Menschheit. Ihre Körper schienen nur aus Muskeln zu bestehen; sie trugen spielend leicht Schwerter, die Emily nicht einmal hätte hochheben können. Sie waren nackt bis auf Lendenschurze und Gürtel. Als Emily ihre braun-blaue Haut sah, war ihr klar, warum sie sich nicht mit Rüstungen abgaben. Ihre Haut wirkte zäh genug, um eine Klinge abzuwehren.

Die Sergeants hatten sie gelehrt, nach Wachen Ausschau zu halten, aber es sah nicht so aus, als hätten die Orks *irgendwelche* Wachen aufgestellt. So wie sie herumtrampelten, dachten sie wahrscheinlich, das sei überflüssig. Emilys Tarnzauber schien vorläufig zu halten, aber das würde er nicht ewig tun. Sie musste schnell handeln.

Sie hielt sich die Nase zu und schlich durch die Ruinen, bis sie an eine Stelle gelangte, wo sie den Innenhof sah. Die Rothemden saßen genau in der Mitte des Platzes, ihre Hände und Beine waren an massive Holzpfeiler gebunden. Emily brauchte einen Moment, um zu begreifen, dass selbst der stärkste Mensch sich unter einem solchen Gewicht kaum würde bewegen können, wenn er mit den Ketten überhaupt aufstehen konnte. Fünf Orks marschierten beständig um sie herum; sie grunzten widerwärtig und ihre Blicke zuckten von einem Gefangenen zum nächsten, wie bei einer Schlange, die ihre nächste Mahlzeit jagte. Alle Gefangenen waren verletzt.

Sie sagten, sie würden Hilfe bringen, dachte Emily bitter. Aber wo waren sie? Kamen sie überhaupt?

Wie lange sie sie auch anstarrte, sie wusste, dass sie die Orks nicht allein schlagen konnte. *Berserker* würde ihr Schnelligkeit und Stärke geben, solange die Magie anhielt, aber wenn sie sie bis dahin nicht alle getötet hatte, würde sie sterben, wenn sie sie in Stücke rissen. Sie wälzte Ideen und ließ eine nach der anderen wieder fallen. Ihre Magie war einfach zu beschränkt, um sie alle zu töten, bevor es zu spät war. Es sei denn …

In den Büchern hatte gestanden, dass Orks gewalttätig und sehr jähzornig seien. Bevor sie es sich anders überlegen konnte, formte sie in Gedanken einen Zauber und legte ihn auf einen Haufen Schutt hinter einem der Orks. Ein Stein flog an einem der Orks vorbei und traf einen anderen Ork am Rücken. Der Ork wirbelte herum; er fauchte vor Schmerz und glaubte offensichtlich, dass sein Gefährte den Stein geworfen hatte. Emily wiederholte den Zauber und traf den gleichen Ork mit einem weiteren Stein. Diesmal wirbelte der Ork herum und griff den Ork, den er zuvor bedroht hatte, direkt an. Einen Augenblick später schlugen sie mit erschreckender Wucht aufeinander ein.

Keine Schwerter, bemerkte Emily und verzauberte sorgfältig einen dritten Stein, um ihn auf einen weiteren Ork zu werfen. Die anderen drei Orks sahen aus, als wären sie hin- und hergerissen zwischen den Impulsen, die Gefangenen zu bewachen oder sich der Prügelei anzuschließen. So wie sie mit offenen Mündern dastanden, wollten sie wohl sehr gern mitkämpfen. Sie warf den dritten Stein und die Orks stürzten sich in den Kampf, ohne nachzudenken. Emily wurde bleich, als ihr aufging, dass sie sich vielleicht verrechnet hatte – die Kämpfenden konnten die Gefangenen im Gefecht zermahlen –, aber ihr blieb jetzt keine Zeit für Sorgen. Stattdessen bereitete sie Zauber vor, mit denen sie eingreifen konnte, falls der Kampf schlimmer wurde.

Die Orks vertrugen viele Schläge, erkannte sie. Sie kämpften wie Boxer, aber ohne Schiedsrichter oder irgendwen anders, der ihnen sagen konnte, wann es zu viel wurde. Als schließlich zwei der fünf Orks zu Boden gingen, waren sie blutig geprügelt worden; die drei übrigen schlugen vom Kampf berauscht weiter aufeinander ein. Schließlich zeichnete sich ein Sieger ab; er taumelte von den betäubten Orks weg und blutete aus einem Dutzend übler Wunden. Emily hob den letzten Stein hoch und schleuderte ihn mit so viel Kraft auf ihn, wie sie nur konnte. Er traf seinen Kopf mit einem schrecklichen Krachen.

Eine lange Pause folgte – lange genug, dass sie sich fragte, ob sie ihn heftig genug getroffen hatte –, dann kippte er endlich um und ging zu Boden.

Emily rannte vorwärts; als sie bei den Gefangenen ankam, ließ sie den Tarnzauber fallen. Die Orks hatten sie schwer gefesselt, mit Handschellen, die es den Gefangenen erschwerten, Magie zu nutzen, aber mit dem Standard-Aufschließzauber konnte sie sie leicht öffnen. Jade starrte sie ungläubig an, als seine Ketten von ihm fielen, dann umarmte er sie so heftig, dass er Emily fast die Rippen brach. Harkin bellte, dass er sie absetzen solle, während er sich um Bran kümmerte – der aussah, als läge er im Sterben – und um Cat, der eine üble Stichwunde im Bein hatte. Keiner der beiden würde weit gehen können …

Emily kam ein Gedanke und sie zitterte entsetzt. „Wir könnten sie in etwas Kleines verwandeln und von hier wegbringen", schlug sie vor. „Oder wir könnten sie jetzt erstarren lassen und tragen …?"

„Verwandele sie", sagte Harkin nach einem langen Augenblick. Etwas in seiner Stimme deutete an, dass ihm der Gedanke völlig zuwider war, aber sie sprach den Zauber trotzdem. „Gute Idee."

„Was für eine Leistung – du hast uns gerettet", fügte Jade hinzu. „Was ist mit dir passiert?"

„Später", fauchte Harkin, bevor Emily eine glaubhafte Lüge einfiel. Sie hatte den Feen einen Eid geschworen, auch wenn sie nicht wirklich viel bei der Befreiung der Gefangenen geholfen hatten. Vielleicht hatten sie gehofft, sie könnten sie belohnen, weil sie eine von ihnen gerettet hatte, und dann zusehen, wie sie starb und ihr Geheimnis mit in die nächste Welt nahm. „Wir sind noch nicht außer Gefahr."

Ein schreckliches Brüllen kam von draußen, als die patrouillierenden Orks endlich merkten, dass etwas nicht stimmte. Emily drehte sich um und sah die Orks auf sich zu rennen; der Boden bebte unter ihren Schritten und sie schwangen scharfe Waffen und Knüppel, so groß wie Baumstämme. Wer immer sie als Stoßtrupp eingesetzt hatte, hatte offensichtlich nicht vorhergesehen, dass sie die Selbstbeherrschung verlieren würden, oder es war ihm einfach egal. Oder …

„Auf die Dächer", fauchte Harkin. Emily verstand sofort, was er meinte. Die Orks würden echte Schwierigkeiten haben, die Überreste der Treppen hinaufzuklettern; sie würden sich den Menschen auf jeden Fall einzeln nähern müssen. „Wir können nirgendwo anders hin."

Emily erkannte, dass er recht hatte. Sie konnten nirgendwo anders hin. Sie kannte keine Magie, die *alle* Orks erledigen konnte, bevor sie sie überrannten und zu einer blutigen Masse zerstampften. Und die anderen waren völlig ausgelaugt. Sie konnte wieder *Berserker* zaubern, aber …

Ihr kam ein anderer Gedanke. In fieberhafter Eile zauberte sie eine Illusion in die Luft. Ein schimmernder bunter Nebel erschien aus dem Nichts und trieb auf die Orks zu. Die Orks, die den Trupp anführten, hielten abrupt an, als sie den Imitator sahen; ihre

Gefährten prallten von hinten gegen sie und ließen sie wie Kegel zu Boden fallen. Dann kamen sie taumelnd wieder auf die Beine und rannten davon; mit ihrer seltsamen, widerwärtigen Sprache heulten sie vor Furcht. Die Imitator-Illusion trieb voran, eindeutig auf der Jagd nach Beute – und die einzige bekannte Verteidigung gegen einen Imitator war: sich fernzuhalten.

Die Orks rannten schnell davon.

„Gute Idee", sagte Harkin. „Kannst du die Illusion bewegen, so dass sie uns verdeckt?"

Er führte sie dahin, wo die Orks ihre Pferde angebunden hatten.

Emily nickte und verbarg sie mit Hilfe der Illusion, bis sie die Pferde erreichten und auf die Sättel kletterten. Sie hatte noch nie ein Pferd geritten, bevor sie nach Whitehall gekommen war, aber Alassa hatte sie in der Reitkunst unterrichtet ... zum Glück, denn sie war nervös gewesen, als sie zum ersten Mal ein Pferd bestiegen hatte. Wenn sie es hier auf der Flucht hätte lernen müssen ...

... aber sie hatte keine Wahl. Sie mussten so weit wie möglich von den Orks wegkommen, bevor sie ihre Angst vor dem Imitator überwanden und wieder zurückkrochen.

Aber beim nächsten Mal nehmen sie vielleicht keine Gefangenen, dachte sie. *Vielleicht glauben sie, dass wir alle Imitatoren sind.*

Sie ignorierte sorgfältig den Geruch aus den Satteltaschen und zwang das widerwillige Pferd in einen Trab, während Harkin sie einen Pfad hinabführte, der vom Tempel Richtung Norden führte. Ihr kam der Gedanke, dass die Orks da draußen vielleicht weitere Posten hatten – *vielleicht* würde Whitehall merken, dass etwas nicht stimmte und Hilfe schicken –, aber sie konnten nichts dagegen tun, bevor sie ihnen begegneten. Doch nichts versperrte ihnen den Weg, als sie aus dem Wald heraustraten und eine steinerne Straße hinauftrabten, die von den Verbündeten Landen erbaut sein musste. Falls die Orks bemerkt hatten, dass sie getäuscht worden waren, hatten sie die Verfolgung aufgegeben.

Harkin lenkte sein Pferd neben sie. „In einer Stunde werden wir zurück in Whitehall sein", sagte er. „Sobald wir ankommen, bringe die Verletzten sofort auf die Krankenstation und kläre die

Heiler auf, *bevor* du die Verwandlung rückgängig machst. Und dann melde dich wieder bei mir."

„Verstanden", sagte Emily. „Was werden wir gegen die Orks unternehmen?"

Harkin zuckte zusammen. „Ich muss dem Großmeister mitteilen, dass die Verbündeten Lande in schrecklicher Gefahr sind", sagte er. „Das wird kein erfreuliches Gespräch."

KAPITEL 41

Kyla hörte genau zu, während Emily erklärte, was passiert war; dann nickte sie.

„Lege sie auf zwei Betten und bereite dich dann darauf vor, mir den Zauber zu übergeben", befahl sie. „Weißt du, wie das geht?"

Emily schüttelte stumm den Kopf.

„Dann hör genau zu und folge den Anweisungen", sagte Kyla mit fester Stimme. Sie skizzierte ein kompliziertes Verfahren und Emily befolgte es, so gut sie konnte. „Gut. Ich kann jetzt den Zauber aufheben, sobald wir so weit sind, dass wir uns um sie kümmern können."

Kyla sah zu Emily hinüber. „Was ist dir zugestoßen? Ich weiß, dass etwas passiert ist."

„Ich habe zu viel *Berserker* benutzt", gab Emily zu. Sie war müde und ihr tat alles weh, auch wenn sie immer noch spürte, wie das Feen-Wasser in ihrem Körper pulsierte. „Und ich bin ausgelaugt."

„Ich würde es nicht merken, wenn ich dich nur mit den Augen ansähe", sagte Kyla. Sie klang … misstrauisch, als dächte sie, dass Emily etwas Dummes angestellt hätte. „Ich würde vorschlagen, dass du auch eine Zeit lang auf der Krankenstation bleibst, wenn der Sergeant dich nicht zu sich zurückbeordert hätte. Geh zu ihm, und dann nimm das hier."

Sie gab Emily eine kleine Kürbisflasche mit Zaubertrank. „Damit solltest du mindestens zwölf Stunden schlafen können. Ihr solltet erst in drei Tagen zurück sein, aber wenn dir irgendwelche Lehrer Schwierigkeiten machen, verweise sie an mich. Ich glaube, du brauchst Schlaf dringender als Unterricht."

Emily nickte und verließ die Krankenstation. Sie lief Alassa direkt in die Arme.

„Überall kursieren Gerüchte", sagte ihre Freundin. Auf ihrem Gesicht war eine komische Narbe, die von einer Verwünschung zurückgeblieben war. „Und der Großmeister will, dass ich dich in sein Büro bringe."

„Oh", sagte Emily. Jetzt, wo sie in Sicherheit war, kam alles wieder in ihr hoch, was sie getan hatte. Die Kobolde, die sie erschlagen hatte, die Orks, die sich wegen ihrer Täuschung geprügelt hatten … ganz zu schweigen von der verzweifelten Flucht aus der Gefangenschaft. „Was ist mit dir passiert?"

„Melissa hat ein paar Verwünschungen auf mich geschleudert", gab Alassa zu, während sie zum Büro des Großmeisters gingen. „Bist du bereit, einen neuen Streich zu planen?"

Emily schnaubte. „Vielleicht einen, bei dem niemand anders ins Kreuzfeuer gerät", sagte sie. „Oder willst du unbedingt wieder Madame Razz ärgern?"

„Wenn man den Gerüchten glaubt, war sie schon immer eine Nervensäge", sagte Alassa. „Und was genau ist mit dir passiert?"

Emily skizzierte den Großteil der Geschichte, bis sie zum Büro des Großmeisters kamen und anklopften. „Nach dem hier muss ich schlafen gehen", sagte sie müde. „Wir können uns später um Melissa kümmern, ja?"

Das Büro des Großmeisters wirkte vollgestopft; neben dem Großmeister selbst waren da die beiden Sergeants, Jade und ein Mann, den Emily nicht kannte. Der Großmeister sah äußerst besorgt aus, was Emily beunruhigte; er war einer der mächtigsten Hexenmeister der Welt. Was konnte ihm Sorgen machen?

Die Sergeants sahen zu Emily hinüber, als sie eintrat. Harkin wirkte so grimmig wie immer, aber Miles zwinkerte ihr zu, als sie sich neben ihn stellte. Und der Mann, den sie nicht kannte, warf ihr einen scharfen Blick zu, als hätte er erwartet, dass sie irgendwie anders sei.

„Man findet selten Orks auf dieser Seite der Berge", sagte der Großmeister ohne Vorrede. „Wir müssen davon ausgehen, dass sie einen Weg durch das Gebirge gefunden haben, das uns von den Nekromanten trennt – oder unter dem Gebirge hindurch."

Emily nickte; sie beschloss, nicht zu erwähnen, dass die Sergeants schon zu dieser Schlussfolgerung gekommen waren.

Es war klar, warum ihn das beunruhigte. Whitehall versperrte den Pass zwischen den Verbündeten Landen und dem Gebiet, das die Nekromanten beherrschten, so dass sie keinen größeren Angriff starten konnten, bevor Verstärkung in Whitehall eintraf. Aber wenn es einen anderen Weg durch das Gebirge gab, konnten die Nekromanten an der Schule vorbeikommen und die Städte und Bauernhöfe an der Grenze überfallen.

Der Großmeister sah Emily direkt an. „Es ist auch möglich, dass die Orks den Auftrag hatten, dich zu fangen. Wenn das der Fall ist, müssen wir uns bei dir entschuldigen, weil wir dich in Gefahr gebracht haben – und dir gleichzeitig gratulieren, weil du deine Kameraden gerettet hast."

„Wir konnten nicht wissen, dass sich so viele Orks und Kobolde in dem Gebiet aufhalten", sagte der Unbekannte ohne Umschweife. „Kobolde neigen nicht zur Zusammenarbeit."

„Es ist egal", sagte Sergeant Harkin. „Wir können später den Schuldigen finden. Jetzt ist es wichtig, die Schule zu sichern."

„Ich habe dringend Verstärkung von den Verbündeten Landen angefordert", sagte der Großmeister. „Doch Dragon's Den, die nächstgelegene mögliche Quelle von Verstärkungen, hat angekündigt, dass es seine Stadtwache in der Stadt behalten will, bis es von anderen Städten Verstärkung bekommen hat. Die Aussicht auf ein Ork-Heer, das in den Feldern und Landschaften randaliert, hat einige Gemüter erregt."

„Zu ihrem eigenen Schutz", bemerkte Harkin. „Ich dachte, wir könnten von der Garnison in Flodden Truppen beziehen."

„Sie sind gerade in Tumulte in Lane verwickelt", sagte der Mann ohne Namen. „Und wenn du glaubst, das sei Zufall, habe ich ein paar Ländereien in Greenfield, die ich dir gern verkaufen würde."

Jade lehnte sich zu Emily und flüsterte ihr ins Ohr. „Greenfield wurde vor dreißig Jahren von den Nekromanten überrannt", erklärte er. „Jeder, der in dem Land festsaß, wurde entweder versklavt oder geopfert. Liegenschaften dort sind wertlos."

Emily nickte. Der Mann ohne Namen hatte wahrscheinlich recht; die Nekromanten hatten Unruhen weiter im Norden angefeuert, um Verstärkungen von Whitehall abzulenken. Sie erinnerte sich an die Landkarten, die sie in Professor Lockes Klassenzimmer gesehen hatte, und versuchte, sich vorzustellen, wo der Tunnel sein konnte; dann merkte sie, dass das unmöglich war. Der Tunnel konnte überall sein.

„Sie haben uns erst angegriffen, als wir die Dunkle Stadt erreichten", sagte Harkin, „und dann verwendeten sie große Mühe darauf, uns zu jagen, bevor wir entkommen konnten. Logischerweise muss der Tunneleingang irgendwo in der Nähe sein, vielleicht hat er eine Verbindung zu den skorpionverseuchten Tunneln, durch die wir die Stadt erreichten. Sie haben auf jeden Fall versucht, uns aufzulauern, als wir durch die Tunnel fliehen wollten."

„Möglich", stimmte der Mann ohne Namen zu. „Aber es *könnte* auch als Ablenkung gedacht gewesen sein."

Harkin klatschte mit einer Hand gegen seine Lederhosen. „Ja, das *könnte* es", sagte er, „aber Angriff ist die beste Verteidigung. Wenn wir ein Regiment Soldaten zur Dunklen Stadt losschicken und sie gründlich durchsuchen, zwingen wir sie wenigstens, zur Abwechslung auf uns zu reagieren."

„Wenn wir ein Regiment *hätten*", sagte der Mann ohne Namen. „Großmeister, schuldet der Rest der Verbündeten Lande Ihnen keinen Gefallen?"

„Ich habe darum gebeten, dass Truppen durch die Portale geschickt werden", sagte der Großmeister. „Aber es kann mehrere Tage dauern, bis die nördlichsten Reiche Hilfe losschicken ..."

„Natürlich", sagte Harkin. Er schüttelte den Kopf. „Mit Ihrer Erlaubnis, Großmeister, werde ich das intensive Training meiner Schüler fortsetzen. Wir müssen uns auf einen Angriff vorbereiten."

Der Großmeister runzelte die Stirn. „Selbst der mächtigste Nekromant kann unmöglich unsere Schutzschirme durchbrechen", sagte er. „Aber sie könnten verrückt genug sein, zu glauben, dass sie es schaffen könnten."

Er dachte eine Weile nach, dann schüttelte er den Kopf. „Bereiten Sie sich vor, so gut Sie können", befahl er. Er sah zu Emily und schien zu bemerken, dass sie fast im Stehen einschlief. „Und stellen Sie sicher, dass alle Zurückgekommenen sich ausruhen. Sie werden es brauchen."

Vor dem Büro des Großmeisters griff Harkin nach Emilys Hand, bevor sie zu ihrem Schlafzimmer zurückgehen konnte. „Das hast du gut gemacht, da draußen", sagte er rau. „Du hast mir und der gesamten Truppe das Leben gerettet."

„Danke", sagte Emily. Sie schluckte heftig. Sie hatte eine Frage, die eine Antwort verlangte. „Wie … wie besiegt man einen Nekromanten?"

Harkin betrachtete sie lange forschend. „Es ist nicht einfach. Es gab drei Hexenmeister ohne Namen, die glaubten, dass sie eine sichere Methode gefunden hätten, um einen Nekromanten im magischen Gefecht zu besiegen. Am Ende waren sie alle tot, oder Schlimmeres."

Und wie hießen sie?, fragte Emily sich. Es musste einen Grund dafür geben, dass ihre Namen verschwiegen wurden, wenn sie tot waren. *Meister Roth Hämd, Meister Kano Nenfutter und Meister Tot Ge Weit?*

Er zögerte. „Es sind schon mal Nekromanten gestorben. Aber die einzige halbwegs wahrscheinliche Methode dafür, die man bisher gefunden hat, ist, dass man sie zwingt, all ihre Macht aufzubrauchen, bevor sie einen töten können – und das ist nicht leicht. Selbst eine Welle roher Magie kann töten oder dich zu etwas wahrhaft Grauenvollem verzerren. Manchmal kann man sie hereinlegen oder Schwachstellen in ihren Plänen ausnutzen, aber … der einzige Vorteil, den die Verbündeten Lande wirklich haben, ist, dass sie untereinander genauso viel kämpfen wie gegen uns. Mehr vielleicht."

Emily runzelte die Stirn. „Was würde passieren, wenn wir ihre Sklaven vernichten?"

„Du meinst, die Quelle ihrer Macht eliminieren?", fragte Harkin. Er schüttelte den Kopf. „Das funktioniert so leider nicht. Sie hätten immer noch genug Macht, um in die Verbündeten Lande einzufallen und neue Gefangene abzuschlachten, um ihre Magie zu stärken."

Er trat zurück und zuckte mit den Schultern. „Geh dich ausruhen. Du und die übrigen Rothemden könnt euch morgen bei mir melden, denn der Unterricht wird ausfallen. Wir müssen durchgehen, was uns passiert ist, damit andere nicht den gleichen Fehler machen."

Emily nickte und ging zu ihrem Schlafzimmer zurück; von ihren beiden Zimmergenossinnen war nichts zu sehen. Aloha würde natürlich beim Rest des Kampfmagie-Kurses sein und Imaiqah war vermutlich in der Bibliothek. Sie hatte zugegeben, dass sie mehr für ihren Alchemie-Kurs lernen musste, ein Gefühl, das Emily eins zu eins teilte, auch wenn sie bezweifelte, dass sie sich je mit Alchemie anfreunden würde. Es widersetzte sich einfach ihrem Gespür dafür, wie das Universum funktionierte – und ihrem Verständnis der wissenschaftlichen Methode. Aber niemand sonst schien das hier infrage zu stellen.

Sie legte ihre Kleider ab, duschte und zog ein Nachthemd an, dann ging sie ins Bett und trank den Zaubertrank. Die Welt schien sich um sie herum zu drehen und sie schlief ein. Sie schlief ohne Träume und ohne Unterbrechungen, bis sie schließlich die Augen öffnete, einen Lichtzauber sprach und auf die Uhr blickte. Sie hatte fast zwölf Stunden geschlafen, denn es war jetzt Mitternacht. Emily spürte, wie ihr Magen knurrte, während sie zu den anderen Betten hinübersah und Imaiqah und Aloha dort in Sicherheit sah. Sie empfand eine merkwürdige Erleichterung. Anscheinend dauerte es ein bisschen, bis man sich daran gewöhnte, Freunde zu haben, beschloss sie, während sie mühsam aus dem Bett stieg. In ihrer Truhe hatte sie etwas Schokolade gelagert; sie holte sie heraus und knabberte daran. Es war nicht genug, um ihren Hunger zu stillen.

Mädchen in schlechten Schulromanen machen immer Mitternachtspartys, dachte sie wehmütig. Vielleicht *gab* es in Whitehall eine solche Tradition; einen Augenblick überlegte sie ernsthaft, ihre Zimmergenossinnen zu wecken, dann schob sie den Gedanken irritiert beiseite. Sie brauchten ihren Schlaf und allein schon die *Idee*, sie zu wecken, war unter den gegebenen Umständen selbstsüchtig. Stattdessen trat sie in den dunklen Gang hinaus. Sie hatte keine Ahnung, ob die Küche nach Mitternacht immer noch Essen servierte, aber ältere Schüler mussten nicht zu einer bestimmten Zeit im Bett sein. Es konnte gut sein, dass sie spät nachts noch essen wollten. Sie erreichte das Ende des Ganges, als sie hinter sich ein trockenes Husten hörte und zusammenzuckte.

„Ich hoffe, du hast eine sehr gute Erklärung, warum du den Schlafbereich um Mitternacht verlassen willst", sagte Madame Razz. Ihre Stimme war ruhig, aber eine gewisse Irritation schwang mit. Vielleicht hatte Emily sie geweckt, als sie den Gang betrat. „Oder soll ich dich einfach zurück ins Bett schicken?"

„Ich muss etwas essen", sagte Emily. „Der Großmeister hat mir befohlen, schlafen zu gehen, und ich habe das Mittag- und Abendessen verpasst."

Madame Razz betrachtete sie eingehend, dann nickte sie langsam. „Die erste Jahrgangsstufe darf den Schlafbereich nachts nicht verlassen", sagte sie unumwunden. „Aber ich werde dir etwas zu essen geben; dann gehst du zurück ins Bett."

„Danke", sagte Emily erleichtert. Sie hatte schon Lehrerinnen gekannt, die Regeln sehr viel unbarmherziger durchgesetzt hatten. „Ich wollte das Abendessen nicht verschlafen."

„Das will nie jemand", sagte Madame Razz. Sie führte Emily in ihr Büro und wühlte in einer Truhe herum, bis sie schließlich eine Sammlung Kaustangen hervorholte. „Iss die hier, dann geh wieder in dein Zimmer. Stell sicher, dass du am Morgen etwas isst."

Emily gehorchte. Die Kaustangen, was auch immer sie waren, schmeckten überhaupt nicht gut, aber sie füllten ihren knurrenden Magen. Nach dem Essen ging sie zurück in ihr Zimmer, legte sich ins Bett und schloss wieder die Augen. Sieben Stunden später weckte Alohas Weck-Gong sie.

„Willkommen zu Hause", sagte Aloha. Emily setzte sich auf. Der Gong sollte nur für seinen Besitzer hörbar sein, aber Aloha pfuschte immer an den Zaubern herum. „Ich habe gehört, du hast ganz allein eine Million Orks abgewehrt und tausend Kobolde getötet."

Emily rieb sich das Gesicht. „Das stimmt überhaupt nicht", sagte sie verärgert. Der Gedanke daran, wie sie die Kobolde getötet hatte, quälte sie immer noch, egal, wie oft sie sich sagte, dass sie sonst selbst getötet worden wäre. „Wie kann jemand so einen Unsinn glauben?"

„In Gerüchten steckt immer ein Körnchen Wahrheit", bemerkte Aloha. Imaiqah setzte sich auf und gähnte. „Und man hat uns gesagt, dass aller Unterricht ausfällt, solange die Lehrer sich um die Verteidigung kümmern. Was um alles in der Welt ist euch auf der Exkursion passiert?"

Emily wurde rot, während sie das Wichtigste vom Geschehen in der Dunklen Stadt skizzierte. Die Feen und ihren Eid ließ sie weg. Und *Berserker*, den sie ja niemandem gegenüber erwähnen durfte, der nicht an Kampfmagie teilnahm. Aloha und Imaiqah hörten voller Staunen zu, während sie sich anzogen und sie dann zum Frühstück begleiteten; ihre Taten beeindruckten sie offensichtlich. Emily war nicht sicher, warum sie so beeindruckt waren oder warum ihr so viele Schüler bewundernde Blicke zuwarfen. Sie hatte auf jeden Fall keinen Ork nur mit den Händen besiegt. Selbst die Sergeants, vermutete sie, würden einen Ork nur schwer ohne Waffen bekämpfen können.

„Melissa sah ganz grün aus", sagte Alassa zu ihr, als sie sich am Frühstückstisch begegneten. „Ich glaube, du hast ihr Angst gemacht."

„Oh", sagte Emily. Sie schüttelte müde den Kopf. Sie war von mehr Gerüchten umgeben als Harry Potter *und* es gab viel weniger Grund dafür. Sie hätte den Rest der Truppe nicht einfach im Stich lassen können, schon deshalb nicht, weil sie den Weg zurück nach Whitehall nicht kannte. Und außerdem war die Gefangennahme ihre Schuld, wenn die Orks es *wirklich* auf sie abgesehen hatten. „Können wir das Thema Streiche nicht erst mal vergessen?"

„Ich habe eine Nachricht von meinen Eltern bekommen", sagte Alassa nach einer unangenehmen Pause. „Sie wollen, dass ich durch das Portal zurück nach Hause komme, wo ich sicher bin."

Emily konnte dem König und der Königin von Zangaria keine Vorwürfe machen. Alassa *war* ihre einzige Erbin und wenn sie starb, würde Zangaria wahrscheinlich von einem Bürgerkrieg in Stücke gerissen werden. Oder, falls die Nekromanten sie gefangen nahmen, wer wusste schon, *was* sie mit einer so wichtigen Geisel anstellen konnten? Sie konnten als Erstes die Geheimnisse der königlichen Blutlinie ergründen und dann von dort aus weitermachen. Vielleicht konnten sie jeden verfluchen, der unter dem Einfluss dieses Blutes stand.

„Vielleicht ist das eine gute Idee", sagte Emily. Sie wollte Alassa nicht zur Flucht drängen – sie hatte so schon zu wenige Freundinnen –, aber vielleicht war das für sie die beste Entscheidung. „Wirst du gehen?"

„Jeder zu Hause würde sagen, ich sei geflohen", sagte Alassa unglücklich. „Ich weiß nicht, was ich tun soll."

„Dieser Ort soll uneinnehmbar sein", betonte Aloha. „Nur ein Verrückter würde *glauben*, dass er die Schutzschirme durchdringen könnte."

Aber ... Nekromanten sind verrückt, dachte Emily. Sie behielt das für sich. Und doch ... sie konnte nicht sehen, *wie* die Nekromanten die Schutzschirme durchbrechen wollten. Da die Schutzschirme ihre Kraft aus den örtlichen Ley-Linien bezogen, waren sie stärker als alle Magie, die irgendjemand, auch die Nekromanten, gegen sie aufbringen konnte. Vielleicht wollten sie Whitehall einfach abriegeln, während sie den Rest der Verbündeten Lande zerschmetterten. Oder vielleicht hatten sie ein *ganz* übles Ass im Ärmel.

Ein dumpfer Gong hallte durch die Schule und sofort brach Panik aus. Emily sah sich erschrocken um: Schüler sprangen von ihren Stühlen auf und Lehrer rannten aus dem Saal. Sie blickte zu Aloha hinüber und sah, dass auch ihre Zimmergenossin in Panik geriet, als ein zweiter Gong durch die Luft hallte.

„Was ...?"

„Das ist der Notfall-Gong ..." Aloha schnappte nach Luft. „Die Schule wird angegriffen!"

Emily starrte sie an. Niemand hatte ihr gesagt, was sie tun sollte, wenn die Schule angegriffen wurde. „Was machen wir?"

„Wir sind in Kampfmagie", erinnerte Aloha sie scharf. „Wir müssen zu den Sergeants!"

„Achtung, alle Schüler", sagte die Stimme des Großmeisters. Sie hallte durch die Schule und übertönte die Panik-Geräusche. „Die Schule ist von einer feindlichen Armee umgeben. Alle Schüler der ersten bis vierten Jahrgangsstufe kehren in ihre Schlafzimmer zurück, es sei denn, sie lernen Kampfmagie oder Heilen. Kampfmagie-Schüler melden sich bei den Sergeants; Heiler melden sich auf der Krankenstation. Die fünfte und sechste Jahrgangsstufe meldet sich in ihren Gemeinschaftsräumen, wo die Lehrer weitere Anweisungen erteilen werden."

Eine lange Pause folgte. „Die Schutzschirme sind intakt und der Feind kann sie offenbar nicht brechen", fügte der Großmeister hinzu. „Bewahrt Ruhe. Whitehall hat schon früher Angriffen widerstanden und wird das wieder tun, solange es die Verbündeten Lande gibt."

Alassa tauschte einen langen Blick mit Imaiqah aus. „Macht es dir etwas aus, wenn ich mit in dein Zimmer komme?", fragte sie. „Ich will nicht allein sein."

Emily verbarg ihr Lächeln, während sie den Rest ihres Frühstücks wegschob und zur Tür eilte. Sie folgte Aloha zur Waffenausgabe. Die Sergeants teilten Waffen aus, dazu gab es Ermutigungen und gelegentliche Vorträge an Schüler, die ein gewisses Training in Selbstverteidigung hatten. Keiner sah sehr glücklich aus.

„Sieh mal", sagte Aloha leise.

Emily folgte ihrem Fingerzeig und starrte auf den Spiegel, der die Aussicht vor dem Schloss zeigte. Außerhalb der Schutzschirme nahm Whitehalls schlimmster Albtraum Gestalt an. Eine riesige Armee aus Monstern stand wartend da. Aber worauf warteten sie?

„Nehmt eure Waffen", befahlen die Sergeants. „Dieses Gebäude ist unter Belagerung!"

KAPITEL 42

„W...“ Aloha schluckte und begann von vorn. „Wie viele von ihnen sind da draußen?“

Emily schüttelte den Kopf. Sie konnte nicht antworten. Die Schule war von Monstern umgeben, eins grausiger als das andere. Sie sah Kobolde und Orks, bis an die Zähne bewaffnet, dazu alle möglichen Mischwesen aus Menschen und nicht-menschlichen Wesen. Menschenartige Schlangen standen Schulter an Schulter mit aufrecht gehenden Bienen, daneben krochen Oktopuswesen. Sie erblickte eine Medusa und sah schnell weg. Wer wusste, wie weit ihre Versteinerungskraft reichte?

„Tausende“, sagte Sergeant Harkin leise. „Vielleicht noch viel mehr.“

Aloha sah zu ihm hinüber. „Wie konnten sie so nahe herankommen, ohne entdeckt zu werden?“

„Magie, nehme ich an“, sagte Harkin. „Ein einfacher Tarnzauber kann einen Großteil ihres Heeres verborgen haben, wenn sie außerhalb unserer Schutzschirme blieben und der von Dragon's Den. Oder sie könnten ...“

Er schüttelte den Kopf. „Nicht, dass es noch etwas ausmacht. Wichtig ist, dass sie hier sind.“

Emily schluckte heftig, als sie sah, wie sich ein riesiger Schlangenkopf hoch über die riesige Armee erhob. Eine einzelne menschenartige Gestalt saß auf dem Wesen; in der einen Hand hielt sie einen langen schwarzen Stab. Sie hatte Shadye vor Monaten das letzte Mal gesehen, aber der Nekromant war klar zu erkennen. Er sah älter aus als bei ihrer ersten Begegnung – als er sie entführt hatte, um sie als Menschenopfer zu nutzen, und doch spürte sie immer noch die Aura von roher Macht um ihn herum knistern. Der Nekromant war gekommen, um den Angriff auf Whitehall persönlich anzuführen.

„Das ist ein Nekromant", sagte ein Junge aus Alohas Truppe. Er klang, als würde er einen Schock erleiden. Keiner von ihnen war so ausgebildet, dass er einen Nekromanten besiegen konnte, wenn das überhaupt möglich war. „Was macht *der* hier?"

Emily erinnerte sich daran, wie sie die Orks getäuscht und in die Flucht geschlagen hatte, und fragte sich, ob sie mit Shadye etwas Ähnliches machen könnte. Aber alle Bücher waren sich einig, dass Orks nicht sehr helle waren; Shadye hingegen war intelligent *und* wahnsinnig.

Auf der anderen Seite wusste man, dass Nekromanten keine Geduld hatten. Vielleicht konnte man Shadye davon überzeugen, dass er sich gegen die Schutzschirme werfen sollte, statt abzuwarten, bis die Verteidiger einen Ausfall machten, um das Nekromanten-Heer von den Schlossmauern zu vertreiben.

„Bogenschützen auf die Festungsmauern", befahl Sergeant Harkin. „Ich glaube nicht, dass wir den Mistkerl töten können, aber wir können es auf jeden Fall versuchen."

Und das könnte ihn so ärgern, dass er eine Dummheit begeht, dachte Emily grimmig.

Alohas Kamerad stieß sie unsanft in die Rippen. „Du sollst doch ein Schicksalskind sein", spottete er. „Was glaubst *du*, was der hier macht?"

Emily sah ihn finster an, während sie fieberhaft nachdachte. Die Einheimischen gingen selbstverständlich davon aus, dass ihre Schutzschirme sicher waren, und ihr Selbstvertrauen schien auch völlig gerechtfertigt. Whitehall war auf einer Kreuzung von Ley-Linien erbaut und die wichtigsten Schutzschirme der Schule waren direkt mit diesem Nexus verbunden, einer riesigen Quelle von *Mana*, viel größer als alles, was ein einzelner Magier je würde erzeugen können. Selbst ein Nekromant würde die Schutzschirme nicht mit roher Gewalt zerstören können. Vielleicht hatte Shadye vor, sie einzeln zu zerstören, aber der Großmeister und seine Mitarbeiter würden sie überwachen und jedem Versuch dieser Art sofort entgegenwirken. Und selbst der Versuch würde Shadye dem Wüten der wilden Magie aussetzen.

Ihr kam plötzlich ein Gedanke und sie schauderte. Sie blickte zu den Sergeants hinüber. „Kann man ... kann man den Nexus der

Ley-Linien irgendwie verschieben? Oder es so weit aufheizen, dass er explodiert?"

Überraschenderweise kam die Antwort von Sergeant Miles. „Ein Nexus aus Ley-Linien ist mit dem Boden verwoben", sagte er. „Ich habe noch nie von einem gehört, der versetzt wurde. Das ist noch nicht einmal theoretisch möglich."

Er hielt inne und dachte nach. „Man könnte einen so weit erregen, dass er einen Schwall von Magie erzeugt, aber dazu müsste man innerhalb der Schutzschirme sein. Und selbst ein Nekromant würde den Magie-Schwall nicht überleben. Die Folgen wären katastrophal für ihn, wenn er es versuchte."

„Außer er denkt, dass er den Schwall irgendwie überleben kann", sagte Emily finster. Shadye opferte seit Jahren Menschen für Macht und einfach fürs Überleben. „Wie viel Macht kann ein Nekromant kanalisieren?"

„Nichts, was ein Nekromant tun kann, käme auch nur an die viele wilde Magie heran, die freigesetzt würde, wenn jemand den Nexus stört", versicherte Sergeant Miles ihr. „Ein dummer Junge hat es einmal versucht, während eines Bürgerkrieges zwischen einem König und seinem unehelichen Sohn. Er wollte das Schloss seines Vaters zerstören. Stattdessen löschte er das halbe Königreich aus."

„Es ging in die Luft wie ein Vulkan", warf Sergeant Harkin ein. „Hunderttausende Leben wurden im Bruchteil einer Sekunde vernichtet."

Emily nickte langsam. Sie sah wieder auf das monströse Heer – und die dunkle Gestalt, die geduldig auf der Schlange saß und wartete. Shadye musste etwas vorhaben, aber was?

„Vielleicht ist das hier die Ablenkung", sagte sie nach einer langen Pause. Es war die beste Idee, die sie hatte. „Vielleicht schickt er gerade ein Heer nach Dragon's Den oder woanders hin; er nutzt seine Truppen hier, um uns festzuhalten, während er seine wahren Ziele erreicht."

„Ich kann mir nur schwer einen anderen Ort vorstellen, der genauso wichtig wäre wie Whitehall", sagte Sergeant Harkin, „aber du kannst recht haben. Trotzdem werden wir Truppen und Kampfhexer durch das Portal holen, sobald die Verbündeten Lande den Hintern hochkriegen und Verstärkung losschicken. Wir werden diese Armee nicht ewig dort stehen lassen."

„Vielleicht ist das sein Plan", sagte Emily. „Dass wir die sicheren Schutzschirme verlassen und ihn im Freien bekämpfen."

Die Sonne stieg höher, während die Verteidiger das Nekromanten-Heer beobachteten und warteten, was als Nächstes passierte. Emily zog von einem Verteidigungsposten zum nächsten und lernte schnell, wie sie bei der Verteidigung mitwirken konnte, falls der Nekromant es schaffen sollte, sich durch die Schutzschirme zu zwängen. Aber Shadye schien nur zu warten; er versuchte anscheinend nicht einmal, eine Bresche in die Schutzschirme zu schlagen und sie abzustellen. Es war seltsam; alle Bücher, die sie gelesen hatte, hatten geschrieben, dass Nekromanten sofort Befriedigung wollten und ihre Macht einsetzten, um sich zu holen, was sie wollten, ohne je zu zögern. Und doch wartete Shadye auf etwas …

„Vielleicht will er bei Einbruch der Dämmerung einen Überraschungsangriff starten", schlug sie vor, als die verbleibenden Rothemden sich sammelten, um ihr Training fortzusetzen. In einem Buch hatte sie einmal von der Theorie des „drohenden Vulkans" gelesen, einer militärischen Überraschungstechnik, bei der die Verteidiger sich einfach an den Anblick der Angreifenden gewöhnt hatten, die an der Grenze gewartet hatten. Danach waren sie überrascht gewesen, als die Angreifer plötzlich nicht mehr passiv warteten, sondern so brutal wie möglich in das Gebiet der Verteidiger vorstießen. So hatten die Deutschen die Schlacht von Frankreich gewonnen, wenn auch nicht den Krieg. „Oder vielleicht glaubt er, wir werden sie vergessen, wenn er lange genug wartet."

Jade rieb sich die Nase. „Sie müssten verrückt sein", sagte er trocken. „Diese Wesen *stinken*!"

Emily musste lächeln. Er hatte recht. Immer wenn der Wind wechselte, blies er den Gestank zum Schloss und die Verteidiger krümmten sich weg. Emily hatte sich gefragt, ob Shadye auf die Idee von Giftgas oder biologischer Kriegsführung gekommen war, aber als sie das Thema den Sergeants gegenüber erwähnt hatte, hatten sie ihr gesagt, dass die Schutzschirme alles abhalten würden, was aktiv gefährlich war. *Das* hatte sie auf die Frage gebracht, was mit chemischen Waffen wäre, die aus zwei separaten Bestandteilen zusammengemischt wurden, die jeder für sich harmlos waren, so dass sie wahrscheinlich die Schutzschirme durchdringen und auf der anderen Seite großen Schaden anrichten konnten.

Aber in dieser Welt wusste man wenig über Chemie. Es war unwahrscheinlich, dass jemand anders auf diesen Gedanken kommen würde.

Das hoffte sie jedenfalls.

Shadye hatte vermutlich Spione in den Verbündeten Landen. In ihren Büchern hatte sie von zahllosen Fällen direkten Verrates gelesen, durch willige Verräter oder mit einem Zauber gesteuerte Opfer, und vielleicht wusste er, dass Emily schon angefangen hatte, Ideen aus ihrer alten Welt in diese neue zu überführen. Tatsächlich konnte er in gewisser Weise am besten erkennen, was sie getan hatte; er glaubte schon, dass sie ein Schicksalskind war, und er wusste, wo sie herkam. Was, wenn er *noch* etwas aus ihrer Welt hierherbrachte? Eine Atombombe vielleicht oder eine Schiffsladung Kalaschnikows? Aber würden die in dieser Welt *funktionieren*?

Er würde seinen Dienern sagen müssen, was sie ihm bringen sollten, dachte Emily und betete, dass sie richtig lag. *Wie konnte Shadye genug über Atombomben wissen, um sie seinen Dienern zu beschreiben? Und wie konnte er eine zünden, wenn er es tatsächlich schaffte, sie in diese Welt zu bringen?*

Vor Jahren hatte sie einmal ein Fantasy-Buch einer Autorin gelesen, die sich nie die Mühe machte, die Implikationen ihrer Welt zu durchdenken. Die Autorin – eigentlich war sie nichts weiter als eine umjubelte Romanzenschreiberin – hatte tatsächlich behauptet, das Leben in einer mittelalterlichen Welt sei besser als in der modernen. Sie hatte darauf bestanden, dass Fortschritt den Tod bedeute und dass die Einführung neuer Ideen die Substanz der menschlichen Gesellschaft zerstört habe. Die bloße Vorstellung, dass man sich dafür einsetzte, eine primitive Kultur zu moderner Technologie hin zu entwickeln, war ihr zuwider gewesen.

Aber diese Autorin hatte nie in einer solchen Kultur leben müssen. Wie konnte sie wirklich begreifen, was ein solches Leben bedeutete, bevor sie es ausprobiert hatte?

Wie die Dinge lagen, lebte Emily tatsächlich in einer solchen Kultur – und wie sehr sie ihre neue Welt auch liebte, sie schrie nach Verbesserungen. Zu Hause machte Technologie das Leben gewöhnlicher Leute so viel leichter und hatte dazu beigetragen, die Welt demokratischer zu machen. Wer wusste, *was* Technologie hier ausrichten würde? Wenn sie überhaupt die Chance bekam.

Die Stunden zogen sich hin. Der Unterricht fiel natürlich aus und die älteren Schüler arbeiteten hart daran, die Verteidigung des Schlosses vorzubereiten. Sergeant Harkin befahl Emily, eine Pause vom Training zu machen, etwas zu essen und sich auszuruhen. Die jüngeren Schüler hatten sich gegenseitig verrückt gemacht, während sie auf den Angriff der Nekromanten warteten. Da sie nicht recht wusste, was sie tun sollte oder wohin sie gehen konnte, holte sie schließlich Käsebrötchen aus der Küche und ging zur Bibliothek. Sie musste mehr recherchieren.

Außerdem würden Bücher sie von den Gedanken an Shadye ablenken.

„Die werden meine Bücher nicht in die Hände bekommen", sagte der Bibliothekar, als sie den abgedunkelten Raum betrat. Er und seine Assistentin – oder Kollegin; Emily war sich nie sicher gewesen, in welcher Beziehung die beiden zueinander standen – waren fieberhaft dabei, zusätzliche Schutzschirme für die Bibliothek einzurichten. „Ich plane, sie in einer Taschendimension zu versiegeln, falls die Schule zerstört wird. Die Bibliothekarsgilde wird sie zurückholen und sicherstellen, dass sie nicht in die Hände des Feindes fallen."

Emily nickte. Nekromanten hatten rohe Macht, aber ihnen fehlte oft eine richtige Ausbildung. Wenn sie an mehr Informationen herankämen, würden sie wahrscheinlich viel gefährlicher – deshalb mussten die Bibliothekare so vorsichtig sein. Kein Bibliothekar würde jemals die Zerstörung von Büchern in Erwägung ziehen – sie hatte das Gefühl, dass deshalb so viele verbotene Schriften in Whitehall lagerten –, doch sie mussten tun, was immer nötig war, um die Bücher von Feinden fernzuhalten. Lieber Gefahr laufen, dass man den Schlüssel zu einer Taschendimension verlor, als dass die Bücher von Shadye und seinesgleichen benutzt wurden.

In der Bibliothek selbst war eine Handvoll Schüler, aber Emily beachtete sie nicht. Sie ging zu den Regalen und begann, nach allem zu suchen, was sie zu magischen Eiden finden konnte. Eines Tages, versprach sie sich selbst, würde sie die Dewey-Dezimalklassifikation oder eine vergleichbare Ordnung in Whitehall einführen; das System, das sie hier benutzten, ergab selbst für die Bibliothekare wenig Sinn. Manchmal hatte sie den Verdacht, dass Bücher einfach zufällig in die Regale zurückgestellt wurden, von den Schülern oder von den Bibliothekaren. Bei den Schülern konnte sie das verstehen, auch wenn es nervte; die Bibliothekare sollten es besser wissen. Selbst das einfache System der amerikanischen Kongressbibliothek würde besser funktionieren als das von Whitehall.

Sie musste genau suchen, um *überhaupt* etwas über Feen zu finden, auch wenn sie annahm, dass sie mit dem Feenvolk verwandt waren, das die Dunkle Stadt gebaut hatte. In der Welt schien man überraschend wenig neugierig auf sie zu sein, was ziemlich seltsam wirkte; diese Welt hatte einen Krieg gegen das Feenvolk geführt, der die Menschheit fast ausgelöscht hätte. Oder vielleicht standen alle diese Bücher in der eingeschränkt zugänglichen Abteilung … möglicherweise würde sonst *irgendein* Dummkopf versuchen, die Kräfte zu kopieren, die das gottgleiche Feenvolk von Geburt an besaß. Whitehall sah sicher gern, dass solche Leute ihre Experimente weit weg von der Schule durchführten.

Schließlich zog sie ein Buch über magische Eide aus dem Regal und setzte sich damit an einen der Lesetische.

Das Buch – *Magische Eide und die, die sie schwören* – war schmal, als hätte der Autor nicht jedes Beispiel aufzählen wollen, das aus der Geschichte bekannt war. Emily öffnete es und überflog die ersten Seiten; sie musste an sich halten, um nicht laut zu fluchen, als sie merkte, dass ihr Feen-Eid mit ihrer Magie verschmolzen war. Der Autor tänzelte um das Thema herum, als widerstrebe es ihm, direkt zu sagen, was er meinte, aber schließlich gelang es ihr, die Puzzleteile zusammenzusetzen. Wenn sie ihren Eid brach, würde das den Tod bedeuten, oder Schlimmeres, das hatte sie sich schon gedacht. Es kam ganz darauf an, wie sie handelte. Wenn sie sich weigerte, den Eid zu erfüllen, würde sie sterben; wenn sie absichtlich eine Situation herbeiführte, in der sie den Eid nicht erfüllen konnte, würde sie sterben.

Wenn sie andererseits den Eid wegen etwas nicht erfüllen konnte, das *nicht* ihre Schuld war, würde die Magie sie nicht töten. Aber sie konnte sich selbst und die Magie nicht anlügen. Es gab keine Möglichkeit, den Eid absichtlich zu umgehen.

Kaum eins der Beispiele beruhigte sie. Eine junge Hexe hatte geschworen, ihren Freier zu heiraten, wenn sie aus Whitehall zurückkam, doch auf der Schule verliebte sie sich in einen anderen Magier. Sie hatte versucht, den Eid zu umgehen, indem sie ihren früheren Geliebten mit einem Zaubertrank dazu brachte, ein Mädchen aus dem Dorf zu heiraten, aber die Magie hatte das ganz offensichtlich als Versuch gesehen, die Bedingungen des Eides zu umgehen. Das arme Mädchen war gestorben, auf grausame Weise. Ein Stiefvater hatte geschworen, seine Adoptivtochter wie sein eigenes Kind zu behandeln. Das Buch wusste nicht genau, was als Nächstes passiert war – oder der Autor hatte nicht gewagt, es aufzuschreiben –, aber er war gestorben, anscheinend durch Selbstmord.

Über ein anderes Beispiel musste sie lächeln. Ein älterer Krieger hatte eine kleine Gefolgschaft von Sklaven gehabt, die alle durch Magie an ihn gebunden waren; er hatte seinen Sohn schwören lassen, sie nach seinem Tod freizulassen. Aber der Sohn hatte versucht, den Eid zu umgehen; zur Strafe wurde er mit dem gleichen Knechtschaftszauber gebunden, der die Diener seines Vaters gefangen gehalten hatte. Auch das war schlecht ausgegangen. Emily schüttelte den Kopf und fluchte – wieder – beinahe laut, als sie das Buch fertig überflogen hatte und merkte, was sie getan hatte. Sie hatte den Feen quasi einen Blankoscheck ausgestellt, den sie jederzeit einlösen konnten. Sie konnten von ihr einen Gefallen verlangen und Emily musste mitmachen – oder sterben.

Oder Schlimmeres.

Der Gedanke ließ das Blut in ihren Adern gefrieren. Sie konnten *alles* fordern. Vielleicht würden sie verlangen, dass sie die Menschen daran hinderte, sie zu jagen und ihre Knochen als Bestandteil von Tränken zu zermahlen, oder vielleicht würden sie verlangen, dass sie sie in die menschliche Gesellschaft integrierte. Oder ... es konnte alles *Mögliche* sein, und sie würde mitmachen müssen. Oder sterben. Sie schluckte und verfluchte ihren eigenen Fehler, auch wenn sie wusste, dass sie kaum eine Wahl gehabt hatte. Sie konnten alles von ihr verlangen ...

Wenn es zu viel ist, werde ich zulassen, dass der Eid mich tötet, dachte sie bitter.

Sie schob den Gedanken beiseite und sah auf das Buch hinab. Warum war nie von jemandem verlangt worden, dass er einen Eid ablegte und der Nekromantie abschwor? Oder konnten Nekromanten die Bedingungen ihrer Eide umgehen, ohne tödliche Folgen zu erleiden? Sie blätterte wieder durch das Buch, bis sie die Antwort aus den halbherzigen Andeutungen des Autors erriet; Magier empfanden es als eine solche Beleidigung, wenn man von ihnen verlangte, einen derartigen Eid abzulegen, dass es gefährlich war. Selbst wenn Whitehall einen solchen Eid als Teil der Zulassungsbedingungen eingeführt hätte, würden andere Magieschulen vielleicht eine andere Meinung haben ... und die mächtigeren Schüler, oder die, die jede Anfälligkeit für Nekromantie beleidigt abstritten, würden anderswo hingehen. Es könnte sogar andere Magier in Versuchung führen, mit Nekromantie herumzupfuschen, um zu beweisen, dass sie damit umgehen konnten ...

... und *das* ging nie gut aus.

Emily stand auf. In Gedanken war sie bei den Bedingungen des anderen Eides – mit dem sie geschworen hatte, niemandem etwas über die Feen zu verraten. Bis jetzt hatte niemand sie gefragt, wie sie genug Magie hatte wiedererlangen können, um die Orks anzugreifen und die Rothemden zu retten, aber sie wusste, dass die Frage bald gestellt werden würde. Und sie hatte das Gefühl, dass es sinnlos wäre, wenn sie versuchte, die Sergeants – oder den Großmeister – anzulügen. Vielleicht konnte sie die Antwort einfach aufschreiben ... nein, das wäre gefährlich. Der Eid würde wissen, dass sie schummelte, weil *sie* es wissen würde. Ihr musste etwas Besseres einfallen.

Die Sonne ging unter, während sie zur Waffenausgabe zurückging. Draußen warteten immer noch die Monster – und

Shadye, der immer noch auf der riesigen Schlange saß. Emily schüttelte ungläubig den Kopf. Keiner, dem sie bisher begegnet war, konnte so geduldig sein, nicht, wenn so viel anderes zu tun war. Die Sergeants warfen einen Blick auf sie und befahlen ihr, ins Bett zu gehen. Sie versprachen, sie zu rufen, wenn die Schule angegriffen würde.

Emily schüttelte den Kopf und ging zu ihrem Schlafzimmer. Es überraschte sie nicht, dass Alassa ein paar Decken geholt hatte und neben Imaiqahs Bett auf dem Boden lag. Beide Mädchen sahen nervös aus; in einem verzweifelten Versuch, sich abzulenken, hatten sie Bücher über Zaubertränke und komplexe Zaubersprüche gelesen. Emily beruhigte sie, so gut sie konnte, obwohl sie wusste, dass es sinnlos war. Dann kroch sie in ihr eigenes Bett und schloss die Augen. Schlaf übermannte sie und sie fiel ins Dunkle …

… und träumte.

KAPITEL 43

... Sie musste sich bewegen. Sie wusste das ganz sicher, es war so tief in ihrem Kopf verankert, dass es gar keine Frage war.

Sie musste sich bewegen.

Und doch konnte sie sich nicht bewegen. Ihre Beine fühlten sich an, als steckten sie in Beton fest. Bewegung war unmöglich ...

... Sie träumte. Sie wusste, dass sie träumte, sie glaubte, dass es wahr sei. Und doch stimmte etwas nicht.

Ein Wecker schrillte in ihrem Hinterkopf, der Alarm schrillte, aber jedes Mal, wenn sie ihre Aufmerksamkeit darauf richten wollte, glitt ihr Geist weg. Sie wusste, dass etwas nicht stimmte, und doch konnte sie nichts tun.

Es war ein Albtraum und Albträume musste man aushalten ...

... Sie stand auf. In ihrem Traum erschien ihr das nicht falsch, genauso wenig wie die Tatsache, dass sie immer noch das Gefühl hatte, sich nicht bewegen zu können. Zwei sich widersprechende Dinge konnten im Traum gleichzeitig wahr sein, das wusste sie, auch wenn der logische Teil ihres Verstandes es anders wollte. Der Wecker wurde lauter, aber sie konnte immer noch nichts tun. Ihre Beine bewegten sich von selbst; sie ging zur Tür und trat auf den langen Gang hinaus ...

... Blut war überall. Fast hundert Schüler besuchten die seltsam verkümmerten Kurse der ersten Jahrgangsstufe in Whitehall – und sie waren alle tot. Ihr benommener Geist glaubte es uneingeschränkt, gleichzeitig versuchte sie, zu verstehen, wie sie allein hatte überleben können, um das Geschehene weiterzuerzählen.

Sie sah Melissa und ihre beiden Freundinnen, ihre Körper waren von riesigen Monsterkrallen zerrissen, und sie fühlte nichts. Ihre Augen sahen sie an. Sie starrten. Sie klagten an. Sie verurteilten. Etwas an der ganzen Szene irritierte sie, aber sie verstand nicht, was. Ein seltsamer Nebel hatte sich über ihre Gedanken gelegt ...

... *Sie hatte einen Schock, sagte sie sich selbst, und das schien logisch. Kein Mensch, der bei Verstand war, konnte die Überreste eines solchen Gemetzels ansehen, ohne Entsetzen und Abscheu zu spüren. Sie musste einen Schock haben; später würde sie sich an das Gesehene erinnern und es fühlen. Melissa hatte nicht verdient, so zu sterben, und ihre Freundinnen auch nicht. Wie konnte man jemandem einen Vorwurf machen, weil er sich an Alassa rächen wollte?*

Emily schob den Gedanken beiseite und kroch durch den Flur Richtung Ausgang. Whitehall war überfallen worden; die Lehrer und die übrigen Schüler waren tot. Sie war allein ...

Ein Dämon erhob sich vor ihr, fauchend vor Wut. Emily schlug mit ihrer Magie zu, sie spürte Macht durch ihren Körper aufsteigen, als bezöge sie sie aus den riesigen Feldern der Schule selbst. Der Dämon taumelte zurück und ging mit einem gewaltigen Krach zu Boden.

Emily lief durch die jetzt dämonenfreie Tür und trat in die Schule. Überall waren Blut und Leichen; das Monsterheer hatte jeden in der Schule zerrissen, selbst die jüngsten Schüler. Emily drückte sich in die Schatten, als sie Monster näher kommen hörte; sie wollte nicht riskieren, dass man sie sah. Sie war die letzte Verteidigerin von Whitehall und sie würde dafür sorgen, dass die Monster für ihre Verbrechen büßen mussten ...

... Sie hatte nichts von geheimen Gängen gewusst, bis sie einen davon öffnete. Sie trat in einen abgedunkelten Tunnel, der abwärts führte – in die Gedärme der Schule. Sie ging den steinernen Gang hinab und sah durch Gucklöcher, die ihr den Blick auf verschiedene Klassenräume erlaubten; die Monster hatten die Schüler vor den Augen der Lehrer zerrissen, dann hatten sie die Lehrer ermordet und an die Wand gespießt. Professor Thande war geköpft und an den Füßen aufgehängt worden, sein Blut floss auf den Boden; Professor Lombardi war in ein Dutzend Stücke zerschnitten und in seinem Klassenraum verstreut worden. Sie war allein in der Schule, allein mit den Monstern ...

... Etwas stimmte ganz eindeutig nicht, aber kalte Entschlossenheit schob ihre Zweifel beiseite. Whitehall, ihr neues Zuhause, das

Zuhause, das sie so uneingeschränkt akzeptiert hatte, dass sie sich keinen Moment zurückgesehnt hatte, war tot. Und sie konnte nur noch Rache nehmen.

Das Geräusch von Alarmglocken wurde lauter, doch sie dachte sich nichts dabei. Jetzt zählte nur noch die Rache. Selbst die Entdeckung, dass eines der Gucklöcher auf die Umkleidekabinen blickte, lenkte sie nicht von ihrer Mission ab ...

... Sie trat aus dem Gang, ihre Zaubersprüche waren aufgeladen und scharfgemacht, sie warteten nur auf ihren Befehl, um entfesselt zu werden. Monster würden ihr den Weg versperren, das wusste sie. Sie würde sie töten müssen, schnell, bevor sie Verstärkung herbeirufen konnten. Aber stattdessen lagen überall Leichen verstreut. Emily wich entsetzt zurück, als sie merkte, dass sie auf den letzten Verteidigungsposten der Rothemden hinabsah. Jade war durch eine Schwertwunde an der Kehle gestorben, die ihn fast enthauptet hatte. Cat war teilweise verwandelt worden, dann war er an einem Schock gestorben. Bran war ein langer Speer durch den Kopf gestoßen worden. Rupert war vergiftet worden, nach dem qualvollen Ausdruck in seinem Gesicht zu urteilen. Und von Pillion gab es überhaupt keine Spur. Sie brauchte einen langen, grauenvollen Moment, um zu erkennen, dass sein Körper zerplatzt war und sie auf die Überreste ihres Kameraden trat. Sie hatten mutig gekämpft und verloren ...

... aber etwas stimmte nicht.

Emily hielt an und starrte die Leichen an. Etwas zerrte an ihrem Verstand, etwas so Offensichtliches, dass sie es sofort hätte erkennen müssen, und doch war es so schwer, einen klaren Gedanken zu fassen. Was stimmte mit ihr nicht? Abgesehen vom Schock.

Ein Monster heulte hinter ihr. Sie schrak auf und bewegte sich zu den Türen, die in die tiefsten Geheimnisse des Schlosses führten, den magischen Kern, der direkt mit dem Nexus der Ley-Linien verbunden war. Den Monstern würde es leidtun, dass sie Whitehall überfallen und ihre Freunde abgeschlachtet hatten. Sie würden büßen ...

... Die Tür ging auf. Dahinter standen fünf Nekromanten. Emily reagierte instinktiv und ließ die Zaubersprüche los, die sie in ihrem Körper gespeichert hatte; sie taumelten zurück. Wellen von Magie

wirbelten um sie herum, als sie an ihnen vorbeirannte, auf den Nexus zu, eine so mächtige Mana-Quelle, dass man es nur mit den allermächtigsten Schutzschirmen anzapfen und für die Schule nutzen konnte. Hinter ihr sammelten sich die Nekromanten wieder; sie wehrte Erstarrungszauber und sogar einen tödlichen Fluch ab, ohne dass es ihr schwerfiel.

Das hier musste ein Traum sein ...

... Sie lief direkt in die Schutzschirme, etwas wallte in ihr auf und die Welt wurde schwarz ...

Emily riss die Augen auf. Der Großmeister starrte auf sie herab, sein Gesicht war vor Wut verzerrt ... und vor Angst. Was tat er in ihrem Schlafzimmer?

Nein, sie *war* nicht in ihrem Schlafzimmer. Sie lag auf dem Boden eines Raumes, den sie nicht kannte ...

... und etwas stimmte ganz und gar nicht. Sie brauchte einen Moment, um es zu erkennen: Die Schutzschirme, die seit ihrer Ankunft in Whitehall ein ständiges Hintergrundrauschen gebildet hatten, waren ... weg.

Der Großmeister zerrte sie auf die Beine. „Was hast du getan?"

Emily starrte ihn an, verwirrt und desorientiert. Sie trug ihr Nachthemd, bemerkte ein Teil von ihr. Was war mit ihr passiert? Das Letzte, woran sie sich erinnerte, war, wie sie ins Bett ging und träumte und ...

Er schüttelte sie, rohe Magie knisterte um seine Fingerspitzen. *„Was hast du getan?"*

„Mitgefühlsmagie", sagte Professor Thande. Emily sah ihn an, ihre Gedanken wirbelten herum. War er nicht tot? Sie hatte die Leiche gesehen ... oder? „Sehen Sie ihre Hände an, Großmeister."

Der Großmeister griff nach Emilys linker Hand und öffnete sie mit Gewalt; er verdrehte sie so heftig, dass Emily vor Schmerz aufschrie. Auf ihrer Hand war eine blutige Stelle, weil sie so fest eine Faust geballt hatte, dass ihre Nägel in die Haut geschnitten hatten. Sie hatte sich das selbst angetan ... ihr Kopf drehte sich immer noch und sie konnte nicht begreifen, was sie sah. Hätte der Großmeister sie nicht festgehalten, wäre sie zusammengebrochen und wahrscheinlich bewusstlos auf den Steinboden gesunken.

„Da waren Nekromanten", sagte sie schließlich. Aber …
Nekromanten arbeiteten *nie* lange zusammen – und keiner von
ihnen würde wollen, dass sein Rivale die Kontrolle über Whitehall
erlangte. „Ich habe Nekromanten gesehen …"

„Du hast beinahe ein Dutzend meiner Mitarbeiter getötet",
fauchte der Großmeister. Emily starrte ihn an; langsam erkannte
sie, dass ihr Albtraum mehr als ein Albtraum gewesen war. „Und
die Schutzschirme brechen zusammen."

„Sie weiß es nicht, Großmeister", sagte Thande geduldig. „Sehr
wenige, extrem starke Magier könnten sich gegen Mitgefühlsmagie
wehren, sobald der Sprechende seine Krallen in sie geschlagen
hat. Eine Schülerin der ersten Jahrgangsstufe hätte keine *Chance*,
sich zu verteidigen."

Emily starrte ihn an. „Was … was ist passiert?"

„Man hat dir eine Schnittwunde verpasst, als du in Dragon's Den
entführt wurdest", sagte der Großmeister unumwunden. Er lockerte
seinen Griff um sie, gerade so weit, dass sie normal atmen konnte.
„Malefic hat dich geschnitten und dich dann allein gelassen, in dem
Wissen, dass du fliehen würdest. Sobald er seine zwei Verbündeten
getötet hatte, brachte er dem Nekromanten dein Blut, der damit
deinen Geist manipuliert hat. Was immer du glaubst, gesehen zu
haben, war nicht echt. Er hat dich als Marionette benutzt."

Emily … fühlte sich beschmutzt. Missbraucht. Sie hatte gewusst,
dass es Zauber gab, mit denen man den Verstand eines anderen
kontrollieren konnte; sie hatte sie an ihrem allerersten Tag in der neuen
Welt gesehen. Und doch hatte sie nie begriffen, dass sie von jemandem
außerhalb der Schutzschirme ihrer Schule … *beeinflusst* werden konnte.
All die kleinen Streiche, die sie gelernt hatte, waren nichts im Vergleich
zu der Täuschung, die man ihr vorgespiegelt hatte …

… In einem Augenblick des Grauens ging ihr auf, dass sie
womöglich einige ihrer Freunde umgebracht hatte. Shadye hatte ein
Netz um ihren Verstand gewoben und sie so einfach manipuliert,
wie sie eine Figur in einem Computerspiel manipulieren konnte.
Und sie hatte es nicht gemerkt.

„Er hat dich benutzt, um die Schutzschirme niederzureißen",
sagte Thande. „Die Schule steht jetzt ohne Verteidigung da …"

„Aber ..." Emily schluckte und begann von vorn. „Aber ich dachte, es gibt Zauber, mit denen man die Verbindung zwischen mir und meinem Blut aufheben kann. Wurden die auf der Krankenstation nicht durchgeführt?"

„Man *kann* die Verbindung nicht vollständig aufheben", sagte der Großmeister direkt. „Man kann sie nur ... so weit schwächen, dass sie für Magie praktisch nicht mehr zu brauchen ist. Kyla hat auf meine Bitte hin die Zauber bewirkt, die die Verbindung schwächten, aber Shadye muss etwas getan haben, um zu sichern, dass die Verbindung nur stillgelegt werden konnte, aber nicht zerstört. Und dann nutzte er sie, als die Zeit reif war."

Emily starrte ihn an und merkte – zum ersten Mal –, wie geduldig Shadye seine Pläne geschmiedet hatte, seit dem Augenblick, in dem Void sie seinen Fängen entrissen hatte. Void hatte sein Leben riskiert, um sie zu retten, was bedeutete, dass Emily wichtig sein musste – und alles, was sie seitdem getan hatte, unterstrich nur ihren Status als Schicksalskind. Und er musste *erfreut* gewesen sein, als seine Diener auch Alassa entführt hatten. Keiner hätte erwogen, dass Emily das wahre Ziel gewesen sein könnte, als die Entführer auch eine königliche Prinzessin erwischt hatten. Aber das Ganze hatte zum Ziel gehabt, eine Probe von Emilys Blut zu gewinnen und sie entkommen zu lassen, ohne dass sie je geahnt hatte, dass das von vornherein so geplant gewesen war. Und Whitehall hatte die Standardtests durchgeführt und *gewusst*, dass Emily sicher war ...

Und dann hatte er sie gezwungen, Whitehall zu verraten ...

Der Großmeister runzelte die Stirn. „Ich werde deinen Geist durchleuchten müssen", sagte er. „Bitte versuch dich zu entspannen. Es kann wehtun, wenn du dich wehrst."

Emily hatte keine Zeit zu widersprechen, bevor er ihr in die Augen sah. Sie konnte nicht wegsehen. Wieder hatte sie das Gefühl, dass man ihre Grenzen überschritt, tausendmal stärker, als sie spürte, wie der Großmeister in ihren Gedanken herumwühlte. Seltsamerweise konnte sie jetzt, wo sie von ihrem eigenen Geist abgeschnitten war, als sähe sie von außen auf sich herab, die feinen Spinnweben sehen, die Shadye erzeugt und in ihren Geist gesponnen hatte. Und wie ihr eigener Verstand als Antwort auf seine Signale ein Szenario erschaffen hatte, das sie in seinem Bann halten konnte, bis alles zu spät war.

„Ich muss diese Verbindungen trennen", sagte der Großmeister – oder er dachte es. Ihre Geister waren so ineinander verschlungen, dass Emily wirklich nicht wusste, ob er laut sprach. Mr. Spock hätte es nicht besser machen können. „Und du hättest wirklich nicht diesen Eid schwören sollen."

Emily zuckte zusammen. Sie erwartete, dass sie sofort sterben würde. Aber sie hatte nicht vorgehabt, die Feen zu verraten – sie hatte keine Zeit gehabt zu widersprechen, bevor der Großmeister ihren Geist durchleuchtete –, und der Eid selbst schien nicht zu finden, dass sie ihre Vereinbarung gebrochen hatte. Und doch hatte sie versagt …

„Mach dir darüber keine Sorgen", befahl der Großmeister. „Es gibt keinen Grund, Feen zu ermorden, außer für Zauber, die" – ein Anflug von Zögern lag in seiner Stimme – „die du in deinem jungen Alter noch nicht kennen solltest. Ich werde ihr Geheimnis bewahren."

Emily lächelte, aber sie entspannte sie nicht. „Werden Sie einen Eid darauf schwören?"

„Schlaue Menschen versuchen, keine Eide zu schwören", sagte der Großmeister. Einen Augenblick betrachtete er die Täuschungen, die ihr Verstand erschaffen hatte. „Du warst ein Werkzeug in der Hand eines Nekromanten, der Macht und Wissen besitzt."

„Ich fühle mich schon schlecht genug", fauchte Emily. Im direkten Kontakt mit seinem Geist konnte sie nichts vor ihm verbergen oder sich auf die Zunge beißen, bevor sie etwas Falsches sagte. Sie wurde flammend rot; ihre Verlegenheit wurde durch seinen Anflug von Belustigung noch schlimmer. „Können Sie dafür sorgen, dass er das nicht noch einmal tun kann?"

„Ja", sagte der Großmeister geduldig. Einen Augenblick schien er direkt an ihrem Geist zu arbeiten. „Erledigt."

Emily spürte, wie es in ihrem Kopf ein letztes Mal herumwirbelte, dann schob ihr Thande eine Kürbisflasche voller Zaubertrank in die Hand. Er drängte sie zum Trinken. Es schmeckte widerlich – alle medizinischen Tränke schmeckten aus irgendeinem Grund widerlich –, aber sobald sie die ersten Tropfen heruntergeschluckt hatte, ging es ihr sehr viel besser.

Aber sie konnte sich nicht lange ausruhen. Ein dröhnender Alarm in der Ferne ließ sie aufspringen – sie konnte sich nicht genau erinnern, warum sie schon wieder auf dem Boden lag – und nach ihrem Schwert greifen, bevor sie merkte, dass sie noch ihr Nachthemd anhatte. Zum Glück keins von der Sorte, wie sie sie zu Hause getragen hatte.

„Die äußeren Schutzschirme sind weg", sagte der Großmeister leise. „Die Zauber, die die Macht des Nexus umgelenkt haben, brechen zusammen. Bald werden auch die inneren Schutzschirme wegfallen."

Emily starrte auf ihre blutbefleckten Hände und wusste, dass sie versagt hatte. Sie hatte Whitehall geliebt, viel mehr als jede andere Schule, die sie besucht hatte, denn es hatte ihr die Chance auf ein völlig anderes Leben gegeben. Die Lehrer hatten sie nicht wie eine Idiotin behandelt und waren auch selbst keine Idioten gewesen. Selbst die harsche Disziplin schien unwichtig im Vergleich zu all dem, was sie gelernt hatte.

Aber sie hatte die Schule verraten. Nach dem hier würde man sie niemals eine andere magische Schule besuchen lassen, falls sie überhaupt die nächsten Stunden überlebte. Die Szenarien, die ihr Verstand erschaffen hatte, konnten noch Wirklichkeit werden. Shadye würde so viele Schüler wie möglich fangen wollen – er konnte sie opfern, um seine Macht zu stärken –, aber er würde nicht das Risiko eingehen, die Lehrer zu fangen. Sie beherrschten genug Magie, um gefährlich zu sein.

„Es tut mir leid", sagte sie schließlich. Es schien so unangemessen. „Ich … ich wusste nicht …"

„Sehr wenige Menschen hätten gemerkt, was vor sich ging, und sich befreien können", versicherte Professor Thande ihr. „Du bist *ganz und gar* nicht allein."

Der Großmeister stand auf. „Professor Thande, beginnen Sie damit, die jüngeren Schüler durch die Portale zu evakuieren. Die inneren Dimensionen der Schule beruhen auf unterschiedlichen Zaubern, sie sollten also stabil bleiben, bis die Nekromanten diesen Raum erreichen und versuchen, an den Schutzschirmen herumzupfuschen. Ich werde dafür sorgen, dass Whitehall versiegelte Korridore öffnet, durch die die Schüler fliehen können."

„Ich bin dabei, Kriegstränke in meinem Büro zu brauen", sagte Thande. Er schien ... ungern fliehen zu wollen. „Ich kann das Gebäude nicht verlassen ..."

„Sie können zurückkehren, sobald die jüngeren Schüler von hier weg sind", sagte der Großmeister. Seine Stimme klang unnachgiebig. „Die inneren Verteidigungsmechanismen der Schule sind noch intakt – Shadye wird sie als Schüler nicht gekannt haben –, also sollten wir ihm einen guten Kampf liefern können, aber wir müssen vom Schlimmsten ausgehen."

In seiner Stimme schwang eine hoffnungslose Leere mit, die Emily fast das Herz brach. Whitehall war der Dreh- und Angelpunkt der südlichen Verteidigungslinie. Wenn es fiel, würden die Nekromanten mindestens acht Länder verwüsten können, bevor sie auf natürlichere Grenzen ihrer Expansion stießen. Die Verbündeten Lande wären geschwächt, vielleicht vernichtet, selbst *wenn* sie endlich ihre Streitigkeiten hinter sich ließen und sich unter einem einzigen Monarchen vereinten.

Und es war alles ihre Schuld.

Sie sah plötzlich auf. „Shadye ist hier zur Schule gegangen?"

„Es gab eine ... Meinungsverschiedenheit", sagte der Großmeister. „Er verließ die Schule und verschwand. Er ist erst sehr viel später wieder zum Vorschein gekommen und es dauerte noch viel länger, bevor wir merkten, dass Shadye einer unserer Schüler gewesen war."

Emily sah wieder auf ihre Hände. „Also kennen Sie seinen Namen", sagte sie. „Könnten Sie nicht ..."

„Nicht genug, um von Bedeutung zu sein", gab der Großmeister zu. „Und selbst wenn wir ihn kennen würden, er weiß, wie er sich abschirmt. Es wird wahrscheinlich nichts nützen, wenn wir seinen vollen Namen gegen ihn verwenden."

Er wandte sich um und marschierte zur Tür. „Ich kann dich nicht an die Front schicken. Shadye ist hinterlistig und hat jede Menge roher Macht, vielleicht genug, um eine neue Verbindung zwischen der Blutprobe und *dir* herzustellen. Wir können das Risiko nicht eingehen."

Emily zögerte, dann nickte sie verbittert. *Sie* hätte sich selbst auch nicht vertraut, weil man nicht leicht sehen konnte, ob sie aus ihrem eigenen freien Willen heraus handelte oder ob Shadye ihren Geist so lange beeinflusste, dass sie Lust bekam, dem Großmeister ein Messer in den Rücken zu stoßen. Shadye konnte ihren Verstand so weit verdrehen, dass sie glaubte, schwarz sei weiß und die Monarchie ein vernünftiges Regierungssystem.

„Ich werde dich in meinem Büro platzieren", sagte er, als sie aus dem Raum gingen. Auf dem Boden waren Blutflecken, wo sie die Dämonen bekämpft hatte, ohne zu wissen, dass sie sich durch Lehrer hindurchkämpfte. Natürlich waren da keine Leichen *außerhalb* des Raumes. „Du kannst dort warten, bis die Schlacht gewonnen ist oder ich dir befehle zu fliehen. Sie werden dich nicht durch das Portal lassen, also wirst du aufs Land fliehen müssen und hoffen, dass dein Schutzherr dich aufsammelt."

Emily runzelte die Stirn. Es war unwahrscheinlich, dass Void noch etwas mit ihr zu tun haben wollte, nachdem sie so übel kompromittiert worden war.

„Wir könnten ihn rufen", schlug sie stattdessen vor. „Würde das nicht helfen?"

„Wenn wir die inneren Verteidigungsmechanismen nicht nutzen können, um Shadye abzuwehren, bis er erschöpft ist", sagte der Großmeister, „würden wir nur weitere Opfer in die Falle locken."

„Aber ..." Emily überlegte es sich anders und kehrte zum ursprünglichen Thema zurück. „Aber glauben Sie nicht, dass er mich in Ihrem Büro beeinflussen könnte?"

Der Großmeister lächelte zynisch. „Ich bewahre dort nie etwas Wichtiges auf", verriet er. Er sah ihren überraschten Blick und schnaubte. „Weißt du, wie viel Zeit Hexenmeister damit verbringen, sich gegenseitig auszuspionieren? Sie können mein Büro durchsuchen, so viel sie wollen; das Einzige, was sie davon haben werden, ist jede Menge Einblicke in Passwörter und Zaubertricksereien. Du kannst dort keinen Schaden anrichten."

KAPITEL 44

Das Büro des Großmeisters wirkte kleiner, als Emily es in Erinnerung hatte, aber vielleicht lag das daran, dass sie sich eingesperrt fühlte. Ein Blick auf die Bücherregale ergab nichts sonderlich Interessantes, abgesehen von einem Lehrbuch zu Verwandlungszaubern, das erschreckend zerlesen aussah. Die Porträts an den Wänden hätte jemand, der in dieser Welt geboren war, sicher sofort erkannt, aber Emily sagten sie nichts. Einer Eingebung folgend, überprüfte sie die Schreibtischschubladen auf Sicherungszauber und entdeckte, dass sie nur so wimmelten vor ausgesucht unangenehmen Zaubern. Der Großmeister wollte ganz klar, dass jeder Eindringling sich anstrengen musste, um an sein nutzloses Wissen zu kommen.

„Du kannst die Kristallkugel verwenden, wenn du möchtest", hatte der Großmeister gesagt, bevor er sie allein zurückgelassen hatte. Er hatte die Tür nicht wirklich abgeschlossen, aber deutlich gemacht, dass sie den Raum nicht verlassen sollte, bevor die Lage aussichtslos war. Emily war versucht gewesen, ihn darauf hinzuweisen, dass die Lage schon *mehr* als aussichtslos war, aber sie hatte den Mund gehalten. „Behalte den Gang, der zu meinem Büro führt, im Auge."

Die Kristallkugel umfasste Zauber und angereicherte Sprüche, und es dauerte eine Weile, bis sie herausgefunden hatte, wie man sie aktivierte. Sie schien ihre Kraft direkt vom Nutzer zu beziehen, was – entschied sie – mit dazu beitrug, dass man nicht seine Zeit damit verschwendete, Leuten hinterherzuspionieren, wenn man Besseres zu tun hatte.

Fernsehen würde weniger süchtig machen, dachte sie finster, *wenn man den Strom dafür nur auf einem Laufband erzeugen könnte.*

Der Großmeister hatte sich nicht die Mühe gemacht, irgendetwas zu erklären; vielleicht dachte er, dass Emily eine Weile gut damit beschäftigt sein würde, die Funktionsweise der Kristallkugel herauszufinden. Wahrscheinlich hatte er recht gehabt.

Sie spürte, wie die letzten Verteidigungsmechanismen der Schule nacheinander wegbrachen. Vielleicht hatte der Großmeister angefangen, das wiederherzustellen, was sie zerstört hatte, aber sie hatte das Gefühl, dass es Stunden – vielleicht Tage – dauern würde, bis die Schutzschirme wieder in Betrieb waren. Sie hatte noch nicht einmal ansatzweise gelernt, wie man Schutzschirme errichtete, aber aus ihren Büchern wusste sie jedenfalls, dass Schutzschirme sehr komplex und schwer aufzubauen sein konnten. Schuldgefühle plagten sie, bis es ihr endlich gelang, ein wenig Energie in die Kristallkugel zu zwingen.

Egal, was passierte, sie würde immer einen Teil der Schuld für das tragen, was Whitehall zugestoßen war. Das Versagen lag bei ihr.

Die Kristallkugel leuchtete auf und zeigte ein Dutzend verschiedener Szenen. Als sie ihre Finger dagegen drückte, stellte die Kugel das Bild des eindringenden Heeres scharf. Eine Horde schwer bewaffneter Orks rückte mit erhobenen Waffen durch die Gärten vor, wo sie direkt in einen Schwarm Bienen aus den Bienenstöcken geriet. Die Orks taumelten entsetzt zurück, während die winzigen Geschöpfe auf sie einstachen, dann sammelten sie sich wieder und rückten weiter vor.

Natürlich, dachte Emily; *ihre Haut ist so zäh, dass die Bienen ihnen kaum wehtun können.*

Die Bienenstöcke wurden schnell zerstört; die Bienen surrten wütend um die Orks herum oder sausten aufgebracht in Richtung des übrigen Heeres. Vielleicht würden sie Shadye stechen und das Ganze beenden, bevor es schlimmer wurde.

Sie schüttelte den Kopf. So einfach würde es ganz bestimmt nicht werden.

Einen Moment später taumelte ein Dutzend Orks und alle fielen zu Boden. CT erhob sich vor ihnen, sein riesiges Auge flammte vor Wut, Tentakel wuchsen aus seinem Körper, durchsäbelten die Orks und zerfetzten sie. Sie hieben mit ihren Schwertern auf ihn ein, aber das konnte CT nicht beeindrucken – ein Geschöpf, das anscheinend aus Gelee bestand. Schließlich zogen sie sich zurück, während CT drohend vorrückte und neue Waffen aus seinem Körper wuchsen ...

Und dann traf ein Lichtblitz von Shadye CT und ließ ihn erstarren. Die übrigen Orks, aus Schaden klug geworden, schossen Feuerpfeile in den Zoo und ließen sich zurückfallen. Sie hatten die Gelegenheit verpasst, einem *echten* Imitator zu begegnen.

Shadyes Truppen rückten an die Mauern vor; ihr Pfeilhagel zwang die Verteidiger, die Köpfe einzuziehen. Emily verstand nicht, warum Shadye nicht einfach mit Hilfe seiner Magie ein Loch in die Mauern schlug; dann ging ihr auf, dass so viel Magie durch den Stein floss, dass er fast unzerstörbar war – und wenn er es doch schaffte, konnte er die Schule aus Versehen zum Explodieren bringen, weil ein sehr viel größeres Inneres versuchen würde, sich in ein viel kleineres Äußeres auszudehnen. Riesige Spinnen rannten an seinem Heer vorbei, sie krabbelten über den Boden und dann die Wände *hinauf*.

Emily sah voller Grauen zu. Als Kind hatte sie eine Todesangst vor Spinnen gehabt; es war eine Erleichterung gewesen, als sie gemerkt hatte, dass sie nicht allzu groß werden konnten, weil sie sich dann nicht mehr bewegen konnten. Anscheinend war es den Nekromanten gelungen, Spinnen zu erschaffen, die dieses Naturgesetz außer Kraft setzten ...

Lichtstreifen schossen von den Festungsmauern hinab, erschlugen die Spinnen und ließen ihre Kadaver zu Boden fallen. Emily zog die Kristallkugel zurück und sah Schüler, angeführt von Professor Lombardi, Objekte mit erschreckender Geschwindigkeit in die feindliche Armee schleudern.

Shadye erwiderte das Feuer, aber der Vorrat an Munition schien unerschöpflich. Seine Bogenschützen wandten ihre Aufmerksamkeit den Schülern zu, doch ihre Pfeile wurden von einer Handvoll anderer Schüler abgelenkt, die eine magische Barriere aufrechterhielten. Nekromanten arbeiteten nie zusammen, erinnerte Emily sich; Kooperation war der einzige wirkliche Vorteil, den die Guten hatten.

Shadye antwortete mit seinen eigenen Geschossen, und eines davon rammte den Schutzschirm so heftig, dass er zerbrach.

Mehrere Schüler wurden zurückgeschleudert, Blut lief ihnen aus Ohren und Nasen. Sie hatten den Schutzschirm direkt mit Energie versorgt, und die Rückkopplung hatte sie fast getötet.

Während sie abgelenkt waren, krabbelte eine zweite Gruppe Spinnen die Festungsmauern hoch und zog klebrige Spinnweben hinter sich her. Ein kleines Heer Kobolde folgte ihnen; eine Handvoll wurde von einer Spinne erschlagen, die ein Schüler von der Mauer gestoßen hatte.

Aber das machte nichts, erkannte Emily. Shadye schien einen unerschöpflichen Vorrat an Kanonenfutter zu haben.

Die Riesenspinnen erreichten die Festungsmauern und schlugen ihre Zähne und Klauen in die Verteidiger, gefolgt von drei Wesen, die aussahen wie eine Kreuzung zwischen Drachen und Greifen. Eine Handvoll älterer Schüler trat ihnen entgegen; ihre mächtigen Flüche und Verwünschungen stießen eines der Wesen in den Abgrund. Die anderen beiden bliesen einen grünen Rauch auf die Verteidiger, die zu würgen begannen und zusammenbrachen.

Emily zuckte vor Schmerz zusammen. Sie hatte darauf geachtet, dass sie nicht die Idee von Giftgas in dieser Welt einführte, weil sie wusste, dass das den Nekromanten sehr gelegen kommen würde; aber sie waren auch ohne sie darauf gekommen.

Zoll für Zoll räumten die Angreifer die Festungsmauern, während die Verteidiger auf den tieferen Ebenen im Gebäude festsaßen. Sie holten weitere Teile ihres Heeres zu sich hoch und schickten sich an, das Innere von Whitehall von oben her anzugreifen.

Emily änderte den Fokus der Kristallkugel auf der Suche nach Sergeant Harkin. Die beiden Sergeants führten die Verteidigung der niedrigeren Ebenen an, fast alle Kampfmagie-Schüler der ganzen Schule standen ihnen bei. Emily betete, dass sie durchhalten würden. Eine Handvoll Schüler nutzten Berserker; wenn sie müde wurden, übergaben sie die Staffel an andere Schüler und krochen weg, um sich von Alchemie-Schülern Energie-Tränke geben zu lassen. Sie hätte nicht gedacht, dass sie das tun würden; diese Taktik wandte man vermutlich nur in der äußersten Not an. So viele Energie-Tränke so schnell einzunehmen konnte für die armen Schüler sehr gefährlich sein. Man hatte sie ausdrücklich gewarnt, nie mehr als einen auf einmal zu trinken.

Sie schaute wieder zu den Festungsmauern und sah gerade noch einen Ork, der eine der Türen aufzwang. Ein gleißender Lichtblitz schleuderte den Ork vom Dach. Die Verteidiger hatten sich kaum zurückgezogen; sie hatten Fallen aufgestellt, so dass Shadye Männer und Magie verheizen musste, um sich seinen Weg ins Schloss zu brennen. Aber Shadye wollte anscheinend lieber Männer als Magie verlieren. Emily sah zu, wie die Wesen mit dem Gas-Atem die Köpfe durch die Türen steckten und grünen Nebel in die Schule spien. Einen Augenblick später fiel eines der Wesen zuckend hintenüber; beim Aufprall auf das Dach erschlug es zwei Orks. Erst nach mehreren Minuten kam Emily dahinter, dass jemand einen verpfuschten Verwandlungszauber auf das Wesen gelegt hatte – wie sie es mit Alassa getan hatte – und es damit auf der Stelle getötet hatte.

Shadye schwebte auf das Dach hinauf, ließ einen Feuerball in seiner Hand erscheinen und warf ihn ins Gebäude. Er war zu mächtig für die Verteidiger; sie taumelten zurück, so dass die Monster in das Gebäude selbst einfallen konnten.

Emily fluchte laut, als sie sah, wie die Orks in die oberen Ebenen hinabrasten. Sie versuchte, die Kristallkugel umzustellen, um sich zu vergewissern, dass ihre Freundinnen die Schule verlassen hatten. Von Alassa und Imaiqah gab es keine Spur innerhalb der Reichweite der Kristallkugel. Sie hoffte, dass sie am Leben waren …

Zoll um Zoll rückten die Orks in die Schule vor. Sie gerieten in alle möglichen Verteidigungsmechanismen, die sie aufhalten und Shadye zwingen sollten, Energie zu verschwenden. Rüstungen wurden lebendig und zogen mit erhobenen Schwertern auf sie zu. Wenn sie fielen, setzten sie sich wieder zusammen und kämpften weiter. Nachdem einige Rüstungen vollkommen zerstört waren, hängten ihre Bestandteile sich an andere und kämpften weiter. Man musste sie zu Atomen pulverisieren, damit sie aufhören, weitere Orks zu zerfetzen.

Wenn Shadye nicht gewesen wäre, hätte Whitehall die Orks besiegen können, daran hatte Emily keinen Zweifel. Sie waren *dumm*, tappten ständig in Fallen und stürmten einfach weiter, als könnte rohe Gewalt ihnen den Weg freiräumen. Programmierte Verwandlungszauber ließen einige von ihnen abrupt anhalten und während sie aus dem Weg gestoßen wurden, verwandelte die zweite Gruppe Zaubersprüche die voranrückenden Orks zu Staub. Ein Team ausgebildeter Magier hätte Stunden, vielleicht Tage gebraucht, um die Gänge freizuräumen; Shadye entschied sich, den gesamten Gang mit seiner Magie zu versengen und alles auszulöschen, was eine Bedrohung darstellen *konnte*. Seine Flammen löschten sogar eine Handvoll seiner Orks aus!

Durch die Spiegel, mit denen die Verteidiger der Schule ihre Aktionen koordinierten, hörte sie gebellte Befehle; die Worte sagten ihr nichts. Aber jetzt, wo die Schutzschirme weg waren, spionierte Shadye den Verteidigern vielleicht nach; sie nutzen Code-Ausdrücke, um Aktionen in Gang zu setzen, damit er den Rückzug nicht blockieren konnte.

Emily sah wieder den Sergeants zu und bekam gerade noch mit, wie Sergeant Miles einen Feuersturm erzeugte, der ein Dutzend Orks und Kobolde aus dem Gebäude fegte. Die übrigen Schüler zogen sich zurück und versiegelten bei der Flucht die Türen. Sergeant Miles, der schwer atmete und von Sergeant Harkin gestützt wurde, war der Letzte, der die Waffenausgabe verließ. Die Orks würden sich einen Weg durch massiven Stein brechen müssen, um weiter ins Gebäude einzudringen.

Whitehalls seltsames Innenleben begann sich bemerkbar zu machen. Sie sah zu, wie ein Dutzend Orks in einen leeren Korridor vorrückte und auf den Ausgang zulief … und auf den Ausgang zulief … und auf den Ausgang zulief, ohne zu begreifen, dass die inneren Dimensionen verzerrt worden waren, so dass sie im Kreis gingen. Drei Kobolde gingen einen Flur entlang, dann verschwand der Fußboden und sie stürzten Hunderte Meter in den Tod. Eine weitere Gruppe Orks ging durch eine Tür und stand plötzlich wieder auf dem Dach, woraufhin die Nachrückenden sie hinabstießen. Riesige Statuen berühmter Hexen und Zauberer wurden lebendig und richteten Zauber auf die Eindringlinge; all dies wurde von den inneren Schutzschirmen des Schlosses in Gang gehalten.

Sie versuchten Zeit zu schinden, erkannte Emily, damit die Verteidiger im Inneren Verteidigungslinien errichten konnten.

Aber Shadye drang immer weiter vor. Er sah inzwischen kein bisschen menschlich mehr aus und sein Wille beeinträchtigte die Substanz der Schule. Emily spürte, dass die Schule vor Schmerz schrie, als Shadye nach ihr griff, um sich ihr aufzuzwingen und das Innere des Gebäudes nach seinen Vorstellungen zu formen. Whitehall war in gewisser Weise intelligent und es konnte beschädigt – oder mit einer Gehirnwäsche zum Nachgeben gebracht werden. Plötzlich kam Emily der Gedanke, dass Shadye Whitehall letzten Endes nicht zerstören, sondern es *einnehmen* wollte – und den Nexus, der der Schule als Energiequelle diente.

Warum die Schule zerstören, wenn er sie nach seinem eigenen Bilde formen konnte?

In ihr kamen wieder die albtraumhaften Szenen hoch, mit denen Shadye sie dazu gebracht hatte, die Schutzschirme zu zerstören. Sie würden wahr werden, ging ihr auf, während die Schule weiter ihren Schmerz in ihren Kopf und in die Köpfe aller Magier im Gebäude brüllte. Whitehall würde zerschmettert werden, es würde ein abscheuliches Zerrbild all dessen sein, für das es einst gestanden hatte, und alle übrig gebliebenen Schüler würden sterben, damit Shadye ein paar Monate länger leben konnte.

Oder vielleicht würde er noch Schlimmeres tun. Wenn er *ihr* den Geist verdrehen konnte – was auch immer ihm das gebracht hatte, weil sie in dieser Welt einzigartig war –, warum konnte er den anderen nicht das Gleiche antun? Er konnte die Schüler fesseln und verformen und zu seinen Sklaven machen. Was passierte, wenn jemand mit vorgehaltener Waffe gezwungen wurde, einen Eid zu schwören? Konnte Shadye die hartnäckigen internen Kämpfe der Nekromanten überwinden, indem er seine Gefolgsleute zwang, ihm die Treue zu schwören?

Emily schüttelte den Kopf, dann spürte sie ein dumpfes Beben durch die Schule gehen. Shadye stieß jetzt direkt mit dem Großmeister zusammen; er zwängte seinen Willen – und die dahinterstehende unglaubliche Macht – gegen den natürlichen *Mana*-Vorrat des Großmeisters. Emily suchte den Großmeister in der

Kristallkugel und entdeckte, dass er einen Korridor entlangtaumelte und verzweifelt dagegen ankämpfte, dass Shadye die Schule gegen ihn wandte.

Sie wusste, dass die Portale, die aus Whitehall hinausführten, geschlossen werden mussten. Die verbleibenden Schüler und Lehrer saßen in der Falle, es sei denn, sie konnten durch das feindliche Heer hindurch in die Berge fliehen. Aber ein Blick auf die Truppen, die die Schule umringten, zeigte, dass das äußerst schwierig werden würde.

Wie hatte Shadye so viele Monster so nah an die Schule heranbringen können, ohne entdeckt zu werden? Hatte er Hunderte Tunnel in die Berge geschlagen und seine Monster dort monatelang versteckt?

Shadye blickte auf. Einen Augenblick hatte sie das Gefühl, seine roten Augen sähen sie direkt an, durch die Kristallkugel hindurch. Sie sah, wie er seine Hand in einer komplizierten Geste bewegte. Magie brannte in der Luft.

Emily warf sich von der Kristallkugel weg; einen Augenblick später explodierte sie, Glasscherben flogen umher. Es war reines Glück, dass keine sie traf …

… und dann erkannte sie, was die Bedeutung dessen, was passiert war. Shadye hatte gespürt, dass sie ihm nachspionierte, und jetzt wusste er, wo sie war. Wenn er sie immer noch für wichtig hielt …

Jetzt war die Lage eindeutig aussichtslos.

Sie kam auf die Beine und lief zur Tür. Draußen hörte sie Kampfgeräusche in der Ferne und spürte das Kribbeln des Magiefeldes, während Shadye und der Großmeister darum kämpften, wer die Schule unter Kontrolle hatte. Sie sah zu einer der Rüstungen, nahm ihr das Schwert ab und hob es hoch; das Gewicht ließ sie zusammenzucken. Es war zu schwer, als dass sie es ohne Mühe hätte tragen können, aber sie hatte keine Wahl. Sie sah zu dem maskierten Helm hinauf und hatte das klare Gefühl, dass *irgendetwas* Nicht-Menschliches sie ansah. Es fühlte sich an, als würde sie taxiert, dann ließ das Wesen sie endlich das Schwert nehmen und gehen. Sie wurde das Gefühl nicht los, dass sie gerade noch mit dem Leben davongekommen war. Sie ging den Korridor entlang und trug das Schwert so vorsichtig, wie sie nur konnte. Fast hätte sie die Versuchung übermannt, es zu schultern.

Sie ging um die Ecke. Ein Gebrüll ließ sie zurückschrecken. Drei Orks kamen auf sie zu – und hinter ihnen sah sie einen alten Mann mit einem Stab. Es war Malefic, der dunkle Zauberer, der sie entführt hatte, als ausgefeilte Tarnung für den Diebstahl einer Blutprobe. Und vielleicht war er auch derjenige gewesen, der das Blut so behandelt hatte, dass man die Probe nicht mehr völlig von ihrem Körper trennen konnte.

Sie hob drohend ihr Schwert und machte im Kopf *Berserker* bereit. Wenn sie sterben musste, würde sie nicht kampflos aufgeben.

Malefic ließ die Orks anhalten. Er ging an ihnen vorbei und hob seinen Stab. Emily sprach ihren Verteidigungszauber gerade noch rechtzeitig, als ein Feuerball aus dem Nichts auftauchte und direkt auf ihren Schutzschirm prallte. Flammen leuchteten vor ihr und fraßen sich in ihre Verteidigung. Sie bemerkte beinahe zu spät, dass die Flammen ihre Energie aufzehrten. Sie sprang zurück, sprach einen Zauber auf das Schwert und warf es auf Malefic. Der dunkle Zauberer trat beiseite und das Schwert spießte zwei Orks auf, flog mit ihnen durch den Korridor und schlug in eine weit entfernte Wand ein. Sie hatte dem Zauber nicht gesagt, wann er anhalten sollte. Bevor Malefic reagieren konnte, stieß sie den Schutzschirm nach außen und rammte ihn in den dritten Ork. Der Lendenschurz des Geschöpfes ging in Flammen auf und es rannte um sein Leben. Emily lachte laut auf, als der Ork gegen eine Wand prallte und neben seinen Freunden zusammenbrach.

Magie schimmerte auf. Malefic schleuderte ihr einen Zauber entgegen, den sie nicht kannte; sie sprang schnell beiseite und verfluchte ihren Fehler. Sie hätte ihn nie aus den Augen lassen sollen!

Sie schleuderte einen Feuerball auf ihn, doch er pflückte ihn mit der Hand aus der Luft und zerdrückte ihn, als wäre er nichts Bedrohlicheres als der Imitator, den sie heraufbeschworen hatte, um die Orks zu erschrecken. Emily wartete nicht, bis er einen weiteren Zauber sprach; sie erschuf eine Lichtkugel, einen sehr einfachen Zauber, und ließ ihn so hell wie möglich strahlen. Sie kniff die Augen zu und warf ihn auf Malefic.

Der dunkle Zauberer schrie. Als das Licht verschwand, taumelte er zurück und griff nach seinen Augen.

Emily sprach einen Betäubungszauber und warf ihn gegen ihn. Sie sah, wie er zu Boden fiel. Es sah aus, als würde Blut aus seinen Augen triefen.

O Gott, wie sehr hatte sie ihn verletzt?

Und doch konnte sie kaum Mitgefühl empfinden. Malefic hatte sie Alassa, und die Schule verletzt. Verdiente er es nicht, genauso behandelt zu werden?

Sie erstarrte, als sie Applaus hörte, sehr langsam und überlegt, das Geräusch kam von hinten. Sie machte sich bereit und drehte sich um … denn sie wusste schon, wer da war. Wer da sein *musste*.

Shadye.

KAPITEL 45

Emily drehte sich langsam um. Sie fuhr ihre Schutzschirme hoch, obwohl sie wusste, dass sie Shadye nicht widerstehen konnten. Er konnte sie ganz einfach überwältigen, indem er so viel Magie gegen ihre Schutzschirme warf, dass er sie allein mit roher Gewalt niederschmetterte. Er stand mehrere Meter von ihr entfernt, das Gesicht unter einer dunklen Kapuze verborgen, die alles Licht zu schlucken schien. Er sah nicht mehr menschlich aus; als Emily sein Gewand sah, spürte sie, dass sein Körper langsam zu etwas anderem mutierte. Ein vages Gefühl durchdrang sie: Wenn sie zu genau hinsah, würde sie nicht mehr wegsehen können.

„Du bist gewachsen, seit wir uns das letzte Mal begegnet sind", sagte Shadye. Auch seine Stimme klang nicht menschlich, ein dumpfes Krächzen, das von nirgendwoher zu kommen schien. „Ich habe von einem Schicksalskind nichts anderes erwartet."

Rohe Macht knisterte in der Luft um Shadye, den Nekromanten, der Whitehall und der Gegend um die Schule seinen Willen aufgezwungen hatte. Er schien jetzt fast aus Magie zu bestehen, sein Leben hing vollkommen von Opfern ab. In einigen ihrer Bücher hatten Überlegungen gestanden, dass ein Nekromant irgendwann genug Energie würde speichern können, um ohne zusätzliche Opfer ewig zu leben.

Emily betete im Stillen, dass das nicht stimmte, während sie gleichzeitig vor ihm stand und gegen die Panik ankämpfte, die sie zu überwältigen drohte.

Lenk ihn ab, jammerte etwas in ihr. *Halte ihn auf Trab, während du nachdenkst!*

Sie räusperte sich. „Wie hast du es geschafft, mich zu kontrollieren?"

„Unser erstes Treffen nach drei Monaten – und du willst *das* wissen?", fragte Shadye. Er klang übermäßig belustigt, als habe sie etwas Komisches gesagt. „Ich habe eine Blutprobe von dir, weißt du noch?"

„Aber wir haben meine Verbindung zu dem Blut gekappt", protestierte sie. Oder die Heiler hatten es zumindest *versucht*. „Wie hast du mich damit manipuliert?"

Shadye schnaubte. „Du bist nicht von dieser Welt. Es gibt in diesem Universum niemanden wie dich. Dein Blut ist einzigartig. Wenn man deine Verbindung dazu auflöst, wird sie trotzdem nicht dauerhaft getrennt."

Emily fluchte leise. Darauf hätte sie kommen müssen, *bevor* es zu spät war, auch wenn Kyla und all die anderen nicht darauf kommen konnten, weil sie nicht wussten, wo sie herkam. Shadye hatte recht. Sie *war* einzigartig. Es gab keine Verwandten, die es erschwerten, vielleicht sogar unmöglich machten, dass der Zauber sein Ziel fand. Shadye war eine völlig neue Taktik eingefallen, aber auch ihr hätte das einfallen müssen. All die Ideen, die sie in diese Welt gebracht hatte … aber sie war nicht auf die eine Idee gekommen, die Whitehall vor der Zerstörung bewahrt hätte.

Shadye kam auf sie zu.

Emily taumelte zurück, sie wollte ihm nicht zu nahe sein.

Der Nekromant trat vor Malefic und sah auf den betäubten dunklen Zauberer hinab; die Kutte verbarg seinen Gesichtsausdruck. Einen Moment später griff er nach unten und sprach einen Zauber, den Emily nicht kannte. Malefic zuckte einmal, dann schlief er seinen erzwungenen Schlaf weiter.

„Er hat versagt", sagte Shadye. „Ich dulde kein Versagen."

„Natürlich nicht", sagte Emily und wich weiter zurück. „Wie hast du dich selbst dulden können, als ich aus deinen Fängen entkam?"

Shadye lachte unangenehm. „Glaubst du wirklich, dass du ohne meine Erlaubnis entkommen konntest?"

Er redete weiter, bevor Emily ein Wort sagen konnte. „Ich *erlaubte* dir zu gehen, weil ich wusste, dass du das Machtgleichgewicht in den Verbündeten Landen stören würdest. Und du hast deine Rolle prächtig gespielt. Politisches Chaos in einem der wichtigsten

Königreiche der Welt wird sie so weit schwächen, dass meine Marionetten die Macht ergreifen und die Verbündeten Lande zerschlagen können."

Seine Stimme verfinsterte sich. „Und ich wusste, dass ich dich benutzen konnte, um die Schutzschirme um Whitehall niederzureißen. Du warst die ganze Zeit meine Marionette."

Emily starrte ihn an. Die Gedanken rasten durch ihren Kopf. Er log. Er *musste* lügen. Wie hätte er alles vorhersehen können, von ihrer Rettung durch Void bis zu ihrer Rivalität – und dann Freundschaft – mit Alassa? Oder woher hatte er gewusst, dass sie mit einer anderen Schülerin eine Partnerschaft eingehen würde? Oder dass sie überhaupt etwas wissen würde, was diese Welt brauchen konnte? Emily war absolut nicht unwissend gewesen, wie die Cheerleader an ihrer eigenen Schule, aber sie hatte immer noch das Rad – besser gesagt: die Druckerpresse – neu erfinden müssen, mit dem allergeringsten Wissen um ihre Grundprinzipien.

Wenn Shadye gewollt hatte, dass sie die Welt beeinflusste, hätte er besser eine Professorin für mittelalterliche Geschichte und die Frühzeit der Industrialisierung entführt oder jemanden, der sich mit Maschinenbau und Chemie auskannte. Emily hätte leicht versagen und gar nichts Neues einführen können.

„Ein Schicksalskind als Marionette", spottete Shadye. „Wie konnte ich *nicht* gewinnen?"

Kalte Logik sagte ihr, dass Shadye log. Sie klammerte sich an diesen Gedanken, als der Nekromant über Malefics Körper hinwegtrat und auf sie zuschritt. Er konnte niemals alles vorhergesehen haben, sonst hätte er sie nicht gebraucht, um neue Faktoren in eine von vornherein instabile Lage hineinzubringen. Außerdem konnte man unmöglich in die Zukunft blicken und mehr als nur vage Hinweise auf das Kommende erlangen.

Wissenschaft *und* Magie waren sich darin einig.

Aber als sie zu Shadye aufblickte, merkte sie, dass das egal war. Der Nekromant glaubte jedes Wort, das er selbst sagte.

Sie schauderte und wich langsam durch den Korridor zurück.

Shadye hatte eine starke Persönlichkeit; er *musste* eine starke Persönlichkeit haben, sonst hätte die Nekromantie ihn schon längst umgebracht. Aber er konnte sich selbst keinen Zweifel und keine Fragen gestatten, aus Angst, sich selbst zu verlieren. Und das bedeutete, dass er jede Niederlage als Teil seines Planes deuten musste, zumindest sich selbst gegenüber. Er musste *glauben*, dass seine Feinde vor Ort einen Sieg erringen durften – und dass dieser Sieg zu ihrer Niederlage führen würde.

Spontan fiel ihr kein Beispiel ein, wo ein solcher Plan außerhalb von Comics funktioniert hatte.

Aber ich bin kein Schicksalskind, sagte ihr Verstand beharrlich. Sie konnte Shadye das sagen, aber er würde nicht auf sie hören. Dass sie Teile der Welt erfolgreich durcheinandergebracht hatte, sah er als Beweis dafür, dass sie ein Schicksalskind *war*.

Außerdem: Was würde er tun, wenn er je die Wahrheit herausfand? Würde er das auch als Teil seines großen Planes sehen?

„Okay", sagte sie nach einer langen Pause. „Und ich nehme an, du wirst mich jetzt den Mächten der Finsternis opfern?"

Shadye gluckste humorlos. „Ich habe weitaus … interessantere Verwendungszwecke für ein Schicksalskind als nur ein weiteres Opfer", sagte er boshaft. „Du wirst eine Nekromantin werden und mit mir zusammen die Verbündeten Lande zerstören."

Emily starrte ihn entsetzt an. Falls er das tatsächlich glaubte, hatte er vielleicht wirklich geplant, dass Void sie retten sollte, weil er wusste, dass sie sein Trojanisches Pferd würde. Aber wenn das stimmte, warum hatte er dann Malefic gebraucht, um sich eine Probe von Emilys Blut zu holen? Er hätte es sich nehmen können, bevor sie in seiner Gefängniszelle aufwachte.

Nein, sagte sie sich selbst mit fester Stimme; er *musste* einen neuen Plan improvisiert haben, nachdem Void sie ihm entrissen hatte. Selbst Batman konnte einen solchen Plan nicht von Anfang an erfinden und glauben, dass er funktionieren würde.

Aber Shadye war wahnsinnig. Und deshalb unvorhersehbar.

„Du willst Dinge ändern", wisperte Shadye. „Du bist ein Schicksalskind, du bist dazu geboren, die Welt zu verändern. Mit Nekromantie wirst du die Welt so sehr ändern können, wie du es dir nicht einmal vorstellen kannst."

Und dabei wahnsinnig werden, dachte Emily.

Die furchtbare Versuchung fraß sich in ihre Seele. Sie konnte niemals einen direkten Zweikampf mit Shadye gewinnen, nicht, wenn ihre unterschiedlichen Kräfte direkt gegeneinander antraten; er hatte *viel* mehr Macht als jeder andere Magier, dem sie begegnet war. Wenn sie kämpfte, würde Shadye gewinnen – und dann Whitehall vollends zerstören. Und sobald sie ausgelaugt war, würde sie völlig hilflos sein. Shadye hatte zweifellos seine Methoden, um sie umzuerziehen, wenn sie seine Wünsche nicht erfüllen wollte.

Aber wenn sie die Macht der Nekromantie selbst anzapfte, würde sie so mächtig wie er – und sie wusste schon jetzt, dass sie Tricks kannte, die niemand in dieser Welt je ernsthaft erwogen hatte. Licht als Waffe benutzen? Sie konnte einen Laserstrahl machen, wenn sie es probierte, der die meisten Schutzschirme durchdrang, weil sie nicht darauf programmiert waren, Licht abzuhalten. Oder sie konnte die Luft um ihr Ziel herum in Giftgas verwandeln oder Wasserstoff aus Wasser erschaffen … sie hatte sogar eine halbgare Idee gehabt, wie sie *Gold* aus Meerwasser erschaffen konnte. Sie konnte ihn besiegen …

… aber wenn sie das tat, würde sie ihre Seele verlieren.

Niemand, der mit Nekromantie in Berührung gekommen war, hatte je überlebt, ohne verrückt zu werden, und oft hatten die Betroffenen es nicht einmal bemerkt, bevor es viel zu spät gewesen war. Natürlich; sie konnten ihre Gehirne nicht selbst überwachen und Zeichen von Verrücktheit entdecken. Und wenn ihr Universum sich veränderte und alle Geräte, mit denen sie das Universum vermessen konnten, sich ebenfalls veränderten?

Sie glaubte fest daran, dass eine königliche Geburt nichts Besonderes war, aber Nekromantie konnte diese Haltung ändern … und sie würde es noch nicht einmal merken.

Die Versuchung tanzte vor ihren Augen und verspottete sie. Es *musste* eine andere Möglichkeit geben, ihn zu besiegen, aber ihr fiel nichts ein, das sie schnell genug umsetzen konnte. Wenn sie sein *Geschenk* ablehnte, würde er sie wegbringen und dann Whitehall weiter zerstören, mit Magie, die durch Schüler-Opfer verstärkt wurde. Aber wenn sie sein Geschenk annahm, würde sie zu einer schlimmeren Bedrohung als jeder gewöhnliche Nekromant, weil sie so vieles wusste. Und weil sie solche Freundinnen hatte. Vielleicht würde sie am Ende Alassa umprogrammieren, so dass sie nach ihrer Thronbesteigung in voller Absicht ihr Reich zerstörte.

Ihr kam ein Gedanke. „Nein", sagte sie und hoffte, dass es ihn von dem ablenken würde, was sie tat. „Du wirst mich nie auf die dunkle Seite holen. Ich bin ein Jedi, wie mein Vater vor mir."

Es war aus tausend Gründen ein schlechtes Beispiel, aber es würde dem Nekromanten nichts sagen. Luke Skywalkers Vater war ein Jedi gewesen – und ein launischer Jugendlicher – und er war auf die dunkle Seite gewechselt, darum war es ein sehr *dummes* Beispiel, aber auch sehr dramatisch. Und in einigen der Comics zum Erweiterten Universum, die sie am liebsten sofort wieder vergessen hätte, hatte Luke sich als Diener der dunklen Seite seinem Vater angeschlossen. Und sie war ziemlich sicher, dass Nekromantie noch verführerischer und gefährlicher war als die dunkle Seite der Macht. Sie würde den Imperator auf jeden Fall einen Nekromanten vorziehen, der seine eigenen Leute opfern musste, um zu überleben.

Shadye schien … überrascht. „Du warst zu Hause eine mächtige Magierin?"

„So etwas in der Art", log Emily. Sie formulierte den Zauberspruch im Kopf. „Ich komme von einem Ort, wo es viel größere Gefahren gibt als dich."

„Da bin ich mir sicher", sagte Shadye und kam noch einen Schritt auf sie zu. „Aber dein Vater ist weit weg."

„Mein Vater ist tot", sagte Emily. Sie setzte den Zauber frei. „Stirb!"

Ein flammender Lichtstrahl schlug in Shadyes Schutzschirme. Sie spürte, wie seine Macht lebendig wurde, als er versuchte, sich zu wehren, auch wenn er vielleicht nicht wirklich mitbekam, was sie ihm antat. Einen kurzen Augenblick sah sie, dass seine Gewänder weggeflogen waren; darunter war etwas so Grauenvolles, dass ihr Verstand sich weigerte, es zu verarbeiten …

Dann setzte sie den zweiten Zauber frei. Ein direkter Angriff würde kaum gelingen – Shadye hatte genug rohe Macht, um fast alles zu parieren – aber auf etwas so Einfaches wie einen Streich war er vielleicht nicht vorbereitet. Der Fluch bewirkte kurzzeitige Gedächtnislücken, genug, um jemanden im Zweikampf zu verwirren …

Einen Moment glaubte sie, dass sie es geschafft hatte.

Dann wedelte Shadye mit der Hand, beschwor einen Windstoß herauf und fegte sie damit den Korridor hinab.

Emily stöhnte vor Schmerz, als sie neben den Orks gegen die Wand prallte; sie war fast sicher, dass sie sich etwas gebrochen hatte. Verzweifelt kam sie auf die Beine …

… und Shadye kam auf sie zu, mit Augen, die im Dunkel seiner Kutte feuerrot glühten. Strahlende Energie funkelte um seine Hände – die jetzt fast wie Klauen aussahen – und blitzte ihr entgegen.

Bösartige Energie kroch auf sie zu, aber Emily schaffte es, sich aus dem Weg zu werfen. Das pulsierende Signalfeuer kroch über die Wände, zerriss den massiven Stein und hinterließ schwarze Brandspuren.

Shadye hatte es anscheinend aufgegeben, sie lebendig gefangen nehmen zu wollen.

„Du kannst deinem Schicksal nicht entkommen", sagte er. „Du wirst mir gehören."

Emily rannte weg.

Der Korridor verdrehte sich um sie und plötzlich rannte sie direkt auf Shadye zu. *Natürlich,* bemerkte ihr Verstand seltsam nüchtern, als sie rutschend abbremste. Das hätte sie nicht überraschen sollen. Shadye hatte den Grundfesten des Schlosses seinen Willen aufgezwungen. Es gab keinen Grund, warum er das Schloss nicht benutzen sollte, um Emily gefangen zu halten – oder die übrigen Schüler –, bis er sie brauchte.

Shadye griff nach ihr.

Emily wich zurück und lief gegen eine Wand, die vorher nicht dagewesen war. Der Nekromant kicherte, als sie sich gegen die Wand drückte. Sie konnte nicht fliehen.

„Du wirst Respekt vor deinem Lehrer und Meister lernen", sagte Shadye. Seine roten Augen versprachen kein Erbarmen. Er würde in ihr Gehirn greifen und es nach seinem Willen umschreiben. „Du wirst dich mir anschließen."

Verzweiflung beflügelte ihre Fantasie. Sie schleuderte einen Fluch, den sie in Kampfmagie gelernt hatte, auf Shadye; sie wusste, dass er ihn ohne Probleme abwehren konnte. Aber das verschaffte ihr Zeit. Sie nahm mit ihrer Magie einen Stein und schleuderte ihn rasend schnell auf ihn.

Der Stein schlug so heftig gegen die Schutzschirme des Nekromanten, dass er nach hinten taumelte. Seine Schutzschirme hielten, aber sie konnten die Bewegungsenergie nicht halten, die den Stein antrieb.

Emily nutzte ihre Chance und sprang an ihm vorbei, in der Hoffnung, seinem Einflussbereich zu entkommen, bevor es zu spät war. Sie schleuderte weiteres Geröll auf ihn, dann lief sie fast gegen eine weitere Steinwand. Der Korridor war plötzlich zur Sackgasse geworden.

Was konnte sie tun? Was wusste sie noch? Ihr fiel nichts ein.

Einen Augenblick später spürte sie, wie die Kraft aus ihrem Körper strömte.

„Diese Spiele sind unterhaltsam", verkündete Shadye hinter ihr, „aber sie hören jetzt auf."

Emily spürte, wie ihr Körper sich umdrehte, ohne dass sie etwas tun konnte. Shadye hatte ein winziges Glasfläschchen in der Hand, das mit einer rötlichen Flüssigkeit gefüllt war. Das feine Knistern von Magie reichte, um ihr zu zeigen, dass es ihr Blut war – das war leicht genug zu erraten. Beim letzten Mal, als er sie gesteuert hatte, hatte sie geschlafen und nicht dagegen ankämpfen können. Diesmal war sie wach – aber es machte keinen Unterschied. Ihr Körper tat, was Shadyes Wille befahl, und egal, wie sehr sie sich wehrte, wollte er sich nicht befreien.

Der Großmeister hatte gesagt, er habe sie beschützt. Aber da hatte er sich geirrt.

„Du wirst meine Dienerin werden. Meine Sklavin", sagte Shadye. Jetzt grinste er eindeutig vor Schadenfreude, er sonnte sich in seinem Triumph. „Deine einzigartigen Talente werden in meinen Dienst gestellt. Und obwohl du eine Nekromantin werden wirst, wirst du immer noch mir gehören. Niemals wirst du dich weiterentwickeln und mich ersetzen."

Emily schauderte; sie erinnerte sich an ihre Gedankenspiele zu magischen Computern. Ihr erster Versuch war vielleicht noch nicht brauchbar gewesen, aber Alohas Freunde hatten Fortschritte gemacht – und ein magischer Computer würde, zumindest theoretisch, riesige Mengen *Mana* erzeugen können, ohne verrückt zu werden. Und dann waren da noch die Möglichkeiten, die in der Spaltung von Atomen steckten. Wenn jemand mit Magie eine Atombombe improvisieren konnte, konnte er in dieser Welt große Zerstörungen anrichten.

Ihr kam der Gedanke, dass sie Shadye auffordern könnte, eine zu bauen, in der Hoffnung, dass er sich selbst beim Testen der Bombe in die Luft jagen würde, aber der Plan würde vielleicht nicht funktionieren. Wenn *sie* einen anderen Magier steuerte, würde sie sicherstellen, dass der Magier nicht gegen sie handeln konnte, direkt oder indirekt. Sie musste glauben, dass Shadye genauso klug vorgehen würde.

Shadye warf das Glasfläschchen mit ihrem Blut von einer Hand in die andere, um sie zu verspotten. „Auf die Knie", zischte er. „Erweise deinem Lehrer die Ehre, die ihm gebührt."

Sie wehrte sich verzweifelt, aber wusste, dass es sinnlos war. Ihr Körper sank auf die Knie und senkte sich ab, bis sie flach dalag, den Kopf auf dem Boden, eine Geste völliger Ergebung. Shadye trat vor und setzte seinen Fuß in ihren Nacken; Emily zuckte zusammen, sie glaubte, er würde zutreten, bevor er wieder wegging. Aber sie konnte sich nicht rühren.

Sie roch die Orks, die hinter ihr herankamen, bevor sie in ihr Blickfeld gerieten. Sie hoben Malefic hoch; der betäubte dunkle Zauber war machtlos und konnte nicht fliehen. Sie karrten ihn weg, sie wusste nicht wohin. Sie vermutete, dass er auf einem Opfertisch enden würde.

„Steh auf", befahl Shadye.

Emilys Körper gehorchte, während ihr Geist nach Wegen suchte, seine Kontrolle zu überwinden. Es *musste* eine Möglichkeit geben, sonst würde der, der zuerst Blutmagie erfunden hatte, immer noch die Welt beherrschen. *Vielleicht tut er das auch,* wisperte etwas in ihr im verzweifelten Versuch, sich abzulenken; Alassa hatte schließlich eine königliche Blutlinie erwähnt. Und auch in andere königliche Familien war mächtige Magie gewoben, stand in den Büchern. Manche waren sogar noch seltsamer als Alassas Familie.

„Folge mir", sagte Shadye.

Er führte sie eine Treppe hinab und an einem kleinen Haufen Leichen vorbei, Menschen und Monstern. Die Angreifer hatten einen hohen Preis bezahlt, aber schließlich hatten die Verteidiger verloren – den Kampf und ihr Leben. Tränen traten in Emilys Augen, als sie sich erinnerte, wie die Szenen einer vollkommen zerstörten Schule sie manipuliert hatten – die Szenen, die Shadye hatte wahr werden lassen.

Sie sah eine Leiche – einen Schüler der fünften Jahrgangsstufe, den sie vom Sehen kannte – und wollte sich übergeben. Aber Shadye hatte so viel Macht über ihren Körper, dass sie noch nicht einmal würgen konnte.

Nicht in Panik geraten, sagte etwas in ihr. *Untersuche das Problem, finde die Magie und wehre sie ab.*

Aber es schien sinnlos.

Shadye führte sie in den Speisesaal und sie sah, dass er von den Kämpfen fast unberührt geblieben war. Er hatte daraus ein Gefangenenlager gemacht; ein Dutzend Schüler und zwei Lehrer waren in Ketten gelegt und wurden von einer Handvoll Orks bewacht. Sie schienen keinen Widerstand zu leisten, aber die Orks hatten sie trotzdem heftig verprügelt. Sie trugen Anti-Magie-Handschellen. Es gab kein Entkommen.

Einer der verwundeten Lehrer war Sergeant Harkin.

KAPITEL 46

„Du wirst einen meiner Gefangenen opfern", sagte Shadye.
Seine zischelnde Stimme drang in Emilys panische Gedanken ein.
„Seine Macht wird der deinen hinzugefügt werden."

Emily starrte den Sergeant hilflos an. Selbst die Vorstellung –
die Abscheu davor –, einen Mann zu töten, den sie respektierte,
den sie sogar mochte, konnte die Fesseln nicht lösen, mit denen
Shadye ihren Körper gefangen hielt. Und sie hatte das Gefühl, sie
würde nicht mehr aufhören können, sobald sie den ersten Tropfen
der Nekromanten-Macht getrunken hatte. Nekromanten waren im
wahrsten Sinne des Wortes süchtig nach dem Machtrausch, den
sie spürten, während sie ihre Opfer töteten.

Der Sergeant war so zusammengeschlagen worden, dass er
blutete. Sein einer Arm war eindeutig gebrochen, aber das eine
Auge, das sie sehen konnte, war klar und berechnend. Emily glaubte,
Verständnis, ja sogar Vergebung in seinem braunen Auge zu sehen,
bevor er zu dem Nekromanten aufsah. Shadye schien ihn nicht
einzuschüchtern, obwohl er so mächtig war, dass er den Sergeant
mit einem Wink zu Asche machen konnte. Oder vielleicht hatte
Harkin seine Reaktionen nur sehr gut unter Kontrolle.

Shadye kam bedrohlich nahe. Emily konnte noch nicht einmal
wegzucken, als er in sein Gewand griff und ein steinernes Messer
herauszog, in dessen Klinge unheimliche schwarze Runen geritzt
waren. Emily spürte, wie ihre Hand sich ausstreckte, als er es ihr
hinhielt. Egal, wie sehr sie innerlich schrie, ihr Körper würde das
Messer nehmen … ihre Hand schloss sich um das Heft. Das Messer
fühlte sich … bösartig an, vollkommen abstoßend, sobald sie es
anfasste. Es war kein gewöhnliches Messer, sondern speziell für
Nekromantie erschaffen. Die Zauber auf der Klinge trugen dazu bei,
das aufwallende *Mana* vom Opfer direkt in den Nekromanten zu leiten.

„Wähle einen aus", befahl Shadye. Er wandte sich um und betrachtete seine Gefangenen. „Wähle einen aus, der stirbt – und die anderen werden leben."

Emily fand ihre Stimme wieder. „Du würdest sie am Leben lassen?"

„Ich werde sie nicht töten", sagte Shadye. Er sah sie wieder an. „Ich schwöre bei meiner Macht, dass ich sie in den Wald entlassen werde, so dass sie sich in die Verbündeten Lande durchschlagen können."

Emily war kalt. *Er* hatte den Eid geschworen in dem Wissen, dass Emily die Gefangenen selbst würde töten wollen, sobald die Nekromantie sie befleckt hatte. Und selbst wenn sie sie nicht tötete, würde ihr Weg zurück zu Dragon's Den – und erst recht weiter Richtung Norden – sie durch Landstriche führen, die mit Monstern übersät waren. Sie konnten trotzdem sterben, aber er hätte seinen Eid nicht absichtlich gebrochen.

Ein Gedanke kam ihr. Sie konnte ihm von den Feen erzählen und ihren eigenen Eid absichtlich brechen, im sicheren Wissen, dass es sie umbringen würde. Er würde nicht zulassen, dass sie sich selbst tötete, vermutete sie, aber wenn er merkte, dass sie einen bindenden Eid abgelegt hatte, würde es zu spät sein. Und dann würde er sie als Dienerin verlieren …

Sie öffnete den Mund, um es zu sagen, dann zögerte sie. Selbstmord wäre das Ende von allem. Selbst jetzt konnte sie diesen letzten Schritt nicht tun.

„Wähle einen aus", wiederholte Shadye. Er klang … *ungeduldig.* Kaum zu glauben, dass er geduldig gewartet hatte, bis sie einschlief und er ihren Verstand manipulieren konnte. „Wähle einen aus, der stirbt, und die anderen werden leben."

Emily spürte ein Frösteln in ihrer Hand, da, wo sie das Heft des Schwertes umfasste, aber ihre Hand bewegte sich nicht. Shadye schien ihren Körper nicht wie eine Marionette lenken zu wollen, damit sie einen der Gefangenen tötete. Das verwirrte sie, bis ihr aufging, dass Nekromantie eine höchst persönliche Tat war. Wenn sie den Gefangenen nicht absichtlich und freiwillig tötete, konnte das Ritual versagen. Und wer wusste, *was* dann passieren würde?

Vielleicht würde Shadye die Macht selbst aussaugen, weil er ihren Körper als Waffe benutzt hatte, oder vielleicht würde die Macht einfach wegsickern.

Heiße Tränen brannten in ihren Augenwinkeln. Wie konnte *irgendjemand* so eine Wahl treffen?

Genau das macht den Nekromanten aus, flüsterte eine Stimme in ihrem Hinterkopf. *Die Entscheidung, sich selbst an vorderste Stelle zu setzen, andere nur als Machtquelle oder Spielzeug zu betrachten. Nekromantie ist eine höchst selbstsüchtige Kunst.*

„Wenn du jetzt kein Opfer wählst", sagte Shadye, „wird einer dieser Gefangenen sterben. Und dann noch einer, und dann noch einer, bis keine Gefangenen übrig sind."

Emily zögerte. *Ein* Leben für die übrigen. Shadye schien sie in eine Lage gebracht zu haben, in der der Mord an einem Einzelnen die moralisch richtige Wahl war; er wusste, dass diese erzwungene Wahl sie für immer beflecken würde. Und doch sah sie keine Alternative. Sie konnte nicht kämpfen, sie konnte nicht fliehen … sie konnte nichts tun.

Sergeant Harkins Ketten klimperten, als er sich anders hinsetzte. „Du musst mich als dein Opfer benutzen", sagte er. Emily hörte den Schmerz in seiner Stimme, aber irgendwie schaffte er es, deutlich zu sprechen. „Es ist ein geringer Preis für die Freiheit der anderen."

„Ruhe", fauchte Shadye. Hinter ihm regten sich die Orks aufgebracht. „Sie muss ihre Wahl treffen."

Harkin lächelte. Blut lief seinen Mund hinab. „Es gibt keine Wahl", sagte er. Er verdrehte den Kopf, um Emily in die Augen zu sehen. „Ohne ärztliche Hilfe werde ich bald sterben. Die anderen haben ein langes Leben vor sich. Außerdem: Kann man nicht mehr *Mana* aus einem freiwilligen Opfer ziehen?"

Shadye zögerte. „Du würdest dich freiwillig der Klinge anbieten, um diese wertlosen Leben zu retten?"

„Niemand ist wertlos", fauchte Harkin zurück. „Aber ich nehme an, ein Nekromant versteht den Gedanken eines freiwilligen Opfers nicht. Du würdest jemand anders nur die Hand reichen oder ihm auf die Schulter klopfen, um ein Messer in ihn zu jagen."

„Er will, dass du ihn tötest", sagte Shadye zu Emily. „Töte ihn."

Emily zögerte. „Aber ...“

„Tu es“, sagte Harkin wütend. „Glaubst du, ich will langsam an diesen Wunden sterben?“

Und dann lächelte er sie müde an. „Du hast keine Wahl“, sagte er. „Mach dich einfach … bereit für die Macht.“

Emily starrte ihn an. Er versuchte, ihr etwas mitzuteilen, aber ihr müdes Gehirn weigerte sich, seine Botschaft zu verarbeiten.

Sie packte das Messer und fragte sich, ob sie es stattdessen in Shadye versenken konnte, bevor der Nekromant sie bremsen konnte. Aber als sie Shadye ansah, merkte sie, dass es vielleicht nicht reichen würde, ihren Peiniger zu töten. Sein Körper verwandelte sich in etwas Abscheuliches, das schlimmer sein konnte als das Feenvolk vergangener Zeiten, etwas, das Lebensenergie einsaugte und am Ende sterben würde, wenn es alle anderen ausgelöscht hatte. Wenn ihm die Menschen ausgingen, würde er versuchen, Tiere zu opfern, und dann würden ihm auch die Tiere ausgehen …

Hilflos trat sie vor und hielt das Messer über das Herz des Sergeants. Aus der Nähe spürte sie, wie die Lebensenergie durch seinen Körper rauschte, und sie wusste instinktiv, wo sie zustechen musste, um das *Mana* des Sergeants auszusaugen, gefolgt von der Lebensenergie. Anscheinend gab es keine Möglichkeit, ihn langsam auszubluten, so dass er sich zwischendurch erholen konnte oder seine Macht zu übernehmen, ohne ihn zu töten …

… und in gewisser Weise war das gnädig. Wenn die Nekromanten je herausfanden, wie sie einen Menschen scheibchenweise opfern konnten, um immer mehr Lebensenergie aus seinem Körper zu holen, immer und immer wieder, dann würde nichts sie aufhalten können.

„Tu es“, zischte Harkin.

„Zuerst das *Mana*“, befahl Shadye. „Und dann kannst du seine Seele aussaugen.“

Emily schloss die Augen und stach nach unten. Das steinerne Messer schnitt in den Körper des Sergeants wie durch Butter – als hätte es seinen eigenen Willen, als wollte es unbedingt töten. Es zuckte wie verrückt in ihrer Hand, aber da war kein *Mana*. Nichts schien zu passieren.

„Was?", fragte Shadye. Der Zauber, der Emily gefangen hielt, schien nachzulassen, als der Nekromant Harkin schockiert anstarrte. „Was bist du? Ein Imitator?"

Harkin begann zu lachen. Der Rest an Kontrolle, die Shadye über Emily hatte, zerbrach.

Der Nekromant taumelte zurück.

„Die Frage ist dir nie eingefallen", sagte Harkin und hustete Blut aus. „Ich war nie ein Magier. Kein *Mana* zum Aussaugen."

Emily starrte ihn mit offenem Mund an. Ihr ging auf, dass Harkin nie vor ihren Augen gezaubert hatte. Das hatte immer Sergeant Miles getan … Und Harkin hatte sich nie einen Kampfhexer oder überhaupt irgendwie einen Magier genannt. Und er hatte sich der Klinge dargeboten in dem Wissen, dass es nicht funktionieren würde …

Abrupt drehte sie sich um und sah auf das Glasfläschchen in Shadyes Händen. Der Sergeant hatte sich geopfert, um ihr eine Chance zu geben, und sie würde sie nicht verpassen. Ein direkter Angriff war sinnlos, aber wenn Whitehalls Schutzschirme nicht verhindern konnten, dass Shadye ihren Geist manipulierte, dann konnten seine eigenen Verteidigungsmechanismen nicht die Verbindung zwischen ihr und ihrem Blut zerstören.

Das Glasfläschchen explodierte in Shadyes Händen und er heulte vor Schmerz auf, fast als hätte sich ihr Blut in Säure verwandelt. Es dauerte einen Moment, bis ihr aufging, dass er sich an den Glasscherben geschnitten hatte.

Und dann bewegte er die Hände in einer komplizierten Geste und ein Feuersturm flammte auf; er versengte Emilys Haare, als sie sich zu Boden warf.

„Lauf", fauchte Harkin. „Los!"

Emily lief, durch eine Tür, die sich schnell schloss – aber nicht schnell genug, um sie aufzuhalten. Sie gelangte in einen Korridor. Shadye schien verwundet zu sein, er konnte nicht genug Magie fokussieren, um das Schloss zu manipulieren, so dass es ihre Flucht verhindert hätte. Aber trotzdem würde er die übrigen Gefangenen foltern können, wenn er herausfand, wie er seinen Eid brechen konnte.

Sie floh durch den Korridor; Schreie verfolgten sie und sie wusste nicht, wo sie hinlief. Es gab keinen Ort, an den sie sich retten konnte, und keine Hilfe, die sie herbeirufen konnte. Der Großmeister hatte sich in einem geschlossenen Bereich abgeriegelt und versuchte, wenigstens etwas von Whitehall vor Shadye zu retten. Und sie hatte keine Möglichkeit, Void herbeizurufen, jedenfalls nicht, ohne Shadye zu alarmieren.

Sie dachte verzweifelt nach und versuchte, eine Waffe gegen den Nekromanten zu finden. Ihr fiel nichts ein, das funktionieren könnte.

Sie spürte, wie Shadyes Geist sich nach dem Schloss ausstreckte, um ihm noch einmal seinen Willen aufzuzwingen. Er würde sie schnell wieder finden, sobald er die Überwachungszauber kontrollierte, die kleine Schüler mit Magie und bösen Absichten im Blick behielten. Außer, sie könnte ihnen entkommen … aber wie?

Vielleicht konnte sie die Zauber mit ihrer Magie abstellen – mit dem Talent, das sie angeblich hatte –, aber irgendwie bezweifelte sie, dass sie es schnell genug schaffen würde. Und wenn Shadye zufällig beobachtete, *welche* Zauber abgestellt wurden, dann würde er *genau* wissen, wo sie war.

Die Tarnzauber, dachte sie. Die Sergeants – Sergeant Miles genau genommen – hatten ihr eine Handvoll Zauber beigebracht, mit denen sie sich wahrscheinlich verstecken konnte. Sie versagten manchmal bei nicht-menschlichen Gegnern, aber sie konnte es auf jeden Fall versuchen. Man hatte sie auch ermahnt, sie nicht innerhalb von Whitehall anzuwenden, aber solche Verbote galten sicher nicht mehr. Die Zauber senkten sich über sie.

Sie entspannte sich etwas, dann kam sie zum Ende des Korridors.

Aber der Korridor war weg.

Emily starrte auf die steinerne Wand und spürte unendliche Verzweiflung. Shadye wusste vielleicht nicht genau, wo sie war – falls die Tarnzauber funktionierten und ihr nicht ein trügerisches Gefühl von Sicherheit vermittelten –, aber er hatte alle Fluchtwege verriegelt.

Oder doch nicht?

Sie sah hinab auf die Stelle, wo die Wand den Boden berührte. Da war eine winzige Öffnung, gerade groß genug für eine Ratte oder einen Hamster. Der Gedanke kam ihr, bevor sie es sich anders überlegen konnte; sich selbst zu verwandeln war unglaublich gefährlich, aber das war die Gefangennahme durch einen wütenden Nekromanten ja auch. Beim nächsten Mal würde Shadye ihr Gehirn umschreiben. Das wäre das Ende aller Hoffnung – und allen Widerstandes.

Die Welt drehte sich um sie, als sie den Zauber sprach; mit jeder Sekunde wurde alles größer und größer. Emily fokussierte ihre Gedanken darauf, dass sie menschlich war, während neue Sinneseindrücke plötzlich auf ihren Geist einströmten. Die Ratte hatte einen ausgezeichneten Geruchssinn und konnte besser sehen, als sie es je für möglich gehalten hätte, aber ihre Gedanken waren primitiv. Sie wollte den Käse jagen, den sie in der Ferne roch, und nicht die Forderungen eines sehr menschlichen Gehirns befolgen …

Irgendwie zwang Emily sich, weiterzugehen und in das Loch zu kriechen. Der Geist der Ratte hatte nichts dagegen, durch beängstigend enge Tunnel zu springen und sich nach unten zu bewegen, trotz der Magie, die merkwürdig durch das Schloss flimmerte, aber Emily machte es Angst – und sie traute sich nicht, dem Rattengeist die Führung zu überlassen. Es konnte sehr gut sein, dass sie völlig verloren ging, wenn sie vergaß, dass sie ein Mensch war, oder zumindest könnte sie am Ende fest davon überzeugt sein, dass sie eine Ratte war. Die arme Besenstiel war übel traumatisiert worden, weil ihre Zimmergenossin vergessen hatte, ihren Zauber mit Schutzschirmen auszustatten. Emily hatte keine Zeit gehabt, um sich vor dem Rattengeist zu schützen. Er war jetzt ein Teil von ihr.

Die Ratte sprang weiter in das Schloss hinab; sie sah keine Spur von anderem Ungeziefer, was ihr Sorgen machte. Jedes große Gebäude sollte vor Ungeziefer wimmeln, von Ratten und Mäusen bis zu Insekten und Kakerlaken, aber Whitehall schien immun zu sein. Und das ließ ihr keine Ruhe. Hatte jemand eine bessere Art von Mausefalle gezaubert oder hatte sie etwas Offensichtliches übersehen?

Und was, wenn es wirklich Leute gab, die sich nach einer Verwandlung völlig selbst vergessen hatten? Vielleicht wurden die unteren Ebenen des Schlosses von Fröschen und Ratten bewacht, die einst menschlich gewesen waren.

Oder vielleicht frisst CT sie, dachte sie. *Oder sie füttern die Wesen im Zoo damit.*

Sie spürte ein magisches Kribbeln in der Luft, als die Ratte anhielt. Sie war am allertiefsten Punkt des Schlosses. Emily sah sich um und kämpfte, um den Rattenkörper unter Kontrolle zu behalten, während sie versuchte herauszufinden, ob sie sich gefahrlos wieder in einen Menschen verwandeln konnte. Mit der verzerrten Wahrnehmung der Ratte konnte sie fast nicht sicher sein. Sie sah kein Problem in einem Durchgang, der kaum mehr als zehn Zentimeter hoch war, aber Emily wusste, dass sie sofort sterben würde, wenn sie sich auf zu engem Raum wieder in einen Menschen verwandelte. Shadye würde ihren Tod wahrscheinlich spüren und beschließen, dass auch das ein Teil seines Plans gewesen war.

Schließlich gelangte sie in einen riesigen Durchgang, der groß genug war für einen Menschen. Das Rattenhirn kämpfte gegen sie an, als sie begann, den Zauber loszulassen, entweder aus Selbstschutz oder weil die Ratte den Gestank böswilliger Orks roch. Sicher fraßen Orks Ratten zum Frühstück … Emily würgte bei dem Gedanken, während der Zauber sich verdrehte und schließlich brach. Sie fiel gegen die Wand; sie konnte sich kaum aufrecht halten. In ihrem Kopf drehte sich alles, der plötzliche Wechsel war schwer zu verarbeiten, auch wenn die Rattengedanken verschwunden waren. Aber die Sinne der Ratte waren schärfer gewesen als ihre menschlichen und jetzt, wo sie wieder ein Mensch war, fühlte sie sich seltsam blind.

Sie brauchte einen Augenblick, um sich zu sammeln. Der aufrechte Gang war zu schwer; sie gab auf und kroch auf allen vieren den Gang entlang.

Idiotin, sagte sie sich selbst, als ihr Verstand mitbekam, was sie da tat. Es hatte sich natürlich angefühlt, sich wie eine Ratte zu bewegen, natürlich und richtig. Kein Wunder, dass Besenstiel so schwere Schäden davongetragen hatte, obwohl ein Besen keinen Geist haben sollte, der mit dem menschlichen verschmelzen konnte. Vielleicht hatte sie sich nur vorgestellt, dass er existierte, und das war wahr geworden …

Sie schüttelte den Kopf. Hinter einer schweren Tür hörte sie Orks grunzen – die Gruppe, in die sie sich hineingezwängt hatte, während Shadye sie steuerte. Ein schneller Blick zeigte ihr, dass es mindestens fünf schwer bewaffnete Orks waren. Sie überlegte, ob sie den Imitator-Zauber noch einmal sprechen sollte, aber die Orks ließen sich wohl kaum noch einmal täuschen … Natürlich konnte es sein, dass sie den Imitator aus dem Zoo freigelassen hatten, damit er unvorsichtige Orks und fliehende Schüler verspeiste.

Stattdessen drückte sie sich in den Schatten. Dort erschuf sie eine Illusion von sich selbst, wie sie um die Ecke lief und abbremste, als sie die Orks sah. Die Orks heulten auf und jagten ihr nach; sie dachten sicher daran, wie Shadye diejenigen belohnen würde, die ihm lebende Gefangene brachten.

Emily sah ihnen nach, dann ging sie um die Ecke und lief fast einem kleinen koboldartigen Wesen in die Arme. Es zischte sie einer Sprache an, die Emily nicht kannte.

„Entschuldigung", murmelte Emily, während es auf sie zukam, in der einen Hand ein Schwert und in der anderen ein Paar Handschellen. Sie traf das Wesen mit einem Bewegungszauber und schleuderte es mit rasender Geschwindigkeit den Korridor hinab gegen eine Wand, wo es zu Brei zerplatzte. Noch vor Tagen – es fühlte sich an wie vor Jahren – hätte sie diese Tat belastet. Jetzt war es nur eine Möglichkeit, zum Nexus vorzudringen.

Hinter sich hörte sie wütendes Brüllen; die Orks hatten die Täuschung bemerkt. Sie stürmten durch die Tür zurück. Emily musste lächeln; Shadye würde Versagern wohl kaum vergeben, besonders nicht diesen nicht-menschlichen Orks. Falls er ihnen irgendwelche Versprechen gegeben hatte, würde er sie kaum einhalten. Und sie waren wütend genug, um sie zu töten, statt sie lebendig gefangen nehmen zu wollen.

Verzweifelt improvisierte sie einen Zauberspruch, mit dem sie Luft aufsaugte und dann auf engstem Raum zusammenpresste. Die Orks bemerkten nichts, während sie auf sie eindrangen, bis Emily sich duckte und den Zauber auslöste; die zusammengepresste Luft blitzte mit der Gewalt einer kleinen Explosion auf. Ein lauter Donner ertönte; es riss in ihren Ohren, obwohl sie die Hände darauf gepresst hatte.

Als sie wieder zu den Orks sah, lagen sie alle am Boden und ächzten vor Schmerz. Der Überschallknall hatte sie umgeworfen und der Lärm musste ihre riesigen Ohren beschädigt haben.

Emily wappnete sich und drückte ihre Hand gegen die Tür, um sie zu öffnen. Eine Reihe mächtiger Zauber bewachte den Raum; jeder einzelne konnte alle töten, die ohne Erlaubnis des Großmeisters versuchten, den Raum zu betreten. Für einen Rückzug war es zu spät, also ließ Emily ihren Geist in die Zauber eintauchen und flocht sie schnell auseinander, bevor sie sie töten konnten. Die Ironie ging ihr auf, als sie den letzten Zauber gelöst hatte. Hätte Shadye sie nicht zuvor gesteuert, wäre es vielleicht einfacher gewesen, den Nexus zu erreichen. Der Großmeister hätte nicht versucht, ihn speziell vor ihr zu sichern.

Die Tür öffnete sich mit einem Klicken und Emily trat hindurch, auf weitere Überraschungen gefasst. Jemand, der so vorsichtig war wie der Großmeister, würde sich wohl nicht auf eine einzige Verteidigungslinie verlassen …

Aber sie hatte keine Wahl. Vielleicht hatte sie noch eine Möglichkeit zu siegen, aber dazu brauchte sie Macht.

Und die einzige Machtquelle war der Nexus.

KAPITEL 47

Der Nexus erhob sich vor ihr, als sie den Raum betrat.

Sofort fühlte sie sich klein – und verängstigt.

Überall um sie herum war Macht, sie wirbelte in die Schule hinauf und wieder hinab in die Ley-Linien, genug Macht, um einen Menschen in einen Gott zu verwandeln. Der Raum schien unwirklich groß, wie eine riesige Kathedrale, die bis in den Himmel reichte. Sie hörte ein Geräusch wie einen riesigen Herzschlag, das Geräusch der Macht, die durch die Ley-Linien wirbelte und um sie herum widerhallte. Und es erinnerte sie an den Ort, zu dem Shadye sie gebracht hatte, damals, als sie in seine Welt gekommen war. Er hatte sie opfern wollen, um seinen Zwecken zu dienen.

Vielleicht hat Void einen Fehler gemacht, dachte sie, als sie zu den Pfeilern aus Kristall hinübersah, die ins Unendliche hinaufragten. *Hätte er mich getötet, hätten die Grauenvollen gewusst, dass ich kein Schicksalskind bin, und sich gegen ihn gewendet. Shadye wurde von Void gerettet und weiß es noch nicht einmal!*

Der Gedanke tröstete sie nicht.

Sie ging zu dem Pfeiler, der am nächsten lag, und fragte sich, ob sie noch bei Verstand war. Wenn man schon wahnsinnig wurde, weil man die vergleichsweise geringe Menge *Mana* im Körper eines Magiers anzapfte, was konnte dann nicht alles passieren, wenn sie die gigantische Machtquelle direkt vor ihr anzapfte? Schließlich steuerte man den Fluss nur deshalb mit verzauberten Kristallen, damit man die Macht nicht direkt anzapfen musste. Man konnte sich leicht vorstellen, was alles schiefgehen konnte.

Ich könnte die Ley-Linien in die Luft jagen, dachte sie, während sie den Pfeiler betrachtete. Wenn sie nur die Hand in seine Nähe hielt, fühlte sie schon die Macht, die hindurchlief. *Die Schule würde zerstört werden.*

Sie schauderte. Außer ihr hatte niemand in dieser Welt den Erfahrungshintergrund, um sich vorzustellen, was als Nächstes passieren konnte. Dragon's Den, zehn Meilen entfernt, könnte von der Explosion zerfetzt werden; auf jeden Fall würden Horden von Nekromanten durch den neuen Gebirgspass darauf zuströmen. Und dabei ging sie noch von einer ziemlich *kleinen* Explosion aus.

Was würde passieren, wenn die Explosion so stark war, dass sie die Welt auseinanderriss?

Sergeant Harkin hatte ihr vertraut. Er hatte sein Leben hingegeben, um ihr eine Chance auf Entkommen zu sichern, damit sie einem Schicksal begegnen konnte, das sie vielleicht gar nicht hatte. Ein Schicksalskind sollte jederzeit genau wissen, was zu tun war, so stand es in den Büchern, aber Emily war vollkommen unsicher, welchen Weg sie jetzt einschlagen sollte. Sollte sie das Risiko auf sich nehmen und ihren Geist mit der Macht verschmelzen lassen, im Bewusstsein, dass schon die erste Berührung ihren Verstand zerstören konnte? Oder sollte sie versuchen, die Macht zu destabilisieren, und Gefahr laufen, alles im Umkreis von Meilen zu zerstören? Oder sollte sie alles auf eine Karte setzen und hoffen, dass ihr ursprünglicher Plan funktionierte?

Sie wappnete sich, so gut sie konnte, und legte die Finger gegen den Kristall. Sofort spürte sie die Macht stärker werden, als flösse sie schon durch ihren Körper. Sie zog sich schnell zurück, aber sie konnte nicht mehr verhindern, dass etwas davon sich in ihrem Geist festsetzte.

Auch nachdem sie die Verbindung unterbrochen hatte, fühlte sie die Schule rund um sich herum. Im Vergleich zu Whitehalls Innerem war die TARDIS von Dr. Who *einfach* strukturiert. Sie spürte Shadye, der sich langsam in Richtung Nexus bewegte, und den Großmeister, der die verbliebenen Schüler und Lehrer in einer versiegelten Sektion der Schule in Sicherheit hielt. Rund um diese Sektion waren Hunderte Dimensionen miteinander verzahnt und übereinandergestapelt.

Sie wusste nicht genau, was sie da sah. Als sie Shadyes plötzliche Aufmerksamkeit spürte, zog sie sich zurück. Er wusste, was sie getan hatte – und er kam, um sie zu aufzuhalten.

Nicht, dass er eine Wahl hätte, beteuerte der taktische Teil ihres Verstandes. *Wenn ich genug Zeit hätte, könnte ich die Schule gegen ihn aufbringen. Er muss mich jetzt aufhalten. Oder fliehen.*

Sie zog ihren Verstand in sich selbst zurück und konzentrierte sich. Die Macht, die sie aus den Ley-Linien bezogen hatte, würde nicht an Shadyes herankommen – sie bezweifelte, dass sie das konnte, ohne mit dem Wahnsinn zu flirten –, aber ihre Macht würde ausreichen, um ihn auf Trab zu halten, bis sie ihn dort hatte, wo sie wollte. Wenigstens würde es hier im Nexus leichter sein als draußen in der Schule. Es bestand die Gefahr, dass Shadye versuchen würde, die Macht des Nexus für sich selbst anzuzapfen, doch allein der Kontakt würde – wenn sie richtig lag – zu viel für ihn sein. Er wäre überzeugt, dass er ihn zähmen konnte, bis zu dem Moment, wo sein Gehirn davon zerschmolz.

Die Tür explodierte mit einem Donnerschlag nach innen. Shadye schritt in den Raum, eine Hand zur Verteidigung erhoben. Er war allein, obwohl Emily draußen im Vorraum Orks und Kobolde spürte. Shadye wollte eindeutig kein Publikum und keine Ablenkung.

Oder … fürchtete er, dass seine Diener selbst nach der Macht streben würden? Sie waren menschlich gewesen, bevor das Feenvolk begonnen hatte, mit ihren Genen zu spielen. Und es hätte sie überrascht, wenn sie Shadye weiter vertraut hätten, als sie ihn werfen konnten.

Als Orks konnten sie ihn natürlich ziemlich weit werfen.

Der Nekromant hielt am äußeren Rand des Raumes inne, fast so, als widerstrebte es ihm, weiterzugehen. Seine Menschlichkeit schien völlig verschwunden, sein Mantel und sein Gewand waren das Einzige, was ihn noch ein wenig menschenartig aussehen ließ.

Emilys überscharfe Sinne sahen eine Macht um ihn herum, die mit dem bloßen Auge nicht zu erkenne war. Irgendwie erinnerte sie das an CT – und wie er sich nach Lust und Laune neue Tentakel hatte wachsen lassen.

„Du hast die Macht entfesselt", sagte Shadye. Emily konnte nicht hören, ob er das ernst meinte oder ob er versuchte, mit ihrem Verstand zu spielen. „Tritt zur Seite und lasse mich mein Schicksal erfüllen."

„Ich glaube, das wäre keine sehr gute Idee", sagte Emily sanft. Im Nachhinein hätte sie Schauspiel studieren sollen, dazu Maschinenbau, Chemie und ein Dutzend anderer Fächer, die sie auf ihre schöne neue Welt vorbereitet hätten. Sie musste all ihren Mut aufbieten, um vor dem durchgedrehten Nekromanten selbstsicher zu wirken. „Dein Schicksal liegt nicht hier."

„Mein Schicksal liegt da, wo ich es sage", fauchte Shadye sie an. Er war immer noch nicht weitergegangen, daraus schöpfte sie Mut. „Tritt zur Seite."

Emily lächelte. „Wie kannst du behaupten, dass du dein Schicksal selbst bestimmst, und mich gleichzeitig ein Schicksalskind nennen?"

„Du *bist* ein Schicksalskind", beteuerte Shadye. „Du bist hier, um die Welt zu verändern. Und sie wird sich verändern, durch meine Taten."

Er hatte offenbar den Gedanken aufgegeben, sie zur Nekromantie zu bekehren. Oder vielleicht hob er sich das für später auf.

Emily betrachtete ihn. Sie verzog ihr Gesicht zu dem Lächeln, das ihren Stiefvater früher zu Wutanfällen getrieben hatte, und wartete ab, was er tun würde. Shadye könnte sich entschließen, sie zu attackieren, mit all seiner Macht, aber man konnte nicht wissen, was passieren würde, wenn sie innerhalb des Nexus einen Zweikampf austrugen. Vielleicht würden sie ihn überlasten und die Ley-Linien aus Versehen sprengen. Oder … wieder gab es zu viele Möglichkeiten.

„Dein Schicksal ist es, hier zu sterben", sagte Emily. Sie formte einen Zauberspruch im Kopf und machte ihn für die sofortige Anwendung bereit. „Also stirb."

Sie warf den Spruch auf ihn und verwandelte die Luft um ihn herum in tödlichen schwarzen Rauch. Einen Herzschlag lang war Shadye blind.

Er würde nicht lange brauchen, um den Rauch aufzulösen, aber es verschaffte ihr einen Augenblick, um den zweiten Zauber zu sprechen. Ein Dutzend Kopien ihrer selbst stand im Raum verteilt, alle anscheinend kampfbereit. Durch den Nexus floss so viel Macht, dass er sich schwertun würde, die *echte* Emily unter den Schatten zu finden.

Der Rauch verschwand. Shadye hielt inne, eine Hand wieder erhoben, dann ließ er einen Sturm aus Zaubersprüchen auf sie und ihre Kopien los.

Emily sprang zur Seite, um einigen seiner Zauber zu entgehen, und betete, dass er nicht alle ihre Kopien auslöschen konnte, bevor sie ihren nächsten Trick vorbereitet hatte.

Shadye verlor offenbar vollkommen die Kontrolle. Er attackierte wütend eine der Kopien. Ein Lichtblitz von einer Stärke, die steinerne Mauern durchdringen konnte, schlug in eine der Kristallsäulen, doch der Nexus absorbierte ihn mühelos.

Emily wurde bleich. Damit hätte er das halbe Land in die Luft jagen können!

Shadye heulte vor Wut auf und feuerte wieder auf die Säule, ohne damit etwas zu erreichen.

Während er abgelenkt war, erschuf Emily einen zweiten Satz Kopien und ließ anschließend einen Hagel von Streiche-Zaubern auf seinen Rücken prasseln. Bei ihren Übungen mit Alassa hatte sie gemerkt, dass der Juckzauber überraschend schwer zu blockieren war, selbst für einen geübten Magier.

Shadye wirbelte herum und jagte einen solchen Feuersturm auf ihre Kopie, dass die Täuschung wie eine Seifenblase zerplatzte.

Emily sprang hinter einen der Pfeiler zurück und stand plötzlich schwarzen Tentakeln gegenüber, die aus dem Nichts aufgetaucht waren. Eines packte sie am Bein, hob sie hoch und zerrte sie zu Shadye. Seine roten Augen funkelten ihr entgegen, während er sie heranzog; in einer Hand hielt er das steinerne Messer.

Seine Macht muss fast aufgebraucht sein, dachte sie verzweifelt. *Wenn er mich aussaugen will, muss seine Macht fast ganz am Ende sein ...*

Sie sah auf den Schatten und erschuf einen Lichtstrahl, der den Schatten zerteilte und ins Dunkel zurückfließen ließ. Aber es war zu spät; eine Klauenhand fing sie ein und zerrte sie vorwärts, bis sie in Shadyes rot glühende Augen starrte.

Shadye hob drohend das Messer, bereit, es in ihre Brust zu stoßen.

Emily geriet in Panik. Rohe Macht brach aus ihr heraus und flog in alle Richtungen; Shadye duckte sich abwehrend. Emily formulierte schnell einen Schnittzauber, den sie aus Büchern gelernt hatte, und zielte auf seinen Arm. Der Arm löste sich in nichts auf und sie fiel zu Boden.

Shadye hieb nach ihr, als sie fiel, und die Klinge verfehlte sie haarscharf. Sie wusste genau, was passieren würde, wenn er mehr von ihrem Blut in die Finger bekam.

Shadye bellte einen Fluch in einer Sprache, die der Übersetzungszauber ihr nicht nahebringen wollte, und rief mehr Schattenmonster herbei.

Emily drehte sich um und rannte. Die Wesen kamen hinterher und sie versuchte verzweifelt, noch eine Lichtkugel zu erzeugen. Aber Shadye löschte ihre erste Lichtkugel; die Schatten fielen über sie her, bevor sie eine neue hervorbringen konnte. Eine monströse Gestalt, die ihr merkwürdig bekannt vorkam, packte sie so fest, dass sie vor Schmerz aufschrie. Verzweifelt fokussierte sie ihren Geist, dachte an ein Schwert, dessen Klinge auf ein einziges Atom zugeschliffen war, und hieb damit um sich. Die Schatten wichen zurück und sie kam frei.

„Es gibt kein Entkommen von den Lebenden Schatten", sagte Shadye. Seltsamerweise wirkte er ruhiger; vielleicht dachte er, dass sein Sieg in Reichweite sei. „Du kannst einen Schatten nicht bekämpfen."

Er hatte recht, merkte Emily. Laserartige Strahlen ließen sie schmelzen, aber sie formierten sich erschreckend schnell neu; helle Lichtblitze vertrieben sie, doch sie kehrten zurück, sobald das Licht verfloss. Sie versuchte, permanente Lichtkugeln hervorzubringen, doch musste hilflos zusehen, als Shadye sie nacheinander aus der Luft pflückte.

Und dann fingen die Schattenwesen sie wieder ein und sie fiel taumelnd zu Boden.

Eine Erschütterung ging durch den Raum, als Shadye seinen Willen in die Tat umsetzte und einen steinernen Tisch heraufbeschwor. Erst als es zu spät war, merkte Emily, was es war. Die Schatten hoben sie hoch, legten sie auf dem Stein ab und fixierten ihre Hände und Füße. Ihre Magie schien plötzlich nutzlos. Der Stein absorbierte alles, was sie tat, aber ihre Verbindung zu den Sprüchen, die sie vorbereitet hatte, brach er nicht. Sie klammerte sich an diesem Gedanken fest, während Shadye mit rot leuchtenden Augen auf den Tisch zukam. Nur noch ein paar Sekunden …

„Wenn du mir nicht aus freien Stücken dienen willst, wirst du neu geformt", sagte Shadye. Er hob das Messer wieder und bewegte es an den Punkt, wo Emily Sergeant Harkin erstochen hatte. Das hatte offengelegt, dass er über kein *Mana* verfügte, aber Emily wusste, dass Shadye sie ohne Probleme würde aussaugen können. Und dann würde er sich entweder an ihrer Lebensenergie stärken oder ihr Gehirn umschreiben, wie es ihm gefiel. „Ich werde das Schicksal zu meiner Dienerin machen."

Emily wollte kichern, als sie eine Handvoll Sprüche freisetzte, darunter den Zauber, der ihre letzte Überraschung enthielt.

Shadye hielt das Messer über ihrer Brust; seine roten Augen betrachteten sie, als erwarte er, dass sie sich ihm ergab und zur Nekromantin wurde, dann blies ein Wind um sie herum. Einen Augenblick später wurde das Messer aus seiner Hand gerissen, wirbelte durch die Luft und löste sich in nichts auf. Shadye starrte dahin, wo es verschwunden war, dann wurde der Sog stärker und er hielt sich am steinernen Tisch fest. Er wollte etwas sagen – Emily vermutete, er wollte wissen, was passierte –, aber seine Worte gingen im Lärm des Windes unter. Shadye wirbelte um sie herum und warf einen Feuerball auf sie, aber er flog nur ein paar Zoll weit, bevor die Schwerkraft auch ihn einsog.

Die Schatten, die sie festhielten, lösten sich auf. Nun drohte die Schwerkraft auch sie zusammen mit Shadye in die Taschendimension zu ziehen. Sie griff nach dem steinernen Tisch und betete, dass Shadye ihn am Boden festgemacht hatte; sie klammerte sich fest, um ihr Leben zu retten, während der Nekromant verzweifelt kämpfte, um ihren Taten irgendetwas entgegenzusetzen. Emily war nichts eingefallen, was er tun *konnte*, aber Shadye verfügte über sehr viel rohe Macht – und er war verzweifelt.

Vielleicht konnte er ja doch die Zauber aufheben, die sie so geformt hatte, dass sie ein winziges Schwarzes Loch bildeten, das in eine neue Dimension führte.

Sie sah weg, als sein Gewand zu dem Schwarzen Loch hingezogen wurde; darunter kam etwas so Grauenhaftes zum Vorschein, dass sie nicht genauer hinsehen wollte. Was auch immer er geworden war, es hatte keinerlei Ähnlichkeit mehr mit einem Menschen. Ein gespenstisches Grauen wie aus einem Albtraum. Und noch schlimmer: Seine Gestalt drohte sich vollkommen aufzulösen.

Seine Augen glühten leuchtend rot, während er Zauber um Zauber in die Luft schleuderte, bis es ihm schließlich gelang, sie beide abzuschirmen. Irgendwie hatte Shadye, ohne genau zu wissen, gegen was er ankämpfte, es geschafft, sein Leben zu retten.

Emily wäre beeindruckt gewesen, aber er sah aus, als hätte er vergessen, wie nützlich sie ihm sein konnte, und wolle sie auf der Stelle töten. Dunkle Magie knisterte um seine verbleibende Klaue und seine Augen strahlten vor Hass und Boshaftigkeit.

Aber es war ihm nicht gelungen, das Schwarze Loch völlig zum Stillstand zu bringen, er hatte nur einen gewissen Schutz für sie beide geschaffen. Das gab ihr Hoffnung.

„Du wirst sterben", schrie Shadye und seine Stimme überschlug sich. Sie war nicht einmal sicher, ob er noch einen *Mund* hatte. In seiner Kapuze krabbelten *Dinge*. Sie spürte, dass er fast all seine Magie darauf verwenden musste, den Schutz aufrechtzuerhalten und das Schwarze Loch zu blockieren. „Schicksalskind oder nicht, du wirst *sterben*!"

Emily begann zu lachen; endlich wusste sie, wie es sich anfühlte, wenn man wusste – wirklich wusste –, dass der Tod unausweichlich war. „Du hast dich geirrt", sagte sie und hielt sich weiter am steinernen Tisch fest. „Du hast dich von Anfang an geirrt. Meine Mutter heißt Destiny. Das bedeutet ‚Schicksal' in unserer Sprache. Dein Schicksalskind ist einfach das Kind seiner Mutter."

Shadye starrte sie an. Er brauchte mehrere Sekunden, um herauszufinden, was sie gesagt hatte und wie sehr er sich gleich zu Beginn geirrt hatte. Als es ihm aufging, verlor er die Kontrolle.

Die Schwerkraft zog wieder an. Emily hielt sich am Tisch fest und spürte, wie er unter ihr zitterte, während Shadye nach hinten flog und auf das Schwarze Loch traf. Einen Augenblick schien es, als wäre er einfach zu groß, um in die winzige Singularität *hineinzupassen* … dann verdrehte sich sein Körper und verschwand im Nichts.

Emily arbeitete fieberhaft; sie griff nach den Zaubern, die das Schwarze Loch erschaffen hatten, und löschte sie. Das Schwarze Loch – und die Taschendimension, in die es führte – verschwand in einem Wimpernschlag und nahm Shadye mit sich.

Sie rollte vom Tisch und brach auf dem Boden zusammen. Sie fühlte sich vollkommen ausgelaugt. Es fühlte sich an, als wäre sie allein in der Schule … als wäre sie die einzige Überlebende. Die Gegenwart des Großmeisters, die sie gespürt hatte, war unauffindbar; in ihrer Betäubung konnte sie nicht versuchen herauszufinden, ob der Großmeister tot war oder ob das verstärkte Gespür, das die Schule ihr gewährt hatte, weg war, genau wie die Macht, mit der sie das Schwarze Loch erschaffen hatte. Ihr Kopf drehte sich wie wahnsinnig und sie war wie im Delirium.

Als sie aufsah, dachte sie, sie sähe einen großen Mann in einer Art Mönchskleidung. Er trug ein riesiges Buch und sah sie direkt an. Aber als sie blinzelte, war er verschwunden.

Vorsichtig kam sie auf die Beine und torkelte zur Tür. Sie öffnete sich, als sie nahe herankam, und sie sah ein Dutzend Orks auf dem Boden liegen, alle tot. Etwas an ihren Körpern stimmte nicht, etwas, das sie gleich hätte sehen sollen, aber sie konnte es nicht beschreiben. Sie stolperte benommen und wäre auf dem Boden aufgeschlagen, wenn nicht jemand sie am Arm gefasst hätte. Ein großer Junge mit dunklem Haar sah auf sie herab, sein Gesichtsausdruck war nicht zu deuten.

Nach einem langen Augenblick ließ er sie sanft zu Boden gleiten und ging weg. Sie drehte den Kopf und sah gerade noch, wie die Schatten ihn verschluckten.

Das ganze Gebäude schien wie verrückt zu zittern, als der Großmeister versuchte, die Kontrolle über die inneren Dimensionen wiederzuerlangen. Emily lächelte, als sie spürte, wie sein Wille sich durch das Gebäude arbeitete und die übrig gebliebenen Monster isolierte, mit denen Shadye in die Schule eingedrungen war. Sie legte sich auf den Boden, zu müde, um noch irgendwo hinzugehen. Ihr Kopf drehte sich und sie wurde ohnmächtig …

… Sie musste das Bewusstsein verloren haben, denn das Nächste, was sie sah, waren besorgte Gesichter, die auf sie herabstarrten.

„Ruh dich aus", sagte eine Stimme leise. Es klang wie die des Großmeisters, aber ganz sicher war sie nicht. „Es ist alles vorbei."

„Die Schutzschirme müssen ersetzt werden", sagte eine weitere Stimme. Emily spürte, wie ihr Kopf sich drehte; die Schutzschirme waren gefallen, weil sie so einzigartig war. Es war alles ihre Schuld gewesen. Wie viele waren ihretwegen gestorben?

Trotz ihrer Kopfschmerzen versuchte sie, zu sprechen. „Großmeister?"

„Ja", sagte der Großmeister. „Ruh dich jetzt aus."

Etwas berührte das Innere ihres Kopfes und sie tauchte wieder in die Dunkelheit ab.

KAPITEL 48

Sehr langsam öffnete Emily die Augen.

Ihr Körper fühlte sich … komisch an, fast als wäre sie leichter als Luft. Ihr kam der Gedanke, dass sie vielleicht geträumt hatte, dass sie vielleicht einen Unfall gehabt und sich alles nur eingebildet hatte, von der Entführung durch Shadye bis zu seinem Tod …

… und dann sah sie auf. Eine Lichtkugel schwebte weit über ihr. Der Großmeister saß neben ihrem Bett und blickte sie besorgt an.

Es war kein Traum gewesen.

„Willkommen zurück", sagte der Großmeister. Er betrachtete sie nachdenklich, sein Gesichtsausdruck wirkte merkwürdig vertraut. Sie brauchte einen Augenblick, um zu erkennen, wo sie so etwas schon einmal gesehen hatte; auf dem Gesicht eines Mannes, der eine neue Form von Leben studierte. „Du hast die Schule gerettet."

Emily versuchte sich aufzusetzen; sie schaffte es nicht. „Danke", brachte sie hervor. Ihr ganzer Körper war ausgelaugt, sie konnte sich nicht bewegen. „Ist … ist er wirklich weg?"

Der Großmeister lächelte, aber seine Augen lächelten nicht ganz mit. „Ich wollte dich das Gleiche fragen. Und ich muss wissen, was zwischen dir und dem Nekromanten vorgefallen ist, bevor du ihn getötet hast."

Emily zögerte. Wohl war Shadye ein abscheuliches Gespensterwesen geworden, aber sein Körper hatte noch so viel Materie enthalten, dass das Schwarze Loch ihn auseinanderreißen und dann zu einem einzigen Punkt in der Taschendimension zusammenballen konnte, die dann aus der Wirklichkeit gelöscht worden war, wenn alles mit rechten Dingen zugegangen war. Sie konnte sich nicht vorstellen, wie *irgendetwas* das überlebt haben sollte. Selbst Teleportationszauber sollten nicht imstande sein, ihn da herauszuholen. Sie waren in Taschendimensionen unzuverlässig, besonders wenn andere Magier sie erschaffen hatten. Selbst wenn Shadye nur noch eine körperlose Wesenheit gewesen war, sollte er zusammen mit der Taschendimension vernichtet worden sein. Er war tot – er musste tot sein.

Aber ein Teil von ihr glaubte nicht daran.

„Ich glaube, er ist tot", sagte sie schließlich.

Der Großmeister blickte auf sie herab. Er strich sich mit einer Hand über den Bart. „Und was hast du gemacht, um ihn zu töten?"

Das Schwarze Loch war kein echtes Schwarzes Loch gewesen, das wusste Emily, sonst hätte sie wohl größere Probleme gehabt als einen wütenden Nekromanten. Aber sie hatte es als Schwarzes Loch definiert und absichtlich geplant, etwas zu erschaffen, dessen starke Anziehungskraft Materie einsaugen und auf kleinstem Raum zusammenballen konnte. Es konnte sich als die ultimative Waffe gegen die übrigen Nekromanten herausstellen. Aber wenn sie die Idee von variablen Schwerkraftfeldern in diese Welt brachte, wie weit konnten neugierige Magier damit noch gehen? Sie konnten damit ein *echtes* Schwarzes Loch erzeugen und den ganzen Planeten in Gefahr bringen. Oder sie konnten es in eine neue schreckliche Waffe verwandeln. Vielleicht war es besser, wenn sie den Mund hielt.

„Ich glaube, ich sollte es Ihnen nicht verraten", sagte sie nach einer langen Pause. Der Großmeister warf ihr einen scharfen Blick zu; man ging davon aus, dass Schicksalskinder geheimnisvoll waren, aber es gab Grenzen. „Das Wissen wäre zu gefährlich für diese Welt."

„Nekromanten könnten es anwenden", sagte der Großmeister. Es war keine Frage. „Oder bist du selbst Nekromantin?"

Emily starrte ihn an. „*Nein!*"

„Einige Zeugen sagen aus, dass du Sergeant Harkin getötet hast, um an sein *Mana* heranzukommen", sagte der Großmeister. „Shadye hat sie anscheinend leben lassen; wir wissen nicht, warum. Was ist passiert?"

„Der Sergeant wusste, dass das Ritual versagen würde", sagte Emily bitter. Sie war keine Nekromantin, aber sie verstand, wie man diesen Schluss ziehen konnte. Und wenn sie die Wahrheit sagte und berichtete, was im Nexus passiert war, würde bald jeder anfangen, mit simulierten Schwarzen Löchern herumzupfuschen und den ganzen Planeten in Gefahr zu bringen. „Der Sergeant hat mir gesagt, was ich tun sollte."

„Das hat er", sagte der Großmeister. Er wandte den Blick nicht von ihrem Gesicht, während sie über seine Worte nachdachte. Natürlich; er hatte in den Kopf der Zeugen gesehen und alles miterlebt. „Und weil er freiwillig in den Tod ging, half er mir, die Schule zu retten."

Er blickte auf den Boden, fast als schämte er sich. „Ich akzeptiere das Urteil eines Schicksalskindes", sagte er. Sein Gesicht verzog sich zu einem Lächeln. „Oder zumindest werde ich das dem Kriegsrat sagen, wenn man endlich verlangt, dass ich berichte, wie Shadye besiegt wurde. Aber ich fürchte, dass trotzdem ein Verdacht auf dich fallen wird. Freiwillig oder nicht, du hast an einem nekromantischen Ritual teilgenommen und könntest befleckt sein."

Emily nickte einmal langsam. „Was wird mit mir geschehen?"

„Man wird dich beobachten", sagte der Großmeister. „Zu viele Schüler vor dir wurden befleckt und schafften es nicht, wieder rein zu werden, bevor es zu spät war. Shadye war einst Schüler in Whitehall, bevor sein Interesse an den dunklen Künsten ihn zur Nekromantie führte. Andere mussten wir … aufhalten, bevor sie die Schule verlassen konnten."

Er schüttelte den Kopf. „Schon jetzt breiten sich Gerüchte in den Verbündeten Landen aus. Du hast einen Nekromanten im Zweikampf besiegt. Du bist entweder übermenschlich mächtig oder du bist selbst Nekromantin. Keins von beidem beruhigt die Machthabenden."

Emily verstand, was er meinte. Eine Nekromantin wäre wahnsinnig, böse und gefährlich für ihre Bekannten – und hätte irgendwann keine Lust mehr, ihre Neigungen zu verbergen. Eine Magierin, die sehr viel mächtiger war als der Durchschnitt – auch ohne Wahnsinn –, würde allein durch ihre Existenz den Status quo bedrohen, womöglich mehr als ein Nekromant. Und es war egal, dass sie Shadye mit Hilfe der Naturwissenschaft getäuscht und besiegt hatte, mit Gedankengut aus ihrer Welt. Wenn die Wahrheit herauskäme, würde das katastrophale Folgen haben.

Sie sah zu ihm auf. „Wie lange habe ich geschlafen?"

„Fast zwei Wochen", sagte der Großmeister. Er gab nicht direkt zu, dass einige Leute überlegt hatten, ihr einfach die Kehle durchzuschneiden, solange sie hilflos dalag, aber Emily hörte den Subtext und zuckte innerlich zusammen. „So lange haben die Heiler gebraucht, um dich vor einem fast sicheren Tod zu retten."

Er schüttelte den Kopf. „Der Überfall hat Whitehall schwer beschädigt. Über zweihundert Schüler und Mitarbeiter sind tot oder schwer verletzt. Das Gelände wurde verwüstet, als die Orks hindurchrasten und als sie nach Shadyes Niederlage flohen. Zum Glück konnten wir die meisten der jüngeren Schüler herausholen, bevor die Schutzschirme fielen, aber in anderen Bereichen haben wir schwere Verluste erlitten. Hätte ein anderer Nekromant uns gleich nach Shadyes Tod angegriffen, wären wir verloren gewesen.

Es ist mir gelungen, die wichtigsten Schutzschirme wieder instand zu setzen, und die Verbündeten Lande schickten ein großes Heer, um die Schule zu sichern und die verbleibenden Orks zu jagen; im Augenblick sollten wir sicher sein. Aber langfristig ist unser Ruf der Unbesiegbarkeit schwer beschädigt."

Emily nickte. Ein Heer aus Angreifern hatte in der Schule gewütet und die Verteidiger gezwungen, sich in einer abgeriegelten Sektion des multidimensionalen Gebäudes zu verstecken. Auch wenn das Heer am Ende zerschlagen wurde, bewies der Vorfall, dass Whitehall besiegt werden konnte. Das würde den übrigen Nekromanten nicht entgehen.

„Wir werden morgen die wesentlichen Beerdigungsriten abhalten", sagte der Großmeister. „Ich dachte mir, dass du vielleicht gern teilnehmen möchtest."

Zu Hause hätte Emily nie ernsthaft erwogen, zu einer Beerdigung zu gehen. Sie hatte die Zeremonien immer für sinnlos gehalten. Doch jetzt verstand sie das Bedürfnis, sich zu verabschieden und den Männern und Frauen die Ehre zu erweisen, die zumindest teilweise ihretwegen gestorben waren. Ihr sogenanntes Schicksalskind war für ihren Tod verantwortlich gewesen, aber auch für Shadyes endgültige Niederlage. Das Schicksal war ein sehr zweischneidiges Schwert.

Andererseits war George Washington für die Vereinigten Staaten ein großer Held – für die Ureinwohner war er ein Monster gewesen.

Sie schob den Gedanken ungeduldig beiseite. Sie *wusste*, dass Shadye den Heraufbeschwörungszauber verpfuscht hatte; sie *wusste*, dass sie kein Schicksalskind war, außer durch ein Wortspiel in ihrer Muttersprache. Und wenn sie anfing, zu glauben, dass sie nicht verlieren konnte, würde sie verlieren, sobald sie etwas Wichtiges übersah, weil sie zu selbstsicher war, um es zu überprüfen. Sie musste einfach dafür sorgen, dass es ihr nicht zu Kopf stieg.

„Ich komme", sagte sie und zögerte dann. „Wie viele habe ich getötet?"

Der Großmeister sah sie wieder an. „Wann?"

„Shadye … hat mich manipuliert", erinnerte Emily ihn. „Ich war seine Marionette und er hat mich benutzt, um Leute zu töten."

Sie erinnerte sich nur verschwommen daran, wie sie schlafwandelnd überzeugt gewesen war, dass sie Dämonen bekämpfte, die die Schule überwältigt hatten, aber sie wusste, dass sie sich durch alles und jeden durchgekämpft hatte, was sich ihr in den Weg gestellt hatte. Und sie hatte sich in den Raum mit dem Nexus gehackt, obwohl die Verteidigung sehr viel mächtiger gewesen war als alles, dem sie bisher begegnet war. Wie viel davon war sie selbst gewesen und wie viel Shadye?

„Man kann dir nicht die Verantwortung für deine Taten zuschieben", sagte der Großmeister. „Ich habe schon erfahrenere Zauberer gekannt, die von jemandem … *manipuliert* wurden, der eine unbeschädigte Probe ihres Blutes ergattert hatte. Du warst nicht bei klarem Verstand."

Emily schaffte es, sich aufzusetzen. Sie funkelte ihn an. „Wie viele habe ich getötet?"

„Keinen", sagte der Großmeister.

Emily atmete erleichtert auf.

„Aber du hast Madame Razz erstarren lassen und sieben Kampfmagier betäubt, als du den Raum mit dem Nexus betreten wolltest", fügte der Großmeister hinzu. „Vielleicht wollte Shadye nicht, dass du merkst, dass etwas nicht stimmte, wenn du sie direkt getötet hättest."

Emily sah auf ihre Hände. „Ich habe sieben Kampfmagier betäubt?"

„Das war Shadye, der durch dich handelte", sagte der Großmeister. Emily fragte sich plötzlich, ob er log. Sie hatte gedacht, dass sie Dämonen bekämpfte. „Es war nicht deine Schuld. Sie wissen das."

Er stand auf. „Deine Freundinnen wollen dich sehen, jetzt, wo du wach bist. Soll ich sie herrufen lassen?"

„Ich weiß nicht", gab Emily zu. Sie wollte allein sein, auch wenn etwas in ihr darauf pochte, dass dies das Schlimmste war, was sie tun konnte. „Haben sie … haben sie Angst vor mir?"

„Ich glaube, die halbe Schule wird etwas Angst vor dir haben", sagte der Großmeister düster. „Aber deine Freundinnen sollten zu dir halten. Sie kennen dein wahres Ich."

Nein, das kennen sie nicht, dachte Emily. Sie hatte ihnen nie gesagt, wo sie wirklich herkam oder warum ihre Moral so anders war. Oder warum sie Dinge über Magie und Naturwissenschaft wusste, die sie so revolutionär fanden. Und sie hatte sie genau genommen mehr als einmal belogen, um ihr Geheimnis zu wahren.

„Ja", sagte sie schließlich. Sie sollte nicht allein sein. „Rufen Sie sie herein."

„Noch etwas", sagte der Großmeister. Er zögerte, als wolle er etwas Heikles ansprechen. „Du hast mit dem Unseligen Hof einen Handel abgeschlossen."

Emily erstarrte; sie erwartete, dass ihr Eid sie töten würde, bevor ihr einfiel, dass der Großmeister die Information gegen ihren Willen aus ihrem Geist geholt hatte. Sie hatte noch nicht einmal *überlegt*, ob er ihre Gedanken lesen durfte, um die Antwort auf seine Fragen zu finden; das hatte ihr wahrscheinlich das Leben gerettet. Es war nicht ihre Schuld gewesen.

„Ich verstehe, warum du den Handel abgeschlossen hast und dass du keine Zeit bekamst, um nachzudenken; aber es war nicht klug", sagte der Großmeister. Er hob eine Hand, bevor sie etwas sagen konnte. „Sag nichts zu mir, auch jetzt nicht. Ein Eid kann heikel sein und dieser hier kann dich töten. Aber verstehe: Die Unseligen sind *nicht* menschlich. Sie können sehr wohl etwas von dir verlangen, das dich alles kosten wird, selbst deine Menschlichkeit."

Emily wollte darauf hinweisen, dass die Menschen die Feen als Bestandteil von Zaubertränken nutzten und dass man ihnen kaum einen Vorwurf machen konnte, wenn sie im Verborgenen bleiben wollten; aber sie hielt den Mund. Der Großmeister hatte recht; es war dumm gewesen, den Eid abzulegen, auch wenn sie kaum eine Wahl gehabt hatte. Sie hätte die Rothemden nicht den Orks überlassen können, damit die sie kochten und auffraßen oder was immer ihr dunkler Meister mit den gefangenen Schülern vorgehabt hatte. Sie hatten Besseres verdient, als von ihr im Stich gelassen zu werden.

„Wenn ihre Forderungen zu weit gehen, bring sie zu mir und ich werde versuchen zu … verhandeln", sagte der Großmeister. „Oder du könntest zulassen, dass der Eid seinen Tribut fordert."

Und sterben, dachte Emily. Ihr war übel.

Der Großmeister verbeugte sich vor ihr. „Ich danke dir, dass du meine Schule gerettet hast. Und ich hoffe, dass deine weiteren Schuljahre weniger aufregend werden."

Er ging aus dem Raum und ließ Emily allein zurück.

Sie sah sich um und bemerkte einen Haufen Blumen in einer Ecke des Raumes und eine Handvoll Flaschen, die jemand auf den Tisch beim Bett gestellt hatte. Sie konnte sich immer noch kaum bewegen, ohne dass ihr schwindelig wurde, aber sie schaffte es, eine Flasche Saft zu nehmen und daraus zu trinken, ohne sich oder das Bett mit Saft zu begießen. Die Flüssigkeit erfrischte sie, so dass sie leichter aufrecht sitzen bleiben konnte.

Einen Moment später flog die Tür auf. Alassa und Imaiqah kamen ins Zimmer gerannt.

„Du bist wach", sagte Imaiqah. Sie warf sich auf Emily und umarmte sie. „Sie haben immerzu gesagt, dass du im Sterben liegst!"

„So habe ich mich auch gefühlt", gab Emily zu; sie wollte nicht darüber reden, was passiert war. Shadye hatte sie nicht einfach töten wollen; er hatte sie korrumpieren und zur Nekromantin machen wollen, damit sie ihm als Sklavin diente. Ohne Sergeant Harkin hätte er vielleicht Erfolg gehabt. „Aber es geht mir langsam besser."

Alassa nahm Emilys Hand und drückte sie fest. „Du wirst dank ihr noch berühmter werden", sagte sie und nickte Imaiqah zu. „Meine Eltern *bestehen* darauf, dass ich dich in den Ferien zu uns nach Hause einlade. Ich glaube, sie wollen einen politischen Vorteil aus dir schlagen."

Emily blinzelte. „Noch berühmter?"

Imaiqah griff in ihr Gewand und holte eine Rolle billiges Pergament hervor. „Ich habe meinem Vater erzählt, was du getan hast, wie du einen Nekromanten im Zweikampf getötet hast, ohne dass du selbst Nekromantin wurdest, und er hat es für die Flugblattsänger aufgeschrieben", sagte sie. „Die Nachricht hat sich in den Verbündeten Landen verbreitet und alle *lieben* dich."

Emily spürte ein seltsames Unheil heraufziehen, als sie das Pergament aufrollte und auf eine Kohlezeichnung ihres Gesichts blickte. Es war ihr nicht unähnlich, auch wenn ihre Augen etwas schräg aussahen, aber die Bildunterschrift sprang ihr ins Auge. Da stand „Lady Emily, der Schrecken der Nekromanten". Unter dem Porträt war längst nicht so viel Text, wie sie es von den Zeitungen zu Hause kannte, aber der Verfasser hatte es trotzdem geschafft, eine Reihe Übertreibungen und direkter Lügen in die Zeilen zu stopfen. Es wäre ein schöner Beweis dafür gewesen, dass manche Dinge wirklich überall vorkamen, wenn sie nicht so entgeistert und verärgert gewesen wäre.

„Dir ist schon klar ...", fing sie an, dann hielt sie inne. Natürlich hatte Imaiqah nicht gewusst, wie sie Shadye besiegt hatte. Wenn der Großmeister es nicht gewusst hatte, woher sollte sie es wissen? „Die Hälfte dieser Geschichte ist nicht wahr."

Sie sah auf die Zeile, die behauptete, von ihrer Herkunft zu berichten, und rollte mit den Augen. Andere Welten und Entführungen durch Nekromanten kamen nicht vor. Stattdessen besagte der Text, dass sie von einem Bauernpaar adoptiert worden sei, das sie in einem Versteck am Straßenrand gefunden hatte, und deutete an – ohne es je direkt zu schreiben –, dass sie vielleicht blaues Blut habe. Man bekam zudem den Eindruck, dass ihre Eltern von einem Nekromanten ermordet worden seien und dass sie ihr Leben der Zerstörung der Nekromanten widme.

„Als Nächstes werden sie erwarten, dass ich mich als Fledermaus verkleide", murmelte sie, rollte das Pergament zusammen und gab es Imaiqah zurück. Ein Gutes hatte die Sache; jeder, der diese Geschichte tatsächlich glaubte, würde sich damit als Idiot zu erkennen geben. Und wenn sie so furchterregend war, würden die alten Machthaber es schwerer haben, das neue Gedankengut zu blockieren, das sie in diese Welt gebracht hatte. „Oder vielleicht soll ich schneller durch die Luft fliegen als eine Gewehrkugel."

Imaiqah blinzelte. „Es gefällt dir nicht?"

„Es ist kein bisschen wahr", betonte Emily. Es war noch nicht einmal die Geschichte, die sie selbst erzählt hatte, als man sie gefragt hatte, wo sie geboren war. „Das müssen sie wissen."

„Das gemeine Volk glaubt gern an dumme Geschichten", sagte Alassa trocken. „Wenn sie wenig über deine Herkunft wussten" – sie warf Emily einen Blick zu, den sie nicht deuten konnte –, „dann erfinden die Schreiber einfach etwas. Stand heute wird es hundert verschiedene Versionen der Geschichte geben, wo du herkamst und wie du den Nekromanten besiegt hast. Die echten Nekromanten werden aus den Lügen nicht die Wahrheit ablesen können."

„Wenn wir davon ausgehen, dass keine von ihnen ins Schwarze trifft", fügte Imaiqah hinzu. „Du würdest staunen, wie viele Leute dir Briefe und Geschenke geschickt haben und ..."

„Drohungen", warf Alassa ein. „Manche Leute deuten an, dass du dein Schicksal bereits erfüllt hast."

Emily öffnete den Mund und schloss ihn wieder; ihr fiel keine passende Antwort ein. Sie wollte nicht, dass man sie für ein Schicksalskind hielt oder für etwas *Besonderes*. Und auch nicht für etwas Gefährliches. Aber sie *war* eine Gefahr für die althergebrachte Ordnung in den Verbündeten Landen, einfach weil sie eine Quelle der Ideen für Imaiqahs Vater und seinesgleichen war. Und wenn sie eine Bank errichtete, die andere für ihre guten Ideen belohnte ... würde das die Welt verändern.

„Ich wünschte, ich wüsste es", sagte Emily nach einer langen Pause. Es war schwer, aber sie schaffte es, ihre Beine über die Bettkante zu schwingen und aufzustehen. „Könnt ihr mir einen Trank gegen Schwäche und Schwindelgefühle besorgen?"

„Du bist extrem ausgelaugt“, sagte Imaiqah vorsichtig. „Du solltest wirklich im Bett bleiben.“

Emily schüttelte den Kopf. „Ich muss etwas finden, das ich tun kann, ohne dabei nachzudenken“, sagte sie. Alles, was sie gesehen und getan hatte, kam ständig wieder in ihr hoch und drohte, sie in den Wahnsinn zu treiben. Sie hatte wirklich einen Lehrer getötet, den sie respektiert, sogar bewundert hatte. Er hatte an einer Magierschule gearbeitet, ohne selbst Magie zu besitzen. Sie konnte immer noch nicht glauben, dass das keiner bemerkt hatte, bevor es zu spät war. Aber wer hätte schon gewagt, einen Streiche-Zauber auf einen der Sergeants zu sprechen?

„Trupps durchsuchen gerade die Überreste der Alchemie-Klassenräume“, sagte Alassa. Sie zögerte. „Ich schlage vor, dass du dich anziehst, bevor du da hinuntergehst.“

Emily sah auf ihr Nachthemd und nickte. „Gut“, sagte sie. Es fiel ihr schwer, sich anzuziehen, selbst mit einem einfachen Gewand, aber irgendwie schaffte sie es. Je mehr sie sich bewegte, desto besser und stabiler reagierte ihr Körper; ein Zaubertrank, den Alassa in einem Schrank in der Nähe gefunden hatte, half dabei. „Gehen wir.“

KAPITEL 49

Emily stand allein in einer riesigen Menschenmenge.

Zu den verbleibenden Schülern kam ein kleines Heer aus Eltern, Adeligen und Leuten, die einfach hier gesehen werden wollten. Auf Anweisung von Sergeant Miles trug Emily ihre Trainingsuniform, aber die Menschenmenge hatte keine Schwierigkeiten, sie ausfindig zu machen und mit dem Finger auf sie zu zeigen, genau wie Zoobesucher das bei einem besonders interessanten Tier taten. Sehr wenige hatten es gewagt, mit ihr zu sprechen, und diejenigen, die es versucht hatten, hatten sie dazu gebracht, sich noch einsamer zu fühlen als je zuvor. Für sie war sie kein Mensch, sondern nur eine Naturgewalt, die man für seine eigenen Zwecke verbiegen konnte.

Ihr wurde übel davon.

Sergeant Miles hatte ihr nichts über Sergeants Harkins Tod gesagt, aber sie hatte das Geflüster unter den verbliebenen Kampfmagie-Schülern gehört, also gab es das wohl auch im Rest der Schule. Sie dachten, dass sie ihn in einem nekromantischen Ritus getötet hatte; sie ignorierten absichtlich die Tatsache, dass er ihr *befohlen* hatte, ihn zu töten – und dass Shadye ihr keine Wahl gelassen hatte. Die anderen Schüler, abgesehen von Jade und den übrigen Rothemden, schienen sie entweder zu verachten oder zu fürchten. Sie fragten sich, ob die Schule eine Nekromantin am Unterricht teilnehmen ließe, bei dem die Schüler eine hervorragende Machtquelle für sie bildeten.

Dieses Gerede war nicht das einzige. Als Emily sich so weit erholt hatte, dass sie mit den anderen Schülern zusammen im Speisesaal essen konnte, hatte der Großmeister der Schule mitgeteilt, dass Emily Shadye besiegt und getötet hatte. Das stimmte so weit, und niemand bestritt, dass Emily die Belohnungen verdiente, die der Großmeister ihr gegeben hatte, aber jetzt fragten sie sich, ob sie bevorzugt wurde.

Würde Emily bestraft werden, wenn sie etwas Schlimmes anstellte? Würden die Lehrer es *wagen*, sie zu bestrafen, wenn sie etwas *wirklich* Schlimmes anstellte? Emily fand diese Fragen absurd, aber die nächsten beiden Flugblätter, die sie gelesen hatte, behaupteten, sie verfüge über genug Macht – von Natur aus – um alle übrigen Nekromanten mit einem Blinzeln auszulöschen. Wer würde sich trauen, eine herumwandelnde sprechende Atombombe zu maßregeln?

Vielleicht sollte ich mich vorsätzlich bestrafen lassen, dachte sie, während Sergeant Miles bellend Befehle erteilte. *Die anderen überzeugen, dass ich immer noch eine normale Schülerin bin. Aber das funktioniert nur in Kitschromanen über Internate, deren Autoren nie eins besucht haben.*

Sie umfasste den Handgriff und half mit, Sergeant Harkins Sarg hochzuheben. Sie trugen ihn auf den Friedhof hinaus. Die toten Schüler würden in ihren Heimatländern beerdigt werden, aber die Lehrer wurden alle in Whitehall beerdigt. Sie sah die engelhaften Statuen und schauderte, als sie sich auf das Loch im Boden zubewegten, in das Sergeant Harkin zur Ruhe gebettet werden würde. Das Getuschel schien noch lauter zu werden, als die Zuschauermenge erkannte, dass Emily eine der Sargträgerinnen war. Diejenigen, die wussten, dass sie Sergeant Harkin getötet hatte, waren schockiert, obwohl Sergeant Miles angeordnet hatte, dass sie den Sarg mittragen sollte.

Der Großmeister stand vor der Menge, umgeben von mehreren Dutzend Männern und einer Handvoll Frauen in den schwarzen Uniformen der Kampfmagier. Harkin hatte sie wohl ausgebildet, ging es Emily auf; die Blicke der Magier ließen sie zusammenzucken. Sie hatte ihn getötet und manche von ihnen – vielleicht alle – würden ihr das nie verzeihen. Entweder wussten sie nicht, was wirklich passiert war, wie die anderen Schüler, oder es war ihnen egal.

„Senkt den Sarg ab", befahl Sergeant Miles leise. Während die Sargträger gehorchten, tippte er sich an die Kehle, um seine Stimme zu verstärken, so dass man ihn auf dem ganzen Friedhof hörte. „Sergeant Harkin kam als sehr junger Mann zum Heer und diente in einem Dutzend Schlachten; er wurde ausgezeichnet und befördert und schließlich eingeladen, als Ausbilder in Whitehall zu dienen. Er hat das Leben Hunderter Schüler geprägt und sie auf ihre Pflichten als Kampfmagier in Kriegszeiten vorbereitet. Wer seinen Kurs bestand, wusste nicht nur mehr über Magie; er wusste, wie man *kämpfte*.

Sergeant Harkin verfügte nicht über Magie, aber davon ließ er sich nie aufhalten.

Es ist nie leicht, Ausbilder zu sein. Viele gute Soldaten haben es nicht geschafft, Rekruten auszubilden, selbst wenn sie im Kampf oder hinter der Front hervorragend gedient hatten. Der Ausbilder muss seine Schützlinge *verstehen*, im Wissen, dass sie ihn als sadistisches Monster betrachten werden. Er muss sie an ihre Grenzen bringen und sie zu Soldaten machen, *ohne* sie zu brechen. Er muss sich als Sadist geben, ohne wirklich ein Sadist zu sein. Man kann nicht immer ohne Weiteres unterscheiden, ob jemand diese Grenze überschreitet.

Sergeant Harkin überschritt diese Grenze nie.

Er machte auch nie den Fehler, es einigen Rekruten zu leicht zu machen, sei es wegen ihres Blutes, ihres Geschlechtes oder ihres Alters. Seine Absolventen haben aufsehenerregende Laufbahnen eingeschlagen und die Verbündeten Lande gegen vielerlei Böses verteidigt. Sein Vermächtnis liegt in denen, die er ausbildete, um die Unschuldigen zu schützen.

Genau wie alle, die Waffen tragen, wusste er, dass er eines Tages im Dienst für die Verbündeten Lande sterben konnte. Als der Tod kam, akzeptierte Sergeant Harkin ihn nicht nur mutig, sondern fand einen Weg, seinen eigenen Tod in einen taktischen Vorteil zu verwandeln, einen taktischen Vorteil, der schließlich zum Tod eines gefürchteten Nekromanten führte. Er wählte, wie er sterben würde, im Wissen, dass eine seiner besten Schülerinnen dies nutzen konnte, um den Sieg zu erlangen. Sehr wenige von uns schaffen es, so mutig – und so gut – zu sterben wie Sergeant Harkin.

Er war mein Freund und Kamerad und ich werde ihn schrecklich vermissen."

Emily spürte, wie ihr die Tränen kamen, und sie versuchte, sie zu unterdrücken. Miles hatte recht. Sergeant Harkin hatte gewusst, was er tat, aber davon fühlte sie sich nicht weniger schuldig. Selbst das Lob, das sie gerade von Miles bekommen hatte, half nichts und würde niemanden umstimmen. Die anderen Schüler würden wahrscheinlich glauben, dass sie Harkin getötet hatte, um seine Lebensenergie zu rauben und daraus Macht zu gewinnen.

Sergeant Miles trat vor und warf eine Handvoll Erde in das Grab. Nacheinander folgten ihm die Sargträger und bedeckten den Sarg mit Erde. Später, hatte sie gehört, würden mächtige Zauber auf den Grabstein gesprochen werden, damit kein mächtiger Hexer oder Nekromant den Leichnam wiederbeleben konnte. Und dann würde die Leiche – Sergeant Harkins Leiche – langsam zu Erde verrotten und neues Leben nach Whitehall bringen.

Der Rest der Zeremonie verging wie in einem Nebel, bis sie gehen durfte, um allein ihren Gedanken nachzuhängen. Emily wanderte vom Rest der Menschenmenge weg in Richtung des Zoos – was davon übrig war. CT bewegte sich zwischen den zerstörten Beeten hin und her und ließ neue Tentakel wachsen, um das Chaos zu beseitigen, aber das würde vermutlich Jahre dauern. Hinter ihm war der Zoo vollkommen in Stücke gerissen worden. Überall lagen tote Tiere verstreut.

Ein Tentakel berührte ihre Schulter und sie zuckte zusammen. „Man hat keine Spur von dem Imitator gefunden", sagte CT. Sein einziges Riesenauge blickte auf sie herab. „Er könnte inzwischen überall sein, aber sie wollen das Gebiet trotzdem zur Sicherheit gründlich durchsuchen. Vielleicht finden sie einen Hinweis auf seine neue Gestalt."

Emily schauderte. Ein Schüler oder ein Ork konnte in die Reichweite des Imitators geraten sein, so dass der Imitator ihn aussaugen und dessen Gestalt und Erinnerungen annehmen konnte. Ohne zu wissen, was er wirklich war, wäre er davon gewandert und entkommen, und erst wenn ihm die Lebensenergie ausging und er seine wahre Gestalt wieder annehmen musste, würde er wieder zu sich kommen. Er konnte überall und nirgends sein.

Sie blickte zu CT empor und fragte sich, ob sie dem Imitator ins Auge blickte, doch dann fiel ihr ein, dass das einfallende Heer ihn hatte erstarren lassen. Der Imitator hatte sicher eine beweglichere Gestalt kopieren müssen, um zu entkommen.

„Sie haben auch ein Dutzend Einhörner und Zentauren abgeschlachtet", fügte CT einen Augenblick später hinzu. „Deren Blut und Knochen kann man für die dunkelsten Künste verwenden. Ich fürchte, dass wir bald das Ergebnis ihrer Ernte sehen werden."

„Ja", murmelte Emily.

Die Einhörner waren *süß* gewesen und nahezu heilig. Sie verdienten es nicht, wie wilde Tiere abgeschlachtet zu werden. Die Zentauren waren nicht so angenehm – sie nahmen Frauen mit Gewalt, um weitere Zentauren zu zeugen, deshalb hatte man die Mädchen davor gewarnt, ihnen nahezukommen –, aber sie waren ihrer Natur treu. Auch sie hatten es nicht verdient, dass Orks sie zerfetzten und dunkle Zauberer ihre Körper abernteten.

Aber vielleicht hatte Shadye die geernteten Objekte nicht von Whitehall weggeschickt, bevor er starb. Sie konnte es nicht sicher herausfinden.

Sie bedankte sich bei CT und verließ den Zoo; sie war nicht sicher, wohin sie genau ging. Im Kampf um die Kontrolle über Whitehalls innere Dimensionen war das Gelände verbogen worden. Einer der *Ken*-Sportplätze war zerstört, der andere war weitgehend intakt, aber doch so weit beschädigt, dass man nur schwer ein ganzes Spiel darauf austragen konnte. Einige Schüler der dritten Jahrgangsstufe versuchten es trotzdem; sie warfen und schlugen Bälle mit Hilfe von Zaubersprüchen und Geräten, die aussahen wie Baseball-Schläger. Sie bemerkten Emily und starrten sie an, dann bemühten sie sich nach Kräften, sie zu ignorieren. Es wäre komisch gewesen, fand Emily, wenn es nicht *ihr* passiert wäre.

„Sie haben immer Angst vor unkontrollierten Talenten", sagte eine vertraute männliche Stimme hinter ihr. „Du kannst ihnen keinen Vorwurf machen."

Emily machte einen Satz und wirbelte herum, eine Hand zur Verteidigung erhoben. Void stand da und lächelte dünn, während die Blase der Zeitbeschleunigung beide umfing. Emily entspannte sich – ein kleines bisschen – und blickte zu den Schülern zurück. Sie sahen wie erstarrt aus, wie angehalten. Sie wusste, dass das eine Täuschung war.

„Das kann nicht gut für uns sein", sagte sie vorsichtig. „Altern wir nicht, während ihre Zeit stillsteht?"

„Ein dunkler Zauberer hat sich einmal in einer solchen Blase eingeschlossen und zu Tode gealtert", sagte Void. „Aber er hat es geschafft, den Spruch zu vermasseln. Dieser hier wird nicht so lange halten, dass wir wesentlich altern."

Emily zuckte mit den Schultern und wartete.

„Shadyes … Brüder waren ziemlich schockiert von seinem Tod", sagte Void. „Du bist die Erste, die *jemals* einen Nekromanten im Zweikampf besiegt hat." Er warf ihr einen wissenden Blick zu. „Und glaube mir, das macht ihnen Angst."

„Ich habe geschummelt", gab Emily zu.

„Nur so kann man gewinnen", sagte Void. „Aber da es Nekromanten sind, werden sie kaum glauben, dass du geschummelt hast, da sie sich nicht vorstellen könnten, wie du *ohne* Schummeln gewinnen solltest. Es ist dir gelungen, ihnen Angst zu machen … und *das* gibt den Verbündeten Landen die Chance, ihre Verteidigung neu aufzustellen."

„Jemand wird den Tunnel bei der Dunklen Stadt finden müssen", sagte Emily. Das rief neue Probleme hervor; jemand anderes könnte auf den Unseligen Hof stoßen und von den Feen weniger freundlich empfangen werden. Vielleicht konnte der Großmeister mit ihnen reden und anbieten, das ganze Gebiet für tabu zu erklären, wenn sie ihm verrieten, wo der Tunnel lag. „Und wer weiß schon, wie viele Überraschungen sie noch vorbereitet haben?"

„Wir wissen es nicht", gab Void zu. Seine Lippen verzogen sich zu einem Lächeln. „Und alle nennen dich *immer noch* ein Schicksalskind."

Emily stöhnte. „Bin ich ein Schicksalskind?"

„Die vollkommen wahre Antwort wäre *ja*", betonte Void. Er lächelte über ihren Gesichtsausdruck. „Aber bist du ein Schicksalskind, so wie sie es verstehen?"

Er zuckte mit den Schultern. „Kann irgendjemand diese Frage *wirklich* beantworten? Und ist sie wirklich wichtig?"

„Ich weiß es nicht", gab Emily zu. „Ich … ich fühle mich einfach komisch, wenn die Leute ehrfurchtsvoll auf jedes Wort von mir warten oder aus Angst vor mir erstarren."

„Genieße es", riet Void ihr. „Diese Welt ist nicht immer freundlich zu den Machtlosen."

„Nein", stimmte Emily zu. „Das ist sie nicht."

Sie standen eine lange Weile stumm beieinander. „Ich wollte dich etwas fragen", sagte Emily. „Kannst du etwas von meiner Welt hierherbringen?"

„Vielleicht", sagte Void nach kurzem Nachdenken. „Aber ich würde den Nekromanten lieber nicht verraten, dass sie Sachen aus anderen Welten holen können. Das würde sie nur auf dumme Gedanken bringen."

„Ich brauche ein paar Lehrbücher", erklärte Emily. „Es gibt so viele Dinge, die hier nützlich wären, wenn ich nur wüsste, wie man sie herstellt. Aber ich weiß *nichts*! Ich hätte mehr lernen sollen, während ich dort zur Schule gegangen bin."

„Eine sehr gute Idee", stimmte Void trocken zu.

Er sah nachdenklich zu Boden. „Es bereitet … *Probleme*, wenn man Wesenheiten benutzt, um etwas von einer Welt in eine andere zu holen", fügte er hinzu, nachdem er einen Augenblick stumm nachgedacht hatte. „Vielleicht ist es möglich. Vielleicht ist es nicht möglich. Ich werde sorgfältig darüber nachdenken und dich kontaktieren, wenn ich weiß, was zu tun ist."

Emily nickte. Mehr als diese Antwort würde sie wahrscheinlich nicht von ihm bekommen.

„Dann noch etwas", sagte sie. „Was bist *du*?"

Void feixte. „Ein unkontrolliertes Talent", sagte er. „Von Natur aus etwas mächtiger als der durchschnittliche Magier. Es gab … *Unstimmigkeiten*, wie mit einer Situation umgegangen werden sollte, und am Ende sagte man mir, ich sei in Whitehall nicht mehr willkommen. Ich ging, änderte meinen Namen und wurde unabhängiger Agent. *Irgendwer* musste die Nekromanten laufend anstacheln, damit sie sich weiter gegenseitig bekämpften."

Er zuckte mit den Schultern. „Der Rest der Geschichte ist nicht sehr interessant. Aber du wirst sicher deinen Spaß daran haben, die öffentlichen Aufzeichnungen durchzusehen und zu versuchen, die Puzzleteile zusammenzusetzen."

Die Blase um sie herum begann zu flimmern und er tippte sie mit einem Finger an. „Du hast fast eine königliche Prinzessin getötet und dann ihr Leben gerettet – und sie davon überzeugt, dass sie ein besserer Mensch werden sollte. Du hast alle möglichen neuen Ideen in diese Welt gebracht, die sie in Aufruhr bringen werden, und mindestens eine Gilde ruiniert, die den Fortschritt unterdrückt hat. Ein Nekromant hat dich manipuliert, um Zugang zu Whitehall zu erlangen, dem am besten abgeschirmten Gebäude in den Verbündeten Landen, und dann hast du ihn ganz allein besiegt."

Er lächelte. „Sag mir … was lieferst du uns als Zugabe?"

Emily schüttelte den Kopf. „Ich weiß es nicht", gab sie zu. Sie hatte Ideen, über die sie nicht sprechen wollte, noch nicht einmal mit Void. „Vielleicht habe ich in Wirklichkeit gar kein Schicksal."

Voids Lächeln wurde breiter. „Weißt du, was ich glaube?", fragte er, als die Blase sich auflöste. „Ich glaube, du hast gerade erst angefangen."

ENDE